Hans Bergel

Wenn die Adler
kommen

Hans Bergel

Wenn die Adler kommen

Roman

LANGEN MÜLLER

Besuchen Sie uns im Internet
unter: http://www.herbig.net

2. Auflage 2002 - Sonderproduktion

© 1996 by Langen Müller
in der F. A. Herbig Verlagsbuchhandlung GmbH, München
Alle Rechte vorbehalten
Umschlaggestaltung: Atelier Seidel, München
unter Verwendung eines Motivs von Archiv für Kunst und
Geschichte, Berlin
Satz: Filmsatz Schröter GmbH, München
Gesetzt aus: 10,5/12,75 Lino Walbaum auf Linotronic 300
Druck: Jos. C. Huber KG, Dießen
Binden: R. Oldenbourg, München
Printed in Germany
ISBN 3-7844-2582-8

Steckt noch ein Körnchen Sinn,
ein Gran Bedeutung in der Bagage,
die ich beschreibe?

FRIEDRICH DÜRRENMATT

INHALT

I. Kapitel

*Der Zwergvater, die sieben Goliathsöhne und
der Hirtensommer in den wilden
Südkarpaten*

Alle Jahre wieder kam es zur »großen Familiensuche«, wie Tante Elisabeth mit zornbebender Stimme den Vorgang nannte. Und alle Jahre wieder waren meine Eltern, Großeltern, Tanten, Onkel, dazu einige ihrer zahlreichen Freunde und Bekannten entschlossen, mich zu suchen, zu finden und gebändigt in die Zivilisation zurückzuführen. Im übrigen hatte Tante Elisabeths Zorn nichts mit mir zu tun. Ich wußte das. Ihr Verlobter, ein betuchter Mann, der in der Vorstellung lebte, für Geld alles haben zu können, verschob die Heirat seit Jahren. Niemand ahnte, daß sein Irrtum in einer Tragödie enden würde.

Die »große Familiensuche« wiederholte sich in jedem September. Es begann freilich schon zum Sommerbeginn, wenn ich am ersten Tag nach Schuljahresschluß meiner Mutter solange in den Ohren lag, bis sie mir erlaubte, mich zusammen mit ihrem Vater, meinem Hardt-Großvater, ins Malaeschter Tal in den Südkarpaten aufzumachen. Der damals etwas über sechzigjährige Großvater mischte sich nicht ein. Meldete ich ihm jedoch den Verhandlungserfolg, zwinkerte er mir zu und sagte in seiner trockenen Art: »Also dann – auf nach Malaescht.«

Dort hielt er seine in zwei Herden aufgeteilten anderthalbtausend Karakul- und Merinoschafe, die größere in der Obhut einiger rumänischer Hirten aus einem einsamen Berggehöft bei Fundata im benachbarten Königsteingebiet, Vater und sieben Söhne. Der Vater hieß Bade Licu, was ungefähr »Onkel Licu« bedeutet. Er war klein, dünn und von leicht zur

Seite gekrümmter Gestalt. Die Söhne waren hochgewachsen, bärenstark und verwegen. Wer den winzigen Vater neben den sieben Hünen sah, schüttelte fassungslos den Kopf. Denn niemand hatte eine Erklärung dafür, wie dem gegerbten Männchen die Schar baumlanger Kerle hatte entsprießen können.

So weit die Hochalmen auf den zerklüfteten Bergstöcken zwischen dem Predeal-Paß im Osten und dem Törzburger-Paß im Westen reichten, war Bade Licu bei den Schafhaltern und Wollhändlern als zuverlässiger Senn gerühmt. Ordnend vorausdenkender Sinn hatte ihn denn auch bewogen, seine Söhne – drei Zwillingspaare und ein Einzelgänger – in der Reihenfolge der Geburt dem Alphabet nach zu taufen. Die Namen auf der letzten Silbe betont, hießen sie Aron, Bogdan, Constantin, Dragomir, Emil, Filip und Gordan. Aron und Bogdan, vom Gleichmut des Vaters, waren breitgesichtig, schwarzlockig und hatten feingliedrige Hände. Die dunkelbraunen Constantin und Dragomir waren schnell und kaltblütig, die hellblonden Emil und Filip hingegen fröhlich und hitzköpfig. Obwohl mit fünfzehn Jahren der jüngste, hatte Gordan die Wucht der Brüder, ja es sah aus, als ströme ihm auch der Lebenssaft des lediglich aus Versehen nicht geborenen Zwillingsbruders durch die Adern. Er war wortkarg, wirkte finster und hatte Augen von der Farbe eines Gletschersees. Bei den Bergbauern unter dem Butschetsch und Königstein hieß es, die sieben, die der stutzbärtige Abt Dionisie Atanasiu von den Skitu-Höhlenklöstern »die Prätorianer« getauft hatte, hielten zusammen wie Pech und Schwefel. Nach einem sonntäglichen Dorftanz wegen einer Schönen in eine Schlägerei verwickelt, hatten sie die ganze Burschenschar von Alt-Tohan in die Flucht geschlagen – jeder einen der Angreifer an Genick und Hosenboden hochgehoben, sollen sie niedergemäht haben, was sich ihnen entgegenstellte. Dabei, so erzählten sich die Leute, habe Bogdan seinem Zwillingsbruder zugerufen:»He, Aron, brauchst du noch einen?«und ihm den Nächststehenden zugeworfen.

Bade Licu stand seit Jahren als Obersenn im Dienst meines Großvaters, der im Unterschied zu seinen deutschen Landsleuten, die hier als Bauern, Handwerker und Kaufleute neben Ungarn, Rumänen, Juden und Zigeunern lebten, lieber Schafe und Pferde züchtete, mit Holz handelte, Wälder kaufte und verkaufte, Sägemühlen betrieb und vor allem viel lieber unterwegs war, als einem ruhigen Einkommen nachzugehen.

Wir wohnten in Rosenau. Das ist eine am Südrand der transsylvanischen, der siebenbürgischen Hochebene unmittelbar unter den Karpaten gelegene Marktgemeinde, damals durch ausgedehnte Wald- und Feldwirtschaft wohlhabend und als Luftkurort weithin bekannt. Während der Sommermonate wurde der Ort von Bukarester, Jassyer und Kronstädter Hautevolee aus Künstler-, Gelehrten-, Politiker- und Großunternehmerkreisen ebenso aufgesucht und belebt wie von den uniformierten Pfadfindern aus aller Herren Länder, die alljährlich zu ihrem Zeltlagertreffen, der»Jamboree«, im Burggrund zusammenkamen. Das alles gab dem Ort von Juni bis Oktober städtische Buntheit und Bewegtheit, und Großvater machte die Bekanntschaft bald eines pensionierten Armeegenerals, bald eines alten Operndirigenten oder eines berühmten Pflanzenforschers, den er zu sich einlud und auch in mein Elternhaus brachte.

Die blaugrau emporragende Masse des Butschetschgebirges beherrscht dort das Landschaftsbild. Von drei Plätzen des elterlichen Anwesens aus sah ich das Gebirge. Ich suchte sie immer dann auf, wenn ich allein sein wollte. Am liebsten hielt ich mich in der Krone des größten und ältesten Apfelbaums im weiträumigen Obstgarten auf, eines Gravensteiners, der in der Familie den Namen»der Philosoph« trug. Doch auch der First des kleinen Pavillons, den ich über die Äste des danebenstehenden Jonathanapfelbaums erreichte, diente mir als Rückzugsstätte und ebenso die Fensterluke im Dach des hallenartigen Trockenbodens über dem auf beiden Seiten des Hofs angelegten Wohnhaus, in dem es nicht weniger als sechzehn Zimmer gab. Von allen drei Stellen aus, die meine Schwester Maria spöttisch »die Plätze der eremitischen Einsamkeit« nannte, sah ich den Gebirgsstock mit dem zweitausendfünfhundert Meter hohen Gipfel Omu – was nichts anderes heißt als »der Mensch« – so nahe vor mir, als erhöbe er sich gleich hinter den Obstbäumen in der äußersten Gartenecke.

Der Weg bis zum Anstieg ins Malaeschter Gletschertal führte aus der Ortsmitte, wo die Deutschen in ihren gewichtigen Höfen lebten, durch das bergwärts gelegene rumänische Randviertel mit den kleineren Häusern, danach an einigen Zigeunerhütten aus Lehm vorbei über eine Holzbrücke auf die von Schweden gebaute Steinstraße ins Große Weidenbachtal hinein. Buchen-, Eichen- und Lindenwald, in den sich nach und nach Rottannen und Eiben mischten, bedeckten beide Talflanken, die sich immer näher an die Straße schoben, je tiefer wir in die Vorberge hineinfuhren. Auf der glatten, in der Sonne gelblich leuchtenden Straße waren etwas über fünf Kilometer zurückzulegen. Wir fuhren jedesmal mit der zweirädrigen Jagdkutsche, vor die Betyár gespannt war, ein ungebärdiger Goldfuchs, den Großvater zusammen mit Pista-Báczi, seinem ungarischen Freund, gezüchtet hatte.

Mein Großvater war ein Mann, der kein Alter zu haben schien. Mittelgroß, lebenslustig, blickte er nicht allein mit Spott und schnellem Witz in die Welt, sondern auch jedem Menschen, der seine Nähe suchte, furchtlos in die Augen. Er trug einen hellbraunen englischen Schnurrbart, hatte immer ein Lächeln um die Lippen und schnitt mit einem Solingen-Taschenmesser, in dessen bräunlichen Horngriff Name und

Gestalt des aufrecht stehenden Fürsten Otto von Bismarck eingestanzt waren, seine selbstgedrehten Zigaretten in zwei Hälften, ehe er die eine Hälfte in eine flache und abgegriffene Silberdose mit schöner Graveurarbeit auf dem Deckel, die andere in ein Mundstück schob, das er aus Lindenholz geschnitzt hatte. Dies nahm er dann in einer Weise zwischen die Zähne, daß davon der Ausdruck fröhlichen Draufgängertums in seinem Gesicht noch unübersehbarer wurde. Ich hing sehr an Großvater, den wir dem Familiennamen nach den Hardt-Großvater nannten. An den Vater meines Vaters, den Hennerth-Großvater, behielt ich nur wenige Erinnerungen. Er starb, als ich fünf Jahre alt war. Ich hatte neben ihm gestanden, er hatte mich bei der Hand gehalten, und ich hatte das Aufzucken in seinen Fingern gefühlt, ehe er niederstürzte.

Mein Leben hätte ich mir ohne den Hardt-Großvater nicht vorstellen können. Er nahm mich nicht nur auf den Butschetsch zu den Schafherden, Hunden und Hirten mit, sondern auch auf seine Streifzüge durch die endlosen Mischwälder der Karpatenvorberge. Diese begannen schon hinter den letzten Häusern am Gemeinderand. Sie waren dicht und unwegsam. Wir streunten über die Lichtungen der Hügel zwischen der Idweg-Klamm und dem Törzburger Schloß unter dem Königstein, durch Windbrüche und Dickicht zwischen dem Burggrund und der Schulerau bei Kronstadt. Oft liefen wir drei Tage lang, ohne einer Menschenseele zu begegnen, nur vom Raunen der Tannen und vom Dämmerlicht unter den Laubkronen begleitet.

Dabei bückte sich Großvater von Zeit zu Zeit und riß ein Büschel Kräuter oder Gräser aus. Oder er strippte im Vorbeigehen eine Handvoll Blätter vom Zweig eines Strauchs. Er beroch und betrachtete sie, ehe er sie in die Zelttuchtasche schob, die ihm von der Schulter hing. Dazu sagte er: »Dies hier, Peter, ist der Ackerschachtelhalm. Im Backofen getrocknet und in kaltem Wasser eingeweicht, gekocht und durchs

Sieb gepreßt, wirkt schon ein einziges Wasserglas täglich Wunder...« Eine Viertelstunde später sagte er:»Die kleinen Wacholderbeeren helfen bei Kopfschmerzen und schwerer Verdauung. Mit einem Teelöffel von ihrem heißen Sud bringt sich ein schlapper Mann wieder auf die Beine.« Er lachte:»Fast wie mit Ingwer oder Chili.« Bei einer Mittagsrast unter den Buchen des Eisernen Berges machte er mich auf zwei Pilze aufmerksam, die dicht beieinander vor uns standen.»Diesen da«, sagte er und zeigte auf einen fleischigen, rötlichen Schwamm,»kannst du essen, er heißt Ziegenbart, Clavaria... Aber der Giftteufel daneben befördert sogar ein Pferd in die Ewigkeit.« Der Pilz sah aus wie ein dickes entrindetes Stockende.»Die Gelehrten nennen ihn Amanita phalloides«, sagte Großvater mit hintergründigem Ernst, den ich bemerkte, mit dem ich aber nichts anfangen konnte.
»Was heißt das?« fragte ich.
»Hm«, brummte Großvater,»auf deutsch heißt der Kerl ›Todesengel‹.«
Und als Großvater einmal auf den Steilwiesen zwischen dem Hohen Rong und dem Verbrannten Stein, wo sich im Sommer das Sonnenlicht auf den Grünerlenbüschen im Gesumme der Erdhummeln räkelt, eine Handvoll Taubnesseln in die Tasche steckte, sagte er:»Eine Kur mit dem Blütentee erleichtert den Frauen das Leben.« Ich wußte, daß er dabei an Großmutter dachte, eine leise Frau mit weichen Zügen und tiefschwarzen Haaren, wegen derer man sie nicht allein in der Familie»die Spanierin« nannte. Sie hatte fünf Kinder zur Welt gebracht und vier davon früh durch Krankheit, zudem ihre beiden jüngeren Brüder Johannes und Walter im Krieg 1914−1918 verloren. Sie entstammte einer reichen Familie, in der sie verwöhnt worden war. Davon und vom vielfach erlittenen Schmerz hatte sich bis ins Alter eine gewisse Wehleidigkeit erhalten. Großvater begegnete ihr immer mit Zuvorkommenheit.

Wenn wir nach den Streifzügen wieder daheim eintrafen, war die ausgebleichte Zelttuchtasche prall gefüllt. Großvater breitete die harten Kräuter, die weichen Gräser und Blätter auf dem Küchentisch aus, ordnete sie und band Stengel und Stiele mit den weißen Bindfäden, die Großmutter zurechtgelegt hatte, zusammen, bis sie nebeneinander gereiht und in Duftwölkchen gehüllt vor uns auf dem Tisch lagen. Niemals sagte er ein Wort, während die scharfe Stahlklinge des Solingenmessers durch die Stengel und Halme schnitt. Wenn ich ihm dann mit den hell- und dunkelgrünen Aromabündeln auf dem Arm in den dämmerigen Treppenaufgang zum Dachboden folgte, an dessen weißen Wänden schon einige Dutzend Büschel baumelten, erschien mir unsere Beschäftigung unterhaltsamer als jedes Gespräch. Die Büschel waren verwelkt und schütter, im Halbdunkel strömten sie eine Fülle erlesener Gerüche aus. Wir hängten die frischen Kräuterbündel dazu. Und sooft im Winter darauf Großmutter eine ihrer häufigen Migränen, meine Mutter einen Schnupfen, mein Onkel Oskar einen seiner Rheumaanfälle, mein Vater oder unser Nachbar Martin Eisendenk Schmerzen in den Kriegsnarben hatten oder eine Wöchnerin in der Nachbarschaft über Unpäßlichkeit jammerte, wurde Großvater gerufen. Er hörte sich den Krankenbericht an, holte Stiele, Trockenblüten oder -blätter aus seiner Sammlung und ließ einen Teeaufguß oder eine Mixtur zum Auflegen machen. Selbst Onkel Oskar, der Tierarzt, fragte Großvater bei einem kranken Rind um Rat. Den Arzt Dr. Aristide Neguş, obwohl er gegenüber wohnte und mit Vater befreundet war, baten wir selten ins Haus.

Ich fragte Großvater: »Woher weißt du, was die Blätter und Kräuter im Menschen machen?«

Er lächelte mich an, hielt mir die nach oben gekehrten Handflächen entgegen und sagte: »Da — da drin liegt's. Es muß etwas von den Pflanzen in ihnen sein.«

»Von den Pflanzen in deinen Händen?« fragte ich verwundert.

»Ja. Und in den Pflanzen etwas von mir.«

»Von dir?«

»Anders ist es nicht zu erklären. Es gibt etwas, das zugleich in den Pflanzen und in den Menschen ist. Das verbindet uns.«

»Auch in den Tieren?« fragte ich nach einer Pause.

»Ja«, sagte Großvater, »auch in den Tieren. Wir sind alle miteinander verbunden.«

»Auch ich?«

»Auch du. Und weil das so ist, kribbelt's mir in den Händen, sobald ein Heilkraut in der Nähe ist. Auch bei giftigem, gefährlichem Gewächs. Beides liegt immer nahe beieinander. Allein die Dosis bestimmt, ob es das Leben oder der Tod ist.«

»Aber ich fühle nichts in den Händen«, sagte ich.

»Du wirst es lernen. In der einen oder anderen Weise.«

»Und wie?«

»Es liegt im ganzen Menschen. Du mußt es nur entdecken.«

»Auch in den Steinen?«

»Wir sind alle miteinander verbunden, die Steine bestehen ja ebenso aus Kieselsäure wie zu guten Teilen der Mensch. Und davon gibt es eine ferne Erinnerung in uns.«

»Woran erinnern sich die Steine?«

»An all das, was der Mensch vergessen hat. Wir müssen es nur wiederfinden.«

»Und wie?«

»Indem wir den Dingen Zeit lassen«, sagte Großvater, »wer's nicht tut, wird's niemals erfahren.«

Ich schwieg, weil mir eingefallen war, daß ich einmal, aus dem Elternhaus in der Brückengasse um die Ecke zu den Hardt-Großeltern in der Langgasse gelaufen, Großmutter allein im Lehnsessel in der Fensternische ihres Zimmers sitzend angetroffen und sofort gewußt hatte, daß sie von einem ihrer Schmerzanfälle heimgesucht war. Sie saß regungslos unter den Bildern ihrer gefallenen Brüder, von denen der jüngere, Johannes, den sie über alles geliebt hatte, wie seine Schwester schön und dunkelhaarig gewesen war. Sie sagte leise: »Ach, wenn Großvater endlich käme…« Im selben Augenblick hatte ich draußen Großvaters eiligen Schritt gehört. Großvater war eingetreten und schnurstracks auf seine Frau zugegangen, als sei ihm unterwegs mitgeteilt worden, daß sie ihn brauche. Er war niedergekniet und hatte Großmutter die eine Hand auf die Stirn gelegt und ihr die andere in einer Weise vor den Leib gehalten, als suchte er mit ihr die schmerzauslösende Stelle. Wie von einem Magnet angezogen, hielt die Hand in der Bewegung auf einmal inne. Für einige Minuten war es still geworden im Zimmer. Ich hatte beobachtet, wie sich der gequälte Zug in Großmutters Gesicht nach und nach löste. Dann hatte sie tief aufgeatmet, ihren Mann kurz angelacht und sich erhoben… Er fühlt nicht nur, was in den Pflanzen ist, dachte ich jetzt, er fühlt auch, was im Menschen vorgeht.

Den Weg auf der durchs Weidenbachtal führenden Steinstraße legte der goldglänzende Betyár jedesmal in scharfem Trab zurück. Mit feinem Hämmern in den Rädern flog die gutgefederte Kutsche über die Straßendecke. Dabei wuchs das mächtige Butschetschmassiv eine Zeitlang immer höher vor uns empor, ehe es hinter den Vorbergen verschwand. Bei der Elektrischen Zentrale – wie das Stromturbinenwerk im Waldkessel am Fuß der steilen Bergwälder hieß – brachte Großvater Betyár und Kutsche unter.

Im Schatten unter den Tannenhängen gelegen, die sich von hier bis in die Felswände emporzogen, war der Waldkessel ein seltsamer Platz. Durch die nahen Engschluchten, in denen der Modergeruch umgestürzter Buchen und Föhren lagerte, hatten einst von hier aus die verborgenen Schmugglerpfade und Schleichwege über die Grenze des alten Habsburgerreichs und danach des Ungarischen Reichs in die rumänischen Donauländer im Süden hinüber- und aus ihnen herübergeführt. Jahrhundertelang hatten Waldläufer mit Beutegut aller Art das Gebirge überquert. Ganze Viehherden waren von den Almen und Wiesen der siebenbürgischen Seite verschwunden und nie wieder gesehen worden. Immer hatten die Spuren über die Berge südwärts gewiesen. Doch selten war im unwegsamen Gelände den Grenzposten ein Fang geglückt. Und mehr als einmal hatten die Soldaten einen ihrer Kameraden mit durchschnittener Kehle, mit eingeschlagener Schädeldecke an einen der Grenzsteine gelehnt oder an einen Tannenstamm gefesselt gefunden, wie zum Hohn ein Moosbüschel oder einen Strauß Glockenblumen im Mund. Wer hier ging, spürte etwas vom Geheimnis des Dickichts – bei jedem Schritt durch die hüfthohen Farne und Pestwurzblätter, über den sabbernden Brei vorjähriger Laub- und Nadelschichten teilte es sich mit.

Eben an der Stelle, wo früher die Schmuggler-, Mörder- und Flüchtlingspfade aus all der grünen Düsternis heraus- und wieder in sie hineingeführt hatten, stand jetzt das einsame Turbinenwerk. Und noch Jahre, nachdem im Gefolge des Ersten Weltkriegs die Grenze verschoben und Siebenbürgen dem rumänischen Königreich an der Donau zugeschlagen worden war, zog der Platz die Wilderer, Fallensteller, Pferdehändler, Waffenkäufer und -verkäufer und die vagabundierenden Beerensammler genau so an wie ehemals. Die alten Geister waren wirksam geblieben, und den vom Lärmen der Wildbäche erfüllten Ort umwitterte die Ahnung unheimlicher Vorgänge, auch wenn weit und breit niemand zu sehen war – außer vielleicht einem ahnungslosen Mann, der sich zu einem Schläfchen im Schatten der mächtigen Blutbuche ausgestreckt hatte, die mitten auf der von Wald umgebenen Wiese stand.

Diese Blutbuche galt als das Wahrzeichen des Orts. Sie war der einzige Baum auf dem Wiesengrund. An ihrem Stamm lagerten nur Fremde und unkundige Landfahrer. Die schwarzroten Blätter der Krone hoben sich in ständig wechselnden Farbtönungen von der Umgebung ab, die kräftigen unteren Äste reckten sich in Mannshöhe so weit hinaus, daß sich das Halblicht unter ihnen zur schattigen Unterkunft verdichtete. Einmal war ich zu dem Baum hingelaufen, angezogen von seiner Abgeschiedenheit, als hätte er mich beim Namen gerufen. Ich hatte eine Zeitlang lauschend vor dem Stamm gestanden. Doch als ich über die untersten Äste hinaufgeklettert war, hatte mich Großvaters Stimme erreicht – scharf, wie ich sie noch niemals gehört hatte. Den Baum sofort zu verlassen, sofort, hatte sein Befehl gelautet.

Bis Großvater dann die paar Männer begrüßte, die im E-Werk beschäftigt waren, lief ich durch die Turbinenhalle, vom langen, aschblonden Erwin dazu eingeladen, einem Sachsen aus Wolkendorf, der die Maschinen wartete. Erwin erklärte mir, wie das von den Bergen in drei dicken Rohren herabschießende Wildwasser auf die Laufräder geleitet wird und diese mit der Kraft seines Aufpralls in Bewegung setzt und wie aus der Umdrehung elektrischer Strom entsteht, der dann von hier über die Kabelleitungen in alle zwölf Gemeinden des Burzenlands hinausgeschickt wird. Er sagte: »Das erste E-Werk weit und breit. Dein Hennerth-Großvater hat es gegründet. Sein Bild hängt in der Kanzlei.«

Der Mann mit der pockennarbigen Nase winkte mir und führte mich auf einer Eisenleiter unter die Halle hinab – in einen erleuchteten Raum zu einer gerade stillstehenden Turbine. Er erklärte mir, daß sich hinter dem Metallgehäuse mit den vielen Nietköpfen ein solches Rad befinde. »An dem Rad«, sagte er, »hört der Bach auf, sinnlos durch die Gegend zu fließen. Verstehst du? Von hier ab ist er in unserer Hand. Wir machen mit ihm, was wir wollen. Verstehst du? Ein Rad wie dies genügt dazu. Verstehst du?« Der Mann im blauen Drillichzeug mit dem Öllappen in der Hand kam nicht los vom Machtgefühl, das ihm sein Laufrad gab. Daß er immer »Verstehst du« sagte, ärgerte mich, und ich antwortete: »Und wenn kein Wasser mehr kommt? Was machst du dann?« Er sah mich fast zornig an und rief: »Da war dein Hennerth-Großvater aber anders! Der hat dies E-Werk gegründet und eine Bank und die Feuerwehr!...«

Ich war froh, als ich wieder draußen im Sonnenlicht stand und den unbehelligt durch Düsen und Radschaufeln hindurchgerauschten Bach aus dem Werkkanal schäumen und zwischen die Salweiden und Haselnußsträucher hineinschießen sah.

Jeder hier kannte Großvater – die paar deutschen und rumänischen Mechaniker und die Zigeunerinnen, die mit Schwarzbeeren und scharlachroten Erdbeeren in Behältern aus Fichtenrinde zwischen den Tannen hervor auf die Wiese traten. Es war eigenartig, daß jedesmal, wenn wir hier eintrafen, binnen kurzem Gestalten auftauchten, die vorher nicht zu sehen gewesen waren. Doch ganz natürlich erschien mir, daß Großvater all die Leute kannte. Nicht nur mit den jüdischen Waldmaklern, die ihm nach Ritualen stundenlangen Feilschens die Wolle seiner Schafe abkauften, auch mit dem versoffenen Wildheger Ilarie sah ich ihn ins Gespräch kommen, mit den stillen rumänischen Hirten, die plötzlich am Waldrand standen, und den drei Szeklern aus den Hargitabergen in den Ostkarpaten, die, wie er mir sagte, als Erbauer von Blockhütten den reichen Deutschen im Burzenland ihr Können anboten. Immer sah es aus, als kenne Großvater all diese Menschen seit eh und je. Und da er ein in der Welt herumgekommener und mitteilsamer Mann war, unterhielt sich jeder gerne mit ihm, gleichviel ob er mit dem Kesselflikker, Jagdtreiber, Teppich- und Kleiderhändler Midi Bubu, dem Zigeuner, von dem es hieß, er sei der Nachfahre der einstigen Scharfrichter von Kronstadt, einen pfeffergewürzten Apfelschnaps trank und zugleich Bubus frecher Frau Lina die Hand zum Wahrsagen hinhielt oder ob er mit dem kugelrunden rumänischen Popen Agapie aus Sohodol über eine Anekdote lachte, die Ehrwürden über des Königs schöne Geliebte Hélène Lupescu erzählt hatte. Auch nicht, wenn er wenige Stunden später oben im Malaeschter Tal mit Bade Licu und dessen sieben Söhnen umständlich über die Schafschur und den Transport der Wolle redete, den »nach der bevorstehenden herbstlichen Halbschur«, sagte er zum Obersenn, »wie schon in all den Jahren der Ioan Garugan mit dem buckligen Sohn und den zwölf Mauleseln« machen würde. Zur zweiten, kleineren Herde, die im westlich benachbarten Ziganeschter Tal weidete, ging er dann ohne mich. Ich blieb bei den Licu-Männern.

Bade Licu kannte ich, so weit ich mich zurückerinnerte. Jedesmal noch bevor ich in seine Nähe kam, meinte ich, die Gerüche in der Nase zu haben, die von ihm und seinem Umhängepelz ausströmten – ausgreifende schwere Duftschwaden: gegorene Schafmolke, Rauch von glosenden Tannenscheiten, der Geruch von Fichtenharz, von Käse allerlei Art, von Gebirgserde und verfilzten Pelzzotteln. All dies nistete bei jeder Wetterlage auf neue Art in dem knöchellangen Merinoschaffellmantel. Unbewegt stand Bade Licu bei Regen und Frost in dem Fellungetüm am Waldrand unter dem Malaeschter Tal, auf dem windigen Kamm des Ziganeschter Höhenzugs oder in den häufigen Gewitterregen hinter einem Felsvorsprung der Bukschoiwände. Doch nicht allein die Berg- und Waldgerüche saßen in dem Pelz, fremdartig roch er auch nach der Donausteppe, nach den »saivane«, den Winterställen der Schafe, wohin die Hirten bei einfallendem Herbst die Tiere trieben, wie Gordan mir einmal erzählt hatte, ja er roch sogar nach dem Strom, nach dem Schilf und den Weidenurwäldern im gewaltigen Delta. Bade Licu schlief in dem Pelzmantel neben den Flammen in allen Hütten und unter freiem Himmel, er wischte sich, sooft er sich mit dem gegen die Nase gedrückten Daumen geschneuzt oder sich gewaschen hatte, die Finger an ihm ab, er reinigte das breitschneidige Abhäute- und das Blatt seines Hackmessers an ihm, und er schlug mit ihm die Flammen nieder, bevor er die Hütte verließ. An Bade Licus Brust gepreßt, habe ich in dem kruseligen Urmantel viele Nächte meiner Kindheit geschlafen, eingetaucht in seinen Zottelkosmos, in dem Tag und Nacht einander glichen wie in den Ewigkeiten vor Schöpfungsbeginn. Vielleicht waren es die glücklichsten Nächte meines Lebens.

Denn sobald Großvater seine Angelegenheiten mit den Hirten hinter sich hatte, er vom guten Zustand der Herden, vom ordentlichen Schuhwerk und der Sauberkeit der acht Männer überzeugt war und danach in deren Gesellschaft ein Gläschen von dem zugleich eiskalt wie feuerheiß zubeißenden Rachiu, einem Branntwein aus Rosinen, getrunken hatte, machte er sich wieder talwärts auf den Weg. Ich aber blieb bei den Hirten und Herden, bei den Hunden und Hütten im Hochgebirgstal zurück. Die Gebirgswände des Bukschoi auf der einen, die des Ziganescht auf der anderen Seite, überallher der Felsgeruch und die Aromen der Krüppelkiefern und Hochgebirgsgräser, das Blöken der Lämmer und Schafe ringsum, die großen Hütehunde – für die Dauer eines herrlichen Sommers war dies meine Welt. Schon am zweiten Tag meinte ich, seit jeher hier gelebt zu haben.

Die Hirten hatten keine Zeit, sich mit mir zu beschäftigen. Ab und zu schrie einer von ihnen langgezogen meinen Namen, wenn ich im Gestrüpp des Latschengewächses hinter der Blockhütte verschwunden war oder mich zu weit in die Abstürze der Bukschoiwände hineingewagt hatte. Im übrigen aber mußte ich zupacken, wann und wo immer ich gebraucht wurde. In den Nächten kauerte ich an Bade Licus Brust im Duftgehäuse seines Pelzes, den Blick, solange ich nur konnte, auf die verglühenden Tannenscheite und Wurzelstrünke in der Ecke des großen Wohnraumes der Sennhütte gerichtet; rubinrote und silberne Schatten zuckten ununterbrochen über die Hölzer. Alle neun schliefen wir auf dem Tennenboden, in die Schaffellmäntel gehüllt, jede Sekunde zum Aufspringen bereit, wenn die Hunde Alarm schlagen würden. Schon im ersten Sommer, den ich bei den Hirten oben verbracht hatte, war es dazu gekommen – in der Julinacht, die in den Jahren danach jedesmal von neuem die Sehnsucht nach den Licu-Männern wie ein Fieber in mir ausbrechen ließ. Da war der Bär in die Herde eingebrochen.

Um Mitternacht hatte plötzlich das Hundegebell durchs Hochtal gegellt. In dutzendfach nachhallendem Echo stiegen die Schreie der Hirten über dem verängstigten Geblöke empor, als ich aus dem Schlaf gerissen wurde. Ich sah Bade Licu aus der Hütte stürzen. Ich rannte ihm nach. Ich erkannte Gordan, der mit einem brennenden Scheit in der Hand seinen Brüdern voran die Flanke des Ziganescht hinaufstürmte. Dort, an der höchstgelegenen Stelle des Geheges, war der Bär gegen den Wind in die Herde eingedrungen. Ich hatte mich von Bade Licus Hand freigerissen und war den sieben hinterhergerannt. Der Alte blieb bei den unruhigen Eseln zurück.

Im Laufen sah ich, wie Gordan inmitten der zehn angreifenden, den Bären umkreisenden und anspringenden Hunde auf das Raubtier einschlug. Bei jedem Hieb mit dem brennenden Holzscheit stoben die Funken zu einem feurigen Sprühregen auseinander, der über Gordan und dem Bären niederging. Wie der Hirte ausholte und bald von oben, bald seitlich zuschlug, sah es wie ein Fackeltanz aus, den dort Mensch und Tier unter dem Nachthimmel miteinander tanzten, als hielten sie sich umfaßt und drehten sich tanzend durchs Fackellicht. Und nach einem Feuerreigen sah es erst recht aus, als auch die Brüder oben angekommen waren und sich schreiend ins Kampfgetümmel geworfen hatten. Der Bär, von Menschen und Hunden eingekreist, gab nicht auf. Immer wieder wuchs er auf der Hinterhand über seine Angreifer empor. Er traf zwei der Hunde, die aufjaulend meterweit zur Seite flogen. Jeder der blitzschnellen Prankenhiebe hätte einen der Fakkeltänzer das Leben kosten oder ihm schwere Blessuren beibringen können.

Bade Licu hatte bei dem Kampf nichts zu bestellen. Ihm war nur noch übriggeblieben zu beobachten, wie seine sieben Sprößlinge bestehen würden. Und die schrien die schauerlichsten Flüche aus sich hinaus. Sie beschworen die toten Ahnen und riefen die Vorväter und Urmütter zum Beistand herbei. Immer wieder erkannte ich im funkensprühenden Auf- und Niederfahren der Glutscheite die Gestalt Gordans und die schattenhafte Erscheinung des Tieres. Das Tal rauschte von den Schreien, vom heiser zerbrechenden Hundegebell, vom Jammern der Schafe. Und auf einmal war durch die Schreie und das Tiergezeter hindurch ein Aufbrüllen zu hören, das mir durch Mark und Bein ging – der Bär.

Ich war den Hang hinaufgelaufen. Ich hörte Gordan, während er das brennende Klafterholz mit beiden Händen nach dem Bären schlug, keuchen: »Bestie afurisită, mi-ai gonit-o pe Cora!«, »Verfluchte Bestie, du hast mir Cora verjagt!« Ich sah sein vom Kampf entstelltes Gesicht und das Weiß seiner Zähne. Hatte er »Cora« gesagt? Doch ehe ich's dann recht begreifen konnte, war das Ganze von einem Augenblick auf den anderen vorbei. Die Nacht stand mit ihrem Schweigen wieder über dem Hochtal, nur die Hunde waren weit entfernt zu hören; sie hetzten den Bären und ließen das Tal nicht zur Ruhe kommen. Die Brüder kamen zwischen den Steinen den Hang herab auf mich zu.

Gordans Gesicht glühte im Licht des Scheits, das er in der Hand hielt. Im Gehen hob er mich mit einem Arm hoch und trug mich bis zur Blockhütte, wo sein Vater zwischen den erregten grauen Eseln wartete. Das Herz schlug mir bis zum Hals, als ich wieder in die Höhle des Zottelmantels an Bade

Licus Brust kroch, in die Nachtstille lauschte und ins Glutnest der Feuerstelle starrte, ehe mich der Schlaf übermannte. Am Tag nach dem Überfall des Bären feierten die Hirten ihren Sieg. Als sie in den letzten Sonnenstrahlen die Schafe im Gehege gemolken und die Esel an die Blockhütte gebunden hatten, nutzten sie, während im schwarzen Eisenkessel über der Feuerstelle in der Hütte das Wasser für die »mămăligă«, den Maisbrei, kochte, die freie halbe Stunde. Der blonde siebzehnjährige Filip hatte sich ein Stück Tannenborke zwischen die Handflächen geklemmt und eine Melodie zu pfeifen und zu flöten begonnen. Dragomir, der Schnelle, Kluge mit den breiten Backenknochen, hatte mit der Zunge geschnalzt, er war aufgesprungen und hatte angefangen, die Rhythmen auf den Boden zu stampfen. Aron und Bogdan, die kraushaarigen, die ältesten und ruhigsten der Brüder, waren ihm auflachend gefolgt. Gordan, der Dunkle, Adlernasige gesellte sich als nächster dazu – mit einem Sprung setzte er über die Steinblöcke nahe der alten Feuerstelle an die Seite der Brüder. Gordan, dachte ich, Gordan, der mit dem Bären redet. Wer ist Cora? ... Dann tanzten sie, so wie sie mit dem Bären gekämpft hatten, indessen Filip die Tonkaskaden aus dem Borkenstück sprudeln und wirbeln ließ, daß es eine Freude war. Mit zurückgeworfenem Kopf fegte Constantin wie ein Kreisel um seinen Bruder Emil, der ihn, aufstampfend, mit schrillen Rufen anfeuerte. Sie tanzten eine halbe Stunde lang ohne Unterbrechung. Der Schweiß rann ihnen über Gesicht, Brust und Nacken. Sie schrien, pfiffen und lachten. Bade Licu, im Zottelmantel zum Denkmal erstarrt, sah aus schmalen Augen der wildgewordenen Männertruppe zu, bis ihn die Sieben in ihren Kreis einschlossen. Ich sah das Lächeln in seinem braunen Knittergesicht, als er sich mit gemessenem Schritt langsam um sich selber zu drehen begann, darauf bedacht, dem Ungestüm der Söhne das Maß seiner Reife entgegenzuhalten.

Als wir nachher vor der Blockhütte im Kreis auf der Erde und auf den Steinen saßen, schlugen sich die Licu-Männer das Kreuz vor der Brust, ehe sie zu essen begannen. Sie murmelten im Chor:»Herr, hilf!« Und wie immer mußte ich nachher mit dem schweren Kessel zum Bach hinunterlaufen und ihn mit einem Holzstück, mit Sand, Gras und Moos sauberschrubben. Jedesmal wurden mir dabei die Hände klamm vom kalten, glasklaren Wasser, das über die glattgescheuerten Felsbuckel talwärts lärmte.

Am engsten hatte ich mich mit Gordan angefreundet. Er war der schweigsamste unter den Brüdern. Wie sie war er von ungewöhnlicher Körperkraft, wie keiner von ihnen kletterte er ins steile Gestein und holte ein Lamm herunter, das sich verstiegen hatte. Einmal sah ich ihn eine Schwarze Kreuzotter mit blitzschnellem Griff hinter dem Kopf packen und gegen die Felsen schleudern; und unvergessen blieb mir, wie er einem Steinadler ein Gemsenkitz abjagte, als sich der Raubvogel mit der Beute erhob. Er konnte wie kein zweiter allein mit der Schafherde umgehen. Er stand unbewegt auf seinen schulterhohen Stock gestützt in Sonne, Wind und Regen. Wie aus dem Boden gewachsen aber tauchte er jedesmal dort auf, wo Hunde und Leithammel im gefährlichen Hochgebirgsgelände drauf und dran waren, Weg und Führung zu verlieren.

Einmal war ich zusammen mit ihm in die steilen Hochalmen am Ende des Malaeschter Tals hinaufgeklettert; die Herde war in der Obhut der Hunde zurückgeblieben. Wir waren unter den Felsen immer höher gestiegen, und ohne zu verstehen, was Gordan vorhatte, folgte ich ihm, dazu aufgefordert, hinter Steinblöcke und Felsvorsprünge geduckt. Ich war außer Atem und schweißnaß, als er mich mit einem Zeichen zur Vorsicht mahnte und zu sich heranwinkte. Erst als ich neben ihm im Gras lag und im Schatten der Felsen die drei Schneefelder vor mir sah, begriff ich seine Absicht –

von unten, aus der Talsohle, hatte er das am Rand der Schneeflächen ruhende Gemsenrudel gesehen. Wir waren den Tieren so nahe, daß ich den schwärzlichen Aalstrich auf ihrem rot- und gelbbraunen Fell erkannte. Flüsternd zählten wir zweiundsiebzig Tiere. Während die älteren fast regungslos auf den Grasbüscheln zwischen den Steinen lagen, spielten die Kitzen auf den abschüssigen Hängen; sie rodelten mit gestreckten Vorder- und eingeknickten Hinterbeinen durch den Firn hinab, sie sprangen und hüpften im Kreis, überschlugen sich, trudelten talwärts und fingen sich mit herumgeworfenem Körper wieder auf. Ein einziges Tier stand. Es war, wie mir Gordan zuflüsterte, der Leitbock des Rudels. Er stand wie aus Bronze gegossen. Nur der emporgereckte Kopf bewegte sich ruckartig bald nach der einen, bald nach der anderen Seite. Manchmal blickte er minutenlang in unsere Richtung. Wir lagen wie erstarrt, ehe er dann wieder nach einer anderen Richtung Ausschau hielt, das hakenartig nach hinten gekrümmte Gehörn gleich dunklen Messern über sich.

Da löste sich durch eine Bewegung Gordans der halbmeterhohe Steinblock, gegen den wir uns gelehnt hatten. Auf dem Abhang kam er ins Gleiten, stieß gegen einen zweiten großen Stein, den er mitriß – und in wenigen Sekunden rauschte und prasselte eine Geröllawine zu Tal. Die nahen Wände über uns warfen das Brausen und Knallen als Donner zurück. Wir hatten der polternden Schutt- und Steinmasse nur eine Sekunde lang nachgeblickt, dann waren wir aufgesprungen. Einen kurzen, bellenden Pfiff ausstoßend, der wie ein Kommandoschrei klang, war der Gemsbock mit wenigen Sätzen geradewegs auf die Felswände zugestürmt, das Rudel in prasselnder Kavalkade hinter sich. Obgleich das Tal hier oben von Wänden verstellt war, wählte der Bock den Weg in die Höhe. Die drei, vier Monate alten Kitzen zwischen sich, flogen die Tiere in Kehren, dann wieder in kerzengerade nach oben führenden Sätzen durch die Wände hinauf, ohne Abweichung hinter ihrem Anführer her. Es sah aus, als würden sie von einer unsichtbaren Kraft über die Gesimse und Kanten in die Höhe gesaugt. Das knatternde Wirbeln des Hufschlags der über uns durch den Fels in langer Reihe himmelan schnellenden gelbbraunen Tierleiber hatte etwas Unwirkliches. Nach einer halben Minute war das Rudel auf dem Kamm des Höhenzugs angekommen und dahinter verschwunden. Ein letztes Nachhallen aus dem Fels – dann hörte ich Gordan in der Stille neben mir tief aufatmen. In weiten Sprüngen, schreiend, pfeifend, singend, begann er über die Steilhalden hinabzusetzen. Ich blickte ihm nach und dachte: Hat er eines der weißen Lämmer Cora getauft, da er sie alle mit Namen anredet und ruft? Oder hat er einer der Gemsen den Namen Cora gegeben? Wer ist Cora?

Wann immer er Zeit hatte, schnitzte Gordan mit einem seiner fünf verschieden großen Doppelklingen-Taschenmesser, die ihm Großvater geschenkt hatte, an einem Stück Holz. Bald war es der Wurzelarm einer Kiefer, bald das Borkenstück eines umgestürzten Tannenstamms, dann wieder ein dicker Haselnußast, aus dem er Gesichter, Gestalten, verschlungene Liniengebilde oder blumenähnliche Rosetten herauskerbte und -schälte. Überall in der Sennhütte standen und hingen die Holzstücke, die in seinen Händen zum Leben erwacht waren. Ja, selbst draußen vor der Hütte und auf den Hochalmen begegnete man seinen in die Erde gerammten Stöcken, von denen einen das Gesicht eines Spaßvogels, eines Engels oder eines Tieres anschaute. Seinem Vater und seinen sechs Brüdern hatte er in die Bergstöcke, die sie an sich nahmen, sooft sie ins Gelände hinausgingen, die kunstvollsten Verzierungen eingeschnitzt.

Eines Tages hatte Gordan auch mir einen Stock geschenkt. Ohne ein Wort zu sagen, hatte er ihn mir mit ausgestrecktem Arm gereicht und mir zugenickt, als ich gezögert hatte, danach zu greifen. Wir saßen auf einem hausgroßen Felsblock oberhalb der letzten Krummholzföhren. Die Sonne schien warm. Über dem Bukschoi schwebten in großer Höhe ein paar gekräuselte Federwolken. Die Schafe weideten einen Steinwurf entfernt auf den steilen Graszungen, die sich schmal bis zu uns heraufzogen. In den leichten Windstößen war manchmal das Bimmeln der Glöckchen am Halsband des Leithammels zu hören. Unten in der Talsohle sahen wir die Sennhütte. Ich erkannte die Esel, die im Gras davor lagen. Gordan schnitzte an einem Wurzelast aus Buchenholz; es sah aus, als beginne sich ein Tiergesicht mit zurückgebogenem Geweih aus dem Holz herauszuheben.

»Woher weißt du«, fragte ich Gordan, der vor mir saß, »wie das Gesicht aussehen soll, das du ins Holz schneidest?«

Ohne die Arbeit zu unterbrechen, schüttelte Gordan den Kopf und sagte: »Ich weiß es nicht.«

»Und wieso kannst du es dann schneiden?« fragte ich.

»Ich schneide eben«, sagte er, »immer so, wie das Holz will.«

»Wieso, wie das Holz will? Das will doch nichts.«

»Wenn ich schneide«, sagte er, »fühle ich, was es will.«

Ich sah ihn an. »Sag einmal«, fragte ich, »redest du mit dem Holz?«

Er lachte. »Manchmal. Hast du es gemerkt? Du hast mich belauscht.«

»Nein«, sagte ich, »aber wenn das Holz etwas von dir will, muß es dir das doch sagen.«

Er schüttelte wieder den Kopf. »Das Holz«, sagte er, »hat eine andere Sprache als wir.«

»Hörst du sie?«

»Nein«, sagte Gordan, »das heißt, wenn ich die Augen schließe, dann – dann ... Aber frag nicht soviel. Du fragst zuviel.«

Ich schwieg eine Zeitlang, dann sagte ich: »Nur die Zauberer können mit dem Holz reden. Bist du ein Zauberer?«

Er hob mit einem Ruck den Kopf und sah mich mit den manchmal auf unheimliche Art hellen Augen an. »Nein«, sagte er heftig, »du fragst zuviel! Du stellst immer Fragen, die niemand beantworten kann. Schweig jetzt!«

Ich schwieg wieder eine Zeitlang, dann fragte ich: »Wer ist Cora?«

Er fuhr auf und schrie: »Schweig!«

Aber ich sah ihn an und sagte: »Zuerst dachte ich, es ist ein Lamm. Aber es ist kein Lamm. Es ist auch keine Gemse. Es ist die Bärin...« Er packte mich so fest am Arm, daß ich vor Schmerzen aufstöhnte. Ich fragte: »Ist es wahr, daß du mit der Bärin schläfst? Drüben, am Scropoasa-See?...«

Gordans Gesicht verfärbte sich. »Woher weißt du es?«

»Ich hab's im Traum gesehen«.

»Im Traum?« Er ließ endlich meinen Arm los.

»Ja«, erwiderte ich.

»Du wirst es niemandem sagen, hörst du!« sagte er. Ich nickte. »Im Traum?« sagte er noch einmal und starrte mich an.

Der Stock, den mir Gordan geschenkt hatte, war aus Eibenholz. Bade Licu hatte seinem Jüngsten, wie mir dieser später sagte, den über tausendjährigen Baum an der Waldgrenze des Ziganeschter Tals gezeigt. Der Stock war zu groß für mich, doch ich hatte das sichere Gefühl, daß Gordan, dessen Gesicht aus der Nähe nicht mehr wild, sondern freundlich wirkte, daran gedacht hatte, daß ich den Stock benützen sollte, wenn ich erwachsen war. Zwischen den beiden Astknoten an dem einen Stockende hatte Gordan den Griff zu angenehmer Handlichkeit modelliert und in den oberen, größeren Knoten einen Männerkopf geschnitzt – ein schmales Gesicht mit gesenkten Augenlidern. Die genau gescheitelten Haare fielen über die Wangen und auf den Nacken. Aus dem hohlwangigen Gesicht sprach ein tiefer Ernst. Trotz der verdeckten Augen hatte ich das Gefühl, von ihnen angeblickt zu werden. Jeder Strich in den glattfallenden Haaren, sogar die feinen Lidfalten und die Wimpern, die Brauen und die drei hauchdünnen waagerechten Stirnfalten waren in den Stock aus dem Holz des seltenen Baumes geschnitzt. Plötzlich begriff ich, daß mich aus dem Astknoten das Christusgesicht der Hinterglasikone anblickte, die im Wohnraum der Sennhütte hing. Und während ich es betrachtete, kam mir der Gedanke, daß Gordans Vater und Brüder, wenn sie ihre geschnitzten Stöcke bei sich hatten, niemals allein waren. Ich ahnte, daß ich den Eibenholzstock nicht mehr hergeben würde, was immer geschähe. In der Hütte lehnte ich ihn in die Ecke, in der ich in Bade Licus Mantel die Nächte verbrachte.

Die Blockhütte aus abgerindeten Tannenstämmen war in Großvaters Auftrag von drei Szeklern errichtet worden. Sie glich einem übergroßen Schildkrötengehäuse und war so alt, daß sie zu leben begonnen hatte. Sie war niedrig; ein Mann, wollte er durch eine der Türen treten, mußte sich bücken. Auf dem flachen, mit zwei Reihen Tannenholzschindeln gedeckten Satteldach lagen ungefähr zwei Dutzend ungefüge Steinbrocken; sie preßten mit ihrem Gewicht die Hütte erst recht an die Erde. Zwischen die waagerecht aufeinandergelegten unbehauenen Stämme hatten die Erbauer Moos gestopft, so dicht, daß selbst bei heftigem Wind und noch so großer Kälte kein Lüftchen ins Innere drang. In dem einen Raum mit den rings an den Wänden entlanglaufenden Sitzbänken, über denen Gordan seine Schnitzereien angebracht hatte, war nur die Ecke der Feuerstelle frei. Dort hing an einer berußten Kette der bauchige Kessel. Der Rauch stieg an ihm vorbei durch eine Deckenluke über der Feuerstelle auf den Dachboden und von dort durch die Ritzen zwischen den Schindelreihen ins Freie, wo ihn sofort der Wind packte. Das klafterlange Feuerholz war im Nebenraum aufgeschichtet. Täglich mußte ich zwei oder drei der Scheite bereitlegen, die mit dem einen Ende in die Flammen nachgeschoben wurden. Rings um die Feuerstelle waren Steine zu einem Becken für Kohlenglut und Asche aufgeschichtet. Der letzte von uns, der jeweils die Hütte verließ, mußte die Flamme löschen; in der Feuerstelle durften nur die Kohlen unter der Asche zurückbleiben.

Sooft ich den Sommer bei den Hirten zubrachte, war ich für die Ordnung in diesem Raum verantwortlich; Bade Licu duldete nicht die geringste Fahrlässigkeit. Die Tenne mußte täglich gekehrt, der Kessel gesäubert, die Feuerstelle abgesichert werden; ich mußte die Holzscheite bereitlegen, die beiden Zinkblechkübel auf dem Bänkchen neben der Tür mit Wasser füllen und die acht schweren Schaffellmäntel in der Altersfolge ihrer Besitzer an die breiten Holzhaken in der Wand links von der Tür hängen, wenn die Hirten sie nicht trugen.

Im größeren Nebenraum mit den vielerlei Bottichen und Schäffern, den Holzkellen, -messern und -stößeln, den mit Steinen beschwerten Preßbrettern und den Regalen arbeiteten die Hirten an der Käseherstellung. Der Raum, in dessen Mitte eine Zentrifuge stand, war erfüllt vom dichten Geruch der Magermilch, der Hefe und der Ausdünstungen des Käseteigs. Er lag an der Nordseite der Sennhütte; Kühle und Dunkel sind dem Käse bekömmlich, die Ritzen in den Bohlenwänden sorgten für die erforderliche Zugluft. Hier hatte ich nichts zu suchen. Hier stand ich den Licu-Brüdern im Weg, wenn sie sich unter den Anweisungen ihres Vaters ohne Stocken und Zögern zuarbeiteten. Mein Bereich war allein der Wohnraum mit der kargen Einrichtung. Zu dieser gehörte auch die in einer Ecke hängende Hinterglasikone, deren Blau- und Goldfarben im Schein des Öllämpchens darunter Tag und Nacht leuchteten. Sooft ich allein in dem Raum war, hatte ich das Gefühl, die großäugige Madonna blickte mich an. Vor ihre Brust hatte der Künstler einen schmalen Christuskopf gemalt. Am Morgen, ehe sie die Hütte verließen, am Abend, ehe sie schlafen gingen, bekreuzigten sich die Hirten vor dem Heiligenbild.

Die Licu-Brüder behandelten mich so, wie sie es aus dem Umgang miteinander kannten. Sie waren rauh, oft kurzangebunden. Keiner von ihnen ging zimperlich mit mir um. Und so kam ich aus dem Staunen nicht heraus, als ich sie herzlich, ja sogar zärtlich erlebte. Denn eines Tages kam ihre Mutter. Bade Licus Ehefrau nahm, wie ich bald wußte, jede zweite Woche den beschwerlichen Weg aus Fundata über dem Törzburger-Paß auf einem ehemaligen Schmugglerpfad am Muntele Lucşor vorbei durch das Poarta-Tal und nördlich der Zănoaga-Spitze bis zu uns ins Hochtal auf sich. Zwei Tage lang wusch sie den Männern und mir Unterwäsche, Hemden, Fußlappen und Socken. Sie legte das duftende Leinen- und Wollzeug nach dem Trocknen in Wind und Sonne genau zusammengefaltet auf das Wandbord unter der Balkendecke. Es erschien mir unfaßbar, wie sich die sieben Bergtrolle für die Dauer der zwei Tage in fügsame Kinder verwandelten, die der lächelnden Frau mit dem flachen und leeren Gesicht unter dem über die Stirn vorgezogenen Kopftuch am liebsten jeden Handgriff abgenommen hätten.

Wie hatte ich nur denken können, die Mutter der sieben Hirtensöhne müßte so etwas wie ein Mordsweib oder eine Matrone sein? O nein, sie war zierlich, noch kleiner als ihr kleingewachsener Mann und hatte fast kindliche Hände, so daß sich das Wunder der Hünenhaftigkeit ihrer Söhne bei ihrem Anblick erst recht als ein rätselhafter Einfall der Schöpfung darstellte. Wenn sie sprach, klang es, als singe sie leise vor sich hin; wenn sie mich anlächelte, wurde ich davon froh. An den Abenden ihrer Besuchstage beobachtete ich Bade Licu, sobald er sich nach dem Essen auf einem der dreibeinigen Hocker niederließ, ins Feuer starrte, weiß Gott worüber nachdachte und die Hände mit der uralten Gebärde des Segnens über die Flammen hielt. Ich lag im Pelzmantel nahe am Feuer; Bade Licu unterhielt sich leise mit seiner Frau, deren flinke und schrundige Hände, die ich im Feuerschein sah, ununterbrochen mit einer Arbeit beschäftigt waren. Er nannte die Frau »Miranda«. Die Söhne schliefen auf dem Boden hinter mir in ihre Pelze eingehüllt. Nur Gordan trieb es noch draußen im Dunkel um – ich wußte, daß er Cora suchte. Da hörte ich Frau Miranda flüsternd etwas zu ihrem Mann sagen, was ich nicht verstand. Doch Bade Licus Antwort verstand ich: »Er ist nicht wie seine Brüder, die ich züchtigen kann. Es ist etwas in ihm, über das ich keine Macht habe. Ich will mich nicht versündigen, Frau.«

»Ich weiß es, seit Gott ihn mir schenkte«, entgegnete sie nach einer Weile.

Es war an solchen Abenden so still, daß ich das Blockhaus, das schon tagsüber in der Sonnenwärme geknistert und gewispert hatte, atmen zu hören meinte. Die Balken und Schindeln seufzten manchmal, als redeten sie mit sich selber, mit dem alten Bade Licu und mit mir, dann wieder murmelten sie in Selbstgesprächen vor sich hin. Längst stand für mich fest, daß die ins Malaeschter Tal niedergekauerte Sennhütte unter den Westabhängen des Ziganescht ein lebendiges Wesen war wie Hund, Schaf, Bär und Mensch, aber auch wie die Steinadler hoch oben im Blau, auf die mich Gordan zur Mittagszeit aufmerksam gemacht hatte, als sie ihre Kreise über der Herde zogen. »Die warten«, hatte er gesagt, »bis ein Lamm fehlgeht und über die Wände fällt. Nicht auszudenken«, hatte er hinzugefügt, »wenn ein Leithammel abstürzt und die Herde mit sich reißt. Und wenn dann die Adler kommen, gefriert dir das Blut im Herzen...«

Im Traum sah ich danach die immer größer werdenden dunklen Adler über der abstürzenden Herde kreisen, ich hörte, wie das Blockhaus aufstöhnte, Bade Licu stand dabei, er war plötzlich viel höher gewachsen als Gordan, er trug einen golddurchwirkten Königsmantel und nickte den Adlern und den zerfetzten Tierleibern zu... Vielleicht hing der Traum damit zusammen, daß Bade Licu jedesmal, wenn seine Frau kam, gemeinsam mit ihr und sechs seiner Söhne festlich gekleidet übers Gebirge nach Süden zu den Holzklöstern bei der Höhle Skitu zum Gottesdienst ging. So blieb ich einen Tag lang allein mit einem der Licu-Brüder bei den Schafen. Wenn dann die Familie gegen Abend zurückkehrte, erschien mir Bade Licu inmitten seiner Söhne noch kleiner, als ich ihn in Erinnerung hatte.

Der Obersenn sprach immer nur das Erforderliche mit mir. Doch seine Art, mich anzublicken, mir zuzunicken, mir bei den Mahlzeiten meinen Teil »mămăligă« auf den Blechteller zu legen, mir wortlos eine zu schwere Arbeit abzunehmen und mich abends in der Hütte, wenn mir die Augen zufielen, an sich zu ziehen, war mir ebenso recht wie das Gespräch mit ihm. Und es kam zu Gesprächen zwischen uns, o ja, ich konnte fragen, was und wieviel ich wollte, er antwortete mit eintöniger Stimme, gleichviel, was ich zu wissen begehrte.

»Bade Licu«, fragte ich ihn, »woher wissen die Hunde, daß sie immer rings um die Herde laufen und bellen müssen, wenn die Schafe in die falsche Richtung gehen?«

»Die haben das gelernt«, sagte Bade Licu.

»Und wie?«

»Da sind die älteren Hunde dabei. Die können das schon. Die jüngeren halten sich an die älteren Hunde.«

»Lernen das alle Hunde?«

»Nein, es gibt die klugen Hunde, und es gibt die störrischen Klötze unter ihnen.«

»Und was machst du mit denen?«

»Die gebe ich weiter, an Leute, die einen Hofhund brauchen.«

»Und dazu taugen die?«

»Jeder taugt für irgend etwas.«

»Taugst du zum Hirten?«

»Schon mein Vater und Großvater und Urgroßvater und alle die anderen taugten dazu.«

»Willst du zu nichts anderem taugen?«

»Nein. Es ist schön, ein Hirte zu sein. Wozu sollte ich denn sonst taugen? Heißt es nicht schon in der Heiligen Schrift, daß der Herr ein guter Hirte ist? Ich will ein guter Hirte sein.«

»Aber du bist nicht der Hirte in der Bibel! Ich habe mit Onkel Sepp in der Bibel gelesen, dort steht kein Wort über dich.«

»Nein, das bin ich nicht. Ich muß nur Schafe hüten. Der Hirte aber in der Heiligen Schrift muß Menschen hüten.«

»Ist das schwerer?«

»Ja, das ist es.«

»Und wieso?«

»Weil der Mensch einen Verstand hat, den er mißbraucht . . .«

Ich schwieg betroffen und dachte nach.

Wenn Bade Licu redete, tat er es mit gleichmäßiger, fast schläfriger Stimme. Niemals habe ich ihn aufgeregt und nur einmal zornig gesehen – als sich der braunlockige Aron und der maisblonde, immer spottbereite Filip wegen dessen Hänseleien in die Wolle gekriegt, das heißt, die beiden aufeinander loszugehen begonnen hatten. Das Ganze ereignete sich vor der Sennhüte.

Es war ein Tag drückender Schwüle gewesen. Bade Licu, nachdem er die beiden dreimal mit unverändert ruhiger Stimme ermahnt hatte, stand plötzlich zwischen ihnen. Niemand hatte gesehen, wie er die paar Schritte bis zum Kampfplatz zurückgelegt hatte. Aber er stand mit einem Mal zwischen den beiden aufeinander eindreschenden Riesen. Er schlug zuerst den wutschnaubenden Aron und danach Filip blitzartig zu Boden. Und es blieb ihnen, wie sie verdutzt im Gras lagen, nichts anderes übrig, als ins Gelächter der Brüder einzustimmen, die vor Vergnügen wie närrisch gewordene Fohlen herumhüpften und laut wieherten.

Am Nachmittag nach diesem Vorfall entlud sich über dem Hochtal ein sintflutartiges Gewitter. Schon um die Mittagszeit hatte sich dunkles Quellgewölk gebildet und danach rasch ein chaotischer Himmel zusammengebraut, den plötzlich Haufenwolken mit riesigen Auftürmungen beherrschten. Dann war es mit der Finsternis einer Mittwinternacht über die Herden und die Hunde, die Hütte und uns hereingebrochen. Die Feuermesser der Blitze zerschnitten die Bleischwärze ringsum, sie zuckten neben uns über den nassen Fels. Die Donner dröhnten nieder, als wollten sie das Gebirge in Stücke hämmern. Mit stoischer Ruhe um die aufgeschreckten Tiere bemüht, schlugen die Licu-Männer das Kreuz vor der Brust und wiesen die winselnd umherjagenden Hunde zurecht. Es brüllte und knallte zwischen den nahen Hochtalwänden, daß wir sekundenlang taub waren. Die von den Hängen stürzenden Wassermassen drohten, Tier, Mensch und Behausung wegzuschwemmen. Der Regen war so dicht, daß wir einander kaum sahen. Ich schluckte das Wasser, das mir übers Gesicht rann, hielt mich mit einer Hand an Gordan fest und half ihm, die von den Wasserfluten zu Boden gerissenen schreienden Lämmer wieder auf die Beine zu bringen.

Als die tobende Schwärze nach zehn Minuten mit einem letzten Poltern weitergezogen war und der Himmel wieder zu vollem Tageslicht aufriß, floß eine Luft von unbeschreiblicher Reinheit und Frische in meine Lungen. Das erregte mich. Ich rannte in die Talsohle hinab. Ich durchquerte sie und kletterte auf der anderen Seite ins abschüssige Felsgewirr der Bukschoi-Westwand hinauf. Nach einer Dreiviertelstunde stand ich, ins glashelle Goldlicht des Spätnachmittags hinausgehoben, keuchend auf dem Kamm des Höhenzugs, hoch über den Abstürzen, die bis in die Ebene hinabfallen.

Das Gebirge bricht dort aus über zweitausend Meter Höhe zuerst in Fels-, dann in Waldstufen steil nach Norden hin ins

Hochland ab. Aus den Tannenwäldern unten steigt ein Laut empor wie von Brandung im Erdinnern. Unfaßbar weit unter mir die nordostwärts sich erstreckende Fläche des Burzenlands. Wiesen, Äcker, Straßen und Ortschaften waren im Vergrößerungsglas der durchs Unwetter vom Dunst gereinigten Luft in allen Einzelheiten erkennbar; jede Weide an den Ufern der im Westen aus den Königsteinschluchten tosenden »Brsa«, »die Reißende«, erschien zum Greifen nahe. Gleich Fata Morganen waren die weißen Mauern Zeidens unter dem schattenhaft aufgewölbten Waldberg und das grauflimmernde Gemäuer Marienburgs nördlich davon zu sehen. Ja, sogar die Eschenkronen auf dem Eisernen Berg zwischen Rosenau und Neustadt, die kantigen Schatten auf dem Schulergebirge über Kronstadt und das Grün der Senken auf dem Sandsteinrücken des behäbigen Hohensteins dahinter erkannte ich ebenso deutlich wie die übereinandergestaffelten Ostkarpatenkämme, die sich gegen den Sereth und den Pruth hin in der Ferne verloren. Die rings um die Hochfläche stehenden Bergklötze hatten die genauen und geschmeidigen Konturen, die schräg einfallendes spätes Sonnenlicht jeder Landschaft verleiht; ihre Farben waren so nackt ins kalte Blau des Himmels getaucht, daß sie mir dadurch noch näher erschienen.

Vom anstrengenden Aufstieg außer Atem und erhitzt, stand ich in der nassen Kleidung minutenlang und starrte hinunter. Der Abend, als ich wieder bei den Hirten war, kam in heiterer Stille zu uns.

Da einer der Licu-Brüder während des Sommers regelmäßig zu Nahrungsmitteleinkäufen talwärts stieg und nach Rosenau ging — es war in der Regel Gordan, der sich mit zwei der fünf Tragesel aufmachte —, waren die Eltern ständig über mein Befinden unterrichtet. Aber Bade-Licu bot ja ohnehin die Gewähr für meine Unversehrtheit. Das Vertrauen aller zu ihm war grenzenlos; Mutter kannte ihn seit der Kindheit, schon damals war er in ihrem Elternhaus als der Herrscher über die Schafherden ihres Vaters wie ein Familienangehöriger ein- und ausgegangen, hatte Hof und Wohnung mit seinen Berg- und Tierdüften gefüllt und mit der Familie bei Tisch gesessen. Nein, das Fragliche meiner Hirtensommer im Malaeschtertal bezog sich keineswegs auf die Umstände meines Gebirgsdaseins. Das Fragliche hatte vielmehr jedesmal mit dem Ende der Ferien zu tun. Ich versteckte mich nämlich, sobald der Tag des Abschieds nahte und ich mich der Bedrohung ausgesetzt wußte, wieder zur Schule gehen zu müssen.

Ich tat dies, wie Bade Licu nachher kopfschüttelnd sagte, immer »cu multă dibăcie, c-ăi băiat deştept«, »mit viel Findigkeit, denn er ist ein aufgeweckter Junge«. Noch ehe einer der Hirten hätte daran denken können, war ich aus der Sennhütte verschwunden. Die Licu-Männer schrien sich die Seele aus dem Leib, fluchten, schickten die Hunde los und durchstreiften die Hochalmen bis hinauf unter die Steinwände. Doch obwohl ich sie hörte und immer wieder sah, meldete ich mich mit keinem Laut – ging es doch um mein kostbarstes Gut: um die Freiheit. Um nichts auf der Welt wollte ich sie mir nehmen lassen! Ich wollte niemals wieder ein Klassenzimmer betreten, nie wieder in einer der engen Bänke sitzen, den Gestank ölgetränkter Dielenböden einatmen, niemals wieder wegen einer Schulaufgabe flennende, verrotzte Mädchen ertragen müssen. Ich wollte bei den Hunden und Schafen, ich wollte bei Gordan bleiben!

Auf meinen Streifzügen durch die von schluchtartigen Einschnitten auseinandergebrochenen, in den unteren Lagen von Krummföhreninseln bedeckten Flanken des Ziganeschter Höhenzugs hatte ich eines Tags eine kleine Höhle entdeckt. Emporgehoben ins Windsummen vor den Felsen, konnte ich von ihr gleich einem Adler aus seinem Horst ins Tal hinabblicken. Ich hatte die Höhle mit Zweigen ausgelegt, im Laufe der Zeit unbemerkt einige Lammfelle hinaufgetragen und für einen Vorrat an Käse, Steckzwiebeln und einigen Stücken des stark gesalzenen Dörrfleischs gesorgt. Die Höhle lag so weit oberhalb der Sennhütte und der Almen, daß die Hirten selbst bei tagelangem Suchen nicht auf sie gestoßen wären. Und so suchten und fluchten sie vergebens, und Bade Licu blieb schließlich nichts anders übrig, als nach zwei Tagen ergebnislosen Fahndens meinen Freund Gordan mit der Nachricht von meiner Unauffindbarkeit hinunterzuschikken.

Das aufgescheuchte Familienaufgebot, das noch am selben Tag im Malaeschter-Gletschertal eintraf und in der knapp über der Waldgrenze gelegenen Schutzhütte Quartier bezog, war nach Zahl und Zusammensetzung umwerfend. Nicht allein mein Hardt-Großvater und mein Vater waren gekommen, sondern auch meine Mutter und die schlanke, weißhaarige Hennerth-Großmutter, zwei meiner Onkel, meine beiden Tanten väterlicherseits – die hellblonde, energische Tante Elisabeth und die brünette Tante Leonore, die in Wien Musik studierte –, dazu sechs Vettern meines Vaters, der Zigeuner Midi Bubu und für alle Fälle noch einige mitfühlende Freunde der Familie, von denen drei ihr Hochgebirgsgerät wie Kletterschuhe, Seile und Pickel mitgebracht hatten. Und so nahm die alljährliche große Herbstsuche der Familien Hennerth und Hardt ihren Lauf, begann die Treibjagd auf den ersten männlichen Sproß der Hennerth-Hardtschen Sippe, der wieder herbeigeschafft und im Namen der Gesittung ins geordnete Leben der Gesellschaft zurückgebracht werden mußte.

Ich hörte meinen Namen nicht nur aus den heiser werdenden Kehlen, ich hörte ihn auch im vielfachen Echo aus den Felsen neben, über und unter mir. Die Hunde bellten, die Tanten schrien, einige der Männer schimpften, andere verständigten sich durch fachmännische Rufe über die Stellen, an denen ich zu finden sein müßte. Indessen blickte ich aus meinem Höhlenloch mit gemischten Gefühlen ins Tal hinab. Wollte denn keiner von denen verstehen, daß ich stickige Schulräume haßte? In mir wogte der Kampf zwischen dem Mitgefühl für die Suchenden und meinem Freiheitsbedürfnis. Das dauerte freilich nur so lange, bis mich die Stimme meiner Mutter erreichte. Aufgeschreckt von der Erkenntnis, unter all den umherirrenden Menschen der hilfsbedürftigste zu sein, kroch ich aus meiner Höhle. Ich glitt zwischen dem Nadelgesträuch auf dem Hosenboden durch die lange steile Geröllrinne talwärts und lief, unten angekommen, laut rufend der Mutter entgegen.

Anstelle der Tracht Prügel von meinem Vater, die ich verdient hätte, umfingen mich liebevolle Mutterarme, dazu kreischende Tanten, von denen Tante Elisabeth vor Zorn am ganzen Körper zitterte, und die sich mit ernsten Mienen zunickenden Freunde meines Vaters. Bade Licu schlug sich kopfschüttelnd und den Namen der Heiligen Jungfrau murmelnd drei Kreuze, die sieben Prätorianer standen daneben, und mein Freund Gordan tat immer noch so, als hätte er mich bei der Suche nicht dreimal aus der Nähe gesehen und danach schnell in eine andere Richtung geblickt. Mein Hardt-Großvater aber sagte lachend: »Beim nächstenmal, Peter, verstecken wir uns zu zweit. Uns beide finden die nie und nimmer.«

In einer Art Triumphzug wurde ich dann heimgebracht. Tante Elisabeth mußte in der letzten Zeit sehr unter den Vertröstungen ihres Verlobten Hermann Rein gelitten haben, denn zum Ärger meiner Mutter führte sie mich als Verkörperung aller Übel vor. »Der verlorene Sohn ist uns doppelt willkommen«, sagte der Pfarrer Mager, der Freund der Familie, der sich in schwerer Stunde im Hennerth-Haus eingefunden und mit den Wartenden ausgeharrt hatte. Daß ich voller Flöhe war, die in meinen Haaren und Kleidern nisteten, daß ich nach Käsewasser, verrußten Bohlen und Zottelpelzen roch, scherte mich wenig. Braungebrannt, mit rauhen Handflächen, die Bilder von Himmel und Erde zerreißenden Hochgebirgsgewittern, vom aufbrüllenden Bären, von den Gemsen und den tanzenden Hirten vor Augen, quälte ich mich durch die ersten Schulwochen und lebte vom Gedanken an den nächsten Sommer im Malaeschter-Gletschertal.

Mehr als alles andere aber beschäftigte mich nach diesem ersten Aufenthalt bei den Hirten ein Vorfall, dessen Zeuge ich am letzten Tag geworden war. Aus meinem Höhlenschlupfwinkel hatte ich im Windbruch unterhalb der Waldgrenze Gordans Begegnung mit der Bärin Cora beobachtet. Gordan mußte unerwartet auf sie gestoßen sein, denn er war am oberen Rand des Windbruchs wie angewurzelt stehengeblieben. Erst danach erkannte ich die Bärin mit den zwei Jungen zwischen den niedergebrochenen Stämmen. Mit sehr langsamen und weichen Bewegungen hatte er sich den Tieren genähert, die letzten Meter fast kriechend. Und als ich nach einer Stunde angespannten Beobachtens für einen Augenblick die Aufmerksamkeit verlor, muß es geschehen sein. Denn als ich ihn wieder im Blick hatte, lag er neben den Tieren in der Sonne. Die Bärin leckte ihm Gesicht und Brust; Gordan streichelte ihr vorsichtig den Kopf. Sein wütender Angriff in der Nacht des Einbruchs ins Schafgehege hatte einem Bären gegolten, der sich in den Malaeschter Wäldern breitgemacht und Cora zu verdrängen begonnen hatte ...

Vier Sommer lang, vier unvergeßliche Sommer verbrachte ich in dem alten Gletschertal − wenn auch der Herbstsuche nach den ersten Ferien bei den Hirten das Dramatische genommen war, wußte doch seither jeder, daß nicht ein Verunglückter gefunden und geborgen, sondern ein Entsprungener eingefangen werden mußte. Und jedesmal auch sorgte Tante Elisabeth für zusätzlichen Wirbel, da sie von Mal zu Mal entschiedener die Wiederholung meines Ausbruchsversuchs mit dem Hinweis auf die gefährliche Beständigkeit meines

Trachtens verband. Ich räume ein, daß mich mein Freiheits-hunger rückfällig machte. Doch daß ich meiner Mutter ver-sprochen hatte,»nichts Unüberlegtes zu tun«, stand ja nicht im Widerspruch dazu. Oder war es denn unüberlegt, für die Freiheit einen Einsatz zu wagen? War es verwerflich, keinen Zweifel an ihrem Wert zu lassen? Und war es nicht vielleicht so, daß meine unbeschwerte Neigung zur Hartnäckigkeit in dieser Frage von Tante Elisabeth als persönliche Herausfor-derung begriffen wurde, es mir gleichzutun? Wenn sie aller-dings auf dem Höhepunkt ihres Zorns von»Abgründen« sprach, die in mir»schlummerten«, und es deutlich wurde, daß Mutter zum Gegenangriff entschlossen war, mischte sich Vater in seiner gelassenen Art ein.»Sei friedlich, liebe Elisa-beth«, sagte er belustigt und fügte den Satz hinzu, den ich am häufigsten von ihm hörte:»Ich schlage vor, die Angelegenheit nicht so eng zu sehen.«Woraufhin sie dann regelmäßig mit Ausrufen wie:»Wehret den Anfängen!«das Zimmer verließ. Hatte Vater wirklich noch nichts bemerkt? Die arme schöne Tante Elisabeth – sie muß zu jenem Zeitpunkt sehr gelitten haben.

Abgesehen von diesen Vorgängen am Rande: Es war meine segensreiche und zuverlässige Unbelehrbarkeit, die dem Aus-zug der Familien zur alljährlichen Suche bald die Weihen einer öffentlichen Veranstaltung verschaffte. Denn nicht al-lein was Hennerth und Hardt hieß, beteiligte sich künftig an dem gleichsam von mir ins Leben gerufenen Fest. Schon im zweiten Herbst kamen die Nachbarn Eisendenk und Kraft und schließlich die Bewohner der ganzen Straße hinzu. Und alle, die jemals dabei waren, sprachen noch Jahre danach von dem Ereignis.

Über die Maßen aber beeindruckte es mich, als an einem dieser Herbsttage nach meiner Rückkehr von den Hirten der immer schwarz gekleidete, leicht hinkende Onkel Sepp, der sich im Hennerth-Haus eingefunden hatte, beim Nachmittagstee in der Hoflaube auf eine Bemerkung Vaters hin sagte: »Natürlich irritiert den Bauern und den Städter am Hirten das Wanderleben. Doch gerade durch die Wechselhaftigkeit und die Gefahren seines Daseins erkennt der Hirte das Unverzichtbare scharfäugiger als der Seßhafte. Zeus, der erste Gott der Europäer, war ein Gott der Hirten, nicht der Bauern und Städter. Der Felsenaltar in seiner Grotte am Idagebirge auf Kreta ist das Werk der Phantasie ahnungsvoller Hirten.« Dann fügte er hinzu: »Darüber ließe sich vieles sagen...« Onkel Sepp, mit vollem Namen Josef Schapira, war ein gescheiter und belesener Mann. Ich freute mich jedesmal, wenn er aus Kronstadt zu Besuch kam.

So vergingen die Sommer meiner Kindheit bei den Karpatenhirten, die ich dank Großvater kennengelernt hatte. Einer von ihnen, Gordan, sollte an einem Schnittpunkt meines Lebens eine entscheidende Rolle spielen.

Und von ihnen, aus ihrem Reich im Gletschertal mit der Blockhütte und den Hochalmen, sollte mich Großvater eines Tages dann auch zu den geheimnisvollen Mönchen jenseits der Berge führen.

II. Kapitel

*Die uralte Heimkehr aus dem Krieg
mit der Brotkruste und der Tapferkeitsmedaille in der
zerrissenen Hosentasche*

Hatte mir das Streunerische des Hardt-Großvaters das Tor zur Welt außerhalb des Elternhauses geöffnet, so der lächelnde Gleichmut meines Vaters mir verständlich gemacht, daß es nicht abwegig sein konnte, was mich dabei leitete. Mein Vater war ein Mensch der musischen Heiterkeit, dessen sportsmännische Lebenshaltung einer gewissen k. u. k.-Prägung sich mit einer Lauterkeit verband, die seinen Stil des Umgangs mit jedermann bestimmte. Mit kaum fünfzehn Jahren ging er, der Sohn eines Schuldirektors aus zweiter Ehe, auf die Offiziersschule in Prag und von dort nach wenigen Monaten Ausbildung als Fähnrich der ungarischen Honvéd im Jahre 1915 zunächst an die russische, bald darauf an die italienische Kriegsfront. Er machte über die Hälfte der zwölf Isonzoschlachten mit, wurde mehrfach verwundet, ausgezeichnet und bis zum letzten Kriegstag nach jeder Genesung wieder eingesetzt. Nach dem Durchbruch der Alliierten durch die österreichisch-ungarische Front am Piave im Oktober 1918 und der Niederlage der Mittelmächte schleppte er sich krank, verwundet und halbverhungert gemeinsam mit einem jungen österreichischen Hauptmann barfuß aus Südtirol über den Brennerpaß nach Innsbruck. Von einem johlenden Volkshaufen niedergeschlagen, rettete er sich auf einen Güterzug und erreichte, fortan die Züge ständig wechselnd, nach fünf Wochen Fahrt über Wien und Budapest die Stadt Kronstadt, wo er, vor Schwäche zusammengebrochen, vom Zigeuner Midi Bubu, dem Henkersnachfahren, aufgelesen und in dessen Korbelwägelchen mit der Schindmähre davor nach Rosenau gebracht wurde. Als er das Elternhaus in der Brückengasse mit der Nummer 33 unter dem im Torbogen eingelassenen Steinwappen mit den Initialen seines Vaters M H und der Jahreszahl 1892 betrat und erschöpft im Schatten der überdachten Einfahrt stehenblieb, erblickte ihn seine über den Hof gehende Mutter. Sie wies die Dienstmagd an, »dem armen, umherirrenden Soldaten« Brot, Obst und eine Stange Wurst zu bringen und ihn zu fragen, ob ihm sonst noch geholfen werden könnte. Dann betrat sie die Hoflaube.

Mein Großvater, der sich ebenfalls zum Nachmittagstee in die Laube unter dem Spanischen Flieder begeben wollte, sah den fremden, hochaufgeschossenen Soldaten abgerissen und hohläugig ans Tor gelehnt stehen, überließ dann aber die Angelegenheit den Frauen und verschwand kopfschüttelnd in der Laube.

In diesem Augenblick gab der tagsüber in der hintersten Hofecke unter einem Vordach angekettete Hund Laut. Hektor, so hieß das alte Tier, sprang auf, bellte unaufhörlich und versuchte, sich loszureißen. Da erst wurden die Eltern meines damals neunzehnjährigen Vaters und die beiden jüngeren Schwestern Elisabeth und Leonore, die wegen des Lärms aus dem Haus getreten waren, aufmerksam. Als erste erkannte ihn Großmutter. Von ihr, der Mutter meines Vaters, einer schlanken, schmalköpfigen Frau mit silberweißem Haar, die von früh an ein Zittern in der rechten Hand hatte, kenne ich die Geschichte dieser Heimkehr aus dem Krieg. An einem der Winterabende, als ich mit vom Skilaufen erkalteten Füßen im Pendülezimmer vor der Kaminöffnung saß, erzählte sie mir die Geschichte von dem Kriegsheimkehrer des Jahres 1918.

Ich hatte zu dieser Großmutter, die von ihrer Tochter Elisabeth »die Kleistin« genannt wurde, weil sie in »kleistisch genauen Sätzen« spreche, eine Bindung besonderer Art. Zur

Witwe geworden, hatte sie mir ihre ganze verhaltene Zuneigung geschenkt, und ich machte durch sie die Erfahrung einer Kameradschaftlichkeit, die zum Kostbarsten meines Lebens gehört. Sooft ich sie später, längst dem Elternhaus entwachsen, als junger Mensch besuchte, war es ein Gang nach Hause. Sie strahlte bis zu ihrem Tod in einer unvergleichlichen Weise Sauberkeit aus. Im mittleren Raum ihrer Wohnung, im Pendülezimmer, nahmen wir allabendlich gemeinsam die Mahlzeit ein. In ihren drei Zimmern hatte ich immer den Eindruck, es sei soeben ausgiebig gelüftet worden, so frisch erhielt sich ein Hauch von Wald- und Bergwiesenduft darin. Nichts Unnötiges oder Zufälliges stand oder hing bei ihr herum. Was sich sonst oft in den Wohnungen alter Menschen an Angesammeltem findet — nichts davon gab es hier. Sobald wir allein waren, entfaltete sie einen mädchenhaften Charme, dessen Sprödigkeit mich gefangennahm. Ihre außerordentliche Musikalität, die sich auf ihre drei Kinder und auf sämtliche Enkelkinder weitervererbte, war im weiten Bekanntenkreis sprichwörtlich. Von einem ihrer Vorfahren ging in der Familie eine Geschichte um, bei deren Erwähnung sich der Zug um ihren Mund jedesmal veränderte. Einmal überwand ich mich und fragte sie danach. Ihr Blick ruhte lange auf mir. Ohne Einleitung begann sie zu erzählen.

»Mein Großvater — dies las ich in einem aus Gerichtsakten, Zeitungsnotizen und Matrikelabschriften von meinem Vater zusammengestellten, jedoch verlorengegangenen Bericht — war 1808 der letzte durch Enthauptung ums Leben gebrachte Bürger Kronstadts. Er war dein Ururgroßvater. Er soll, so sagen wir heute, an manischer Depression und Verfolgungswahn gelitten haben... Die Gerichtsakten ergeben ein Bild entsetzlicher Roheit der Justiz, der Rechtsgelehrten, Richter, Theologen, Mediziner, im Umgang mit dem armen Mann, der, wiederholter Brandstiftung mit erheblichen Schäden und mehrfacher fahrlässiger Tötung überführt, des Bundes mit dem Teufel angeklagt worden war.

Paulus Georg Roth, wie der Name des fünfundzwanzigjährig nach einem die Öffentlichkeit erregenden Prozeß zu Kronstadt durch das Schwert Enthaupteten lautete, war seiner Begabung wegen schon im Kindesalter von guten Musiklehrern unterrichtet worden. Doch im Laufe der Jahre begann er an einer von den Ärzten nicht bestimmbaren Krankheit zu leiden. Sie machte sich, so hieß es im Text der Gerichtsakte, die ich als Mädchen noch sah, durch heftige, bis zur Unbrauchbarkeit der Hände und Arme gehende Nervenzuckungen bemerkbar, die sich aber immer nur während des Spielens eines Instruments – sei es des Klaviers, sei es der Orgel – bei dem jungen Menschen einstellten. Das bewog ihn schließlich, das Musikstudium endgültig abzubrechen. Er wurde Lehrer und heiratete. Da jedoch die Musik dem Unglücklichen zum ein und alles geworden war, half ihm sein Vater das Leben dadurch erträglich zu gestalten, daß er ihm durch eine Verbindung die Organistenstelle an der wegen ihres schönen Flügelaltars gerühmten Kirche der unweit Kronstadts gelegenen Marktgemeinde Heldsdorf verschaffte – die fünf, sechs wöchentlichen Übungsstunden und das sonntägliche Orgelspiel würden den Kranken weder überfordern noch ihm das Gefühl geben, von der Musik abgeschnitten zu sein. Eben diese Bemühungen des Vaters aber wurden dem Sohn und dem Ort zum Verhängnis. Paulus Georg Roth nämlich soll, vermerken die Akten, als er einmal auf der dämmerigen Orgelempore eine Kerze anzündete, um die Noten besser lesen zu können, die Entdeckung gemacht haben, daß der Anblick der Flamme seinen Zustand fiebriger Aufgebrachtheit milderte, ja ihn sogar vollends beseitigte...«
Großmutter schwieg eine Zeitlang, dann fuhr sie fort:»Von diesem Tag an stürzte er sich mit einer Begierde in die Ausübung der Musik, mit der sich ein vom sicheren Tod

Gezeichneter dem Leben hingeben mag, wenn ihm unerwartete Hoffnung geschenkt wird. Er brachte es zu einer Meisterschaft, die einige Freunde veranlaßte, ihn zu einer Reise nach Wien zu drängen, um dort in einem Konzert vor die Öffentlichkeit zu treten. Dadurch aber nahm das Unheil erst recht seinen Lauf. Denn es sollte sich für Paulus Georg Roth bald herausstellen, daß es zur Besänftigung seines unerträglichen Zustands immer größerer Flammen bedurfte. Und hatte er zu Beginn seiner Entdeckung noch die Kerzenzahl auf dem Orgeltisch erhöht, so war ihm eines Tages der ungeheuerliche Einfall gekommen, sich durch Brandlegung zu helfen. Die Musik habe ihm wohl innere Ruhe gegeben, ihn jedesmal aber – so ungefähr sagte er vor seinen Richtern aus – auch in einen Zustand versetzt, der ihn gedrängt habe, ›seine Umgebung in Brand zu stecken‹. Dies notierte der Gerichtsschreiber. ›Nicht mehr Herr seiner Vernunft‹, so war in den Papieren weiter zu lesen, schickte er eines Abends die Buben, die ihm den Blasebalg traten, fort und rannte aus der Kirche in die Nacht hinaus. Und an jenem Abend legte Paulus Georg Roth zum erstenmal Feuer. Er steckte die Scheune eines Bauernhofes in Brand. Trotz verzweifelter Versuche der vielen herbeigeeilten Menschen, die Flammen zu löschen, verbrannte schließlich das ganze Anwesen bis auf die Grundmauern.« Wieder schwieg Großmutter, ehe sie fortfuhr:»Für niemanden bestand ein Zweifel daran, daß Brandstiftung dem Feuer vorausgegangen war. Doch niemand schöpfte den Verdacht, der freundliche und guterzogene junge Musiker aus der Stadt könnte der Täter gewesen sein... Paulus Georg Roth gab später vor Gericht zu Protokoll, daß ihn der Brand des stattlichen Hofes mit dem Gefühl der Befreiung erfüllt und die mit Todeslust empfundene Qual seines durch die Musik zerwühlten Innern beim Anblick der Flammen ihr Ende gefunden habe. Gott allein weiß, wie es wirklich gewesen ist... Der Prozeß wurde dem Armen erst ein volles Jahr nachher gemacht. Denn ehe er als Brandstifter entdeckt war, legte er eine Reihe weiterer und immer größerer Brände, bis seiner Raserei im Herbst des Jahres 1807 in einer Nacht ein ganzer Straßenzug und drei Menschen, dazu mehrere Tiere zum Opfer fielen.

Vom Gestammel des Fünfundzwanzigjährigen vor den Richtern, so notierte der Schriftsteller Rudolf Nesendörfer einhundertvierzig Jahre später, habe sich keine wortgetreue Aufzeichnung erhalten, was bedauert werden müßte, weil erst ihre Lektüre das Ausmaß der einfältigen Umschreibungen und lachhaften Allegorien, mit denen sich die Herren Justitiare, Mediziner und Theologen geholfen hätten, offenbaren würde. Der Delinquent habe, so ließen diese zu Papier bringen, ›einigen Teufelserscheinungen während des Orgelspiels in verwerflicher Weise in sich Raum gegeben‹, anstatt dem ›göttlichen Auftrag der edlen Kunst der Musica das innere Ohr zu leihen‹. Und weil sie des Delinquenten Verneinung dieser Auslegung für widerspenstigen, störrischen Geist hielten, ließen sie ihm durch einen Gerichtsdiener dreißig Stockschläge auf die nackten Fußsohlen verabreichen; das geschah im Laufe der zwei Tage langen Gerichtsverhandlung dreimal, so daß der Urteilsspruch einen nicht allein an sich und der Welt verzweifelnden Schuldigen, sondern auch einen sinnlos Mißhandelten traf, der seine Peiniger um den Tod anflehte.«

Großmutter sah mich an und sagte:»Am Morgen des 25. Oktober 1808 hob der Scharfrichter im Innenhof einer alten Bastei, die noch unter des Kaisers Sigismund I. Aufsicht errichtet worden war, das Schwert. Er befreite den von zwei Stadtknechten zum Henkersblock geschleppten Unseligen von seinen Qualen. Im Mai des darauffolgenden Jahres brachte seine Witwe einen gesunden Knaben zur Welt. Sie ließ ihn auf den Namen des Vaters, Paulus Georg, taufen. Er wurde dein Urgroßvater...«

Die in der Öffentlichkeit hochgeehrte, überall mit»Frau

Rektor« angesprochene Hennerth-Großmutter ist dem Ansehen ihres verstorbenen Mannes, meines Großvaters väterlicherseits, bis zuletzt gerecht geworden – sie ließ das unbeugsame Wesen ihres Mannes durch eine ausgleichende Natur von Jahr zu Jahr in der Erinnerung der Menschen sanfter erscheinen. Als ich sie einmal fragte: »Wie war Großvater zu dir?« brachte sie mir nach einem fragenden Blick eine alte Zeitung, in der ihres Mannes aus Anlaß des zehnten Todestages gedacht war. »Lies dies«, sagte sie und schlug das vierseitige Wochenblatt auf. Ich erinnere mich, daß ich von dem Text, den ich vor mir hatte, soviel wie nichts aufnahm, so stark beeindruckte mich das Bild des dunkelhaarigen, bärtigen Mannes mit den dichten Augenbrauen über durchdringendem Blick. Das Bild mußte in Großvaters besten Mannesjahren gemacht worden sein. Ich hatte es noch niemals gesehen.

Ich war verwirrt. Ich gab Großmutter die Zeitung zurück und hatte nicht den Mut, ihr zu sagen, daß ich tags vorher im Sommerhaus eines Bekannten namens Zupfenhügler, wohin mich mein Freund Willi Kurzell, der Geiger, mitgenommen hatte, aus einer Gruppe Erwachsener einen Gesprächsfetzen aufgefangen hatte, der sich auf den Hennerth-Großvater bezog. Ein Mann hatte gesagt: »Die Rektorin hatte es nicht leicht mit ihm – er war hochfahrend, herrschsüchtig...« Ich sah zum gerahmten Foto auf dem Nachtkästchen der Großmutter hinüber, es zeigte ihren Mann; mit grauem Spitzbart, in weißem Hemd saß er schreibend an einem runden Korbtisch. Es war das letzte Bild, das es von ihm gab. Von Krankheit gezeichnet, stand der undurchdringliche Ernst des über die Papiere geneigten Gesichts im Widerspruch zum verspielten Jugendstilrahmen. Auch das Bild gab mir keine Antwort auf meine Frage. Erst viele Jahre später begriff ich, was mit den Sätzen gemeint war, die Großmutter gesagt, nachdem ich ihr die Zeitung zurückgegeben hatte: »Er hat sich im Kampf gegen die Trägheit, die Dummheit und die Gemeinheit der Menschen aufgerieben.«

Lebhaft erinnere ich mich des Begräbnisses meines Hennerth-Großvaters, der schwarzgekleideten Menschenmenge, dazu des unter dem hohen Gewölbe der Toreinfahrt liegenden dunkelbraunen Sargs. Vor allem der mit versteinertem Gesicht unbeweglich danebenstehenden schlanken Großmutter. Während des Totenmahls saß ich allein in Großvaters Arbeitszimmer. Wie in großer Ferne hörte ich das Schwatzen der Trauergäste nebenan. Auf einer Ecke des schwarzen Schreibtischs lag ein Buch im Folioformat – vielleicht hatte Großvater es noch vor wenigen Tagen aus einem der Bücherschränke geholt.

»Er ist gestorben, wie er gelebt hat, der Michael Hennerth«, hatte ich soeben noch einen der Gäste sagen hören, als ich aus dem Speiseraum in Großvaters Arbeitszimmer gegangen war. Woher wußte der das? Ich allein war bei Großvater gewesen, als er starb. Unter dem alten Gravensteiner im Garten war er von einer Sekunde auf die andere dem Herzschlag erlegen, wie ein Baum der Länge nach hinstürzend. Ich hatte neben ihm gestanden, meine Hand in seiner, die mich, nach kurzem Druck erschlaffend, jäh freigegeben hatte. Ich schlug das Buch auf. Es war ein Kunstalbum mit Ansichten von Dresden, wohin die Großeltern einst eine Reise gemacht hatten. Das Palais Augusts des Starken, der Große Garten und das Alte Rathaus, dazu die Frauenkirche, die Brühlsche Terrasse, die Hofkirche, das Schloß. Vom Glanz der herrlichen Stadt verzaubert, hatte ich bald alles ringsum vergessen. Auf der letzten, leeren Buchseite stieß ich auf eine Zeile in Großvaters genauer, schwungvoll gezügelter Handschrift. Die eine Zeile in lateinischer Sprache beschäftigte mich. Immer wieder las ich sie und versuchte, sie mir einzuprägen, obgleich ich kein Wort verstand. Ich las: »Sic vos non vobis nidificates aves.« In Klammern darunter stand: »Vergil« und sehr klein geschrieben: »So baut ihr Nester, o Vögel, nicht für euch.« Und als ich die Vergilsche Verszeile las, stand er mit einem Mal wieder neben mir. Ich fühlte jenen letzten raschen Druck seiner Hand, mit dem er sich, ehe er niederstürzte, von mir verabschiedet hatte. Er war, als er starb, neunundfünfzig Jahre alt. Mein Vater muß ihm in großer Zuneigung zugetan gewesen sein, niemals hörte ich ihn anders als mit Wärme von ihm sprechen. Vielleicht rührte seine Zuneigung auch daher, daß er nach Anlage wie Erscheinung ganz das Kind seiner Mutter war – hoch, hell, heiter.

O ja, der Ernst der Großmutter wurde in jedem Augenblick durch eine stille Heiterkeit ergänzt, die sie auszeichnete. Ich war vierzehn Jahre alt, als ich mit ihr eine Hochzeit besuchte, eins der damals im Burzenland üblichen überbordenden Volksfeste. Sie hatte mich mit einem fragenden Lächeln gebeten, sie zu begleiten. In dem großen Gemeindesaal waren ungefähr achthundert Menschen versammelt; sie saßen an den Tischen, die ringsum aufgestellt waren. In dem von Musikklängen unterbrochenen Trubel und Lärm ermunterte mich Großmutter, meine eigenen Wege zu gehen. Ich stieß auf meinen Freund Paul Eisendenk und auf meinen Vetter Horst. Wir unternahmen Erkundungsgänge auf dem Dachboden des Gemeindehauses und trieben uns hinter den staubigen Kulissen auf der Bühne herum, während die Kapelle beim Einzug der weißgekleideten Köchinnen mit den vollen Suppenterrinen den »Alte-Kameraden«-Marsch und nach dem Essen beim ersten Tanz der Braut mit dem Brautvater den »Donauwellen«-Walzer blies. Wir spielten Fangen und rannten zwischen den Tanzpaaren über den Parkettboden des Saales. Von weitem sah ich Großmutter. Sie saß aufrecht zwischen den anderen Frauen. Doch als ich zu ihr hinüberlaufen wollte, hörte ich in einer Gruppe älterer Männer vor mir den Namen des Hardt-Großvaters. Ich blieb stehen.

»Ja«, sagte ein Mann mit schiefem Kinn und Triefaugen, »wie

das mit dem Todesschuß auf den Garugan war, das weiß ja keiner genau.«

Der Dicke neben ihm nickte und sagte:»Weiß man denn überhaupt, warum er seinerzeit aus Amerika zurückgekommen ist? Es soll da gewisse Dinge gegeben haben...«

Und der erste sagte:»Beim Hardt Thummes weiß man niemals...«

Da erblickten sie mich, sie machten sich gegenseitig Zeichen und schwiegen. Der Triefäugige hielt sich die Serviette vor den Mund. Ich lief zur Großmutter. Den kurzen Wortwechsel hatte ich bald vergessen.

Am Nachmittag des nächsten Tages fand ich sie auf dem Sofa ihres Wohnzimmers unter der Neuenburger Pendüle mit dem sanften Pendelschlag sitzend und schlafend, eine Zeitung auf den Knien. Ein Sonnenstrahl fiel durchs Fenster und die weißen Gittertüllvorhänge neben ihr und hüllte ihren Kopf mit den zu einem Zopf geflochtenen Haaren, die sie als »Krone« aufgesteckt trug, in zerfließendes Silberlicht. Sie atmete ruhig, im Zimmer war nur ihr Atem und der Laut des Pendelschlags in dem braunen Nußholzgehäuse zu hören. Niemals bis dahin hatte ich der Großmutter so gegenübergestanden, und mir war, als stünde ich zum erstenmal vor ihr. Auch im Schlaf zitterte ihre rechte Hand leicht.

Da ich das Zimmer betreten hatte, um Nadel und Zwirn für das Annähen eines abgerissenen Jackenknopfs zu holen, schlich ich auf Zehenspitzen zum Nachtkästchen, wo sie das Nähgerät aufbewahrte. Nichtsahnend zog ich die kleine Lade auf. Vor meinen Augen lag neben dem Nähetui ein Stoß sorgfältig übereinandergelegter, heftgroßer Papiere. Sie waren von Großmutters kleiner Handschrift bedeckt. Ich las zwei, drei Zeilen. Es waren Gedichte, die ich geschrieben hatte. Großmutter hatte sie von lose herumliegenden Blättern gesammelt und abgeschrieben. Ich kam mir wie ein auf frischer Tat ertappter Dieb vor, blickte der Schlafenden ins

Gesicht und entfernte mich im Laut des regelmäßigen Pendelschlags auf Fußspitzen aus dem Raum, mit dem Gefühl, die ganze Zeit hindurch von der Wanduhr beobachtet worden zu sein.

Als die Großmutter an jenem Herbsttag des Jahres 1918 ihren Sohn Richard in zerschlissenen Soldatenkleidern ans Hoftor gelehnt erkannt hatte, war sie als erste bei ihm gewesen. »Mein Gott«, erzählte sie mir, »er war so leicht, daß ich ihn nicht nur ohne Anstrengung auffing, als er bewußtlos in die Knie brach, sondern ihn in meinen Armen trug wie eine Stoffpuppe... Ich habe weinend neben ihm gesessen, während ich ihn wusch, wie eine Mutter ihren Säugling wäscht; er lag mehr tot als lebendig auf meinem Arm in der Badewanne. Das Wasser färbte sich schwarz... Ich habe ihn gefüttert. Da war er wie ein kraftloser alter Mann. Sein Vater verließ schluchzend das Zimmer. In einer Tasche der Soldatenhose fanden wir die Große Silberne Tapferkeitsmedaille mit dem eingeprägten Bildnis des Kaisers Franz Joseph und dem österreichischen Doppeladler. Dazu ein Stück schwarze und harte zerkaute Brotkruste...«

III. Kapitel

Die historisch fruchtbaren Brüste der
Semiramida Cariowanda, der blonde Bär und der Tod
im Wald der ewigen Schöpfung

Der Krieg war noch lange nicht vergessen, als mein Vater die siebzehnjährige Johanna Maria Hardt heiratete; einige Jahre darauf kam ich zur Welt. Und vom Augenblick meiner Geburt an, hörte ich später, waren sich alle Männer in der Familie darin einig, daß ich, der erste männliche Nachkomme, zu »einem Mann gemacht« werden müßte. Außerdem ergoß sich der pädagogische Eifer meiner beiden Tanten Elisabeth und Leonore, dieser eigenwilligen Wesen, über mich; sie sollen sich meiner bemächtigt haben, als sei ich ohne Mutter zur Welt gekommen. Die damals hochmodernen »Leipziger Mutterkurse« in der Hand, legten sie alles darauf an, mich von der ersten Stunde an den Vorstellungen irgendeines deutschen Professors gemäß zu erziehen. Dabei kam ich fast ums Leben. Denn die »Leipziger Mutterkurse« jenes Professors schrieben unter anderem vor, daß ein Mensch meines Alters nicht länger als zehn Minuten saugend an der mütterlichen Brust liegen durfte. Die Tanten entrissen mich daher nach Ablauf der vorgeschriebenen Zeit meiner Mutter und verwiesen auf die lächerlichen Vorschriften. Darüber verlor meine arme Mutter, eine durch und durch gesunde Frau, unter Schmerzen die Milch, und ich begann, zu einem Engerling zu schrumpfen, der sich kaum noch zu bewegen vermochte. Tante Elisabeth, damals Studentin der Chemie in Leipzig, hatte die »Leipziger Mutterkurse« aus Deutschland mitgebracht und zu meinem frühen Unglück meinen Vater und die um vieles jüngere Schwester von ihrer modernen Wissenschaftlichkeit überzeugt. Vielleicht bin ich deshalb seither von Grund auf allem gegenüber mißtrauisch, was mir als »modern« und nichts weiter empfohlen wird, die Beantwortung dieser Herausforderung war schließlich einst eine Existenzfrage für mich. Zum Glück griff dann eines Tages die Hennerth-Großmutter ein. Sie soll, wurde in der Familie erzählt, ihren gescheiten Töchtern die »Leipziger Mutterkurse« abgejagt, diese an die nächststehende Wand geschleudert und mit einem grimmigen Blick in die Runde und der auf mich gerichteten Hand gerufen haben: »Wenn ihr so weitermacht, verhungert dies Kind nicht nur, es vertrocknet vorher auch noch.« Und von dem Tag an wurde ich, weil doch meine Mutter die Milch verloren hatte, einem riesenhaften Zigeunerweib an die Brust gelegt, das zur selben Stunde wie meine Mutter mit einem Knaben niedergekommen war.

Mein Vater hatte die Frau aus Gefühlen aufgeschreckter Erhalterpflicht heraus nicht allein zum Entsetzen seiner Schwestern herbeigeholt. Er stand plötzlich mit ihr da. Der Zigeuner Midi Bubu, der Allerweltskerl, hatte sie ihm empfohlen. Die Zigeunerfrau mit Namen Cariowanda, weithin geachtet als Wundheilerin und Geburtshelferin, fand sich dreimal täglich in meinem Elternhaus ein. Sie mußte sich unter den aufmerksamen Blicken besonders der Tanten Elisabeth und Leonore die Brust mit einer Spezialseife waschen — und danach säugte sie im Kreise der Familie an der einen ihrer gewaltigen Brüste ihr Söhnchen, an der anderen mich. Und ich schmatzte mich an der Warze des braunhäutigen Weibes wieder zu Kräften, die mir der professorale Unsinn aus der weltberühmten deutschen Messestadt entzogen hatte. Ich tat es mit Genuß, wie mir die Hennerth-Großmutter später berichtete, mit einer alle erlösenden Herzhaftigkeit. Und so verloren die wissenschaftlichen Erkenntnisse des Professors zumindest in meinem Elternhaus ihre Bedeutung und ebneten mir, dem abendländisch-germanischen Sach-

senabkömmling, die Wege in die völkerverbindende Bruderschaft mit dem morgenländisch-asiatischen Thiganokind.
Keiner von uns beiden nahm Schaden an der friedlichen
Lösung. Denn die Zigeunerfrau Semiramida Cariowanda
war eine vom lieben Gott mit nahrhafter Milch reichlich
gesegnete Amme, der ich zeit ihres Lebens in Zuneigung
zugetan blieb. Wenn es stimmt, daß die Forschung einiges
darüber herausgefunden haben soll, daß Anlage wie Charakter des Menschen eine ihrer Prägungen von der in frühem
Alter aufgenommenen Nahrung erhalten, erweist sich in
meinem Fall die Feststellung als unumgänglich, daß ich wohl
deshalb mit all den Völkern im Südosten des Erdteils passabel
auskam, weil ich mit der einst eingesaugten Ammenmilch
nicht nur eine weiße, aus Wasser, Fett, Eiweiß, Zucker,
Salzen und Mineralien zusammengesetzte und von mancherlei Vitaminen angereicherte Flüssigkeit zu mir genommen
hatte, sondern mir vielmehr ein Saft zugeführt worden war, in
dessen Brodem sich der Geist all jener Völker gleichsam ein
chemisches Stelldichein gab. In der Amme Cariowanda nämlich müssen sich vielerlei Herkünfte getroffen und gekreuzt
haben. Wie denn sonst ist es zu erklären, daß sie über schoko-
ladefarbenem Leib auf ihrem Kopf mit römischem Profil,
slawischer Backenknochenbreite und indischen Mandelaugen eine blonde Löwenmähne trug? Und verkörperte sie
solcherart nicht die Völkergeschichte der südöstlichen
Räume und war somit dazu geschaffen, mich aus den urei-
gensten Kräften jener Landschaften heraus zu speisen und
lebensfähig zu machen? Daß ich dann schon im Alter von
sechs, sieben Jahren durchaus soweit war, daß die Männer
mit dem Wunsch, mich in ihren Kreis zu berufen, auf den
Plan traten und in meine Erziehung einzugreifen begannen,
bestätigt zumindest die Nachhaltigkeit der gesunden Früh-
prägung, die mir an Cariowandas gleichsam historisch
fruchtbaren Brüsten zuteil geworden war.

Den Anfang machte natürlich mein Vater. Vom paradiesischen Wildreichtum der Karpaten dazu eingeladen, ging er neben seinem Beruf der Hochwildjagd nach. Und er nahm mich früh auf Pirschgänge mit, was freilich niemals einen Jäger aus mir machte, aber einen ebenso leidenschaftlichen Naturbeobachter, wie er einst ein Weidmann gewesen war. Im Sommer wie im Winter ging's hinaus, und jedesmal, wenn meine Mutter protestierte, hieß es: »Ein Mann soll aus ihm werden!« Klingt das nach der Karikatur vernünftiger Erziehung? Was schert's mich. Ich bin meinem Vater für die Unbekümmertheit dankbar, mit der er mich den Rauheiten des Lebens in Wald und Bergen aussetzte. Er setzte mich ja ebenso ihren Schönheiten aus.

Ein Mann also sollte ich werden, und ich war sechs Jahre alt, als Vater und Hardt-Großvater mit mir auszogen, mich männlich zu formen, das heißt, sie nahmen mich eines Tages auf den Hohen Rong zur Jagd mit. Das ist eine in den Karpatenvorbergen gelegene Wald- und Felsgegend von wild zupackender Schönheit. Unter urwelthaften Eschen- und Buchenwipfeln stand dort einst eine bekannte Jagdhütte, ein ungefüges Blockhaus über abschüssiger Waldwiese, das ich von den Herumtreibereien mit dem kräutersammelnden Großvater her kannte. Wir trafen während der Dämmerung in dem Haus ein, das der Wildheger Ilarie, ein Rumäne, zusammen mit seiner Frau Mioara bewohnte; die beiden stammten aus Alt-Tohan, einer am Turcu-Bach gelegenen Gemeinde unter den Măgură-Bergen östlich des Königsteins. Ich war müde und mußte gleich zu Bett gehen. Vater zog zwei Flaschen Kokeltaler Mädchentraube, eine Spätlese, aus dem Rucksack und setzte sich mit Großvater und dem Heger Ilarie an den Tisch — da war ich auch schon eingeschlafen. Als ich am nächsten Morgen geweckt wurde, war es noch stockfinster.

»Wo ist Großvater?« wollte ich schlaftrunken wissen.

»Der ist schon weg«, sagte Vater, »über den Verbrannten Stein und den Strempfenkopf ins Malaeschter Tal zu den Hirten und Schafen. Wir treffen uns heute abend hier in der Hütte wieder.«

Als ich barfuß ins nasse Morgengras hinaustrat, wurde ich hellwach, erst recht, als ich mich mit dem kalten Quellwasser hinter dem Blockhaus wusch und danach von der heißen Ziegenmilch trank und dem dampfenden Weißbrot aß, das Mioara aufgetischt hatte. Indessen hatte sich über den Baumkronen einer jener klaren Himmel angekündigt, die in den Strahlen der aufgehenden Sonne über all dem taugetränkten Laub der Bäume und Sträucher, der Moose, Gräser und Bergblumen zu einem aus jubelndem Licht aufgetürmten Ereignis werden.

Ich hatte Vater mit einer Hand an der Hose gepackt und lief halb neben, halb hinter ihm durchs hohe Gras. Er machte lange Schritte und hatte dabei, eingesponnen in das von allen Seiten durchs Blätterwerk herabflutende Sprühlicht, die doppelläufige Büchse, die rechte Hand am Kolben, über den angewinkelten Unterarm gelegt. Das Hämmern zweier Schwarzspechte war zu hören, dazwischen aus dem Tal unter uns das Rufen eines Kuckucks; Vater machte mich auf das schnelle Ziepen zweier Rotkehlchen und das Schlagen einiger Drosseln aufmerksam. Ich bin später oft an solchen Morgen in die Südkarpaten aufgebrochen, hungrig nach den Aromen der Gräser, nach dem schweren Duft der Wälder, dem harten Geruch ihrer Quellen und Wildbäche. Wie an jenem Morgen in meiner Kindheit.

Aber was dann geschah, war wie ein niederfahrender Blitz, der mich auseinanderriß. Mein Vater hatte, wie er später erzählte, auf dem in den Waldweg hereinragenden Ast einer alten Rotbuche schräg über uns einen Luchs erblickt, das scheueste Wild der Südkarpaten. Die Waffe hochreißen und zweimal feuern, war das Werk einer halben Sekunde. Die

Morgenfeier des Waldes zerbarst in einem Dröhnen. Was Vater dabei aber nicht bedacht hatte, war meine Ahnungslosigkeit — die dicht über mir aufpeitschenden Schüsse kamen einem Weltuntergang gleich, und eine der Folgen davon war, daß sich schlagartig alle meine Schließmuskeln öffneten. Wie festgewurzelt blieb ich stehen. Das Wasser rann mir über die nackten Beine hinab, und unter den kurzen Lederhosen quoll die Bescherung hinten heraus. Erstarrt, ein Denkmal des leibhaftigen Jammers, stand ich im nassen Gras, betrachtete meine Beine bald von vorne, bald von hinten und begann jämmerlich zu weinen. Wen wundert's? Während sich das nachhallende Brausen des Waldes zu legen begann, die Vögel ihr Tirilieren wieder aufnahmen und der Luchs längst das Weite gesucht hatte, die Welt also in ihre vom Schöpfer bestimmte Ordnung zurückkehrte, blickte mein Vater mit verzogener Nase auf mich herab und ratlos an mir hinunter. Ich sah seinen zusammengepreßten Mund und seinen halb belustigten, halb verzweifelten Blick. Er schüttelte nach einiger Zeit den Kopf, lehnte die Büchse an einen Baumstamm und trat mit einem Ausdruck im Gesicht näher, als würde er sagen: Und das soll ein Mann sein? ... O nein, ich war es ganz und gar nicht, ich heulte unmännlich weiter, während mich der Enttäuschte auf einen der in jenen Waldgegenden häufigen Grenzsteine aus der Zeit des k. u. k.-Reichs stellte und mich mit Büscheln von Huflattich und Sauerampfer vorn und hinten mehr bemalte als abschrubbte. Mit meiner Männlichkeit war es vorläufig also noch nichts. Zur Ehre Vaters muß ich aber sagen, daß er nun, da er die Lage vollends erkannt hatte, keine Sekunde zögerte. Todesmutig nahm er mich auf den Arm, verließ den Waldweg und eilte, seine Jagd vergessend, schnurstacks einem Bergbauerngehöft zu, dessen Besitzer er kannte.

Doch er hatte keinen guten Tag damals. Denn als uns die auf der Holzveranda des niedrigen Hauses stehende Bäuerin erblickte und begriff, daß ich in höchsten Nöten war und daß der Mann, der mich trug, die Schuld an meiner Bedrängnis hatte, stürzte sie sich die Treppe herab auf meinen Vater, übergoß ihn mit einem Schwall von Verwünschungen, die sich alle gegen seine Männlichkeit richteten, und entwand mich ihm. Er mußte unter der Veranda warten, bis sie mich entkleidete, tröstete, wusch und dazwischen immer wieder zum offenen Fenster hinausschrie: Was es doch für ein Elend sei, daß die Männer auch noch als Väter durch die Welt liefen, anstatt den Eseln gleich nur Lasten zu schleppen und, sobald sie Kinder gezeugt, für immer vom Erdboden zu verschwinden!... Niemals wieder in meinem Leben habe ich eine Frau mit meinem Vater so umspringen gesehen wie diese rumänische Bergbäuerin. Sie gab erst Ruhe, als ihr Mann nach Hause kam. Der hieß Grigoraş, war der Sohn, Enkel und Urenkel einst berüchtigter Rinderschmuggler, seit dem Wegfall der Landesgrenze aber verarmt und mehr von der Wilderei als der hier oben kargen Landwirtschaft lebend. Er hatte von einem Wolfsbiß eine verstümmelte Hand, war ein Freund des Wildhegers Ilarie vom Hohen Rong und mit diesem oft auf Sauftouren. Vater schätzte ihn als einen Meister des Köderauslegens für Bären. Grigoraş zwinkerte ihm zu und zog ihn mit seiner Stummelhand am Ärmel hinter das Haus. Dort fanden wir die zwei, als ich wiederhergestellt und zum nächsten Abenteuer bereit war; sie schliefen im dichten Kleegras nebeneinander, eine geleerte Schnapsflasche zu ihren Füßen.

Mit keinem Sterbenswörtchen erwähnte Vater am Abend in der Blockhütte bei Ilarie Großvater gegenüber den Vorfall. Er sagte nur:»Wir sind schön gewandert. Wir haben beim Schmuggler-Grigoraş gegessen. Seine Frau kocht einen ausgezeichneten Borschtsch. Ich habe einen Luchs knapp verfehlt.« Großvater berichtete von Bade Licu, den Schafen und dem Juden Leo Kleibowitsch, dem er die Frühjahrs-Vollschur verkauft hatte. Großvater lachte vergnügt auf:»Ein gerissener Mann, der Kleibowitsch. Ich habe lange feilschen müssen mit ihm.« Er schob eine halbe Zigarette aus der Silberdose mit den lustig geschwungenen Flachgravuren auf dem matt glänzenden Deckel ins Mundstück und nahm dies zwischen die Zähne.»Weißt du«, fuhr er fort,»was er mir sagte? ›Herr Hardt, denken Sie immer dran: Geld verloren – nichts verloren, Ehre verloren – viel verloren, Mut verloren – alles verloren...‹ Da habe ich Bruderschaft mit dem Leo getrunken. Von dem kann jeder was lernen.« Großvater leerte seine Zelttuchtasche und erklärte Mioara, wogegen und wofür die Kräuter hülfen, er sagte:»Hier, der Augentrost mit den bläulichen Blüten, der macht deine schönen Augen noch schöner und leuchtender.«

Während Mioara mit den Rehaugen und den geschmeidigen Bewegungen die Hammelkeulentokane, ein Gulasch, auftischte, unterhielten sich die drei Männer über Wild und Wald; der Heger Ilarie jammerte über ein großes Wildschweinrudel, das»cu o curvă afurisită de scroafă-n frunte şi o namilă cît o vită-n coadă«,»mit einem gerissenen Luder von Bache an der Spitze und einem Mordskerl von Keiler hintendrein«, die Bergwiesen umackere. Mioara trug mich, während ich schon halb schlief, in das nach Tannenholz und in der Sonne gelüfteten Ziegenhaardecken duftende Bett hinter dem Kachelofen; sie streichelte mich mit weicher Hand und flüsterte:»Ce frumos eşti, puişorule«,»Wie schön du bist, Küchlein.« Ich fühlte ihren heißen Körper ganz nahe. Ich sah Großvater die Weinflasche entkorken und Ilarie, den mageren Mann aus Alt-Tohan, nach dem Glas greifen. Er leerte es und begann, mit Handballen und Fingern Tanzrhythmen auf die Tischplatte zu hämmern; dazu pfiff er. Ich kam aus dem Staunen nicht heraus, als Großvater der jungen Frau zunickte und sie in einem der quirligen Hirtentänze über den Dielenboden wirbelte. Ilarie pfiff und trommelte. Vater lachte, klatschte im Takt in die Hände und stampfte mit einem Fuß. Federleicht bog und drehte sich Mioara im Tanz. Sie warf das Kopftuch weg und öffnete die vollen Haare, die ihr bis zu den Knien reichten. Die wehenden Haare legten sich kurz über Großvaters Gesicht. Ilarie leerte immer wieder mit schnellem Griff sein Glas. Mioara unterbrach den Tanz, steckte sich die Haare hoch und setzte sich zu ihm; sie schob die Flasche von ihm fort und stimmte mit leiser Stimme ein rumänisches Volkslied an:»Foaie verde din Tohan, mîndrul meu pe cal bălan«,»Stolzer mein, grünes Tohan, reit auf einem Schimmel an.« Zum halbgeöffneten Fenster am Fußende des Bettes strömte der Südkarpatenwald seine nächtlichen Geräusche und Gerüche zu mir herein. Im Einschlafen hörte ich Vater noch sagen:»Deinen Keiler übernehme ich, Ilarie«, und Großvater, das volle Glas in der erhobenen Hand, rief:»Ich mache mit! Aber vorher sind wir auf der Treibjagd hinter der Idweg-Klamm die Gäste meines Freundes, des königlichen Jagdhofmeisters Oberst von Schuß. Er hat einen Bären zum Abschuß freigegeben...«

Dieser königliche Jagdmeister war ein langer, knochiger Mensch mit hellgrauem Spitzbart; er trug immer einen verwaschenen Tropenanzug und Ledergamaschen und bewegte sich etwas steif. Er fuhr sich von Zeit zu Zeit mit dem Daumen der linken Hand kurz durch den Bart, als säße dort eine Fliege; aber das war nur ein Tick, wie ich bald bemerkte, als ich ihn kennengelernt hatte. Wurde über ihn gesprochen, sagten die Männer nur»der Oberst Schuß«. Das hatte nichts damit zu tun, daß des Obersten Lieblingsbeschäftigung das Schießen war, vielmehr lautete sein Name: Ludwig Heribert Robert Edler von Schuß.»Ein k. u. k.-Relikt«, sagten die einen,»ein Grandseigneur und vorzüglicher Jäger« die anderen. Oberst von Schuß stammte aus Österreich – das heißt aus einer der zahlreichen Provinzen oder einem der Kronländer, die Österreich mit dem Zerfall des Habsburgerreichs 1918 für immer verlor, vielleicht aus der Krain, aus der Südsteiermark, aus Böhmen oder wer weiß woher, niemand wußte es. Er war als Artilleriemajor der k. u. k.-Armee nach dem Ersten Weltkrieg im zusammengeschrumpelten Österreich brotlos geworden, und da er sich einen anderen Lebensinhalt als den eines Offiziers nicht hatte vorstellen können, hatte er das Angebot des durch den Kriegsausgang aufgeblähten Königreichs Rumänien angenommen, als Offizier in seinen Dienst zu treten. Wie übrigens auch sein älterer Bruder Franz-Joseph, der, als Fregattenkapitän aus der 1918 aufgelösten k. u. k.-Kriegsmarine ausgeschieden und in die Kriegsflotte des jungen Großrumänien aufgenommen, im Jahr 1921 eines der vier rumänischen Patrouillenboote kommandieren sollte, die den englischen Kreuzer »Cardiff« begleiteten. An Bord befanden sich der ehemalige Herrscher und oberste Kriegsherr der Brüder von Schuß − der habsburgische Kaiser Karl − und seine bourbonisch-parmesische Gattin Zita, die auf die Verbannungsinsel Madeira gebracht wurden. Die Briten hatten das Paar nach dem mißglückten Versuch der Wiedererringung der magyarischen Königswürde donauabwärts aus Ungarn entfernen lassen. Dabei hatte der Fregattenkapitän Franz-Joseph, wie er seinem Bruder später erzählte, das Exkaiser- und -königspaar nach der Anhörung der Heiligen Messe im Donauhafen Galatz unterwegs zur Einschiffung auf die »Cardiff« mit »dem beschissensten Gefühl im Magen« militärisch gegrüßt. »Ich habe«, hatte er gesagt, »den Majestäten in die Augen geblickt und ihnen die Ehrenbezeigung erwiesen«, und hinzugefügt: »Ich habe als letzter k. u. k.-Offizier dem Kaiserreich ins Auge geschaut...« Das Erlebnis hatte ihn tief getroffen, er war darüber zum Säufer geworden und hatte sich eines Tages eine Kugel durch den Kopf gejagt... Der rumänischen Sprache unkundig, doch auch nicht gewillt, sie möglichst bald zu erlernen − vertrat er ja ohnehin die Ansicht, daß die auf dem ganzen Erdenrund verständlichste aller Sprachen der gutgezielte Schuß sei –, war der Oberst von Schuß dem fünfundfünfzigjährigen König Ferdinand als ein kenntnisreicher Weidmann aufgefallen. Und der später im siebenbürgischen Karlsburg als Ferdinand I. zum »ersten König aller Rumänen« gekrönte Prinz von Hohenzollern-Sigmaringen, ein etwas gehemmter Mann, hatte den Oberst Ludwig Heribert Robert Edler von Schuß an den Hof in die Hauptstadt geholt. Erst recht hatte dieser dann seinen Weg gemacht, als im Jahr 1930 der jagdnärrische Kronprinz Carol als König Carol der Zweite auf den rumänischen Thron gestiegen war.

Der Oberst Ludwig Heribert Robert Edler von Schuß habe nicht nur, wie die Leute sagten, Gemsen, Bären und Wölfe in den Karpaten gejagt, er sei auch bei der Jagd auf Senegal- und Somalilöwen erfolgreich gewesen, ja er habe sogar zwei der gefährlichen afrikanischen Rogues, wie die Einzelgängerelefanten dort heißen, und einige Bengalitiger zur Strecke gebracht. Da dem bis zur Grobheit gradlinigen Junggesellen der Aufenthalt im »doppelzüngigen Bukarest« ein Greuel und »das Atmen in der verluderten Hofgesellschaft unmöglich« war, lebte er vorzugsweise in Hermannstadt. Hier gäbe es zwar, soll eine seiner bissigen Bemerkungen gelautet haben, »die geschwätzigsten Deutschen auf der Welt, aber in ihrer Einfalt sind sie harmlos...« Sein malerisch am Stadtrand gelegenes und von Efeu überwuchertes Blockhaus soll mit Jagdtrophäen gefüllt gewesen sein. So wollten die Jäger wissen, daß im großen Wohnraum nicht allein fünf galizische Steppenwolfsfelle auf dem Dielenboden zwischen den Ledersesseln lagen, sondern an den Wänden neben zwei Jaguar- und zwei Leopardenfellen auch die Stoßzähne eines Walrosses und die Flossen eines Narwals hingen.

Inmitten der Wildexotika stand in diesem Raum auch ein Biedermeier-Kleiderschrank. Nicht an die Wand gerückt, wie Schränke sonst stehen, nein, mitten im Raum stand der

Schrankriese. Er beherbergte neben Werkzeug und Hausratstücken auch Jagdgeräte, Anzüge, Mäntel, Unterwäsche, eine k. u. k.-Galauniform, zwanzig Paar Schuhe, drei komplette Aluminiumfeldgeschirre, einen Klappstuhl, Tafelgeschirr aus Meißner Porzellan, in einem Karton zehn verstaubte Flaschen Malvasierwein, eine Perücke, einige Hirsch- und Genickfänger und ein Notenpult aus der Hinterlassenschaft des Bruders, der die Flöte geblasen hatte. Dem Schrank gegenüber war ein ebenso imposanter Empireschreibtisch mit Bronzebeschlägen aufgestellt; an seiner Stirnseite, erzählten die Männer, hingen vier Impalageweihe aus Südwestafrika und ein ostkarpatischer Achtzehnender, von dem des Obersten Krawatten baumelten.

Quer durch den ans Wohnzimmer angrenzenden Raum spannte sich die Tropenhängematte, in der der Oberst schlief; zu den Besonderheiten der Schlafstätte gehörte freilich nicht nur diese »hanca« – wie der Oberst von Schuß das Schlafnetz eingedenk der indianischen Herkunft nannte –, sondern auch die Haut einer neun Meter langen Anakonda, die von der Decke herabhing. Auf der Gartenterrasse des freundlichen Hauses schließlich, mit Blick auf einen völlig verwilderten Baum- und Strauchbestand, lehnten neben drei Massai-Lederschilden sieben Herero-Giftspeere. Der Oberst, hieß es, sitze gelegentlich stundenlang auf der Terrasse, starre ins Gartendickicht und jage sitzend mit den Speeren die Feldmäuse im Gras.

Das Allerheiligste seines Hauses jedoch durften nur Gäste betreten, die er, aus oft unerfindlichen Gründen, auszeichnen wollte. Auf dem Dielenboden dieses gartenwärts gelegenen Raums lag das Fell eines Massailöwen mit prächtiger Silbermähne, das dem Oberst einst einen begehrten internationalen Jagdpreis eingebracht hatte. Die gelben Glasaugen des Tierkopfes machten auf die Besucher dieses Zimmers einen solchen Eindruck, daß jeder mit unwillkürlichem Zurückfahren reagierte. Doch niemals soll der Oberst auch nur angedeutet haben, daß er derlei bemerkte, wennschon böse Zungen behaupteten, daß er in solchen Augenblicken seinen Gast innerlich auslachte und sich an dessen Erschrecken weidete. Im Hintergrund dieses halbabgedunkelten Zimmers standen zwei ausgestopfte Gralshüter, in der linken Ecke ein indischer Marabu, in der rechten ein australischer Kranich. Die großen Vögel, sagten die Freunde, erinnerten an den Oberst, wenn dieser bei besonderem Anlaß noch steifer und unnahbarer wirkte als gewöhnlich. Und hier, an der Wand zwischen den beiden Vögeln, an der Verschalung aus brasilianischem Rosenholz von gelblichrotem Glanz brillierte des Obersten von Schuß kostbarstes Gut – die Jagdwaffen. Die Repetierbüchsen, Drillinge und Vierlinge mit Schrot- und Kugelläufen, die Doppelbüchsen und Doppelflinten, die von so erfindungsreichen Männern wie Oliver Fisher Winchester und den Brüdern Paul und Wilhelm Mauser, wie Henry W. Holland, Philo Remington oder Merkel in der ältesten und bekanntesten Waffenstadt der Welt – im schönen Suhl am Südabfall des Thüringer Walds – zur Freude der Weidmänner in allen Erdteilen landauf und landab ersonnen und hergestellt wurden oder immer noch werden. In tödlichem Ernst funkelte all das metallene Gerät dem Eintretenden entgegen, bewacht von Löwe, Kranich und Marabu.

Der schrullige, wegen seiner Ehrlichkeit aber angesehene und auch gefürchtete Mann soll bis ins hohe Alter im Besitz einer legendären Schußsicherheit gewesen sein; sie machte ihn bei seiner stoischen Ruhe für die gefährlichsten Jagdarten geeignet, was er bei Begegnungen mit den afrikanischen »großen Fünf« – Elefant, Büffel, Nashorn, Leopard und Löwe – bewiesen hatte. Noch als Fünfundsiebzigjähriger soll er einhändig einen Würgfalken im Flug erlegt haben.

Dennoch, behaupteten die Kenner, sei der Oberst Ludwig Heribert Robert Edler von Schuß ein Mensch des Humors.

Und er ging als eine jener letzten Gestalten aus der kaiserlich und königlichen Welt der Donaumonarchie durchs Leben, die noch lange über das Ende der Monarchie hinaus, der sie entstammten und deren Stil sie geformt hatte, in den Landschaften Südosteuropas weiterexistierten, immer ein wenig einzelgängerisch, immer einen Hauch von der Zeit überholter Noblesse und Eleganz der verschollenen Welt um sich und immer auch ein wenig Traurigkeit in der gepflegten Haltung, die jeder spürte, der sie kennenlernte und Umgang mit ihnen hatte.

Wie dem auch sei, fest steht, daß es einer öffentlichen Ehrung gleichkam, vom Oberst zu einer Treibjagd auf Bären eingeladen zu werden. Und da meinem Hardt-Großvater vor Jahren die Gunst zuteil geworden war, das Zimmer des afrikanischen Silbermähnenlöwen betreten zu dürfen, war eine Einladung des Edlen von Schuß auch an ihn ergangen. Großvater hatte mit Dank für den Fall zugesagt, daß sein Schwiegersohn Rick Hennerth ebenfalls des Obersten Jagdgast sein dürfe. Der Oberst hatte die Bedingung – sofern es eine war – angenommen. Und keine Sekunde lang hatte weder für meinen Hardt-Großvater noch für meinen Vater der geringste Zweifel daran bestanden, daß auch ich an der Jagd in den Wäldern hinter der Idweg-Klamm teilnehmen würde. So fuhren wir zu dritt in Großvaters Zweiradkutsche, den in der Sonne blaßrot glänzenden Betyár vorgespannt, auf die nördlichen Waldvorberge des Butschetsch zu, das feine Hämmern und Surren der Räder unter uns.

Wenn ich mit meinem Vater, mit dem Hardt-Großvater oder mit beiden gleichzeitig die Holzbrücke über dem von Korbweiden umstandenen Großen Weidenbach nahe den Zigeunerlehmhütten hinter mir gelassen hatte, nichts mehr als die Berge und den violett in den Himmel gebauten Butschetsch vor mir, begannen für mich jedesmal Stunden der Erfüllung. Die vom Geruch der Weidenblätter, der Heckenrosenblüten, des Spitzwegerichs und der Schafgarbe gewürzte Luft, die von den näherrückenden Hügellehnen strömenden Tannenharz- und Rotbuchendünste füllten die in die Berge hineinführende Bachlandschaft.

Es gehörte zu diesen Ausfahrten, daß wir, im Tal des Weidenbachs angekommen, gemeinsam mit Vater nach Herzenslust zu singen begannen. Vater konnte tausend Lieder auswendig. Sein Lieblingslied lernte ich dabei schnell auswendig:»Innsbruck, ich muß dich lassen, ich fahr dahin mein Straßen, in fremde Land dahin...« Vater sang es mit weicher, klarer Stimme in einer mich jedesmal von neuem berührenden Weise. Als ich ihn fragte, warum es denn in dem Lied an einer Stelle heiße:»Mein Freud' ist mir genommen, die ich nit weiß bekommen, wo ich im Elend bin«, erzählte er mir vom Krieg.

Es waren freilich die eigenartigsten Kriegsgeschichten, die ich je hörte, während ich zwischen Vater und Großvater, der die wippenden Zügel in der Faust hielt, auf dem alten Leder des Kutschensitzes saß. Denn Vater erzählte mir von der Schönheit der Stadt Meran am rauschenden Passerbach. Von Merans Burg und der gotischen Kirche mit den schönen Fresken und den bunten Glasgemälden. Er erzählte von den Grafen auf Schloß Tirol nahe bei Meran, von Bozens Laubengängen und dem Dom mit dem schlanken, mitten aus dem Dach wachsenden Turm. Und vom Eisack, wie er vom Brenner herab durch die in den Fels geschnittenen Gebirgstäler auf die Stadt am Beginn des Etschtals zudrängt. Er erzählte von den Wandgemälden im Domkreuzgang zu Brixen, wo die Rienz in den Eisack einmündet, nachdem sie aus den über dreitausend Meter hohen Dolomiten durch das romantische Pustertal am Schloß Brunneck und an den Resten der Stadtmauer vorbei über die Wasserscheide des Toblacher Feldes wohl um die hundert Kilometer weit geflossen ist, unentwegt tosend und brausend in Südtirols gewaltigen Bergen. Er erzählte mir von den fruchtbaren Obst- und Weingärten zwischen Sterzing und der Salurner Klause. Von den seidig glänzenden Gletschern und Schneespitzen. Von der Burg Branzoll und dem uralten Kloster Säben, die himmelhoch über den Hausdächern in der Klausener Enge aufragen... Und dann sprach er von den Menschen in jenem Land, die deutsch reden wie wir und die, wie er sagte, »wie wir hier in Siebenbürgen bis zum Jahr 1918 zur Donaumonarchie gehörten, die seit jenem Jahr aber ein Teil von Italien sind – so wie wir ein Teil Rumäniens wurden. Tja«, sagte er, »das ist so der Lauf der Dinge«, und schwieg.

Er war durch nichts zu bewegen, mir »wirkliche Kriegsgeschichten« zu erzählen, wie ich forderte, von Kanonen, Granaten und Gewehren. Aber ich ließ nicht locker, während Großvater schweigend neben mir saß und das leergerauchte Zigarettenmundstück zwischen den Zähnen hielt und der auf den ungarischen Namen Betyár getaufte Goldfuchs – was soviel wie Teufelskerl oder Tausendsassa heißt – mit seiner in der Sonne leuchtenden Kruppe die Kutsche in flottem Trab über die Schwedenstraße zog. Da nickte Vater schließlich, sah mich lange an und sagte: »Ich werde dir eine erzählen; hör mir genau zu – und denk an das Lied.« Großvater streifte uns mit einem kurzen Blick, griff nach dem Mundstück und schob es umständlich zu der silbernen Zigarettendose in die Hosentasche. Mein Vater erzählte:

»Eines Tages schossen die Kanonen so stark, daß wir aus den Schützengräben hinaus mußten, um anderswo Deckung zu suchen. Dabei stolperte ich und fiel mitten zwischen den Einschlägen in ein gerade von einer schweren Granate aufgerissenes Erdloch. Die italienische Artillerie hatte unsere Schützengräben voll erwischt, aber auch unsere die italienischen. Und als ich mich in dem Loch halb aufrichtete, stand ein italienischer Offizier vor mir, der in derselben Sekunde wie ich in dem Granattrichter gelandet war. Er war älter als ich. Er hätte mein Vater sein können. Er hatte eine Armeepistole am Koppel hängen. Wie ich. Aber er griff nicht nach der Pistole, während über uns die Geschosse durch die Luft fauchten. Er griff in die Brusttasche nach seiner Zigarettendose. Auch ich griff nicht nach der Waffe. Ich holte, als ich die Zigaretten sah, das Feuerzeug aus der Hosentasche. Er sagte: ›Bon giorno, camerato‹, und ich sagte: ›Servus, Kamerad.‹ Er gab mir eine Zigarette, ich gab ihm Feuer. Während über uns der Himmel zerfetzte und rechts und links von unserem Loch die Granaten die Erde fraßen und wieder ausspuckten, standen wir aneinander gelehnt und rauchten. Als wir die Stummel weggeworfen hatten, griff er in die Brusttasche, reichte mir die leere Zigarettendose und sagte: ›Che porta fortuna.‹ Ich holte das Feuerzeug aus der Hosentasche, gab es ihm und sagte: ›Und dies bringe dir Glück.‹ Da es in der Luft ruhiger geworden war, grüßten wir einander, und ich half ihm aus dem Erdloch steigen. Er war ein schwerer Mann. Dann kletterte ich nach der anderen Seite aus dem Loch ...«

Vater schwieg. Großvater zog die Zügel kurz an, weil Betyár schon wieder galoppieren wollte.

Vater sagte: »Wenn du groß bist, fahren wir nach Südtirol. Ich werde dir die hübschen Burgen, die Schlösser und Kirchen zeigen.«

Großvater rief: »Betyár!« und zog die Zügel noch straffer an.

»Und wo ist die Zigarettendose?« fragte ich. »Hast du sie noch, Vater?« Vater blickte geradeaus. Da griff Großvater in die rechte Jackentasche und hielt mir die Silberdose vor die Augen, in der er seine Zigaretten aufbewahrte. »Dies ist sie«, sagte er, »dein Vater hat sie mir geschenkt.« Die abgegriffene Dose war nachgedunkelt. Wie sie so in Großvaters Hand lag, war ihr nichts davon anzumerken, daß sie das Artilleriefeuer am Piave erlebt hatte. Großvater nickte und sagte: »Es ist die schönste Kriegsgeschichte, die ich kenne.«

»Warst du auch im Krieg, Großvater?« wollte ich wissen.

»Mhm«, sagte er, »wie dein Vater – vom ersten bis zum letzten Tag.«

Ehe die in den Himmel stoßenden Felsen der schmalen Idweg-Klamm vor uns auftauchten, sprachen wir nicht mehr. Doch mir fiel die Fotografie ein, die ich vor kurzem bei der Hennerth-Großmutter gesehen hatte. Das Bild zeigte ihren Sohn, meinen Vater, als Soldaten in einer Stellung am Isonzo-Fluß. Kurz vor der Einfahrt in die von Schattenüberlagerungen verdüsterte Klamm, durch deren Sohle neben dem Steinweg das Wildwasser lärmte, scheute Betyár und wollte nicht weitergehen. Vater stieg von der Kutsche, ergriff die Kandare und führte den Hengst auf den Schluchteingang zu. Plötzlich war der Glanz des Spätsommermorgens weggewischt.

Und so hatte ich bei Großmutter das leicht angegilbte, an den Ecken zerfranste Foto gesehen: Ein riesiger Stahlhelm vom bedrohlichen Aussehen eines Bunkers hebt sich über den Rand des Schützengrabens, das Gelände davor von Einschlägen umgewühlt, entstellt. Eine jener vom Krieg vergewaltigten Landschaften, deren Charakter ausgelöscht wurde, als sei einem Menschen das Gesicht weggeschossen worden. Was mich aber an dem Foto zutiefst erschreckt hatte, war etwas anderes gewesen – es war das weiße Gesicht meines Vaters unter dem viel zu großen Stahlhelm. Das Gesicht eines Kindes. Eines Sechzehnjährigen. Die übergroßen Augen in diesem vom Stahlhelm erdrückten, vom Stahlhelmrand halb verschluckten Gesicht inmitten der schwarzen, verbrannten, mit den Eingeweiden nach außen gekehrten Kriegslandschaft... Der Halbwüchsige unter dem Helmrand hatte an sieben Schlachten und neunzehn Gefechten teilgenommen, war viermal verwundet und sechsmal für Tapferkeit vor dem Feind ausgezeichnet worden. Nach der fünften Isonzo-Schlacht gerade aus dem Gefechtsabschnitt des Brückenkopfs von Görz nördlich des Golfs von Triest abgezogen, hatte er die Nachricht vom Tod seines älteren Bruders Friedrich bei Lemberg in Galizien am ersten Tag der Brussilow-Offensive erhalten. Er sollte wenig später den Zusammenbruch nicht nur einer Armee, sondern einer Welt erleben, die seine Welt gewesen war – als die k.u.k.-Front nach all den Strapazen begann, in die einzelnen Nationen auseinanderzufallen, aus der sie bestanden hatte, in Ungarn, Polen, Tschechen, Rumänen, Slowenen, Kroaten, Slowaken, Szekler, Dalmatiner, Bosnier, Trientiner, ja in Tiroler, Salzburger, Linzer und all die anderen, für die es plötzlich kein Halten mehr gab. Die auseinander und heimwärts drängten, als hätten sie niemals zusammengehört. Er hatte im Auflösungsstrudel die künftige Welt zu begreifen begonnen... O ja, der junge behelmte Mann auf dem Foto hatte seine Gründe, mir die Heldengeschichten aus dem Krieg zu verweigern.

Unwillkürlich atmete ich tief auf, als wir die düstere Klamm hinter uns gelassen hatten und im langgestreckten Waldkessel unter den Südabstürzen des Schulergebirges wieder ins Sonnenlicht getaucht waren. Das lächelnd mir zugekehrte Gesicht Vaters machte mich mit einem Mal froh.

Einige der Jäger waren schon eingetroffen, andere erreichten den Waldkessel nach uns. Bald stand ich zwischen grünen Wickel- und schwarzen Ledergamaschen, unterschiedlich langen Hosenbeinen, zwischen baumelnden Büchsenkolben und herabhängenden Rucksäcken, auf die Ansitzstühle geschnallt waren. Ich sah die gedrungenen Weidmesser und die schlanken Hirschfänger. Ich bestaunte aus der Nähe das kunstvolle Schnörkelwerk der Schnitzereien auf den braunen, glatten Schäftungen aus Nußbaumholz und die Gravurarabesken auf den Verschlußteilen der Waffen – Zierat einer Männergesellschaft, die sich das Töten als Fest auslegt. Ich hörte die fünfzig Jäger lachen und schwatzen. Den an Schweißriemen geführten Hetzhunden, die sich anknurrten, wich ich aus. Ich entnahm den Gesprächen, daß sich die

Treiber unter der Führung des Zigeuners Midi Bubu aufgestellt hätten.

»Es ist an der Zeit, die ausgelosten Plätze einzunehmen«, sagte der halbglatzige Mann mit dem gekrümmten Rücken und den Wulstlippen neben mir; er unterhielt sich mit seinem um einen Kopf kleineren Gegenüber und tupfte sich dabei ununterbrochen mit einem braunen Taschentuch die nasse Stirn ab, »das Treiben könnte endlich beginnen. Ich habe«, fuhr er fort und wischte sich jetzt das ganze Gesicht ab, »die neue Magnum mit Gürtelhülse eingesteckt. Die zerreißt jeden Bärenschädel.«

»Ja«, gab der Kleine zurück, »die Dreihundertfünfziger, die Königin der Großwildpatrone!« Er verschluckte sich hüstelnd und spuckte ins Gras.

Erst in diesem Augenblick erkannte ich den Oberst Ludwig Heribert Robert Edler von Schuß. Mit zerkerbtem Ledergesicht stand er, den Tropenhelm auf dem Kopf, in einer der Männergruppen, in der ich auch den Hardt-Großvater sah; er stieß sich den Daumen der linken Hand zweimal hintereinander in den Bart. Die Jäger waren aus Bukarest, Kronstadt und Hermannstadt gekommen. Einen der Bukarester hörte ich in gebrochenem Deutsch sagen, daß sich seine Majestät König Carol am liebsten angeschlossen hätte, wichtige Geschäfte seien ihm jedoch im letzten Augenblick dazwischengekommen. Hinter mir brummte ein schwitzender Mann mit gewaltigem Bauch seinem Nachbarn in der Mundart zu: »No nä na, e wit dich jo un der Lupeasca picken«, was den Angesprochenen zu einem Kichern veranlaßte, erst recht als der Dicke hinzufügte: »De hiesch Jidän soll e grieß Luder senj«, »Die schöne Jüdin soll ein großes Luder sein.« Dann sah ich, wie der Oberst drüben den Arm hob, kurz in die Runde winkte und als erster etwas steif auf den Waldrand zustakste. Die Läufe der Waffen blitzten, die Hunde waren auf Anweisung ihrer Halter still geworden. Während ich den langen und dürren Mann in der afrikanischen Jagdsafarikleidung im grünen Karpatenwald untertauchen sah, hörte ich neben mir das Wasser, das auf die dunkle Klamm zuschoß.

»Komm, mein Sohn«, sagte Vater, als auch der letzte im Wald verschwunden war, »für uns gibt's heute nichts zu tun – ich habe ein schlechtes Los erwischt. Wir müssen uns am äußersten Rand der Jägerkette niederlassen, nein, da kommt der Bär niemals hin.« Er schlenderte vor mir über die Steilwiese hinauf und zwischen die Bäume hinein; ich hatte Mühe, ihm durch Unterholz und Dickicht zu folgen. Nach einer Viertelstunde am Auslauf einer schmalen Seitentalbucht angekommen, blickte sich Vater lange um. Dann nickte er einige Male. Am Rande einer winzigen Lichtung unter den bis zur Erde niederhängenden Ästen einer alten Tanne lag ein halb vermoderter Stamm; weich und bemoost, war er der rechte Platz für einen überflüssigen Mann. »Wenn's was gibt, weck mich«, sagte Vater, »geh aber nicht weg von hier.« Er streckte sich an den Moderstamm, legte sich den schweren Bärendrilling auf Brust und Bauch und schob sich den Hut übers Gesicht. Er schlief sofort ein.

Ich war allein mit dem dämmerdunklen Wald. Ringsum nichts als ein beständiges leises Weben, Raunen, Knistern und Summen. Die Sonne war hier nicht zu sehen. Aber in tausend zerfließenden Goldbächen sickerte ihr Licht durch die Kronen der Tannen und Eschen auf uns herab. Ins Rascheln und Knacken mischten sich die aus der Ferne herüberwehenden dünnen Schreie und Trompetenstöße, das Rasselplärren und Trommelwirbeln der Treiber. Einmal, ganz nahe, erklang der Flötenruf eines Pirols. Danach war es wieder still. Aus dem Gehölz drangen die spröden Gerüche des Farns und die schwere Süße des Moderdufts. Ich hörte Vaters tiefe Atemzüge. Ich kenne kaum etwas, das spannender und ereignisreicher wäre als das Leben des unbewegt stehenden Waldes.

Und plötzlich war der seltsam fremde, beißende Geruch da. Weil aber das Lärmen der Treiber näher gekommen war, hörte ich das Brechen des Unterholzes nur im letzten Augenblick – erst als sich das Dickicht teilte. Keine fünfzehn Schritte vor mir, aus dem Boden ins Tannendunkel emporgewachsen, stand ein feuergelb leuchtender Bär. Unruhig, erregt, vom Treiberlärm gereizt, hob er mit gefletschtem Gebiß den Kopf ruckartig nach allen Seiten. Ich sah das Funkeln in den kleinen Augen. In der Sekunde darauf stürzte er über die leicht geneigte Lichtung auf uns herab. Ich stieß meinen schlafenden Vater an und sagte: »Der Bär kommt!« Wie gestochen fuhr Vater hoch und riß den Drilling an sich. Den Kolben unter den Arm geklemmt, feuerte er im Sitzen auf das anstürmende Tier. Der Bär hatte sich in die Schüsse hinein auf die Hinterhand geworfen und aufgerichtet. Eine ungeheure, von Sturmstößen hin und her gerissene Fahne, stand er über mir. Die beiden nächsten Schüsse krachten. Sie brachten den Wald erst recht zum Rauschen. Hintenüber stürzend, brüllte der Bär auf. Tannennadeln und Laub zu Fontänen wirbelnd, drehte er sich als feuergelbe Masse in Sprüngen um sich selber, schlug hin, fuhr hoch und wand sich auf der Erde. Dann lag er plötzlich starr, als hätte er sich niemals bewegt. Das Leuchten des Pelzes drei Schritte vor mir. Nur der Wald rauschte. Bis ins Tal hinab und drüben bergauf. Und abermals zu uns zurück … Langsam zog Vater die Hülsen aus den rauchenden Läufen, langsam schob er drei neue Patronen ein. Er ließ das Tier nicht aus den Augen. »Bring mir den Hut«, sagte er und zeigte, den Blick auf den Bären gerichtet, mit einer Bewegung des Kinns zum Hut hin, der ein Stück unter die Tannen gerollt war. Ich holte den Hut. Vater setzte ihn umständlich auf. Die Waffe zeigte auf den Bären. Auf der Talseite drüben schlug jetzt wieder der Kukkuck, dem ich zugehört hatte, bevor der Bär aufgetaucht war. »Wenn wir jetzt zu ihm hingehen«, sagte Vater, »werden wir sehr vorsichtig sein. Bleib hinter mir.« Er erhob sich. Er beobachtete den Bären noch eine Weile, ehe er über den Baumstamm trat. Das Rauschen ringsum war erstorben. Der erste Schuß hatte, wie sich herausstellte, das Herz des Tieres gestreift; die folgenden Schüsse hatten die Schädeldecke seitlich durchschlagen. Der Bär lag mit offenem Fang, das graue Gebiß war zu sehen. Die kleinen, dunklen Lichter schienen mich immer noch anzublicken.

Der Pelz des Bären war von dunkelblonder Farbe. Seit Menschengedenken war in den Karpaten kein solches Tier erlegt worden. Dies und die Umstände der Erlegung machten Vater als Jäger berühmt. Und die Fama, daß er in der karpatischen Heimat des Braunbären einen blonden Bären zur Strecke gebracht hatte, erreichte sogar die jagdbesessene Majestät in Bukarest. Zunächst aber erreichte sie die Menschen um und in Rosenau, noch ehe wir dort eintrafen.

Hatte der Oberst von Schuß das Tier auf der Lichtung im dichten Wald noch mit anerkennendem Kopfnicken betrachtet, nach Begutachtung der Einschüsse trocken gesagt: »Das ist eine klare Sache«, und das in der Wunde des Blattschusses mit Blut getränkte Reisig Vater auf den Hut gesteckt, so wurde der Weg durch den Marktflecken zur Siegesstraße. Vor dem Ortseingang angekommen, hatten die Jäger, der Oberst als erster, so wie es der alte Weidmannsbrauch verlangte, die Fahrzeuge verlassen und sich zu Fuß dem vierrädrigen Pferdewagen angeschlossen, auf dem das noch im Tod leuchtende Tier lag, als sei es gleich einem bedeutenden Dahingeschiedenen aufgebahrt. Der Oberst blickte immer wieder kurz aus schmalen Augen zu Vater hinüber. Die Rappen vor dem Wagen tänzelten, erregt von der Nähe des Wildes. Midi Bubu, der Vater einst zwischen Gleisböschung und Straße bei Kronstadt in zerfetzter Uniform aufgelesen und bis vor das Hennerth-Haus in der Brückengasse gebracht hatte, barst fast vor Stolz darüber, dem »domnu Rick«, dem »Herrn

Rick«, wie sie meinen Vater nannten, das Wild vor die Büchse getrieben zu haben. Indessen Vater mit seinem gleichmütig-lässigen Schritt hinter dem Wagen herging, sangen, tanzten und hüpften immer mehr Waldbauern, Hirten, Holzfäller und zigeunerische Fruchtsammler um den toten König der Karpatenwälder. Die Frauen spuckten auf das Tier und bezeugten ihm, sich verneigend, die Achtung, die einem Herrscher gebührt, sie streichelten ihn mit Klageschreien des Abschieds als einen seinen Widersachern erlegenen großen Verführer. Doch gleichzeitig berührten sie immer wieder meinen Vater, als wollten sie die Kraft spüren, die den hochgewachsenen, hellblonden Jäger beseelte. Es wurde erst ruhiger um uns, als der Zug aus dem rumänischen Randviertel in die deutsche Ortsmitte unter dem steilen Burgberg kam, wo uns auch die vielen Sommerfrischler, die Damen und Herren aus den fernen Städten, begafften und mit Zurufen begrüßten. Der lange und hagere Oberst von Schuß nickte all den Menschen von Zeit zu Zeit leutselig und mit verdrossenem Ledergesicht zu. Dann sagte er unvermittelt und mit einem seine Züge jäh verjüngenden Lächeln zu Vater:»Herr Hennerth, ich werde dem König von Ihrer Strecke berichten... Doch, doch!... Wie ich ihn kenne, wird er Sie gelegentlich auf Schloß Peleş einladen, um Neues über die Jagd zu erfahren. Nun, man weiß nie, wozu das in diesen Zeiten gut ist.« Als Vater ihn mit erstauntem Blick von der Seite ansah, nickte der Oberst und hatte wieder sein verdrossenes Gesicht, während er sich mit dem Daumen zweimal durch den Bart fuhr. Ich ging zwischen Vater und Großvater und sah immer noch den im Feuer emporwachsenden Bären vor mir. Ich ahnte, daß auch das stärkste Leben von einer Sekunde auf die andere ausgelöscht sein kann; genau so ist es beim Hennerth-Großvater gewesen, dachte ich.

Stolzer als auf die Trophäe, die einige Wochen später in meinem Elternhaus auf dem Parkettboden des großen

Wohnraums vor dem offenen Kamin ihren Platz erhielt, war Vater darauf, daß sein Sohn dem Tier nicht nur Aug in Aug gegenübergestanden, sondern auch die Ruhe bewahrt hatte, ihn, den schlafenden Jäger, »ohne unnötiges Spektakel« zu wecken, wie er zum Hardt-Großvater sagte. Vielleicht also, mögen die beiden Hoffnung geschöpft haben, würde eines Tages aus dem besudelten Jammerlappen vom Hohen Rong noch ein brauchbarer Mann werden.

Diese beiden Männer, die mich früh in die Wald- und Hochgebirgslandschaft entführten, verband ein brüderliches Verhältnis. Es gründete nicht zuletzt darauf, daß sie beide die gleiche Kriegserfahrung gemacht hatten. Der Hardt-Großvater war als Zugführer in einem Artillerieregiment der k.u.k.-Armee unter dem Kommando des Majors von Schuß an der ukrainischen Front im Einsatz gewesen und nach der Abwehr der ersten Brussilow-Offensive im Herbst des Jahres 1916 zusammen mit dem Major an die Südfront verlegt worden. Beide, Vater und Großvater, hatten den Krieg von Anfang bis zum Ende bei der kämpfenden Truppe mitgemacht. Und beide redeten wenig oder nichts von jenen Jahren. Meinem jederzeit zu Scherzen aufgelegten Großvater Thomas Hardt, den Freunde und Verwandte »den Thumes vum Reech« nannten, weil das Großelternhaus in der Langgasse auf einer Bodenerhebung, einem »Reech«, stand, gefiel die gelassene Art des Jüngeren. Dieser wieder fand am ansteckenden Lebensmut des Älteren Gefallen. Es war die Eigenschaft, die auch mich so stark an den Hardt-Großvater band.

Ich habe Großvaters vergnügten Blick ein einziges Mal in meinem Leben einer Kälte in seinen Augen weichen gesehen, vor der ich erschrak – als er sich mit Vater über »die Flucht im Sechzehner« unterhielt, da die deutschen und ungarischen Bewohner des Burzenlands vor den über die Karpaten nordwärts vorgestoßenen rumänischen Armeen hatten fliehen müssen. In Eile hatten die Frauen, Greise und Kinder ein paar Habseligkeiten zusammengerafft, die Pferde vor die breiten Leiterwagen gespannt und waren durch den Geisterwald in die Gegend um das Städtchen Reps gefahren. Dem plündernden Heer aus dem Süden ging kein guter Ruf voraus. Dabei hatte sich der achtundsiebzigjährige Vater meines Hardt-Großvaters gemeinsam mit sechs anderen Männern seines Alters geweigert, das Haus zu verlassen. »Uns krümmt doch keiner ein Haar«, hatten sie gesagt. Doch als die Flüchtlinge nach Ablauf dreier Monate im Gefolge der Siege der deutschen und österreichischen Truppen unter Erich von Falkenhayn, einem Preußen, und Artur von Straussenburg, einem Siebenbürger, wieder heimgekehrt waren, hatten sie sechs der Greise erschlagen und verstümmelt im Burggrund gefunden. Nein, nicht die Truppen aus der Großen und Kleinen Walachei, sondern rumänische Ortsbewohner hatten die Wehrlosen ins Tal hinter die Burg geführt und sie dort mit Ketten und Stangen totgeprügelt. Meinen Hardt-Urgroßvater hatten die Frauen jedoch erst einige Tage später im Waldkessel unter dem Malaeschter Tal gefunden. Dort, wo später das E-Werk gebaut wurde, an dem einzigen Baum auf der Wiesenfläche, der alten, alleinstehenden Blutbuche mit den dunkelroten Blättern in der weitausholenden Krone, hatte er gebaumelt. An den Füßen aufgehängt. Im Hängen erschlagen. Das Raunen des mächtigen Wipfels über sich. Er hatte an jenem Ast gehangen, auf den ich geklettert war.

Niemand wußte, ob Großvater, aus dem Krieg heimgekehrt, jemals erfuhr, welcher Bewohner des bergwärts gelegenen Ortsteils die Untat angezettelt hatte und wer an ihr beteiligt war. Die Eiskälte aber in seinem Blick, als er mit Vater über den Meuchelmord sprach, habe ich bis heute nicht vergessen. In der Gemeinde hieß es, er habe sein Leben von dem Tag an geändert, er betreibe die Wald- und Schafgeschäfte nur deshalb, weil sie ihn oft mit Rumänen zusammenführten – er fahnde ununterbrochen nach den Tätern ... Und eines Tages

erfuhr ich, daß er Bade Licu, den Obersenn bei seinen Schafherden, nur deshalb in Dienst genommen habe, weil er
vermutete, daß dieser über den grausigen Vorfall von 1916
mehr wisse, als er zu sagen bereit sei. Bade Licu hatte viel
Umgang mit den Klosterbrüdern, mit den Mönchen auf der
südlichen Gebirgsseite, und von denen hieß es, sie seien die
bestunterrichteten Männer im Umkreis des Butschetschmassivs.

Jagd und Waldläuferei hatten während der Jahre meiner
Kindheit in den Karpaten wenig oder nichts mit jenen Zere-
monien zu tun, in die sie in Mittel- und Westeuropa längst
eingemündet waren, wo die manchmal lächerliche Akkura-
tesse zünftiger Kleidung und Gerätschaft als Kulisse den
Verlust an Wild und ungebrochener Natur zu ersetzen versucht. In den unermeßlichen Wald- und Berglandschaften
des Südostens ging es unkonventionell zu, wie in den frühen
Gesellschaften, als das Jagen zum Alltag gehörte. Und so
konnte es geschehen, daß mein späterer Hardt-Großvater,
damals um die Fünfzig herum, ohne Voranmeldung um vier
Uhr morgens bei dem wenig über Zwanzigjährigen ans Fenster klopfte und rief:»He, Rick! Komm mit! Das Schwarzwild
ist zum Abschuß freigegeben. Von Ilarie weiß ich, daß am
Hohen Rong ein Keiler fällig ist...« Es sei, so erzählte mir die
Hennerth-Großmutter viele Jahre später, niemals vorgekommen, daß ihr Sohn nicht innerhalb weniger Minuten aus dem
Haus war, die Büchse geschultert und die Vorstehhündin Pia,
ein Deutsches Kurzhaar, an der Leine. Die beiden kehrten oft
erst nach Tagen wieder heim. Sie hatten in Heuschobern,
verlassenen Berghütten oder im Freien übernachtet, waren
über die Berge bis in die Südtäler der Karpaten oder sogar bis
in die halborientalischen Städte der Walachei gestreift, und
niemand wußte, wann sie abermals für einige Tage oder eine
Woche verschwinden würden.»Der Wald und die Musik«,
sagte Großmutter damals,»haben deinen aus dem Krieg und

danach aus Berlin krank heimgekehrten Vater wieder gesund gemacht…«

Die beiden Männer kannten in der vom Dschungel der Mischwälder, von Hochgebirgsstöcken und -schluchten beherrschten Gegend zwischen dem Buchenurwald um die Flinsch-Höhle im Osten und den Königsteingraten im Westen jeden Heger, Fallensteller und Wilderer, jedes rumänische Berggehöft und jede Sennhütte. Sie standen mit den Oberhäuptern der Schmugglerclans aus der Zeit der ungarisch-rumänischen Grenze vor dem Krieg ebenso auf gutem Fuß, wie sie die ehemaligen Pferde- und Rinderdiebe kannten, die den reichen deutschen Bauern und Tierzüchtern in Siebenbürgen einst das Pinzgauer- und Simmentaler-Vieh gestohlen, übers Gebirge südwärts getrieben und dort, in den Städten Câmpulung, Curtea de Argeş und Târgovişte, durch Mittelsmänner für teures Geld verkauft hatten. Doch die Zeiten waren für immer vorbei. Und im neuen Staat konnte erst recht kein Mensch daran denken, den Grenzstrolchen und Langfingern von gestern einen Strick aus ihrem einstigen Gewerbe zu drehen. Schon gar nicht stand Männern wie meinem Hardt-Großvater und meinem Vater der Kopf danach, derlei auf die Goldwaage zu legen.

Aber die beiden hatten auch all die bärtigen Mönche zu Duzfreunden, die im Eingang der Höhle Skitu, was soviel heißt wie Einsiedelei, am Südabhang des Butschetsch lebten – in winzigen, aus Holz erbauten Klausen und Zellen, die einem Sperrgürtel gleich vor der gewaltigen, ans berühmte Ohr des Dionysos erinnernden Höhlenöffnung standen. Ein Kirchlein aus Eschenholz, das fünf Menschen Platz bot, stand ein paar Schritte weiter im Innern des Bergs. Der Höhleneingang mit dem Kirchlein und den Mönchsklausen lag am Rand eines von dichtem Tannenwald bewachsenen Kessels. Unter den Wipfeln der hohen Bäume standen dort drei ebenfalls aus Holz errichtete Klosterkirchen, grünbemoost wie der

Wald und kaum sichtbar. Die Mönche lebten von der Herstellung der Talgkerzen, die sie den Höhlenbesuchern verkauften, von der Instandhaltung der Brettersteige, -geländer und -brücken, die durch die lange Höhle führten, und von ihrem weithin gerühmten Gemüseanbau. Sie kümmerten sich um die Waldwege, sammelten Heilpflanzen und halfen jedem, der in der Bergwildnis in Not geriet. Sie besaßen nur das, was sie auf sich trugen. Doch waren sie jederzeit freundliche, ja fröhliche Männer und durchwegs wohlbeleibte Esser und Trinker mit ungeheuren Bärten über Brust und Bauch. Sobald sie einen Freund oder einen vertrauenswürdigen Bekannten zu Gast hatten, holten sie aus den Weiten ihrer dunkelgelben Kutten mit verschmitztem Lachen halbe Brotlaibe, Speck und Käse, dazu Wurststangen, ja mitunter Schnaps- und Weinflaschen hervor, schlugen sich mit demutsvollem Augenaufschlag drei Kreuze vor der Brust und empfahlen ihre Seele Gott, ehe sie sich mit bedenkenlos irdischem Gelüste über Speis und Trank hermachten. Und da sie in ihren engen Bretterklausen so wenig Platz hatten, daß außer dem Bett als einziges Möbel nur ein kleines Tischchen darin stand, dessen Platte aber von der Tag und Nacht aufgeschlagenen großen Bibel bedeckt war, lagen immer Speisereste auf den mit kyrillischen Buchstaben bedruckten Seiten des heiligen Buches, denn dieses diente gleichsam auch als Tischtuch. Für ihr leibliches Wohlergehen hatten die gottesfürchtigen Männer im übrigen keinerlei Sorge zu tragen; die Hirten in den Hochtälern der Nachbarschaft brachten alles herbei, dessen sie bedurften, unentwegt daran gemahnt durch die weithin hallenden Hammerlaute der Läutebretter, mit denen die Mönche aus der Tiefe des Talkessels jedermann zu Gebet, Vesper und Gottesdienst riefen.

IV. KAPITEL

Der Höhlenmönch mit Namen Vater Evghenie und die Speisekammer in der Heiligen Schrift

Meinen ersten Weg zu den Mönchen machte ich, wie hätte es anders sein können, zusammen mit Großvater. Von Großvater lernte ich, einen Tag lang über die Berge zu laufen, ohne zu ermüden, bei Regen Feuer zu machen und auf einem Baum zu nächtigen. Als ich zehn Jahre alt war, lehrte er mich, unter den Ufersteinen der reißenden Bäche in den Butschetsch- und Königsteintälern Forellen zu fangen, sie in Sauerampfer- und Pestwurzblätter zu wickeln und in der heißen Asche unter der Kohlenglut des Lagerfeuers zu garen. Er lehrte mich aber auch, auf dem Halm des Trespengrases Fieptöne zu pfeifen, von denen sich der äsende Rehbock am Hügelkamm drüben wie vom Lockruf der Geiß angezogen fühlte und sich uns mit emporgereckten Lauschern bis auf zwei Dutzend Schritte näherte, und im Mai den balzenden Auerhahn anzuschleichen, ohne ihn zu verscheuchen. Er machte mich sooft auf den Unterschied zwischen dem hauchfeinen Ziepen und Plärren der Schwarz- und den schrillen Pfiffen der Tannenmeise, zwischen den schnellen chromatischen Einsätzen der Rot- und den Zwitscherschreien der Ringdrossel, dem Schnarren des Bergfinks und den Schlaglauten der Goldammer aufmerksam, bis ich die Vögel im Geist vor mir sah, sobald ich ihre Stimme hörte. An einem glasklaren Herbstmorgen brachte er mir auf dem Bukschoi-Höhenkamm bei, den Steinadler von dem kleineren Kaiseradler am Flugverhalten zu unterscheiden. Tags darauf, während die Birkhähne balzten, näherten wir uns am Hohen Rong im Brombeerschlag bis auf wenige Schritte der fressenden Bärenfamilie — aus unserer Körperhaltung, aus unseren Blicken und Bewegungen hatten die Tiere unsere Arglosigkeit abgeleitet und sich ungestört gefühlt. Und im Winter darauf lauschten wir den Kinderschreien der kleinen, zwei Monate davor geworfenen Bären, die von der Mutter für eine Stunde am Nacken aus der Höhle in den Schnee herausgebracht worden waren, das schmatzende Saugen an den Zitzen füllte die Stille des Waldes. Abends darauf zeigte er mir am dunklen Himmel im Süden den Orion und erklärte mir, warum sich das Sternbild nur zu dieser Jahreszeit sehen läßt. Doch ich lernte vor allem dies von ihm: daß der Umgang mit allem, was Natur ist, die Zurücknahme unserer inneren Hast und Voreiligkeit erfordert. So wurden die Sonnen- und Gewittertage in den Bergwäldern, die Biwakstunden in den über Nacht zugeschneiten Tannenzonen und die Aufbrüche an den Frühjahrsmorgen, wenn wir im Nachbartal die Grundlawinen donnernd zu Tal gehen hörten, aber auch unsere Annäherungen an Pflanzen und Wild und an die Menschen jener Gegenden zur Annäherung an mich selber. Eine niemals überwundene Abneigung gegen das Hybride der Städte war die Folge davon.

Großvater hatte mich an jenem Julitag von den Hirten und Schafherden im Malaeschter Tal abgeholt. Wir waren auf den Stegen, die dort in langen Schleifen, Zickzackkehren und jähen Anstiegen übers Gebirge nach Süden führen, einen guten halben Tag lang bergauf und bergab gelaufen. Dabei hatten wir, nach dem Durchsteigen der mächtigen West-flanke des Bukschoi-Höhenzugs auf dem Gemsensteig, den höchsten Gipfel des Massivs zu passieren, den »Omu«, wie die rumänischen Hirten ihn nennen, den »Menschen«. Noch niemals hatte ich bis dahin das Gebirgsmassiv so weit durch-wandert. Großvater stieg mit gleichmäßigem Schritt bergan, indessen ich bald vor, bald hinter ihm zwischen den Legföhren über die Steilwiesen sprang. Ich zeigte ihm, wo sich der Bär ins Gehege geschlichen hatte und wo die Gemsen durch die Felsen himmelwärts gestürmt waren, und ich freute mich, sooft wir auf einen von Gordan geschnitzten und in die Erde gerammten Stab stießen.

Doch nicht so sehr der Blick vom Omu ins Gefälle der Hirschschlucht hinab und über die Bergketten hinweg, auch nicht die endlose Weite des Südens, wo keine zweihundert Kilometer entfernt, wie Großvater mir sagte, der Donaustrom floß, machte mir diesen Tag unvergeßlich. Es war das Gespräch, das ich mit Großvater während der Rast führte, die wir unter dem turmhohen, in schwindelnder Höhe über dem Predeal-Paß stehenden Eisenkreuz von Caraiman hielten.

Wir aßen aus Großvaters alter Zelttuchtasche von dem Weizenmehlbrot und dem frischen Kochkäse, dazu je einen Klarapfel. Da wir fünf Stunden gelaufen waren, streckte sich Großvater ins dichte Hochwiesengras. Ich legte mich neben ihn zwischen die Wacholdersträucher; der Geruch des grünlichweißen Apfels, dessen Saft mir noch auf den Lippen klebte, mischte sich mit den aus der roten Alpenrosenblüte steigenden Dünsten. Im Eisengestänge des Kreuzes, das die gläubige Mutter des Königs Carol, Maria, eine Prinzessin von Coburg-Gotha, hatte errichten lassen, wie Großvater mir sagte, und dessen Glühbirnen es in der Oster- und Neujahrsnacht bis in die Täler hinab vor dem dunklen Himmel sichtbar machten, hörte ich vom Streichen der Luft einen Klang wie Orgelakkord. Über das Kreuz hinaus blickte ich in den Sommerhimmel, in dem sich schneeweiße Quellwolken ununterbrochen zu neuen bauschigen Haufen emporbauten. Lautlos verschwanden sie und tauchten innerhalb weniger Sekunden in anderen Formen wieder auf. Und plötzlich sah ich, geisterhaft weiß und blaß, den Mond zwischen den Wolken. Ich hatte das Gefühl, er starrte mich an.

»Nun?« fragte mich Großvater in diesem Augenblick, »was hast du auf dem Herzen? Schieß los!«

»Großvater«, sagte ich, »Gordan meint, ich frage zuviel. Stimmt das?«

»Hm, vielleicht hast du ihn etwas gefragt, worauf er lieber nicht geantwortet hätte. Hast du das?«

Ich dachte nach, dann sagte ich: »Ich weiß nicht.«

»Hm«, brummte Großvater wieder, »hm.« Und auf einmal sagte er laut: »Frag, wann und wo immer es dir vonnöten erscheint. Und wenn du keine Antwort erhältst, mit der du etwas beginnen kannst, frag weiter. Frag solange, bis du weißt, was du wissen wolltest. Laß dich durch keine Abfuhr irre machen. Aber frag nur, wenn es dir um die Antwort geht! Jede andere Art zu fragen ist nichtsnutzig. Du mußt außerdem wissen, daß es gefährlich sein kann zu fragen. Da mußt du dich entscheiden, ob du weiter fragst oder ob du dich ohne Antwort abfindest. Der Schlaumeier weiß genau, wann es ratsam ist, nicht mehr zu fragen. Du bist keiner von ihnen. Frag also, mein Junge! Solange du fragst, gibt es dich . . . Doch was rede ich da«, unterbrach sich Großvater, »das war ja gar nicht deine Frage. Oder?«

»Nein«, erwiderte ich.

»Ich höre«, sagte Großvater.

»Siehst du den Mond?« Ich zeigte in den Sommerhimmel.

Großvater richtete sich kurz auf, legte sich wieder ins Gras und sagte: »Ja.«

»Ist es wahr, daß es einen gibt, der zu ihm hin will?«

»Hm«, sagte Großvater auch diesmal, »ja, es gibt einen. Er heißt Oberth. Hermann Oberth. Er lebt gar nicht weit von hier. In der nächsten Stadt.«

»Glaubst du, daß er das schafft?«

»Ich habe ein Buch von ihm gelesen, ich meine, daß er's schaffen wird.«

»Aber es gibt Leute, die ihn auslachen.«

»Die lachen nicht ihn aus, die lachen sich selber aus, ohne es zu wissen.«

»Warum will er auf den Mond fliegen? Muß er das?« wollte ich wissen.
»Es gibt immer nur einen Grund, warum einer etwas tun muß: weil er sich selber nicht ausweichen kann.«
Ich dachte eine Zeitlang nach und betrachtete die blasse Scheibe im Blau des Himmels. »Wird er aber zufrieden sein, wenn er auf dem Mond war?«
»Ich glaube nicht«, sagte Großvater im Summen, das die Luft im Gestänge des Caraiman-Kreuzes über uns und in den Alpenrosen neben uns verursachte.
Wir schwiegen lange, dann fragte ich: »Warst du schon einmal in Berlin?«
»Ja«, sagte Großvater, »ja.«
»Warum haben die in Berlin ihn ausgelacht? Er hatte ja dort schon die Rakete gebaut.«
Großvater stützte sich halbaufgerichtet auf die Ellenbogen, er sah mich aufmerksam an, ehe er fragte. »Woher weißt du das?«
»Ich habe es in der Zeitung gelesen, die auf deinem Schreibtisch neben der englischen Zeitschrift liegt, in der ›Kronstädter Zeitung‹. Gibt es in Berlin nicht sehr reiche Leute?«
»Doch, die gibt es dort.«
»Warum haben die ihm kein Geld für den Bau einer richtigen Rakete gegeben? Nicht nur für so eine, wie sie im Film gezeigt wird?«
»Wer viel Geld hat, gibt davon immer nur dann etwas her, wenn dabei für ihn noch mehr Geld herauskommt.«
»Hat er es nicht sehr schwer, weil er arm ist?«
»Ein Mann wie der Oberth hat es schwer, weil er der erste ist. Dem ersten glaubt niemand. Die ersten haben es immer schwer. Und sie haben Glück, wenn sie nur ausgelacht werden. Es gibt Schlimmeres.«
»Glaubst du, daß der Oberth die Mondrakete für jeden baut, der ihm das Geld gibt?«

Diesmal schwieg Großvater lange, ehe er leise sagte:»Daran habe ich noch nie gedacht...Gott bewahre uns davor!«
Danach hatten wir geschwiegen und in den Himmel geschaut. Die weißen Kumuluswolken wölbten sich fließend in- und übereinander, hoben und senkten sich und veränderten in jeder Sekunde ihre Gestalt. Niemand, dachte ich, niemand kann sie daran hindern. Nach einer Weile wiederholte Großvater:»Nein, daran habe ich noch niemals gedacht...« Ich hatte nicht gemerkt, daß er sich aufgerichtet hatte. Es wurde mir erst bewußt, als ich sein Gesicht plötzlich dicht über mir sah. Er packte mich an beiden Schultern und drückte mich an sich.»Mein nimmermüder Frager!« sagte er gutgelaunt. »Komm, gehen wir weiter, die Mönche warten. Es gibt einen unter ihnen, den mußt du kennenlernen.« Großvaters Schnurrbart hatte mich an der rechten Wange gekratzt. Davon verspürte ich ein Jucken, als wir über die Hochwiesen talwärts nach Süden stiegen. Es war, als schwebten wir aus den Wolken nieder.

Der bärigste unter den frommen und durchwegs beleibten Höhlenbrüdern war Vater Evghenie − ein Koloß mit Vollbart, unbestimmbar sein Alter wie das aller Skitu-Einsiedler, er hätte ebensogut dreißig wie siebzig sein können. Er trug schulterlange, leicht gewellte Haare, die in der Mitte gescheitelt und mit wohlriechenden Ölen gesalbt waren; der gepflegte, nach Kräuterwassern frisch duftende hellbraune Kräuselbart wallte ihm bis zum Nabel. Vater Evghenie bewohnte die erste Klause zur Linken des Wegs, der durch die Reihe der Mönchsbehausungen hindurch zur Höhle führte. Er verkaufte den Städtern, die an den Wochenden den beschwerlichen Aufstieg über die Berge bis hierher zurücklegten, die meisten der fingerdünnen, langen Kerzen aus Talg und Bienenwachs, ohne die kein Besucher die einige hundert Meter lange Höhle betreten durfte. Die feuchtkalte Luft im Berginnern war am Abend eines Besuchstags immer noch lange mit dem angenehmen Wachsgeruch der abgebrannten Kerzen geschwängert.

In den Falten der knöchellangen Kutte Vater Evghenies verbarg sich, wie ich bald sah, eine flache Wacholderschnapsflasche, verstaut in einer der geräumigen Innentaschen unterhalb seines Bauchs, der sich schützend über die liederlichen Säfte wölbte, ja, Vater Evghenie hatte dort auch zwei ebenso flache Trinkbecher aus Zinn untergebracht. Der Mönch war so beleibt und breitschultrig, daß es unerklärbar erschien, auf welche Weise er seine Klause durch deren schmale, nur von der Höhle aus erreichbaren Tür betreten und dann in ihr Platz finden konnte. Wer ihn besuchte, mußte ihn vorausgehen lassen, ehe er selber den Quadratmeter Fläche zwischen Tür, Bett und Tischchen betreten konnte. Und Vater Evghenie hatte fast immer einen Gast. Mit angezogenen Beinen mußte der sich zuerst neben ihm auf dem Bett niederlassen, damit die Tür geschlossen und er der schrankenlosen Gastfreundschaft des Hausherrn teilhaftig werden konnte.

Auch auf dem vierbeinigen Tischchen in Vater Evghenies winziger Mönchszelle lag die Tag und Nacht aufgeschlagene Riesenbibel. Auch sie war so groß, daß sie die Tischplatte bedeckte. Und auch ihre aufgeschlagenen Seiten dienten als mehr oder weniger sorgsam benutztes Tischtuch. In einem wesentlichen Punkt allerdings unterschied sie sich von den Bibeln in den anderen Klausen. Denn Vater Evghenie, aus tiefliegenden Augen blinzelnd, vor Mitteilsamkeit ununterbrochen schnaufend, pustend und zu Essen und Trinken auffordernd, hatte sich bei der unheiligen Benutzung des heiligen Buches eine geniale Ordnung erarbeitet — er hielt feingeschnittene Scheiben von Speck, Sauerteiggurken, Wurst, Käse und sogar einige dünne Vollkornbrotschnitten gleich Lesezeichen in dem Buch verteilt. Suchte nun der Gast etwa die Wurst, so dröhnte Vater Evghenies warme, freundliche Stimme: »Halte dich an die Seiten 552 bis 553, Hesekiel,

Kapitel 36, mein lieber Sohn!« Suchte er hingegen das Brot, so wechselte Vater Evghenie von den prophetischen Büchern zu den Lehrbüchern und verkündete: »Ergehe dich auf den Seiten 312 bis 313, Buch Hiob, Kapitel eins bis drei, mein Teuerster!« Und suchte er den Speck, so ging Vater Evghenie zu den Geschichtsbüchern über und verkündete mit polterndem Baß: »Öffne die Seiten 52 bis 53, erstes Buch Mose, Kapitel 22 bis 23, mein Bester, so wirst du fündig werden im Herrn!« Schlug der auf diese Weise Unterrichtete die angegebenen Seiten auf, fand er mit Sicherheit, wonach er begehrte.

Denn Vater Evghenie, das erwies sich bei jeder Mahlzeit von neuem, kannte die Heilige Schrift auswendig von der ersten bis zur letzten Seite. Natürlich zeigte das Buch allenthalben die Spuren der Verfremdung. Fettflecken, plattgedrückte vertrocknete Brotkrumen und Reste einiger Scheibchen der vorzüglichen Wintersalami fanden sich darin, ordentlich auf den ihnen zugewiesenen Seiten gleichsam archiviert. Doch war das pergamentene Papier, auf das die Hersteller im 17. Jahrhundert die kyrillischen Buchstaben gedruckt hatten, von solcher Güte, daß es nach wie vor lesbare Texte enthielt und die Bibel somit auch unter diesem ungewohnten Blickwinkel als das Buch der Bücher auswies. Um Buch wie Vorräte vor den zudringlichen Mäusen zu schützen, hatte der Mönch in alle Ritzen und Löcher seiner Holzbehausung Giftkörner gestreut, die er in Blechdosen unter dem Tischchen aufbewahrte.

Allösterlich strömten Tausende der Bergdorfbewohner aus dem ganzen Umkreis in großer Wallfahrt zu den inmitten des raunenden Tannenwalds vor der Höhle liegenden Klöstern. Weiber, Kinder, Männer, Alte, Junge, Gesunde, Gebrechliche, Sündige und Reine kamen über die Gebirgskämme aus den Streusiedlungen des Măgură-Hochlands zwischen Butschetsch und Königstein, aus den Dörfern am Törzburger-Paß, aus den im Prahova-Tal liegenden Ortschaften und aus den Gehöften am dunklen Scropoasa-See. Eine Armee der Gläubigen, lagerten sie an den Schlucht- und Talausgängen, die alle auf die Klöster und die Höhle zu führten. Sie hatten ihre bunten, mit Bändern und Blumensträußen geschmückten Festtrachten mitgebracht, die sie am letzten Abend der Karwoche anlegten. Und wenn sie sich dann in der Auferstehungsnacht mit ihren brennenden Kerzen aus den Tälern und Schluchten in Bewegung setzten, um im Brausen der warmen Frühjahrsstürme die Holzklöster unter den Tannen vor der Höhle Skitu zu erreichen, verwandelten sich die nachtschwarzen Wälder in ein Bild überallher fließender geisterhafter Feuerrinnsale, die nach und nach rings um die Klöster zu einem riesigen Glutbecken zusammenliefen.

Dies war die Nacht der Mönche! Alle sündhafte Gebrechlichkeit und Neigung des Fleisches war von ihnen gefallen, wenn sie in ihrer bärtig-massigen Urgestaltigkeit wie einst der Chor in der attischen Tragödie die heiligen Dienste der Priester begleiteten und die kniend Betenden beim Singen der Responsorien mit dem satten Dunkel ihrer Stimmen zum Erschauern vor Gottes ewig auferstehender Allgegenwart brachten. Majestäten gleich aus einer anderen Welt in ihren gold- und silberbestickten Festgewändern morgenländischer Herkunft, zelebrierten die Priester den stundenlangen nächtlichen Gottesdienst; die Ketten der Weihrauchfässer klirrten leise in ihren Händen, indessen der Duft der verbrennenden Harze die Luft füllte. Und wenn auf dem Höhepunkt der mehrfachen Liturgien und Wechselgesänge der schmale Klosterabt Dionisie Atanasiu, ein Mann mit pechschwarzem Stutzbart und strengem Priestergesicht, den Gläubigen die erlösenden Worte zurief: »Hristos a înviat!«, »Christus ist auferstanden!«, dann zerriß ein tausendfacher Freudenschrei die Stille. Minutenlang übertönte er das Rauschen des Frühjahrswindes in den Tannen und das Tosen der zwischen den Klöstern niederstürzenden Wildbäche. »Christus ist wahrhaf-

tig auferstanden!« schrien die Menschen, umarmten und
küßten sich, und die Lichter der schwankenden Kerzen in
ihren Händen zitterten beim Jubel über die ewige Wieder-
kehr des Gottessohnes.

Vater Evghenie hatte es mir von der ersten Begegnung an
angetan. Ich hatte im Türkensitz auf seinem Bett gehockt und
ihn nach der Herkunft des fremdartigen Geruchs in der
Klause gefragt. Da hatte mich der vierschrötige, behaarte
Mann mit den in tiefen Höhlen immer ein wenig unheimlich
glimmenden Augen eine Zeitlang angestarrt und ohne Einleitung von der sagenumwobenen Weihrauchstraße zu erzählen begonnen.»Sie führt aus dem Wadi Hadramaut in Südarabien«, hatte er gesagt,»wo die Weihrauchbäume und
-büsche wachsen, quer durch die kahlen Hochländer im
Nordwesten nahe an die Küste des Roten Meeres. Durch die
Hedschas, von Asir im Süden bis zum Golf Akaba im Norden.
An Mekka vorbei nach Medina, nach Al Higar und schließlich über die Berge am Wadi Musa bis in die zweieinhalbtau-
sendjährige Stadt Petra... Das ist nördlich des Golfs von
Akaba mit den hellen Korallenriffen, die du siehst, wenn die
Morgensonne von der Nefud-Wüste hereinfällt... Oh, oh, die
Stadt Petra!« rief Vater Evghenie.»Du kannst sie nur durch
die Schlucht ›Sik‹ erreichen. Denn sie ist in den roten Stein
der Wüstenberge eingemeißelt. Sie ist das Ende der langen
und heißen Weihrauchstraße...«

Er schwieg, kam dann aber wieder auf Petra zu sprechen.
»Die Tore, die Fassaden!« sagte er,»die Straßen, Plätze,
Theater! Die rosa- und orangefarbenen Grabhallen gar!« All
dies, rief er, sei tausendmal schöner als irgend etwas Ver-
gleichbares auf Gottes Erde, auch wenn in der einstigen
Hauptstadt der Nabatäer längst kein Mensch mehr lebe.

Vater Evghenie neigte sich zu mir und flüsterte plötzlich:
»Das Schönste aber sind die Lorbeerrosen von Petra! Sie
blühen zwischen Felsen und Steinen, und sie blühten schon

zur Zeit der großen Nabatäerkönige, als deren Reiter die endlose Wüstenstraße beherrschten.«Er richtete sich auf und sagte feierlich und laut:»Am herrlichsten blühten dort die blaßroten Lorbeerrosen, als die Karawane der Königin von Saba über die Weihrauchstraße nordwärts zog nach Jerusalem zu König Salomo. An die zweitausend Meilen lang war der Weg der Königin. Und wo sie hinkam, begannen die Rosen zu blühen...«

»Woher weißt du das?«unterbrach ich ihn.

Er murmelte vor sich hin und zeigte auf die Bibel:»Dort kannst du's lesen. Im ersten Buch der Könige, Kapitel zehn. Und im zweiten Buch der Chronik, Kapitel neun.«

»O nein«, sagte ich,»nicht das meine ich. Woher weißt du, daß dort die Lorbeerrosen blühen? Steht das in der Bibel?«

Vater Evghenie blickte mich aus dunklen Augentiefen an. »Du Zwerg!«sagte er,»natürlich steht das nicht in der Bibel.«

»Dann hast du's dir ausgedacht«, sagte ich.

Er sah mich an.»Ich habe mir nichts ausgedacht, nein.«

»Hat es dir einer erzählt?«wollte ich wissen,»einer, der in der Wüstenstadt war?«

Der Mönch schüttelte den Kopf und sagte gereizt:»Gibst du niemals Ruhe, bis du's weißt?«

Ich schwieg. Doch nach einiger Zeit, in der er mich aufmerksam betrachtete, rief ich:»Du warst selber dort! Sag's doch!«

Er strich sich durch den Bart.»Wo eine solche Frau hinkommt«, murmelte er,»da blühen die Rosen, und liefe sie selbst über Fels und Stein.«Er sah mich an:»Wenn du das nicht verstehst, wird nie ein Mann aus dir!... O ja, die beiden waren sehr, sehr reich. Die junge Königin aus der Terrassenstadt mit den Tempeln, Gärten, Bädern und Schlössern in Marib in Südarabien. Und noch viel reicher der alte und mächtige König in Jerusalem, das sein Vater David, der Philisterbezwinger, zur Hauptstadt des Judäerreichs gemacht hatte... O ja«, rief er zornig,»alt war er! Alt! Wer ihn jung macht, der lügt! Reich – aber alt!...« Vater Evghenies Zorn war unübersehbar. Doch dann fuhr er ruhiger fort: »Ha, von sechshundertsechsundsechzig Zentnern reinem Gold ist in der Heiligen Schrift die Rede, Gold aus dem Land Ophir, von vornehm duftenden Sandelhözern, von Edelsteinen, von Silber, Elfenbein, von vielen tausend Rossen aus Ägypten, von den kostbarsten Gewändern, von Spezereien und reich verziertem Besteck. Es mögen auch Perlen dabei gewesen sein, Straußenfedern und Gewürznelken, Krüge voll Zimt und Pfeffer, Goldstaub und Seide, Wein und Öl... All dies zeigte er ihr. Wie erstaunt sie gewesen sein mag! Und wie beneide ich den alten Juden, daß er sie dabei betrachten durfte! Aber, nein«, lachte Vater Evghenie, »o nein! Die schöne junge Frau sagte zum König: ›Dies alles, großer Salomo, ist viel mehr als ich jemals sah. Doch es ist nichts gemessen an deiner Klugheit und an deinem gerechten und friedfertigen Sinn, dies alles verliert seinen Wert verglichen mit dem Glück der Menschen, deren König du bist. Dies ganze Geglitzer, das mir die Augen wund macht, zählt nichts, wenn du dafür auch Heere, Völker und Reiche und deren Herrscher kaufen kannst, soviel du willst. Denn deine Kenntnis des Menschen und deine Nachsicht mit seiner grenzenlosen Verwerflichkeit wiegen schwerer...‹ Nein, nein«, sagte Vater Evghenie aufatmend, »sie ließ sich nicht kaufen von dem alten Nabob! Sie nicht! Sie war klüger, als er es sich vorgestellt hatte... Sie muß eine unglaubliche Frau gewesen sein, die junge und schöne Bilkis, wie die Araber ihre Königinnen nannten! Und der gescheite alte Salomo wird das auch bald bemerkt haben. Welche Freude für ihn, die Jugend, die Schönheit und die Klugheit so nahe beieinander zu sehen...«

»Du warst also dort?« fragte ich.

»Ja, ich war dort, du Neugieriger! Ich bin auf den Spuren der Königin von Saba aus dem Golf von Aden bis nach Jeruschalajim geritten und gelaufen. Ich war sehr jung. Ich war meinem Vater durchgebrannt. Ich wollte die Welt umarmen, so jung war ich! Und ich wollte der jungen, schönen Königin so nahe sein wie keiner vor mir...«

»Und?« fragte ich, da er wieder schwieg.

»Ach was!« Vater Evghenie machte eine Handbewegung, schüttelte sich und schnaufte: »Nach fünf, nein, nach sechs Jahren... Nun ja, auf dem Heimweg über Aleppo und über Stambul blieb ich auf Chalkidike hängen. Auf dem Ajion Oros. Dort gibt es viele Köster, viele fromme Männer. Die sind heilkundig. Sie pflegten mich gesund... Der Berg liegt hoch über der Ägäis. Ein griechischer Berg. Athos. Der griechischste Berg Griechenlands. Von seinen Höhen siehst du das Leuchten des Ägäischen Meeres bis hin zur Insel Lemnos. Aber an dem Morgen meinte ich, über die Ägäis, ja sogar über die Levante und das Rote Meer hinweg bis nach Marib zu schauen. Hörst du? Mitten ins Licht hinein, das dorther strahlt. Mitten ins Schlafgemach der jungen, schönen Königin am Golf von Aden, bei deren Anblick die Lorbeerrosen zu blühen begannen.«

»Denkst du auch jetzt noch an sie?«

»Ja«, sagte der Mönch und schloß die Augen, »ja, aber anders...« Er sah mich an und sagte: »Du willst wissen, woher der Duft in meiner Klause kommt? Es sind Weihrauchzweige. Sieh, hier am Fensterbrett halte ich sie, unter dem Tuch. Sie rufen mir den Hadramaut in Erinnerung. Die Straße im Wüstensand. Die Zeltnächte im Harat al Umairid. Den Glanz und die Glut. Die Städte Dschidda und Sa'na... Und die Rosen! Die Rosen, die vor Glück zu blühen beginnen, wenn eine schöne Frau ihnen naht.«

»Und wann bist du in die Höhle gekommen?«

»Es ist so lange her«, brummte Vater Evghenie, »daß ich's nicht mehr weiß.«

»Und warum bist du gekommen?«

»Das erzähle ich dir ein andermal«, sagte er, »ich sehe, du bist wie dein Großvater, du willst immer alles wissen.«

»Aber werden wir uns wiedersehen?«

Er sah mich unbewegt an. »Ja, das werden wir«, sagte er, »o ja«, und nickte.

Ich fühlte, daß er nicht weitersprechen würde. Nur das Tosen der Wildbäche drang aus der Tiefe zu uns herauf. Wir saßen lange und schwiegen. Wir hörten dem Wasserrauschen im südkarpatischen Bergkessel zu und waren eingehüllt in die betörenden Düfte der Königin von Saba.

Da erklangen Schritte. Jemand pochte dreimal an die Tür aus dicken Tannenbohlen. Ich wußte, daß es Großvater war. Er hatte das Gespräch mit dem Abt Atanasiu über die bevorstehenden Waldverkäufe am Scropoasa-See unweit der Klöster beendet. Beim Abschied wechselte er mit Vater Evghenie, den er »Jewgeni« nannte, einige halblaut gesprochene Sätze, die ich nicht verstand. Als wir unter den Tannen bei den brodelnden Wildwassern vor den Klöstern angekommen waren, fragte ich ihn, in welcher Sprache er mit Vater Evghenie gesprochen und warum er »Jewgeni« zu diesem gesagt hatte.

»Ich habe griechisch mit ihm gesprochen«, anwortete Großvater, »ich habe ›Jewgeni‹ zu ihm gesagt, weil das sein ukrainischer Name ist. Vater Evghenie ist Ukrainer ...«

So hatte ich erfahren, daß Vater Evghenie immer nur einige Monate bei den Skitu-Höhlenklöstern zubrachte. Keiner der Brüder wußte je genau, wann er kommen, wann er gehen würde. Er sei zu den Brüdern auf dem Berg Athos gereist, hieß es in den Klausen der Butschetschhöhle, vielleicht ins tausendjährige Moni Lawra. Oder besuche er gerade die Brüder im prächtigen Batschkowo-Kloster am Fuße der Rodopen in Bulgarien? Wer wisse das schon! Denn es sei ebenso denkbar, daß er sich in einem der moldauischen Klöster aufhalte – in Sucevița, auf dessen Nordwand der Sturz der Sünder zu den Teufeln in die Hölle dargestellt sei. Oder in

Moldoviṭa, in Voroneṭ? Niemand wüßte es genau. Komme es
doch sogar vor, daß sich Vater Evghenie von den Moldau-
Klöstern noch weiter ostwärts, über den Dnejstr-Strom wage,
ins unselige Reich der Kommunisten, wo die Brüder der
heiligen Ostkirche zu Tausenden elend erschlagen worden
seien und einige der Überlebenden in den südukrainischen
Wäldern darbten; sie bedürften des Trostes, der Ermutigung,
Vater Evghenie, dem Gott ein starkes Herz geschenkt habe,
bringe sie ihnen. Der Allmächtige bewahre ihn auf seinen
Wegen über die unheimliche Grenze ins Reich des Bösen,
sagten die Mönche in der Skitu-Höhle ...
Allösterlich nahm an der Wallfahrt zu den nach Tannenharz,
Moos, Sonne und Gebirgswind duftenden Holzklöstern und
den Einsiedeleien vor dem Höhleneingang auch Bade Licus
neunköpfige Familie teil. Und ebenfalls hier, an den felsigen
Südabstürzen des Butschetsch, in der Klause des Vaters Evghenie, hatte mein Hardt-Großvater an jenem Augustabend
Hilfe gesucht, als er auf der Wildschweinjagd in der Nähe der
Klöster den vierundfünfzigjährigen Ioan Garugan erschossen
hatte, einen Mann, der mit zwölf Mauleseln Lasttransporte
aus Siebenbürgen übers Gebirge ins rumänische Altreich und
umgekehrt betrieb, Besitzer eines kleinen Anwesens am
Rande Alt-Tohans, verheiratet und Vater eines buckligen
Sohnes mit Namen Alex war. Garugan hatte viele Jahre
hindurch in Großvaters Auftrag die Wolltransporte von der
Malaeschter Hütte nordwärts nach Rosenau oder über die
Berge in die walachischen Städte des Südens besorgt. Er
benutzte dabei die Schmugglerpfade, auf denen schon sein
Vater das Gebirge bei Nacht überquert hatte. Die Wolle
beförderte er in großen Ballen aus Sackleinen, die er den
Pferden vom Widerrist bis zur Schweifrübe auf den Rücken
band. In langer Reihe stiegen die Tiere mit der wippenden
Fracht bergan und bergab und gehorchten jeder Anweisung
ihres Besitzers, der hinter ihnen ging und sich auf ermüden-

den Anstiegen am Schwanz des letzten Tieres festhielt. Immer begleitete ihn bei den Gebirgsüberquerungen sein buckliger Sohn, dessen Ausdauer der Vater im Gespräch mit Bekannten pries.

Großvater hatte den rundköpfigen und menschenscheuen Mann, der winters wie sommers eine in die Stirn gezogene schwarze Merinolammfellmütze trug, genau zwischen die Augen getroffen. Ioan Garugan war auf der Stelle tot gewesen. Sie hatten ihn in Eile zu den nahegelegenen Einsiedeleien gebracht, in der immer mehr schwindenden Hoffnung, dort Hilfe zu finden. Großvater war vorausgelaufen, um die heilkundigen Mönche zu verständigen. Vater Evghenie war erblaßt, als er ihm den Namen Garugan genannt hatte, er hatte sich unaufhörlich Kreuze vor der Brust geschlagen, hatte kopfschüttelnd vor sich hingemurmelt und Großvater schließlich aufgefordert, zu ihm in die Klause zu kommen. Als dann mein Vater und die anderen Jäger mit Garugan bei den Klöstern eingetroffen waren, hatten die herbeigeeilten Mönche nur noch dessen Tod feststellen können.

Es war, wie später bei der Gerichtsverhandlung zu Protokoll gegeben wurde, ein Versehensschuß gewesen, daran konnte kein Zweifel bestehen. Nicht allein mein Vater, sondern auch vier weitere an der Jagd beteiligte Jäger hatten übereinstimmend ausgesagt, daß sie eben aus der Richtung, in die Thomas Hardt gefeuert hatte, das Rudel erwartet hätten und daß die Treiber schon so nahe gewesen wären, daß jeden Augenblick mit dem Auftauchen des Wilds hätte gerechnet werden müssen. Daß bei dem abendlichen Büchsenlicht die Bewegung im Unterholz am Waldrand jeden von ihnen sofort habe annehmen lassen, daß dort das Wild aus dem Wald träte, erscheine einem mit der Jagd Vertrauten naheliegend, erst recht, da es in der Umgebung weder Fuß- noch Fahrwege gäbe.

Aber trotz der entlastenden Aussagen und der beredten Verteidigung des jungen Rechtsanwalts Dr. Marius Micla war der Richter bis zuletzt immer wieder mit unparteiischem, jedoch deutlich spürbarem Mißtrauen auf den »perfekten Schuß« zu sprechen gekommen, der ihm, wie er kalt sagte, »keine Ruhe« lasse. Für den Staatsanwalt war das natürlich Wasser auf die Mühle gewesen, er soll sich mit aufreizender Hartnäckigkeit für das »Verhalten des ehrenwerten Angeklagten Thomas Hardt nach Erkennung der Folgen des Todesschusses« interessiert haben, wobei er, wie mir mein Vater Jahre später ausführlich erzählte, in geschickter, ja gerissener Weise habe durchklingen lassen, daß der Angeklagte unter Umständen Freude geäußert haben könnte. Und plötzlich habe er sich mit der Frage an Großvater gewandt: »Verehrter Herr Angeklagter, Sie geben doch zu, daß Sie seit langem nach Rumänen suchen, die im Jahr 1916 angeblich Ihren Vater getötet haben sollen, während Sie, wenn ich recht informiert bin, auf der Seite der Deutschen, Österreicher und unserer ungarischen Todfeinde gegen die mit uns tapferen Rumänen verbündeten Westmächte kämpften? Sie geben doch zu, Herr Hardt, ein Feind der Rumänen gewesen zu sein? Sind Sie es heute noch?«

An dieser Stelle allerdings soll Dr. Marius Micla, der ältere Sohn des mit meinem Großvater eng befreundeten Prälaten der griechisch-orthodoxen rumänischen Kirchengemeinde in Kronstadt, energisch Einspruch erhoben haben. Er forderte und erreichte die Abweisung der, wie er sagte, »mit infamem, eines Anwalts unseres Staates unwürdigem Chauvinismus gegen den einer nationalen Minderheit angehörenden Angeklagten taktierenden Unterstellungsfrage«. Von diesem Augenblick an aber war meinem Großvater das Ausmaß der Gefahr bewußt, in der er sich befand. Der Staatsanwalt, ein aus der südlich der Karpaten gelegenen Provinz Oltenien stammender drahtiger Mann mit glühenden schwarzen Augen, der der Nationalen Rumänischen Bauernpartei ange-

hörte, hatte sich die Gerüchte um das vermeintliche Rachebe-
dürfnis meines Großvaters im Zusammenhang mit der Ermordung seines Vaters als Marschroute im Prozeß zurechtgelegt. Seine unausgesprochene, den Geschworenen jedoch mit
Bedacht suggerierte Absicht war es, die Vorsätzlichkeit des
tödlichen Schusses aus dem Rachegelüst Großvaters heraus
glaubhaft erscheinen zu lassen, was er der Vorstellungskraft
der ausschließlich aus Kronstädter Rumänen bestehenden
Geschworenenbank dadurch nahezulegen trachtete, daß er
den nationalen Unterton ins Spiel brachte – auf dem heiligen
Mutterboden Rumäniens tötete ein »minoritar«, ein Minder-
heitler, einen unserer rumänischen Brüder...
Hier, so erzählte mir Vater zu Ehren des unzugänglichen
Richters Barga, eines siebzigjährigen, hochangesehenen Bür-
gers Kronstadts, der einst als Bauernsohn aus dem Dorf Alt-
Tohan zum Studium der Rechtswissenschaften nach Wien
und nach Cambridge ausgezogen war, hier habe sich der
grauhaarige Richter Barga mit folgenden Worten an den
Staatsanwalt gewandt:»Verehrter Herr Kollege! In unserem
Siebenbürgen haben die Völker mehr als andernorts gelernt,
daß die nationale Frage das Recht nicht außer Kraft setzen
darf. Ihnen, die Sie aus dem alten Königreich im Süden
kommen, fehlt diese Erfahrung noch... Doch Herr Hardt
schuldet uns eine Antwort – bitte!« Großvater habe mit weißem Gesicht und ungewohnt starrem Blick gesagt:»Es ist
wahr, hohes Gericht, daß mein Vater als über siebzigjähriger
Mann, während ich an der Front war, umgebracht wurde. Es
ist ebenfalls wahr, daß ich wissen möchte, wer sich zu dem
Mord an dem alten, schwerkranken Mann hergab. Aber was
hat das mit dem Tod des Ioan Garugan zu tun? Ioan Garugan
leistete mir in den letzten zehn Jahren mit seinen Tragtieren
treue und pünktliche Dienste. Ich bin mit dem manchmal
etwas eigenartigen Mann gut ausgekommen. Erst vor vier
Wochen haben wir über neue Geschäfte verhandelt.« Groß-

vater habe sich mit Mühe beherrscht, er habe sich brüsk unterbrochen und gesetzt.

Unruhe und Verwirrung aber ganz anderer, geradezu unheimlicher Art habe der Auftritt Vater Evghenies im Gerichtssaal hervorgerufen. Der von der Anklage vorgeladene Mönch habe sich nämlich in seiner Aussage aus unerfindlichen Gründen in dunklen Andeutungen über »die Sünde der Rache« bewegt und selbst auf die noch so strengen Fragen und immer gereizteren Zurechtweisungen bald des Richters Barga, bald des Staatsanwalts Liviu Udroiu ausschließlich mit Zitaten aus der Bibel geantwortet. So habe er auf die Frage, ob, seit wann und wie gut er Thomas Hardt kenne, zu diesem hinübergeschaut und gesagt: »Jesaia, Kapitel vier, Vers neun: ›Soll ich meines Bruders Hüter sein?‹ Ja, ich kenne ihn.« Als der Staatsanwalt Udroiu von ihm wissen wollte, ob er sich vorstellen könne, daß es für Thomas Hardt Gründe gegeben habe, Ioan Garugan zu töten, sei Vater Evghenies Antwort gewesen: »Jesaia, Kapitel vierunddreißig, Vers acht: ›Denn es kommt der Tag der Rache des Herrn und das Jahr der Vergeltung‹«, und der Mönch sei zu keiner weiteren Antwort zu bewegen gewesen, was den Zorn des Staatsanwalts erst recht entfacht habe. Auf Dr. Udroius Frage, worüber er, Vater Evghenie, in seiner Zelle mit dem Angeklagten so lange unter vier Augen gesprochen habe, sei die Antwort gekommen: »Vierunddreißigster Psalm, Vers zwanzig: ›Der Gerechte muß viel erleiden, aber aus alledem hilft ihm der Herr.‹« Hier habe der Richter Barga die Augenbrauen gehoben und zuerst den Mönch und danach den Staatsanwalt lange und aufmerksam betrachtet. Dr. Udroiu, angesichts der sibyllinischen Unerschütterlichkeit des Mönchs am Rande der Selbstbeherrschung angekommen, sei mit einem Fauchen auf diesen losgefahren: »Beantworten Sie meine Fragen, ehrwürdiger Vater!«, was Vater Evghenie mit würdevollem Kopfneigen und der in rauhem Baß vorgebrachten An-

merkung erwidert habe:»Das tue ich.«Vollends sei dann dem
Staatsanwalt die Geduld gerissen, als der auf das Publikum
im großen Gerichtssaal immer rätselhafter wirkende Vater
Evghenie auf die dreimal vorgebrachte Frage, ob er sich
vorzustellen vermöge, daß sein langjähriger Bekannter Thomas Hardt aus Gefühlen des Hasses heraus auf Garugan
geschossen habe, dem neuerlichen Einspruch Dr. Miclas zu-
vorkommend, mit hohlem Ton in der Stimme nur zu antworten bereit gewesen sei:»›Herr, du Gott der Vergeltung, du
Gott der Vergeltung, erscheine!‹ Psalm vierundneunzig, erster Vers.« O ja, Vater Evghenie kannte die Bibel von der
ersten bis zur letzten Zeile auswendig. Mit wütendem Aufla-
chen und Feuer in den Augen habe da Dr. Udroiu den in der
Kutte hinter dem Bart und unter dem langen Kopfhaar gleich
einem Schattenwesen aus einer nächtlichen Welt im Zeugen-
stuhl sitzenden Mönch angeschrien:»›Exoriare aliquis nostris
ex ossibus ultor!‹, ›Möge aus meinem Gebein sich einst ein
Rächer erheben!‹ Aeneis, vierter Gesang, Vers zweihundert-
fünfundsechzig!... Sie mit Ihrem Jesaia und ich mit meinem
Vergil!« Doch Vater Evghenie sei ungerührt und dem vor
Zorn entbrannten jungen Staatsanwalt nichts schuldig geblieben:»Nein, mein Sohn, eben das nicht. Der große Dichter
Vergilius war Heide. Wir aber sind Christen.« Die Art, wie er
den Satz ausgesprochen, sei den Leuten im Saal durch Mark
und Bein gegangen. Dann habe er sich langsam erhoben, sei
zur Verwunderung aller auf meinen Großvater zugegangen
und habe vor dessen Gesicht ein Kreuz geschlagen und dazu
gemurmelt:»›Und der Zöllner schlug an seine Brust und
sprach: Gott, sei mir Sünder gnädig!‹ Lukas achtzehn, Vers
dreizehn.« Er habe sich vorgeneigt, Großvater auf die rechte
und auf die linke Wange geküßt,»mein Bruder!« gemurmelt
und sei aus dem Saal gegangen. Der Hergang, erzählte mir
Vater, sei ihm gespenstisch vorgekommen, er habe nicht
allein ihm Anlaß zu Ärger, Lachen und Fassungslosigkeit

gegeben, auch sonst habe sich niemand erklären können, was Vater Evghenies orakelhaft vielsinnige Reden hätten bedeuten sollen. Ein Bekannter habe ihn nach der Gerichtsverhandlung gefragt:»Weiß der Mönch Dinge, die er hinter Bibelsprüchen versteckt?«

Als schließlich der Zigeuner Midi Bubu, bei der unheilvollen Jagd Anführer der Treiberschar, als letzter Zeuge mit keinem Wort zu der vom Staatsanwalt Udroiu angestrebten Belastung Großvaters beigetragen habe, sei das Urteil verkündet worden — Ioan Garugan sei das Opfer einer fahrlässigen Tötung, nicht eines mit Heimtücke vorsätzlich durchgeführten Mordes. Es war für alle Anwesenden deutlich, daß Richter Barga mit seiner Autorität den eindeutigen Urteilsspruch bewirkt hatte.

Für die meisten aber im Saal blieb eine dunkle Unklarheit zurück, und die Aufmerksamkeit, die das Gerichtsverfahren in der Öffentlichkeit erregt hatte, war erheblich.

Ein seltsamer Prozeß, über den die Menschen viele Jahre hindurch mit Leidenschaft sprachen, und jahrelang noch hatte Großvater damit zu tun, den Unwillen der Rumänen im Burzenland zu besänftigen. Ohne Zweifel gelang ihm dies nur mit Hilfe seiner ungewöhnlich vielen Bekannten und Freunde, die er in ihren Kreisen hatte, doch auch dank seiner unverdrossenen Natur, die sich selbst unter dem Druck dieser Lage behauptete. Schließlich flauten die Feindseligkeiten ab, die Ansicht setzte sich durch, daß der in entlegener Gegend durch den Wald laufende eigenbrödlerische Ioan Garugan Mitschuld am eigenen Unfalltod trüge. Großvater war zu einer Geldstrafe, zur Übernahme der Ausbildungskosten des buckligen Alex Garugan und zu einer Entschädigungszahlung an die Witwe Magdalena Garugan verurteilt worden. Die Summe war so hoch gewesen, daß er Großmutter um den Verkauf des Waldes »Äm Schniebrichgrowen« hatte bitten müssen, obgleich er wußte, wie sehr sie an dem ererbten Besitz hing. Ohne eine Sekunde zu zögern, hatte sie ihm den

Wald überlassen, wenn es auch fortan in der Familie als ausgemacht galt, in ihrer Gegenwart den »Schniebrich«-Eichenwald nicht mehr zu erwähnen. »Mit dem Verkauf des Waldes ist ein Stück Familiengeschichte zu Ende gegangen«, hörte ich sie einmal sagen, als ich sie im Sessel unter den Fotos ihrer beiden gefallenen Brüder antraf, von denen mich das Gesicht auf dem größeren der Bilder so stark anzog, als hätte ich damals schon geahnt, daß der Tote Jahre später in meinem Leben eine folgenschwere Rolle spielen sollte. Das Bild zeigte den jüngeren der Brüder, Johannes. Zu den Seltsamkeiten dieser Angelegenheit gehörte aber vor allem Vater Evghenies Verhalten. Auf der Kutschenfahrt zur Jagd im Wald hinter der Idweg-Klamm, bei der Vater mit der Erlegung des blonden Bären erfolgreich gewesen war, hatte ich Großvater auf eine Frage seines Schwiegersohnes antworten hören: »Nein, nicht erst beim Prozeß. Schon als ich nach dem Unfall bei ihm in der Zelle saß, verhielt er sich sonderbar. Sofort nach dem Prozeß verließ er die Skitu-Höhle. Seither habe ich nicht mehr ungestört mit ihm sprechen können. Der Abt Atanasiu sagte mir neulich, er habe wieder einmal um die Erlaubnis gebeten, in eines der Moldau-Klöster ziehen zu dürfen, seine Knochen hätten die Zugluft im Höhleneingang nicht mehr vertragen. Ich habe nicht herausbekommen, in welchem der moldauischen Klöster er sich aufhält. Wir sind seit unserer Jugend befreundet. Vorige Woche steckte mir Bade Licu die Nachricht zu, er würde wieder in den Skitu-Klöstern auftauchen. Ich werde ihn besuchen...«

Die Angelegenheit lag damals einige Jahre zurück, und ich war alt genug zu beobachten, daß das Ansehen meines Hardt-Großvaters bei den ungarischen Kaufleuten, den szeklerischen Pferdehändlern, ja sogar bei den rumänischen Holzfällern, Fuhrleuten, Hirten und Bauern auf eine mir unerklärliche Weise mit dem verhängnisvollen Schuß zu tun hatte. Natürlich blieb Großvater das nicht verborgen, und wäre er nicht ein Mann von schwer zu erschütternder Selbstsicherheit gewesen, so hätten ihn die ab und zu im Umgang mit all diesen Menschen lautwerdenden Bemerkungen wie: »So war's richtig, Herr Hardt!« oder: »Respekt, Herr Hardt, Sie haben Ihren Vater gerächt!« noch mehr aufgebracht. Wie immer er sich verhielt, er wurde das Odium des kalten Rächers nicht mehr los, und solange er lebte, verband sich mit seinem Erscheinen das Geflüster um unaufgeklärte Hintergründe des Schusses auf Ioan Garugan. Daß aber die Folgen des tödlichen Vorfalls unberechenbar geblieben waren, sollte ich ebenfalls von Vater hören, als er mir Ioan Garugans Begräbnis schilderte, zu dem er und Großvater gefahren waren. Mit haßerfülltem Blick habe Alex Garugan Großvater und ihn am Grab gemessen.

Am lebhaftesten jedoch sind mir die zwei Äußerungen des Hardt-Großvaters in Erinnerung, mit denen er auf der Fahrt zur Bärenjagd hinter der Idweg-Klamm gewissermaßen den Schlußstrich unter das traurige Thema zog. Indem er Betyárs Galoppversuche mit gestrafftem Zügel abfing, sagte er in der üblichen trockenen Art zu Vater: »Seit Leute aus dem Altreich vom Schlage dieses Doktor Udroiu hier das Sagen haben, gehen wir in Siebenbürgen unguten Zeiten entgegen; das hatte der kluge Richter Octavian Barga begriffen. Gott hab ihn selig...« Und nach einer Pause hatte er dann jenen Satz hinzugefügt, vor dem ich erschrak. Etwas wie ausbrechende Ungezügeltheit stand ihm ins Gesicht mit den Lachfalten rechts und links des Mundes und mit den lustigen Krähenfüßen in den Augenwinkeln geschrieben, als er plötzlich und ohne ersichtlichen Grund dem Goldfuchs Betyár trotz der angezogenen Zügel eins über die Kruppe zog und laut sagte: »Eines Tages werde ich sie alle haben!...« Mein Erschrecken ließ erst nach, als ich Vater ansah – mit einem Blick, in dem seine ganze Zuneigung lag, schaute er seinen Schwiegervater an; mit einer Bewegung des Mitgefühls streckte er seine Hand aus und legte sie ihm kurz auf die Schulter. Jahre später, als ich unter der Entzweiung der beiden Männer unsagbar litt, fiel mir immer wieder die Sekunde auf der Jagdkutsche ein, als ich zwischen Vater und Großvater saß und Zeuge der Freundschaftsbekundung war. »Ist schon gut, Rick«, hatte Großvater genickt und tief aufgeatmet.

Um die Zeit, als mir Vater die Geschichte des Todesschusses erzählte, begann eine Ruhelosigkeit in Großvaters Leben zu kommen, die es vorher nicht gegeben hatte. Großvater verreiste häufiger als früher. Ich spürte deutlich, daß ihn nicht Abenteuerlust trieb und die Vermutung falsch war: »Das unruhige Jugendblut ist wieder erwacht in ihm, wie anno dazumal, als ihn der Hintern gejuckt und er in den Orient und nach Amerika gezogen war«, wie ich den Großvater meines Schulfreundes und Nachbarn Paul Eisendenk, einen Kindheitsgefährten des Thomas Hardt, mit der Fistelstimme einmal sagen hörte. Das war ebenso falsch wie die andere Mutmaßung, die ich aufschnappte: Dem Thomas Hardt seien einige Geschäfte mißlungen, nun versuche er, alte Verbindungen wiederaufzunehmen, um seine Verhältnisse in Ordnung zu bringen – der werde das schon hinbiegen, denn er habe ja seit jeher ein gutes Einvernehmen mit all den jüdischen, rumänischen, griechischen, englischen und holländischen Geschäftsleuten gehabt. Es war ein Schatten in sein Leben gekommen, über dessen Herkunft ich mir vergebens den Kopf zermarterte.

Großvater blieb wochenlang fort und ließ meine verwöhnte Großmutter mit dem leidenden Zug um Augen und Mund allein; jedesmal, wenn er heimkehrte, brachte er ein Geschenk, eine Aufmerksamkeit mit. »Er ist in Griechenland«, sagte die Hardt-Großmutter, wenn ich sie fragte, wo er sich gerade aufhalte, oder sie sagte: »Er ist nach Amsterdam gefahren.« An den Namen der fernen Länder und Städte entzündete sich meine Phantasie; ich konnte es kaum erwarten, daß Großvater zurückkehrte und mir von ihnen erzählte. Er tat es nur sparsam, und ich versuchte, ihn mit allen möglichen Einfällen zum Reden zu bringen. Doch war ihm nicht beizukommen. Nur einmal sagte er mir, daß er »auf einer Insel nicht weit von Athen« gewesen sei: »Ich habe einen Freund besucht.«

»Wie heißt der Freund? Hat auch er Schafe?«

»Er heißt Nikos Tersakis, er hat Schiffe und Olivenplantagen.«

»Wo wohnt Nikos Tersakis?«

»Auf der Insel Mykonos. Aber voraussichtlich nicht mehr lange. Er wird nach Amerika zurückkehren.«

»Wieso ist er dein Freund?«

»Ich war in den Staaten lange mit ihm zusammen.«

»Wann warst du in Amerika?«

»Das ist eine Weile her.«

»Warum bringst du den Freund nicht einmal zu Besuch mit?«

»Nein, der beeilt sich, aus Europa wieder wegzukommen«, sagte Großvater kurz angebunden.

»Mit dem Schiff bis nach Amerika?«

»Zuerst von Mykonos bis in den Hafen von Athen; der heißt Piräus.«

»Liegt Mykonos weit weg vom Berg Athos?«

»Etwa dreihundert Kilometer südlich.«

»Redest du mit deinem Freund griechisch, so wie mit Vater Evghenie?«

»Manchmal griechisch, manchmal englisch.«

Aber zunächst hatte sich etwas anderes in Großvaters Leben geändert. Nach dem Unglück mit dem menschenscheuen Ioan Garugan in den Wäldern zwischen der Höhle Skitu und dem Scropoasa-See gab Thomas Hardt niemals wieder einen Schuß ab, obwohl er noch ungezählte Male eine seiner fünf Büchsen schulterte und auf die Pirsch ging, die Läufe geladen und mindestens ein Dutzend Kugelpatronen in der alten Umhängetasche aus Zelttuch. Das bedauerte am meisten der Henkersnachfahre Bubu, der für sein Leben gern mit den beiden Männern und der Kurzhaarhündin Pia der Zweiten durch die Wälder lief und sich dabei als Faktotum nützlich machte. Denn die Wildhasen, Rehkeulen und Rebhühner, die er als Beuteanteil mitnahm, waren nun auf die Hälfte geschrumpft. Da Großvater nicht mehr schoß, fiel nur von Vaters Jagdbeute etwas für ihn ab. Doch das Kleingeld, das er einsteckte, wurde deswegen nicht weniger. Hatte mein Vater nicht guten Grund, ihm dankbar zu sein?

Freilich, Vater hatte seine besonderen Beziehungen zu den Zigeunern, die hierzulande bei allen, ob Rumänen, Ungarn, Deutschen oder Juden, als Diebsgesindel verschrien waren. Abgesehen von seiner Art, sich ohne Scheu jedem Menschen zu nähern, gab es dafür einen besonderen Grund: Er war ein ungewöhnlich guter Geiger. In seinem Elternhaus wurde seit seiner Kindheit täglich musiziert, und in seinem Auftrag sahen sich die im Land herumstreunenden Zigeuner nach guten Geigen um, mit denen sie dann von Zeit zu Zeit anrückten – allen voran der kastanienäugige Midi Bubu mit dem Spitzbart, der die Angelegenheit schließlich ganz an sich riß, bei der Ablieferung jeder Geige aber meinem Vater drei Eide schwören mußte, daß es sich nicht um Raubgut, sondern um redlich erworbene Ware handelte. Der schwarze Spitzbart mit dem fettglänzenden Gesicht und den Glitzeraugen schwor.

Der Himmel allein weiß, wo Midi Bubu die Instrumente erschacherte. Doch regelmäßig tauchte er mit besseren, mit schöneren auf. Dabei waren die Geigen manchmal dermaßen verdreckt, daß sie stanken und klebten. Und zu den bleibenden Erinnerungen meiner Kindheitsjahre gehört dieser Gestank der Instrumente, die ich mit einigen zerschnittenen Zwiebelköpfen, Mengen neunzigprozentigen Alkohols und holzfaßgegorenem, scharfem Apfelessig im Garten unter dem Gravensteinerbaum sauberschrubben mußte. Nicht selten waren die Geigen durch die Hände mehrerer Generationen von Wirtshaus- und Kneipenmusikern gewandert, ohne je in einem Kasten oder Etui aufbewahrt worden zu sein. Sie hatten in den verräucherten Zelten und Hütten ihrer nomadisierenden Besitzer an einem Bindfaden im Qualm des offenen Feuers gehangen, und sie waren, ein Leben lang unter den Arm des Großvaters, des Vaters und danach des Sohnes geklemmt, nicht nur jedem Wind und Wetter, sondern auch ganze Geschlechterfolgen lang dem Körperschweiß der fahrenden Musiker ausgesetzt gewesen. Doch dann geschah immer wieder das Wunder, das eines der sauber geputzten Instrumente in Vaters Händen mit einem strahlenden Schmelz erklang, den ihm beim ersten Anblick niemand zugetraut hätte. Sooft sich aber Midi Bubu die Geige unter das Kinn schob und nach dem Bogen griff, um mit seiner Kunst den Wert des Instruments vorzuführen, staunte ich über die Fremdartigkeit, mit der die Geige unter seinen Fingern zu wehklagen begann, dabei war es dasselbe Instrument, auf dem die beiden spielten, derselbe Bogen, den sie benützten, und Midi Bubu stand Vater auch an Fingerfertigkeit nur wenig nach; doch die Musik, die das Instrument bei der Berührung mit seinen Händen hervorbrachte, schien aus einer anderen Welt zu kommen. Die besten Geigen, die der Zigeuner ins Haus brachte, kaufte Vater – und ermunterte den Verkäufer gleichzeitig, weitere, noch bessere herbeizuschaffen.

Meine Mutter allerdings mochte weder Midi Bubu noch dessen entsetzlich stinkende Violinen. Dies ist die Erklärung dafür, daß Midis Satyrgesicht immer nur im Spalt der vorsichtig geöffneten Hoftür sichtbar wurde. Ein leise ausgestoßener Pfiff lockte uns Kinder herbei, worauf uns der geflüsterte Auftrag zuteil wurde, den »domnu Rick«, meinen Vater, zu verständigen, was wir prompt und mit der Heimlichkeit der Kumpanei taten. Glückte es dann Vater und Midi Bubu, unbemerkt unter den Wohnungsfenstern in den leeren Vorratsraum hinten im Hof zu schleichen, wo Vater die Geigen ausprobierte, konnte es dennoch immer wieder geschehen, daß Midi Bubu vor meiner auf der Bildfläche erscheinenden Mutter auf und davon rannte und Vater der Rest des Tages verdorben war. Nein, es leuchtete der erzürnten Mutter nicht ein, warum eigentlich zu den sieben im Haus befindlichen Geigen noch eine achte kommen sollte. Und dies schon allein deswegen nicht, weil ich, der Geigenputzer, nach jedem Neueinkauf und der unweigerlich folgenden Säuberungsprozedur noch tagelang als Stinkmarder durch Wohnung, Hof und Garten lief und mir alle in großem Bogen aus dem Weg gehen mußten, trotz der sinnlos an mich verschwendeten Seife.

Doch wenn Vater nach dem Abklingen des ersten Zorns auf einer der wunderbar leuchtenden Geigen meiner Mutter mit theatralisch verliebtem Blick reuig Franz Lehárs »Dein ist mein ganzes Herz« ins Ohr fiedelte, während sie in der Küche hantierte, verging niemals allzuviel Zeit, bis sie besiegt aufgab und ihren Mann lachend küßte. Das gleiche trieb er danach mit seinen zu viel größerer Strenge neigenden Schwestern, wobei es freilich vorkam, daß die sanftere Tante Leonore, ein braunlockiger Bubikopf mit leichter Stupsnase, lebhaften Bewegungen und starkem Blick, ins Musikzimmer lief und Schuberts von Vater mit dunkler Melancholie gespieltes Lied »Leise flehen meine Lieder« auf dem Flügel begleitete. Ich bewunderte Tante Leonore, nein, ich liebte sie. Wenn sie sich mit Schwung auf den drehbaren Klavierstuhl setzte und im Augenblick darauf unter ihren Händen aus dem Instrument Akkorde und Klangfolgen in einem unerschöpflichen Reichtum fluteten, fühlte ich mich von einer seltsamen Erregung erfaßt. Schon ein flüchtiger Blick oder das rasche Streicheln ihrer Hand über meine Wange ließ mich erschauern. Vor seiner erbosten Mutter schließlich kniete Vater gar nieder und schluchzte ihr auf den Saiten eine jener Sarasate-Melodien vor, die von allen guten Fiedlern auf der Welt gespielt und gewissermaßen als zuckende Stücke ihres Herzens dargeboten werden. Sicherlich klangen Pablo de Sarasates »Zigeunerweisen« nicht so, wie der schnauzbärtige Navarrese sie selber einst auf seiner Stradivari-Geige gespielt haben mag. Doch weinten die Synkopen und Flageolettöne im Mittelteil, stürmten die Läufer und sprangen die Pizzicati im Schlußteil unter Vaters Fingern mit einer Frische aus dem Instrument, die es unmöglich erscheinen ließ, ihm allzu lange Unmut zu zeigen — erst recht, da Tante Leonore ihre Kunst des Begleitens zur Virtuosität steigerte.

Allein Tante Elisabeth blieb unerbittlich. »Du kannst mir mit deinem Sarasate gestohlen bleiben«, rief sie und stampfte auf den Boden, als sie ihre Umgebung dahinschmelzen sah, »ich falle auf dein Tränendrüsentheater nicht herein! Wie könnt ihr ihm nur so auf den Leim gehen«, rief sie außer sich, »da doch wieder einmal das ganze Haus nach Aas stinkt!« Doch Vater bewahrte seine Gelassenheit, empfahl ihr, die Dinge »nicht zu eng zu sehen«, und versuchte, seine in helle Empörung aufgelöste Schwester mit Richard Heubergers »Komm zu mir ins Chambre séparée« zu besänftigen, was ihm allerdings völlig mißglückte, weil sie die Musik des österreichischen Operettenkomponisten zu »unausstehlichem Wiener Gefühlsschmalz« erklärte. Die arme Tante Elisabeth, dachte ich, es stimmt also, was die Leute tuscheln: daß ihre Reizbarkeit vom ungebührlichen Hinauszögern des Verlobungsstandes durch den stinkreichen Hermann Rein herrühre. »Das soll der eines Tages nur nicht bereuen«, hatte ich die Mutter Paul Eisendenks sagen hören.

Der heftigen Neigung Vaters zur Musik verdankten wir zusätzlich zu dem schwarzen Bösendorfer Stutzflügel im Musikzimmer, auf dem Tante Leonore spielte, zu den Flöten, der Bratsche, dem Violoncello und den Gitarren, die sich im Haus befanden, die vorzüglichen Geigen, auf denen nicht nur wir Geschwister neben dem Blasen und Klimpern auch das Fiedeln erlernten, sondern gemeinsam mit uns straßauf und straßab zugleich auch alle diejenigen unserer Altersgenossen, deren musikalische Begabung Vater aufgefallen war. Er holte sie kurzerhand zum unentgeltlichen Unterricht ins Haus und hatte seine Freude daran, wenn eine seiner Schülerinnen oder einer seiner Schüler nach Jahren der Arbeit zur Meisterschaft reifte – so wie jener einsneunzig große, sommersprossige, rothaarige Willi Kurzell, den die Leute den »Todesgeiger« nannten, noch lange nach seinem frühen und schrecklichen Ende im Jahr 1944 an der Bosna in Dalmatien bei den Kämpfen gegen die Tito-Partisanen, als er zu einem Sonderunternehmen des Generals Artur Phleps befohlen worden war. Willi war fünf Jahre älter als ich. Mit ihm, einem ruhigen Menschen von musischer und geistiger Begabung, verband mich die erste tiefe Freundschaft meines Lebens. Er spielte mit achtzehn alle Soloviolinsonaten einschließlich der unerhörten Ciaconna von Johann Sebastian Bach.

Alle diese Musikzöglinge scharten sich bei jedem Anlaß um meinen Vater – jenen Hamelner Sprößlingen gleich, von denen die Sage erzählt: die in grauer Vorzeit am Johannis-und-Pauli-Tag ihren Heimatort im Weserbergland durchs Ostertor verlassen hatten, um den verzauberten Klängen des Pfeifers mit der silbernen Flöte zu folgen, und die, wie uns weiter berichtet wird, erst im Hochland vor den Karpaten wieder aufgetaucht waren.

V. Kapitel

Die Nachtigall am norditalienischen Piave
und die Nachtigall
in der ostsiebenbürgischen Hargita

In einem jener Jahre erreichte meinen Vater ein Brief seines Freundes Gebefügi Gábor – eines szeklerischen Ungarn, der, wie Vater sagte,»irgendwo in den Wäldern zwischen den Hargita- und den Kelemen-Bergen lebt«. Ich hörte Vater mit Mutter darüber sprechen, daß er Gebefügi Gábor zu besuchen gedenke. Bald darauf war beim Abendessen in Großmutters Speisezimmer, wo die Neuenburger Pendüle mit der »grande sonnerie« in Golddekor auf Schwarz zwischen den beiden zum Hof gehenden Fenstern hing, die Rede davon, daß er mich mitnehmen werde. Es war mir nicht entgangen, daß der Inhalt des Briefs Anlaß zu längeren Erörterungen zwischen den Eltern gegeben hatte, und als Vater nun sagte: »Peter soll mitkommen und seine Meinung sagen«, war es mir völlig unwichtig, wozu ich meine Meinung abzugeben hatte. Mich beherrschte sofort die Abenteuerlust der Fahrt ins Unbekannte.

Wir fuhren zwei Tage später mit der Eisenbahn ostwärts. In Kronstadt mußten wir umsteigen. Über»Sepsiszengyörgy«, wie mein Vater auf ungarisch sagte, obgleich auf dem großen Bahnhofsschild in rumänischer Sprache»Sfântu Gheorghe« stand, ging's dann nach Norden; wir fuhren zwischen dem siebenbürgischen Hochland und den bewaldeten Ausläufern der Ostkarpaten entlang. Nach einer Fahrt durch malerische und für mich aufregend fremde Gegenden, in denen ich unsere Mitreisenden immer häufiger ungarisch sprechen hörte, erreichte der Bummelzug im sinkenden Abend einen zwischen Tannenhügeln gelegenen kleinen Bahnhof. Das aus hellbraunen Ziegeln errichtete Häuschen mit dem Gemüsegarten daneben war das einzige Gebäude im weitgewellten Dunkelgrün der Waldhügel und der Wiesen. Von den Dampfwolken der pfeifenden Lokomotive halb eingehüllt, fuhr der Zug ohne uns weiter. Und dann standen wir auf einmal mutterseelenallein in der Stille des Abends. Mein rechtes Auge hatte sich durch ein Kohlestäubchen entzündet, das ich beim Hinausschauen durch das geöffnete Fenster von der Rauchfahne der Lokomotive eingefangen hatte. Da trat wie aus dem Boden gewachsen ein großer, grobknochiger Mann mit rotblondem Kopf- und Barthaar auf uns zu. Trotz des entzündet zwinkernden Auges fielen mir sein gebräuntes Gesicht und seine breiten Handrücken auf. Im Augenblick darauf lagen sich die beiden Männer in den Armen. Noch niemals hatte ich meinen Vater einen Mann umarmen sehen. Die beiden hielten sich lange wie erstarrt wortlos umfaßt. Dann gab mir Gebefügi die Hand und brummte etwas. Er packte unsere zwei Handtaschen, sagte:»Los, gehen wir. Margit wird ungeduldig.« Er fuhr sich mit dem Ärmel über die Augen.

Erst jetzt erkannte ich am Ende der langen, von der Gleisböschung abfallenden Wiese das Schimmern eines Flusses. Ich sah das Wasser zwischen den Uferbäumen. Eine Weide überragte die Baumreihe. Sie war fast doppelt so hoch wie die anderen. Ihre Krone neigte sich über den Fluß. In den Abendhimmel, vor dem sie sich abzeichnete, hatte sich die Scheibe des Monds geschoben. Ach ja, fiel mir ein, auf dem letzten Bahnhof hatte Vater gesagt:»Von hier, von Maroshéviz, ist es nicht mehr weit. Dann überqueren wir den Fluß. Nach dem langen Winter und den Frühjahrsregen führt er viel Wasser...« Dabei hatte ich aber auf der blaßblauen und angerußten Tafel wieder einen anderen Namen, nämlich »Toplița« gelesen. Das war also nicht anders als in Rosenau, wo auf dem Bahnhofsschild rumänisch »Râşnov« stand, obgleich ein Teil der Reisenden »Rozsnyó« sagte, wenn es Ungarn, und ein anderer »Rosenau«, wenn es Deutsche waren. Immer stand auf solchen Tafeln ein Ortsname, der nur an die einen dachte. Das war schon in der ungarischen Zeit vor dem Weltkrieg so gewesen, hatte mir Großvater erklärt. Doch mich beschäftigten nach der Ankunft auf dem verlassenen Waldbahnhof andere Dinge. Denn schon gingen die beiden Männer unten mit langen Schritten über die Wiese auf den Fluß zu. Rasch glitt ich die Böschung hinab und lief ihnen nach. In die Uferwiese, die wir entlanggehen mußten, um das Wasser zu erreichen, war ein Anhauch von Feuchtigkeit gekommen. Die Tageswärme hatte einer angenehmen Kühle zu weichen begonnen. Die Luft roch hier plötzlich stark nach Weiden und nach den Rispen- und Perlgräsern, durch die der Steg führte. Jenseits des Flusses sah ich den Wald als einen breiten dunklen Streifen unter dem erlöschenden Abendhimmel liegen, der jetzt kupferbraun wurde. Noch niemals hatte ich einen so dunklen Wald gesehen. Die Südkarpatenwälder sind heller, im Sonnenlicht leuchten sie, an den Abenden liegen sie wie Schattengewölk in den Tälern und auf den Bergen. Die Tannen- und Fichtenwälder der Ostkarpaten sind tagsüber von einem Hauch schwarzgetönten Grüns gefärbt, das im ersten Abendlicht zu undurchdringlicher Dichte gerinnt. Bei jedem Schritt durch die tauige Wiese wurde es dunkler. Auf dem einspurigen Wiesenpfad ging Gebefügi Gábor voran, gefolgt von meinem Vater. Die beiden Männer schwiegen jetzt. Ihre Köpfe und Schultern ragten über den Wald auf der anderen Uferseite hinaus in den verglühenden Himmel. Unversehens standen wir dann am Fluß. Dicht vor mir hörte ich das Glucksen des Randwassers, und der kaum spürbare Luftzug über dem ruhigen Wasserspiegel streifte mein heißes Gesicht. Im Halbdunkel erkannte ich wenige Schritte tiefer die Umrisse eines breiten Bohlenkahns, der sich leicht bewegte. Das leise Scheuern der

Kette, die ihn an einem schräg in die Lehmböschung einge-
rammten Pflock festhielt, war zu hören, sooft ihn das Wasser
langsam gegen das Ufer drückte; nur dies leise Scheuern und
Glucksen unterbrach die Stille des Abends. Auf einmal schien
mir der Wald drüben in eine unendliche Ferne entrückt zu
sein. Ich sah die matt schimmernde Wasserfläche vor mir und
die zunehmende halbe Mondscheibe am Rand des kupfer-
braunen Himmels jenseits des Flusses.
»Gib mir die Taschen«, sagte Gebefügi Gábor, der schon in
den Kahn gestiegen war, zu meinem Vater. Er stand aufgereckt, und nachdem er die beiden Handtaschen verstaut
hatte, forderte er uns auf, einzusteigen. Vater packte mich
unter den Armen und hievte mich mit einem Schwung über
die Bordwand, Gebefügi nahm mich in Empfang und setzte
mich mit dem gleichen Schwung auf einem Brett im Vorder-
steven ab. Das ging reibungslos und selbstverständlich vor
sich. Der schwere Kahn schwankte, als ihn schließlich auch
mein Vater bestieg und sich im Achtersteven vor Gebefügi
niederließ. Der hatte sich gerade vorgeneigt und nach den
Rudern gegriffen. Und in dem Augenblick, als er zu Vater
sagte:»Rick, zieh die Kette vom Pflock«, begann die Nachtigall zu schlagen.
Ich wußte sofort, daß sie in der Krone der hohen Trauerweide
saß, die mir beim Weg durch die Wiese aufgefallen war. Die
Weide stand fünfzig Schritte flußabwärts vom Bootsplatz. Ich
sah, wie Vater in der Bewegung des ausgestreckten Arms
ebenso jäh einhielt wie der vor mir sitzende Gebefügi Gábor
beim Griff nach der Backborddolle, in die er gerade den
Ruderschaft hatte hineinheben wollen, halberhoben hielt er
die Hand mit dem Ruder vor sich. Keiner von uns bewegte
sich. Es war plötzlich nur noch die Stille des Flusses um uns.
Das Schweigen der Wiesen und des Tannenwaldes jenseits
des Wassers. Die Lautlosigkeit der sinkenden Nacht. Die
Gerüche der Berge und der Erde. Wir sahen den Vogel nicht.

Wir hörten nur seinen Gesang. Wie die Töne über uns emporwuchsen. Wie sie alles an sich rissen, was rings um sie war. Wie sie alles in Bewegung setzten, soweit Auge und Ohr reichten. Wie sie mit einem Mal den ganzen Raum über dem Fluß und den Uferauen auf der einen und über dem dunklen Tannenwald auf der anderen Seite füllten. Als sei die Landschaft allein dafür geschaffen, diese Töne aufzunehmen und weiterzugeben.

Mit einer Seitwärtsneigung des Oberkörpers stieß Gebefügi Gábor den Kahn vom Ufer ab, und vom Gesang des Vogels umhüllt, trieben wir in den Fluß hinaus. Nichts als die auf- und niedersteigenden Töne um uns. Wie in großer Ferne irgendwo neben mir das perlende Aufschlagen der Tropfen von den Ruderblättern, sooft Gebefügi Gábor diese aus dem Wasser hob. So erreichten wir die Flußmitte. Mir war, als seien wir seit Stunden auf dem Wasser. Die Nachtigall sang und sang.

Da hörte ich meinen Vater den Szekler leise fragen:»Wann — wann war das nur?«Gebefügi nickte kurz. Er zog die Riemen einmal durch und sagte ebenso leise:»Achtzehn, Juni...«Ich spürte den Fluß unter mir als ein lebendes, atmendes Wesen. Und ich hörte die Nachtigall. Gebefügi ruderte langsam, kaum erkannte ich seine Gestalt im Dunkel.»Erinnerst du dich«, hörte ich Vater fragen,»was du damals sagtest?... Erinnerst du dich?«Gebefügi zog das Ruder zweimal durch, ehe er antwortete:»Nein, nein, ich erinnere mich nicht.«Wir hatten den Wald jetzt breit vor uns. Er wurde immer schwärzer, je näher wir auf ihn zu glitten. Der Himmel hatte begonnen, mit dem schwarzen Wald zu verschmelzen. Alles schmolz unter dem Gesang der Nachtigall. Wieder hörte ich Vaters Stimme:»Du sagtest damals:›Ich habe nicht gewußt, daß die Nachtigall am Piave in Italien ebenso singt wie im Wald der Ostkarpaten.‹ Erinnerst du dich jetzt?«
»Nein, ich erinnere mich nicht mehr.«Er ruderte gleichmä-

ßig langsam, ja bedächtig. Die Kraft seiner Arme war in jeder Bewegung zu spüren, mit der er den Kahn ohne Hast über die Wasserfläche schob. »Es war der Tag, an dem es Laczi erwischte«, sagte er.

»Ja«, sagte Vater.

»Es waren die schweren Haubitzen«, sagte Gebefügi, »die Italiener hatten sie gerade in Stellung gebracht. Und einen Tag vorher war er aus dem Urlaub zurückgekommen.«

»Er stand drei Schritte neben mir im Graben«, sagte Vater, »du warst auf der anderen Seite. Es hatte uns gleich beim ersten Einschlag aus dem Graben geworfen. Ich landete in einem Granattrichter neben einem italienischen Offizier. Als ich aus dem Trichter stieg, lag Laczi vor mir. Ich sah auf den ersten Blick, daß sein linkes Bein und die Hüfte zerfetzt waren. Ich schleppte ihn in den Graben zurück. Die Italiener feuerten aus allen Rohren. Die Erde zitterte.« Vater schwieg.

»Ja«, sagte Gebefügi, »ja. Und als das Feuer vorbei und es still war, da begann sie weiter hinten wieder zu singen. Als wäre das alles nichts gewesen.« »Ja, und da sagtest du es: ›Sie singt wie in den Ostkarpaten, die singt hier am Piave nicht anders als in der Hargita.‹ Sie sang die ganze Zeit, als wir Laczi zum Verbandsplatz trugen.«

»Er hatte sie noch gehört, ›die Nachtigall, die Nachtigall‹ – das war sein letztes Wort.«

»Er war der fröhlichste von allen«, sagte Vater.

»Er stammte aus der Hargita, südlich von hier«, fügte Gebefügi hinzu, und nach einiger Zeit fragte er: »Du, da war doch der österreichische Hauptmann, der dich auf dem Rückweg zur Stellung vor einem Einschlag wegriß? Die hatten das Feuer wieder eröffnet. Laczi war schon tot. Wie hieß der Hauptmann nur? Er kam immer wieder zu dir in den Graben.« Da Vater schwieg, sagte Gebefügi noch: »Bald danach war eh alles vorbei. Und alles war umsonst. Jetzt sind diese Scheißrumänen die Herren im Land...«

»Er hieß Jung, Rudolf Ferdinand Jung. Er stammte aus Wien. Jung lebt seit Jahren in Moskau . . .«

Bei jedem Ruderschlag spürte ich Gebefügis Kraft durch das ganze Boot zittern.

Ich blickte flußabwärts und sah den zunehmenden Halbmond aus dem pechschwarzen Waldsaum am Ufer vor uns emporsteigen. Der Gesang der Nachtigall reichte jetzt bis zum Mond hinauf. »Wir sind da«, sagte Gebefügi, drückte das Steuerbordruder gegen die Strömung und brachte den Kahn mit einem letzten Zug längsseits der Anlegestelle an einem Brettersteg aus neuen, hellen Planken zum Stehen; dann vertäute er ihn.

Der Wald stand riesig und nahe vor uns. Als wir durchs nasse Gras geradewegs auf ihn zu gingen, bewegte sich im leicht aufkommenden Abendwind das Geäst; ich hörte es hohl und raunend summen. Hier, auf dieser Uferseite, roch es noch stärker – nach Sumpfhornklee, nach Pfennigkraut, nach den Kräutern der feuchten Flußwiesen, nach dem Harz frisch gefällter und geschälter Stämme. Erst als wir auf dem von Fichten- und Tannennadeln überdeckten Steg in den Wald einbogen, erreichten uns die Nachtigallenrufe nicht mehr. Es war mit einem Mal still. Auf der weichen Walddecke blieben unsere Schritte seltsam lautlos. In den Ästen und Zweigen ringsum Kaskaden aus gelbem Mondlicht. Ihr Spiel mit dem Dunkel ließ die Gestalten der beiden vor mir bergan gehenden Männer bald sehr nahe, dann wieder weit entfernt erscheinen. Nach zehn Minuten tauchten aus der Finsternis zwischen den Baumstämmen erste beleuchtete Fenster auf. Wir hatten die Szeklersiedlung erreicht, in der Gebefügi Gábor mit seiner Familie in einem großen Anwesen lebte, das ganz aus Tannenholz errichtet war. Ein Hund schlug heiser in der Nähe an; mit rauhem Laut antwortete ihm einer aus einem der entfernt unter den Bäumen liegenden Gehöfte. Wie alle Häuser stand auch das von Gebefügi Gábor mitten im Nadelwald. Die als warme Gelbtupfer aus dem Dunkel leuchtenden kleinen Fenster zeigten uns an, daß wir erwartet wurden. Brunnenwasser plätscherte, als wir zwischen den wuchtigen Pfosten mit dem Torbogen darüber den Hof betraten. Einen Augenblick lang sah ich im ungewissen Lichtschein die Schnitzereien, die das Pfostenholz überzogen; in ihren Einkerbungen verfing sich das Licht zu Bildern und Zeichen. Das gab mir flüchtig das Gefühl, die beiden Torpfosten seien lebendige Wächter, zwischen denen ich in den Hof trat. Tags darauf sah ich dann, daß hier in alle Torpfosten Flammen- und Drachenlinien eingeschnitzt waren.

In der weitläufigen Wohnküche, an deren einer Schmalseite eine Holztreppe ins obere Stockwerk führte, begrüßte uns Gebefügis Frau. Sie war hochgewachsen und hellhäutig. Ihr längsgestreifter rotweißer Miederrock geriet bei jeder Bewegung, die sie machte, ins Schwingen; die hellroten Schaftstiefel aus feinem Leder mit aufgenähter Verzierung hatte sie sicherlich zur Begrüßung angezogen. Vater rief:»Margit! Margit!« Er umarmte und küßte die Frau auf beide Wangen. Erst jetzt, im Licht der Petroleumlampe, deren weit ausbuchtender Schirm aus Milchglas von der Balkendecke über den vorbereiteten Abendtisch hing, fielen mir die starken Backenknochen in Gebefügis eckigem, braunem Gesicht auf. Er sagte:»Édes Bátyám!«, »Mein süßer Bruder!«, und schloß meinen Vater noch einmal in die Arme. Als wir bei Tisch saßen, sah ich, daß Frau Margit schwere Arbeitshände hatte wie ein Mann, mit rissigen Fingernägeln von der Erdarbeit, und daß ihr ein oberer Schneidezahn fehlte.

In dem Tannenholzbett, das im Dunkel unter der Treppe stand, schlief ich wenige Minuten danach ein. Frau Margit hatte mir mit der Spitze ihres Taschentuchs das Kohlestäubchen aus dem tränenden Auge entfernt. Die Nachtigall sang über dem lachenden Gesicht der Frau Margit, die zu tanzen begonnen hatte und durch die Lichtkaskaden in den Baum-

kronen bis zum Himmel hinauf schwebte. Ich hörte den ver-
blutenden Laczi immerfort fragen: Hörst du, hörst du, hörst
du? Ich antwortete: Ja, es ist die Nachtigall in der Hargita!
Und ich fühlte, wie mich der frische Geruch des Tannenhar-
zes, der feuchten Uferwiesen und der im Waldwind gelüfteten
schneeweißen Lammfelle, auf denen ich im breiten Bett lag,
dahintrug, während die lachende Frau und die beiden Männer an dem aus Balken gezimmerten, etwas schiefen Küchentisch unter dem bauchigen Lampenschirm Käse, Nüsse und
Weißbrot aßen, schwatzten und dazu von dem Heidendorfer
Riesling tranken, einem nordsiebenbürgischen Wein, den
Vater mitgebracht hatte. Die beiden Flaschen standen auf
dem Tisch und leuchteten im Schein der Lampe.
Drei Tage lang sollte ich mit Vater in der mitten im Walddun-
kel der Ostkarpaten liegenden Siedlung bleiben. Ich lief mit
den beiden Gebefügisöhnen zwischen den Stämmen zum
Fuchsbau unter der Baumwurzel am Waldrand. Zwar war es
Ende Juni und die Fuchsfamilie gerade aus dem Bau ausgezogen, doch an dessen Eingang stank es so beißend, daß es
uns schüttelte. Wir rannten ins Tal hinunter und kletterten
auf der anderen Talseite bis zu dem über den letzten Tannen-
spitzen emporwachsenden Höhenkamm hinauf, wo die Spuren der Hirsche in der weichen Schwarzerde lagen und der
Blick frei nach Osten über Wälder, Berge und wieder Wälder
ohne Ende ging. Attila, der ältere, beeindruckte mich vor
allem damit, daß er eine dicke Erdkröte langsam zertrat, so
daß ihm die Eingeweideklumpen nach allen Seiten um den
nackten Fuß quollen. Ich half Attila und dessen Bruder Gyuri
trotz einiger Verständigungsschwierigkeiten – da sie weder
deutsch noch rumänisch sprachen und ich nur einigermaßen
ungarisch konnte –, im Stall hinter dem Wohnhaus das Heu
in die Bohlenkrippen der Kühe zu schütten und den sechs
Pferden die Hafersäcke umzubinden. Attilas und Gyuris Vater betrieb neben einer kleinen Garten- und Landwirtschaft

vor allem das Fuhrhandwerk, indem er für die große jüdische Holzvertriebsgesellschaft »Carpatina Est« mit seinem Vier- und Sechsspänner aus den oft unwegsamen Holzschlägen der Waldberge die Tannen- und Fichtenstämme zu den Talstraßen oder an den Mieresch-Fluß hinunter karrte, wo sie zu Flößen gebunden und auf dem Wasser ins Landesinnere zu den Sägemühlen gebracht wurden. Seine Pferde – sechs braune Kaltblüter mit muskulösen Keulen und Schultern – waren tadellos gehalten, so wie sich das Haus unter den Händen der ununterbrochen rackernden Frau Margit in allen Ecken blitzsauber ausnahm. Hof, Ställe und Schuppen, der kleine Obst- und Gemüsegarten mit dem Bienenhaus für vierzig Bienenvölker – alles war hier anders, als ich's von den burgähnlich verschlossenen Bauernhöfen in Rosenau gewöhnt war. Immer wieder lief ich in den Stall und betrachtete die kräftigen Pferde, deren Kruppen und Lenden wie brauner Samt glänzten. Wenn ich durch die Tür trat, warfen sie die Köpfe hoch, so daß die Ketten in den Eisenringen rasselten, wie Betyár es tat, der schnelle Goldfuchs Großvaters, wenn ich zu ihm in den Stall ging.

Einige Male sah ich in diesen Tagen ein etwa sechzehnjähriges Mädchen aus dem Nachbarhof ins Gebeügihaus kommen. Frau Margit redete es mit dem Namen »Katalin« an, was aber fast wie »Kotolin« klang. Ich hatte Katalins Bekanntschaft schon am ersten Tag gemacht; Katalin hatte sich vor mich gestellt und mich angelacht. Sie hatte, wie ich bald feststellte, immer ein Lachen im runden, sommersprossigen Gesicht und tat, wie ich ebenfalls bald beobachtete, alles ohne Umstände. Jedesmal, wenn wir uns sahen, sprach sie mich an, obwohl sie gleich herausbekommen hatte, daß es mit meinem Ungarisch nicht weit her war. Ich sagte ihr, daß ich die paar Brocken von Pista-Báczi hatte, dem alten Ungarn von den Măgură-Hügeln zwischen dem Königstein und dem Butschetsch, der als Pferdezüchter im Hardt-Haus ein und aus ging; die O-Beine wie angewachsen um die Wampen geklammert, ritt er ohne Sattel wie ein Teufel im Galopp und hielt mich dabei an die Brust gepreßt vor sich. Katalin kehrte den Spieß kurzentschlossen um und verlangte, von mir deutsch zu lernen. Dabei lachte ich Tränen, weil sie unter Beibehaltung von Betonung und Melodie ihrer Muttersprache anstatt »Wasser« »Wossär« und anstatt »Peter« gar »Petär« sagte. Sie blieb unverdrossen gut gelaunt und beharrlich wißbegierig. Katalin war ständig wie ein singender Wirbelwind mit wehendem Rock unterwegs. Immer wußte ich, wo sie sich aufhielt, weil sie unentwegt ihre bald traurigen, bald ungezähmt übersprudelnden Lieder sang. Am Vormittag huschte sie singend ins Gebefügihaus herüber und stand plötzlich lachend vor mir. Doch wenn sie statt »Ich bin gekommen« »Bin ich gäkommän« sagte und dabei die erste Silbe betonte, war das Lachen an mir.

Am Abend des dritten Tages rief mich Vater, ehe ich zu Bett ging, an den Küchentisch unter dem Lampenschirm mit der Dochtflamme und sagte: »Wenn wir morgen heimfahren, wird Katalin mitkommen. Sie wird eine Zeitlang bei uns wohnen. Hast du was dagegen?«

»Nein«, antwortete ich.

»Katalin ist die jüngste Tochter eines Kameraden, der im Krieg ums Leben kam; Gebefügi Gábor und ich waren bis zuletzt bei ihm.« Er atmete tief ein und aus und sagte: »Vor einem Jahr starb auch Katalins Mutter. Da sind die Kinder alle aus der Hargita hierhergezogen. Doch jetzt wollen Katalins ältere Geschwister in die Stadt übersiedeln.« Mit Katalin habe Frau Margit gesprochen, sagte Vater noch, sie freue sich, morgen mit uns zu kommen. Damit war die Angelegenheit erledigt.

Doch es kam am nächsten Tag nicht zur Abreise. In der Nacht hatte ein Sturm eingesetzt, der zwar nicht länger als fünf Stunden gedauert, doch mit einer Wut über den Wäldern getobt hatte, daß lange niemand von uns ein Auge zu schließen imstande gewesen war. In den Wipfeln über der Siedlung hatte es geheult und gepfiffen, die Baumstämme hatten unter den Sturmböen geknarrt und geächzt, das Haus hatte gebebt, und im Brausen war das Knallen auf- und zuschlagender Türen zu hören gewesen. Die Geister herrschten ringsum auf den Höfen. Lange nach Mitternacht zündete jemand das Licht über dem Küchentisch an. Ich sah Gebefügi Gábor und Vater neben dem Tisch stehen. Sie hatten vom Schlaf wirre Haare. Gebefügi griff gerade nach einer Flasche, die auf der Küchenkredenz stand. Er trank aus ihr. Dann hörte ich, wie er etwas zu Vater sagte, der ihm zunickte; Gebefügi ging in den Hof hinaus. Solange die Tür geöffnet war, klang im Brausen des Sturms ein dumpfes, mahlendes Knirschen. Vater kam zu mir ans Bett unter der Holztreppe, zog mir die Decke bis unters Kinn und sagte: »Er ist in den Stall gegangen. Bei dem Wetter werden die Tiere unruhig...«

In dieser Sekunde stürzte Gebefügi zur Tür herein. »Rick, hol vagy?« schrie er. »Rick, wo bist du?« Noch ehe Vater etwas sagen konnte, stieß Gebefügi hervor: »Die Pferde sind fort!«

»Hat der Sturm die Tür...?« fragte Vater, unterbrach sich aber, da ihm offensichtlich bewußt geworden war, daß auch der heftigste Sturm nicht sechs angekettete Rosse aus dem Stall zu treiben imstande war, dessen Bohlentüren doppelte Eisenriegel haben.

»Du meinst – gestohlen?« fragte Vater.

»Was denn sonst!«

Einige Augenblicke lang war nur das scheppernde Ticken der Wanduhr und das Windbrausen zu hören. Die zwei Männer standen unbeweglich, die angespannten Gesichter nahe an der tiefhängenden Lampe. Ich sah die Falten auf ihren Wangen. Aus Gebefügis geöffnetem Hemd quollen Haarbüschel.

»Es ist drei Uhr«, sagte Vater, »wir müssen warten, bis es hell wird... Kannst du Reitpferde besorgen?«

»Ja«, sagte Gebefügi,»los, machen wir uns fertig!« Er sah Vater an:»Rick, du hast doch . . .«

Vater unterbrach ihn:»Hör, Gábor, du solltest den Gendarmerieposten verständigen. Der Ordnung halber.« Gebefügi murmelte etwas und machte eine Handbewegung: »Das kann Margit erledigen.« Wieder sah er meinen Vater an:»Du hast doch einen Waffenschein, wie?«

»Ja«, sagte Vater zögernd,»meinst du . . .?«

»Das Räuberpack ist gefährlich, ich hole die neue Remington vom Vilmos. Der gibt mir auch die beiden Pferde.«

Als Gebefügi hinaustrat, fuhr wieder das unheimliche Knirschen durch die Tür herein, das von den Grundmauern bis zum First mitten durchs Haus ging.

Kaum war Gebefügi draußen, kam Frau Margit die knarrende Holztreppe herab. Sie hielt sich mit einer Hand am Geländer fest, sie hatte die Haare lose aufgesteckt und den Wettermantel ihres Mannes um die Schultern gelegt. Der lange Gummimantel ließ sie noch höher und schlanker erscheinen, als sie war. Vater klärte sie in wenigen Sätzen auf. Sie hörte ihm zu, indessen sie die letzten Stufen herabtrat, dann sagte sie eisig:»Ezek a büdös cigányok!«,»Diese stinkenden Zigeuner!« Ohne sich um die überraschte Kopfbewegung Vaters zu kümmern, holte sie aus dem Eckschrank Brot, Käse, Wurst und einige Rotzwiebeln. Als ihr Mann wieder in die Küche trat, hatte sie die Wegzehrung für mehrere Tage vorbereitet und in einer Ledertasche mit breitem, langem Tragriemen verstaut.

In der Hand hielt Gebefügi eine Bockdoppelbüchse. Die übereinanderliegenden Läufe funkelten, als er sie Vater reichte, er legte die Patronen auf den Tisch. Vater wog die Waffe in der Hand, lud sie und schob die übrigen Kugelpatronen in die Hosentasche. Ich zählte mit — es waren zehn.

»Vilmos wird bei Tagesanbruch die Pferde bringen«, sagte Gebefügi Gábor. Ich beobachtete die Männer, während sie die Milch tranken, die Frau Margit auf der Herdplatte erwärmt hatte, und dazu je ein Stück Weißbrot mit dickem Butter- und Honigaufstrich aßen. Die beiden schwiegen und schienen ausschließlich mit ihrer Mahlzeit beschäftigt zu sein. Sie sahen alt, müde und abwesend aus. Der einzige Satz, der während der Mahlzeit fiel, kam aus Gebefügis Mund: »Der Wind läßt nach.« Frau Margit saß schweigend und mit hartem, derbem Gesicht neben ihrem Mann. Mir wollte nicht scheinen, als ließe der Sturm nach; ich hörte sein Fauchen und Stampfen und meinte, an der Holzwand neben mir den Griff zu spüren, mit dem er das Haus und den Wald gepackt hatte. »Es ist eine ganze Bande«, sagte Frau Margit, als sich ihr Mann erhob, sich mit dem Handrücken den Mund wischte und das langschneidige Stechmesser, das sie auf den Tisch gelegt hatte, bis zum Griff in den kurzen Schaft des rechten Stiefels schob, »wie vor fünf Jahren«, sagte sie.

»Ja«, sagte Gebefügi.

Diese Angespanntheit war es, die mich den flüchtigen Abschied von Vater fast übersehen ließ, ehe die beiden aufbrachen – die Beobachtung, daß sich die beiden Männer verändert hatten, seit sie sich vorbereiteten, die Verfolgung der Diebe mit der Waffe in der Hand aufzunehmen. Ihre knappe, leise Verständigung über das Notwendige. Der Ausdruck ihrer Augen. Die Veränderung ihrer Gesichtszüge. Die Eindeutigkeit ihrer Bewegungen. Als Gebefügis Nachbar Vilmos mit den beiden Pferden vor dem Haus stand, dämmerte es. Der Sturm hatte nachgelassen, ohne daß es mir aufgefallen war. Ich hörte die laute Baßstimme Vilmos': »Schlagt das Gesindel tot!« und fing den Ruf Vaters auf: »Hüh!«

Gebefügi schrie: »Da! Sie sind da ins Tal hinunter!«

Dann entfernte sich das Hufgetrappel.

Ich war allein mit Frau Margit, die das Licht löschte und auf den knarrenden Holzstufen nach oben ging; eine Tür schloß sich, dann wurde es still. Als ich zwei Stunden später erwachte, schien die Sonne auf meine Bettdecke. Ich hörte, wie Frau Margit der in der offenen Tür stehenden Katalin erklärte, daß die Abreise vielleicht um eine Woche verschoben werden müßte, sie wisse das nicht so genau.

Doch es dauerte keine Woche, wie Frau Margit meiner sommersprossigen Freundin Katalin gesagt hatte. Ich war den ganzen Tag zusammen mit den Gebefügi-Söhnen im Freien gewesen. Zuerst hatten wir unten am Fluß »Pferderäuber« gespielt und danach eine Seeschlacht veranstaltet, wobei uns der schwere Kahn von der Strömung so weit flußabwärts getrieben worden war, daß wir Mühe hatten, ihn wieder an die Anlegestelle zu rudern; Attila kommandierte, während wir zu zweit an den beiden schweren Rudern schufteten. Erst als wir das Kehrwasser am Flußrand erreichten, glückte es. Kaum wieder am Ufer, fing Attila eine Blindschleiche, und als wir kurz darauf Katalin trafen, steckte er sie sich in die Hose und ließ sie zum Schlitz herausbaumeln, so daß Katalin vor dem langen, zappelnden Ding entsetzt schreiend davonlief. Als aber Frau Margit beim Mittagessen erfuhr, daß wir den Bohlenkahn losgebunden hatten, verabreichte sie ihrem älteren Sohn über den Tisch hinweg wortlos eine deftige Ohrfeige. Am Nachmittag mußten wir den Pferdestall ausmisten. Auch hier kommandierte Attila. Er packte trotz seiner vierzehn Jahre wie ein Erwachsener zu. Als wir frisches Stroh untergestreut hatten, sagte er: »So, jetzt müssen nur noch die Pferde wieder her. Weil sie nicht da sind, hab ich die Ohrfeige gekriegt.« Und dann stieß er einen ungarischen Fluch aus, dessen Ungeheuerlichkeit ich nur ahnte: »Az isten bassa meg!«, »Gott soll sie ficken!« Ich weiß nicht, ob er die Zigeuner oder die Pferde meinte.

In der Nacht darauf fuhr ich aus dem Schlaf. Es war totenstill. Außer dem Ticken der Wanduhr war nichts zu hören. Dennoch schien mir, als sei um das Haus herum Bewegung. Als ich auf Zehenspitzen an eins der Fenster getreten war, hörte ich ein Pferd zweimal kurz schnauben. Ich hörte das Knarren einer Tür und näher kommende Schritte. Im Mondlicht, das in Streifen durch die Tannen fiel, erkannte ich Gebefügi, hinter ihm Vater – den Kolben nach oben, trug er die Büchse wie einen Stock über der Schulter. Dann betraten sie die Küche. Außer mir war niemand wach geworden im Haus. Vater zündete die Dochtlampe über dem Tisch an. Die beiden Männer sahen verändert aus, sie waren erschöpft. Ich erschrak, als ich quer über Gebefügis rechter Wange eine Schnittwunde erkannte, die notdürftig verbunden war; Gebefügis Hals und Nacken waren blutverschmiert, auf der Stirn hatte er eine breite Schramme. Die Haut auf Vaters linkem Handrücken war bis auf die Knochen abgeschürft, das Gelenk angeschwollen und die Finger dick mit Blut bedeckt. Die beiden sind ungefähr zwanzig Stunden fort gewesen, rechnete ich mir aus. Ich stand barfuß auf dem Dielenboden und sah ihnen zu, wie sie sich gegenseitig die Wunden mit dem Birnenschnaps wuschen, den Gebefügi aus dem Küchenschrank geholt hatte. Sie taten es langsam, fast umständlich und sagten kein Wort dazu; sie rochen beide nach Schweiß und nach den Pferden.

»Mit dem da«, sagte Vater leise und meinte Gebefügis Schnittwunde, die er verband, wobei ich seine Hand zittern sah, »mit dem da mußt du zum Arzt.«

Gebefügi sagte: »Margit kriegt das schon hin...« Er saß verkehrt auf dem Stuhl, sein Gesicht war weiß, er hatte die Lehne gepackt und zuckte mit keiner Wimper, während Vater ihn verarztete; nur einmal fragte er bewegungslos: »Tut dir die Hand weh?«

»Es geht«, sagte Vater und wischte Gebefügi die Blutkrusten vom Kinn, »es geht...«

»Die gottverfluchten Halunken! Der mit der Axt hätte mich von hinten fast erwischt, der Kerl mit dem Spitzbart... Zum Glück warst du schneller.«

»Wir hatten überhaupt Glück, ich hatte nicht mehr damit gerechnet, sie zu finden.«

»Verlauste Hurensöhne, sich hier in der Nähe zu verstecken! Und wir reiten fast bis Vatra Dornei hinauf!... Es waren im ganzen sechs.«

»Nicht schlecht, die falschen Spuren.«

»Nein«, erwiderte Gebefügi, er erhob sich, »und ich hätte es voraussehen müssen, als vor fünf Tagen der Hofhund verschwand.«

»Hauptsache, die Pferde stehen wieder im Stall«, sagte Vater, griff in die Hosentasche und holte die Patronen heraus. Er legte sie auf den Tisch. Ich zählte sie – es waren zehn. Und die beiden, die er in die Läufe geschoben hatte? dachte ich. Sind die noch drin? Die Waffe lehnte an der Holzwand neben der Tür. Sie sind nicht mehr drin, dachte ich, wenn es sechs Pferdediebe waren, hat er mit Sicherheit schießen müssen. Ich wagte nicht, Vater nach den Patronen zu fragen. Es war ihm anzusehen, daß ihn die Hand schmerzte. Er kam mir seltsam unruhig vor.

Die Männer legten sich neben mich ins breite Bett. Ich lag an Vaters warmem Rücken lange wach. Die beiden atmeten tief und schwer. Einmal stöhnte einer von ihnen. Es war Vater. Ich hörte, wie leichter Wind aufkam und sich an den Ecken des Holzhauses wetzte. Durch das angelehnte Fenster drang der Geruch von Walderde.

Als ich erwachte, saßen alle um den Frühstückstisch versammelt; auch Katalin war da. Gebefügi hatte einen neuen Pflasterverband auf der Wange; um die linke Hand Vaters lag eine saubere Binde. Am Tisch saß auch ein vierschrötiger, dunkelhaariger Mann, den Gebefügi mit »Wilmosch« anredete, aber ich sah, als er sich in sein großes Taschentuch schneuzte, daß darin »Vilmos« eingestickt war. Er trug einen Zwirbelbart mit über die Mundwinkel nach unten fallenden dünnen Bartspitzen. Als sich Vilmos nach Tisch verabschiedete und mit der Waffe hinausging, rief Vater ihm nach: »Hol die beiden Patronen aus den Läufen.«

»Schade!« schrie Vilmos und stieß einen Fluch aus.

Bevor wir eine halbe Stunde später aufbrachen, kamen zwei Gendarmen über den Hof – es waren Rumänen. Der feiste Feldwebel Bogatu stellte sich breitbeinig in der offenen Tür auf. Ohne zu grüßen, rief er: »He, Gebefügi Gábor, wie ist das also mit deinen Pferden? Geklaut hat man sie dir, wie ich höre... Wer hat sie geklaut?«

Gebefügi sagte trocken: »Danke, Plutonier! Die sind schon wieder da, hatten sich im Wald verlaufen.«

»Na, also«, sagte der Wachtmeister Bogatu, er machte ein langes Gesicht, fügte aber hinzu: »Hab ich's deiner Frau doch gleich gesagt!« Er wendete den Kopf und spuckte zur Tür ins Freie hinaus.

»Trinkt ihr einen Schnaps?« fragte Gebefügi Gábor und sah die beiden Uniformierten an. »Der Tag ist lang.«

Die vier tranken im Stehen je zwei Gläschen Birnenschnaps; es war der gleiche, mit dem sich Vater und Gebefügi in der Nacht die Wunden gereinigt hatten. Dabei sagte der Wachtmeister: »Was hast du an der Wange, he?«

»Ach, nichts«, sagte Gebefügi, »ich bin gestern abend in einen abgebrochenen Ast gestolpert.« Ich sah, daß Vater die linke Hand in der Hosentasche hielt.

»Na ja«, sagte der schwitzende Bogatu, »Handkuß an deine Frau, dein Schnaps ist in Ordnung, Szekler!« Die beiden schulterten die Karabiner, die sie auf den Tisch gelegt hatten, und gingen grußlos hinaus.

»Der Gauner ist stinksauer«, sagte Gebefügi, »wir haben ihn ums Bakschisch für die Fahndung gebracht.« Leiser fügte er hinzu: »Er schröpft uns. Er greift jedem Weib unter den Rock. Wenn sich das hier einmal ändert, knüpfen wir ihn und seinen Gehilfen nicht nur an den ersten Baum, wir schneiden ihnen vorher auch noch die Hoden einzeln heraus.« Er hatte einen wilden Blick, als er das sagte.

Katalin stand mit ihrem Kleidersack aus blauem Leinen wartend in der Küche herum und trällerte vor sich hin. Auf ihren Sack hatte sie ein Paar hellrote Schaftstiefelchen mit schwarzem Lederzierwerk gebunden. Frau Margit hatte Tränen in den Augen, als sie das Mädchen zum Abschied küßte.
»Du kannst jederzeit zurückkommen«, sagte sie.
»Ich gehe jetzt mit Peter«, erkärte Katalin.
Auch Attila und Gyuri waren da. Attila sah mich an und sagte:
»Komm wieder! Hörst du? Dann zeige ich dir die Bärenhöhle über der Palota-Ilva ...«
Als uns Gebefügi Gábor wenige Minuten später über den Fluß ruderte, saß Katalin vor mir im Boot, den Blick auf das andere Ufer gerichtet. Sie sang, daß es weithin zu hören war:

>»Nachtigall, wie schlägst du schön,
>Nachtigall, wie schlägst du laut.
>Ach, in deinem süß Getön
>lockt des Todes dunkle Braut ...«

Ich sah, wie Gebefügi zu dem Mädchen hinschaute und danach Vater anblickte. Ehe der Zug eintraf, standen wir noch eine Zeitlang auf dem kleinen Platz zwischen dem Wärterhäuschen und der steilen Gleisböschung.
Vater sagte zu Gebefügi:»Wir erwarten euch also zum nächsten Gartenfest.«
»Wir werden kommen«, versprach der Szekler.
Dann brachte uns der Zug durch die Duftwolken der Ostkarpatenwälder in den Süden Siebenbürgens. Die Humusböden dampften in der Junisonne, auf den bunten Wiesen waren die Bauern bei der Heumahd. An der Gleisböschung und an den Wegrändern blühten die Margeriten, der Spitz- und der Breitwegerich und die Wiesengladiole.

So kam es, daß Katalin Tisza, »die Nachtigall der Hargita«, wie Vater sie der Familie vorstellte, im Hennerth-Haus in der Brückengasse Einzug hielt. Sie solle dort, hatte Frau Margit ihrer Nachbarin Bözsi, der dicken Frau des wie ein hunnischer Reiter aussehenden zwirbelbärtigen Vilmos, gesagt, sie solle dort »die deutsche Hauswirtschaft erlernen, ehe sie heiratet«. Katalin wurde meiner Mutter binnen kurzer Zeit bei allen Arbeiten in Haus, Hof und Garten unentbehrlich, ja sie wuchs dieser bald ans Herz und war ihr in dem nicht immer problemlosen Verhältnis zu den selbstsicheren Schwägerinnen Elisabeth und Leonore eine treue und schlaue Gefährtin. Doch es sollte insbesondere mein Freund Willi Kurzell sein, dem sich Katalin von der ersten Begegnung an, da sie ihn gesehen und geigen gehört hatte, mit Leidenschaft und mit Hingabe anschloß und für den sie, als es von ihr gefordert wurde, alles tat und alles gab, dessen ein liebender Mensch fähig ist.

VI. Kapitel

Der Amerikafahrer Thomas Hardt mit dem rätselhaften,
verwegenen Lächeln in den hellen Wäldern

Aber damit war für meinen Vater der Vorfall in den Tannenwäldern der Ostkarpaten noch nicht abgeschlossen. Es war nicht die Schlagwunde auf der Hand, was ihm zu schaffen machte. Am dritten Tag nach unserer Rückkehr hörte ich ihn zu Mutter sagen:»Ich gehe zu Cariowanda. Wenn jemand, dann kann sie mir etwas sagen. Es läßt mir keine Ruhe.« Wir machten uns zu zweit auf den Weg in die Zigeunersiedlung am Weidenbach.

Semiramida Cariowanda, wie der volle Name meiner Nährmutter lautete, die Amme, Wundheilerin, Geburtshelferin und als Witwe des Bulibascha – des Clanhäuptlings – unter ihresgleichen hochgeachtete Matrone, empfing uns breithüftig, mächtig um die Brust und im Schmuck ihrer dunkelblonden Löwenmähne mit einer Mischung aus überquellender Freude und Stolz. Am Hoftürchen ihres kleinen, buntbemalten Häuschens hieß sie uns mit einer Lautstärke willkommen, als wollte sie ihren Nachbarn zurufen: He, seht alle her, Leute, wer da meine Hütte betritt! Der»domnu Rick« aus dem Hennerth-Haus mit seinem Sohn, der sich an meiner Brust aus einem Wurm zu einem Menschen säugte! Sie herzte und küßte mich, sie streichelte mich mit ihren großen, warmen Händen und sagte:»Mîncaţi-aş ochii, frumuşelule, pupaţi-aş inima, scumpule!«, »Deine Augen möchte ich verzehren, Schönster, dein Herz küssen, Teurer!« Sie wiederholte ein ums anderemal:»Mein Seidenfellchen, mein Liebstöckel! Meine ganze Kraft habe ich dir gegeben!...« Für eine Sekunde lang wurde ihr Blick düster, ihr Söhnchen, mit dem sie mich gemeinsam ernährt hatte, war früh gestorben. Wieder heiter, nötigte sie uns in ihr winziges Wohnzimmer, wo die Wände mit grellfarbenen Hängeteppichen und das Kanapee mit ebensolchen Kissen bedeckt waren. Sie tischte uns ein Glas kaltes Brunnenwasser und dazu Konfitüre aus Rosendolden auf.

Ihr grobes Gesicht, das wie eine offene Landschaft war, begann sich zu umwölken, als mein Vater ihr den Grund unseres Besuchs nannte. Ich verstand nur einen Teil von dem, was er sagte. Doch ich hörte, daß es um den Pferdediebstahl in den Ostkarpaten ging, um die Verfolgung und den nächtlichen Kampf mit den Banditen; dabei zeigte Vater Cariowanda die verbundene Hand. Im Klirren der fast handtellergroßen Goldmünzen, die, zur Halskette gereiht, schwer auf ihren Brüsten lagen, hörte ich sie sagen:»O ja, domnu Rick. Er war bei mir... Gestern nacht... Ich habe ihm die Wunde gewaschen und verbunden, o ja. Doamne dumnezeule, Herrgott, hat der Szekler ihn böse erwischt! Eine tiefe Messerschnittwunde — von der rechten Schulter bis zum Ellenbogen. Und sein geschwollenes, blutunterlaufenes Auge!... Einer von den zehn wilden Kerlen, die ihn überfallen haben, hat ihm mit dem Gewehrkolben eins übergezogen, sagte er.« Cariowanda redete in einem fort, und ich schnappte einen Namen auf, der mir wohlbekannt war: Midi Bubu... Sie hatte schließlich Zornesschatten im Gesicht, von denen ihre Haut noch dunkler wurde, sie beherrschte sich mit Mühe. Und dann entflammte ihr Zorn vollends. Denn Vater hatte genickt und gemurmelt:»Also doch!... Ich war mir nicht ganz sicher, ob er's war...« Sie zischte:»Und mir sagt der stinkende Bock, zehn betrunkene szeklerische Messerstecher hätten ihn hinterhältig überfallen und durch die Nacht geschleift!... Der Strolch benimmt sich wie einer der fahrenden Vettern, die unsere Ehre ruinieren!... Ich werde Lina, seine Frau, sofort nach ihm schicken!«

Doch das wollte Vater nicht, und so versprach sie ihm trotz

ihrer Aufgebrachtheit, niemandem ein Wort von dem Vorfall und von diesem Gespräch zu sagen. Aber sie versicherte ihm, daß »der dreckige Schleimspucker« bis heute nicht die blasseste Ahnung davon habe, mit wem er sich in der schwarzen Karpatennacht eingelassen hatte. »Nein«, rief sie, »nein, wenn der das wüßte! Er würde vor Schreck seinen verpißten Geist aufgeben! Wüßte er's«, rief sie, »er hätte es mir gebeichtet, der Lump!« Immer wieder trieb der Zorn sie an: »Er hätte Sie ja töten können! Pferde hat er gestohlen, der verlogene Bankert? So eine Schande!« Im Klirren der Goldmünzen spuckte sie auf den Dielenboden, schüttelte die Löwenmähne und schrie: »Ich breche ihm die verderbten Knochen, wenn er mir wieder vor die Augen kommt und nicht augenblicklich bei Ihnen erscheint und niederkniet, der siebenmal verfluchte Hurenköter!... Wüßte das sein Urahn, der große Scharfrichter Roman Bubu der Graue, er würde ihn von unten herauf rädern!«

Als wir aus Cariowandas Hütte auf die Straße traten, war der Abend angebrochen. Vor dem Tor hatten sich sämtliche Nachbarn versammelt. Sie begrüßten uns überschwenglich. Sie umschwirrten uns in ihren malerischen Kleidern und mit lebhaften braunen Gesichtern, die ich nicht voneinander unterscheiden konnte, weil sie alle gleich braun waren und alle diese Glitzeraugen hatten. Auf dem Nachbarhof brannte vor einer Erdhütte ein Feuer; zwei barfüßige Frauen mit Silbermünzen in den Zöpfen hockten davor, ein Alter mit aschgrauem Gesicht bediente einen Blasebalg.

»Na, Leute«, sagte Vater, »wie geht's? He, Piranda«, rief er einer jungen Frau mit wild über Stirn und Schultern fallendem Haar zu, die einen Säugling auf dem Arm trug, »war's diesmal ein Junge oder ein Mädchen? Das fünfte oder das sechste?«

»Ein Junge«, lachte die Frau und warf den Kopf zurück, »und es ist das zehnte!«

»Să-ți trăiască«, sagte Vater. »Es soll leben!«

»Sărut mâna«, rief die Frau, »küß die Hand, ich danke. Auch deine Kinder sollen leben!«

Erst nachdem Vater alle Hände geschüttelt und uns die bunte Schar bis zur Straßenecke begleitet hatte, waren wir wieder allein.

Ich war sehr nachdenklich auf dem Heimweg. Denn mehr noch als die Stunde bei Cariowanda hatte mich Vaters Umgang mit den Zigeunern beeindruckt. An jenem Abend begann ich zu begreifen, daß es diese Gabe war, Menschen anzuziehen, die auch der lebensfrohe Thomas Hardt einst an seinem späteren Schwiegersohn mochte. Die Freimütigkeit war das Besondere an ihr.

Aus dem Krieg heimgekehrt, hatte mein Vater nach einem halben Jahr der Rekonvaleszenz das Studium der Staatswissenschaften, wie damals die Wirtschaftswissenschaften hießen, in Berlin begonnen, wobei ihn politische Geschichtsschreibung, Staatslehre und -philosophie besonders anzogen. Auf halber Wegstrecke aber hatte er abbrechen müssen. Die verheerende Lebensmittelversorgung in der Reichshauptstadt traf ihn infolge einer seiner Kriegsverletzungen, eines Magendurchschusses, empfindlicher als andere. Verlorene Nächte, die er, um den Großteil des erforderlichen Studiengeldes selber aufzubringen, geigend in Nachtlokalen zubrachte, schwächten ihn erst recht. Um ein Haar wäre er beim Kapp-Putsch im März des Jahres 1920 ums Leben gekommen, als er sich mit einem der Putschisten-Offiziere in der Nähe des Brandenburger Tors auf einen Wortwechsel eingelassen und ein dabeistehender Soldat ihm mit dem Karabiner einen Schlag auf die Hüfte versetzt hatte. Davon brach die niemals ganz verheilte Hüftnarbe so nachhaltig wieder auf, daß er sich zur Rückkehr ins Elternhaus gezwungen sah. Nicht gewillt, seinem Vater auf der Tasche zu liegen, nahm er dessen Vorschlag an, ihm als Aushilfskraft in der Schule zur

Hand zu gehen; die meisten der ehemaligen Lehrer waren tot in den Schützengräben des Krieges geblieben. Was aber als Übergangslösung gedacht war, gewann den Charakter des Endgültigen. Denn Vater entdeckte nicht allein seine Freude am Beruf des Lehrers, es stellte sich heraus, daß er auch die Befähigung dafür besaß. Mit der allen Hennerths eigenen Selbstdisziplin arbeitete er sich ins Fach ein und erreichte eines Tages – ein Vorgang unbekümmerter Halblegalität, im neuen rumänischen Staat gang und gäbe – die behördliche Genehmigung zur Ablegung einer Sonderprüfung. Er bestand sie summa cum laude.

Ich weiß, daß sein Entschluß, auf die Rückkehr nach Berlin zu verzichten, auch andere Gründe hatte, die ich erst Jahre später in vollem Ausmaß begriff. Sie hingen mit den fast archaischen, ungebundenen Daseinsverhältnissen zusammen, die damals im südöstlichen Hochland herrschten. Das Bunte des Völker- und Kulturenmosaiks und die bis ins Leben der Städte hineinwirkende Naturnähe enthielten für nicht wenige der aus dem Weltkrieg Heimgekehrten die Aufforderung, sich den Exotika der balkanischen Welt hinzugeben – so als hätten sie geahnt, daß sie die Letzten des Kontinents sein würden, das Privileg der Uneingeschränktheit zu genießen. Verstärkt wurde dies Lebensgefühl durch die Gepflogenheiten in der nach dem Krieg von Ungarn an Rumänien gekommenen Provinz. Anstelle der straff arbeitenden ungarischen Verwaltung war die orientalische Nonchalance der Rumänen getreten. Zudem waren jene Generationen aus dem Geist der Zeit heraus ihrer kleinen Herkunftsgemeinschaft im neuen Vielvölkerstaat so stark verbunden, daß sie selbst glänzende Aussichten des Aufstiegs im Ausland mit Gleichmut übersahen; man bewertete derlei damals gelassener als heute. Nach Jahren der Abwesenheit kehrten sie ins Hochland zurück und nahmen es in Kauf, andernorts die berufliche Chance unbeachtet gelassen zu haben. Künstler waren darunter, Unternehmer, geniale Wissenschaftler, Offiziere.

Als ich eines Tages die bei den Hardt-Großeltern immer auf dem Tisch des Wohnzimmers neben der »Kronstädter Zeitung« und der Londoner »Saturday Review« liegende ledergebundene Lutherbibel in die Hand nahm und öffnete, fiel mir eine stark nachgedunkelte Ansichtskarte entgegen. Auf der Bildseite der dicken und harten Karte erkannte ich die Freiheitsstatue am New Yorker Hafeneingang. In Kniehöhe der Gewändefigur standen quer über das Bild gedruckt die Jahreszahlen 1886–1896, eine Anspielung auf die damals zehn Jahre alte Kupferstatue. Als ich die Karte wendete, las ich, von Großvaters unverkennbarer steiler Handschrift notiert, die Worte: »Lathe biosas!« Mühsam entzifferte ich daneben die deutsche Übersetzung der griechischen Weisheit: »Lebe verborgen!«

Und dies war wohl der dritte Grund für die Rückkehr mancher Männer jener Generationen in das Hochland im Südosten.

Thomas Hardt war vor der Jahrhundertwende als Schmiedegesell durch Deutschland gewandert. Dabei war er über Wien, wo er eine Zeitlang in der heute noch berühmten Alten Schmiede gearbeitet hatte, nach München, Stuttgart und Frankfurt am Main, dann über Leipzig nach Berlin und nach Hamburg gekommen und von dort, wie im übrigen damals nicht wenige seiner siebenbürgischen Landsleute, nach Nordamerika ausgewandert. Zusammen mit einem ukrainischen Bruderpaar – Sergej Antonowitsch und Ivan Antonowitsch Gromiko, Kosakenabkömmlinge aus der Gegend um Belaja Zerkow, die ihn in Hamburg an Bord des unter schwedischer Flagge segelnden Frachters »Odessa« genommen hatten – war er eine Zeitlang gestromert und hatte auf alle erdenklichen Arten Geld gemacht. Er war als Bisonjäger durch die Prärien südlich des Saskatchewan in Kanada und als Goldsucher bis nach Kalifornien gekommen, war dann Farmarbeiter in Arizona und Pferdewärter eines Millionärs in Chicago gewesen, ehe er schließlich an der Upper East Side Fuß gefaßt und in den Reparaturwerkhallen des Hafens zu arbeiten begonnen hatte. Bis der Zentrale eines Tages durch den Ausfall des Hafenkommissars, dessen Rolle er kurz entschlossen beim Löschen der Ladungen zweier brasilianischer Schüttgutfrachtschiffe aus dem Stegreif übernommen hatte, seine Organisationsgabe aufgefallen war. Bald darauf hatte er an leitender Stelle im Hafenkommissariat von New York gesessen, das damals an die drei Millionen Einwohner zählte und von ersten Wolkenkratzern überragt wurde. In wenigen Jahren war er durch die neben der gutbezahlten Arbeit auf eigene Faust mit einem Londoner Unternehmer betriebenen Getreideexportgeschäfte, die Anlaß zu drei Englandreisen geboten hatten, zum wohlhabenden Mann geworden, dem sich in der Stadt am Hudson River das Tor zur Politik öffnete. Thomas Hardts Weg schien endgültig gemacht zu sein. Aber zum Entsetzen seiner Freunde, Bekannten und Anhänger verkaufte er eines Tages seine Liegenschaften am Hafengelände der Upper New York Bay und die zwei schönen Häuser in Brooklyn auf Long Island seinem griechischen Kompagnon Nikos Tersakis, einem Mann aus der Ägäis, mit dem ihn zuverlässige Freundschaft verband, und schiffte sich 1896 nach Europa ein. Zwei Monate später erreichte er über Amsterdam − wo er auch seine niederländischen Geschäftsverbindungen aufkündigte − den Südosten Europas. Hier legte er seine amerikanischen Eagles und seine holländischen Goldgulden im siebenbürgischen Bergbau, in Wald und in den Aktien einer in der Walachei im südlichen Karpatenvorland Erdöl fördernden Gesellschaft an; zudem kam er in den Besitz einer ansehnlichen Kapitalrente. Er heiratete die schöne Stephanie Elvira Schmidt, die im Familien- und Freundeskreis wegen ihrer schwarzen, vollen Haare »die

Spanierin« hieß, umgab sich mit wachsenden Mengen von Büchern und begann, sein verschmitztes und rätselhaftes Lächeln unter dem braunen englischen Schnurrbart, durch die dämmerigen und schweigenden, die hellen und brausenden Karpatenwälder zu laufen. Jederzeit mit Pferdehändlern, Fuhrleuten, Wahrsagerinnen, Vagabunden, Jägern, Holzfällern, Hirten, oder wer ihm sonst über den Weg lief, zu einem Schwatz und Scherz, mit den Männern zu einem Trunk, den Frauen zu einem Tanz bereit, machte sich der welterfahrene Mann weithin bekannt und beliebt. Von seinem Reichtum und seiner Vergangenheit wußte keiner; mit den amerikanischen, englischen und niederländischen Geschäftsfreunden hatte er jede Verbindung abgebrochen. »Lathe biosas!«

Doch genau so plötzlich, wie er einst in Übersee die Geschäfte über Nacht aufgelassen hatte und in den siebenbürgischen Wäldern untergetaucht war, handelte er später in einem entscheidenden Lebensaugenblick abermals ohne zu zögern, ohne eine Begründung zu nennen oder jemanden um Rat zu fragen. Nach Jahren ungestörten Daseins zeichnete er beim Ausbruch des Ersten Weltkriegs auf den Tag genau einen Monat nach der Ermordung des österreichischen Thronfolgers Franz Ferdinand seine Aktien und sein Barvermögen bis auf einen unerheblichen Rest als Kriegsanleihe für die Donaumonarchie, ging als über Vierzigjähriger freiwillig an die Front – und hatte bei Kriegsende fast alles verloren, was ihm je an irdischen Gütern eigen war. Seinen federnden Lebensmut, die Unverdrossenheit, die sich jedem mitteilte, das alles hatte er sich bewahrt, ja er soll bei Freunden den Eindruck erweckt haben, als sei ihm nun erst jene Reife zugewachsen, deren ein Mann allein in der Lage des Hans-im-Glück teilhaftig wird. Die Schafherden, die er mit dem verbliebenen Geld erwarb, wurden zur Quelle des Familienunterhalts. Und wieder schob er die halben, der italienischen Silberdose entnommenen Zigaretten ins Lindenholzmundstück, verbrachte ungezählte Stunden über seinen Büchern und lief mit dem ansteckenden Lächeln wie ehemals durch die Wälder. Jahre später erst trat er von neuem in Verbindung mit dem Griechen Nikos Tersakis ...»Lathe biosas«, hatte Epikur gelehrt. Aber hätte je einer über Thomas Hardt sagen dürfen, er sei dem Leben ausgewichen?

Um meinen Großvater Thomas Hardt rankten sich Legenden. Warum ist der, fragten einige hinter vorgehaltener Hand, bei seinem Reichtum und Ansehen seinerzeit aus den Staaten zurückgekehrt? Warum läuft er hier mehr im Wald herum, als er in seinem Haus in der Langgasse zu finden ist? Und wieso ist er nach dem Verlust seines Vermögens durch den Krieg und den Garugan-Prozeß, der auch den Besitz seiner Frau verschlang, eines Tages wieder so wohlhabend geworden, daß er, wie einige wissen wollten, in Nordsiebenbürgen ein Landgut mit ausgedehntem Waldanteil erwerben konnte? Was verbirgt er? Einigen wollte es eigenartig erscheinen, daß er seine Korrespondenz mit dem Mann aus der Ägäis nicht über das Postamt in Rosenau, sondern über die Hauptpost in Kronstadt abwickelte. Aber keiner wagte es je, ihm offen eine dieser Fragen zu stellen.

Natürlich ging in der Familie manche Sage über Großvaters Amerikaaufenthalt um. Bald hörte ich sie vom holzbeinigen Eisendenk mit der Fistelstimme, dem Großvater meines Freundes und Nachbarn Paul, bald in Andeutungen von der Hardt-Großmutter. Sie erzählte mir von Großvaters Späßen im Umgang mit seinem reichen Brotgeber in Chicago, einem Iren, der sich später arm soff, Großvater um Hilfe bat und von diesem als Schreiber im New Yorker Hafenkommissariat angestellt wurde; auch von der pferdevernarrten Britin Rosalynde in Northallerton, seiner »Jugendflamme«. Sie fügte immer noch eine Geschichte hinzu, wenn ich sie lange genug darum gebeten hatte. Und da Großvater kein Geheimnis daraus machte, wußte auch Vater manches aus den Amerikajahren seines Schwiegervaters, was er mir weitererzählte, so daß mir daraus ein Bild jenes Landes und seiner Menschen entstand. Aber einmal, als ich die Hennerth-Großmutter auf jene Hochzeit begleitet hatte, zu der sie von der Brautmutter, einer Freundin, eingeladen worden war, hatte ich im Walzergeschmetter der Blaskapelle die Männer über den »Amerikaner Thumes Hardt« reden hören. Daß er seinerzeit New York Hals über Kopf habe verlassen müssen, hatte ich aufgeschnappt, die Polizei von North Carolina habe nach Jahren in einem seltsamen Todesfall die Fahndung wiederaufgenommen und ans Police-Department von New York weitergeleitet... Der das sagte, hieß Michael Bosch, er war vor dem Weltkrieg selber einige Jahre lang in den Vereinigten Staaten gewesen. Ich erinnerte mich erst Jahre später wieder des Gesprächs.

Wie immer es um den Wahrheitsgehalt dieser Geschichten bestellt gewesen sein mag – als Thomas Hardt den seit Jahren an einer Kriegsverletzung in der rechten Hüfte laborierenden jungen Richard Hennerth kennenlernte, hatte er in diesem binnen kurzer Zeit den besten Freund gefunden. Mit den Kräutern und Wurzeln, die er von den Streifzügen aus den Wäldern mitbrachte – vor allem die Feldkamille, den Wohlverleih und die Feld-Ringelblume verschrieb er als Sitzbad, Tinktur oder Wickel –, heilte er ihn, den ein halbes Dutzend Ärzte vergebens zu kurieren versucht hatte, binnen Jahresfrist. Er war immer zur Stelle, wenn Rick Hennerth unter den zeitweise heftigen Kopf- und Magenschmerzen litt, Folge der Schüsse, durch die in seinem Körper Nerven und Gewebe zerfetzt worden waren. Er massierte ihm dann mit geschlossenen Augen die Fingerkuppen und den Handballen unter dem Zeigefinger. Er tat das mit weichen Bewegungen so lange, bis den Vorgängen im Körper die Schmerzwirkung entzogen war. Die beiden Männer wurden unzertrennlich, erst recht nach der Heirat der Hardt-Tochter Johanna mit Rick Hennerth.

Thomas Hardt ging im Rektorhaus in der Brückengasse mit dem Steinwappen über der Toreinfahrt und den Goldinitialen M H ein und aus wie auf dem eigenen Anwesen in der Langgasse.

Es war ein offenes Haus nach südöstlicher Art, weit über den Tod seines Erbauers hinaus neben jedem Freund auch jedem Fremden geöffnet. Das ganze Siebenbürgen, könnte man sagen, ging hier ein und aus. Die Gastfreundlichkeit der ägäischen Landstriche war bis hierher gedrungen. Sie galt jedem in diesem Hochland, ungeachtet der Unterschiede, in deren Zeichen er meinte, sich begreifen und behaupten zu müssen. War sie vielleicht das im Volk segensreich aufgegangene wahre olympische Erbe des Südostens? Da doch beim gemeinsamen Mahl, Gespräch und Gesang die ruppigen Tagesauseinandersetzungen und der bis zum Wahnwitz gehende Haß schwiegen, in denen sich jeder wie in einer Festung zu sichern müssen meinte, und der Ungar dort mit dem Deutschen einst ebenso vernünftig zu reden verstand wie der Deutsche mit dem Rumänen, der Jude mit dem Armenier, dem Zigeuner und Griechen.

Und was gab es nicht für Feste im Hennerth-Haus! Reichten an den Sommerabenden, sooft sich Freunde, Verwandte und Bekannte ohne umständliche Verabredung eingefunden hatten, die Räumlichkeiten des Hauses nicht mehr aus, so begaben sich zunächst zwei, drei der Gäste nach hinten in den Garten, wo der »Philosoph« und die drei dunkelgrünen, aus den Lehnen schön geschwungenen Holzbänke jeden erwarteten, der sich ihnen näherte.

VII. Kapitel

Das Nibelungenspiel, der alte Rabbiner und der allgegenwärtige Gott

Aber vorher schon hatten wir Kinder uns im Garten eingefunden, hatten den Gravensteiner, die jüngere Goldparmäne und den Boskop daneben zum Odenwald erklärt und die düstere Tragödie der Nibelungen so nachzuspielen begonnen, wie wir sie aus Fritz Langs berühmtem Stummfilm, der zehn Jahre nach der Erstaufführung in Berlin auch in Siebenbürgen angekommen war, und aus der Erzählung der Hennerth-Großmutter kannten.

Jedesmal gab es dabei allerdings heftige Wortgefechte im Vorfeld des Spiels. Denn jedesmal mußte der unbelehrbare Paul, der Sohn des nebenan wohnenden Bauern Eisendenk, erst mühsam dazu gebracht werden, den Siegfried zu spielen. Pauli, wie wir ihn nannten, leuchtete es nämlich nicht ein, »wieso der Siegfried«, wie er sagte, »so blöd sein konnte, sich von dem Hagen etwas vormachen zu lassen... Hatte er denn«, fragte Pauli, »keine Augen im Kopf?« Dabei maß er Wanki, der den Hagen spielte, mit abschätzigem Blick. Pauli war kräftig, hellblond und von nüchterner Ruhe. Als Nachbarskinder aufgewachsen, waren wir befreundet und gingen, obgleich ich ein Jahr jünger war, in dieselbe Schulklasse. Von meinen Freunden schätzte ich ihn am meisten, und das nicht nur deshalb, weil er aus der ganzen Klasse am weitesten und höchsten pinkeln konnte. Wenn Pauli beim Kampf gegen den Drachen seine Kraft mit dem Eisendenk-Hofhund Rex maß – einem gutmütigen Neufundländer, den er für das Nibelungenspiel mitgebracht hatte –, bewunderten wir ihn. Wenn er sich aber bei der Bärenjagd im Odenwald mit einem Hechtsprung auf Robinson warf, den stämmigen Bullterrier Hil-

mars, den dieser an den Stamm der jungen Goldparmäne
gebunden hatte, und dem Tier mit blitzschnellem Griff die
Schnauze zupreßte, dann verschlug es uns allen den Atem.
Doch immer, wenn er nach Hagens Speerwurf zu sterben
hatte, riß er uns aus dem Spielrausch. Denn zwar erhob er
sich zu Tode verletzt von der Quelle und hielt den Hirtenstab
aus Eibenholz mit dem von meinem Freund Gordan geschnitzten Christuskopf, der ihn als Speer rücklings durchbohrt hatte, unter die Achsel geklemmt, aber zu unser aller
Wut erklärte er prosaisch: nein, er sei ja gar nicht tot, und er
könne, wenn er jetzt wolle, dem Hagen den Hals umdrehen.
»Wie den drei Rhodeländern«, sagte er, »die ich gestern
abgetan hab« – damit meinte er »geschlachtet« und seiner
Mutter in die Küche gebracht hatte. Er schlug den Hühnern
im Holzschuppen hinten im Hof mit der Axt den Kopf ab,
sooft seine Mutter ihn am Wochenende damit beauftragte.
Manchmal half ich ihm dabei; ich mußte die zappelnden
Hühner halten, er zog ihnen am Kopf den Hals lang, indem er
einmal daran drehte, und schlug dann mit dem Breitbeil zu.
»Was will der Scheißer von mir?« fragte Pauli also seelenru-
hig und zeigte auf Wanki, den hübschen und bei uns allen
beliebten Sohn des Geschäftsinhabers, der in der Stadt
wohnte, dort auf das Gymnasium ging und Herwart Zupfenhügler hieß. »Dem geb ich einen Fußinarsch«, sagte Pauli,
»daß er in der Luft verhungert.« Nein, der bäuerisch derbe
Siegfried-Pauli dachte nicht im entferntesten daran, von Hagens Schleuderspeer durchbohrt im dichten Odenwald zu
sterben. »Pauli«, schrie meine Schwester Maria, die jedesmal
eine Doppelrolle übernahm, die Kriemhilde und die Brun-
hilde, und dabei einen Schritt zur Linken, sobald sie als
Kriemhild, und einen zur Rechten tat, sobald sie als Brun-
hilde etwas zu sagen hatte – eine Darstellungstechnik übrigens, die uns besonders beim Streit der königlichen Damen
vor dem Portal des Doms zu Worms beeindruckte. »Mensch,

Pauli!« schrie meine erboste Schwester, »bist du wirklich so dumm? Du sollst ja nur so tun! Du sollst ja gar nicht richtig sterben! Kapierst du das denn nicht?«

»Nein«, sagte unser Siegfried mit entwaffnender Ehrlichkeit und rückte sich den Hirtenstab mit dem Schnitzkopf unter dem Arm zurecht, »nein, ich sterbe nicht! . . . Hört einmal, von dem da laß ich mich doch nicht umbringen. Ich hau ihm eins über die Nase, dem eingebildeten Städter, daß er seine Großmutter in Unterhosen sieht.«

»Pauli«, schrie Maria wütend, »Pauli, du Blödian! Es ist ja nur ein Spiel. Wie kann man nur so dumm sein!« Sie stampfte vor Zorn ins Gras. »Ach, Katalin«, flehte sie, »erklär du es ihm.«

»Jesusmaria«, sagte Katalin erschrocken — es klang wie »Jeschuschmorio« — und fragte den neben ihr stehenden Willi Kurzell: »Wos ist dos: ärklär?«

Doch Siegfried-Pauli war so dumm — er stand unerschüttert zwischen uns, den mit Latten, Stöcken und Feuerhacken bewaffneten Nibelungen, und erklärte, daß er nie und nimmer so borniert sei, sich vom Wanki umbringen zu lassen. »Bis hierher spiele ich mit«, sagte er, »aber das mit dem Tod geht mir zu weit. Außerden ist mir der Wanki zu geleckt«, fügte er hinzu und schnalzte dermaßen gekonnt mit seiner kurzstieligen »Büffelgeißel«, daß uns der Knall der langen und dicken Peitschenschnur zusammenfahren ließ. Pauli hatte die Peitsche in der Siegfriedrolle jedesmal bei sich, weil er es stur ablehnte, das edle Schwert Balmung zu tragen. »Mit der Geißel fühl ich mich sicherer«, sagte er und hockte sich vor die Buchsbaumhecke, die den Hennerth- vom Eisendenkgarten trennte; er sah uns erwartungslos an, auf den Knien hielt er neben der Balmung-Peitsche den Hirtenstab, Hagens Speer mit dem Christuskopf.

Jedesmal, wenn wir die Nibelungen spielten, sah es an dieser Stelle aus, als würde Wanki vor Wut platzen. Er hatte längst gemerkt, daß seine Freundlichkeit, die wir anderen so schätzten, an Paul Eisendenk abglitt. Und so kam es, daß unser Spiel bei dieser Szene regelmäßig eine Unterbrechung erfuhr und der blutige Nibelungenstreit jenseits des Drehbuchs zur homerischen Redeschlacht gedieh, in deren Verlauf es uns nicht ein einziges Mal gelang, Siegfried-Pauli zur Vernunft zu bringen. Gemessen an dieser Bedrohung des Spiels fiel Katalins Ausscheiden nicht ins Gewicht. Sie hatte als Königsmutter Ute eh nur den Satz zu sagen:»Guttän Tag, meinä liebän Nibälunkän! Kährät gäsund wiedär!...« Dann warf sie Willi Kurzell, dem baumlangen Geiger mit den feuerroten, schöngewellten Haaren, einen herzerweichenden Abschiedsblick zu und lief, während die Nibelungen zum Etzelhof aufbrachen, nach vorne in die Küche zu meiner Mutter, um ihr bei den Vorbereitungen für den Abendimbiß zu helfen.

Doch Wanki fühlte sich verletzt. Er schrie:»Beim nächsten Mal ist Pauli der Hagen, und ich bin der Siegfried!« Aber dazu sagte Willi Kurzell, der den Volker spielte und dafür seine Geige mitgebracht hatte, auf der er bei der Nachtwache in der Hunnenburg die»Träumerei« von Schumann so schön fiedelte, daß meine Schwester Maria danach kaum weiterspielen konnte – Willi Kurzell sagte:»An deiner Stelle würde ich mir das gründlich überlegen. Der Pauli als Hagen – der schlägt im Odenwald wirklich zu.« Das regte Wanki so auf, daß er einen Augenblick lang sprachlos war.

Willi Kurzell war älter als wir und machte das Spiel nachsichtig amüsiert mit. Er nutzte die Unterbrechung und sagte:»Hört, bitte, zu: Die Nibelungen haben nichts mit den Lungen zu tun, sondern mit dem Nebel, dem Nibel... Ich kann's schon nicht mehr hören, wenn ihr das Wort auf ›lungen‹ betont.«

Horst, mein Vetter, wollte bei der Rheinüberquerung nur den Kapitän spielen, den es ja gar nicht gab. Aber er wollte später einmal U-Boot-Kommandant werden und war nur in dieser

Rolle zum Mitspielen bereit. Im übrigen spielte Ovidiu Neguş, der von uns Owi genannte Sohn unseres rumänischen Hausarztes Dr. Aristide Neguş, den rumänischen Herzog Ramnunc, der im Nibelungenlied erwähnt ist; Willi Kurzell hatte uns die Stelle zitiert:»›Der herzoge Ramnunc uzer Vlachen lant, mit siben hundert mannen kom er für si gerannt‹ – das heißt, Ramunc kam aus dem Rumänenland mit siebenhundert Kriegern an den Etzelhof.« Owi hatte das offene, glatthäutige Gesicht seines Vaters und die hellen Augenbrauen der verstorbenen Mutter, einer Französin aus Paris mit Namen Mireille Marchant, deren Bild im Wartezimmer der väterlichen Praxis hing. Zwar spielte Owi den Herzog aus dem Osten, trotzdem machte er die im westlichen Burgund begonnene Nibelungenfahrt mit und saß auch bei der Rheinüberquerung mit uns im Boot, weil er sich bis zu seinem Auftritt langweilte; später mußte er dann auch den Attila spielen. Owi war »ein Stoiker«, wie er über sich sagte, und durch das abschließende Massaker nicht zu beeindrukken, nahm er doch selbst Kriemhilds tödlichen Hieb nach seinem, Attilas, Kopf gelassen hin, er nickte dazu nur resigniert und verzog die Mundwinkel, als wollte er sagen: na ja, von diesem verrückten Germanenweib ist ja nichts anderes zu erwarten . . . Kurz, Willis halb verärgerte Belehrung über die Betonung des Wortes»Nibelungen« hatte unsere erhitzten Gemüter einigermaßen abgekühlt und uns in die Lage versetzt, weiterzuspielen.

Wir ließen also die Szene mit Hagens Mordtat aus und überquerten unter den Blicken Paulis, der jetzt auf dem untersten Ast des Gravensteiners genau über uns saß und in einen der halbreifen Äpfel biß, den Rhein, wozu wir uns auf der längsten Gartenbank wie in einem Bootsinnern hintereinander niedergelassen hatten. Dazu spielte Willi Kurzell als Volker das Menuett von Luigi Boccherini, und die Stromüberquerung mußte jedesmal solange dauern, bis das Menuett mit allen Wiederholungen und dem Da Capo beim letzten Takt angekommen war. Das dauerte zwar etwas lange, doch Wanki, der Fünfzehnjährige, der mit seiner Mutter schon einmal in Deutschland gewesen war, erklärte:»Der Vater Rhein ist dort sehr breit.« Er sagte es so überzeugend, daß keiner von uns daran zweifelte, daß er den Rhein an jener unheimlichen Stelle tatsächlich überquert hatte. Wenn er dann in der Rolle des Hagen den Kaplan ins Wasser werfen mußte und dabei einen von uns von der Gartenbank stieß, sagte Pauli vom Baum herab mit Verachtung:»Du Saukerl aus der Stadt!« Wanki überhörte es, legte den einen Arm um den Gravensteinerstamm, als sei es der Schiffsmast, den anderen hielt er sich lichtschützend über die Augen, um zu sehen, ob am Ufer drüben nicht schon die ersten Hunnenreiter warteten. Dabei blickte er auf die Gemüsebeete meiner Hennerth-Großmutter und die in fünf Reihen stehenden wunderschönen violetten, roten und orangefarbenen Georginen; ihre kugeligen Blütenköpfe leuchteten in der Sonne. Und so prägten sich mir die Hunnen als Reiter mit violetten, roten und orangefarbenen Gesichtern ein, die irgendwo im grünen Blattwerk mit leicht zur Seite geneigten Köpfen dicht beieinander stehen. Es drohte uns von ihnen keine Gefahr, da es auf dem rechten Rheinufer im Garten meines Elternhauses unter den Südkarpaten keine Hunnen gab, die Wanki, wie er in der Anspannung der Fahrt rief, »mit Stumpf und Stiel« ausrotten wollte. »Untermenschengewürm!« schrie er die violetten, roten und orangefarbenen Georginen an.

Den König Gunther von Burgund spielte Horsts Freund Hilmar Blesagg, der verwöhnte Bankdirektorssohn aus der Stadt, der traurig-schöne Gedichte schrieb und übers Wochenende »auf Sommerfrische« in die würzige Wald- und Bergluft Rosenaus gekommen war. Wir hatten ihm die Rolle des Burgunderkönigs anvertraut, weil er nur hochdeutsch sprach und dadurch niemals in Gefahr geriet, wie wir gele-

gentlich in die deftigen Gefilde der Mundart zu geraten, vor allem aber, weil er ein Flobert-Gewehr besaß und schießen konnte. Er hatte einmal meinen Vetter Horst »auf die Zigeunerhatz« eingeladen, das heißt, der Blesagg hatte auf schreiend davonlaufende halbnackte Zigeunerkinder geschossen und dazu gesagt:»Ich zeig's euch! Das Gelump muß vertilgt werden! Blonde Bestien müssen her!«
»Findest du das in Ordnung?« hatte Horst mich gefragt und gleich hinzugefügt:»So ein Schwachsinn...« Bei einer solchen »Zigeunerhatz« hatte Blesagg eins der Kinder getroffen und am Arm verletzt – den hinkenden Puţă-Mişu, was soviel wie »Pimmel-Mischi« heißt, der nicht schnell genug hatte davonlaufen können. Da aber Blesaggs Vater ein reicher Mann mit vielerlei Beziehungen war, hatte die Zigeunersippschaft nichts gegen ihn ausrichten können, und fortan hinkte der Puţă-Mişu nicht nur, er hatte auch einen verkrüppelten Arm. Vielleicht hängt es damit zusammen, daß ich später, als ich das Nibelungen-Lied las, den König Gunther nicht ausstehen konnte, ohne diese Abneigung je überwunden zu haben.
Und eben wegen Hilmar Blesagg geriet unser Nibelungenspiel diesmal zusätzlich ins Stocken. Blesagg war nämlich, noch ehe wir im Garten zusammengekommen waren und Maria die Rollen verteilt hatte, auf den in der Hecke stehenden Mirabellenbaum geklettert und hatte unbedacht eine Menge von den überreifen Früchten gegessen, die einst in Siebenbürgen in der Mundart der Deutschen den anschaulichen Namen »Schwutzker« trugen. In der verdünnenden Hochsprache heißt das etwa soviel wie »Scheißerle«, ein Wort, das den Vorgang – das Schwutzen – keineswegs mit der Sinnennähe des mundartlichen Ausdrucks wiedergibt. Und während nun der Blesagg als vornehmer König Gunther agierte, wurde er immer wieder nach hinten in den Garten getrieben, wo der Komposthaufen lag, und mußte dort die Hosen herunterlassen.»Der hat zu viele Schwutzker geges-

sen«, sagte Siegfried-Pauli, wenn der Blesagg zurückkam und die unterbrochene Fahrt zu Brunhildens Feuerinsel, das unterbrochene Turnier am Burgunderhof oder die unterbrochene Jagd im Odenwald wiederaufnahm. »Er hat die Schwudder«, sagte Siegfried-Pauli, eine Feststellung, die Wanki über die Maßen aufbrachte.

Und sicherlich erklärt zu allem anderen auch dieser Umstand Wankis späteren Ausbruch, der dann zum Nibelungenunglück unter dem »Philosophen«-Apfelbaum führen sollte.

Denn als wir nach dem Aufenthalt in Bechelaren, wo mein zehnjähriger Bruder Holger den Giselher spielen mußte, was immer mit einer Flennerei endete, weil er die Abschiedsszene wörtlich nahm – als wir aus Bechelaren kommend nach einem Rundgang durch den Garten am Hof des Hunnenkönigs eintrafen, sagte Pauli, der jetzt den Herrn Rüdiger und später den Dietrich von Bern spielte, zu meiner Schwester Maria, der Königin: »Grüß Gott, Kriemhilde!« Da schrie der Wanki so laut, daß sich seine Stimme überschlug: »Du mit deinem ›Grüß Gott‹! Habt ihr das gehört! Nein, du Bauernhammel! ›Grüß Gott‹ – Mensch, das sagen heute ja nur noch die alten Weiber!« Er schrie vor Lachen, und auch der Blesagg mit dem durchgeistigten und etwas leidenden Gesicht konnte sich über Paulis altmodisches »Grüß Gott« am Hunnenhof nicht erholen. »In Deutschland«, schrie Wanki, »in Deutschland sagen heute alle längst ›Heil Hitler‹! Das ist jetzt modern. Du Idiot, steck dir doch dein ›Grüß Gott‹ irgendwohin! . . .«

Nun, das hätte er nicht sagen dürfen. Doch diese Einsicht, hätte sie einer von uns gehabt, zählte jetzt nichts mehr. Und so nahm denn das Nibelungenspiel unter dem Gravensteiner jäh ein Ende; es kam gar nicht mehr zu dem abschließenden Gemetzel, es kam diesmal weit schlimmer. Denn Pauli Eisendenk verabreichte nach kurzem Zögern dem Herwart Zupfenhügler eine so ungeheuerliche Ohrfeige, daß der um Haaresbreite mit dem Kopf am Stamm des Gravensteiners vorbei der Länge nach ins Gras flog und halb unter die Buchsbaumhecke rollte. Weil er aber nicht einmal dort den Mund hielt, sprang Paul Eisendenk mit einem Satz über ihn und schlug noch einmal zu. Dabei traf er Wankis abwehrend erhobene Hand so unglücklich, daß der kleine Finger brach. Natürlich begann Wanki eindringlich zu heulen, wie es Hagen von Tronje am hunnischen Königshof wahrscheinlich auch in seiner letzten Lebensminute nicht getan hat – aber dem hatte ja auch niemand den kleinen Finger gebrochen. Hilflos ragte Wankis rechter kleiner Finger über den Handrücken nach hinten. Willi Kurzell sprang hinzu, packte Wankis Hand und stellte den Finger mit einem schnellen Griff wieder in die Senkrechte. Das brachte die Sache freilich nur optisch in Ordnung, denn gebrochen ist gebrochen, und Wanki heulte nun erst recht. Meine Schwester Maria schrie in den allgemeinen Nibelungentumult:»Niemals wieder spiele ich mit euch Siegfried und Kriemhild!«Außer sich vor Zorn lief sie auf die andere Seite des»Philosophen«, blickte angestrengt zu dessen belaubtem Haupt empor und sagte:»Ach wie gut, daß niemand weiß, daß ich Rumpelstilzchen heiß!«– womit sie uns ihr unwiderrufliches Desinteresse kundtat. Robinson, der an die Goldparmäne angebundene Bullterrier, bellte wie verrückt. Mein Bruder Holger weinte. Horst, der Nibelungen- und spätere U-Boot-Kapitän, zog Wanki mit Owis Hilfe an den Füßen unter der Hecke hervor, und Owi sagte:»Wir müssen ihn schnell zu meinem Vater bringen, los, mach schon!«

Pauli stand daneben und maulte:»Der Scheißer soll mir nicht sagen, wie ich zu grüßen habe!«Und zu Wanki gewendet, sagte er:»Steck dir deinen Nibelungenfinger in den Arsch.«Und mit dieser Empfehlung löste sich unsere Heroengesellschaft auf. Maria, immer noch auf der anderen Seite des Gravensteiners, sagte den Reim aus dem Märchen»Siebenschön« auf: »Siebenschön war ich genannt, Unglück ist mir jetzt bekannt.« Maria konnte einige Dutzend der Grimmschen Märchen fast auswendig. »Komm, Willi«, sagte sie, »dieser Burgunderkindergarten ödet mich an...« Die Geige unter dem Arm, folgte Willi Maria. Indessen hatten Horst und Owi den bedauernswerten Wanki Zupfenhügler aus dem Garten geführt, um ihn zu Owis Vater in die Praxis zu bringen. Dabei hatte der immer alles bedenkende Horst auch Blesaggs Hund Robinson an der Leine mitgenommen. Aber obwohl Wanki auf diese Weise in die beste Behandlung kam, die Blessur aus Kindheitstagen sollte ihre Folgen haben. Wankis rechter kleiner Finger blieb nämlich fortan steif. Steif wie ein Stahlstift. Und der Unglücksfinger behielt obendrein den Namen »Nibelungenfinger«. Ja, mehr noch – und auch dies sei vorweggenommen –, im Lauf der Jahre breitete sich die anatomische Lokalbezeichnung über den ganzen Menschen Herwart Zupfenhügler aus und ergriff schließlich endgültig von ihm Besitz, so daß er eines Tages weit und breit nur noch als »der Nibelungenfinger« bekannt war. Leute, die keine Ahnung hatten, wer dieser Zupfenhügler mit dem altdeutschen Vornamen war, zeigten sich sofort im Bild, wenn sie hörten, daß es sich um »den Nibelungenfinger« handle. Da Wanki später öffentliche Ämter bekleidete, sollte ihn dies immer wieder in die ärgerlichsten Lagen bringen.

Ich war als letzter auf dem Schauplatz des unheimlichen Nibelungengeschehens zwischen Gravensteiner und Buchsbaumhecke zurückgeblieben, verwirrt und trotz der Aufregung, die es gegeben hatte, noch befangen in meiner Rolle als Erzähler. Paul Eisendenk, mein Nachbar und Klassenkamerad, war über den Zaun in den väterlichen Garten geklettert. »Ich muß die Kühe füttern und den Traktor putzen«, hatte er gesagt, »und außerdem muß ich dort sein, wenn sie's meinem Vater sagen – wegen der Prügel, die ich dann krieg, weißt du?« Er hatte mir den Hirtenstab gereicht und war unter den Obstbäumen auf die Scheune zu gegangen. Nach all dem Nibelungenlärm war es auf einmal still. Ich beobachtete die paar Wiesenhummeln und die Segellibellen, die über die Hecke hin und her schwirrten. Aus dem Pavillon hinten im Garten hörte ich Willi Kurzells Geige. Maria sang das Lied »Die Gedanken sind frei«, und Willi spielte eine kunstvolle Begleitmelodie dazu. Ich wendete mich zum Gehen und sah dabei plötzlich den niedrigsten Ast des zehn Schritte entfernt stehenden Boskopbaumes vor mir. Durch seine Zweige hindurch erblickte ich den Holunderstrauch am Garteneingang und darüber in der Ferne den Burgberg; die föhrenbewachsene Nordflanke und das Mauerwerk schienen im Zweigengewirr vor mir zu hängen. Da erst erkannte ich auf einem der beiden Klappstühle unter dem Holunder, als säße er genau unter der Burg, Onkel Sepp. Unbeweglich saß er dort. Er hatte sich aus der Gesellschaft im Haus zurückgezogen. Er trug wie immer einen schwarzen Anzug. Sein weißlicher, breiter Vollbart reichte ihm bis auf die im Schoß gefalteten Hände. Er mußte uns die ganze Zeit über beim Nibelungenspiel beobachtet haben.

Er war gar nicht mein Onkel. Doch er verkehrte im Elternhaus wie einer, der dazugehört. Er war ein Freund des verstorbenen Hennerth-Großvaters gewesen, aus gemeinsamen Studienjahren in Budapest. Nach Großvaters Tod hatte er seine Freundschaftsgefühle für den alten auf den jungen Hennerth, meinen Vater, übertragen. Er hieß Josef Schapira — Doktor Josef Schapira —, war als Oberrabbiner die erste Autorität der jüdischen Gemeinde in Kronstadt und hatte vor dem Weltkrieg 1914–1918 am Jüdisch-Theologischen Seminar in Breslau und an der Lehranstalt für die Wissenschaft des Judentums in Berlin, danach in Frankreich und England Altphilologie, Geschichte und Naturwissenschaften studiert. Dann hatte er sich, als sechster Sohn eines Seifensieders aus dem Städtchen Sathmar im Norden des damals noch zu Ungarn gehörenden Siebenbürgen stammend, in der Kreisstadt des Burzenlands niedergelassen. Ich kann mir meine Kindheit ohne ihn nicht vorstellen. Auf seinen Knien sitzend, das Wärmekissen seines Barts im Rükken, hatte ich als Fünfjähriger von ihm lesen und schreiben gelernt. Sein knochiger Zeigefinger mit dem schmalen Nagel hatte vor mir auf der geöffneten Familienbibel gelegen und mir in der ersten Zeile des Ersten Buches Mose das Wort »Gott« gezeigt. Es war das erste Wort, das ich lesen konnte. Als ich das Wort »Gott« auch in dem folgenden Text mühelos herauszufinden in der Lage gewesen und auf den Umstand gestoßen war, daß kein anderes der großgeschriebenen Wörter so häufig vorkam und ich dem greisen Oberrabbiner erstaunt mitgeteilt hatte: »In diesem Buch ist Gott überall!«, hatte er das Johannes-Evangelium aufgeschlagen und mich im Laufe einiger Besuche mit Hilfe des ersten Satzes weiter in die Schrift eingeführt: »Im Anfang war das Wort, und das Wort war bei Gott, und Gott war das Wort.« Es war der erste zusammenhängende Satz, den ich las. Jedesmal, wenn Onkel Sepp uns besuchte, holte ich, sobald ich ihn sah oder seine tiefe Stimme hörte, die Bibel und bat ihn, mit mir darin zu lesen. Es ist niemals vorgekommen, daß er mir die Bitte abschlug.

Als ich mich ihm jetzt, durch die Johannis- und Stachelbeersträucher springend, genähert hatte und außer Atem vor ihm stehengeblieben war, hörten wir meine Schwester Maria im Pavillon hinten im Garten singen: »Denn meine Gedanken zerreißen die Schranken und Mauern entzwei: Die Gedanken sind frei.« Er hatte die Hand gehoben und lauschte in die Richtung, aus der die Töne kamen; Willi Kurzell endete mit einem langgehaltenen Doppelgriff.

Die Düsterkeit, die ich soeben noch im Gesicht des Rabbiners gesehen hatte, verflog. Onkel Sepp lächelte mich aus den aschgrauen Augen an, betrachtete dann aufmerksam den geschnitzten Kopf auf dem Eibenstock, den ich über der Schulter trug, und fragte: »Ist Paul Eisendenk dein Freund, Peter?«

»Ja«, sagte ich.

»Ein guter Freund?«

»Ein sehr guter.«

»Woran erkennst du das?«

»Er macht niemals etwas anderes als das, was er sagt.«

»Aha . . . Du erkennst ihn also an seiner Rede? Habe ich das richtig verstanden?«

»Ja.«

»Bist du der Ansicht, daß man die Menschen daran erkennt?«

»Ja, man braucht nur Zeit.«

»Zeit? . . . Wie meinst du das? Nur Zeit?«

»Brauchst du nicht eine Zeitlang, bis du siehst, ob einer macht, was er sagt? Oder ob er nur herumredet und du nicht weißt, was du davon halten sollst?«

»Du hast recht«, sagte der Rabbiner, »aber meinst du nicht, daß jemand einen Freund allein aus dem Gefühl heraus haben kann? Ohne ihn erst lange kennen zu müssen?«

»O ja«, sagte ich, »so ist die Katalin meine Freundin. Jetzt hat sie auch den Willi zum Freund. Auch der hat so wie ich auf einmal gefühlt, daß Katalin seine Freundin ist. Ohne daß er sie vorher lange kennen mußte. Oder sie ihn.«

»Soso«, sagte der Rabbiner.

Willi Kurzells Geige, auf den tiefen Saiten gespielt, klagte jetzt durch den Garten: ». . . Ach, in deinem süß Getön lockt des Todes dunkle Braut.« Katalin hatte ihn die Melodie gelehrt. »Die Musik verbindet die beiden«, sagte der Rabbiner, »Katalin singt schön und Willi geigt schön.«

»Großvater sagt, es gibt etwas, das uns alle verbindet. Er sagt, auch mit den Tieren, mit den Bäumen und mit den Steinen. Glaubst du, daß er die Musik meint?«

»Ich weiß nicht, mag sein ... Aber vielleicht meint er, daß es
die Freundschaft ist, die uns alle einander verbindet, sogar
dann, wenn sie uns verborgen bleibt. Freundschaft — ist das
nicht ein Wort für Verbundenheit? Wie siehst du das?«

Ich dachte nach, dann sagte ich: »Meinst du damit, daß alles,
was es auf der Erde gibt, unser — unser Freund ist?«

»So ungefähr meine ich's.«

»Aber ... Aber dann ist doch das Böse, das wir tun ...?« Ich
unterbrach mich, weil mir ein Gedanke gekommen war, vor
dem ich erschrak.

»Sprich weiter!« forderte mich der Rabbiner auf, und da ich
schwieg, fuhr er fort: »Alles Böse, das wir einander antun,
gleichviel wem unter uns, tun wir dem Freund im anderen an,
auch wenn wir den anderen für unseren Feind halten.«

»Onkel Sepp«, fragte ich nach einer Pause, »hat der liebe Gott
die Freundschaft gemacht?«

»Er hat die Schöpfung gemacht, mit allem, was darin ist«,
sagte der Rabbiner.

VIII. KAPITEL

Das Gartenfest der vielen Völker unter dem Gravensteiner, der Mann, der keinen Krieg will, und die antiken Kampfhunde

Hier wurde unser Gespräch unterbrochen. Onkel Sepp gab mir den Hirtenstab zurück und erhob sich vom Klappstuhl. Denn auf dem Kiesweg an den Dahlien entlang hatte soeben meine Mutter den Garten betreten, ihr folgte die angeregt plaudernde Gesellschaft. Als sie uns unter dem Holunderbaum erblickte, kam sie über den Rasen auf uns zu und rief: »Hier finde ich meine Wahrheitssucher!« Sie hatte das tiefschwarze und glänzende Haar ihrer Mutter, der »Spanierin«, und die ebenmäßigen Gesichtszüge ihres Onkels Johannes, des Lieblingsbruders ihrer Mutter, der im Oktober 1915 am Save-Fluß in Kroatien gefallen war. Hinter ihr bauschten sich im lauen Sommerwind aus einem der geöffneten Fenster des Musikzimmers die weißen Tüllgardinen – sie waren ins letzte Sonnenlicht getaucht, und das sah nun aus, als schwebte aus der Ferne ein Schleier heran, um sich auf Mutters glänzendes Haar zu legen.

Da erblickte ich den Hardt-Großvater und gleichzeitig Tante Elisabeth, die neben ihm ging; sie trug ein cremefarbenes Kleid von sportlichem Schnitt, das ihre Figur zur Geltung brachte. Aha, dachte ich, sie will es dem Rein zeigen, der seinen Besuch angesagt hat! Halb hinter ihr, neben der Hennerth-Großmutter, deren schmaler Kopf mit dem schneebleichen Haar kurz aufleuchtete, ging der Rechtsanwalt Marius Micla, der den Hardt-Großvater im Garugan-Prozeß verteidigt hatte. Zwei Schritte dahinter betrat sein jüngerer Bruder Titus den Garten, ein vierundzwanzigjähriger Mann mit hellgrünen Augen und einem Römerkopf. Er studierte Medizin und Philosophie in Jassy, der alten Hauptstadt des Fürstentums Moldau mit den vielen Kirchen und Bojarenpalästen, ein gebildeter Mensch, der sich bei jedem Besuch mit mir unterhielt und mir wie die verfeinerte Ausgabe seines älteren Bruders erschien. Doch da hörte ich schon Vaters und Gebefügi Gábors Stimmen; die beiden betraten den Garten. Und hinter ihnen kam, die Hände auf dem Rücken, der leicht gebeugte, glatzige Pfarrer Albert Mager mit der Warze auf dem rechten Nasenflügel, gefolgt von unserem Nachbarn Eisendenk und dem schlanken Abt Atanasiu von den Skitu-Klöstern, der sich seit einigen Tagen bei den Hardt-Großeltern aufhielt. Aus dem Musikzimmer erklangen die ersten Takte der verspielten Des-Dur-Consolation von Franz Liszt. Tante Leonore hatte sich an den schwarzen Stutzflügel gesetzt. Die Klänge verfingen sich, so erschien es mir, in den schwebenden Gardinen, sie mischten sich mit den Stimmen der Menschen im Schatten der Gravensteinerkrone unter dem wolkenlosen Augusthimmel in meiner Vorstellung zu einer Melodie tiefen Friedens.

Nein, der Doktor Schapira kam diesmal nicht dazu, sich mit meiner Mutter zu unterhalten. Mutter mußte sich mit dem Aufdecken des Tischs beschäftigen, den Vater und Gebefügi aus dem Pavillon geholt hatten. Die Gespräche, aus der Wohnung in den Garten mitgebracht, wurden fortgesetzt. Der feurige Dr. Marius Micla hielt Großvater eine Rede über die »Legion Erzengel Michael«, der er, Marius, ebenso angehörte wie sein Bruder Titus. Er sprach davon, daß der König dem Führer der »Legion«, Corneliu Codreanu, seit einiger Zeit nachstelle. »Wir werden unser Land«, sagte Marius und blickte Großvater an, der sich mit verschränkten Armen an den Stamm des Gravensteiners gelehnt hatte, »wir werden unser heiliges Rumänien aus den Klauen der verlogenen Bürgerparteien und bestechlichen Staatsbeamten erlösen, wir werden die ausländischen Blutsauger und semitischen Finanzhaie, die Malaxa und wie sie sonst heißen mögen, zum Teufel jagen!« Sein Bruder Titus war neben ihn getreten; mir fielen wieder dessen hellgrüne Augen auf. »Ach«, rief Tante Elisabeth hinter mir, »ich hole das größere Tischtuch, Mutter! Außerdem brauchen wir noch von den Papierservietten.« Hier mischte sich Titus ins Gespräch. Seine klangvolle Stimme stand in auffallendem Gegensatz zu allem, was sein ungestümer Bruder sagte und tat. Er sprach ebensogut deutsch wie dieser; die beiden hatten das deutsche Honterus-Gymnasium in Kronstadt besucht. Titus sagte: »Es geht um alles. Wenn sich König Carol zusätzlich zum Skandal seiner Diktatur auch noch eine jüdische Geliebte leistet, ist der Stolz dieser Nation mit Füßen getreten. Korruption umgibt ihn. In dem Sumpf suhlt sich die Mischpoke – jüdische Großkapitalisten, die noch gestern als Zinswucherer aus Galizien in die Moldau schwärmten und unsere Bauern zu Bettlern machten. Sie hängen im Schutz der königlichen Mätresse wie Blutegel am Volk. Dies Land braucht eine befreiende Kraft. Wir, die Legionäre, sind diese Kraft. Und der Tod, wenn es sein muß, ist unser Kampfgefährte...« Der junge Mann mit dem Römerkopf und dem Römernamen sagte all dies sehr höflich, ohne auch nur andeutungsweise den Ton zu heben. Ich fühlte deutlich, daß Titus nicht nur sagte, was er dachte, sondern auch tun würde, was er sagte.

»So ist's!« rief Marius. »Was halten Sie davon, Herr Hardt?« drang er in Großvater. »Sie kennen die Welt.«

»Wie sich das anhört«, sagte Großvater, der vor zwei Tagen aus Amsterdam zurückgekehrt war, »die Welt kennen.« Er öffnete die Silberdose und entnahm ihr eine der selbstgedrehten halben Zigaretten, er lachte mit den Augen und sagte: »Lieber Marius, dann müßt ihr auch die Franzosen und Belgier zum Teufel jagen, die als tüchtige Ingenieure auf den Ölfeldern bei Ploieşti arbeiten, die Schweden und die Deutschen, die uns die besten Straßen hierzulande, die böhmischen Bergleute, die im Erzgebirge die Minen bauen. Welchen Vorteil hätten die Menschen in diesem Land davon? Nein, die Welt, von der du sprichst, bewegt sich nicht auf die nationalen Alleingänge zu. Die Völker sind zum Einvernehmen miteinander gezwungen. Wirtschaft, Handel und Wissenschaft weisen ihnen den Weg dazu... Wehe dem in Zukunft, der dies übersieht!« Er schob die halbe Zigarette ins Mundstück aus Lindenholz und nahm es zwischen die Zähne, sah Titus an und sagte:»Ich halte eure Ansichten für kurzsichtig und gefährlich. Und wer weiß, frage ich mich, wer weiß, wann ihr dann auch uns verjagt, die wir seit achthundert Jahren hier sitzen ...«

»Aber ich bitte Sie, Herr Hardt!« riefen die Brüder fast gleichzeitig. Marius Micla hob die ausgebreiteten Arme. Titus sagte:»Wir sind Freunde der Deutschen, Herr Hardt. Wir bewundern Ihr großes Volk.« Seine Stimme klang auch jetzt schön und maßvoll:»Unser heiliges Ziel ist die Reinigung des Landes von den Parasiten.«

»Ja«, sagte Großvater,»und dabei schreckt ihr ›Legionäre‹ auch vor Morden nicht zurück – zuletzt mußte Duca, der Ministerpräsident, dran glauben.«

Marius fuhr auf, doch Titus legte ihm die Hand auf den Arm und sagte unverändert höflich:»Nein, Herr Hardt, wir schlagen nur zurück. Wer einen von uns tötet, den töten wir.«

Seit dem Tod ihres Vaters vor drei Jahren besuchten die Brüder Micla in jedem Sommer den Hardt-Großvater, ein Zeichen der Dankbarkeit dafür, daß dieser, als ihr Vater bei einer vom Malaxa-Konzern an der Bukarester Börse herbeigeführten Baisse um sämtliche Aktien gekommen war, ohne Zögern auf die Bitte um Hilfe reagiert hatte – Gegenleistung für einen Dienst, den der Verstorbene, ein Freund des Richters Barga, Großvater im Garugan-Prozeß erwiesen haben soll, wie ich einmal gehört hatte. Vom Hardt-Großvater im Hennerth-Haus eingeführt, hatten sich die Brüder hier bald der Zuneigung aller erfreut, und Titus, der jüngere, hatte sich in Tante Leonore verliebt. Sooft ich ihn sah, empfand ich eine maßlose Eifersucht, die sich in schmerzvoller Weise mit meiner Zuneigung zu ihm paarte. Sie entsprang meinem Gefühl, Tante Leonore ebenso aussichtslos zu lieben wie er. Titus Micla gehörte zu jenen ehrgeizigen Rumänen, die vormals, als die Deutschen dortzulande etwas galten, den gesellschaftlichen Aufstieg nicht zuletzt darin suchten, eine Deutsche zu heiraten. Er ließ keine Gelegenheit ungenützt, Tante Leonore Aufmerksamkeiten zu erweisen. Alles, was der junge Mann, dessen Mutter eine Griechin war, sagte und tat, hatte Stil. Wenn ich an den »feschen Gerhard« dachte, der manchmal bei uns auftauchte und sich dann jedesmal hartnäckig um Tante Leonore bemühte, kam mir nicht der geringste Zweifel an meiner Sympathie für Titus Micla. Vor wenigen Wochen erst hatte ich auf dem Tisch in Großmutters Pendülezimmer, angelehnt an die Schale aus kobaltblauem Murano-Glas, eine Ansichtskarte mit dem Wiener Stephansdom vor wolkenlosem Himmel gesehen; der Medizin- und Philosophiestudent Titus Micla war der Absender der an Tante Leonore gerichteten Zeilen. Er schrieb, daß er sich zu einem vorbereitenden Besuch in Wien aufhalte; er habe die Absicht, an der Alma Mater Rudolphina beginnend mit dem Wintersemester den »Zugang zu den deutschen Meistern des Gedankens« zu suchen; von Kind an sei ihm das Studium an der Universität in Wien als das höchste Lebensglück erschienen. Mir hatte sich das Herz zusammengekrampft bei dem Gedanken, daß Titus in Tante Leonores Nähe leben würde... Und schon ein paar Tage später hatte ich ein Gespräch zwischen Tante Leonore und der Hennerth-Großmutter gehört, das mich so aufwühlte, daß ich noch tagelang litt, weil es mir die Hoffnungslosigkeit meiner Gefühle für Tante Leonore klarmachte. »Ach, weißt du, Mutter«, hatte Tante Leonore gesagt, »ich habe Titus klargemacht, daß er gar nicht in mich verliebt ist, sondern in mein Klavierspiel. Ich bin gerne mit ihm zusammen, ich kann über tausend Dinge mit ihm sprechen. Aber das ist auch alles.«

»Bist du dir da so sicher?« hatte Großmutter gefragt.

Tante Leonore hatte geantwortet: »Ich habe zu ihm gesagt: Das ist so, Titus, als würde ich glauben, ich sei in Sie verliebt – dabei ist es aber Ihr Augustus-Kopf, der mich beeindruckt.«

»Was hat er dir darauf geantwortet?« hatte Großmutter wissen wollen.

»Er hat laut und lange gelacht... Und außerdem«, hatte Tante Leonore in ihrer eindeutigen Art abschließend hinzugefügt, »außerdem gibt's jetzt für mich nichts anderes als die beiden Abschlußprüfungskonzerte in Salzburg und Wien. Ich lasse mich nicht ablenken. Ich habe noch viel zu arbeiten. Und danach bin ich wahrscheinlich ohnehin lange unterwegs. Sofern die Dresdner Konzertagentur ihr Versprechen hält...«

Dr. Schapira hatte sich auf einer der Gartenbänke neben dem Bauern Eisendenk niedergelassen. Während Bestecke und Gläser auf dem Tisch klirrten und ich die Hennerth-Großmutter Papierservietten falten sah, hörte ich, wie sich die beiden über den Anbau der Zuckerrübe unterhielten. Dr. Schapira nickte, als Martin Eisendenk, ein grobknochiger, hochgewachsener Mann mit faltigem Gesicht, von seiner Erfahrung in der Viehfütterung mit Rübenrückständen berichtete, »sowohl naß als trocken«, sagte er und fügte hinzu: »Aber unser Boden ist zu steinig, und hier, unter dem Butschetsch, ist das Klima zu rauh. Bei denen in Brenndorf ist das anders. Die haben auch die Zuckerfabrik in der Nähe... Na ja, ich hab's versucht. Die Landwirtschaft wird immer mehr zur Industrie. Wir Burzenländer gehen diesen Weg schon.«

Gebefügi war herübergekommen und hatte sich zu den beiden gesellt. Das Gespräch nahm eine Wende, ich hörte, wie

der alte Rabbiner mit Gebefügi und Eisendenk umständlich
über Fragen der Bienenzucht redete – über den Unterschied
zwischen dem Waldhonig in der Hargita und dem Linden-
und Obstblütenhonig im Burzenland. Als Gebefügi erzählte,
wie ihm seine Frau Margit eine nicht unerhebliche Schnittwunde mit dem dunklen Hargita-Tannenhonig behandelt
und geheilt habe – er strich sich dazu einige Mal über die
Wange –, berichtete Dr. Schapira, daß ihn sein Vater als
Junge mit dem hellen Kleehonig von den Uferwiesen des
Samosch »oben in Sathmar« vor den bösen Folgen eines
Schlangenbisses bewahrt habe. »Es war eine Kreuzotter«,
sagte er und nickte. »Im übrigen«, wandte er sich unvermittelt
an Eisendenk und sah diesen ernst an, »im übrigen, Sie haben
einen trefflichen Sohn...«
Eisendenk blickte dem Rabbiner, der »trefflich« gesagt hatte,
ruhig in die Augen. »Trefflich«, sagte er, »so, so.«
Zwar hatte ich keine Vorstellung, was damit gemeint war,
doch begriff ich, daß Pauli soeben Hilfe von unerwarteter
Seite erhalten hatte. Eisendenk brummte noch etwas, was ich
aber nicht verstand, weil Großvater hinter mir in ungewohnt
gereiztem Ton sagte: »Hör, Marius, mir genügen die politischen Faseleien meiner deutschen Landsleute in Siebenbürgen. Diese lächerlichen Fabritianer und Bonfertianer haben
sich bei den braunen Flegeln in Deutschland angesteckt, sie
schlagen sich die Schädel auch ohne die Parolen deiner
›Legionäre‹ ein. Das erste, was ich in der Zeitung las, als ich
vorgestern hier eintraf, war ein Bericht über eine ihrer ›Saalschlachten‹. Und dann lief mir auch schon ein Esel über den
Weg, der sich brüstete, irgendeinem ein Stuhlbein über die
Nase gehauen zu haben. Das halten sie für Politik. Sind die
hier alle zu Hornochsen geworden? Nichts weniger brauchen
wir paar Deutschen in Siebenbürgen als die politischen Muster der Reichsdeutschen. Wer sie übernimmt, handelt gegen
die Erfahrung dieses Landes... Saalschlachten!« Das brach

in verhaltenem Zorn aus Großvater.»Die Carol-Regierung«,
fuhr er fort,»schnürt uns, den Minderheiten, das Leben ab.
Sie läßt uns um Schulen, Vereine und Gewerbe fürchten. Die
Gesetzesmacher tricksen uns steuerlich aus. Und unseren
Nabelbeschauern steht der Sinn nach Saalschlachten! Das
Lachhafte daran ist, daß sie alle miteinander für Hitler sind
und nur darüber streiten, wer von ihnen es mehr ist – die
Anhänger des Fritz Fabritius oder die des Fred Bonfert...
Nein, nein, Europa ist ein Narrenhaus. Jeder steckt jeden mit
seinen Tobsuchtsanfällen an. Stalin, Mussolini, Hitler,
Franco, hier der königliche Diktator Carol – und nun auch
euer ›căpitan‹ Codreanu!...«
Aus dem Musikzimmer erklang Mozarts F-Dur-Klavierso-
nate. Tante Leonore hatte sich mit der Liszt-Consolation
warm gespielt. Mit ihrem federnden Anschlag spielte sie
gerade die Schlußtakte des ersten Satzes. Tante Elisabeth
rief:»Sind die belegten Brötchen immer noch nicht fertig?
Wo bleiben Margit, Katalin und Rosi?« Sie ist heute besonders ungeduldig, dachte ich. Großmutter sagte beruhigend:
»Sie werden bald da sein. Rick, hol bitte noch vier Flaschen
Borsec-Mineralwasser...« Titus Micla ging drüben vor den
Dahlien auf und ab; er hörte selbstvergessen dem Klavierspiel
zu.
Auf der Bank vor der Hecke saß der Pfarrer Mager, den meine
Schwester Maria aus unerfindlichen Gründen»den Magier«
nannte; er rieb sich in einem fort die Glatze und erklärte
Onkel Oskar, der mit in Falten gelegter Stirn zwischen ihm
und dem Abt Atanasiu saß,»wie die jungen geistlichen Kräfte
in Deutschland den Weg der Verschmelzung von christlichem
und nationalsozialistischem Gedankengut gehen«, und
freue ihn, sagte er, daß»dies vor allem die Geister unserer
evangelischen Kirche tun«; er versuchte meinem Onkel Oskar klarzumachen,»daß in Siebenbürgen die gleichen Wege
beschritten« werden müßten. »Es liegt in der Natur der

Dinge«, sagte er mit weicher Stimme, »unser Christtag ist ja von jeher nichts anderes als das alte germanische Julfest.«
»Was, bitte«, fragte Onkel Oskar, »was haben die Germanen mit den Nationalsozialisten zu tun?«
»Aber lieber Doktor Hennerth!« rief der freundliche Geistliche unter zustimmendem Kopfnicken des Abtes Atanasiu, der kaum deutsch sprach und zu allem nickte, was die beiden sagten, »Germanentum, Christentum, der moderne Rassegedanke... Chamberlains ›Grundlagen des 19. Jahrhunderts‹, Rosenbergs ›Mythus des 20. Jahrhunderts‹!... Und wie sollten denn wir paar Deutschen hier in der Diaspora uns aus dem gewaltigen Geschehen des erwachten Muttervolkes heraushalten? Wer sind wir denn?« Da erstarrte Onkel Oskars in Falten gelegte Stirn vollends, und der Abt Atanasiu, der dies sah, nickte auch dazu lebhaft und blickte kurz auf die große Nasenwarze des »Magiers«.
Onkel Sepp fragte mich: »Machst du einen Spaziergang mit mir durch den Garten?«
»Ja!« sagte ich.
»Es wird dunkel«, murmelte er, »Zeit für mich zu gehen.«
Als wir am Gravensteiner vorbeigingen, hatte Marius Micla wieder die Arme gehoben, er rief: »In Berlin wird heute Europas Schicksal entschieden, Herr Hardt, in Berlin! Seien Sie als Deutscher stolz darauf. Nur in Berlin sind heute Kraft und Wille vorhanden, diesem alten Erdteil, ja der ganzen Welt einen neuen Geist zu schenken. Die Demokratien des Westens sind dazu nicht imstande, der Kapitalismus ist gescheitert, und im Osten lauert der Kommunismus.«
Wegen seines kranken Fußes konnte der Rabbiner nur langsam gehen. Meine Schwester Maria und Willi Kurzell kamen uns zwischen den Bäumen entgegen. Willi hatte die Violine in den Geigenkasten gepackt, den er unter dem Arm trug. Hinter uns hörte ich die Klänge des langsamen Sonatensatzes, ihre schwebende Ausgewogenheit dämpfte das Stimmen-

gewirr unter dem Gravensteiner. Wir standen neben dem Gartenpavillion und lauschten der Musik. Als spräche er mit sich selber, sagte Dr. Schapira: »Wie sicher diese Musik ist. Hört ihr's? Und ihre Kraft hat nichts Gewaltsames.« Willi Kurzell nickte lebhaft. »Komm«, sagte Maria, »komm, Willi, wir gehen zu Tante Leonore.« Wir blickten ihnen nach. Dr. Schapira nickte und sagte: »Die beiden gehen zu Wolfgang Amadeus Mozart.«

Als wir, von Tante Leonores Klavierspiel begleitet, beim Gravensteiner eintrafen, war es dunkel geworden. Vater zündete die drei Lampions an, die er in die Äste gehängt hatte. Frau Margit Gebefügi und Katalin kamen mit vollen Tabletts an den Dahlien vorbei in den Garten; Katalins Erdbeermund leuchtete im Lampionlicht, und als sie Willis Blick begegnete, wurden ihre Lippen dunkel wie Blut. Hinter ihr, ein heißes Backblech mit dampfendem Hanklichkuchen vor sich, kam Rosi, von Vater »Rosinchen« getauft, eine junge, dralle Bäuerin, die als Kind armer Leute einige Jahre in meinem Elternhaus zugebracht hatte; seit ich sie kannte, erinnerte mich ihr Gesicht an einen reifen Boskopapfel. Doch ehe sich Dr. Schapira nun von den Eltern und von der Hennerth-Großmutter verabschiedet hatte, erblickte ich plötzlich Gerhard Göller. Keiner von uns hatte gesehen, wann er in den Garten gekommen war. Wie aus dem Nichts aufgetaucht, stand er unbeweglich im Halbdunkel.

Dieser Gerhard Göller war ein Vetter zweiten Grades meines Vaters, mit dessen Familie Vater freilich keinerlei Verbindung pflegte, ein vierundzwanzigjähriger mittelgroßer, athletischer Mann. Wer ihn länger beobachtete, bemerkte, daß er manchmal den Kopf in einer Weise hob, die das kräftige Kinn sehr deutlich zeigte; das dauerte immer nur wenige Sekunden. Er hatte, wie am Mittagstisch einmal zu hören war, im »Reich« sportliche Erfolge. Wer ihn näher kannte, der wußte, daß es zu seinen Eigenheiten gehörte, von niemandem eingeladen bei Verwandten und Bekannten aufzutauchen. Niemals verlegen um ein Entree, war er einfach da, selbst wenn man ihn in Hamburg oder Berlin vermutete. Unklar war, womit er sich beruflich beschäftigte. Was immer er aber tat und sagte, es hatte die Aura harter Lebensstimmung, unbedingter Entschlußkraft, für die es kein Problem gab. Dazu paßte es, daß er, sooft er aus Deutschland nach Siebenbürgen kam, um im Auftrag des »Nationalsozialistischen Reichsbundes für Leibesübungen« in den Städten Vorträge zu halten, an einer mehrfach geflochtenen und geteilten Lederleine drei Hunde bei sich führte, drei Kampfhunde, die trotz Gerhards muskulöser Faust bei jedermann Schauder erregten, denn was würde geschehen, wenn Gerhard die Muskelballen zum Angriff freigab? In mir jedenfalls stiegen unbehagliche Empfindungen auf, wenn sich mir der »fesche Gerhard«, wie ihn die Leute nannten, näherte; vor den mit triefenden Lefzen gegen die Leine gestemmten Tieren hätte ich am liebsten Reißaus genommen. Dennoch bewunderte ich Gerhard und war manchmal unglücklich darüber, daß er mich kaum beachtete. Er kam selten ins Hennerth-Haus.

Der größte der Hunde war ein Molosser, ein Mastino Napolitano, ein massiges Tier von über achtzig Kilo, »eine Kampfmaschine«, wie ich Gerhard hatte sagen hören, »schon die Perser, Griechen, Römer und Germanen zogen Kampfhunde aus ihnen«. Der zweite gehörte jener vor Angriffslust ständig geifernden Rasse der Pittbull-Terrier an, die ohne Aufwand für jede Art von Kampf geschult werden können. Beim dritten Hund handelte es sich um einen schwarzen Rottweiler mit breitem Kopf und angeborener Stummelrute; er stand den beiden anderen an Kraft nicht nach und war, wie Gerhard ebenso herablassend gesagt hatte, »gleich seinen Kumpeln eine bedingungslose Angriffswaffe«. Unerklärlich ist mir bis heute, wie Gerhard es zustande brachte, die drei auf mörderische Art scharfgemachten Tiere so zusammenzuhalten, daß sie nicht übereinander herfielen, und daß er nicht die geringste Furcht davor zeigte, das Kampfmaschinentrio könnte sich in seiner Unberechenbarkeit auf ihn stürzen. Auch diesmal hatte Gerhard die Hunde bei sich. Ich sah, wie Tante Elisabeth bei seinem Anblick zusammenfuhr, und noch ehe der neue Gast unter dem Gravensteiner angekommen war, stand sie neben Vater. Ich hörte, wie sie ihm zuraunte:»Um Gottes willen! Rick, der Göller!... Jung ist doch in seinem Zimmer – oder?«

Vater stand mit dem Rücken zu Gerhard Göller, er legte die Streichhölzer, die er zum Anzünden der Lampionkerzen verwendet hatte, auf den Tisch und sagte leise:»Keine Sorge. Jung ist ein vorsichtiger Mann.«

Tante Elisabeths Stimme zitterte:»Sag dem Kerl, er soll wenigstens seine Bestien wegbringen, wenn er es schon nicht lassen kann, überall herumzuschnüffeln. Was sucht der hier? Deine Langmut ist mir unverständlich!...«

Vater nickte beruhigend. Doch ehe er etwas unternahm, war Gerhard schon ein Stück im Garten nach hinten gegangen, um die Hunde getrennt je an einem Baum festzubinden. Er hatte es freilich erst getan, nachdem er im plötzlichen Schweigen der Gesellschaft eine Zeitlang regungslos zwischen den Hunden verharrt hatte. In den milden Schein der gelben, blauen und blaßroten Lampions getaucht, hatte er den Kopf mit dem eckigen Kinn gehoben und dazu in die Mozartmusik hinein mit seiner merkwürdig rauhen Stimme gesagt:»Heil Hitler!«

Im Augenblick darauf sah ich Dr. Schapira den Garten verlassen. Vater erreichte ihn mit wenigen Schritten und begleitete ihn. Ich lief ihnen nach und ging zusammen mit ihnen bis nach vorne zum Hoftor. Er wolle, sagte der Rabbiner, den Abendzug nach Kronstadt erreichen.»Und du«, sagte er zu mir,»du versprichst mir, jetzt zu Tante Leonore zu gehen. Zu Mozart.« Ich nickte.

Doch ich kam nicht dazu, das Versprechen zu halten. Denn gerade, als ich die Wohnung betreten wollte, kamen mir Tante Leonore, meine Schwester Maria und mein Bruder Holger entgegen. Sie waren auf dem Weg zur Gesellschaft unter dem Gravensteiner. Als wir den Garten betraten, ging Tante Elisabeth eilig an uns vorbei nach vorne. Vater sagte zu seiner Schwester Leonore:»Gerhard Göller ist da.« Tante Leonore stockte kurz und sah Vater fragend an. Unter dem Apfelbaum waren die Tabletts mit den Brötchen herumgereicht worden. Jemand hatte die im Licht der Lampions festlich schimmernden geschliffenen Gläser in einer schnurgeraden Reihe in die Mitte des Tisches gestellt. Auf dem Etikett der Flasche, aus der Vater einzuschenken begann, las ich:»Kokeltaler Mädchentraube, Weingüter Ambrosi«, darunter stand rumänisch:»Feteasca Valea Tîrnavelor, Viile Ambrosi.« Vater ging reihum und bot die vollen Gläser an. Es beruhigte mich, ihn gutgelaunt zu sehen, erst recht, als Tante Elisabeth zurückkam und die fragenden Blicke meiner Mutter und Großmutter mit einem leichten Kopfneigen beantwortete. Als Pfarrer Mager am Glas genippt hatte, sagte er feierlich zum Abt Atanasiu:»Duft der Weinblüte, Aroma des Honigs – unser gesegnetes Heimatland!« Dabei leuchtete seine Glatze. Der Abt nickte. Titus Micla brachte in gepflegtem Deutsch, an die Großmutter gewendet, als erster einen Trinkspruch aus:»›Die Zahl der Tropfen, die er hegt, sei euren Tagen zugelegt!‹ ... Prosit mit ›Faust‹, verehrte Frau Rektor!« Marius blickte seinen Bruder stolz an. Gebefügi stand hinter der Bank, auf der Onkel Oskar und die beiden Geistlichen saßen. Großvater prostete den Micla-Brüdern zu:»Zum Gedenken eures Vaters!« Gerhard hatte Tante Leonore in ein Gespräch verwickelt, zu trinken lehnte er ab. Er sagte gerade zu ihr:»Es waren ja schließlich die österreichischen Turner und Bergsteiger, die schon im Jahr 1887 den Arierparagraphen in ihre Vereinssatzungen aufnahmen.« Aha, sagte Tante Leonore etwas spöttisch, als Sportsmann meide er Alkohol. Wieso bemerkte er eigentlich nicht, daß sich die hübsche Tante Leonore viel lieber mit Titus unterhalten hätte.»Ach, ja, die Arier«, sagte Tante Leonore. Ich wußte nicht, wer die Arier waren. Ehe ich danach fragen konnte, zog mich Katalin zur Seite und steckte Willi Kurzell, Maria und mir eigens von ihr zubereitete Brötchen zu, indem sie sagte:»Diß ist ein Räucherwurst aus Ost-Kárpátok. Ist sich von Margit. Schmäckt särr gutt. Hot ein schweinärnäs Gäschmack.« Wir schüttelten uns vor Lachen, und Horst, gerade eingetroffen, wurde die Nachricht, daß der am Finger lädierte Wanki in die Stadt gebracht worden war, nur zur Hälfte los. Auch für ihn war der»schweinärnä Gäschmack«, den Katalin als famose Eigenschaft der von Frau Margit gemachten geräucherten roten Paprikawurst aus dem Szeklerland empfahl, zuviel des Guten. Er konnte sich vor Lachen nicht halten und ließ sich rücklings ins Gras fallen.

Obgleich Gerhard nicht der Mann war, schnell aufzugeben, war es Tante Leonore gelungen, sich ihm zu entziehen; Marius hielt ihn in einem Gespräch fest. Tante Leonore stand mit Margit Gebefügi im Halbdunkel vor den Johannisbeersträuchern. Sie schwatzten und lachten, wobei Tante Leonore jedesmal ihren braunen Wuschelkopf zurückwarf, und ich sah in Margit Gebefügis oberer Zahnreihe die mir bekannte Lücke. Meine Mutter trat auf Gebefügi Gábor zu, sie hatte Holger an der Hand. Ich hörte ihre helle Stimme über dem Lachen und den Gesprächen ringsum, als sie dem rotbärtigen Mann auf ungarisch zurief:»Gábor, wann haben wir zwei zum letztenmal miteinander Csárdás getanzt?«

»Es ist lange her, Johanna«, sagte der Szekler,»wir müssen es bald wieder versuchen.«

Da fiel mir auf einmal die Ähnlichkeit meines Bruders Holger mit Paulus Georg Roth auf, dem Musiker, von dessen Hinrichtung ich durch die Hennerth-Großmutter wußte. In ihrem Besitz befand sich eine Rötelzeichnung des jungen, schmalköpfigen Mannes mit den fragenden Augen. Schon vor Jahren, sooft Tante Leonore Holger auf den Klavierstuhl gehoben und Holger eine Allemande oder ein Menuett aus dem »Notenbüchlein für Anna Magdalena Bach« gespielt hatte, waren es seine Augen gewesen, die mich in Erstaunen versetzten. Jetzt wurde mir bewußt, daß er, je älter er wurde, unserem Ururgroßvater auf der Zeichnung immer ähnlicher sah, als wäre er dessen jüngerer Bruder und nicht durch einige Generationen von ihm getrennt.

Ich ging zu Großvater, der mit einem halbvollen Weinglas in der Hand auf der kleinen Gartenbank neben Großmutter saß und soeben sagte: »Nein, sie bedauert es, nicht dabei sein zu können. Sie hat wieder ihre Kopfschmerzen.« Na ja, dachte ich, die Hardt-Großmutter, die immerfort leidet. Ich sagte zu Großvater: »Ich muß dich etwas fragen.«

Er nickte und sagte: »Laß hören!«

»Wer sind das, die Arier?«

Großvater trank das Glas zögernd leer, reichte es mir und sagte: »Kannst du mir noch einmal einschenken?« Ich ging zum Tisch, füllte das Glas und kam zurück. Mit einem Schluck trank er das Glas zur Hälfte aus und fragte: »Du verstehst dich doch gut mit Onkel Sepp? Stimmt's?«

»Ja«, sagte ich, »sehr gut... Ist Onkel Sepp ein – so ein Arier?«

Großvater sah mich nachdenklich an und fragte: »Von wem hast du das Wort gehört?«

»Der Gerhard hat's zu Tante Leonore gesagt.«

Großvater pfiff kurz und leise durch die Zähne, und als er mich diesmal ansah, hatte er die blauen Blitze in den Augen; mit Nachdruck sagte er: »Dann vergiß es... Vergiß es schnell und für immer.«

»Das kann ich nicht«, sagte ich, »ist es etwas Unrechtes?«

Großvater blickte das Glas lange an, ehe er sagte: »Nein, nein.

Es ist nichts Unrechtes! Es kommt nur darauf an, wer es in den Mund nimmt. Es kommt immer darauf an, wer etwas sagt... Und was hat deine Tante Leonore dazu gemeint?« wollte er wissen.

»Die hat ›Ach, ja‹ gesagt und ist weggegangen«.

»Soso!... Hol mir noch mal von dem Wein«, sagte Großvater, »geh schon!«

Doch ich wollte es wissen. Als ich mit dem vollen Glas wieder vor ihm stand, fragte ich:»Sagst du's mir morgen, Großvater?« Er wirkte abwesend.

»Ich werde es dir sagen. Doch dazu brauchen wir länger. Am besten, wir laufen wieder einmal durch den Wald und holen Kräuter. Es ist eine gute Zeit für die Schafgarbe. Außerdem brauche ich etwas Rainfarn.« Danach blickte Thomas Hardt mit unbewegtem Gesicht zu Gerhard hinüber. Ich hörte, wie Marius Micla zu Gerhard sagte:»Alles deutet darauf hin, daß König Carol unseren ›căpitan‹ Codreanu festnehmen lassen will. Wer weiß, ob er nicht erwägt, ihn umbringen zu lassen... Wir werden nicht mehr lange warten!« Vater stand schweigend dabei. Göller nickte Micla energisch zu. Titus unterhielt sich jetzt vor den Johannisbeersträuchern mit Tante Leonore; Frau Margit war zu ihrem Mann gegangen, der sich mit Mutter unterhielt. Da rief Göller:»Codreanu umbringen?«

»Laß ihn, Thumes«, sagte die Hennerth-Großmutter in diesem Augenblick beschwichtigend zu Großvater, dessen Blick sie bemerkt hatte,»laß ihn, er ist einer dieser jungen Draufgänger, die alles besser wissen und alles besser machen wollen als die Väter. Auch ihm wird das Leben die Flügel stutzen.«

»Du magst recht haben«, sagte Großvater und trank das Glas leer,»aber so, wie die beschaffen sind, verderben sie vorher uns und unsere Nachkommen...« Mich beschlich eine Ahnung, warum Thomas Hardt in den letzten Monaten zunehmend von Unruhe befallen war und auf Reisen ging, über die er nichts erzählte.

Doch an diesem Abend unter dem Gravensteiner kam dann alles ganz anders als bei den bisherigen Festen im Garten des Hennerth-Hauses. Zwar fiel mir auf, daß Tante Elisabeth ihrer Ungeduld nicht gewachsen war, auch nicht, als ihr Verlobter Hermann Rein eintraf. Der aus eigener Kraft vom Waisenkind zum erfolgreichen Unternehmer aufgestiegene Mann, der seine Geschäfte in Bukarest betrieb, wo er die Bayer AG Leverkusen und die Hoechst AG Frankfurt am Main vertrat, trug ausschließlich maßgeschneiderte englische Kammgarnanzüge. Er ließ Tante Elisabeth seit Jahren mit der Heirat warten, weil er meinte, immer noch zu wenig Geld für die Ehegründung zu haben – so wie er als Kind für alles immer zu wenig Geld gehabt hatte. Ja, es mußte einen Disput zwischen den beiden gegeben haben. Denn als Tante Elisabeth den Garten betreten hatte, war sie darum bemüht gewesen, ihren Zorn zu beherrschen. Ihre Wangen waren gerötet, und als Rein nun nach längerer Zeit endlich zur Gesellschaft stieß, schaute sie an ihm vorbei, erst recht, sooft er ihren Blick suchte. Nein, leicht hatte er's mit Tante Elisabeth nicht, hinter ihrer Selbstbeherrschung verbargen sich Unberechenbarkeit und auffahrendes Wesen. Gab sie dem nach, war sie mit einer durch nichts zu bremsenden Durchschlagskraft von der Richtigkeit ihres Tuns durchdrungen. Ging der Zustand vorbei, wurde sie wieder der anschmiegsame Mensch, dessen Teilhabe jedem galt, der ihrer bedurfte. Ein Mann, dessen Leben im Zeichen niemals in Frage gestellter Ordnungsvorstellungen verlief – von der Armut der Kindheitsjahre an über die Härte der Lehrzeit bis zu den in eiserner Sparsamkeit verbrachten Jahren der beruflichen Existenzgründung –, mußte das Ungestüm dieser Frau doppelt empfinden. Hermann Rein hatte es nach dem Betreten des Gartens als Gebot der Höflichkeit empfunden, sich neben die Hennerth-Großmutter zu setzen. Doch fiel mir diese Beobachtung erst später wieder ein.

Denn zunächst tanzte meine Mutter mit dem Szekler Gebefügi Gábor einen Csárdás, zu dem Vater zwar nicht mit der Geige aufspielte, zu dem vielmehr Gebefügi aus voller Brust zuerst den langsamen, von ihm allein getanzten Teil, den »lassu«, und danach die feurige »friska« sang, bei der er sich mit Mutter in schnellen Wirbeln drehte, von allen mit Händeklatschen im Takt begleitet. Auch tollten wir Kinder wie üblich durch den dunklen Garten; Holger war von Katalin zu Bett gebracht worden, Pauli und seine Schwester Martha waren über den Zaun zu uns geklettert. Ich fragte Pauli: »Hast du Prügel gekriegt?«

Er sagte: »Nein.«

»Dann kriegst du auch keine mehr, denn du bist ein trefflicher Sohn.« Pauli nickte.

Und auch diesmal, wie hätte es anders sein können, kamen unser Hausarzt Dr. Neguş und sein Sohn Ovidiu zu spät. Dr. Neguş war so alt wie Vater, hatte zuerst in Paris, woher auch seine vor zwei Jahren verstorbene Frau stammte, danach in Halle an der Saale studiert und führte eine gutgehende, dem Hennerth-Haus gegenüberliegende Praxis. Die beiden wurden diesmal von der Schwester der Verstorbenen, Dr. Neguş' Schwägerin Yvonne, begleitet, die bei dem Schwager und Neffen zu Besuch weilte; sie war eine dunkelblonde Frau mit sarazenischem Augenschnitt, deren lebhafte Bewegungen mir auffielen, weil sie mich an Tante Leonore erinnerten. Wie immer begrüßte Dr. Aristide Neguş, als stünde er auf der Bühne und hätte sich mit großen Gesten verständlich zu machen, alle mit dröhnendem Bariton, küßte den Frauen die Hand, umarmte Vater mit Überschwenglichkeit und spazierte dann mit dem Abt Atanasiu unter dem Gravensteiner, dem Boskop und der Goldparmäne hin und her, indem er auf seine rumänischen Landsleute aus dem Süden des Landes schimpfte: »Purligarii şi huliganii ăştia puturoşi din vechiul regat ne strică Ardealul«, »Diese stinkfaulen Taugenichtse und Straßenlümmel aus dem alten Königreich verderben uns Siebenbürgen!« Er schrie fast: »Überlegen Sie doch einmal, Hochwürden, was die für Maßstäbe hierher mitbrachten: ›E băiat hoţ‹, ›Er ist ein Dieb‹, lautet die höchste Anerkennung, die sie guten Gewissens einem lebenstüchtigen Menschen zollen... Nein«, ereiferte er sich und blieb vor dem Abt stehen, »die Karpaten sind nicht nur eine geographische Grenze und Trennlinie, sie sind auch eine Grenze der Kultur, des Denkens. Die Aufklärung machte vor ihnen Halt. Descartes' ›Cogito, ergo sum‹ und Kants ›Kategorischer Imperativ‹ drangen nicht über sie nach Süden vor.« Indessen unterhielt sich die etwa dreißigjährige Mademoiselle Yvonne, über die Owi mir gesagt hatte, sie sei »eine Kommunistin« und habe deshalb unablässig Streit mit seinem Vater, im Halbdunkel mit Tante Elisabeth, die französisch sprach. All dies gehörte zum allsommerlichen Gartentreffen, soweit ich mich zurückerinnerte.

Das Unfaßbare des Abends, das mit einem Schlag alles verändern sollte, begann sich durch einen von niemandem in der Runde auch nur entfernt erwarteten Besuch anzukündigen, der sich gegen zehn Uhr einstellte. In Begleitung nämlich des Kunstmalers Waldemar Taucher, eines Freundes von Vater, der in Rom ein Atelier hatte und bald in der Toskana, bald in der Provence, dann wieder in Siebenbürgen lebte, wo kein Mensch von seinem Ruhm in jenen Ländern eine Ahnung hatte, betrat der Oberst Ludwig Heribert Robert von Schuß den Garten, wie immer in Tropenuniform und den Korkhelm in der Hand, mit ledern vertrockneten Wangen, lang und dürr. Ich sah, wie sich Großvaters Gesicht aufhellte. Und so war er es denn auch, der dem Oberst, seinem Kriegskameraden aus den Tagen der Brussilow-Offensive in Wolhynien, als erster entgegenging. Taucher, die schwarzen Haare in der Stirn, begrüßte Vater, winkte fahrig zu uns herüber und stand Sekunden später mit aufgeschlagenem Skizzenblock vor der Buchsbaumhecke, woher sich ihm die Gartengesellschaft im besten Licht darbot; noch bevor alle den Oberst begrüßt hatten, fuhr sein Kohlestift über das erste Blatt. Mir gab es beim Anblick des Mannes in Tropenkleidung einen Stich. Denn war es schon immer so gewesen, daß sich Vater und Großvater nach den Gartenfesten bisher jedesmal einen Spaß daraus gemacht hatten, die Büchsen zu schultern und bei Nacht und Nebel unbemerkt für einige Tage in den Wäldern zu verschwinden, so bestand nun, wenn sie zu dritt die Nasen zusammensteckten, kein Zweifel daran, daß sie mich diesmal erst recht zu Hause vergessen würden.

Aber auch dies kam anders als erwartet.

Zuerst unterhielt sich der Oberst, nachdem sich die Aufgeregtheit wegen seines Erscheinens gelegt hatte, mit der Hennerth-Großmutter, wobei er sich etliche Male mit Galanterie vor Großmutter verbeugte. Dann wandte er sich zu Großvater und Vater, der sich von Marius und Gerhard getrennt und die beiden ihrer mit Eindringlichkeit geführten Debatte unter dem Gravensteiner überlassen hatte. Hinter mir hörte ich Titus sagen:»Respekt, Fräulein Leonore, Sie leisten sich den ›Luxus der eigenen Meinung‹, wie Bismarck sagte; in unseren Zeiten kann das gefährlich sein.« Aha, dachte ich, das ist der aufrecht stehende Mann auf Großvaters Taschenmessergriff, während ich sah, wie Großmutter dem neben ihr sitzenden Rein von dem warmen, bis zu mir herüber duftenden Hanklichkuchen aufwartete. Sie hatte gemerkt, daß Tante Elisabeth ihm die kalte Schulter zeigte, und versuchte es auszugleichen, was er dankbar annahm. So erkundigte er sich interessiert nach dem Rezept. Sie backe, sagte Großmutter mit einem jener Sätze, die ihr in der Familie den Namen »die Kleistin« eingetragen hatten,»die Kronstädter Hanklich – zum Hefeteig im geschmierten Backblech kommt eine Fülle aus drei Deziliter Rahm, dreihundert Gramm frischem geriebenem Käse und drei Eiern nebst darauf gestrichenem zerhacktem Dillkraut; die obere, dünne Teiglage wird mit versprudeltem Ei bepinselt...« Ich schlich zu Taucher hinüber, dessen »Ma chère Yvonne!« und »Merci pour la lettre! Ich werde dich bald in Paris besuchen!« ich noch im Ohr hatte. Taucher hatte schon das dritte Blatt mit Gesichtern und gestikulierenden Händen gefüllt. Die schwarzen Haare fielen ihm immer wieder in die Stirn; er nagte, während er zeichnete, an seiner Unterlippe. Mit aufgerissenen Augen, als sauge er sie mit den Pupillen in sich hinein, fixierte er die Menschen, die ihm aus den ständig zerbrechenden Kohlestiften als kantige Linien auf die weißen Blätter sprangen. In diesem Augenblick hörte ich Tante Leonore neben Margit Gebefügi ausrufen: »Zum König?... Rick! Wann denn? Wann?« Die Erregung war allgemein. Auch Katalin und Willi kamen aus dem Gartendunkel herbeigeeilt, Katalin zog Willi an der Hand hinter sich. Gerhard und Marius hatten ihr weltumformendes Gespräch ebenso unterbrochen wie der Pfarrer Mager die Erörterungen mit Onkel Oskar über die Vereinbarkeit von Christentum und Wotansglauben. Auch der Nachbar Eisendenk und Gebefügi Gábor schwiegen, Dr. Neguş und der Abt Atanasiu unterbrachen ihren Spaziergang. Der Oberst sah sich fast unwillig um. Vater stand mit belustigtem Blick vor ihm. Der Oberst machte ein strenges Gesicht. Er lobte in der eingetretenen Stille den Wein. Er sei, sagte er zu Großvater gewendet und räusperte sich, er sei im Auftrag des Königs zur Vorbereitung eines Jagdunternehmens in Kronstadt gewesen. Er habe sich nach Erledigung des Geschäfts gesagt, daß ein Weg hierher das Vernünftigste wäre, um den angebrochenen Abend bei gastfreundlichen Menschen zu verbringen. Es war ihm anzumerken, daß es nicht zu seinen Gewohnheiten gehörte, eine Rede zu halten. Da habe er sich halt zum Überbringer der Botschaft gemacht, die voraussichtlich frühestens in einigen Wochen eintreffen werde. »Nanu«, sagte er plötzlich, fuhr sich mit dem Daumen durch den Bart, hob den Kopf und schnupperte in der lauen Nachtluft, »seltsame Witterung.« Er blickte Großvater an: »Sind Hunde in der Nähe? Doch nicht Jagdhunde! Oder?« Weithin vernehmbar, erwiderte Großvater: »Hunde? Ja! Und ob! Und ob!«

Ich war sprachlos vor Staunen darüber, daß der Oberst Gerhards weit hinten im Garten angebundene Kampfhunde am Geruch entdeckt hatte.

»Irgend etwas liegt in der Luft«, sagte der Oberst, »jetzt knurren sie! . . . Nun ja«, wandte er sich wieder Vater zu und nickte, »demnächst also auf Schloß Peleş bei Sinaia.«

Die Mutter hatte sich bei Vater eingehängt, ihr Gesicht war vom Csárdás gerötet. Doch Vaters gelassene Reaktion auf die königliche Einladung ins Lustschloß unter den Ostabstürzen des Butschetschmassivs glättete die Unruhe wieder und ließ auch Marius und Gerhard im Gespräch fortfahren.

Ich erinnere mich nicht mehr, wie es dann dazu kam. Plötzlich aber waren Großvater und der Oberst in den Disput der beiden einbezogen, und Vater stand, wie schon vor des Obersten Ankunft, ebenfalls dabei. Der Rechtsanwalt war in dem Gespräch mit dem »feschen Gerhard« leidenschaftlich geworden. Gerhard erschien kühl. Dennoch sah es aus, als seien die beiden drauf und dran, gemeinsam Großes zu vollbringen. Gerhard schielte einmal kurz zu Tante Leonore und Titus hinüber, auf deren Gesichtern der Schein der Lampions lag.

Vater hatte sich bisher mit keinem Wort am Gespräch der zwei beteiligt — ich hatte das genau beobachtet. Aber mit einem Mal befand er sich jetzt in Rede und Gegenrede mit Großvater, und sofort spürte ich den angespannten Ton in ihrem Wortwechsel. Ich hörte ihn nicht, ich spürte ihn.

»Ich muß dir widersprechen«, hörte ich Vaters Stimme, »was

Gerhard sagte, scheint mir richtig zu sein.« Ich war überrascht, ich wußte, daß Vater vom »feschen Gerhard« nicht viel hielt. Großvater hob verwundert und mit einem Gesichtsausdruck den Kopf, als sei er soeben aus dem Hinterhalt überfallen worden. »Ich wiederhole, Rick«, sagte er, »das bedeutet Krieg.«

»Nein«, entgegnete Vater, »den Krieg will doch keiner. Schon gar nicht einer, der ihn kennenlernte. Überleg doch, der Mann hat vier Jahre lang im Schützengraben gehockt. Er hat Artillerie, Hunger, Gas und Angst mitgemacht. So wie wir. Nein, es ist ganz unmöglich, daß einer den Krieg will, der den Krieg kennt.«

»Das gilt nicht für diesen Mann. Dieser Mann schreckt vor nichts zurück«, sagte Großvater, »im Kampf gegen Versailles hatte er die Wahrheit der Geschichte noch auf seiner Seite. Im Ausbau seiner Macht hat er sie aber an die Maßlosigkeit verloren . . . Schon gegen Röhm und dessen Leute, die ja seine Mitstreiter waren, fiel ihm nichts anderes ein als Mord. Der Mord steht an der Tür seiner Macht. Das ist alles, was er zur Lösung der Probleme bereithält und künftig bereithalten wird. Mord! Mord! Mord!«

Vater schüttelte lange den Kopf. Ich sah ihm an, daß es ihm schwerfiel, Großvater zu widersprechen. Hätte er es doch unterlassen! Aber dazu war es zu spät, der Ton, in dem sie miteinander sprachen, war schon zu angespannt. So ruhig sich beide gaben – sie redeten weiter und weiter und schnitten sich dabei gegenseitig immer mehr ins Leben. Für beide war es unfaßlich, nicht übereinzustimmen. Fast hilfesuchend blickte Vater der Reihe nach Marius Micla, Gerhard und den Oberst an, der sich wieder mit dem Daumen kurz durch den Bart fuhr. »O ja«, sagte er dennoch besonnen zu Großvater, »du hast natürlich recht. Aber wohin immer ich blicke: Revolutionen sind ohne Blut noch niemals ausgekommen.«

»Wie?« antwortete Großvater und hob den Kopf. »Ist das, was die Raufbolde vorführen, in deinen Augen eine Revolution? Ich bitte dich, Rick!« Er schwieg. Dann sagte er: »Ihre Bücherverbrennungen? Ihre hysterischen Erstickungsanfälle, die sie ›Reden‹ nennen? Ihre Menschenausweisungen? Ihr Gebrüll über Kultur, mit dem sie die geistige Elite aus dem Land jagen?... Das alles nennst du eine Revolution? Nein, ich will dir sagen, was das ist: Borniertheit ist es, mit der sie all denen, die den Deutschen ohnehin mißtrauisch gegenüberstehen, haargenau die Vorwände liefern, die sie brauchen, um sich abermals gegen sie zusammenzurotten. Hitler und seine Leute tun also das gerade Gegenteil von dem, was Deutschland und den Deutschen nützen würde... Revolution? O ja«, sagte Großvater laut und höhnisch, »eine Revolution der Geistesgestörten! Wieso siehst du das denn nicht?«

Längst hatte Vater den Ton in Großvaters Stimme gehört. Doch als Marius Micla jetzt eine Bewegung machte, hob er ihm gebieterisch die Hand entgegen. Die ganze gewinnende Ausgeglichenheit, deren er fähig war, lag noch einmal in seiner Stimme, als er sagte: »Den Vorwand finden sie auch ohne Hitler. Weil sie ihn seit langem finden wollen. Es geht ihnen gar nicht gegen Hitler. Es geht gegen die Deutschen.«

Vater war so erregt, daß er nicht weitersprechen konnte.

Großvater atmete tief ein, es klang fast wie ein Stöhnen, ehe er sagte: »Eben das meine ich doch, Rick! Und daher ist es bei der Lage seines Landes die reine Kurzsicht, ihnen auch nur ein Quentchen des Gefühls zu überlassen, sie befänden sich moralisch im Recht.« Er unterbrach sich. Dann rief er: »Tag für Tag aber ist er dabei, ihnen diesen Gefallen zu erweisen. Ich kenne sie, Rick. Ich habe unter ihnen gelebt. Ich weiß, daß sie nur darauf gewartet haben.«

»Und wie verstehst du die Äußerung des ehemaligen britischen Schatzkanzlers Churchill«, sagte Vater, »daß er seinem Land in Zeiten der Not einen Mann wie Hitler wünsche?«

»Ach, Rick, das hat der gesagt, als er's nicht besser wußte! Er redet mittlerweile längst anders!«

»Ich verstehe dich nicht, dürfen wir denn wirklich nichts gegen Versailles sagen und tun?«

»O ja! Und wir hätten uns dabei auch nicht die geringsten Skrupel zu machen, gäbe es Hitler nicht, und alles, was sie in der Welt über uns verbreiten, wäre blanke Lüge! Doch mit seinen Mordgesellen wird er ihnen die Bestätigung dafür liefern, daß alles, was sie je gegen uns unternehmen werden, vor Gott und der Welt richtig ist. Und wir werden nichts zu unserer Verteidigung sagen können. Nichts!« Großvater hatte zuletzt fast geschrien.

Vater war bleich geworden, er sagte: »Auch du darfst nicht vergessen, daß sie bisher in Europa die einzige eindeutige Antwort auf den Bolschewismus waren und sind. 1932 gab es in Deutschland sechs Millionen kommunistische Wähler, und 1919 – ich habe es in Berlin erlebt – waren es allein die Deutschen, die dem Ansturm der aus Moskau eingeschleusten kommunistischen Putschisten standhielten und dem roten Gesindel das Handwerk legten. Es kam Europa zugute. Die westlichen Demokratien versackten in Geschwätz – sie sind ja fern vom Schuß und können es sich leisten . . . Nein, du hast nicht recht. Ich bleibe dabei: Er kann den Krieg nicht wollen, weil er ihn in der dreckigsten Form am eigenen Leib erfuhr. Er hätte ihn ja längst haben können.« Vater sprach immer lauter und nachdrücklicher: »Behandeln die Polen und Tschechen die Millionen Deutschen in ihren Ländern nicht wie tollwütige Hunde? Hat Warschau den Deutschen nicht mit Hilfe des Völkerbundes halb Oberschlesien abgegaunert und drängt offen zum Krieg? Fordert es nicht die fast rein deutsche Freie Stadt Danzig und sogar Berlin für sich? Zählt das alles nicht? Und ist er denn nicht, um diesen Verrücktheiten zu begegnen, gerade wieder mit den Briten, Franzosen und Italienern im Gespräch? Warum verboten die

1921 Österreichs Zusammenschluß mit Deutschland? Allein in Tirol stimmten 98, in Salzburg 99 Prozent dafür! Der Steiermark drohten im selben Jahr die Alliierten eine Hungerblockade für den Fall einer Volksabstimmung über den Anschluß an ... Das alles darf doch keiner übersehen, wenn er von Hitler spricht! ... Dennoch will der Mann keinen Krieg, sofern ihn nicht die anderen wollen!«

»Hör mir, bitte, genau zu Rick«, rief Großvater, »das alles ist richtig. Aber die Antwort, die dieser Mann darauf gibt, die Antwort ist falsch! Sie wird uns zum Verhängnis werden! Jedes politische System bringt seinen Menschentypus an die Macht. Und sieh dir nun, bitte, einmal die geistigen Grundlagen des Systems dieser Leute um Hitler an – sie sind primitiv, brutal, rückwärtsgewandt. Es besagt nichts, daß sich andere Staaten und Völker dabei dumm, größenwahnsinnig und arrogant verhalten.«

An dieser Stelle mischte sich Dr. Micla, neben den soeben sein Bruder Titus getreten war, ins Gespräch. »Aber, meine Herren«, rief er, »wir sollten politische Meinungsverschiedenheiten nicht zum Anlaß nehmen ...« Er kam nicht weiter. Großvaters Gesicht war dunkelrot geworden, seine Stimme klang heiser, als er mit geballter Faust hervorstieß: »Politische Meinungsverschiedenheiten, sagst du?« Er packte Marius vor der Brust. »Die hatte ich niemals mit meinem Schwiegersohn! Hörst du? Niemals! Es geht hier nicht um Meinungsverschiedenheiten! Es geht hier für uns alle um Leben oder Tod! Und es ist höchste Zeit, daß ihr das alle begreift!«

Nein, es war entschieden nicht so sehr der Inhalt des Wortwechsels, der Vater und Großvater aufgebracht hatte. Es war die Entdeckung beider, daß sie, die sich in allem einig wußten, in dieser Frage längst gegensätzlich dachten. Und jetzt begriff keiner das Ausmaß der Lage, in der sie sich befanden. Sie waren beide auf das äußerste erregt, niemals vorher hatte ich die Fassungslosigkeit meinem Vater so deutlich ins Gesicht geschrieben gesehen.

Unter dem Gravensteiner waren die Gespräche verstummt.

IX. Kapitel

Der Brand unter dem Königstein, bei dem es
keinen Himmel und keine Erde, bei dem es nur das
Weltenfeuer gab

Alle hatten zuletzt dem Wortwechsel zugehört. Jetzt war es so still, daß uns das sanfte Murmeln in der Krone des »Philosophen«, unter dem wir standen, laut erschien. Gleichzeitig kam aus dem undurchdringlichen Dunkel des Gartens, gegen das die Kerzenlichter der drei farbigen Lampions machtlos waren, das schauerliche Knurren des Mastino Napolitano. Was hatte der Hund nur? Er war schon seit einer Weile unruhig. Gerhard, von Vaters Disput mit Großvater gefesselt, überhörte ihn. Doch mir war bei dem gräßlichen Laut zumute, als stürzte die Brücke ein, über die ich bisher jederzeit unbeschwert zwischen Vater und Großvater hin und her hatte laufen können. Plötzlich stand ich vor Gerhard und schlug auf ihn ein. Ich hörte auf, als mir bewußt wurde, daß es sinnlos war, was ich tat, zugleich sagte mir ein Gefühl, daß der Sportfatzke nur die Rolle des Auslösers in der Auseinandersetzung gespielt hatte. Das steigerte meine Verzweiflung. Gerhard maß mich mit abweisendem Blick, der Oberst von Schuß schüttelte kurz den Kopf, Vater fragte verwundert: »Was tust du, Peter?« Ich wollte mich wieder auf Gerhard stürzen, der die Hand hob. Aber im selben Augenblick stand Mutter vor mir und riß mich schützend an sich. Warum sagte keiner etwas unter der Krone des alten Baumes? Wieso sahen sie alle aus, als seien sie gelähmt?

Waldemar Taucher hieb wie närrisch mit den zerbrechenden Kohlestiften auf die Büttenblätter ein. Er machte dazu ein Gesicht, als gäbe es in diesem Augenblick nichts Wichtigeres zu tun, als die angespannten Mienen der verwirrten Menschen auf dem Papier festzuhalten. Doch wer denn hätte etwas sagen sollen? Der Pfarrer »Magier«, der dem Tierarzt Oskar Hennerth seine Befriedigung über die »zeitgemäße evangelische Kirche Deutschlands« ausdrückte? Der Abt Atanasiu, der nicht verstand, warum sich diese »gastfreundlichen und ruhigen Siebenbürger Sachsen über die Politik der fernen Deutschen so erregten«, wie er kopfschüttelnd zu Dr. Neguş sagte? Oder gar Gebefügi Gábor, dem Tante Leonore, weil er des Deutschen nicht mächtig war, flüsternd erklärte, worum es zwischen seinem Freund Rick und dessen Schwiegervater ging? Vielleicht der elegante Hermann Rein, dessen verschlossenes Gesicht gezeichnet war von der Auseinandersetzung mit Tante Elisabeth, die immer noch mit Yvonne Marchant drüben auf den Stühlen unter dem Holunder saß? Da stieß der vor der Buchsbaumhecke stehende Taucher, hingerissen vom Bild der sekundenlang erstarrten Gesellschaft, atemlos aus: »Phantastisch! Bitte, bleibt so stehen, bewegt euch nicht! Ihr müßt jetzt...« Er kam nicht weiter. Vom Garteneingang her ertönte ein Schrei. Im selben Augenblick begannen Gerhards Hunde langgezogen zu jaulen, so als hätten sie nur auf diesen Schrei gewartet. »Rick!« schrie eine Männerstimme, wir fuhren alle herum. »Rick!« schrie der Mann unter dem Holunderbaum, »das Holzlager der Malaxa-Werke unter dem Königstein brennt! Du mußt...« Der Rest ging im Aufheulen der Sirene vom nahe gelegenen Feuerwehrdepot und im Glockenläuten unter, das uns fast gleichzeitig aus mehreren Richtungen erreichte. Der Mann war über die Gemüsebeete ein Stück auf uns zugerannt, er schrie: »Die Kutsche steht schon vor dem Haus bereit!« Er sprang noch zwei Schritte näher und schrie: »Du mußt losfahren! Wir kommen mit den Löschfahrzeugen nach. Mach schon!«

Es ging alles sehr schnell. Während die Gesellschaft durcheinanderlief, sagte Vater, ohne eine Sekunde Zeit zu verlieren, zu Mutter:»Hanna, hol mir, bitte, die Uniformjacke und den Helm.« Dann rannte er an den Dahlien vorbei nach vorne in den Hof. Ich hörte noch, wie Dr. Micla ausrief:»Wie? Jetzt soll dieser Mann dem Wucherer Malaxa das Holz retten? Es ist absurd!«

»Er wird es tun«, hörte ich Großvaters Stimme,»er kommandiert die Feuerwehr!«

Ich stürmte hinter Vater her und schrie:»Vater, nimm mich mit! Vater!« Die Tür im großen Hoftor war weit geöffnet.

Sirene, Glocken und Gerhards Hunde lärmten durcheinander, in allen Höfen straßauf und straßab hatten die Köter angeschlagen – die Augustnacht schien von einem Augenblick zum anderen rebellisch geworden zu sein. Als Mutter, den Helm und die Jacke mit den goldfarbenen Knöpfen und Tressen in der Hand, angelaufen kam, war ich schon neben Vater auf den Sitz des Cabs geklettert, der einspännigen Zweiraddroschke der Feuerwehr, vor die der schwarzbraune Noniushengst unseres Nachbarn Andreas Kraft geschirrt war. Vater nahm dem alten, einäugigen Kraft, der neben dem Gefährt stand, die Zügel aus der Hand. Mutter rief:»Muß das denn sein?« und meinte damit mich.

Vater sagte beruhigend:»Wir kommen bald wieder.« Dann hatte ich schon den Fahrtwind um die Ohren. Vater griff unter den Sitz, zog eine Decke hervor und rief:»Pack dich ein! Auf dem Feld draußen wird's kühl!...« Ich hüllte mich in die harte, nach Pferdeschweiß riechende Decke, indessen das leichte Fuhrwerk unter den Straßenlaternen an den Häusern vorbeiflog. Die Straße war voller aufgeregter Menschen.

Die Jagd durch die Nacht ist mir in Erinnerung, als liege sie nur einen Tag zurück – der funkenstiebende Galopp des Großen Nonius auf der Steinstraße über die acht Kilometer bis zu den unterirdischen Malaxa-Rüstungswerken. Schon als wir die letzten Häuser hinter uns gelassen und die Landstraße nach Alt-Tohan erreicht hatten, die auf die Burzen zu-

führt, war der Feuerschein zu sehen. Dort, wo sich der gekrümmte Grat des Königsteins wie der Rücken eines nieder-
gekauerten Tigers in den Nachthimmel hob, war ein Leuchten, das aus der Erde zu steigen schien. Links stand der
massige Butschetsch unter der Milchstraße. Mit jedem Ga-
loppsprung des Hengstes wuchsen die Berge und das Feuer.
Je näher wir Alt-Tohan kamen, um so deutlicher erkannte ich
die Flammenzungen, die vor uns ins Dunkel der Augustnacht
emporleckten und wieder verschwanden, gleich darauf schossen sie an anderer Stelle für Sekunden in die Höhe. Das
erweckte den Anschein, als beginne das Gebirge von unten
herauf an mehreren Stellen zu brennen. Die Luft war kühl.
Sie roch nach der strohigen Trockenheit der Stoppelfelder,
nach dem Gebirgswasser der Burzen und nach den Weiden
an deren Ufer. Ich sah die Landschaft nicht, ich erkannte sie
an den Gerüchen. Unter den Hufeisen des Hengstes spritzten
die Funken hoch. Es war, als suchte das galoppierende Tier
das Ziel seines Sturmlaufs im Feuer. Vater hatte sich vom Sitz
erhoben. Die Zügel in einer Hand, stand er breitbeinig aufgereckt, um besser sehen zu können. Und ich fühlte, daß ihn die
Begierde beherrschte, möglichst schnell zu erspähen, wo er
die Flammen am wirkungsvollsten angreifen können würde.
Zugleich fühlte ich, daß etwas in ihm war, das ihn jetzt mit
bedenkenloser Entschiedenheit antrieb, so, als müßte er eine
Umklammerung loswerden.
Diese mitten in die Berge hineingeschobene Ecke des Hoch-
lands kannte ich seit meinen Besuchen mit Großvater bei
Pista-Bácsi, der im Măgură-Hügelland Haflinger züchtete.
Auf den kräftigen Pferden, die er den rumänischen Fuhrleuten verkaufte, hatte ich reiten gelernt. Dabei hatte sich mir der
Blick nach der einen Seite auf den Butschetsch, nach der
anderen auf den zerrissenen Grat des Großen Königsteins für
immer eingeprägt. Es ist die schönste Gebirgslandschaft, die
ich je sah und die mir erst recht durch die Aufenthalte im

Bergdorf Fundata auf der Höhe des Törzburger Passes bei der Hirtenfamilie Licu vertraut geworden war.

Mit jedem Meter, den wir auf der fast geraden und nur leicht ansteigenden Straße zurücklegten, wurde es klarer, daß der Brand beträchtlichere Ausmaße hatte, als es aus der Ferne einzuschätzen gewesen war. »Da hat's aber hingelangt!« hörte ich Vater über mir ausrufen. Die rotgelbe Feuerwand entfaltete sich breit und hoch vor dem Königstein. Das leichte Fuhrwerk, das uns trug, schleuderte und sprang unaufhörlich. Immer wieder trafen die Hinterhufe des Hengstes die Metallbeschläge des Zugscheits. Das Funkengesprühe davon sah ich dicht unter mir. Wir erreichten die ersten Häuser Alt-Tohans. In den leeren Straßen fiel der Hengst aus dem gestreckten Galopp in Trab, und erst als Vater ihn nach links über den Bahndamm und danach über die Wiese auf die Flammen zutrieb, stießen wir auf die ersten rennenden und schreienden Menschen. Vor uns, halb hinter dem Feuer, ragten die baumlosen Flachhügel, in deren Innerem die Malaxa-Rüstungs- und Munitionswerke lagen; sie erstreckten sich bis Neu-Tohan hinüber. Die auf dem Glacis vor der Werkeinfahrt in Reihen bis zu drei Mannshöhen emporgeschichtete Holzmasse brannte von der Gebirgsseite her lichterloh; das waren etwa zehntausend Meter im Geviert. Das Prasseln und Knallen der Hölzer in den Flammen war ohrenbetäubend. Die erhitzte Luft trieb uns bald in den Stößen des von den Bergen einfallenden Nachtwinds entgegen, bald packte uns ihr Sog. Zahllose Menschen rannten umher. Von der Lohe immer wieder in die Flucht getrieben, schrien und gestikulierten sie.

Vater scherte sich nicht darum. Er hatte den Hengst nach rechts gerissen und jagte ihn jetzt auf die hohen, dicht aneinanderstehenden Holzreihen zu, die bis nahe an die Randhäuser Alt-Tohans gestapelt waren. Vor der Feuerwand angekommen, fiel mir plötzlich das als phantastische Farbenorgie gemalte Ölbild in der Wohnung meines Onkels Oskar ein. Vom Rand des Kraters aus gesehen, zeigte das Gemälde den ausgebrochenen Vesuv. Das Gemälde war mir bisher immer gleichgültig gewesen. Es war eine Arbeit von Waldemar Taucher.

Vater hielt den erregten Hengst an, der im Flammenlicht schnaubte und ununterbrochen den Kopf hochwarf. Ich hatte den Eisengriff des Kutschsitzes mit beiden Händen umklammert, als böte sich mir auf diese Weise Schutz vor dem Flammeninferno, das uns entgegenstürzte. Ich hörte Vaters Stimme über mir: »Diese verdammten schlampigen Trottel!« Dann trieb er das Tier mit einem Peitschenhieb aus der unerträglichen Wucht der Glutwellen zurück. Wieder hielt er kurz an. Ich sah, wie er sich aufreckte, einen Arm prüfend in den Wind hob. »Aha!« hörte ich ihn rufen. »Das ist's!« und »Hüh!« schrie er. »Los, schon!« Der schwarzbraune Hengst sprang so heftig gegen die Sielen, daß es mich nach hinten an die Sitzlehne warf.

Links von uns das Feuer, umfuhren wir die Brandstelle. Als wir den Kreis geschlossen hatten, trieb Vater das unter dem Lederzeug schäumende Pferd zwischen die Menschen hinein, die uns bisher mit keinem Blick zur Kenntnis genommen hatten. Die Frauen und Männer auf beiden Seiten unseres Gefährts kreischten und bedrohten uns mit erhobenen Fäusten, zwei Männer packten den Hengst fluchend am Zaum. Da erst hielt Vater an. Er gab mir die Zügel, zog unter dem Sitz die zweite Decke hervor und warf sie über das nasse Pferd, bückte sich wieder, hielt Uniformjacke und Helm in den Händen und begann ohne Hast, sich umzukleiden. Die Flammen vor uns rauschten und dröhnten, daß ich von den Schreien kein Wort verstand. Auch die Bewohner der nahe gelegenen Rumänendörfer Zernescht, Neu-Tohan, Törzburg und Unter-Moes waren herbeigeeilt. Und wie ich nun verängstigt zu Vater hinaufblickte, begann ich zu begreifen,

warum er bei der Abfahrt nach Uniformjacke und Helm
verlangt hatte. Denn wie er jetzt auf den Sitz stieg und weithin
sichtbar im Flammenlicht stand, begann bei seinem Anblick
erstmals Ruhe in die Aufgeregtheit unserer Umgebung zu
kommen. Zwar schrien die Menschen immer noch und fuch-
telten mit den Armen. Doch immer mehr von ihnen wendeten
sich dem Mann zu, der in der Jacke mit den Kupferknöpfen
und dem Helm auf dem Einspännergefährt über ihnen stand.
Sie schrien ihm zu und wiesen auf das Feuer. Niemand
kannte ihn hier. Oder doch? Durch die Schreie und das
Knallen der brennenden Buchen und Fichtenscheite hörte
ich dicht neben mir einen drahtigen Mann, der mit einer
Hand das Kutschenrad gepackt hatte, seinem Nachbarn zu-
brüllen:»Mă, Ocaru! Ăsta-i ginerele lu neamțu, care l-a
omorît pe Garugan!«,»Du, Ocaru! Dies ist der Schwiegersohn des Deutschen, der den Garugan umgebracht hat!« Mit
wildem Gesicht schrie Ocaru zurück:»Băga-l-aş în pizda la
mumă-sa, de tîlhar! Cum de mai trăieşte!«,»In die Fotz seiner
Mutter mit dem Banditen! Wieso lebt der noch!«
Ich schrie zu Vater hinauf. Doch der hörte mich in dem Lärm
nicht. Die Hände in die Hüften gestemmt, stand er unbeweglich auf dem Sitz neben mir. Auch als ich mich an sein Bein
klammerte und an ihm zerrte, beachtete er mich nicht. Wie er
so stand, teilte sich mir wieder das Gefühl mit, das ihn mehr
als alles andere beherrschte: seine verzweifelte Entschlossenheit, sich aus der Umklammerung, die ihm den Atem ab-
schnürte, zu befreien. Er beugte sich nach der anderen Seite
und rief:»He, Ilarie, bist du's? Wer ist hier der Chef?« Ich
erkannte Ilarie, den Wildheger vom Hohen Rong. Er kam zur
Kutsche gerannt und winkte Vater zu sich hinab; ich verstand
nicht, was er ihm ins Ohr schrie, doch hörte ich Vaters
Antwort:»Such ihn! Hol ihn her! Sag ihm, daß die berittenen
Feuerwehren jeden Augenblick eintreffen werden!« Als hätte
ihm jemand einen Schlag versetzt, lief Ilarie torkelnd davon.

Vater war von der Kutsche gesprungen, er band den Hengst an den großen Haselstrauch, der dort stand. Mit Gesten, die keinen Widerspruch duldeten, winkte er die Männer heran. Ohne sich um ihre abweisende Haltung zu kümmern, begann er auf sie einzureden. Indem er fünf-, sechsmal auf die Feuerwand zeigte, deren Glutatem immer heißer wurde, wollte er ihnen offenbar etwas erklären. Dazwischen schien er sie zu fragen, ob sie ihn verstanden hätten. Doch von meinem erhöhten Platz aus sah ich, wie sie nicht aufhörten, ihn zu bedrohen. »So haltet die Schnauze!« brüllte endlich ein Mann neben der Kutsche. Er hatte sich auf das Kutschenrad gestellt und schüttelte die erhobene Faust. War das nicht der Drahtige, schoß es mir durch den Kopf, der vorhin dem Kerl mit den wirren, über die zerfurchte Stirn ins Gesicht fallenden Haaren zugerufen hatte, daß Vater der Schwiegersohn des Garugan-Mörders sei?

Unaufhörlich redete Vater auf den anwachsenden Männerhaufen ein, er zeigte zum Feuer und immer wieder quer über die Stapelreihen nach Alt-Tohan hinüber. Er überragte sie um Kopflänge. Warum brüllten ihn die Männer an und drohten ihm? Jetzt legte er einem von ihnen die Hand auf die Schulter, um ihn zu beruhigen und zugleich zu zwingen, ihm zuzuhören, mit der anderen machte er eine Bewegung, als wollte er den vom Gebirge streichenden Luftzug beschreiben. Der Mann blieb feindselig und schüttelte den Kopf. Vater ließ nicht ab, auf ihn einzureden. Nickte der Mann jetzt nicht, wenn auch zögernd, widerwillig? Plötzlich schrie Vater etwas, und ich hörte in einem herüberwehenden heißen Windzug seine Stimme: »Versteht ihr denn nicht! Eine andere Möglichkeit gibt es nicht! Wenn ihr eure Häuser retten wollt, müssen wir sofort beginnen!« Immer noch schrien die Männer. Aber ich sah, daß es nicht mehr Vater galt. Sie standen voreinander und schrien aufeinander ein. »Neamţu ăsta-i al dracului!«, »Dieser Deutsche ist des Teufels!« brüllte der

Drahtige, der jetzt auf der anderen Seite des Cabs neben Vater stand. Daß ich Ocaru immer noch nicht sah, steigerte meine Erregung. Da erblickte ich Ilarie, während ich wieder Vaters Stimme hörte:»Los, Männer, wir haben keine Zeit zu verlieren! Trommelt eure Leute zusammen! Los!« Die Männer rannten fort.

Ilarie bahnte sich einen Weg durch die Menge. Er führte zwei Männer heran. Der eine wirkte bedrohlich, er war glatzig und massig und trug einen Smoking mit Seidenaufschlägen, die im Feuerschein leuchteten, er hatte einen Fischblick. Der Dürre in Uniform war der Gendarmeriewachtmeister. Ilarie torkelte und schrie ununterbrochen:»Ăsta-i domnu director!«, »Dies ist der Herr Direktor!« Die schwarze Schleife am Hals des Smokingträgers hatte sich seitlich verschoben. Es sah aus, als säße dem Mann ein Insekt unter dem Ohr, das ihn biß und so zu wüstem Gebaren veranlaßte. In der Hand einen Spazierstock mit Knauf, den er wie eine Reitgerte trug, stürzte er auf Vater zu.»So tun Sie endlich was«, schrie er,»Mann Gottes, tun Sie endlich was! Das sind hier alles Vollidioten und Bastarde! Mit keinem kann man vernünftig reden!« Er hatte einen breiten, vorgeschobenen Unterkiefer. Während er schrie, sprang das schwarze Insekt an seinem Hals auf und ab. Pausenlos schrie er irgend etwas:»Der Plutonier wird Ihnen behilflich sein! Hast du gehört?« wandte er sich an den Uniformierten.

»Gibt es hier eine Werksfeuerwehr?« schrie Vater.

»Und ob!« tobte der Glatzige.»Lauter Syphilitiker, sie liegen alle besoffen im Kartoffelacker!«

Vater ließ ihn stehen und wandte sich an den Gendarmen: »Sehen Sie zu, daß sich die Leute ausgerüstet hier einfinden. Ich brauche alle Pumpen!«

Es gab dann keine umständlichen Wortwechsel mehr, denn die ersten Helfertrupps der Männer aus Alt-Tohan hatten sich gebildet — und wie verabredet trafen in diesen Minuten die Vierergespanne der Löschwagen aus Rosenau mit Karacho ein, die Rosse schäumten zwischen den Schenkeln. Es bedurfte nur weniger Kommandos von Vater, um die Lage zu erklären. Sofort wurden die Saugschläuche ins Wasser des Turcu-Bachs ausgerollt und gleichzeitig die Leitern an den von Vater bezeichneten, noch nicht brennenden Holzstapeln ausgefahren. Einige Männer rannten zu den Pumpen. Noch ehe die Löschtrupps die Holzstöße erkletterten, peitschten die Wasserstrahlen aus den Schläuchen. Als erster war Vater oben. Ich sah seine Gestalt vor der roten Feuerwand. Ich sah, wie er den Männern an den Schläuchen Anweisungen erteilte und dann die Helfertrupps aus Alt-Tohan zu sich hinaufwinkte, wie er sich bückte, eins der Klafterhölzer packte und es in weitem Bogen vom Feuer weg schleuderte. Und wie er dann an der Flammenwand entlangstürmte und die Männer mitriß. Einige waren ihm vorausgerannt. Ihm auf dem Fuß folgte der Glatzige mit dem Knaufstock und dem Papillon am Hals, ohne Rücksicht auf sein Dinnerjackett. Es wirkte geisterhaft, wie die Gestalten vor der Flammenfront die Holzscheite durch die Luft wirbelten. Im Schutz der Wasserfontänen, die meterweit vor ihnen auf die Scheite niederprasselten, begannen sie, den Flammen den Weg nach Alt-Tohan abzuschneiden, indem sie eine Bahn in die Holzstapel gruben. Das Geisterhafte daran war die Lautlosigkeit. Der Lärm des Feuers übertönte jedes andere Geräusch.

Rasch nacheinander trafen dann die Vierergespanne der Feuerwehren aus Neustadt und Wolkendorf ein. Die Pferde hatten Sturmläufe von über zehn Kilometer hinter sich und schäumten. Vater stand plötzlich unten und erläuterte den Hauptleuten, worum es ging. Auch diesmal beobachtete ich, wie sich bei der Reibungslosigkeit und Schnelligkeit der Feuerwehrleute an Schläuchen, Pumpen und Leitern die Panik der Frauen und Kinder legte. Als dann auch die neu dazugestoßenen Löschtrupps die Holzreihen erklommen hatten, konnte das Feuer mit verdreifachter Kraft ferngehalten werden. Die Männer arbeiteten wie um ihr Leben. Ehe das Feuer heran war, mußten sie Scheit für Scheit quer durch die ganze Breite der gestapelten Holzmasse einen Durchgang freigelegt haben, um den Flammen die Nahrung zu entziehen. Es ging um Haus und Hof jedes einzelnen.

Und langsam begann mir zu dämmern, daß Vater jetzt Kopf und Kragen riskierte. Das Wagnis lag bei ihm allein. Sollte er die Geschwindigkeit des von den Bergen herübertreibenden Nachtwinds falsch eingeschätzt haben, würde die Feuerwalze nicht nur über das Holzlager hinwegrollen, sondern auch über die Ortschaft Alt-Tohan. Niemand würde es aufhalten können. Nichts als Asche würde zurückbleiben. Jedem anderen Vorschlag hatte sich Vater widersetzt. Deshalb hatten ihn die Männer bedroht, dachte ich, und ihn angeschrien, er solle das siebenmal verfluchte Holz opfern, nur die letzten Stapelreihen vor den Häusern abtragen und alle Wasserwerfer auf die Hausdächer richten lassen! . . . Aber er war dabei geblieben: Die Löschtrupps kämen allein nach seinem Dafürhalten zum Einsatz, er allein, der erste der an der Brandstelle eingetroffenen Hauptleute, trüge hier vor dem Gesetz die Verantwortung! Daß sie ohne seine Löschtrupps alle machtlos waren, hatte er als Druckmittel benützt, ihnen seinen Plan aufzuzwingen . . . Die Umklammerung seit der Auseinandersetzung mit Großvater schnürt ihm den Atem ab, dachte ich, er will sich um jeden Preis aus ihr befreien.

Die Feuerwellen rauschten über der Kanonade der berstenden Scheite, der schnellen und hellen Schüsse der Fichten- und der in größeren Abständen erfolgenden dunklen der Buchenscheite. Das Feuer hatte jetzt das Holzlager in ganzer Breite erfaßt.

In diesem Augenblick sah ich, daß Ilarie von hinten zu mir auf die Kutsche kletterte. Immer noch hielt ich die Zügel in den verkrampften Händen. Ilarie fiel gegen die Rückseite der

Sitzlehne. Ich traute meinen Augen nicht, als er schon in der Sekunde darauf eingeschlafen war. An die Lehne gesunken, kauerte er auf dem Kutschenboden und schnarchte mit offenem Mund. Er stank so stark nach Alkohol, daß ich den Kopf unwillkürlich zur Seite wendete. Der Geruch widerte mich an, erst recht als ich in das erschlaffte Gesicht blickte, das im Feuerschein entstellt wirkte. Wo hat er sich herumgetrieben, dachte ich. Sollte ich ihn wecken? Wurde er beim Kampf gegen das Feuer nicht gebraucht? Als ich mich über ihn neigte, sah ich, daß aus seiner Rocktasche eine halbgefüllte Weinflasche ragte. Ratlos blickte ich mich um – und schreckte auf: Dort, oben, auf der der Feuerwand am nächsten liegenden Holzreihe hatte ich die Gestalt meines Freundes Gordan erkannt! Gordan sprang hinter Vater an den Flammen entlang. Es sah aus, als würden beide in die Glut hineinstürzen. »Gordan!« schrie ich außer mir. »Gordan!« Weit und breit kümmerte sich kein Mensch um mein Geschrei. Nur der Noniushengst hob kurz den Kopf.

Mit einem Mal erschien mir diese Nacht endlos, und ich hatte das Gefühl, als hätte sich mein Leben bisher nur in dieser einen Nacht abgespielt. Von einer Sekunde auf die andere war ich erschöpft. Ich war von der Überreizung durch die Bilder und Vorgänge der letzten Stunde so ausgelaugt, daß mir nicht nur die Kraft, sondern auch der Wille fehlte, vom Cab zu klettern und zu Vater und Gordan zu laufen. Niemals wird diese Nacht ein Ende nehmen, dachte ich gequält und mit schmerzenden Gliedern, niemals.

Wie war ich auf das fliegende Gefährt gekommen? Soweit ich blickte, umgaben mich Flammenozeane. Ich saß allein im Cab. Ich hielt die Zügel unschlüssig in den Händen. Ich wußte nicht, in welche Richtung ich den Noniushengst zu lenken hatte. O ja, ich sah es jetzt deutlich: Das Cab flog am Himmelsrand entlang. Dabei blickte ich pausenlos in die feuerschleudernden Krater, die sich vor, neben und hinter mir öffneten. Hier beginnt die Welt, dachte ich. So hatte Onkel Oskar es mir vor dem Gemälde mit dem Krater des Vulkans geschildert – du blickst in den Beginn der Welt, hatte er gesagt, als sie noch aus Feuerstürmen und sonst nichts bestand. Welche Kraft muß mein Hengst haben, daß er die Kutsche mit mir im Flug über all das wogende Lodern ringsum hinweg trägt! Nackt, mit glänzend weißem Leib stand Vater mitten in den Flammen, die über ihm in den Horizont schossen. Auf dem Kopf trug er einen Helm mit düster leuchtenden Goldbeschlägen. Er hatte die Arme wie ein Gekreuzigter ausgebreitet. Er weinte. Vom Hengst mit unerhörter Kraft gezogen, flog ich auf ihn zu, ohne ihm auch nur eine Handbreit näher zu kommen. Sein weißer Körper irisierte und blendete mich. Sein seltsam fremdes Gesicht unter dem Helmrand hatte sich ins Gesicht eines Kindes mit dreifach übergroßen Augen verwandelt. Die Tränen flossen ihm über die Wangen, als wären sie unaufhörlich sickerndes Quellwasser auf bröckelndem Stein. Seine Hände hatten Brand- und Wundmale von den verkohlten Dornenscheiten, die er pausenlos vom Boden aufgehoben, in die schwarze Luft über sich geschleudert und wieder aufgefangen hatte. Seine Arme zitterten bis in die Schultern hinauf. Und ich sah ihm an, daß ihn entsetzliche Angst beherrschte. Er war erschöpft. Er war am Ende seiner Kräfte. Ich wollte schreien, ihm zuwinken. Ich wollte ihm zu Hilfe eilen. Doch ich konnte den Mund nicht öffnen, so verzweifelt ich mich darum bemühte. Ich konnte die Füße nicht vom Boden des Cabs lösen, das immerfort auf ihn zuflog, ohne ihm näher zu kommen. Meine Hände klebten an den Zügeln, an denen der rasende Hengst riß, während er mit dem Gefährt über die flammenden Ozeane stürmte. Aber standen dort hinter Vater nicht Gordan und Willi Kurzell, meine beiden Freunde? Gordan machte mir Zeichen, mich zu beruhigen. Er werde meinem Vater helfen. Ich solle unbesorgt bleiben. Er müsse nur den richti-

gen Augenblick abwarten, dann werde er mit seiner Bären-
kraft zur Stelle sein. Willi Kurzells rote Haare brannten. Er
hatte die Geige zum Kinn gehoben. Er spielte mit auf- und
niederjagendem Bogen. O ja, das war die Ciacona aus der
Partita Nummer zwei in d-Moll von Bach, eine Säule aus
flammendem Silber, stieg sie über die gelbbrennenden Hori-
zonte empor ins Unerreichbare. Aber gleichzeitig spielte er
das Lied von der Nachtigall süßem Getön, mit dem des Todes
dunkle Braut in den Hargitawäldern der Ostkarpaten und an
den Ufern des Piave lockte. Er spielte das Lied in Gordans
Ohr, den brennenden Kopf über die Geige und über den
wirbelnden Bogen geneigt. Auf einmal brennen auch die
Schafe und Lämmer, die an Gordan vorbei in die Tiefe des
Hochtals abstürzen. Jedes Tier brennt. Eins nach dem anderen drängt an Gordan vorbei in den blauen Abgrund. Er
vermag sie nicht aufzuhalten. Sie verstehen seine Schreie und
Befehle nicht, seine Gebärden, den Sinn der breit in den Fels
gestemmten Beine, mit denen er sich gegen ihren unaufhörlichen Sturz stellt, während ihm Willi Kurzell das Lied von des
Todes dunkler Braut ins Ohr und darüber die unerhörte
Ciacona von Bach spielt. Die Schafe stürzen an Gordan vorbei
und mitten durch ihn hindurch ins Hochtal hinab, das jetzt
lichterloh zu brennen beginnt. Auch Willi Kurzell ist umhüllt
von den Flammenfontänen, in die sich die Geigentöne ver-
wandeln. Und das, ist das nicht Vater Evghenie? Wie leicht er
mit der schönen, barbusigen Königin von Saba nacktfüßig
über die Glut tanzt! Ach, er ist gar kein Mönch. Er ist jung,
groß, stark. Er trägt einen indischen Krummdolch im Gürtel
und eine Selbstladepistole. Er hat eine türkisfarbene Pluder-
hose und eine kurze Tunika aus goldgelber Seide an. Und er
hat ein wüstes Totschlägergesicht... Endlich, endlich streckt
Gordan die Hand nach Vaters Schulter aus! Doch er greift
über die weiße Schulter hinaus. Ich sehe seine Hand über die
tausend Krater hinweg auf mich zukommen. Ein Madonnen-

gesicht ist in die Handfläche geschnitzt. Die Tränen der Madonna sind brennendes Blut. Und die Madonna ist Gordans Mutter mit dem flachen, leeren Gesicht. Hilf meinem Vater, Gordan, hörst du, hilf ihm! Er steht am Rande der Welt, in alle Ewigkeit dazu verdammt, die brennenden Scheite in den Himmel zu schleudern, bis ans Ende aller Tage. Hilf auch mir! Ich finde keinen Weg aus den Flammen. Alles ist Feuer geworden — es gibt nicht mehr Himmel und Erde, es gibt nur noch Feuer. Feuer sind die im Fels hochschnellenden Gemsen und die in die Tiefe stürzenden Schafe, die deinen Däumlingsvater und deine zu Glutmumien geschrumpften Herkulesbrüder samt Eseln und Hunden in den Abgrund reißen. Feuer ist Vaters weinendes Steingesicht und Mioaras Klageblick, während Gordan sie stürmisch umarmt und küßt, Feuer das Rebellengesicht des Hauptmanns Rudolf Ferdinand Jung, den der Kampfhunde-Gerhard nicht sehen darf, und der Verführerblick des tanzenden Mönchs und Großvaters Mund, als er mit gewaltiger Stimme ruft: »Der Mann schrickt vor nichts zurück!« Und Feuer ist das Schwert, mit dem der brennende Engel jetzt gegen uns alle zum Schlag ausholt. Alles, alles ist Feuer, das mich durchflutet und auflöst, als hätte es mich niemals gegeben ...

Das unbeschreibliche Glücksgefühl, als Gordans braune Hand endlich bei mir angekommen war, mich an der Schulter packte und rüttelte!

Gordan hatte sich über den Kutschsitz zu mir gebeugt. Ich war davon so überrascht, das ich ihn wortlos anstarrte. Sein Hemd war vor der Brust aufgerissen und verbrannt, sein Haar über der linken Schläfe versengt, über dem Auge darunter hatte er eine kurze Rißwunde. »Du schläfst ja!« schrie er mich an. Seine gletscherfarbenen Augen und seine wuchtigen Schultern waren keine zwei Spannen von mir entfernt. »Du! Die wollen deinen Vater umbringen!« stieß er hervor und schüttelte mich. »Die wollen ihn erschießen. Hörst du?« Obgleich der Feuerschein auf seinem Gesicht lag, sah ich nur sein Augenpaar und die braune Faust, mit der er sich am Eisengriff des Ledersitzes festhielt. »Sie wollen ihn wegen Ioan Garugan töten«, stieß er noch einmal hervor, »der Zigeuner Midi Bubu hat's gehört und hat's mir gesagt. Er war dabei, als sie den Dogaru die Waffe holen ließen. Es ist jetzt günstig, haben sie gesagt, weil alle mit dem Feuer beschäftigt sind... Mensch, und du schläfst hier!« Gordan unterbrach sich. Er hatte den betrunken schlafenden Ilarie hinten im Cab gesehen. Sein Blick zerriß in einem Flackern. Er trat um das Cab herum. »Du Schwein«, sagte er, packte den Wildheger mit einer Hand am Nacken, mit der anderen an einem Knie, hob ihn hoch und warf ihn einige Meter weit weg ins Gras, »du versoffenes Schwein!« Die Weinflasche war aus Ilaries Rocktasche gefallen, sie lag, den Hals nach unten, schräg auf einem Maulwurfshügel. Der Wein versickerte im Gras. Plötzlich stand Gordan wieder vor mir, und wie aus dem Nichts aufgetaucht war Midi Bubus spitzbärtiges Faunsgesicht neben ihm zu sehen. Midi schrie: »Komm! Ich hab ihn gefunden!« Gordan und der Zigeuner stürzten davon.

Das Feuer war jetzt ganz nahe. In seinem rotgelben Licht konnte ich auf den Dächern der ersten Häuserreihen alle Einzelheiten erkennen. Der Sog, der sich von der Flammenglut bildete, war stark wie ein Wirbelsturm. Er zerrte an mir. Mähne und Schweif des erstaunlich ruhigen Hengstes wurden hin und her geworfen. Über die Wiese flogen Blätter und Zweige. Jede Rille in den Dachziegeln von Alt-Tohan war deutlich zu sehen.

Und dann, als ich vom Cab klettern wollte, sah ich Mioara, die Wildhegefrau mit den Rehaugen. Sie kam mit aufgelösten Haaren aus der Richtung, in der Gordan und Midi Bubu soeben fortgerannt waren, auf das Cab zu gelaufen. Ihr Gesicht war von Tränen bedeckt. Die Hände vor das Herz gepreßt, blieb sie stehen und sah mich an. Dann erblickte sie ihren im Gras liegenden Mann. Sie warf sich schreiend auf ihn. Ich verstand sie nicht. Sie schlug mit den Fäusten auf den schnarchenden Menschen ein, ohne daß er davon aus Schlaf und Rausch erwacht wäre. Sie ließ ihn liegen und kam zu mir gelaufen, faßte meine Hände, drückte das nasse Gesicht gegen sie und weinte ohne Hemmung:»Vai, puişorule«,»Er zerstört mir mein Leben!« Hatte sie nicht einst in einer Nacht in den Wäldern des Hohen Rong gesungen:»Stolzer mein, grünes Tohan, reit auf einem Schimmel an?«

Die Nacht nahm kein Ende. Ich schrie:»Vater!«, sprang von der Kutsche und rannte an Mioara vorbei auf das Feuer zu. Mioara holte mich ein. Sie warf mich mitten zwischen den Menschen zu Boden. Sie war kräftig und geschmeidig wie ein Tier. Ihr Körper war weich. Vergebens versuchte ich, mich loszureißen. Sie zerrte und zog an mir und gab mich erst frei, als wir wieder bei der Kutsche angekommen waren. Ich war außer Atem.

Seitlich ans Gefährt gelehnt, stand Vater.

Sein Gesicht war eingefallen, die Uniformjacke über der linken Schulter zerrissen. Aus der Schulter, die durch die Jackenfetzen hindurch zu sehen war, sickerte Blut. Er hat sich wie Gordan am Holz verletzt, dachte ich.»Aţi fost extraordinar, domnule Hennerth!« schrie der Smoking-Mann, der in einer Gruppe zerzaust aussehender Männer vor Vater stand, neben sich den dürren Gendarmeriewachtmeister, der nicht von seiner Seite wich.»Sie waren fabelhaft, Herr Hennerth!« Ich kletterte auf den Cabsitz hinauf. Ich hörte Vaters Stimme aus der Nähe. Sie klang frostig. Vater sah den Mann kurz an und sagte mit dieser ungewohnten Stimme:»Sie haben es den Alt-Tohanern zu verdanken, daß die Flammen in zehn Minuten ohne Nahrung sind. Gut zwei Drittel Ihres Holzes sind gerettet.« Er tupfte mit dem Taschentuch das Blut von der Schulter und betrachtete die Wunde im Schultermuskel.»Ich hörte«, sagte er,»daß die Männer Ihre schlechtbezahlten

Arbeiter sind.« Ich sah, daß er bei jeder Bewegung Schmerzen hatte.

»Eh bien!« schrie der Glatzige, riß dem Gendarmen den Knaufstock aus der Hand und schlug ihn durch die Luft. »Schon gut«, schrie er, »die Tohaner!... Ohne Sie, Herr Hennerth...«

Vater schnitt ihm das Wort ab: »Wir setzen jetzt ein Schriftstück auf, das ich Sie und den Herrn Wachtmeister bitte, zu unterschreiben.« Er sah den Gendarmen an, der dreimal abgehackt nickte. »Sie verpflichten sich darin«, sagte Vater, »den drei Feuerwehren noch vor Ablauf des Jahres je eine komplette Garnitur Dienstkleidung und je einen Satz technischer Ausrüstung zu stiften... Es gibt preiswerte ausländische Angebote.«

Der Smoking-Mann schob den Unterkiefer vor, das schwarze Insekt schnellte kurz nach unten. Er lachte schallend: »Großartig!« und blickte sich im Kreis um. »Formidabil, domnule Hennerth! Ich habe gesagt, daß Sie großartig sind!« Wieder tupfte sich Vater das Blut von der Schulter. Jetzt erst sah ich, wie ausgemergelt sein Gesicht war. Er beendete das Tupfen, legte das Taschentuch sorgfältig auf die Wunde und zog einen herabhängenden Jackenfetzen darüber. Das Insekt auf dem Hals des Mannes vor ihm vibrierte. Der Smoking-Protz hatte die Flammen im Rücken, in ihrem Zucken wurde seine Gestalt bald größer, bald kleiner. Er lachte schmetternd: »Prachtvoll! Sonst noch ein Wunsch, domnule Hennerth?«

»Ich bin müde, wo haben Sie Ihr Büro?«

»Das klingt schon besser. Nur ein müder Mann ist ein menschlicher Mann. Ich lade Sie zu einer Flasche Champagner ein. Pinot noir, Chardonnay, California Champaign – Sie können wählen. Dabei läßt sich auch über Gratifikationen reden. Wir haben es jetzt hinter uns!«

Begann das Feuer nicht nachzulassen, als habe es sich an der eigenen Wut verbraucht? Ich sah, wie die soeben noch weithin verbreitete Blutröte des Himmels über uns verblaßte. Das Brausen war leiser, die peitschenden Schüsse waren seltener geworden. Vater sagte:»Der finanzielle Aufwand, der Ihnen durch die Annahme meiner Vorschläge entsteht, ist eine Bagatelle verglichen mit den Folgen der Anzeige, die ich wegen unvorschriftsmäßiger, leichtfertiger und gefährlicher Lagerung des Holzes erstatten müßte. Die Direktion der Malaxa-Werke wird sich das leicht ausrechnen. Oder sehen Sie es anders?« Das schwarze Insekt unter den Backenknochen hörte auf, sich zu bewegen. Erst als der Glatzige auffuhr:»Nein, ihr Deutschen und die Vorschriften!« vibrierte es wieder.

»Es sind nicht meine Vorschriften«, sagte Vater,»es sind die Vorschriften des Staates, in dem Sie und ich leben.«

»Ach«, der Glatzige warf sich in die Brust,»Sie wollen mich erpressen?«

Plötzlich ahnte ich, woher das Bedrohliche rührte, das ich schon beim ersten Anblick des breitleibigen Mannes empfunden hatte, der bei der Nachricht vom Feuer im Dinnerjackett den abendlichen Empfang in seiner Villa verlassen hatte, entschlossen, den Kampf gegen die Flammen zu gewinnen. Es war die Brutalität der Entschlußkraft, die keinen Widerstand jemals nach seiner moralischen Beschaffenheit fragt, die alles niederzubügeln gewohnt ist, was sich ihr entgegenstellt: die Brutalität, die aus der Macht des Geldes kommt.

»Wissen Sie eigentlich«, sagte er mit gefährlichem Unterton in der Stimme,»auf was Sie sich da einlassen?« Immer noch stand Vater an die Kutsche gelehnt, den rechten Arm auf die Eisenlehne gestützt. Was wird er jetzt tun? dachte ich gespannt.

Das schußartige Geknatter hatte aufgehört; Hitze und Luftsog waren endlich ermattet, die Wärmewellen, die mein Gesicht erreichten, hatten nichts Beängstigendes mehr. Gleichzeitig spürte ich, daß meinen Vater die Kraft bald verlassen würde. »Sie haben zu hoch gepokert, Herr Hennerth«, sagte der Smoking-Glatzige, »über Ihre Frechheit werde ich mich mit dem Polizeiquästor von Kronstadt unterhalten...« Zugleich spürte ich aber auch, daß Vater seine letzte Karte noch nicht ausgespielt hatte. Ich hörte ihn sagen: »Da ist noch was. Nicht nur der vorgeschriebene Stapelzwischenraum, auch der gesetzlich festgelegte Mindestabstand zwischen Holz und Wohnhäusern wurde außer acht gelassen...« Er sagte: »Herr Wachtmeister, Sie werden die Richtigkeit meiner Feststellungen bestätigen.«

Die Haut über den Wangen des Glatzigen hatte sich gestrafft. »Sie übersehen, domnule Hennerth«, rief er, »daß Sie sich als erster strafbar machen – wegen Nichtanzeige.«

»Sie kennen die Gepflogenheiten in diesem Land ebensogut wie ich«, sagte Vater und hob die Hand auf die Sitzlehne, »schlag den, mit dem du verhandeln mußt, zuerst nieder, es ist die einzige Chance, die er dir läßt...« Er trat mit einer vorsichtigen Bewegung auf den Achsennagel des Kutschenrades, stieg zu mir herauf und setzte sich. »Ich bin müde«, sagte er, »und habe hier nichts mehr zu tun; das Kommando hat mein Stellvertreter, er ist ein erfahrener Mann.« Er sah dem Glatzigen gerade in die Augen: »Sie brauchen Zeit, um meine Vorschläge zu überdenken? Gut, ich erwarte das Schriftstück in den nächsten Tagen.« Als der Glatzige jetzt mit drei Schritten beim Cab war, hielt ich den Atem an. Hatte Vater eine allerletzte Karte? »Verdammter Dünkel!« zischte der Smoking-Mann. Er hatte nun nicht mehr das Feuer, er hatte nur noch die Nacht im Rücken. Vater schlang sich die Zügelleine mit einer lässigen Bewegung um die Hand und sagte: »In einigen Wochen bin ich Gast Seiner Majestät des Königs auf Schloß Peleş. Darf ich Ihnen empfehlen, mir das unterschriebene Papier vorher zu schicken?... Ihnen, Herr Wachtmeister, muß ich ja nicht sagen, wie Militärgerichte auf solche Fahrlässigkeiten reagieren.«

Das schwarze Insekt hatte sich am Hals festgebissen. Die letzte Karte hatte gestochen. Mit dem Kopf winkte Vater dem Zigeuner. »Steig hinten auf, Midi«, sagte er, »du willst doch nach Hause? Hüh!« rief er. Der Hengst setzte sich in Bewegung. Als hätte sich ihm Vaters Müdigkeit mitgeteilt, trottete er über die Wiese auf den Bahndamm und auf die dahinter liegende Straße zu. Im Osten, in der Gegend des Krähensteins und der Vrancea-Berge, südlich der Hargita, begann es über dem Hochland zu dämmern.

Trotz seines erfolgreichen Kampfs gegen das Feuer und seines selbstgewissen Umspringens mit dem Smoking-Protz, den Ilarie als Malaxa-Werksdirektor herbeigeholt hatte, war Vater im Frühlicht jenes Augustmorgens, als der Noniushengst die Kutsche im Paßgang ins Hochland hinauszog, alles andere als der Sieger. Während sich das Land von den Bergen her mit Licht füllte, spürte ich immer deutlicher, daß es ihm nicht gelungen war, sich aus der Umklammerung zu befreien, die ihn seit dem Wortwechsel mit Großvater unter dem Gravensteiner einschnürte. Da hörte ich ihn sagen: »Komm vor, übernimm die Zügel, Midi...« Sie tauschten die Plätze, und während er sich auf dem Boden des Kutschenfonds zusammenrollte, sagte er: »Wir zwei haben noch ein Hühnchen miteinander zu rupfen. Leg dir eine Erklärung zurecht, die mich überzeugt. Ich sehe, daß deine Armwunde aus den Ostkarpaten schön verheilt... Fahr vorsichtig!« In wenigen Sekunden war er eingeschlafen.

Midi fuhr nicht nur vorsichtig. Er fuhr auch umsichtig. In den sonntagmorgendlich leeren Straßen Rosenaus lenkte er den Nonius vor das Haus des Arztes Aristide Neguş. Dort schlang er die Zügelleine um die Armstütze des Sitzes, sagte, ich solle Vater wecken, und machte sich davon. Ein bißchen unheimlich mit seinem dunklen Gesicht, seinem glänzenden Bart und den Glitzeraugen, ging er die Straße hinauf.

Daß ihm der Arzt eine Bleikugel aus dem Schultermuskel

entfernte, wollte Vater nicht glauben, bis er das Geschoß auf der flachen Hand vor sich sah. »Glück gehabt«, sagte Dr. Neguş, »die hat dich entweder aus großer Entfernung erreicht, oder sie prallte irgendwo ab.« Ich saß im Wartezimmer. Ich beobachtete die beiden Männer durch den Spalt der angelehnten Tür, neben der das gerahmte Foto der dunkelblonden verstorbenen Frau Dr. Neguş' hing, Owis Mutter; sie sah nicht viel anders aus als ihre Schwester Yvonne. Ich verstand jedes Wort, das sie sprachen. Ich hörte Vater sagen: »Von dem Schuß darf niemand etwas erfahren.« Dann fügte er hinzu: »Ich... Ich verletzte mich bei den Löscharbeiten. Klar?« Und nach einer Pause, in der ich metallene Gegenstände klirren hörte: »Schon gar nicht mein Schwiegervater...«

»Der Schuß galt ihm, ich weiß.« Ich hörte Dr. Neguş tief einatmen und sagen: »Was ist das nur für ein ungezähmtes Grenzlandvolk hier!«

Vater lachte trocken auf: »Die Grenze ist weg. Aber die Geister blieben.«

Was weder Aristide Neguş noch Vater und ich zu jenem Zeitpunkt wußten, erfuhr ich später von Mioara. Daß nämlich die Büchse, mit der Ocaru auf meinen Vater geschossen hatte, dem Wildheger Ilarie gehörte. Ilarie war in der Brandnacht so betrunken gewesen, daß er sie Ocaru ohne Widerstand überlassen hatte. Und Mioara wollte auch den buckligen Alex Garugan in Dinu Ocarus Gesellschaft an der Brandstelle gesehen haben. Sie erzählte mir, was ich damals schon aus einer Andeutung Midi Bubus wußte: daß mein Freund Gordan den Schützen Ocaru nach dessen ersten Fehlschüssen gerade noch erreicht hatte, als der aus zwanzig Schritt Entfernung zum drittenmal auf Vater anlegte, daß er Ocaru mit einem Fausthieb in den Nacken niedergeworfen, ihm die Waffe entrissen, sie mit einem Schlag gegen das Stapelholz zertrümmert und in die Flammen geschleudert hatte.

X. Kapitel

Die meerüberspringenden sibirischen Stürme und die beethovenschen Landschaften des Abschieds

Es gab im Hennerth-Haus weder Grund noch Muße, sich lange über den Brand unter dem Königstein, über Vaters »Schulterkratzer«, wie er sagte, und schon gar nicht über die Anekdoten zu unterhalten, die sich bald um die Vorfälle am Rande des Großfeuers bildeten. Daß Vater die Gegner seines Plans gleich reihenweise in die Flucht geschlagen haben soll, ohne sie auch nur zu berühren, daß sich ihm dabei eine junge Frau – »frumoasa din pădure«, »die Schöne aus dem Wald« – verbündet und er sich der Hilfe der unheimlichen Licu-Brüder erfreut habe, waren nur einige der Geschichten, die sich die Leute erzählten und, mit immer anderen Aus-schmückungen bereichert, über Jahre hinweg weitergaben. Je mehr Zeit verstrich, um so mehr führten die Geschichten ihr Eigenleben. Sind es nicht immer die aus dem Dunkel kommenden Erinnerungen, die sich in merkwürdiger Verän-derung der Vorgänge und Gewichtungen unserem Gedächt-nis aufbewahren?

Über all dies wurde gelegentlich auch im Hennerth-Haus gesprochen. Es trat hier in den folgenden Jahren in den Hintergrund, weil andere Begebnisse wichtiger wurden.

Natürlich aber hatten vor allem mir das abendliche Garten-fest und die Feuernacht auf lange Zeit hinaus viel zu grübeln aufgegeben. Und noch lange nachher, sobald ich aus der Schule heimgekommen war – ich ging damals schon ins Honterusgymnasium und mußte täglich mit der Eisenbahn nach Kronstadt und zurück fahren –, zog ich mich mit meinen Gedanken beschäftigt zurück. Ich schränkte sogar nach und nach die Begegnungen mit den Freunden Willi Kurzell und

Paul Eisendenk ein und suchte die »Plätze der eremitischen Einsamkeit« auf, wie Maria bei jeder Gelegenheit mit spitzem Mund sagte. Sooft ich Zeit hatte, kletterte ich auf den Gravensteiner. Der bequeme Zacken der beiden höchsten Äste trug mich mit Geduld; mir, dem Dreizehnjährigen, war, als säße ich dort auf der Stirn des »Philosophen«, seiner beruhigenden Weisheit ebenso nahe wie seiner wunschlosen Einsamkeit – rechts vor mir, an den Himmel gelehnt, der gekrümmte Tigerrücken des Königsteins, links der dunkle Koloß des Butschetsch. Und jedesmal dachte ich auch an Gordan.

Ich wußte, daß Bade Licu und seine sieben Söhne in den ersten Septembertagen die Vorbereitungen für den Almabtrieb beendeten. Die herbstliche Halbschur war abgeschlossen, die Hirten würden mit den großen Herden aus den Gletschertälern auf das Gebirgsplateau steigen und dann über die südwärts abfallenden Hochwiesen bis in die Gegend der Skitu-Höhle mit den Klöstern und Einsiedlerklausen ziehen, in denen die bärtigen Kuttenmänner unter dem strengen Regiment des Abtes Atanasiu lebten.

Der Herbstaufbruch leitete jedesmal auch die Stunde der Herdenhunde ein. Die sonst träge wirkenden großen schwarzen und weißen Zottelhunde waren nun ständig in Bewegung. Sie mußten die Schafe und Lämmer, aus deren Mitte die beladenen Esel aufragten, zusammenhalten und sie Bade Licu hinterher treiben, der in Begleitung der Beihunde seinem Gefolge mit umgehängtem Pelzmantel voranschritt. Die Hunde waren vielfach erprobt in grausamen nächtlichen Kämpfen mit den Wölfen, die auch hier die Berge durchstreiften. Alle hatten sie Narben auf den Leibern, einer hinkte auf dem linken Vorderlauf, einem fehlte das rechte Ohr, statt dessen hatte er dort eine schwarze Wulst. Zwei der Hunde waren im Sommer abhanden gekommen, tollwütig geworden von Wolfsbissen, waren sie in die Wälder hineingejagt und nie wieder zurückgekehrt.

Eingehüllt ins Wabern der aus den dampfenden Tiergerüchen und -lauten gemischten Duft- und Geräuschwolken, bevölkerten die Herden die Bergrücken und näherten sich gemächlich den Ebenen des Südens. In den Verengungen der steilen Felsentäler, mit denen dort die Berge in die Wälder hinabfallen, und der schattigen Hohlwege, die durchs Dikkicht führen, streckte sich der Zug zur endlos langen Reihe, was die Hunde aufbrachte, da sie die Übersicht verloren. Dann wieder knäuelte er sich vor einer der Bohlenbrücken über einem weißen Gebirgsbach zum unruhigen Pulk. Hinter den letzten Tieren schritten die Licu-Brüder. Sie pfiffen den Halbenhunden in den Flanken der Herde ihre Anweisungen zu, und immer trug einer von ihnen ein lahmendes Mutterschaf oder ein Lamm über Nacken und Schultern, ehe er es am abendlichen Lagerfeuer behandelte. Bei den Skitu-Klöstern würden die Licu-Männer für sich und die Herden den Segen der Mönche erbitten und diesen ein Lamm schenken. Und von hier weiter würde sich dann der Zug auf das noch im Oktober von saftigen Wiesen bedeckte Quellgebiet der Ialomiţa zu bewegen, ehe er in die Donautiefebene hinausquoll. Tausende von Herden ergossen sich im Herbst aus den Karpaten in die Weiten der Donauniederungen. Pausenlos herabdrängenden Flutwellen gleich, überquerten sie Straßen, Bäche und Bahndämme, hielten sich weder an Ortsschilder noch an Wegmarkierungen und überschwemmten die Feld- und Wiesenflächen, die nach der herbstlichen Ernte bereitlagen, sie über sich hinwegziehen zu lassen. In den Dörfern, an den Rändern der Städte grüßten die Menschen die Schafe und Lämmer und winkten ihnen wie alten Weggefährten und Gespielen zu. Über die Ebene verstreut, brannten an den Abenden die Hirtenfeuer wie glühende Augen nächtiger Tiere. An den dunstigen Morgen trieb das Hundegebell die verschlafenen Herden an, und allmählich mischten sich ins Geblöke die Töne der Flöten. Der blonde Spaßvogel Filip

Licu zauberte weit und breit die buntesten Klangfontänen in die Herbstluft, indessen sein schweigsamer Bruder Gordan im Gehen schnitzte und die Stöcke mit den Gesichtern und Figuren in die Erde rammte – geheimnisvoll gereihte Erkennungszeichen auf dem Weg der Herden vom Gebirge bis zum Strom.

Wie ja überhaupt der Anblick der Licu-Männer, wo immer sie mit den Schafen vorbeizogen, die Menschen zum Stehen brachte. »Woher nur«, hatte ich den Abt Atanasiu einmal zu Großvater sagen gehört, »woher nur haben die sieben ihre felsenhaften Gestalten? Ließen die germanischen Gepiden ihren Samen hier zurück, die Langobarden, Westgoten oder die Bastarnen, die sich einst in wüsten Schlachten den Zugang in dies Hochland erkämpften und von hier gegen die Grenzen des Imperium Romanum angerannt sind? Haben Emil und Filip die hellen Haare, die blauen Augen, den lodernden Mut von ihnen? Sind in Arons und Bogdans pechschwarzen Haaren und dunklen Mandelaugen die asiatischen Alanen und Awaren lebendig geblieben, die in mörderischen Waffengängen mit den Germanenhorden unsere Flüsse röteten? Und Constantins und Dragomirs Backenknochen? Ihre unerschütterliche Ruhe, die sich in jeder Bewegung mitteilt, ist das thrakisches, slawisches, dakisches Erbe? Spricht aus Gordans Profil und den Zügen um den Mund nicht Römisches aus der Kaiser Trajan und Diokletian Zeiten?« Und nach einer Pause hatte der Abt hinzugefügt: »Wilde Söhne der vielen Völker, die durch diese Landschaften zogen! Wie preßt sich doch in jedem von uns Geschichte zusammen, erlischt, erwacht von neuem, verwandelt sich in und mit uns, verwässert und verdichtet sich und treibt uns um, ohne daß wir je wissen, was mit uns gemeint ist.« Großvater hatte genickt.

Bade Licu würde seinen Troß diesmal nicht wie in den Jahren davor ostwärts entlang den Südkarpatenausläufern und danach nördlich der Hauptstadt in die Donausteppe bis vor das Stromdelta führen. Denn, hatte mir Gordan gesagt, sein Vater habe einen ungewöhnlich harten Winter prophezeit. Und unter dem Ansturm der Eiswinde aus der südukrainischen Ebene, die alljährlich geradewegs »aus Sibirien« kämen und »übers Schwarze Meer zu uns herüberspringen«, um durchs Delta westwärts ohne Widerstand in die Steppe zu fegen, seien Mensch und Tier tödlicher Gefahr ausgesetzt. O ja, das habe es schon gegeben, war Gordan fortgefahren, daß in einer einzigen Nacht Tausende von Schafen, dazu die Hirten, Hunde und Esel erstarrt wären und bei Morgengrauen als unförmige Eisklumpen an die Erde angefroren leblos im Frühnebel gestanden hätten. Deshalb würden sie diesmal die Herde vom Oberlauf der Ialomiţa geradewegs nach Süden treiben − über die Flüsse Dîmboviţa, Argeş, Teleorman und Vedea bis in die geschützten Niederungen nördlich der Su-haia-Sümpfe. Da habe Großvater die Ställe und Behausun-gen rechtzeitig in Ordnung bringen lassen. Natürlich würden die Wolfsrudel auch dort in den Nächten heulen. Doch das sei nichts gemessen an den östlichen Eisstürmen… Es seien, hatte Gordan nach einer Pause hinzugefügt, nicht die schö-nen braunen Karpatenwölfe. Nein, nein! Es seien die ver-schlagenen russischen Steppenwölfe mit dem Silbergrau der Fellstulpen, das wie ein Überwurf um Brust und Widerrist liege. Von jeher käme das Böse »din răsărit«, habe sein Vater gesagt, »von Sonnenaufgang«. Ob ihn die Bärin Cora nach den Wintern jedesmal wiedererkenne, hätte ich Gordan fra-gen wollen, ob die jungen Bären, mit denen ich ihn einst im Windbruch unterhalb der Waldgrenze von meinem Versteck aus gesehen hatte, gemeinsam mit der Mutter überwintert hätten? Und warum er, Gordan, mir nicht von Cora erzählt, mich nicht zu ihr mitgenommen hätte?

Es war die Zeit, da sich der Ahorn in den Bergwäldern rot färbt, da sich an den Morgen im Wiesengebüsch und in den

Hochalmsträuchern die Spinnennetze breiten, auf denen der Tau in gebrochenen Spiegelflächen glänzt. Die ersten Nebel zogen über das Hochland, hafteten noch lange nach Tagesanbruch an den Burzenauen und wichen der Sonne von Tag zu Tag später. In den lichter werdenden Wäldern der Butschetschvorberge trieben die brünftigen Platzhirsche ihre Rudel vor sich her und bekämpften in jähen Vorstößen die jungen Nebenbuhler. Über die Äsungsflächen der Talsenken und Hügelkämme hinweg hallten ihre dunklen Schreie. Die Tiere befanden sich in einem Zustand der Unruhe, indessen der Spätsommer ringsum in den Herbst hinüberglitt.

Es waren sonnige, lauwarme Tage, an denen das Leben im Hennerth-Haus in den gewohnten Bahnen verlief. Das geringe, in den Morgen- und Abendstunden aufkommende Windstreichen trug die Aromen von den Waldhügeln bis in die Gärten, Höfe und Straßen. Der Duft von den Alpenrosenhängen, die feinen Zypressendämpfe des Wachholderharzes wehten zusammen mit dem Geruch der Tannen- und Fichtennadeln, des verwelkenden Kartoffellaubs, des reifen Weizens, der Gerste und der ersten Stoppelfelder von den Fluren der Umgebung durch die Fenster in die Wohnungen. Sie beschworen die Bilder des Landes. Im Garten waren Vater, Maria, Katalin und ich tagelang damit beschäftigt, die Äpfel zu pflücken, in Körbe zu legen und in den Keller zu tragen, wo wir sie zum Ausreifen sorgsam auf die Lattenroste reihten. Die kühlen Kellerräume waren erfüllt vom Fruchtäther der Gravensteiner, Goldparmäne, Boskop, Jonathan und Champagnerrenette.

Nach der Apfelernte saß ich dann wieder oft in der Gravensteinerkrone. Durch das offene Fenster des Musikzimmers erreichte mich Tante Leonores Klavierspiel. Ich verzehrte mich in den Phantasien, die mir die Musik eingab, und in der Vorstellung, ich stünde dicht hinter der Spielenden, atmete den Duft ihres Haares und streichelte es. Nur wie im Traum nahm ich Katalins Geträller wahr, sooft diese aus den Gemüsebeeten einen Kopf des dickfleischig verschwollenen weißen Karfiols holen kam, wie dort der Blumenkohl heißt, oder Möhren und Zwiebeln, die Großmutter vorsorglich jedesmal zwischen den Lauch setzte, seit ihr der Hardt-Großvater vor Jahren gesagt hatte, daß es dabei zu »gegenseitiger Hilfeleistung« komme – der Möhrenduft vertreibe nämlich die Lauchmotte, dafür halte der Lauchgeruch die Möhrenfliege fern. Auf Großvaters Rat hin hatte Großmutter aber auch das Dillkraut und die Tomaten zwischen den Kohl gepflanzt – dem Kohlweißling, hatte Großvater eindringlich gesagt, und dessen nimmersatter schwarz punktierter Raupe würden auf die Weise Einhalt geboten. Wie ja die Großmutter überhaupt endlos mit dem Hardt-Großvater, vor ihren Blumen- und Gemüsebeeten stehend, Betrachtungen dieser oder ähnlicher Art anstellte. Verborgen im Zweigendickicht des Gravensteiners, hatte ich Großvater sogar sagen hören: »Die Tomate und der Fenchel können sich nicht riechen, ebensowenig die Erdbeere und die Gurke, der Wermut und der Liebstökkel...«»Ja«, hatte Großmutter nach einiger Zeit gesagt, »ja, es ist wie bei den Menschen.« Ich hatte ihren weißhaarigen Kopf durch die Äste hindurch im Sonnenlicht gesehen. Großvater hatte genickt und gesagt: »Jeder muß herausfinden, mit wem er sein Auskommen hat.« Ob der Gravensteiner etwas dagegen hat, überlegte ich, daß ich an seinem rauhen Stamm und über die Äste heraufklettere, mich hier oben zwischen die raschelnden, im Licht blinzelnden Blätter setze? Im übrigen aber beschäftigten mich damals allein meine Gedanken und Gefühle, ich überließ mich jenem Anhauch von Schwermut, der sich mir aus den Vorgängen ringsum in der Natur mitteilte. Alles andere nahm ich nur am Rande wahr.

Auch der Wandel, der in der letzten Zeit mit Tante Elisabeth vor sich gegangen war, lockte mich nicht aus der Zurückgezogenheit. Hatte ich ihn als erster entdeckt? Immer wieder beobachtete ich Tante Elisabeth, die in diesen Tagen zugleich ruhelos und nachdenklich den Garten betrat. Es sah aus, als hielte es sie nicht in dem großen Haus, das mit den sechzehn Zimmern in den Gebäuden beiderseits des langen Kieshofs, mit seinem die hohe Toreinfahrt überwölbenden Dachgeschoß, mit den Treppenaufgängen und den zwei Veranden an das Innere einer Burg erinnerte, die niemals zur Gänze bewohnt wird und in der es Nischen und Ecken gibt, die kaum jemals betreten werden, die aber das Gefühl der Geborgenheit vermitteln. Die von wildem Wein zugedeckte Laube auf der rechten Hofseite, über die sich der Spanische Flieder wölbte und in der an jedem Nachmittag Tee getrunken wurde – der Silbersamowar war vom Hennerth-Großvater einem Kiewer Geschäftsmann in Dresden abgekauft worden –, und das halbe Dutzend Sitznischen in den von Kletterbsen und Clematis überwucherten Sonnenwänden boten beliebige Möglichkeiten des Rückzugs ins Ungestörte. Dennoch suchte Tante Elisabeth in diesen Tagen auffällig oft die Spazierwege unter den Obstbäumen im Garten auf.

Sie will allein sein, dachte ich, und flüchtig war mir bewußt geworden, daß ich sie schon zum drittenmal aus der Doppeltür des ein Stück in den Garten hineingebauten Gebäudeflügels treten gesehen hatte. Ein Absteigezimmer für Gäste lag dort, mit seiner auf das Wesentliche beschränkten Einrichtung hatte es niemals meine Neugier gereizt, es war in der Regel verschlossen. Allein der klobige handgearbeitete Messingtürgriff in Form eines Löwenkopfs schien mir der Betrachtung wert. Ob sie sich mit ihrem Verlobten Hermann Rein ernsthaft überworfen hat? dachte ich. Niemand hatte ihr etwas angesehen. Doch ich hatte zufällig etwas von dem Wortwechsel in ihrem Zimmer mitbekommen. Tante Elisabeth war bei der Auseinandersetzung so laut geworden, daß ich im Hof den Satz aufgeschnappt hatte: »Wie oft soll ich dir noch sagen, daß mich dein Geld nicht interessiert!« Sie muß jetzt allein sein, dachte ich, sie macht jetzt irgend etwas Wichtiges mit sich selber ab. Ich wußte, mit welcher Entschiedenheit sie danach handeln würde. Ich hatte mich damals aber, wie gesagt, mit anderen Gedanken und Gefühlen auseinanderzusetzen, so verdrängte ich diese Beobachtungen.

Nur meine Schwester Maria war immer darüber im Bilde, wo ich gerade zu finden war, und versorgte mich mit Aufträgen und Botengängen: »Peter, Mutti braucht dringend Streichhölzer und Fliegenpapier, lauf in den Laden zum ›dicken Andreas‹!« Oder: »Peter, du mußt zu Rosinchen Strehling, mit dem Kochbuch, das Großmutter ihr versprochen hat!« Oder: »Peter, Vater hat vor dem Weggehen gesagt, du sollst zu Großmutter in die Langgasse, ihr einen Strauß Dahlien von ihm bringen!« Knapp und klar, duldeten die Aufforderungen kein Zögern, geschweige denn Widerspruch. Und jedesmal wartete Maria, bis ich vom Dachboden, aus dem Kopf des »Philosophen« oder vom Pavillon hinuntergeklettert war. Dann maß sie mich von oben bis unten und sagte mit dem ganzen Charme der kratzbürstigen Überlegenheit, den sie aufzubringen vermochte: »Du Weltergründer!« Ich liebte meine unbedingt zuverlässige Schwester.

Nun gut, ich lief auf den nahen Marktplatz in den kleinen, unter der Gewölbedecke eines alten Hauses nach Majoran, Nelken, Zimt, Lakritzen und Kaffee duftenden Laden, auf dessen Tresen das Schubladenkästchen mit der Aufschrift »Dr. Oetkers Puddingpulver, seit 1891« meine Aufmerksamkeit erregte. Das Gewünschte erhielt ich vom »dicken Andreas«, wie die Leute den Ladenbesitzer mit dem ungeheuren Bauch und der tonsurartigen schwarzen Haartracht nannten, der in der Gemeinde als »ein Nationalsozialist« galt. Dann machte ich mich mit den Dahlien ins stille Hardt-Haus zur »Spanierin« auf, die mit einer Näharbeit im Biedermeiersessel unter dem Foto ihres gefallenen Lieblingsbruders Johannes saß, sich mit ihrem sanften Lächeln für den Blumengruß

des Schwiegersohnes bedankte und auf meine Frage nach Großvater antwortete, daß er gestern abend für längere Zeit verreist sei – »nach Deutschland«, sagte sie. »Nach Deutschland?« fragte ich verwundert. Großmutter nickte seufzend: »Wenn sich die beiden nur wieder verstehen würden!«
Und ich ging mit dem schweren, zerlesenen »Schusterischen Kochbuch« zu »Rosinchen« auf den kleinen Hof am Ortsrand, wo mich nicht allein Rosis Herzlichkeit überschüttete, sondern auch die Fröhlichkeit ihres stoppelbärtigen Mannes Martin Strehling ansteckte, mit der dieser in Hof und Scheune die Vorbereitungen für das Dreschen am nächsten Tag traf. Er sang und pfiff bei der Arbeit, so daß ich ihn schon von der Straße gehört hatte. Ich stand eine Zeitlang mit ihm auf dem Hof. Von der nahe gelegenen Schmiede wehte der Nachmittagswind den Geruch verbrannter Pferdehufe herüber. Er sei, sagte mir Martin stolz, auf dem Gemeindeamt »als erster für die Dreschmaschine eingetragen« worden. Die beiden waren alles andere als wohlhabend; außer einem Joch bearbeiteten sie nur gepachteten Grund. Doch das braune Ochsenpaar, die scheckige Milchkuh und das Yorkshireschwein im Stall waren rund und glatt. Rosinchen gab mir für Maria einen anmutig gearbeiteten Fingerhut aus Knochen mit. Dessen Anblick entzückte die Beschenkte so sehr, daß sie mich stürmisch umarmte und küßte. Wenn mich dieser Wechsel von ihrer Sprödigkeit zu ihrem Liebreiz auch freute, so war ich noch weit froher, als ich bald danach wieder hoch oben im leicht schaukelnden Gravensteinerwipfel saß und allein war.
Das erste Anzeichen dafür, daß wir vor einer Folge aufschrekkender Ereignisse standen, war dann die Nachricht, die Vater in jenen Tagen aus Kronstadt mitbrachte und Mutter, Großmutter und seinen beiden Schwestern in der Hoflaube mitteilte, wo sie den Tee tranken – Großmutter als einzige in der Runde à la russe: mit Zitrone.

Ich war damit beschäftigt, den Lenkgriff am Holzdreirad meines Bruders Holger zu befestigen, als ich Vater sagen hörte:»Marius Micla ist vorgestern verhaftet worden...«
In der jäh eingetretenen Stille war nach einiger Zeit Großmutters Stimme zu hören:»Und — warum?«
»Vermutlich ist der Sicherheitspolizei seine leitende Tätigkeit in der ›Eisernen Garde‹ zu weit gegangen. Die Unruhe unter den ›Gardisten‹ ist seit der Verhaftung ihres Führers Corneliu Codreanu im ganzen Land groß.«
Tante Elisabeth, soeben von der Arbeit aus Kronstadt gekommen, sagte:»Die Kollegen im Labor munkeln, daß sich die Regierung aller führenden ›Gardisten‹ entledigen will.«
»Soll das etwa heißen...?« fragte Mutter.
Doch sie wurde von Großmutter unterbrochen:»Die Regierung — das ist doch der König?«
Vater sagte:»Sofern er sich letzte Entscheidungen vorbehält. Er wird es in diesem Fall tun. Das ist beunruhigend. Denn er sieht in der ›Garde‹ seinen gefährlichsten Gegner und in Codreanu einen persönlichen Feind.«
»Und Titus?« fragte Tante Leonore,»Titus Micla? Kann der denn nichts für seinen Bruder tun?«
Vater antwortete nach einer Pause:»Titus ist selber bedroht. Man sagte mir, er sei auf Drängen von Verwandten nach Deutschland geflohen. Die ›Garde‹ hat in Berlin ihre Freunde. Er wird dort versuchen, über Verbindungen zu mächtigen Leuten seinem Bruder zu helfen.«
»Aber hier?« fragte Tante Leonore,»kann hier niemand etwas für Marius tun?«
»Er hat wohl einige einflußreiche Bekannte«, sagte Vater, »aber jeder, der ihm jetzt beizuspringen versucht, macht sich verdächtig...« Leise fügte Vater hinzu:»Die vielen Verhaftungen verheißen nichts Gutes. Der König gilt als entschlossen und rücksichtslos.«
Da sagte die Hennerth-Großmutter nach einer Pause, in der

das feine Klirren einer Tasse zu hören war, die jemand in der Laube absetzte oder zurechtrückte:»Das sind schlimme, sehr schlimme Nachrichten.«

Es kam kein Gespräch mehr zustande.»Ich danke für den Tee«, sagte Vater. Ich hörte einen Stuhl rücken, sah Vater aus der Laube treten und quer über den Hof zum vorderen Treppenaufgang gehen; er war so sehr mit sich beschäftigt, daß er von Holger und mir keine Notiz nahm.

Ich hatte den Lenkgriff wieder fest im Haltebolzen verklemmt. Holger, der die ganze Zeit über mein stummer Beobachter gewesen war, sagte:»Danke« und setzte sich auf das Dreirad.

Am stärksten betroffen über die Nachricht von Marius' Verhaftung war Tante Leonore. Ich hatte das nicht nur an ihrer Stimme gehört, ich sah es erst recht in den folgenden Tagen. Sie war ernst und sprach kaum ein Wort.

Willi Kurzell, der rotblonde Riesenschlaks mit den auffallend geschmeidigen Fingern, kam damals immer häufiger ins Hennerth-Haus. Er trug die blaue Gymnasiastenmütze der Kronstädter Honterusschule auf dem Kopf und den schwarzen Geigenkasten unter dem Arm. Doch er kam nicht nur zu den Übungs- und Musizierstunden mit Vater, in denen die beiden an Vivaldis»Jahreszeiten« arbeiteten, die Willi demnächst öffentlich spielen sollte. Hatte Willi die Übungsstunden hinter sich, war sogleich Katalin da. Sooft es ihr die Arbeit erlaubte, verbrachte sie die Zeit mit ihm im Garten. Sie unterhielten sich miteinander, Katalin sang szeklerische Lieder aus den Ostkarpaten, deren Melodien er angespannt verfolgte; einmal hörte ich ihn erstaunt sagen:»Das ist doch die reine Pentatonik!« Oder er spielte ihr auf der Geige vor. Dabei wurde der Garten zur Konzerthalle und die Krone des Gravensteiners zur Resonanzkuppel. Es kam vor, daß Willi, ins Spiel hineingesteigert, alles ringsum vergaß – über einer Sonate oder Partita von Bach, über einem Capriccio von

Paganini. Er stand dann in seiner ganzen Länge aufgereckt, die brandroten Haare bei den heftigen Kopfbewegungen als eine wehende Fahne über sich. Bald nach hinten, bald zur Seite gebogen, sah seine Gestalt aus, als wäre sie das Instrument, auf dem ein unsichtbarer Meister spielte. Katalin starrte ihn mit offenem Mund und hochrotem Sommersprossengesicht an. Manchmal hob sie die Hand mit gestreckten Fingern vor den Mund, als wollte sie den Aufschrei zurückdrängen, der ihr auf den Lippen lag und sie zu zerreißen drohte. Einmal hatte ich aus der Baumkrone auf die beiden hinuntergeblickt, als sie sich ins Gras gesetzt und an den Stamm des »Philosophen« gelehnt hatten. Es verwirrte mich, daß sie sich unbeobachtet glaubten. Doch ehe ich etwas rufen konnte, sah ich, wie Katalin ihre Hand mit einer behutsamen Bewegung auf Willis Hand legte, die auf der Geige lag, und wie die beiden danach lange Zeit wortlos nebeneinander saßen. Vor meiner Nase summte eine Wespe, ich wagte nicht, sie zu vertreiben, aus Furcht, ich könnte die beiden erschrekken. Aber ich fuhr zusammen, als Willi plötzlich aufsprang. Er riß die Violine ans Kinn und begann, mit leidenschaftlichem Bogenstrich zu geigen. Mein sonst besonnener Freund war dermaßen außer sich, daß sein Spiel immer wieder ungezügelt geriet und die Saiten zum Schrillen brachte. Den letzten Ton riß er am Ende eines Glissando in der hohen Lage wie einen Schrei aus der E-Saite. Er warf die Geige ins Gras. Und ebenso plötzlich, wie er aufgesprungen war, stürzte er vor Katalin auf die Knie, riß sie an sich und küßte sie lange. Katalin hatte den Kopf zurückgeneigt, ihre weitgeöffneten Augen sahen mich an. Immer noch summte die Wespe vor meiner Nase. Mit dem geflammten Boden nach oben gekehrt, war die Geige in einem Sonnenstrahl liegen geblieben, der dort durch die Äste fiel. Als ich mich bemerkbar machen wollte, begriff ich, daß Katalin durch mich hindurchschaute. Da fehlte mir vollends der Mut, mich zu erkennen zu geben.

So wurde ich als Gast des »Philosophen« in jenen Jahren zum Zeugen mancher Begebenheit, die sich im Verborgenen hätte abspielen sollen. Doch dazu gilt es auch zu sagen, daß ich niemals eines der beobachteten Geschehnisse preisgab – nicht einmal bei den gemeinsamen Abendmahlzeiten in Großmutters Speisezimmer, wo wir uns allabendlich einfanden und jeder, so wie es ihn drängte, über den Tagesverlauf, über Arbeit und Begegnungen, Gedanken, Sorgen und Vorhaben für den nächsten Tag erzählte und der anderen Rat einholte. Es gab im Grunde nichts, worüber während der Abendessen bei den halbstündigen Klängen der »grande sonnerie« mit den zierlichen vergoldeten Sonnen an den Minuten- und Stundenzeigerenden nicht gesprochen wurde. Nach dem gemeinsam gesprochenen Tischgebet »Komm, Herr Jesu, sei unser Gast, und segne, was du uns bescheret hast«, konnte jeder berichten und fragen, was ihn beschäftigte. Unter der Pendüle stand ein Biedermeiersofa mit goldgelbem Chintzbezug. Uhr und Sofa gehören in meiner Erinnerung ebenso zu Großmutter wie das im Hause Fürstenberg im Weserbergland hergestellte Kaffee-Tee-Service mit Goldstaffage in Biedermeierform, das Großmutter »Brunsviga-Service« nannte und das in der Glasvitrine mir gegenüber stand.

Großmutter saß an diesen Abenden an der Spitze der Tafel. Sobald sich der Tag neigte, wurde sie zur Herrin der Familie und des Hauses. Alle versammelten wir uns nach und nach bei ihr. Die Fragen richteten sich ebenso zuerst an sie, wie die Erzählungen vom Tagesablauf vor allem ihr vorgetragen wurden. Mehr als zu jedem anderen Zeitpunkt drängte sich mir bei diesen Abendmahlzeiten die Ähnlichkeit Holgers mit ihr auf. Dann meinte ich, sie müßten beide jenem Paulus Georg Roth ähnlich sehen, dessen Leben auf dem Richtblock ein frühes Ende gefunden hatte. Sollte es möglich sein, daß der Ernst in Großmutters Augen ein später Nachklang der

Trauer um den so unglücklich zu Tode Gekommenen war, ihren Großvater? Und war nicht auch in den Augen meines Bruders Holger dieser Ernst? Oder täuschte ich mich? War es nicht vielmehr so, daß Großmutters Leben an der Seite eines von Tatensucht verzehrten Mannes die Schatten um Augen und Mund geformt hatte? Als ich Mutter eines Tages danach fragte, antwortete sie mir nach kurzem Nachdenken:»Sie ist die großmütigste Frau, die ich kenne.« Und nach einer Pause fügte sie hinzu, als spräche sie mit sich selber:»Das wird niemand ohne erfahrenes Leid.«

Doch wenn wir uns an jenen Spätsommerabenden zum Abendessen einfanden, ging es um andere Fragen. Und hätte mir damals jemand gesagt, es sei nicht Tante Elisabeths in der Luft liegendes, uns alle mehr oder weniger beschäftigendes Problem, das als dringendste Frage zur Erörterung anstünde, ich hätte geantwortet, daß er die Wetterzeichen im Hause Hennerth falsch deute. Denn die Fortsetzung des Herbstfurioso kündigte sich von anderer Seite an, für Tante Leonore platzte eine Nachricht ins Haus, die allgemeine Aufregung hervorrief.

»Fräulein Leonore Magdalene Hennerth« nämlich erhielt von der Konzertagentur der Wiener Musikakademie die Mitteilung, daß die für einen der Wintermonate des kommenden Jahres vorgesehenen zwei Konzertabende in Salzburg und Wien »infolge der Neuordnung des völkischen Musiklebens durch die Reichsmusikkammer« auf den bevorstehenden November – im Brief stand:»Nebelmond« – vorverlegt worden seien. »Fräulein Leonore Magdalene Hennerth« möchte sich, bitte, umgehend äußern. Tante Leonore las den Brief laut vor. Er war fast im Kommandoton gehalten. Rechts oben auf dem Umschlag im Poststempel prangten die geknickten Balken des Hakenkreuzes; mir schien, als wollte das kantige Zeichen den Doppelring des Stempels, der es umschloß, aufbrechen. Die letzten Wörter, die Tante Leonore las, lauteten:»›Mit deutschem Gruß, Heil Hitler.‹« Dann schwieg sie. Wir schwiegen alle. Aber Tante Leonore reagierte prompt und schnippisch, und das gab allen die Fassung wieder. Sie hob den Kopf und sagte mit leicht gerümpfter Nase:»Soso, ›Nebelmond‹ also. Jetzt wissen wir's.«

Da verleugnete sich auch Tante Elisabeth nicht mehr.»Das ist unerhört!« rief sie.»Was sind das für Banausen! Statt fünf Monaten Vorbereitung nur anderthalb Monate?«

Vater hatte beim Vorlesen des Briefs seine jüngste Schwester aufmerksam angeblickt. Die Hennerth-Großmutter, damit beschäftigt, meinem Bruder Holger von dem Rhabarberkompott einige Löffelchen über den Grießauflauf zu verteilen, hatte einen Augenblick eingehalten, dann aber gesehen, daß es vom Löffelchen tropfte, und schob nun mit schnellem Griff die geblümte Papierserviette unter. Doch da hatte meine Schwester Maria schon gerufen:»Na, und?«

Wir blickten sie alle an. Holger sagte zu Großmutter:»Bitte, noch einen Löffel.«

Maria genoß die Aufmerksamkeit, die sie erregt hatte.»Traut ihr Tante Leonore das denn nicht zu?« sagte sie,»ich ja!«

Tante Leonore legte den Brief aus der Hand.

Mutter, die gerade mit einem flachen Teller Rosinenkuchen aus der Küche hereinkam, sagte:»Auch ich traue es ihr zu.«

Vater blickte immer noch zu seiner Schwester hinüber, und es herrschte sekundenlang eine etwas ratlose Stille. Da sagte Tante Leonore:»Ich wünsche allen einen guten Appetit!« Sie griff nach dem Glasschälchen mit Zucker und Zimt, das ihr Katalin über den Tisch reichte — und ehe sie zu essen begann, lächelte sie in die Runde. Aha, dachte ich, dies gewisse Lächeln — ich habe es erwartet! Es wirkt jedesmal wie eine Kampfansage. Das Grübchen im Kinn, das sich immer dann bildet, wenn sie die Zähne zeigt, und dies Lächeln, dachte ich. Ihr»Guten Appetit!« hatte geklungen, als hätte sie gesagt: Denen werde ich's zeigen!

Damit war, wie jeder am Tisch wußte, das Gespräch in der Familie über Tante Leonores Angelegenheit beendet, wir konnten uns anderen Dingen zuwenden. Maria begann von dem Fingerhut zu schwärmen, den ihr Rosinchen Strehling durch mich geschickt hatte, sie versprach Katalin, ihn ihr heute abend für eine Näharbeit zu überlassen. Und ich fragte Großmutter, ob es nicht ungerecht sei, daß Rosi und Martin Strehling sechs Joch Acker vom reichen Seiwen für die Hälfte des Ertrags bearbeiten müßten, da doch der Seiwen achtzig Joch zu eigen hatte?

Leonore Magdalene Hennerth wäre keine Hennerth gewesen, hätte sie die Herausforderung aus Wien nicht angenommen. Das Gespräch, das sie nach dem Abendessen mit ihrem Bruder bis in die Nacht hinein führte, und ihr Antwortbrief nach Wien, den ich am nächsten Tag zum Postamt bringen mußte, besiegelten sozusagen alles weitere. Sie hatte die Agentur der Akademie in wenigen Zeilen wissen lassen, daß sie selbstverständlich zu dem mit Professor Innauer seit dem Frühjahr in den Grundzügen besprochenen Konzertprogramm stehe. Im übrigen werde sie pünktlich zum Semesterbeginn in Wien eintreffen. Von der Vorverlegung der Konzerte kein Wort.

Aber am Postschalter hatte mir die freundliche, grauhaarige Frau Butnaru einen soeben mit der Auslandssendung eingetroffenen Brief für Tante Leonore mitgegeben. Er kam, wie ich auf der Rückseite des Umschlags las, aus Perchtoldsdorf bei Wien und trug den Absendernamen Professor Franz Josef Innauer. Tante Leonore öffnete den Brief vor mir. Während sie las, sah ich, wie sie erblaßte. Sie sah mich an und sagte: »Armer Professor.«

»Mußt du auch darüber mit Vater sprechen?«

»Nein«, sie schüttelte den Kopf, »das ist jetzt allein meine Sache ... Danke, Peter«, sagte sie und fuhr mir übers Haar.

Es durchlief mich heiß, während sie ins Musikzimmer zurückging und die Tür hinter sich schloß. Ob sie jemals mit Vater über das Schreiben aus dem kleinen Perchtoldsdorf am Rand des Wienerwalds gesprochen hat, habe ich nie erfahren. Doch an meiner zweiundzwanzigjährigen Tante Leonore war von dieser Stunde an etwas, das ich bisher an ihr nicht gekannt hatte – und schon am nächsten Tag begann eine bis in den Oktober sich erstreckende Demonstration durch nichts beeinflußbarer Arbeitsdisziplin. Denen werde ich's zeigen! klang es mir in den Ohren. Tante Leonore bewohnte den Raum neben dem gartenwärts gelegenen Musikzimmer. Der milde Frühherbst, der die Rosenauer Wald- und Berglandschaft unter dem Butschetsch in täglich neu aufflammende Schönheiten aus hellen und dunklen Goldfarben tauchte, und der schwarze Bösendorfer Stutzflügel, auf dessen Kupferschildchen im Gehäuserahmen ich die Inschrift »Ignaz Bösendorfer, Wien, seit 1828« gelesen hatte, bezeichneten die beiden Pole, zwischen denen sich in der folgenden Zeit ihr Leben abspielte. Entweder saß sie am Flügel und übte, oder sie ging in regelmäßigen Zeitabständen an den Dahlien vorbei in den Garten, wo sie zwischen den Johannis- und Stachelbeersträuchern bis nach hinten zum Schöne-Helene-Birnbaum schlenderte. Sie blieb minutenlang unter dem Gravensteiner stehen und starrte in dessen Krone, oder sie stand lange vor der Hecke aus immergrünem Buchsbaum und betrachtete umständlich und genau dessen rundliche Kapselfrüchte, als gäbe es für sie auf der Welt nichts dringender zu betrachten. Sie massierte sich dabei ununterbrochen mit der einen Hand Finger, Sehnen, Gelenke und Muskeln der anderen, ehe sie mit straffem Schritt ins Musikzimmer zurückging. Sie erschien, wie es immer schon ihre Gepflogenheit gewesen war, pünktlich zu den Mahlzeiten, strahlte Gelassenheit aus und lachte mit uns Kindern, wobei sie den hübschen Lockenkopf in den Nacken warf. Zweimal wöchentlich fuhr sie in dieser Zeit für einen halben Tag nach Kronstadt, zum Kantor der Schwarzen Kirche, einem weithin gerühmten Musiker, der einst Studienkollege des Professors Innauer gewesen war. Unter seiner Aufsicht kontrollierte sie den Fortschritt ihrer Übungen – Kompositionen von Soler und Beethoven. Wenn sie mittags zurückkehrte, unterhielt sie sich mit Vater über die Anmerkungen des Kronstädter Musikers. Einmal sah ich, wie sie ihrem Bruder über den Tisch hinweg zunickte, als wollte sie ihn beruhigen: Keine Angst, ich pack's!... Danach kaum wieder im Musikzimmer, saß sie schon am Flügel, noch ehe wir den Tisch abgedeckt hatten.

Und dann begannen unter ihrem federnden Anschlag die Viertel-, Achtel-, Sechzehntel- und Zweiunddreißigstelnoten, die Triolen und Sextolen in chromatischen Tonleitern, in Oktav- und Dezimsprüngen, zu immer neuen und unerwarteten rhythmischen Gebilden geordnet, bald punktiert, bald in Synkopen, zwischendurch übergangslos aus dem Legato ins Staccato wechselnd, als hemmungslos prasselnde Sturzbäche durch Haus, Hof und Garten zu stürmen. Von meinem Platz in der Gravensteinerkrone sah ich sie durch das geöffnete Fenster vor ihrem Instrument sitzen, ihre hochschnellenden Hände, ihren sekundenlang nach hinten, dann wieder nach vorne geneigten Kopf. Nie wieder hatte ich mir so wie damals gewünscht, neben ihr sein und ihre Nähe fühlen zu dürfen. Der Zeiger des schräg vor ihr auf dem Flügel stehenden Metronoms ticktackte in metallen unbeteiligtem Ton, bis ihm die Stahlfederpuste ausging und er wieder und wieder aufgezogen werden mußte – wenn ich doch wenigstens soviel für sie hätte tun dürfen! Doch nicht einmal das schien Tante Leonore aus dem Gleichgewicht zu bringen. Denn selbst wenn ihre Finger aus den rasenden Tempi, die das Gerät ihr vorschrieb, herausgeworfen wurden, brachte sie nach kurz abwartender Unterbrechung den Wiedereinstieg in die

Czerny-Etüde in genauer Übereinstimmung mit dem seelenlosen Hin und Her des Taktmessers zustande. Sie tat es jedesmal mit der Präzision des Trapezkünstlers, der sich aus dem Flug in der einzig richtigen Tausendstelsekunde den schwebenden Holm greift. Und danach war es, als ob nicht mehr der vom findigen Instrumentenbastler Johann Nepomuk Mälzel ertüftelte obeliskenhafte Zeitzerhacker, sondern allein sie den Takt angab, so sehr hauchte sie Atem und Herzschlag selbst den vom stumpfsinnig klopfenden Gerät regierten Fingerübungen ein, die Tante Elisabeth erschauernd »die Czerny-Rasereien« getauft hatte.

Während das an- und abschwellende Summen und Stampfen der Dreschmaschinen auf den Bauernhöfen ringsum Tag für Tag näher kam und das Rattern der Schüttler und Trommeln bald lauter, bald leiser zu hören war, saß Tante Leonore bis zu zehn Stunden vor dem Stutzflügel. Dabei lagen vormittags Czernys »Vierzig tägliche Studien« oder die »Schule des Virtuosen« mit Untertitel »L'Art de délier les doigts«, was durchaus richtig »Die Kunst der entfesselten Finger« heißt, auf dem Notenpult des Flügels. Abgegriffen, ja zerfleddert vom tausendfachen Umblättern, an den Ecken braun, zerknautscht, verstümmelt, an den Rändern eingerissen und in der Heftung gerade noch zusammenhängend, flößten sie mir, sooft ich sie sah, eine Menge Respekt vor meiner Tante ein. Mit dem gleichen blitzartigen Zugreifen, mit dem ihre Finger über die weißen und schwarzen Tasten flogen, packten sie mitten im Spiel die Seiten. Nein, zu nachsichtiger Behandlung des Papiers gab's keine Zeit. Und so, wie mir das Federn im Anschlag ihres Klavierspiels immer schon als die kürzeste Formel ihrer Persönlichkeit erschienen war, ist mir die in Gedankenschnelle zugreifende Handbewegung dieses Umblätterns als eine Geste haften geblieben, in der ich sie über ihren frühen Tod hinaus bis heute erkenne. Wie vorbehaltlos sie in dem, was sie tat, zugegen war, erkannte ich auch in den aufschnellenden Handbewegungen, mit denen sie manchmal während der Mahlzeiten oder beim Nachmittagstee auf ihr Knie oder auf die Tischkante eine bestimmte Fingersatzkombination trommelte, an der sie gerade arbeitete. Das dauerte zuweilen nur den Bruchteil einer Sekunde lang. Doch es zeigte, daß sie pausenlos vom Gegenstand ihrer Arbeit beherrscht war.

Weit mehr aber als die Bravour der Haus, Hof und Garten durchflutenden Etüdenstürme beeindruckte mich die Art, in der sie am Morgen nach dem Frühstück die Arbeit aufnahm. Kaum hatte der leichte Wind das von Tag zu Tag näherkommende, vom Geruch aufgewirbelten Spreustaubs begleitete Rauschen der Dreschmaschinen über die Dächer zu treiben begonnen, saß sie am Flügel. Noch nicht ganz bei der Sache, halb abwesend, anscheinend launisch und ohne festen Plan, schlug sie zunächst eine zusammenhanglose Folge von Dur- und Moll-Akkorden an, flocht verspielt durch alle sieben Oktaven der Tastatur hindurch nichtssagende Modulationen ein und ließ erst nach und nach Passagen hören, die Form und Gestalt hatten. Doch jedesmal, wenn ich dachte: Jetzt hat sie sich eingespielt, jetzt sind Finger, Gelenke und Sehnen warm und geschmeidig, jetzt wird sie richtig beginnen, unterbrach sie sich plötzlich. Und dann war eine halbe Stunde lang nichts anderes zu hören als in großen Zeitabständen angeschlagene einzelne Töne. Die linke, dann die rechte Hand entspannt über der Klaviatur, hob sie langsam einen Finger nach dem anderen und ließ ihn aus dem Gelenk auf die Taste niederschnellen. Einmal hatte ich dabeigesessen und mit wachsender Spannung verfolgt, wie sie die durch die Wiederholung entnervende Übung keine Minute weniger durchhielt als vorgeplant. Nur an ihrer feucht werdenden Stirn und am nassen Schimmer auf der leicht nach oben gebogenen Nase las ich die Anstrengung ab, die sie für die Konzentration aufbrachte. Ab und zu richtete sie sich auf, schüttelte Schultern, Arme und Hände und beugte sich dann wieder leicht vor, um von neuem jeden der zehn Finger einzeln langsam anzuheben und auf die Taste prallen zu lassen.

Wie erlöstes Atemholen wirkten danach die paar leichthändig hingeworfenen Arpeggien, mit denen sie sich aus der Anspannung des Fingertrainings löste – so als belohnte sie sich selber für die Konsequenz, die sie gegen sich aufgebracht hatte.

Es geschah aber auch, daß Tante Leonore nach der halben Stunde aus der Monotonie solchen Willenstrainings ausbrach und geradewegs in den »Tango Bambino« des Brasilianers Ernesto Nazareth hineinsprang – in die tropisch schwellenden, von indio-hispanischer Leidenschaft und Trauer durchwühlten Rhythmen und Akkorde, deren Klangmassen so besitzergreifend aus dem Klavier wucherten, daß ich manchmal meinte, Tante Leonore drücke gleichzeitig sämtliche Tasten mit ihrem Leib nieder. Sie spielte den »Tango Bambino« mit einer Lust am Gewoge der Tonmengen und am Aufschrei der Sforzati, daß ich mich in eine Welt fremder Glut und Farben hineingerissen fühlte. Doch ebenso unvermittelt, wie sie sich in den Feuerfluß des Tangos hineingeworfen hatte, stürzte sie sich nach dem letzten Fortissimoakkord wieder in den eiskalten Windzug der Fingerübungen, hinter deren asketischer Sprache ich noch lange die ekstatischen Klangzuckungen des Südamerikaners zittern hörte.

In solchen Augenblicken erschrak ich vor Tante Leonore. Es war, als müßte sie dem Übermaß ihres Anspruchs auf Beherrschtheit von Zeit zu Zeit mit einem Ausbruch der in ihrem Innern brodelnden Lust am Rauschzustand die Waage halten. Dann erinnerte sie mich jedesmal heftig an ihre Schwester Elisabeth, und ich wunderte mich darüber, daß ich die beiden für so grundverschiedene Menschen hielt. O nein, sie waren es nicht. Und Tante Leonore erschien mir noch unerreichbarer als sonst, was mich erst recht unglücklich machte. Das Verwirrende war, daß diese Ausbrüche immer zugleich die Sammlung für den nächsten Teil des Übungsprogramms waren. Denn mit einemmal ging ein Ruck durch Tante Leonore – und ansatzlos begann sie mit perlend schwereloser und glasklarer Genauigkeit die Tonleitern in allen vierundzwanzig Dur- und Moll-Tonarten über die Tastatur zu jagen, als treibe sie eine Herde wilder Rosse in Kavalkaden bergauf und bergab. Es war die Vorbereitung für die Czerny-Etüden. Und wenn sie dann zum Heft »L'Art de délier les doigts« des Meisters der pianistischen Disziplinierung griff, erschien sie mir längst als die souveräne Herrscherin ihres Instruments, das in der wunderbarsten Sprache zu reden bereit war, die dem Menschen gegeben ist.

Denn dies waren die Nachmittage jenes Herbstes: Auf dem Notenpult des Flügels lagen nicht mehr die »160 achttaktigen Übungen« oder die »Vierzig täglichen Studien« des Carl Czerny in der »neu revidierten Ausgabe« des Leipziger Peters-Verlags. Jetzt lag dort das Heft mit der 1818 vollendeten »Sonate für Hammerklavier« von Ludwig van Beethoven. Dann begannen sich die Töne zu Klanglandschaften von unfaßbaren Ausmaßen zu weiten und zu wölben. Und wenn Tante Leonore nach den zahllosen Unterbrechungen und dutzendfachen Wiederholungen die Sonate vom Allegro bis zum Allegro risoluto spielte – die schnellen Sätze mit den harten, kantigen Sprüngen, das Adagio mit dem Meer des Schweigens –, dann wehte aus dem Musikzimmer bis in den letzten Winkel des Hennerth-Hauses die Ahnung eines Ereignisses, das jeden zum Aufhorchen und Verstummen zwang.

Es war das Adagio sostenuto, apassionata e con molto sentimento, bei dem ich immer wieder zu atmen vergaß. Ich saß im Gras unter dem Gravensteiner neben Willi Kurzell, die warme Borke des Stammes zwischen den Schulterblättern, und mir war, als spürte ich den Atem des »Philosophen«.

Neben sich die Violine, auf den Knien die Partitur der Hammerklavier-Sonate, die er mitlas, sagte Willi plötzlich:»Keiner kehrt zurück, der so weit fortgeht.« Die Klavierklänge ergossen sich über uns. Und als spräche er mit sich selber und erklärte mir zugleich, was er hörte, sagte Willi:»Niemand kommt dir hier entgegen. Niemand weiß von dir. Du bist allein und spürst allein die Befreiung – dies schwerelose Hinausschweben aus dir selber, das kein Ende hat. Du weißt nicht, woher die Klänge kommen, die sich immer weiter entfernen und dich mitnehmen. Es sind Klänge, mit denen du beginnst und mit denen du Abschied nimmst. Manchmal ist ein Laut in ihnen wie von unterirdischen Sturmglocken. Hörst du's? Es ist kein Grund zum Erschrecken! Es hat nichts Bedrohliches. Du bist ja auf diesen Klängen immer unterwegs zu dir selber. Sie sind der Versuch, das Endgültige zu erreichen, nach dem du dich sehnst. Sie sind das Wagnis, in dir eine Gewißheit herzustellen, die es im Greifbaren nicht gibt. Solange diese Musik da ist, erfüllt dich die Gewißheit. Wenn sie verklingt, bist du wieder den Ungewißheiten überlassen. Aber wenn du stark bist, hat keine von ihnen je wieder soviel Macht über dich wie vorher.«

Willi schwieg. Ich brauchte eine Zeitlang, ehe ich mich nach dem Adagio sostenuto und nach Willis Worten zurechtfand. Schon trieb Tante Leonore indessen die zur Fuge gebändigten Töne durch die Hochgebirgspässe des Allegro risoluto hindurch. Danach war es still. Wir hörten nur den Baum über uns.

»So geigen können, wie sie Klavier spielt«, sagte Willi,»so als wäre das nichts . . .« Und auf einmal sagte er:»Du liebst sie – nicht wahr?« Einige Sekunden lang schwindelte mir. Ich konnte an nichts anderes denken als an sie.

Wir saßen noch einige Minuten lang schweigend nebeneinander und hörten dem Rauschen der Dreschmaschine zu, die gestern abend auf den Eisendenk-Hof eingefahren und heute vor Anbruch des Tages angelassen worden war. Die Männer arbeiteten im dichten Staub der Grannen und Halme, der aus dem Schüttler aufstieg und langsam über die Obstbäume herübertrieb. Mein Freund Pauli stand oben auf der Maschine am Trichter des Einlegers. Ich wußte das, weil ich nach dem Mittagessen über den Zaun geklettert und zu ihm gegangen war. Schweiß- und staubverschmiert, nahm er die Garben entgegen, die ihm ein Mann von unten mit der Gabel hinaufreichte. Er entflocht sie mit einem Griff, ehe er sie in den großen Blechtrichter vor sich schob. Ich bewunderte und beneidete ihn, wie er im Lärm der Maschine mit den anderen in der Reihe arbeitete. Unten am Sortierzylinder schulterten die Männer die von den Körnern prallen, schweren Säcke, die ihnen Paulis Vater auf die Schultern warf, und trugen sie auf den Speicherboden. Da erhob sich Willi mit einem Ruck und sagte:»Ich muß Ausblick haben. Kommst du mit?«

Im sinkenden Abend stiegen wir zwischen Föhren und Holundersträuchern die steile Nordflanke des Burgfelsens hinauf. Wir krochen durch die von Brennesseln überwachsenen Mauerlöcher der Ostbastei mit dem Falltor und kletterten danach an der höchsten Stelle der am Bergrücken entlang gebauten Wehranlage auf das bröckelnde Gemäuer des Kapellenturms, dessen Steine noch warm waren. Unter uns, nach Süden hin, der brodelnde Ozean der Wälder. Darüber die schwarzen Massen des Gebirges. In den zerfallenden Lichtstrahlen im Westen kaum noch sichtbar das Hochland. Bis die Nacht einbrach, hockten wir schweigend im Wind, der sich an den Steinquadern unter uns scheuerte und kühl wurde.

An dem Tag, als in der Gemeinde die letzten Garben durch die Dreschmaschinen hindurchgetrieben worden waren und sich eine ungewohnte Stille auszubreiten begann, hatte Tante Leonore auch die Arbeit für ihre Konzerte beendet. Wie unverkrampft sie all die Zeit trotz der pausenlosen Arbeitsanstrengung geblieben war, hatte ich schon daran erkennen können, daß sie nach der täglichen Abendmahlzeit noch Lust hatte, gemeinsam mit uns Kindern, mit Willi Kurzell und Vater eine Stunde lang zu musizieren, ja, ich merkte sogar, daß die Hausmusikabende mit den leichten Stücken von Telemann, Pepusch, Birckenstock, Lully, Rameau, Corelli, den Haydn- und Mozartkompositionen für sie das Aufatmen nach einem Einsatz waren, den ich mit leidenschaftlicher Anteilnahme mitgelebt hatte. Ich hatte diesen Abenden mit einer Mischung aus angespannter Erwartung und Vorfreude entgegengesehen und mich ihnen bis zur Verausgabung der Gefühle überlassen. Ich empfand sie so, als musizierte ich allein mit Tante Leonore, als seien Vater, Maria, Holger und Willi Kurzell nur Schattengestalten. Jede Note, die ich auf der Geige oder auf der Flöte spielte, war eine Botschaft an Tante Leonore, und meine Erschöpfung nach der Musizierstunde, die ich mit selbstverschwenderischer Hingabe durchlebte, war so vollkommen, daß ich mich danach in meinem Zimmer im Bett verkroch, Müdigkeit vorschützend, in Wahrheit aber das Bild Tante Leonores vor mir, das stärker war als alles andere, was mich beschäftigte.

Nun lud sie uns für den letzten Abend vor ihrer Abreise ein — sie werde uns ihr Konzertprogramm vorspielen. Ich blickte dem Abend mit Beklemmung, ja mit Angst entgegen, denn ich würde sie nachher lange Zeit nicht mehr sehen. Das erschien mir unausdenkbar. O ja, sie war die erste, unglückliche Liebe meines Lebens. Ihre sichere, schnelle Art, die niemals heftig wurde, die Poesie ihres Blicks und ihrer Handbewegungen, ihre Ausstrahlung in allem, was sie tat, anfaßte oder sagte, berührten mich in des Wortes reinstem und ganzem Sinn. Ihr Klavierspiel wurde mir ebenso zum Erlebnis beglückender Nähe wie ihr Anblick, wenn ich sie in ihrer lebhaften Art mit Großmutter sprechen sah. War sie an den

Vormittagen fort, erfaßte mich beim Gedanken an sie eine Sehnsucht, der ich wehrlos ausgeliefert war. Auf dem Höhepunkt dieser Not hatte es mich zu meiner Mutter getrieben, die nicht wußte, was sich in ihrem Ältesten abspielte, die aber fühlte, daß er eines Zeichens ihrer Zuneigung bedurfte, um sich wieder zu finden. Sie zögerte nicht, es ihm zu geben.

Zum Konzertabend versammelten wir uns alle im Musikzimmer rings um den Bösendorfer Stutzflügel. Auch die Hardt-Großmutter war dabei, die »Spanierin«, Vater hatte sie abgeholt. Onkel Oskar und mein Vetter Horst waren gekommen, der Arzt Aristide Neguş, der Grüße seiner vor wenigen Tagen abgereisten Schwägerin Yvonne überbrachte, Owi und der Pfarrer Mager – der »Magier«, dessen Nasenwarze für meine Schwester Maria auch diesmal ein Grund unaufhörlichen Kicherns war – und natürlich Willi Kurzell. Rosinchen Strehling, der ich die Einladung überbracht hatte, saß in einer Ecke zwischen Maria und der kraushaarigen Martha Eisendenk. Es war mäuschenstill, als sich Tante Leonore an den Flügel setzte. Sie spielte im ersten Teil eine Folge jener im Klosterschloß Escorial geschriebenen kurzen Sonaten des Hieronymiten-Padres Antonio Soler – eine Musik, die aus der spanischen Freude an kühner Leichtigkeit und Virtuosität lebt und die mich von meiner Seelennot ablenkte, denn sie fesselte mich mit einer Anziehungskraft, die ich an jenem Abend als Schlüssel zu mir selber zu ahnen begann. Dann hörten wir Ludwig van Beethovens symphonisch große Sonate.

Tags darauf begleitete Vater seine Schwester nach Kronstadt; sie nahm den Orient-Express und erreichte am Abend des nächsten Tages Wien. Dorther aber hatte sie noch eine Stunde vor der Abfahrt aus dem Hennerth-Haus eine Ansichtskarte des »feschen Gerhard« erhalten. Er sei, hatte der Kampfhunde-Mann geschrieben, soeben zu einer »NS-Sportleiter-Schulung in der Ostmark« eingetroffen. Er freue

sich darauf, sie bald wiederzusehen. »Hunde-Casanova!«
hatte Tante Leonore die Karte kommentiert und zerknüllt.
Doch auch für Vater war ein Brief dabei gewesen. Waldemar
Taucher, der Zeichner und Maler, hatte aus Paris geschrieben. »Ich fahre morgen nach dem Süden«, hatte uns Vater
beim Abendessen vorgelesen, »um einige Wochen lang in
dem aus Zartheiten und Dämonien gemischten Licht des
›midi‹ zu arbeiten, wie sie hier die Landschaft um Les Baux
und Saint-Rémis in der Provence nennen, ehe ich zur Eröffnung der Ausstellung im Salon Réalités Nouvelles in die
Hauptstadt zurückkehre.«
Noch am Tag der Abreise Tante Leonores wurde ich krank
und mit hohem Fieber, dessen Herkunft sich Dr. Neguş trotz
gründlicher Untersuchung nicht erklären konnte, zu Bett
gebracht. Als sich Tante Leonore reihum von uns allen verabschiedet hatte, war sie vor mir stehengeblieben, hatte meinen
Kopf in beide Hände genommen, mich kurz an sich gepreßt
und geküßt. Ich war so lange fähig gewesen, mich zu beherrschen, bis sie, von allen begleitet, das Hoftor erreicht hatte.
Dann war ich in den Garten gerannt, auf den Gravensteiner
geklettert und hatte bitter geweint.
Ich lag zehn Tage lang fiebernd und phantasierend im Bett.
Am zehnten Tag trat ein Ereignis ein, das meinen Zustand
beendete.

XI. Kapitel

Ein König gibt sich handschriftlich die Ehre,
ein Rebell wendet sich von der alten Hure Europa ab

Zehn Tage lang nach Tante Leonores Abreise hörte ich aus meinem Bett Holger die Partita in a-Moll aus dem »Noten-Büchlein für Anna Magdalena Bach« mit Unverdrossenheit und einer erstaunlichen Fingerfertigkeit üben. Am zehnten Tag traf, wie Maria mir aufgeregt berichtete, im Haus in der Brückengasse ein Brief mit dem Aufdruck des königlichen Wappens derer von Hohenzollern-Sigmaringen ein, Empfänger: Richard Hennerth. Da das Postamt »seit Menschengedenken«, wie Maria sagte, keine Briefsendung »mit majestätischem Absender« auszuhändigen hatte, habe die freundliche Frau Elena Butnaru – »die Frau mit dem östlichen Madonnenlächeln in den Augenwinkeln«, nannte Vater sie – den Brief in die schwarze Lacktasche gesteckt, kurzerhand zwei Stunden nach Schalteröffnung das Amt wieder geschlossen und persönlich den königlichen Brief überbracht. Sie war von der Hennerth-Großmutter zum Vormittagskaffee in die Hoflaube eingeladen worden, in deren Laubdickicht zu dieser Jahreszeit die Wespen und Hummeln summten und einige Hausspinnen in ihren Netzen auf Beute warteten. Im Bett liegend, hatte ich durch das geöffnete Fenster jedes Wort des Gesprächs gehört. Frau Butnaru hatte das Haus nach einer halben Stunde verlassen. Maria war mit dem Umschlag sofort zu mir gelaufen gekommen, um mir das Wappen darauf zu zeigen. Ich weiß nicht, wie es dazu kam, daß ich eine Stunde später fieberfrei war, aus dem Bett stieg und mich ankleidete.

Erst beim Abendessen im Pendülezimmer fand Vater, der in den letzten Wochen häufig zu Lehrer- und Schulleiterkonferenzen nach Kronstadt fuhr, den von Mutter neben sein Gedeck gelegten Umschlag. Da wir übrigen alle von dem Schreiben wußten, beobachteten wir gespannt, wie Vater reagieren würde. Zunächst von meinem Anblick überrascht und nach dem Griff an meinen Puls erleichtert, verließ ihn seine Gelassenheit auch angesichts des goldfarben auf dem Umschlag aus Büttenpapier prangenden Wappens nicht. Dessen Kreuz und Schwert tragender Adler zeigte auf dem Schild vor sich die Hoheitszeichen der Landesprovinzen – wir hatten sie in der Schule auswendig lernen müssen: Walachei, Moldau, Banat, Siebenbürgen, Dobrudscha; »Nihil sine deo« hatte ich auf dem Band darunter gelesen. Adler, Provinzhoheitszeichen und Familienwappen des Hauses Hohenzollern-Sigmaringen waren unter der alles überragenden Krone auf blauem Prunkmantel gebettet. Während ich zusammen mit Maria immer noch über der heraldischen Komposition rätselte, sagte Vater neben uns: »Na, also«, griff mit der linken Hand nach dem Umschlag und mit der rechten nach dem Glas Borsec-Mineralwasser, das er sich im Stehen eingeschenkt hatte. »Na, also«, sagte er noch einmal, nachdem er einen Schluck getrunken, das Glas abgestellt und sich gesetzt hatte, bevor er nach dem von Mutter bereitgelegten Brieföffner griff und den Umschlag aufschnitt, wobei er den Daumen respektlos mitten auf das Wappen legte.

Es war dann aber nicht Tante Elisabeths ungeduldiges: »So lies endlich vor!«, was ihn Sekunden danach noch einmal nach dem Glas mit dem Wasser aus den Ostkarpaten fassen ließ. Ich hatte das sofort gespürt. Und als er mich jetzt verblüfft ansah, wußte ich, daß es mit mir zu tun hatte. Doch es dauerte nur einen Augenblick. Vater trank das Glas leer und las den kurzen Text vor: »Seine Majestät König Carol der Zweite gewährt Herrn Richard Hennerth am Donnerstag, dem 18. Oktober, Nachmittag 14 Uhr, im Schloß Peleş eine Audienz und wünscht, über die Erlegung des Bären auf dem

Idweg-Gebiet im besonderen und über das Jagen der Bären im allgemeinen unterrichtet zu werden. Audienzdauer: 30 Minuten. Kleidung: Schwarzes Jackett, gestreifte Hose.« Vater ließ das Briefpapier sinken.

In der Stille sagte Katalin:»Schwarzes Jackett – bitte, was ist das?« Mir fiel zum erstenmal auf, daß sie fast ohne ihren unbeschreiblichen Akzent redete:»Das habe ich noch niemals gehört.«

Mutter erklärte es ihr, und Maria fragte:»Geht man zu einem König immer im Jackett?«

Aber ehe ihr jemand antwortete, sagte Vater:»Da steht noch was.« Er hob das Briefpapier und las laut:»Wie wir hörten, tat sich der Herr Sohn bei der Jagd hervor. Es wird uns ein Vergnügen sein, ihn ebenfalls kennenzulernen. Carol.«

Keine Überrumpelung hätte vollkommener sein können. Vater sagte nur:»Donnerwetter!«

Als erste fing sich Maria. Sie sah mich lange prüfend an und sagte:»Du Philosoph!...« Sie hatte einen Ton zermalmender Ironie in der Stimme, als sie fortfuhr:»Der Gravensteinerphilosoph beim König...!« Das ganze Mitleid mit dem König durchzitterte in feinem Tremolo ihre Stimme.

Aber da hatte auch ich mich schon gefaßt und gerufen:»Und wann fahren wir, Vater?«

»In fünf Tagen«, sagte Vater, sah Mutter an und fragte:»Gibt's heute denn nichts zu essen?«, während Mutter rief:»Aber du hast doch ein solches Jackett gar nicht.« Sie rückte ihm die heiße Porzellanschüssel mit den »Äpfeln-im-Schlafrock« näher.

»Das von Vater ist noch da«, sagte Großmutter und meinte den verstorbenen Hennerth-Großvater, dessen Anzüge immer noch im Fassadenschrank aus Nußbaum- und Eichenholz in ihrem Schlafzimmer hingen,»doch das ist dir wohl zu klein.«

»Nein«, sagte Vater,»ich leihe es mir vom Neguş aus.«

»Ach ja«, sagte Tante Elisabeth nur.

Vater aß indessen schon den dritten »Apfel-im-Schlafrock« – die in Teig gebadeten und in der Pfanne in Öl gebackenen Apfelschnitten gehörten, heiß und mit Vanillezucker gegessen, zu seinen Lieblingsspeisen.

Es wurde eine angeregte und unterhaltsame Abendmahlzeit. Wir erwogen hundert Spielarten des bevorstehenden Besuchs auf Schloß Peleş bei Sinaia im Prahova-Tal – »mitten im Herzen der schönen Südkarpaten«, sagte Großmutter und holte ein Ansichtskartenalbum. Sie zeigte uns nach kurzem Suchen ein in Schwarz- und Grautönen gehaltenes Bild, in dessen Mitte wie ein Lichtklecks das Schloß vor dunklem Wald und Felswänden im Hintergrund zu sehen war. Indessen malte meine Schwester Maria in bunten Farben aus, wie ich in meinem von Vetter Horst geerbten Matrosenanzug in dem auf der steilen Bergwiese erbauten eleganten Lustschloß den König beeindrucken würde. Vater war längst seiner Gepflogenheit treu früh zu Bett gegangen, als wir immer noch darüber schwatzten, wie tief wir zwei uns vor dem König verbeugen, ob wir »Guten Tag, Majestät« oder »Guten Tag, Herr König« zu sagen hätten, ob einer wie ich, »der Bärenjäger und Apfelbaumphilosoph im Matrosenanzug«, in Gegenwart des Monarchen ungefragt überhaupt den Mund öffnen dürfte und ob, wie Katalin wissen wollte, der König denn auch eine Königin hätte.

»Ja«, sagte ich, »und er hat auch eine Geliebte. Die heißt Hélène.«

»Aber, Peter!« rief Mutter ungehalten. »Was redest du da? Woher hast du das?«

»Der Pope Agapie aus Sohodol hat es dem Großvater erzählt, auch ein Jäger am Idweg hat es gesagt«, verteidigte ich mich, »ein König kann sich das leisten.«

Das veranlaßte Mutter erst recht zum Ausruf: »Aber, Peter!« und Großmutter zur orakelhaft vieldeutigen Bemerkung:

»Sofern es mit Anstand geschieht.« Das war ein Wort zum Nachdenken; wir wünschten Großmutter eine gute Nacht und zogen uns zurück. Es war nach zehn Tagen und Nächten verstörten Leidens der erste Abend, an dem ich ausgesöhnt einschlief.

Ob ich bald nach dem Einschlafen oder erst später zu träumen begann, weiß ich nicht mehr. Ich träumte vom König. Sein Gesicht kannte ich vom Bild im Klassenzimmer her. Doch in meinem Traum hatte er gar nicht das Gesicht mit den etwas weichen Zügen, dem vollen englischen Schnurrbart und dem glattgekämmten schwarzen Haar, das er links gescheitelt trug, wie es auch auf den Briefmarken zu sehen war, wo er sich mit seitwärts übers Ohr gezogener Baskenmütze in der Art der Gebirgsjäger zeigte. Es war ein Gesicht, das trotz der Verwöhntheit, die es verriet, einem willensstarken Menschen gehörte. Nein, der König in meinem Traum war ganz anders — er hatte das hagere Gesicht eines Mannes mit prüfendem, ja abweisendem Blick. »Wie oft soll ich dir sagen«, wiederholte die leise Stimme des hageren Mannes, »daß mich dein Geld nicht interessiert.« Aber das hast du doch gar nicht gesagt! rief ich im Traum dem Mann zu, dessen Gesicht nicht das des Königs war, obwohl ich es jetzt gleichzeitig auf der Briefmarke, an der Wand des Klassenzimmers und in der Zeitung sah. Der Mann hielt Tante Elisabeth bei der Hand. Er lächelte sie an und forderte sie zum Tanz auf. Er konnte nicht viel älter sein als Vater, aber er war an den Schläfen ergraut. Er hatte eine Narbe quer über dem Kinn. Er sah mich immerfort mit dem Blick an, der wie Eisen schimmerte, das in der Sonne liegt. Tante Elisabeth, im cremefarbenen, sportlichen Kleid, die sonst hochgesteckten hellblonden Haare über den Schultern, legte sich im Tanz in seinen Arm. Mit glänzenden Augen erwiderte sie das karge Lächeln des Mannes. Der Himmel hinter ihnen war mit blutroten Fahnen behängt. Ich erkannte Messerklingen, hoch wie Pfähle, von unsichtbaren Händen jedesmal dort in die Erde gerammt, wo die beiden Tanzenden im Walzerschritt in den Himmel hinausgleiten wollten. Das Paar schwebte dann ungewiß hin und her wie das Mondlicht am Fußende meines Bettes, aber die Messer verstellten ihm den Weg. Das ist, dachte ich im Traum, das ist nicht Hermann Rein im hellgrauen Kammgarnanzug, der sie zum Tanz geführt hat. Es ist... Ich wußte, wer es war. Aber ich quälte mich vergebens, ihn wiederzuerkennen. Es fiel mir nicht ein, wer der Mann mit der Narbe auf dem Kinn war. Es ist nicht der König. Es ist nicht Hermann Rein. Es ist, es ist, es ist...

Es muß um Mitternacht gewesen sein, als ich aus dem Schlaf fuhr und mich hellwach im Bett aufsetzte. In der Stille erkannte ich das Licht, das der Mond durchs Fenster bis auf das Fußende meines Bettes warf. Die Fensterseite des Zimmers erschien mir taghell, und ich sah, daß sich das Licht vor mir bewegte. Ich wußte, daß es die Aufforderung bedeutete, ihm zu folgen. Minutenlang lauschte ich, ohne daß meine eigentümliche Wachheit nachgelassen hätte. Links lag das Schlafzimmer der Eltern; im Zimmer rechts, zu dem die Tür geöffnet war, atmete Maria ruhig und tief, auch den schnelleren Atem Holgers hörte ich, der in Marias Zimmer im zweiten Bett lag. Ich stieg aus dem Bett. Ich ging mitten durch das schwebende Mondlicht hindurch. Ich spürte seine Sogkraft, öffnete die Tür, die auf die Veranda mit den Korbstühlen führte, und trat hinaus. Ich stand im Pyjama lange auf dem kühlen Fliesenboden der Veranda. In der Stille war nur das Raunen der Tannenwälder von den nahen Bergen zu hören. Dann trat ich die sieben Stufen hinab und am Clematis-Spalier vorbei auf den Kieshof hinaus. Schräg gegenüber auf der anderen Hofseite, im Licht des Mondes, den ich jetzt im Rücken hatte, die dunkle Doppeltür des leeren Gästezimmers. Als sich in der Sekunde danach der im Mondlicht aufblinkende Türgriff aus Messing in der Form eines Löwenkopfs bewegte, wußte ich, daß der Mann mit der Narbe auf dem Kinn heraustreten würde. Ich ging bis in die Mitte des Hofs auf die Tür zu. Dort blieb ich stehen. Mit wenigen Schritten, bei denen der Kies unter ihren Schuhen wie ein Bach rauschte, waren sie bei mir – zuerst Tante Elisabeth und dann der Mann. »Um Gottes willen, Peter«, sagte Tante Elisabeth leise, riß sich die weiße Wolljacke von den Schultern und legte sie mir um.

»Es ist nicht kalt«, sagte ich und blickte dem Mann in die Augen, der dicht vor mir stand. Ich hörte, wie er Tante Elisabeth etwas zuflüsterte. »Ich weiß, wer du bist«, sagte ich laut, »du heißt Rudolf Ferdinand Jung.« Tante Elisabeth richtete sich auf. Sie sah mich mit einem entsetzten Blick an. Der Mann stand starr aufgereckt über mir. Der Schatten seiner Gestalt fiel über den glitzernden Kies bis auf die untere Hälfte der Tür, aus der er soeben mit Tante Elisabeth getreten war. Der Löwenkopf des Türgriffs lag im Mondlicht knapp über der Schattengrenze. Die Nacht war hell. Ich erkannte im geöffneten Löwenmaul das feingearbeitete Gebiß. –

Rudolf Ferdinand Jung hatte den Krieg 1914–1918 als hochdekorierter Offizier der k. u. k.-Armee mit der Einsicht beendet, daß Kriege, gleichviel von wem und zu welchem Zweck sie geführt werden, »bornierte Selbstmorde der Völker« seien und daß sich »die alte Hure Europa« nur noch durch die »totale und letzte Revolution« retten lasse. Daß erst »die Liquidierung der angloamerikanischen Kapitalistengangster, Indianermörder und Menschenhändler« die Voraussetzung dafür schaffe, stand für ihn ebenso fest wie die Notwendigkeit, »die Religionslüge der christlichen Amtsclique« und »das Rauschgift des Nationalismus« zu beseitigen. Der Hochadel des habsburgischen Kaiserreichs, sollte er am Vorabend der österreichisch-ungarischen August-Offensive 1914 östlich der oberen Weichsel im Sperrfeuer der russischen Artillerie einem Kameraden zurufen, »ist ein Haufen vertrottelter

Kokotten beiderlei Geschlechts«, und Nietzsches Forderung, daß »blonde Bestien« her müßten, um »der pervertierten Kultur und Moral der Europäer einen Regenerationsschub zuzuleiten«, billige er vorbehaltlos »bis auf das ganz und gar lächerliche ›blond‹«; gegen die »Bestien«, die Vollnaturen, habe er keinen Einwand. Als ihr Reservoir betrachtete er »die breiten Volksmassen, deren Charakterpotentiale noch nicht wie die der Bourgeoisie verludert sind«.

Jung hatte während der Vorbereitung des Angriffs der ersten und vierten Armee auf Komarów in einem zweitägigen Alleingang hinter die feindlichen Linien die Beschaffenheit des Hügellandes für das entscheidende Vorrücken der Sturmbatallione erkundet und so den schnellen Sieg ermöglicht. Der jüngere zweier Söhne eines Wiener Unternehmers und einer Mutter aus böhmischer Aristokratenfamilie, hatte er in den Jahren vor Kriegsausbruch an der Polytechnischen Schule in München, danach anderthalb Jahre an der École Polytechnique in Paris, schließlich an der Technischen Universität in Wien studiert und dem Wunsch der Mutter entsprechend hier gleichzeitig drei Semester an der Diplomatischen Akademie gehört. Sein letztes Examen hatte er in den Morgenstunden des 28. Juni 1914 abgelegt – drei Stunden bevor die ersten Zeitungsjungen schreiend über Wiens Straßen und Plätze mit der Nachricht von der Ermordung des Erzherzogs Ferdinand und seiner Gemahlin Sophie durch den Serben Gabriel Princip zu rennen begonnen hatten.

Längst von der Unausweichlichkeit des Kriegs überzeugt, war Jung fünf Tage vor der allgemeinen Mobilmachung und damit vor der österreichisch-ungarischen Kriegserklärung an Serbien bei der zuständigen Armeestelle in Wien erschienen und hatte sich zum Erstaunen der Offiziere und Unteroffiziere mit folgenden Sätzen freiwillig zu den Waffen gemeldet: »Es dürfte Ihnen doch klar sein, meine Herren, daß dieser Krieg eine seit zwanzig Jahren von Briten und Franzosen

beschlossene Sache ist. Von Paris bis Petersburg und Moskau spinnen außerdem die Serben ungeniert ihre Intrigen. Vor lauter Höflichkeit wollte das bei uns nur keiner wahrhaben. Und weil sich die Hyäne Amerika, um in Paris und London nicht die Dividenden ihrer Staatsdarlehen einzubüßen, einmischen wird, sobald sie sieht, daß Frankreich und England Prügel beziehen, werden wir den Krieg verlieren. Nun, wir wollen's uns nicht nehmen lassen, ihnen vorher einzuheizen, und es ist tröstlich, daß ja dann bald auch die großbritannische Piratenherrlichkeit dran glauben muß, die sich, hören S'mir genau zu, meine Herren, drei Millionen Quadratkilometer unserer schönen Erde unter den Nagel riß.« Freilich, sagte er nachher in der Schubertstraße zu dem Husarenleutnant, der denselben Weg zurückzulegen hatte, freilich lasse sich gleichzeitig »die habsburgische Versteinerung« mit Händen greifen, »und nichts, mein Junge«, sagte er laut zu dem Leutnant, der sich auf dem von Fußgängern bevölkerten Gehsteig erschrocken umblickte, »nichts zeigt das klarer als die Weigerung der Schönbrunner Senilenzen und Korruptenzen, die in Bosnien Seite an Seite ums Leben gekommenen Gatten gemeinsam zu beerdigen. Die kaiserlichen Fossilien«, sagte er und packte den obersten Jackenknopf des Leutnants, der über soviel staatsgefährdenden Defaitismus erbleicht und im Begriff war, den furchtbaren Menschen anzuzeigen, »die Habsburgerfossilien genehmigen der tapferen Sophie, die es ablehnte, ihren Mann und den Vater ihrer drei Kinder auf der gefährlichen Fahrt durch Sarajewo allein zu lassen, nur ein Begräbnis untergeordneter Klasse, weil Sophie bloß Herzogin und nicht Erzherzogin ist! Verschlägt es dir die Sprache, mein hübscher Junge?« Er lachte im Weitergehen in die erschrockenen Gesichter hinein und rief: »Adlige Staatsverwesung ... Servus, Kamerad!«
Der schon als Kind rebellische, auf eine die Erwachsenen zur Verzweiflung treibende Art gerechtigkeitsbesessene, dann als

Student mit der anarchistischen Ideenhinterlassenschaft der Bakunin, Marx, Proudhon und mit Kropotkins radikalen Vorstellungen beschäftigte Rudolf Ferdinand Jung hatte sich als Infanterieleutnant der Reserve mühelos in die Zucht der k.u.k.-Armee gefügt. Vier Jahre später, am Tag der Kapitulation der Mittelmächte im November 1918, trug er die Rangabzeichen eines Hauptmanns.

Das Kriegserlebnis hatte in ihm die Idee von der »sozialistischen Weltrevolution« bis zum Entschluß reifen lassen, an Umsturz und Neuordnung mitzuwirken. Im Sinne des Fürsten Pjotr Alexejewitsch Kropotkin, mit dem er in Paris und Genf einige Male zusammengekommen war, reifte in ihm die Vorstellung einer staatsfreien, durch Gütergemeinschaft geprägten Ordnung, in der freie Individuen und freie Gruppen in wechselseitiger Hilfe miteinander lebten. So löste seine Rückkehr nach Wien im Spätherbst 1918 das Gefühl in ihm aus, sich in einen »Treibhauskosmos verirrt« zu haben, »dessen Operettengewinsel das parfümierte letzte Fürzchen des imperialistischen Weltkadavers ist«, wie er im angeheiterten Freundeskreis sagte. Er mokierte sich über die österreichischen Sozialdemokraten unter Adler und die deutschen unter Ebert, die sich beim Zusammenbruch »weiß Gott was darauf zugute hielten«, 1914 gegen den Krieg votiert zu haben. »Daß die den Krieg ablehnten«, lachte er, »war sozialutopische Provinz ohne Blick für die Unaufhebbarkeit des Historischen, es geschah aus Motiven ideologischer Sentimentalität.« Umgetrieben, streunte er Tag und Nacht durch Wien, »in dessen Palästen die Fragen des Reichs mit dem Lavendelduft alter Stammbäume, anstatt mit Geist behandelt worden sind«. Ein einziges Mal besuchte er eine Sitzung des ersten Wiener Soldatenrats im Klubraum des Parlaments am Ring, »des langweiligsten klassizistischen Baues in Europa, eine Mixtur aus nachgeäffter Tempel- und einfältiger Scheunenarchitektur«. Er amüsierte sich eine Stunde lang über das Gegeifer und Gezeter der Kriegskrüppel, Straßenlümmel und verkrachten Offiziersexistenzen, die sich als Revolutionäre verstanden wissen wollten, und begriff dabei endgültig, daß ihn hier, »in den Hysterien der k. u. k.-Nachwehen«, nichts mehr halten konnte. »Nein«, sagte er gutgelaunt zu sich selber, »mit dir, Rudolf Ferdinand Jung, hat das nichts mehr zu tun – mit dir hat nur die Antwort zu tun, die du auf die Restaurationsversuche des Plunders gibst.«

Er war fünfundzwanzig Jahre alt, Atheist, illusionslos bis zum Zynismus und entschlossen, der Verwirklichung des Revolutionsgedankens nachzugehen. Das Angebot seines Vaters, mit dem über die Kriegsjahre hinweg auf der Banque de Bruxelles, vor allem auf Konten des Schweizerischen Bankvereins geretteten ansehnlichen Kapital die Vorkriegs- und Kriegsgeschäfte der Familie allein fortzuführen, da der ältere Bruder Leopold gefallen war, schlug er in einem langen Gespräch aus. Er habe vor, kündigte er den Eltern an, sich in die Russische Sozialistische Föderative Sowjetrepublik abzusetzen. »Sie ist das einzige Land«, hatte er gesagt, »das die Masse, die Kraft und den Hunger hat, die Weltrevolution durchzuführen.« Bemerkenswert war dabei die Haltung der Mutter. Die in allem extravagante Frau sah der rebellischen »roten Erzherzogin« Elisabeth Marie, der sozialistischen Enkelin Kaiser Franz Josephs, nicht nur zum Verwechseln ähnlich, sie war ihr auch politisch verbunden. Sie zeigte rückhaltloses Verständnis für die Ideen und Pläne des Sohnes. »Ich habe meiner Herkunft die Reverenz erwiesen«, war Jungs letzter Satz in dem Gespräch gewesen, »es ist Zeit, eigene Wege zu gehen.«

Moskauer wie Petersburger Emigrantenbekanntschaften aus den Pariser und Münchner Tagen nutzend, hatte die Einreisegenehmigung in den von einem bestialischen Bürgerkrieg zwischen den Roten und den Weißen gebeutelten Staat erwirkt und war im März 1919 in Moskau eingetroffen, kurz nachdem sich die Truppen ihrer Majestät Königs Georg V. von Großbritannien und die der dritten französischen Republik aus den Kämpfen abzusetzen und die Weißen, ihre Verbündeten, sich selber zu überlassen begonnen hatten. Ein Bekannter aus den Vorkriegsjahren in Wien, der Schöpfer der Roten Armee und Präsident des revolutionären Kriegskomitees, Leo Trotzki, in dessen Gesellschaft er im Café Central häufig mit den Sozialdemokraten Otto Bauer und Karl Renner zusammengekommen war, hatte ihn schon am dritten Tag nach seiner Ankunft zu einer Versammlung im Saal des Taurischen Palais' mitgenommen. Binnen einer Viertelstunde überzeugte ihn hier die Präzision der umstürzlerischen Intelligenz Wladimir Iljitsch Lenins davon, daß die Revolution in diesem Mann den überragenden Anführer hatte. Wie ihn insgesamt die Führungstruppe der Smirnov, Raskolnikoff, Sklianski, Rosenholz, Watsettis, Muralow und Jurenew durch die Schonungslosigkeit beeindruckte, mit der sie zu Werke ging – hatten diese Männer doch erst kurz vor seiner Ankunft die Ausrottung der Kosakenoberschicht und deren Familien verfügt. Es berührte Jung nicht, daß in fünfzehn Monaten der Herrschaft Lenins acht Millionen Menschen umgekommen waren, erschossen, todgefoltert, dem Verhungern preisgegeben, »mehr als im Krieg«, wie ihm einer der Kampfgefährten Lenins, Bucharin, zuflüsterte. In der Gläubigkeit seines Revolutionsfanatismus erstickte jeder Zweifel.

Mehr aber als dies beschäftigte ihn Lenins nur mühsam beherrschte Nervosität. Ihr Grund, erfuhr er von Bucharin, seien die schlechten Nachrichten aus Berlin. Geld und Agenten, von Lenin massenhaft in die deutsche Hauptstadt, nach Magdeburg, Braunschweig, Bremen, Leipzig, Dresden und München gepumpt, um die Bolschewisierung des kriegserschöpften, von der Hungerblockade der Westmächte halb wahnsinnigen Landes zu betreiben, erwiesen sich nach Anfangserfolgen als wirkungslos. Deutsche Freischärler kämpften in mörderischen Straßenschlachten, vor Hinrichtungen nicht zurückschreckend, die kommunistischen Spartakisten nach und nach nieder. Obwohl die westalliierten und assoziierten Siegerstaaten – es waren sechsundzwanzig – alles unternahmen, die Deutschen endgültig zu lähmen, brachten diese unter der Leitung Noskes die Kraft auf, die bewaffneten Moskauer Avantgarden zu vernichten und Europa so vor dem roten Terror zu bewahren. Nur noch in Bayern und in Sachsen hielten sich in diesem März 1919 die Anhänger Lenins.

Da Jung sofort begriff, daß er als Fremder und Neuling seine Zuverlässigkeit beweisen mußte, focht er schon eine Woche später in den Kämpfen nördlich von Woronesch gegen die Kosakenverbände der ehemaligen Donrepublik – in deren Preisgabe durch Briten und Franzosen er »übrigens wieder einmal die klassische Hurenphysiognomie Europas« erkannte. Ob denn hier einer glaube, höhnte er nach dem Sieg der Bolschewiken bei einer Lagebesprechung in Lenins Kanzlei im Smolny-Institut, an der auch der Volkskommissar für Nationalitätenfragen Stalin teilnahm, »daß die je aus Überzeugungsgründen daran dachten, dem Koltschak und seiner weißen Bande zu helfen? Nein, Genossen! Denen ging es um die Eintreibung der Schulden, die der Zar bei ihren Regierungen hatte – um die Rückkassierung des Kapitals, das die vor dem Oktober siebzehn in die hiesige Industrie investierten. Geld ist die einzige Kategorie, in der sie denken.« Lenin hatte lebhaft genickt und gesagt: »Wir werden sie in den zweiten kapitalistischen Krieg gegeneinander hetzen und dann überrennen...«

Wie durch ein Wunder überlebte Jung in den Jahren nach Lenins Tod die Schauprozesse von 1928, 1930, 1931, vor allem die drei Moskauer »Tschitska«-Prozesse, die stalinsche »Säuberung«, bei deren einem er 1938 seinen noch nicht vierzigjährigen Freund Nikolaj Iwanowitsch Bucharin verlor.

Denn seine enge Beziehung zu dem von Stalin aller Ämter enthobenen Bucharin war sowohl der Tscheka, der Kommission zum Kampf gegen Konterrevolution und Sabotage, und der politischen Polizei GPU wie auch später dem Volkskommissariat für Inneres NKWD bis in die Einzelheiten bekannt. Doch drei Tage nach Bucharins Hinrichtung war Jung eine halbe Stunde vor Mitternacht aus seiner Wohnung in der Katschalowa Uliza unweit der alten Himmelfahrtskirche von zwei NKWD-Beamten in Zivil abgeholt und in einem Militärwagen ins Innenministerium auf dem Dserschinsky-Platz gebracht worden. Die Fassade des Ljubljanka-Gefängnisses im Hinterhof des Ministeriums noch vor Augen, hatte er sich plötzlich in einem hohen, halbdunklen Raum des siebten Stockwerks befunden, wo ihn im Licht einer kleinen Tischlampe drei NKWD-Offiziere in Uniform zu einem »freundschaftlichen Gespräch« einluden – wie der rundliche, halbglatzige Hauptmann mit dem Säufergesicht und den Reptilaugen in samtener Zuvorkommenheit sagte. Nach zwei Stunden undurchsichtiger Fragerei, in der Jung keinen Augenblick die Selbstbeherrschung verlor, stand es für ihn fest, daß das »freundschaftliche Gespräch« von Jossif Wissarionowitsch Stalin persönlich angeordnet worden war, ohne daß er freilich den Grund der Vernehmung hätte erraten können – denn als Vernehmung stellte sich das »Gespräch« heraus, bei dem Jung an der Wand hinter dem Hauptmann, genau über dessen Kopf, eine Lenin-Maske aus Gips vor sich sah, deren Augen ihn durch die gesenkten Lider hindurch zu fixieren schienen.

Erst als ihn der dunkelhäutige Major mit dem georgischen Akzent wie nebenbei nach der Herkunft seiner »beachtlichen rüstungstechnischen Kenntnisse« fragte, horchte er auf. Nun, erwiderte er und griff nach einer der starken französischen Zigaretten in der geschnitzten Holzkassette auf dem Tisch, er habe Ingenieurwissenschaften in München, Paris und Wien

studiert... Wo er, unterbrach ihn der rundliche Hauptmann
lächelnd, mit dem Verräter Trotzki in Verbindung gestanden
hätte...

Unter vielen anderen, ja, sagte Jung, die damals noch keine
Verräter gewesen seien und geholfen hätten, die Revolution
auf den Weg zu bringen, und zu denen er, wie zu Trotzki seit
dessen Exilierung, längst keine Verbindungen mehr unter-
halte; kurz, sagte er, es sei den Genossen sicherlich ebensowenig ein Geheimnis, daß er sich seit Beendigung seines Stu-
diums mit Fragen moderner Rüstungs-, vor allem der Fern-
waffentechnik, auch der Raumfahrt beschäftige – dies sei ja
zweifellos der Grund seiner leitenden Tätigkeit seit anderthalb Jahrzehnten in den Ziolkowski-Versuchswerkstätten.
»Und das«, fügte er abschließend hinzu, »wissen Sie ebensogut wie ich.« Er lächelte knapp und hatte dabei den metalle-
nen Glanz in den Augen, von dem in einem der Dossiers auf
der Tischplatte vor dem Hauptmann unter »Merkmale« die
Rede war, drei Zeilen oberhalb der Eintragung »Narbe auf
dem Kinn«.

Sei es dennoch nicht eigenartig, gab der Hauptmann zurück,
daß er, Jung, sich auf der einen Seite als Pazifist verstünde,
sich auf der anderen aber erfolgreich um die Information auf
dem Gebiet der neuesten militärischen Rüstung bemühe, da
doch das Ziolkowski-Institut Fragen der Raumfahrt nach-
ginge?...

Worin sich aus der Sicht des konsequenten Revolutionärs,
unterbrach ihn Jung im reinsten Russisch Moskauer Schule,
keinerlei Widerspruch verberge. Er sei begierig zu hören,
sagte der Hauptmann.

»Würden Sie«, erwiderte Jung, hob langsam die Hand über
die flache Steinschale am Tischrand und beobachtete, wie
nach dem Schlag des Zeigefingers die Asche der Zigarette in
die Schale fiel, »würden Sie, Genosse Hauptmann, die Siege
der Revolution durch mangelnde Vorbereitung der Antwort

auf den revanchistischen Angriff des Feindes gefährden?...
Ich nicht.«

Lenins Gipsblick schien sich über den Kopf des Hauptmanns
hinweg in Jungs Gesicht zu bohren.

An dieser Stelle hatte sich der strohblonde, junge Oberstleutnant eingeschaltet, der während der zwei Stunden bisher
unbeweglich im Dunkel außerhalb des Lichtkegels gesessen
und nur zugehört hatte. Aha, dachte Jung beim ersten Wort,
der kommt aus der Gegend um Cerkassy. Es gehe, sagte der
Oberstleutnant, um einen ungewöhnlichen Auftrag, für dessen Ausführung die Wahl auf ihn, Jung, gefallen sei. Jung
wußte, daß die Testphase des Gesprächs beendet war.

Der Oberstleutnant hatte sich erhoben; die Hände auf dem
Rücken verschränkt, begann er auf der dunklen Seite des
Raumes auf und ab zu gehen.»In einem ehemaligen Kronland der habsburgischen Monarchie«, sagte er mit leiser
Stimme,»lebt ein genialer Mann in bescheidenen Verhältnissen, von wenigen ernst genommen, von den meisten verlacht,
obwohl er die bedeutendste mathematische Rechnung und
technische Erfindung des neuen Zeitalters machte. Er ist
ungefähr Ihr Jahrgang, studierte wie Sie unter anderem in
München, kämpfte wie Sie im Weltkrieg in der k. u. k.-
Armee, und er verlor wie Sie bei Monfalcone am Isonzo,
wohin auch Sie nach dem Einsatz an der Weichsel verlegt
worden waren und wo Ihr Bruder fiel, ebenfalls den älteren
Bruder. Sie erinnern sich doch an jenen Juni 1918, als Ihre
Einheit, einen Tag, nachdem Sie vom Tod Ihres Bruders
erfahren hatten, an den oberen Piave abkommandiert wurde?
Das ergibt eine schöne Reihe von Gemeinsamkeiten!... Damals Reserve-Sanitätsfeldwebel, hatte dieser Mann 1917 die
Berechnungen einer für dreihundert Kilometer Flugweite
konzipierten Rakete abgeschlossen. Bei einem Durchmesser
von fünf Metern sollte sie fünfundzwanzig Meter hoch, von
wasserhaltigem, mit flüssiger Luft durchmischtem Alkohol

angetrieben und mit Hilfe elektrischer Automatik gesteuert sein. Er schickte die Pläne im selben Jahr zuerst nach Wien an den k.u.k.-Generalstab, dann nach Berlin an die oberste deutsche Heeresleitung. Beide Male antworteten ihm die Begutachtungsstellen mit dem Hinweis auf das Phantastische seines Entwurfs abschlägig. Fünf Jahre später, nach dem Krieg, lehnten die berühmten Professoren der Heidelberger Universität die Raketen-Berechnungen, die er ihnen als Doktorarbeit vorgelegt hatte, ebenfalls ab. Sie verliehen ihm niemals den Doktortitel. Sie schrieben ihm vielmehr, daß die Voraussetzungen seiner Berechnungen falsch sein müßten. Auf die Bitte um den Beweis ihrer Behauptung antworteten sie bis heute nicht. Zwei Jahre darauf wiederholten ebenso berühmte Professoren der Technischen Universität Berlin das Urteil...« Der Oberstleutnant räusperte sich und sagte: »Nun, schon damals rechnete unser großer Ziolkowski die Formeln nach. Sie stimmten ohne Einschränkung. Sie enthielten nichts Phantastisches. Sie überschritten lediglich die Grenzen professoraler Schulweisheit...« Der Oberstleutnant räusperte sich noch einmal und fuhr fort: »Verzweifelt über soviel Honoratiorendummheit, stellte der mittellose Mann, der sich wirtschaftlich total ruiniert hatte, sein Genie in den Dienst des — übrigens aus Ihrer Heimatstadt Wien stammenden — Filmemachers Fritz Lang, um wenigstens auf diesem Weg an Geld und Experimentiermöglichkeiten heranzukommen. Und er schaffte das Unerhörte! Im Attrappenatelier der Berliner Filmgesellschaft entdeckte er den für den Antrieb von Raketen entscheidenden Selbstzerreißungsvorgang des flüssigen Treibstoffs. Er baute den ersten Raketenmotor der Welt mit gezielt angewandter Selbstzerreißung.«

Der Oberstleutnant schwieg. Er war stehengeblieben. Erst nach einer Weile hörte Jung ihn wieder gehen. »Begreifen Sie die Groteske, Genosse Jung?« sagte er. »Nicht im Labor einer Forschungsanstalt, nicht in den Arbeitsräumen eines Technikums, weder von Staat noch Regierung, Mäzenen oder wissenschaftlichen Gesellschaften gefördert, nein, in einer Klitsche der Unterhaltungsbranche, im Provisorium einer Barackenwerkstatt, wo mit Kleister, Reißnägeln, billigen Textilien hantiert wird, machte der Mann die Jahrhundert-, vielleicht gar die Jahrtausendentdeckung – er baute den ersten brauchbaren Raketenmotor. Bei den primitiven Arbeitsverhältnissen kam er fast ums Leben. Seine Tochter wurde das Opfer einer Explosion. Es zerriß sie vor seinen Augen. Und Berlin lachte ihn aus. Die preußische Großbourgeoisie, Adel und Klerus mokierten sich über das Genie aus der ehemaligen Donaumonarchie. Den Universitätskoryphäen war er in ihrer Arroganz bestenfalls Gegenstand süffisanter Kommentare. Österreichischen und deutschen Generälen hatte er einst als trottelig versponnener Unteroffizier gegolten. Schließlich verfolgten ihn sogar einige Berliner Anwälte, weil irgend jemand auch noch Reichsmark von ihm eintreiben wollte; sein Geld reichte am Tag für eine halbe Mahlzeit. So hetzten sie ihn wie einen Aussätzigen aus Berlin, aus Deutschland, aus Österreich hinaus. Erschöpft und entnervt floh der Mann in seine Heimat – in das kleine ehemalige Kronland der Habsburger, das mittlerweile in den Besitz des Königreichs Rumänien gekommen war. Und dort wurde der Geschichte seines Forscherlebens die nächste Groteske hinzugefügt. Denn ausgerechnet im technisch rückständigsten Land zwischen der Nordsee und dem Schwarzen Meer gab ihm König Carol der Zweite, ein als hochnäsiger Potentat, Weiberheld und Jäger bekannter Monarch, aus seiner Privatschatulle einiges Geld für Experimente. Vermutlich gibt es in seinem Land nicht so viele berühmte Professoren wie in Berlin, Heidelberg und Wien, die das Nächstliegende nicht sehen... Wie sagen Sie gelegentlich, Genosse Jung – ›die alte Hure Europa‹?«

Der Oberstleutnant hatte unverändert leise gesprochen, er

war gleichmäßigen Schritts durch das Dunkel des hohen Raumes mit der klassizistischen Stukkatur an Wänden und Decke auf und ab gewandert. Jung hatte das Gefühl, daß Lenins auf ihn gerichteter unsichtbarer Blick die einzige Realität in dem Raum war. Der Oberstleutnant stand jetzt hinter ihm und sagte:»Was, frage ich mich, was sucht der geniale Mann in der Welt der Bourgeoisie, des Adels und der Kirche, die den großen Visionär und Initiator von jeher verspotten, verdächtigen und kreuzigen? Ihnen, Jung, muß ich doch nicht sagen, was hingegen unser Staat an Arbeitsmöglichkeiten einem Genie wie Ziolkowski bot, den Ihr Landsmann aus der ehemaligen habsburgischen Kronprovinz verehrte und mit dem er bis zu dessen Tod im Briefwechsel stand. Den Zaren war das mathematische und technische Phänomen unseres Konstantin Eduardowitsch genausowenig eine Kopeke wert wie den Generälen, Professoren und Finanziers im Westen Ihr Landsmann einen Pfennig oder einen Groschen.«

Jung hörte dem Oberstleutnant mit wachsendem Interesse zu. Jetzt muß er die Katze aus dem Sack lassen, dachte er.

»Genosse Jung«, sagte die leise Stimme hinter ihm,»Sie werden falsche Papiere, Sie werden viel Geld erhalten. Sie werden damit ins Königreich Rumänien reisen und den Mann zu uns in die Sowjetunion einladen. Sie werden ihm sagen, daß er bei uns alles erhält, was ihm in den Ländern des Westens vorenthalten blieb: technische Werkstätten, Labors, ein riesiges Versuchsgelände, Geld, beliebig viele Mit- und Zuarbeiter – dazu Respekt und Hochachtung. Sagen Sie ihm, daß sein Genie hier nicht wie in Berlin auf den Strich gehen muß. Daß er seine Tage und seine Kraft hier nicht vergeuden wird wie in jenem gottverlassenen Provinzstädtchen, in dem er heute als Lehrer mit einem Hungerlohn lebt.« Der Oberstleutnant nahm den Spaziergang hinter Jung wieder auf.»Sie wissen«, fragte er,»von wem ich spreche?«

»Ja«, sagte Jung nach einer langen Pause, »ja, ich weiß. Sie sprechen von Hermann Oberth. Von dem Mann, der auf den Mond fliegen will. 1923 veröffentlichte er ›Die Rakete zu den Planetenräumen‹, 1929 ›Wege zur Weltraumfahrt‹. Seine Formeln stellte er schon vor Jahrzehnten auf. Man glaubt sie ihm nicht. Auch ich rechnete sie nach – er hatte ja die weltweite Schlacht der Formeln ausgelöst.«

»Fahren Sie, Jung!« unterbrach ihn der Oberstleutnant mit plötzlich heller Stimme. »Holen Sie ihn samt Familie zu uns! Seine Kinder können studieren, wo und was sie wollen. Wir bezahlen ihm alles. Alles! Sagen Sie ihm, daß hier bei uns und nirgendwo sonst auf der Welt der Ort ist, Ziolkowskis Weg fortzusetzen. Sagen Sie ihm, daß er, der größte Revolutionär unserer Ära, seinen Platz hier hat!«

Minutenlang war nur der Schritt des Oberstleutnants zu hören. Er sieht mich tatsächlich an, dachte Jung und suchte den Blick der Gipsmaske. Der säufergesichtige Hauptmann am Schreibtisch hüstelte. Das dunkle Georgiergesicht am Rand des Lichtscheins schien im Raum zu schweben. Als käme sie aus weiter Ferne, hörte Jung die leise Stimme des Oberstleutnants hinter sich: »Da strengste Geheimhaltung angeordnet ist, werden Sie trotz der Tarnung, die Sie erhalten, jede Öffentlichkeit meiden. Sie werden...«

Doch da hatte Jung den Oberstleutnant unterbrochen. Ob er sich eine Bemerkung erlauben dürfe, fragte er. Der Hauptmann am Tisch blickte kurz ins Dunkel und machte eine einladende Handbewegung. »Hat«, fragte Jung, »hat Hitler auch schon die Hand nach Oberth ausgestreckt?«

Wieder waren nur die Schritte zu hören. Dann sagte der Oberstleutnant: »Ja. Aber er zögert. Deshalb schicken wir Sie. Erläutern Sie das weitere«, sagte er zum Tisch hinüber. Er trat ins Dunkel zurück. Er ließ sich im Sessel nieder und verharrte bewegungslos, solange der Hauptmann redete. Eine Sekunde lang sah Jung die Spitzen seiner Stiefel und dachte: O ja, die Gipsmaske ist die einzige Realität in diesem Raum.

»Im Juni 1918«, sagte der Hauptmann und rieb sich das Kinn, »haben Sie am Piave einem jungen Leutnant das Leben gerettet. Sie blieben bis zum Tag des Waffenstillstands im November mit ihm zusammen. Gemeinsam reisten Sie bis Wien, wo Sie sich trennten. Der Leutnant fuhr weiter, und bis zum Tag Ihrer Einreise in die Sowjetunion blieben Sie im Briefverkehr mit ihm. Sie erinnern sich? Er weiß, daß Sie in Moskau leben, wir sind darüber informiert, daß er sich Ihnen bis heute verbunden fühlt, auch wenn Sie seit langem nicht mehr miteinander korrespondieren. Wir sind ebenso informiert, daß er zur Verschwiegenheit fähig ist. Dies und seine Dankbarkeit Ihnen gegenüber machen ihn zur sicheren Anlaufstelle für Ihren Auftrag in Rumänien. Der Mann heißt Richard Hennerth.« Jung hielt einige Sekunden lang den Atem an. Dann hörte er den Hauptmann sagen:»Sie werden jetzt nicht mehr in Ihre Wohnung zurückgebracht werden, sondern in ein Appartement im Hotel Lux; Ihre Sachen befinden sich mittlerweile schon dort. Machen Sie sich in den nächsten Tagen mit den Einzelheiten Ihres Auftrags vertraut. Sie erhalten zusätzliche Informationen über Personen, Lebensumstände, Gepflogenheiten der Anlaufadresse. Bis auf weiteres sind Sie vom Dienst freigestellt. Sie werden von uns hören.«

Rudolf Ferdinand Jung erinnerte sich viel später daran, daß ihm erst in diesem Augenblick aufgefallen war, daß sich der Oberstleutnant mit dem hellen Ukrainergesicht, das er nur eine Sekunde lang gesehen hatte, nicht mehr im Raum aufhielt. Nur der dunkelhäutige Georgier und der runde Hauptmann hatten ihm zum Schluß gegenübergesessen. Auf dem Rückweg über den Marx-Prospekt am Kleinen Theater vorbei, sah er immer noch die Stukkaturen an den Wänden und der hohen Decke des Raumes im Innenministerium vor sich;

die Linien und Rosetten hatten ihm Halt geboten, weil ihm plötzlich die Räume der elterlichen Wohnung in Wien eingefallen waren. Dabei war ihm Lenins Gipsmaske immer mehr wie die Spinne im Zentrum eines riesigen Netzes erschienen. Als der Wagen nach rechts in die Gorki-Straße eingebogen war, hatte Jung in der Gegend des Planetariums im Zoologischen Garten kurz den Widerschein des Morgengrauens im Wolkenhimmel gesehen. Die zwei Offiziere von der Geheimen Staatspolizei, die ihn diesmal begleiteten, trugen NKWD-Uniform. Ebenso wie die beiden, die ihn abgeholt hatten, redeten auch sie kein Wort. Als er in ihrer Begleitung zwischen den schweren, grauen Säulen auf das gläserne Eingangstor des Emigrantenhotels »Lux« zutrat, überlief ihn ein Frösteln.

Wann Jung in das burgähnliche Hennerth-Haus unter den Südkarpaten gekommen war, weiß ich nicht mehr. Aber als ich in jener Herbstnacht im Mondlicht vor ihm stand, wußte ich sofort, wie Tante Elisabeths Gespräch mit ihrem Verlobten, dem ausschließlich feinstes English Worsted tragenden Unternehmer Hermann Rein, ausgegangen war, obwohl in der Familie bisher noch niemand davon gesprochen hatte. Kurz nach Tante Leonores Abreise in Richtung Wien war Tante Elisabeth nämlich nach Bukarest gefahren und tags darauf deutlich verändert zurückgekommen. Daß ihr Verständnis für sein »Lebensprinzip der ökonomischen Priorität« endgültig erschöpft sei, hatte sie zu Hermann Rein in dessen Bukarester Wohnung am Bulevardul Magheru gesagt. »Ich lasse dir«, hatte sie hinzugefügt, »deine allein nach Vorstellungen wirtschaftlicher Sicherheiten geordnete Welt. Es ist nicht meine Welt, wenn ich Gefühle empfinde. Ich gehe mit dem Mann, den ich liebe, durch dick und dünn. Ich teile, wenn es sein muß, Not und Armut mit ihm, sofern er mich ohne Vorbehalt an seinem Leben teilhaben läßt, so wie ich ihm von mir nichts vorenthalte. Dein Geld kann mich nicht binden. Also hättest du dich, was ich dir einige Male sagte, darum nicht sorgen müssen.«

Reins Versuche, die zur Aufhebung des Verlöbnisses Entschlossene umzustimmen, hatten nichts gefruchtet. Sein Unterfangen gar, ihr die Überlegungen wirtschaftlicher Sicherheit als Zeichen seiner verantwortungsbewußten Zuneigung verständlich zu machen, hatte Tante Elisabeth zu noch größerer Entschlossenheit herausgefordert. »Ich habe nichts dagegen«, hatte sie gerufen, »die Frau eines wohlhabenden Mannes zu werden, aber nicht um den Preis der Freiheit, es aus meinem Gefühl heraus zu sein.«

Sicherlich, die Trennung hatte sich seit langem angedeutet. Doch erst mit Rudolf Ferdinand Jungs Eintritt in Elisabeth Auguste Hennerths Gesichtskreis war dieser das Ausmaß der wachsenden Entfremdung in ihrem Verhältnis zu Rein bewußt geworden, der Anlaß dazu war Jung nicht gewesen. Der hagere Mann aus Moskau, der als einziger Erbe ein Riesenvermögen ausgeschlagen hatte, weil er in seinem Rebellenzorn über Geld, sofern dies seinen Lebensinhalt hätte bestimmen sollen, nur verächtlich lachte, der ohne Mühe bedürfnislos lebte und sein Leben daran setzte, die Änderung zum Besseren in der Welt mitzubewirken – an einem Mann seines Zuschnitts konnte eine Frau wie Elisabeth Auguste Hennerth gerade zu diesem Zeitpunkt ihrer inneren Verfassung nicht vorbeigehen. Ihre Neigung zum Entweder-Oder schrieb ihr den Weg auch hier vor. »Du wirst aus deiner Wirklichkeitsfremdheit eines Tages zu mir zurückfinden«, war Reins letzter Satz gewesen. Doch da hatte Tante Elisabeth schon nach dem Mantel gegriffen, kurz aufgelacht und sich dem Ausgang der Wohnung am Magheru-Boulevard zugewendet.

Rudolf Ferdinand Jung war, wie ich viele Jahre später erfahren sollte, in der Nacht, in der ich ihm auf dem Hof gegenübergestanden hatte, soeben vom ersten Besuch bei dem Mathematik- und Physiklehrer des Stephan-Ludwig-Roth-

Gymnasiums in dem inmitten lieblicher siebenbürgischer Weinhänge liegenden Städtchen Mediasch zurückgekehrt. Doch da mir weder bekannt war, warum sich Rudolf Ferdinand Jung bei uns aufhielt, noch warum er es heimlich tat, fragte ich ihn nicht nach dem Ergebnis des Besuchs. Ich bin mir sicher, daß ich es andernfalls getan hätte – damals auf dem mondbeschienenen Kieshof, als Tante Elisabeth mit gelöstem Haar Hand in Hand mit Jung aus dem Gästezimmer getreten war, sich die beiden in der halbgeöffneten Tür lange geküßt und dann überrascht vor mir gestanden hatten. Ebensowenig vermag ich zu sagen, woher ich Jungs Namen wußte. Ich konnte es ihnen auch nicht erklären, als sie nicht aufhörten, in Tante Elisabeths Zimmer danach zu fragen. Ich sagte ihnen:»Ich hab's geträumt. Ich träume, was sich ereignet. Ich träume auch Gesichter und Namen.« Aber dazu schüttelten sie beide nur den Kopf und meinten, daß mir jemand den Namen genannt haben müßte. Das ärgerte mich, und ich sagte:»Auch dem Hardt-Großvater muß niemand sagen, auf welche Stelle am menschlichen Körper er die Hand zu legen hat, damit die Schmerzen weggehen, und wie er mit den Pflanzen reden muß, damit sie ihm zuhören.« Dann brachte mich Tante Elisabeth in mein Zimmer, nahm mir das Versprechen ab, niemandem etwas von Jung zu sagen, und zog mir die Bettdecke bis zum Kinn.

Im übrigen hatte zu den angekündigten »zusätzlichen Informationen«, die Jung zehn Tage nach jenem moskowitischen Notturno beim vierten und letzten Gespräch vor dem Abflug aus Moskau von dem NKWD-Hauptmann übermittelt worden waren, der Hinweis auf einen gelegentlich im Hause Hennerth einkehrenden Agenten der Berliner Gestapo gehört. Er arbeite seit kurzem im Sicherheitsdienst des SS-Standartenführers Reinhard Heydrich, hatte ihm der Offizier in seiner Wohnung im fünften Stockwerk des Hotels gesagt. Der Mann beherrsche mehrere Sprachen, sei intelligent und skrupellos, hatte er hinzugefügt und Jung nahegelegt: »Vermeiden Sie jeden Kontakt mit ihm. Er ist gefährlich. Er führt gelegentlich drei Kampfhunde an der Leine, die er selbst großzog... Er heißt Gerhard Göller.«

Jung war über Helsinki nach London, von dort nach Wien und dann nach Bukarest geflogen.

Fünf Tage nach der mitternächtlichen Begegnung auf dem Kieshof fuhren Vater und ich als Gäste des Königs Carol des Zweiten von Hohenzollern-Sigmaringen nach Sinaia, um von dort zum Schloß Peleş aufzusteigen. Vater im Jackett des Doktor Aristide Neguş, dessen Ärmel ihm einen Gedanken zu kurz waren, ich in dem von Vetter Horst »geerbten« dunkelblauen Matrosenanzug mit den eingestickten Goldankern auf dem breiten Kragen und den Hosen, die trotz Mutters Schneiderkünsten nicht recht sitzen wollten, was mich ebensowenig störte.

XII. Kapitel

Die Scharfrichter, die christliche Henkerei und Goethes souveräner Geist

Beim Einsteigen in den Vormittagszug auf dem Rosenauer Bahnhof hatte ich ihn ebensowenig gesehen wie eine halbe Stunde später auf dem Hauptbahnhof von Kronstadt, wo wir in den Zug umsteigen mußten, der uns auf die Höhe des Predealpasses und von dort südwärts nach Sinaia bringen sollte. Mit Sicherheit hatte er sich nicht unter den acht Menschen befunden, die auf dem Bahnsteig in Rosenau gewartet hatten, um in Richtung Kronstadt zu fahren. Aber auch unter den vielen Reisenden in der Halle und auf dem Perron des Kronstädter Großen Bahnhofs war er mir nicht aufgefallen, obwohl ich neugierig die vielen Menschen betrachtet und beobachtet hatte, die mit ihren Duftwolken und im Geschnatter ihrer unterschiedlichen Sprachen in alle Himmelsrichtungen unterwegs zu sein schienen. Daß er dennoch in dem Abteil, in dem nur Vater und ich saßen, plötzlich vor uns stand, ließ mich kurz zusammenfahren, doch es entsprach der Geisterhaftigkeit, die ihn immer wieder bald hier, bald dort wie aus dem Nichts auftauchen ließ. Ich hatte nicht einmal gesehen, wann er die Schiebetür geöffnet hatte und eingetreten war. Der Zug war gerade ins Dunkel der Mischwälder »Am Tömösch« eingetaucht, im Abteil hatte sich schattenhafte Düsternis ausgebreitet, und da stand er auf einmal vor uns — glänzenden Bockbarts, funkeläugig, mit zwei, drei flinken, schwirrenden Gesten der braunen Hände das Gespräch einleitend, das ihm Vater schon nach den ersten Worten abschnitt. »Na, Midi«, fragte er, »was hast du mir zu erzählen?«

»Domnu Rick«, sprudelte es aus Midi Bubu, indessen die

Dampflokomotive einen langen Pfiff ausstieß, »domnu Rick«, wiederholte er lauter, »weißt du, ich habe nachgedacht und herausgefunden, daß wir zwei quitt sind.«

Die Buchen, Fichten und Eschen rechts der Auffahrt waren jetzt ganz nahe ans Gleis herangerückt, fast berührten ihre Äste die Glasscheibe des Abteilfensters. Das grüne Dämmerlicht bewegte sich als Schatten über Midis Gesicht und machte es noch dunkler.

»Soso«, hörte ich Vaters Stimme, »quitt, sagst du?«

»Ja, Herr«, schrie Midi neben mir, »unsere Rechnung ist beglichen! Ich bin nicht mehr in deiner Schuld. Hattest du nicht damals nach dem Brand gesagt, ich solle darüber nachdenken?«

Ich sah Midis schneeweißes Gebiß, als er Vater breit angrinste. Zurückgelehnt beobachtete Vater die am Fenster vorbeigleitenden Bäume und Sträucher. »Nun, gut«, sagte er, »drück dich aber so aus, daß ich verstehe, worauf du hinauswillst.«

»Domnu Rick«, Midi Bubu fuchtelte mit beiden Händen, »du weißt doch – die Sache mit deinem Urgroßvater...«

Hoch über uns, mitten im Wald, war auf einer Steilwiese ein moosgedecktes Flachhaus aus grauen Kalksteinblöcken aufgetaucht. Vater betrachtete es aufmerksam, solange es zu sehen war, schüttelte den Kopf und sagte: »Die Sache mit...? Nein, ich weiß nicht, was du meinst. Mit meinem – mit meinem Urgroßvater?«

»Herr«, rief Midi und schob sich auf der Bank neben mir hin und her, »Herr, ich meine den – na ja, den Brandstifter!« Mit einem Ruck zog er sich zurück. Denn Vaters Gesicht, als er ihn jetzt anblickte, hatte sich verändert. Doch schon im Augenblick darauf sah Vater den Zigeuner mit der Gelassenheit an, die jeder an ihm kannte. Midi schob sich wieder näher und rief: »Ja, domnu Rick! Der Musiker, den sie zum Tod verurteilt hatten. Den sie enthauptet haben.«

Wir waren in die lichtdurchzuckte Düsternis der Wälder eingetaucht. Links der Böschung, tief unten, wo die Straße war, sah ich vereinzelt Lichtungen auftauchen. Dahinter stiegen die Waldhöhen zum Hohenstein hinauf. Auseinander- und emporwachsende Waldberge rings um uns.

»Zum Tod durchs Beil«, hörte ich Vaters Stimme im Hämmern der Räder, »und sofern die Fama stimmt, war einer deiner Vorväter der Scharfrichter.«

Das Hämmern verstärkte sich zu orkanartigem Dröhnen. Plötzlich wurde es stockfinster. Wir waren in den ersten Tunnel eingefahren. Die Glühbirne über der Tür brannte nicht. Neben mir roch ich Midi. Er war nahe an mich herangerückt. Ich schob mich so weit vor, daß ich Vaters Knie fühlte.

»Ja, Herr!« schrie der Zigeuner in die Finsternis hinein.

»Und du, was hast du damit zu tun?« rief Vater.

»Domnu Rick«, schrie Midi, »war denn nicht ich es, der beim Brand unter dem Königstein herausbekam, daß sie dich töten wollten? War nicht ich das? Von mir, Herr, von mir hat Gordan es erfahren! Von mir!« Überall krachte und dröhnte es. Midi hatte mich am Arm gepackt, ich hörte ihn dicht neben mir schreien: »Der da, Herr, der da, der junge Herr! Der ist mein Zeuge!«

»Peter?« fragte Vater nach einiger Zeit.

Ich befreite mich von Midis Griff und rief: »Du wolltest mir nicht zuhören, Vater. Midi hat dem Gordan damals gesagt, daß einer ein Gewehr geholt hatte – um auf dich zu schießen.«

Im finsteren Abteil hatte sich kohlegeschwängerter Rauch auszubreiten begonnen, und mir war einmal, als sähe ich die berußten Felsenwände der Schienenhöhle am Fenster vorbeijagen.

»Weißt du, wie der Henker von anno 1808 hieß?« hörte ich Vater fragen.

»Ja!« schrie Midi Bubu. »Es war Roman Bubu der Graue. Die Cariowanda weiß das. Die weiß alles über unsere Familie. Alles! Ganz weit zurück!«

»Mein Urgroßvater«, hörte ich wieder Vaters Stimme, »hieß Paulus Georg Roth«, er wiederholte langsam: »Paulus Georg Roth . . . Und du meinst also«, rief er, unterbrach sich aber, als es in diesem Augenblick einen Ton heller zu werden begann. Das Dröhnen und Rauschen schien nachzulassen. Sekunden darauf stürmte der Eisenbahnzug mit einem langen Siegespfiff aus dem Innern der Erde hinaus. »Und du meinst also«, wendete sich Vater jetzt wieder an Midi – doch Midi Bubu war nicht mehr im Abteil. So wie er aufgetaucht war, lautlos, unsichtbar, war er verschwunden. Vater schüttelte den Kopf, und wie er nun zum Fenster hinausblickte, huschten über sein Gesicht in raschem Wechsel wieder Schatten, so wie die Landschaft sie zu uns hereinwarf. In Kronstadt für den Paßanstieg mit einer zweiten Lok ausgestattet, rollte der Zug durch eine weite Kehre. Alle Täler unter der Paßhöhe zwischen dem Schuler- und dem Hohensteingebirge, von Wäldern und Almen bedeckt, boten sich eine halbe Minute lang dem Blick dar. Das Licht trieb in leuchtenden Schaumwellen über die Wipfel unter uns.

Da öffnete sich die Schiebetür. Ein dürrer Mann mit schlaffen Zügen und abwesendem Gesichtausdruck betrat grußlos das Abteil. Es war der Schaffner. Er bat, nein, er murmelte um die Fahrkarten, entwertete sie mit den Bewegungen eines Einschlafenden und ging grußlos hinaus. Keine halbe Minute danach flitzte Midi wieder zu uns ins Abteil herein, rieb sich die Hände, zwinkerte mir zu und setzte sich.

»Und du meinst also«, sagte Vater, »daß du über hundert Jahre lang in meiner Schuld warst, weil Roman Bubu der Graue Hand legte an Paulus Georg Roth? Das meinst du doch? Habe ich es richtig verstanden?«

Midi nickte und beobachtete Vater mißtrauisch. Er spürte,

daß noch nicht entschieden war, wie Vater sein Angebot aufnehmen würde – auf dieser Fahrt durch die nächtigen Steinhöhlen unter dem Karpatenurwald, durch eine Landschaft, die so ist wie der Mensch, aus Dunkel und Licht, aus schauerlicher Nacht und herzerfrischender Tageshelle gemacht.»Ja, doch, Herr, ja!« ereiferte sich Midi Bubu neben mir.»Ja, domnu Rick, was denn sonst sollte ich meinen? Was denn sonst?«

»Und wie«, fragte Vater, »wie paßt dein Pferdediebstahl in den Ostkarpaten zu diesen Überlegungen? Wäre ich nicht mit dem Gewehrkolben dazwischengefahren, du hättest meinem Freund Gebefügi Gábor den Schädel gespalten. Nun?« fragte er.

»Aber, Herr!« schrie Midi wieder dicht neben mir.»Herr, bitte, nicht so eilig! Warum habt ihr Deutschen es immer so eilig? Ich schlug ja nicht nach dir, domnu Rick. Ich schlug nach dem wildgewordenen Balg von einem Szekler! Was geht der uns beide an? Was?« Midi holte Atem und schrie noch lauter:»Herr, gib mir die Nacht in den Ostkarpaten als Draufgabe mit dazu!« Seiner Stimme war anzuhören, daß er seine Felle in Gefahr sah, davonzuschwimmen.

Vater sagte:»Wann wird einer wie du verstehen, daß hier jeder jeden etwas angeht?« Er lachte auf, und als er sich ebenso unvermittelt unterbrach und fragte:»Wer, verdammt, hat in der Brandnacht auf mich geschossen?«, wußte ich, daß Midi gewonnen hatte.

»Heilige Mutter Gottes«, schrie er und sprang auf, »wie hat sie doch der Bärenlackel von Gordan der Reihe nach niedergeschlagen! Nein, domnu Rick, es war nicht der bucklige Alex Garugan, wie die Leute sagen! Es war der Ocaru, der Hitzkopf!«

»Sieh an«, sagte Vater erstaunt, »der Alex! Auch der war also mit von der Partie...«

»Domnu Rick, du weißt, daß die Leute hier nichts vergessen«, unterbrach ihn Midi und hatte plötzlich nicht mehr den weinerlichen Ton in der Stimme, »aber du bist ja ein Christ! Sei nachsichtig mit dem Krüppelrücken, der ist eh von Gott geschlagen!«

Das hätte er besser unterdrückt, dachte ich, als ich Vater ansah.

»Hör zu, Midi«, sagte Vater, »du bist gefährlicher, als ich bisher annahm. Ich werde mich künftig noch mehr in acht nehmen vor dir...« Und nach einer Pause fügte er hinzu: »Aber auch du vor mir.« Er lehnte sich aufatmend zurück. Der Zug fuhr lärmend in den zweiten Tunnel ein. Als er wieder ins grüne Licht hinausstieß, sagte Vater: »Wir sind in Predeal... Topp!« sagte er zu Midi. »Dein Vorschlag zur Güte nach über einem Jahrhundert gilt.« Er reichte dem Zigeuner die Hand.

»Herr«, schrie der, »du bist ein Herr!«

»Steig jetzt aus«, sagte Vater, »wenn der Schaffner kommt, sage ich ihm, daß sich da die schwärzeste Henkerseele, die mir je begegnete, ohne Fahrkarte über den Paß mogelt.«

Midi Bubu war also, daran bestand jetzt für mich kein Zweifel mehr, nicht irgendein Hergelaufener der Geschichte, wie wir es ja fast alle sind. Nein, der bärtige Mann mit dem Faunsgesicht, der seinen Lebensunterhalt mit tausend Dingen bestritt, von der Jagdtreiberei bis zur Kesselflickerei, vom Aufspielen in den Wirtshäusern, dem Geigen- und Teppichhandel bis zu den Diebestouren durch die Ostkarpatennächte, bei denen Pferderaub, Messerstechereien und die gerissene Kunst der Fährtenverwischung eine Rolle spielten, aber auch vom Fuhrgeschäft und Schinden herrenloser Hunde, die er mit der Drahtschlinge einfing, bis hin zum Abhäuten krepierter Rinder und Büffel – dieser Mann also hatte einen der imponierendsten Stammbäume, von denen ich jemals hörte oder las. Waren doch seine Vorväter und -mütter über einige Epochen hinweg mit einem Handwerk beschäftigt gewesen, das ihnen neben Verfemung, Elend und gesellschaftlicher Ächtung auch düsteren, blutbehafteten Ruhm eingetragen hatte. Denn Midi Bubu war der Nachfahre einer jener ehemals in ganz Europa bekannten Henkerdynastien, deren Geschichte selbst hartgesottene, mit der Schäbigkeit des Menschen vertraute Historiker erschauern macht. Noch sein Ururgroßvater, Roman Bubu der Graue, wie mir meine Amme Semiramida Cariowanda in einer stürmischen Herbstnacht erzählen sollte, hatte als letzter bestallter Henker der reichen Stadt Kronstadt in Siebenbürgen zu Beginn des neunzehnten Jahrhunderts bald das zweihändige Richtschwert mit der breiten Blutrinne, bald das Schlagbeil mit dem langen Stiel geschwungen. Und schon seinen Vätern waren sie überantwortet worden: die Kindsmörderinnen, die Mutter-, Raub- und Lustmörder, die Hexen und Mordbrenner, aber auch die nie gezählten Schuldigen und Schuldlosen, die sich durch irgendeine der zu allen Zeiten unvorstellbaren Borniertheiten der Gesetzgebung und der Verdrehkünste der Rechtshüter in den Händen der »Meister der hohen Werke« wiedergefunden hatten, wie Scharfrichter und Henker dazumal mit Respekt genannt wurden.

Sicherlich, die Gloria der großen Dynastien der französischen Sansons oder der Schrottenbacher in Wien, der Bickel in Stuttgart, der Hennings in Hamburg, der Abrell in München, Innsbruck und Meran, die allesamt Jahrhunderte hindurch das »hohe Werk« auf Sohn und Enkel vererbten – die Wiener Schrottenbacher von 1550 bis 1820 – und bis zu vierhundert Hinrichtungen während eines Berufslebens vornahmen, wenn sie nicht gar wie der Henker des Truchseß von Waldburg tausendzweihundert rebellischen Bauern die Köpfe abschlugen – zur Gloria dieser großen Henker-Dynastien hatten es die Bubus niemals gebracht. O nein, sollte mich Semiramida Cariowanda in jener Sturmnacht in ihrem Häuschen belehren, in soviel Blut wie ihre Kollegen in den fortschrittlichen Ländern von Schottland, England, Frankreich über Holland bis Spanien, Italien, Deutschland und Österreich hatten die Bubus vor den Richtblöcken aus Eichenholz im Südosten des Erdteils nicht gestanden! Ansonsten aber hatten sie genauso wie all die anderen ihre erzählenswerten Geschichten. Sie aus allererster Quelle zu vernehmen, sollte ich in meinen Jugendjahren in der glücklichen Lage sein. Denn Semiramida Cariowanda, meine Lebensretterin mit der Goldmünzkette um Hals und Nacken, war nicht nur eine der besten Erzählerinnen, die ich je kannte, sie war Midi Bubus leibliche Base, sie entstammte mütterlicherseits dem Geschlecht der Bubu-Henkerdynastie. Was sie zu berichten wußte, war nicht weniger bewegend als all das, was ich später über die französischen, englischen oder deutschen Meister des Todes lesen sollte. Oder hieß es denn etwa nichts, daß Roman Bubu III. an der 1720 in der Kaiserstadt Wien abgehaltenen, in die Annalen der Stadt eingegangenen internationalen Scharfrichtertagung nicht nur teilgenommen, sondern dort auch in aufsehenerregender Weise von sich reden gemacht hatte? Er hatte nämlich die noch nicht ganz besetzte Palette der Torturtechniken gleichsam um eine neue Farbe bereichert. Gehörte doch auch dies zum »hohen Werk« der Todesmeister: die Verstockten unter den Festgenommenen durch Verwendung allerlei Geräte zum Sprechen zu bringen. Sie taten das weiß Gott nicht, weil sie Teufel oder Unholde waren, sondern im Auftrag von Justiz und Kirche.

Und so falle denn auf Roman Bubu III. kein falsches Licht, auch wenn bei jener Wiener Henkertagung der erstaunliche Umstand vermerkt wurde, daß die an einem zufällig einsitzenden armen Teufel vorgeführte Neuerung nicht, wie es die Regel war, von einem Juristen, sondern von einem der allgemein als menschlicher geltenden Henker stammte – eben von Roman Bubu III. aus der seit dem Leopoldinischen Diplom von 1691 habsburgischen Kronprovinz Siebenbürgen. Er muß ein beachtlicher Mann gewesen sein, war er doch nicht allein in allen Künsten der Enthauptung mit Schwert, Beil und Fallbeil bewandert. Er galt ebenso in der Heilkunst als Fachgröße, wo er mit Ingredienzien wie Hasenharn, Pfauen- und Kinderkot, mit Hühnerdärmen, jungen Raben, Krebsen und Kröten, mit Ohrenschmalz, getrockneten Regenwür- mern und Zähnen von Toten wahre Wunder vollbrachte, sobald es darum ging, einem Bittsteller die »Purgationes zuzurüsten«, wie im vielgelobten »Buch der Medicie« von anno domini 1715 des Arztes Johannes Seitz nachzulesen ist. Der Franke Seitz hatte den Siebenbürger Roman Bubu III. persönlich gekannt und wegen der lehrreichen Hinweise, die er von diesem erhalten, auch geschätzt. Wozu hier anzumer- ken ist, daß Seitz keineswegs der erste war, der sich bei den »geheurten Arzten, Weibern, Scheeren und Schwartz Künst- lern« im karpatischen Hochland Unterweisung und Rat holte. Zwei Jahrhunderte vor ihm war schon der große Paracelsus aus Einsiedeln in den Schwyzer Alpen durch die Landstriche zwischen dem Siebenbürgischen Westgebirge und den Kar- paten gestreift, um Erfahrungen zu sammeln, die ihn in die Lage versetzen sollten, Autoritäten wie Avicenna und Galen vom Thron der medizinischen Allwissenheit zu stoßen. Roman Bubu III. hatte also im Jahr 1720 in Wien die soge- nannte »Flöte der Ruhestörer« vorgestellt, von ihm um eine einschneidende Neuerung ergänzt. Schon von den Meistern der Inquisition in Holland ersonnen, in Spanien mit dem Namen »La flauta del alborotador« bedacht, war die »Flöte« ein gewöhnlich aus Eisen hergestelltes Folterinstrument in Form der Trompete, Oboe oder Blockflöte. Anstelle des Mundstücks hatte sie freilich einen Metallring, der um Hals und Nacken des Delinquenten gelegt wurde, während eine mit zwei Flügelschrauben ausgerüstete Klammer dessen Fin- ger solange auf den Instrumentenkörper preßte, bis Gelenke, Sehnen und Knochen knirschend zermalmt und flachgedrückt waren. Niemals bediente der Scharfrichter selber die Schrauben, dies tat einer seiner Stockknechte, weil das Opfer durch die Berührung mit dem Scharfrichter entehrt und gesellschaftlich herabgesetzt worden wäre. Um nun den Schmerz der Fingerzermalmung zu ergänzen, hatte Roman Bubu III. – der seit der Wiener Tagung den Beinamen »Roman der Flöter« trug, was nicht allein mit der von ihm erdachten Neuerung, sondern ebenso damit zu tun hatte, daß er in Mußestunden die Flöte blies –, hatte Roman Bubu III. also durch einen der geschickten deutschen Handwerker in Kronstadt am Innenrand des Hals- und Nackenrings zwei spitze Stifte anbringen lassen. Diese gruben sich bei jeder Umdrehung der Flügelschraube durch Übertragung auf den Halsring tiefer in die von den Anatomen »Kopfwender« genannten Muskeln beiderseits des Hinterhauptlochs ein; der Druck auf Nervenzellen und -fasern des Rückenmarkstrangs verdoppelte die Schmerzen. Die beiden Eisenstifte müssen eine ähnliche Wirkung erzeugt haben wie die mit lustigen Fähnchen und Bändern geschmückten Kurzspieße, die bei der Corrida dem Stier in die Nackenmuskeln gejagt werden. Dies zumindest erläuterte Roman Bubu III. seinen Zuhörern in Wien, wie ich von der Cariowanda in jener Nacht unterrichtet werden sollte, in der die Sturmböen die Graupappel hinter ihrem Häuschen zersplitterten. Die aus Deutschland, Frankreich und den Niederlanden nach Wien angereisten »Meister der hohen Werke« waren beeindruckt von der Erweiterung ihrer Möglichkeiten des Einwirkens auf das menschliche Schmerzpotential – sie hießen sie gut, weil sie die Pein des Gefolterten abkürzte, brachte sie diesen doch früher zum Sprechen.

Ist es nicht erwähnenswert, daß im selben Jahr 1720 der Philosoph Christian Freiherr von Wolff in Halle an der Saale eines seiner Hauptwerke unter dem Titel »Vernünftige Gedanken von der Menschen Tun und Lassen zur Beförderung ihrer Glückseligkeit« veröffentlichte, es ihm damit aber ganz anders erging als dem findigen, allenthalben mit Anerkennung bedachten Roman Bubu III.? Denn Wolff wurde dieses Werkes wegen von seinem Regenten, dem preußischen Soldatenkönig Friedrich Wilhelm I., des Amtes enthoben und als ein die Religiösität und Ordnung unter den Menschen gefährdender Querulant des Landes verwiesen. Ruhmbeladen hingegen kehrte Roman Bubu der Flöter als ein um die Festigkeit der Gesellschaft verdienter Wohltäter aus Wien nach Kronstadt zurück.

Nun sei mit all diesen Betrachtungen kein Lamento angestimmt! Denn seit jeher ist die Gleichzeitigkeit von Lust und Not, von Leben und Tod das Wesen der Geschichte und wird es ewig bleiben. Auch sei ohne Zögern zugegeben, daß jener Kronstädter Handwerker, der sich mit dem Scharfrichter der Stadt eingelassen hatte, weil er es getan, öffentlich für »unehrlich« erklärt und aus der Zunft verstoßen wurde. Der Nachweis allerdings, daß sich der in Wien als Versuchsperson für Bubu des Flöters Neuerung gefolterte Untertan der Kaiserlichen und Apostolischen Majestät beim Verhör erheblich früher gefügig gezeigt hatte, als er es bei der Anwendung der alten »Flöte der Ruhestörer« getan hätte, bewog den Rat der Zunft schon ein halbes Jahr später zur Zurücknahme seines harten Spruchs: Der verdienstvolle Handwerker wurde wiederaufgenommen. Und Roman Bubus III. Henkersruf drang bis in die ferne französische Hauptstadt, wo sein stiftbewehrter Nackenring rasche Verbreitung fand, und vor allem von den Doctores der juristischen Fakultät mit neidvollem Respekt begutachtet und vom Klerus mit milder Freundlichkeit angenommen wurde.

Aber niemand sollte sich hier vorschnell über die finstere Vergangenheit ereifern, läßt sich doch der Enthusiasmus moderner Empörung schon mit einem einzigen von unzählig vielen Beispielen ernüchtern! Die zur Zeit Leonardos,

Michelangelos, Dürers und Luthers in Venedig verwendete, vielleicht sogar dort ausgetüftelte »Kopfpresse«, die den Kopf des Delinquenten zwischen Kinn und Schädeldecke in einem schraubstockähnlichen Eisengerät immer fester einklammerte, bis zuerst die Zähne und Kiefer zerbrachen und danach die Augen aus den Höhlen traten, ehe das Gehirn durch die geborstenen Schädelknochen zu quellen begann, wurde neben den vielen anderen Scheußlichkeiten des Fortschritts noch im zwanzigsten Jahrhundert benutzt. Allerdings mit einigen dem mittlerweile gewachsenen Bedürfnis nach Bequemlichkeit Rechnung tragenden Verfeinerungen: Das Gerät erhielt gepolsterte Kinn- und Schädelauflagen. Und nicht nur die Geräte verfeinerten sich, es stieg auch die Zahl der Abschlachtungen. Denn wenn etwa die Henker des Mittelalters in ihrem Leben bis auf vierhundert Köpfungen und Hängungen kamen, so gehen in unserem Jahrhundert zum Beispiel auf das Konto des Nazi-Scharfrichters Reichart mit einer der zwanzig von Hitler höchstpersönlich in Auftrag gegebenen Guillotinen allein im Jahr 1943 über 870 Hinrichtungen, ja vom April bis zum Dezember 1944 sogar deren 738...

Seltsam, daß all die Geräte der Exekution, Folter und öffentlichen Demütigung, der Verunstaltung an Leib und Seele mit wenigen Ausnahmen den Segen der Theologie und der Jurisprudenz erhielten, mehr noch, daß es Theologen und Juristen waren, die auf ihre Vervollkommnung drängten. Die eisernen »Halsgeigen«, »Fingernägelzieher«, »Brustkrallen«, »Augenstecher«, »Schandmasken«, »Hodenquetscher« und oralen, rektalen, vaginalen »Birnen«, »Darmleiern«, »Stachelstühle«, die »Streckbänke«, die vergleichsweise harmlosen »Daumenschrauben«, die »Selbstgeißelungsgürtel«, »Bleipeitschen«, die »Gedornten Halsketten«, die »Peitschen zum Hautabziehen« und viele andere gehen auf Juristen zurück. Es waren erzürnte Juristen, die Widerstand leisteten, als Maria Theresia 1778 – ein Jahr nach Voltaires vergeblichem Versuch in Frankreich, freilich aber erst siebenunddreißig Jahre nach Friedrich II. von Preußen – in Österreich die Folter verbot. Und es war die aufgebrachte Theologie, die des italienischen Grafen von Beccaria Cesare Bonesana 1764 veröffentlichtes Buch gegen Folter und Todesstrafe auf den »Index librorum prohibitorum«, auf die »Liste der verbotenen Bücher«, setzte. Hat aber je einer davon gehört, daß Juristen oder Theologen für die von ihnen erfundenen und etikettierten Greuel zur Verantwortung gezogen wurden? Dachte William Shakespeare hieran, als er schrieb, daß zuerst alle Rechtsgelehrten totgeschlagen werden müßten? Greuel, die ein großer Unerschrockener wie der Graf Friedrich Spee von Langenfeld zu Beginn des siebzehnten Jahrhunderts gleicherweise den gefühlsrohen Kirchenmännern und Juristen anlastete – Vertretern jener Institutionen, in die der Mensch seit jeher die größten Hoffnungen setzt und die ihn durch alle Zeiten hindurch am bittersten enttäuschten. Denn stammte der Ende des fünfzehnten Jahrhunderts verfaßte und danach von allen Richtern bei Hexenprozessen als Strafkodex benutzte »Maleus maleficarum«, der »Hexenhammer«, dies widerwärtigste Buch der Rechtsgeschichte, nicht von zwei frommen Dominikanerpatern? Traurige Wahrheit, daß der Mensch immer nur dort gut ist, wo ihm die Macht fehlt, böse zu sein. Ist aber dies ganze Schreckensinstrumentarium nicht zugleich auch Zeugnis der fragwürdigen Großartigkeit des menschlichen Erfindergeistes insgesamt, der uns auf einen Weg brachte, auf den wir uns ohne Möglichkeit der Umkehr längst aus der Schöpfung hinauskatapultierten? Wir haben es nur nicht gemerkt, daß zum Fortschritt immer auch der Fortschritt des Perversen gehört. Roman Bubus III. Ruhm in dieser Werteordnung erreichte mit der Vorführung in Wien anno 1720 den Höhepunkt. Vielversprechend, sollte ich in besagter Nacht von der Cario-

wanda hören, war allerdings schon der Beginn seiner Laufbahn gewesen, hatte er doch 1703 auf Hermannstadts Großem Ring sein Schwert aus toledanischem Stahl auf den
Nacken des glänzenden Grafen der Deutschen in Siebenbürgen, des Sachs von Harteneck, niedersausen lassen – auch
damals assistiert von seiner Frau, die nach dem Schwert-
schlag den Kopf des schuldlosen Mannes mit geübtem Griff
auf den neben der Richtstätte aufgetürmten Sandhaufen
befördert hatte, indessen Tausende der Landsleute, Freunde,
Bekannten und Verehrer Hartenecks einer Herde glotzender
Schafe gleich tatenlos dabeistanden. Roman Bubu III. hatte
1703 zu den vier siebenbürgischen Scharfrichtern gehört, die
auf Einladung des Hermannstädter Magistrats mit insgesamt
zwölf Stockknechten angereist waren, um jedem Fehler bei
der so wichtigen Hinrichtung vorzubeugen, geschah es doch
immer wieder, daß einem Scharfrichter die Nerven versagten
und er fünfmal oder gar öfter zuschlagen mußte, ehe er sein
schon halb zerstückeltes Opfer erlösend traf. Einen Anblick
»von ängstigender Majestät«, wie einer der Zuschauer später
erzählte, hätten die vier in knöchellange graue Mäntel mit
über die Gesichter gezogenen Kapuzen und den scharlachroten Seidengürteln auf dem Blutgerüst stehenden Henker
geboten, die dem bärtigen Roman Bubu III. die Ehre zuge-
wiesen hatten, den sechsunddreißigjährigen Grafen auf den
Richtplatz zu bitten. Roman Bubu III., dies steht fest, war
durchdrungen von der gottgewollten Notwendigkeit seines
Werks. Er war stolz, es seinem Vater gleichzutun, der 1678
gegen einen Gulden, zwei Laib Brot und eine viertel Seite
Speck ebenfalls nach Hermannstadt eingeladen worden war
zum Beistand des Stadthenkers bei der Verbrennung der
sechs Hexen, die laut Richterspruch »von unten herauf« zu
rädern waren, indem ihnen zuerst das linke Bein, dann der
rechte Oberarm, danach der linke Oberarm und zuletzt das
rechte Bein mit dem Rad zerschmettert wurde. Räderung und

Verbrennung waren auf dem gleichen Stadtplatz vorgenommen worden, auf dem nun die Enthauptung Sachs von Harteneck anstand. Roman Bubu III., auch dies ist überliefert, gehörte zu jenen Henkern zwischen Edinburgh und Moskau, Paris und Rom, Cádiz in Andalusien und Kronstadt in Siebenbürgen, die das Opfer nicht nur um Vergebung baten, ehe sie es höflich zum Niederknien oder Vortreten aufforderten, sondern es am Abend vor der Hinrichtung auch besuchten, sich mit ihm unterhielten und seine Körperbeschaffenheit in Augenschein nahmen. Als Roman Bubu III. die schwarz funkelnden Zigeuneraugen auf den Grafen gerichtet und gemurmelt hatte:»Gott sei unseren Seelen gnädig, hoher Herr, ich bitte Euch um Vergebung«, soll Sachs von Harteneck ohne äußere Bewegung vom Gerüst herab auf die Menge seiner Landsleute geblickt und zum Henker gesagt haben:»Sieh sie dir an, Bubu! Wehe, wenn einer um einen Kopf größer gewachsen ist als sie! Nichts verzeihen die Bürger mit den Biedermannsgesichtern und schmutzigen Seelen weniger. Sie reden vom Recht. Aber sie reiben sich insgeheim die Hände, da sie mich mit ihrer Doppelzüngigkeit hierher brachten. Sie zeigen sich der Welt als Saubermänner – aber sie leben einträchtig mit dem Intrigantengesindel unter sich. Dein Handwerk ist ehrlicher, Scharfrichter. Du bist ohne Lüge. Ich habe dir nichts zu vergeben. Tu guten Gewissens das deine.«

Nein, die Bubu-Henker in Siebenbürgen standen ihren Kollegen in den anderen Ländern Europas in nichts nach, nicht einmal den Sansons, deren einer, Charles IV. Henry, im Jahr 1766 beim zweiundzwanzigjährigen Chevalier de la Barre, der stehend enthauptet zu werden begehrt hatte, mit solcher Genauigkeit zuschlug, daß der abgetrennte Kopf, ein hochmütiges Lächeln auf den Lippen, an seinem Platz blieb und erst durch die Neigung des umsinkenden Körpers herabfiel. Natürlich gab es im Leben der Sansons den Glanz des welthistorischen Ereignisses. Die Brüder Charles Henry, Charlemagne und Louis Martin hatten am 21. Januar 1793 das Blutgerüst auf der Place de la Révolution, der späteren Place de la Concorde, zu dritt betreten und im Auftrag der Revolution den Bourbonenkönig Louis XVI. enthauptet. Henry Sanson hatte die Königin Marie Antoinette, die Königsschwester Elisabeth und den Herzog von Orléans, den haltlos weinenden Camille Demoulins, dazu Danton, Robespierre, Saint-Just, die ganze Revolutionsmeute also, hingerichtet. Aber ebenso gab es in allen Bubu-Generationen vom siebzehnten bis zum neunzehnten Jahrhundert den Vorfall, der aus der geschichtlichen Anonymität herausragt. Denn wenn etwa zu Charles Sansons großen Exekutionen die der märchenhaft schönen Angélique Nicole Carlier 1699 auf der Place sur Grève in Paris gehörte, bei der der junge Scharfrichter von Angéliques Anmut so verwirrt war, daß er zum maßlosen Zorn der Zuschauermenge fünfmal zuschlagen mußte, ehe er das bedauernswerte Geschöpf tödlich traf – die wegen versuchten Gattenmordes angeklagte Lothringerin hatte beim Besteigen des Blutgerüsts ihre Hand graziös in seine gelegt, als ließe sie sich zur Gavotte führen –, so wußte Semiramida Cariowanda von einer nicht minder dramatischen Begebenheit im Leben Gogo Bubus zu erzählen. Der neunundsiebzigjährige Gogo, der Vater Roman Bubus III., habe im selben Jahr, sollte ich von ihr erfahren, in dem Angélique in Paris ihren Kopf verlor, mit drei Wundärzten aus dem Kronstädter Kreis gewettet, daß er nach der nächsten und zugleich letzten Hinrichtung seiner Laufbahn Arm in Arm mit dem Enthaupteten noch fünfzig Schritte weit zu gehen gedenke. Und da schon sieben Tage danach über einen wegen neunfachen Mordes und einiger Dutzend Raubüberfälle gesuchten, in den Wäldern am Tömösch-Paß aufgespürten Bandenhäuptling das Todesurteil verhängt wurde – ein abartiger Gnom aus Scoticeşti in der Kleinen Walachei –, wählte sich der erfahrene Gogo Bubu diesen zum Gefährten für den Spaziergang jenseits des Lebens aus. Er habe den Mann, sagte mir die Cariowanda, um Vergebung und um den Fünfzig-Schritte-Gang nach der Enthauptung gebeten, den der Verurteilte mit blödem Grinsen versprach. Als der Kopf nach Gogos renommiertem Blitzschlag noch nicht richtig auf dem Sandhaufen gelandet war, packte der Henker den Rumpf, richtete ihn auf, stülpte ihm, um das allzu schnelle Verbluten zu verhindern, ein vorbereitetes Rasenstück auf den Halsstumpf und begann, den Hingerichteten untergehakt, im Gejohle der Zuschauer den Weg. Im Chor zählte die Menge die Schritte. Nach dreiundfünfzig Schritten verließen den Kopflosen, der Gogo immer wieder umarmte, die Kräfte. In einem letzten Aufzucken stürzte er über den weißhaarigen Henker, der ihn mit Mühe von sich schüttelte, ihn endlich schulterte und blutbesudelt zurücktrug. Doch das Schauerlichste der Geschichte sei erst deren Ende gewesen. Nachdem Gogo Bubu den Leichmam in den Korb geworfen und sich kurz aufgereckt habe, sei er selber stocktot zu diesem in den Korb gestürzt. Noch lange nachher hätten die Menschen geflüstert, daß die Umarmungen des enthaupteten Banditen nicht ohne höhere Bedeutung gewesen seien, denn der Tod umarme niemanden, um ihn danach wieder laufen zu lassen... Die drei Wundärzte aber hatten durch die gotteslästerliche Wette nicht nur ihr Vermögen aufs Spiel gesetzt, sie wurden obendrein in aller Öffentlichkeit für »unehrlich« erklärt und verloren das Recht der Berufsausübung – nicht weil sie die unstatthafte Wette eingegangen waren, nein, weil sie mit dem Scharfrichter gesprochen hatten.

Es war dazumal gefährlich, mit einem Henker auch nur ein Wort zu wechseln. Jedermann konnte dadurch auf der Stelle »unehrlich« werden. Und nicht jeder war ein Kaiser wie Friedrich I., den sie »barba rossa« nannten, dessen junge Gemahlin Beatrix auf einem Volksfest vor den Augen ihres

Mannes mit einem hübschen Bengel tanzte, in vollendeter Höflichkeit von diesem aufgefordert, ehe ruchbar wurde, daß der Kerl mit dem leichten Tänzerschritt der Henker von Bergen bei Frankfurt am Main war. Hätte nun die Kaiserin gesellschaftlich geächtet werden sollen, wie die strengen Gepflogenheiten es forderten? Alle starrten auf das kaiserliche Paar. Doch Barbarossas Geistesgegenwart und Macht retteten die Kaiserin. Ohne zu zögern, erhob er an Ort und Stelle den Scharfrichter in den erblichen Adelsstand und verlieh ihm den Namen »Schelm von Bergen«. Man weiß, daß das Geschlecht der Schelme von Bergen von der Schelmenburg jahrhundertelang lebte.

Aber Cariowandas Fundus an Familiengeschichten war unerschöpflich, und ihr besonderer Stolz galt dabei dem Umstand, daß es unter ihren Henkersvorfahren keinen gab, der sich einen jener verhängnisvollen Fehlschläge geleistet hatte, die in der Scharfrichtersaga erst recht ein düsteres Kapitel bilden. Und wenn einer hört, daß der Scharfrichter von Lyon 1642 vom wütenden Volk zerfetzt wurde, vermag er Semiramida Cariowandas späte Befriedigung zu verstehen. Der Verschwörer François Auguste de Thou war vom Lyoner Henker durch zehn Fehlhiebe bis zur Unkenntlichkeit verwundet und erst durch den glücklichen elften Hieb zu Tode gebracht worden, woraufhin die Menge den Henker gliederweise auseinandergerissen hatte — kein Geringerer als der neunzehnjährige Jean-Baptiste Poquelin, bekannter unter dem Namen Molière, berichtete es der Nachwelt.

Der Lyoner Fehlschlag-Geschichte hatte Cariowanda diese Bubu-Geschichte entgegenzuhalten: Vor zweihundert Jahren habe im Karpatenhochland eine gottserbärmliche Januarkälte geherrscht, »wie das hier manchmal so ist«, hatte sie gesagt und sich geschüttelt, daß ihr die Goldmünzen um den Hals geflogen waren, »wenn sich die Wölfe vor dem Ortseingang versammeln und heulen, daß einem das Blut gerinnt und beim Pinkeln das Wasser gefriert, ehe es den Boden erreicht«. Damals habe ihr Vorfahr Blidi Bubu einen zum Tod durch den Strang verurteilten jungen Landstreicher hängen müssen. Er habe es im Abenddämmern getan, schlotternd vor Kälte, und den Leichnam, wie vom Magistrat angeordnet, durch seine Gesellen eine Stunde vor Mitternacht ins Stadthaus bringen lassen, wo er tags darauf »anatomiert« habe werden sollen. Doch wie entsetzt seien die beiden Stadthauswächter vom Würfelspiel aufgefahren, als beim Schlag der Mitternachtsstunde vom Turm der Schwarzen Kirche der steifgefrorene Leichnam auf dem Tisch neben ihnen aufgetaut, zu neuem Leben erwacht, aufgestanden und mit einem fidelen »Das war's dann wohl!« zur Tür hinausgegangen sei. Würde sie, Cariowanda, nach den Umständen gefragt, so habe sie nur diese Antwort: Der Kerl, der ihren Vorfahr auf diese Art in Verruf gebracht habe, sei in der Kälte, bei der die Bäume am Zinnenberg gekracht hätten, schon vor dem Hängen längst steif und das Hängen daher so sinnlos gewesen, als habe man einen Stock erhängt. Altüberliefertem Recht entsprechend, war damit die Sache ausgestanden, der Gehängte mit dem Schreck und Blidi Bubu mit der Rüge davongekommen, künftig gründlicher zu Werke zu gehen. Das habe ihn zwar, versicherte mir Semiramida Cariowanda, nicht weiter berührt, denn ihr Vorfahr sei ein herzensguter Mensch und die Errettung des jugendlichen Streuners ihm insgeheim ein Grund zur Freude gewesen, aber dennoch habe er es als Minderung der Berufsehre empfunden. »Da hat Gott selbst dem Tod eins ausgewischt«, hatte sie entschieden gesagt, »da hat mein Vorfahr durchaus nicht gebutzt! . . .«

»Gebutzt«, hatte Semiramida Cariowanda gesagt und sich des deutschen Wortes bedient. Wenn einst zwischen Hamburg und Meran, Aachen und Königsberg oder in den siebenbürgischen Städten einem Henker bei der Hinrichtung ein Fehler unterlief, redeten die der Fachsprache Kundigen vom

»Butzen«. Das »Butzen«, der Fehlschlag mit Schwert und Beil oder das Reißen des Henkerstricks, geschah immer wieder, und es entschied nicht selten über Scharfrichterschicksale, sei es, daß die Behörde den »Butzer« wegen Unfähigkeit zum Teufel jagte, sei es, daß die Volksmenge zur Lynchjustiz schritt. Ein längst verschollenes, ein vergessenes Wort? Und wenn, dann nur noch in Nachschlagebüchern zu finden? Weit gefehlt! Gleichviel nämlich, wo diese siebenbürgischen Deutschen heute in der Welt leben, sie verstehen sich als ein altväterisches Museum, in dem sich Gerümpel stapelt, das andere längst über Bord warfen, und so nennen sie heute noch eine Sache, die einer verpfuscht und vermasselt, eine »verbutzte« Sache. Sie mahnen einen, der sich ungeschickt anstellt, nicht »herumzubutzen«. Einen »Trunnebutzer« gar heißen sie einen, der so linkisch ist, daß er nur zum Zusammennageln einfältiger Truhen taugt. Zwingt uns die Beibehaltung dieses Worts aus der Henkersprache nicht, auf die Eindringlichkeit zu schließen, mit der das Völkchen im Karpatenhochland einst die Vorgänge auf dem Blutgerüst miterlebte? Die Verniedlichung des Worts im Alltagsgebrauch tilgt das Schauerliche seiner Herkunft nicht. Im Gegenteil. Seine Verwendung zeigt, daß immer noch Angst und schlechtes Gewissen in den Seelen umgehen.

Doch nicht so sehr über das Butzen – »buțăreală«, sagte sie – sollte sich die Cariowanda in jener Nacht erregen, als der Sturm die hohe Pappel halb aus der Wurzel riß und sie quer über den First des kleinen Zigeunerhäuschens krachen ließ, so daß wir die halbe Nacht und einen ganzen Tag zusammen mit den Nachbarn arbeiten mußten, um den Schaden zu beheben. Es war etwas anderes, was sie bei diesem Gesprächsstoff jedesmal so aufbrachte, daß sie fast die Beherrschung verlor.

Wie seien doch die armen Scharfrichter, rief sie und schüttelte sich im Klirren der Münzenkette, von den Menschen, denen sie treu dienten, in ganz und gar gemeiner Weise verachtet worden! Hätte ihnen nicht vielmehr Dank dafür gebührt, daß sie in den siebenbürgischen Städten die Drecksarbeit verrichteten, für die sich die feine Gesellschaft der wohlhabenden Deutschen zu gut oder für die sie zu feige gewesen sei? Denn sei etwa »der große Henker Charles Sanson« nicht ein feinsinniger Mensch gewesen, ein hervorragender Musiker, der das Violoncello und die Geige seelenvoller gespielt habe als all die feisten Bürger, die nur ihr Geld zählen, fressen, saufen und huren können? O ja, das wisse sie vom Sohn Roman Bubus des Grauen, des letzten Henkers von Kronstadt, ihrem Urgroßvater, der als blutjunger Bursch zu einer Zeit bis nach Lyon an der Saone und nach Paris an der Seine gekommen sei, da sich die Leute dort die Geschichten über die Sansondynastie noch an jeder Straßenecke, in jedem Bistro erzählten, so als hätte sich das alles soeben erst ereignet. Noch vormittags habe Henry Charles dem Chevalier de Lacreux, den man ihm entkleidet und an den Tragstuhl gefesselt auf das Gerüst gebracht habe, der richterlichen Anweisung gemäß das Herz bei lebendigem Leib aus der Brust geschnitten und um den Mund gehauen. Und nach Feierabend sei er dann mit der Geige zu seinem Freund Tobias Schmidt musizieren gegangen, jawohl, ich hätte richtig gehört, zu dem deutschen Instrumentenbauer in Paris, der ja mit seinem findigen Verstand Henry Charles erst auf die Idee der Enthauptungsmaschine gebracht habe, sei dieser ihm doch über seine Schlafstörungen wegen der vielen Hinrichtungen pausenlos in den Ohren gelegen. Nach dem Musizieren einer schönen Arie oder einer kunstvollen Polonaise habe der Tobias Schmidt seinem Freund Henry Charles das Hinrichtungsgerät erläutert und aufgezeichnet, der Doktor Guillotin habe Tobias Schmidts Modell dann nur noch nachgebaut... Arien, Polonaisen! hatte Semiramida Cariowanda gerufen und mich angeschaut, dies sei die wahre Welt des

Henry Charles Sanson gewesen, nicht die selbstmörderische
Raserei der lausigen Franzosen. Und seien denn nicht auch
die Bubus, wie ich sehr wohl wüßte, bis heute begnadete,
empfindsame Geiger? Auch jener Roman Bubu der Graue,
der im Jahr 1808 den Musiker Paulus Georg Roth...
Aber hier sollte sich meine Amme unterbrechen, mich streicheln, küssen und:»Mein teurer Honigschmetterling!« zu
mir sagen, um dann noch heftiger über das scheinheilige
Gehabe der Bürger herzufallen. Nein, sollte sie schreien,
nicht nur Schinderarbeiten hätten ihre Vorfahren laut Ar-
beitsvertrag mit dem Magistrat verrichten müssen, zu ihren
schweren Pflichten als Henker und Scharfrichter hätten auch
Grausamkeiten wie Zungenausreißen, Füßeabhacken, Er-
säufen, Rädern und die Defloration zum Tode verurteilter
Jungfrauen vor der Exekution gehört. Und dies alles, schrie
die Cariowanda, sei von Juristen und Pfarrern ersonnen worden und im Namen des Gesetzes vorgeschrieben gewesen.
Wo wäre je ein Bubu auf derlei Scheußlichkeiten gekommen?
Und warum denn hätten die Herrschaften nicht selber Hand
angelegt, um die Ordnungsvorstellungen ihrer perversen Ge-
hirne in die Tat umzusetzen? O ja, sämtliche Drecksarbeiten
der honorigen Gesellschaft wären den zigeunerischen Scharfrichtern zugeschoben und diese dafür auch noch mit Verachtung, ja mit Ausstoßung bedacht worden. Müsse ein unvor-
eingenommener Kopf nicht bekennen, rief Cariowanda, daß
ihr Volk in die Rolle der Schmuddelbrüder und lichtscheuen
Kehrichtstöberer hineingedrängt worden sei, in der es heute
allenthalben gesehen werde? Denn sooft ein Bubu die Hen-
kerei habe aufgeben wollen, sei er von der Behörde mit Strafe,
mit Gefängnis bedroht, bei der erzwungenen Fortführung
seines Handwerks aber dennoch wie ein Aussätziger gemie-
den worden. Welche widerliche Doppelgesichtigkeit!
An dieser Stelle war die Pappel auf den Dachfirst niederge-
stürzt, und wir waren erschrocken aufgefahren und in die

Sturmnacht hinausgelaufen. Hat die Cariowanda nicht recht? sollte ich später gelegentlich einmal denken. Ehe es Scharfrichter mit Ausbildungsnachweis gab, griffen sich die Behörden in England, Rußland, Venetien, Spanien, auf Sizilien, in der Türkei und wer weiß wo noch, war eine Hinrichtung fällig, den nächstbesten Juden oder Zigeuner, ja noch im vorigen Jahrhundert taten es die Nordamerikaner, die Erfinder des Menschenglücks, um sie zusätzlich zum grausamen Geschäft auch noch zu ächten. Allein der unvoreingenommene, der souveräne Geist, wie zum Beispiel Goethe einer war, setzte sich über die gesellschaftliche Ausgrenzung des Scharfrichters hinweg und scherte sich den Teufel um die verlogene Biederkeit in Europa und Amerika. Im Jahr 1821, als in Wien gerade der vierundachtzigjährige Scharfrichter Franz Joseph Wolmuth einen Muttermörder enthauptet hatte, machte der Geheimrat bereits seinen vierten Besuch beim berühmten Scharfrichter von Eger, Karl Huß, der niemals hatte Scharfrichter werden wollen, den aber die Spießer seiner Heimatstadt Brüx in Nordböhmen schon als Kind in diesen Beruf hineingeprügelt hatten, weil sie ihm, dem intelligenten Söhnchen des Scharfrichters, den Besuch des Gymnasiums verwehrten. Goethe, der leidenschaftliche Sammler, hatte von dem ebenfalls sammelbesessenen Scharfrichter gehört und erhielt nun von ihm, aus dessen weithin gerühmter Mineralienkollektion, einen Basalt und bei einem späteren Besuch einen dunkelgrünen Augit zum Geschenk. Ja, der Egerer Henker Karl Huß wurde daraufhin von Goethe zu einem Besuch nach Weimar eingeladen, und die Einrichtung des weltbekannten Weimarischen Cabinetts durch Goethe geht nicht zuletzt auf die Gespräche zwischen dem Henker und dem Dichter zurück. Hingegen bestand der an der Hußschen Münzsammlung brennend interessierte geschniegelte Fürst Metternich seines Ansehens wegen darauf, daß der Henker »ehrlich« gemacht werde, ehe er mit ihm ins Geschäft zu kommen gedachte. Worauf schon soll ein adeliger Spießer denn bestehen, wenn nicht auf seiner gesellschaftlichen Reputation? Nun, es wurde möglich gemacht – der siebenundsechzigjährige Karl Huß hörte endlich auf zu sein, was er niemals hatte sein wollen, und, mehr noch, der vormals von bürgerlicher wie aristokratischer Schickeria Geächtete bezog dank des Fürsten Verwendung einen noblen Altersitz auf Schloß Königswerth im schönen Böhmen nahe bei dem aus vierzig Quellen sprudelnden Kurort Marienbad…

So ist das mit denen, die die Drecksarbeit für uns verrichten und dafür noch angespuckt werden. So ist es mit der feinen Gesellschaft und ihren Vertretern, die ohne die Verrichtung solcher Arbeit im eigenen Dreck ersticken würden. Und so ist es mit Goethe, der sich einen Ast lachte über das Getue der in ihrer Erbärmlichkeit ewig unveränderlichen Gesellschaft. Aber so war das auch nicht zuletzt mit meiner Amme Semiramida Cariowanda, die früh das ihre dazu beitrug, mich auf das Blendwerk der Fragwürdigkeiten aufmerksam zu machen, von denen wir umgeben sind. Es sollte mir nicht immer gut bekommen, den Dingen hinter die Maske blicken zu wollen und dann zu sagen, was ich dort sah. Aber es hat mich dabei immer das Gefühl beseelt, im Einklang mit mir selber zu leben. –

Als der Zug damals auf dem Bahnhof in Predeal hielt und durch das geöffnete Fenster der Duft der Gebirgswälder ins Abteil strömte, zögerte Midi Bubu auszusteigen.

»Ist noch was?« fragte Vater den Zigeuner, der unschlüssig im Türrahmen stand.

»Domnu Rick«, wand sich Midi Bubu.

»Nun?« ermunterte ihn Vater. »Der Zug fährt bald ab.«

»Domnu Rick, du sagst dem König doch nichts von meinen Schandtaten, nicht wahr? Wir zwei sind ja quitt!…«

In den Pfiff hinein, mit dem sich der Zug in Bewegung setzte, lachte Vater auf. Als er sich, Tränen in den Augen, beruhigte, war Midi Bubu verschwunden – der glitzeräugige Nachfahr des Scharfrichters, der einst meinen Ururgroßvater geköpft hatte.

Wir rollten durchs Prahovatal südwärts. In fünfzehn Minuten würden wir Sinaia erreichen, zum Schloß Peleş hinaufsteigen und vor dem König stehen.

XIII. Kapitel

Das Schloß unter den Karpatengipfeln und der
geschnitzte Bärenkopf, vor dem der König erschrickt

Das Schloß Peleş ist ein Kuriosum. Es steht am östlichen Ende der ungefähr dreihundert Kilometer langen Südkarpaten. Hoch über der Paßstraße, neben der das Prahova-Flüßchen südwärts rauscht, legt es als weit in den Südosten versprengtes westliches Kunstwerk Zeugnis von spätromantischen Bauvorstellungen ab. Als sich von Frankreich her neue Stilformen längst über Europa ausgebreitet hatten, setzten es die zwei jungen Architekten Doderer und Schultz als ein verspieltes Bauwerk aus Burgturmträumerei und mittelalterlicher Fachwerkidylle in stilistischer Unbekümmertheit auf den großen Wiesenhang über die Paßhöhe. Die vielfach aufgegliederten Erker, Ecktürmchen, Balkone und Veranden fügen sich zu einem Gebilde, in das Dach- und Fensterformen des rumänischen Bauernhauses geschickt aufgenommen sind. Bei der Gestaltung der Räume, Vorhallen, Treppen Mansarden, Nischen und Alkoven griffen sie nicht allein auf Elemente der Gotik, der Renaissance und des Barock, sondern auch auf solche orientalischer Baukunst zurück und schmückten die Wände des Innenhofs mit Fresken. Die Wirkung der Anlage vor der düsteren Felsentürmung des Hochgebirgs blieb bis heute lebendig.

Als die beiden Deutschen zwischen den Jahren 1875 und 1880 das Schloß bauten, war ein Hohenzoller der schwäbisch-sigmaringschen Linie von den politisch tonangebenden Kräften wohl schon ins Land gerufen, aber noch nicht mit der Königswürde ausgestattet worden. Nachdem Philipp von Flandern das Angebot, den Herrschertitel anzunehmen, mit der ängstlichen Bemerkung abgelehnt hatte, ihn friere bei dem Gedanken an die Nächte in den Balkanwintern, war der siebenundzwanzigjährige Karl von Hohenzollern 1866 mit Zustimmung Bismarcks und Napoleons III. zum Fürsten Rumäniens erkoren worden. Geheime Bedingung der beiden Mächtigen war, daß sich Karl als Regent des Landes an der Donaumündung dem Zarenreich nicht zu sehr annähere. 1881 bestieg Karl dann Rumäniens Königsthron. Es war sein und seiner als Carmen Sylva in die Literaturgeschichte eingegangenen Frau – einer Fürstentochter zu Wied-Neuwied – Einfall gewesen, Doderer und Schultz mit dem Bau des Schlosses zu betrauen. Daß sich das wegen seiner Freundlichkeit und Bescheidenheit allenthalben gelobte Herrscherpaar durch kluge Regentschaft beim Volk beliebt gemacht hatte, zeigte nicht zuletzt die begeisterte Königswahl. Freilich hatten dabei in den Intellektuellen- und Politikerkreisen des Landes südlich und östlich der Karpaten die französischen Ahnen des Hohenzollern eine Rolle gespielt – er war ein Enkel der Adoptivtochter Napoleons I., der Hortense von Beauharnais, und hatte somit väterlicherseits eine Schwester jenes Gastwirtssohnes Joachim Murat zur Vorfahrin, den Napoleon zunächst zum Großherzog von Berg und Kleve und danach zum König von Neapel gemacht hatte. Es schmeichelte den frankophilen Bukarestern, einen Mann mit so vornehmen französischen Ahnen unter sich zu haben. Karl, dessen Vater Minister des Königs von Preußen gewesen war, hatte als Leutnant im Potsdamer Garderegiment gedient. Mit seiner dreiundzwanzigjährigen Gattin erregte er in Bukarest Aufsehen.

Der Zustand der rumänischen Hauptstadt war beim Eintreffen des fürstlichen Paares der einer halb in Staub und Schlamm versinkenden, halb mit dem Glitzer mondäner Eleganz garnierten levantinisch-orientalischen Ansiedlung. »Wer nach Bukarest kommt«, schrieb der Italiener Zerboni di

Spesetti damals in einem in ganz Europa gelesenen Reisebericht,»der muß sich seiner abendländischen Gedanken entschlagen.« Denn wenn die alte Bojarenstadt, schrieb er, äußerlich auch modernes Parisertum angenommen habe, so sei »ihr Inneres von roher Barbarei, unsagbarer Sittenlosigkeit, von der von den Russen übernommenen Spielwuth und andern Monstrositäten verheerend durchwühlt«. Und er fügte in der 1869 in Leipzig erschienenen Reportage hinzu:»Ich habe hier noch keinen Ausländer aus dem europäischen Westen getroffen, der, wenn auch sein Geschäft im besten Betriebe ist, sich nicht nach dem Auslande zurückgesehnt hätte, denn er fühlt, daß er hier in einer Art von Verbannung lebt.« Freilich merkt Zerboni di Spesetti ebenso an:»Trotz all der Klagen, all des Mißbehagens aber bleiben sie doch hier, und Beispiele von Rückkehr der einmal Angesiedelten kommen höchst selten vor. Die Deutschen haben sich hier ganz wie in ihrer Heimat eingerichtet. Deutsche Hotels, deutsche Cafés, deutsche Gärten und Musik, Ringelspiel und Kegelbahn, abends bei öffentlichen Réunions böhmische Musikbanden oder Harfenistengesellschaften, die scharenweise das Land durchziehen, deutsches Theater, Gesellschaft, Bälle, deutsche Buchhandlungen, Zeitschriften und Journale – alles das ist vollauf zu treffen. Und um dem Leser die rechte Idee von dieser Stadt zu geben, muß ich ihn vor allem in den mitten in der Stadt liegenden Volksgarten, das Eldorado der hiesigen Welt, den sogenannten Tschismidschiu, führen, mit großen Kosten und vielem Geschmack von einem deutschen Gärtner angelegt. Alles, was einen Garten anziehend macht, ist hier zu schauen. Aber unter dieser reizenden Außenseite liegt die Schlange verborgen. Dieser Schwanenteich ist eine Sumpflache, die prachtvollen Abende voll Krankheitsmiasmen; und ganz so wie dieser Garten ist auch die hiesige Gesellschaft. Sie wird in ihrer äußeren Erscheinung dein Auge blenden, dein Inneres fesseln, aber auch dein Inneres vergiften. Wenn du einen Freund zur Hand hast, der hier zu Hause ist, wirst du staunen, von ihm zu erfahren, daß all das frische von Gesundheit und Fülle strotzende Leben, all dieses Schöne nur Larve ist, daß all diese Früchte wurmstichig, unrettbar dem Verderben verfallen sind. Bar aller Innerlichkeit jagen sie hier alle, selber wesenlos, nur wesenlosen Schatten nach. Alles, selbst das hiesige Klima, wirkt so entnervend auf den Ausländer, daß die meisten, ja daß sich alle acclimatisieren, d. h. zu Grunde gehen – ich meine mit ihren Grundsätzen, mit ihrer Moral, mit ihrem ganzen inneren Menschen. Wer hier einige Jahre gelebt hat, ist nicht mehr derselbe, der er früher gewesen. Die Schranken, die Zügel, welche die abendländische Gesellschaft zusammenhalten, sind hier zu schlaff, existieren auch zum Theil gar nicht. Wahrhaft grauenerregend ist das Schauspiel, das hier Eitelkeit und Liederlichkeit geben, ich will noch nicht einmal von den französischen Hetären und den fahrenden Jungfrauen und Abenteurerinnen sprechen, die hier mit beispieloser Ungenirtheit ihr Wesen treiben. Die katholische Kirche hat hier eine Jesuitenmissionsanstalt mit einem Bischof an der Spitze und ein Frauenkloster, wozu auch der hiesige Adel sein Scherflein beitrug. Im erstern erhalten Knaben, im letztern Mädchen Schulunterricht und Erziehung. Die protestantische Kirche hat ihre Pfarrschule und eine vortreffliche weibliche Erziehungsanstalt, welcher preußische Diakonissinnen vorstehen. Dann ist es auch die englische Bibelgesellschaft zur Bekehrung der Juden im Orient, welche Schulen für beide Geschlechter unterhält. Von diesen Pflanzschulen strömt ein wahrer Segen unter die Gesellschaft aus. Das sind freilich leider nur Lichter, viel zu schwach, um die Finsterniß ganz zu erhellen, aber sie leuchten doch und wirken. Der Übergang der Rumänen vom asiatischen Türkenthum zur abendländischen Cultur bietet eine ungewöhnliche Fülle von Abnormitäten. Die glühende Sonne, das wunderbare Klima des Orients zeitigen alles früher, und so lebt denn auch alles geschwinder, kann sich im Genuss nicht ersättigen, geht bald ins Überschwengliche über – denn nichts ist da, was dieser Überwucherung entgegentreten könnte. Man hat die Bemerkung gemacht, daß schon die folgende Generation der Einwanderer bedeutend entartet. Die bukarester Frauenwelt ist selbst in den rumänischen Fürstenthümern verrufen, was schon etwas sagen will; die Männerwelt wäre es noch mehr, wenn man von den Männern in dieser Beziehung sprechen würde. Die Romanschreiber, denen es an Stoff gebricht, können sich hier diesen holen und vortreffliche Studien an lebenden Exemplaren machen. Was unsere abendländische Phantasie nicht zu erfinden wagt, das ist hier schon lange in der Wirklichkeit. Wer längere Zeit hier gelebt hat, für den gibt es keine Unwahrscheinlichkeiten mehr...«

Soweit der Cavaliere Zerboni di Spesetti.

Eine Fülle Arbeit – wäre also zu sagen – für einen Preußen. Zog doch in dessen Person gleichsam der Gegenpol zu den Verhältnissen in der damals rund dreißigtausend Einwohner zählenden Stadt am Rande der Donausteppe ein. Dennoch wirkte sich die Begegnung für beide vorteilhaft aus. Bukarest begann durch Karls gestaltenden Planungssinn nach und nach das Aussehen einer europäischen Metropole zu gewinnen. Und Karl wieder wuchs zu einer Persönlichkeit, der das Bewußtsein der Verantwortung den Stempel aufdrückte – allerdings auch den in den Jahren immer deutlicheren Zug einer gewissen Resignation angesichts der zu füchsischer Durchtriebenheit neigenden Hofkamarilla. Allein Carmen Sylva, die Gattin, bot ihm in den immer häufigeren Stunden der Verzweiflung mit ihrer offenen Art Rückhalt und Stütze. Der Augenblick der schwersten Entscheidung schlug dem fünfundsiebzigjährigen Monarchen beim Ausbruch des Ersten Weltkrieges im Sommer 1914. Im Geist altpreußischer Zuverlässigkeit erzogen, die noch nichts von jener späteren

Wilhelm-zwo-Protzigkeit hatte, die das Bild der Deutschen bis heute in der Welt prägt, empfand es König Carol der Erste als persönliche Kränkung und als Erpressung zum Wortbruch, daß ihn die mit der Entente sympathisierenden Kreise Bukarests trotz der 1883 eingegangenen Bündnisverpflichtung zur Neutralitätserklärung zwangen, was ihn bis zum Lebensende quälte. Wohl hatte der König aus dem Trauma der rumänischen Geschichte heraus, von den im Norden, Osten und Süden übermächtigen slawischen Nachbarn unter russischer Führung bedroht zu sein, mit Billigung der Minister eine Politik der Distanzierung von Moskau und der Bindung an die Mächte der europäischen Mitte betrieben. Doch die seit dem Aufkommen der latinistischen Bewegung unter den rumänischen Intellektuellen um sich greifende Franzosenverehrung – eine Marotte, die dem Volk, das in alten Formen ostkirchlichen Daseinsverständnisses lebte, fremd war – hatte längst auch unter den Regierungsmitgliedern um sich gegriffen und den König in die Ecke gedrängt. Die Sorge, das von ihm regierte Königreich würde eines Tages gegen das Land seiner Herkunft in den Krieg eintreten, ehrt den König, wie einige Historiker schreiben, gab es doch unter den thronsüchtig über Europa verbreiteten deutschen Adligen kaum einen, der in vergleichbarer Lage Skrupel hatte. Aber als Carol nicht müde wurde, seine Regierung zu beschwören, aus den bewährten Wirtschafts- und Kulturverbindungen, aus Geographie und Historie des Landes heraus in den nahe gelegenen mitteleuropäischen Ländern die natürlichen Freunde zu sehen, geschah das Unvermeidliche. Am 10. Oktober 1914, anderthalb Monate nach Kriegsbeginn, kam er bei einem Aufenthalt im Schloß Peleş auf niemals restlos geklärte Art zu Tode. Nur anderthalb Jahre später folgte ihm die Gattin.
Es soll eine stürmische Karpatenherbstnacht gewesen sein, als Carol der Erste in seinem Lieblingszimmer im Oberge-

schoß des achteckigen Nordturms die Seele aushauchte. Das Donnergrollen eines Gewitters habe, so erzählt der Bericht eines Augenzeugen, die Dachfirste zum Erbeben und die Turmspitzen unter dem Einschlag der Blitze zum Aufleuchten gebracht – indessen vor Ypern auf den Schlachtfeldern Westflanderns und in den östlichen Weiten vor Iwangorod und Warschau der Tod trommelte.

Während des zwanzigsten Jahrhunderts der unseligen europäischen Rasereien wurden dann die Räume dieses an einer Nahtstelle des Südostens gelegenen Schlosses zum Treffpunkt geheimer Begegnungen östlicher und westlicher Emissäre, Agenten und Diplomaten, wurden hier niemals bekannt gewordene Übereinkünfte weltbeherrschender Konzerne bald hinter dem Rücken der eigenen Regierungen, bald im Einvernehmen mit diesen getroffen, die das Geschick der Völker bestimmten. Die Bosse der rumänischen Erdölfelder im Süden des Landes, die der mächtigen amerikanischen Dupont de Nemours Company, des britischen Kohleimperiums der National Coal Board, der deutschen IG-Farben und der französischen Flugzeugwerften versuchten alle, ihren Vorteil aus den Reichtümern des Landes zu pressen – Haie mit unersättlichem Hunger auf der Blutspur der Beute. So trafen sich Spitzel und Botschafter, Bevollmächtigte und Vermittler aus Moskau, Belgrad, Paris, Berlin, Madrid, Rom und London unter den Giebeln des Karpatenschlosses, um bald in dieses, bald in jenes Auftraggebers Interesse zu lügen, zu übervorteilen, zu verleumden – oder wie sonst die Gemeinheiten heißen mögen, deren sich der Mensch im Umgang miteinander bedient. Es kam dabei zu dramatischen Entscheidungen, deren Einzelheiten mitzuteilen uns die Historiker schuldig blieben. Und als nur wenige Jahre nach unserem Schloßbesuch bei Carol dem Zweiten drei britische Spione über dem von deutschen Truppen vollgestopften Siebenbürgen mit dem Fallschirm abgesetzt und in den Bergwäldern südlich Kronstadts vom rumänischen Abwehrdienst wohl gefangengenommen, aber in den Schloßgemächern fürstlich untergebracht wurden, sollte die Geschichte Peleş' um ein weiteres Spektakel bereichert sein, von dem hier noch zu berichten sein wird.

Fast auf den Tag einundzwanzig Jahre vor Carols des Ersten Tod war in dem nur einen Steinwurf tiefer an den Ufern der Prahova liegenden Kurstädtchen Sinaia dessen Großneffe geboren worden. Er hieß ebenfalls Carol, durfte aber erst drei Jahre nach dem Tod des Vaters Ferdinand als der zweite seines Namens den Thron besteigen. Denn der mit der blonden Helena von Griechenland aus dem Hause Schleswig-Holstein-Sonderburg-Glücksburg verheiratete Thronanwärter unterhielt eine in ganz Europa so eindeutig als Skandal kolportierte Liaison mit Hélène Lupescu, daß sich die Parteiführer und der Klerus des Landes zunächst veranlaßt sahen, ihn zum Thronverzicht zu zwingen. Hélène, eine rothaarige Schönheit mit auffälligem Sex-Appeal, entstammte der Ehe eines jüdischen Geschäftsmannes aus Bukarest namens Wolff mit einer Russin. Auf sie zu verzichten, lehnte der zweiunddreißigjährige Thronfolger, ein Mann von Intelligenz und schneller, schwer berechenbarer Entschlußkraft, nach heftiger Auseinandersetzung mit seiner Mutter Maria, einer von Sachsen-Coburg-Gotha geborenen Großfürstin von Rußland, entschieden ab. Daß Carol dann im Jahre 1930 auf nachhaltiges Drängen führender Bukarester Politiker dennoch den Thron bestieg, war nur gegen die Zusicherung der Duldung seiner Beziehung mit Madame Hélène Lupescu zu erreichen gewesen. Er hatte sich von Helena scheiden lassen, die sich fortan abwechselnd in Griechenland und, wegen ihres Sohnes Michael, in Siebenbürgen aufhielt.

So kam es, daß die ihrem Exgemahl weder an Hochmut noch an Selbstsicherheit unterlegene Helena je nach Laune in einer der übers Land verstreuten Residenzen auftauchte, unter denen sie alljährlich in den Sommermonaten dem am Beginn des Törzburger Passes malerisch zwischen Wäldern und silberfarbenen Gebirgshängen errichteten Schloß auf dem Dietrichstein den Vorzug gab. Es ist jenes Schloß, auf dem während eines vorübergehenden Aufenthalts, wie eine heute noch in Straßburg aufbewahrte Kronstädter Chronik erzählt, der walachische Fürst Vlad der Pfähler seine blutrünstigen Feste gefeiert haben soll – was der hochgewachsenen königlichen Blondine mit dem Sinn für wirkungsvolle Zurschaustellung ihrer Erscheinung Anlaß gab, Besuchern bei abendlichem Kerzenschein die Schauer gruseliger Erinnerungen über den Rücken zu jagen. Wenn der Paßwind von Fundata herab ins Hochland gegen Rosenau hin um Türme und Mauern strich, sei die Stunde der Geistergeschichten oben auf dem Schloß gekommen, erzählte sich das Volk – im übrigen sei hier festgehalten, daß der Ire Bram Stoker zwar behauptet, sein Romanheld Jonathan Harker habe sich durch das nordsiebenbürgische Hochland geradewegs ostwärts über die Stadt Bistritz dem Schloß des Grafen Dracula im Bărgău-Paß genähert. Doch das ist freie Erfindung des Dubliners. Denn der einzige Mächtige dieser Landstriche, dessen Namen je mit dem Teufel – mit »dracul«, wie dieser im Rumänischen heißt – in Verbindung zu bringen ist, war Vlad der Pfähler. Von 1456 bis 1462 Herrscher der Walachei in der Donautiefebene, hielt er sich nachweislich niemals in den Ostkarpaten auf. Hingegen tat er es in den Südkarpaten, eben auf Schloß Törzburg, wo er mit seinem Gefolge inmitten bei lebendigem Leibe auf Pfähle gespießter schwangerer Frauen und Kinder zechte und so zu einer der fragwürdigen Kultfiguren des westeuropäischen Literaturpublikums wurde. Bram Stoker gehört damit zu jenen Landfremden, die bis in unsere Tage herauf mit schludrigen Nachforschungen Durcheinander in das Bild bringen, das die Welt draußen von diesem Siebenbürgen hat. Hätte sich sonst denn die geschiedene

Helena an den Sommerabenden auf dem nahe am Königstein gelegenen Schloß so köstlich amüsiert? Indessen zog König Carol dem wehrhaften Kastell am Südwestausgang der Terra Borza unterhalb des Heimatorts meiner Licu-Freunde Fundata die lebensfrohe Peleş-Residenz vor – in Gesellschaft der anderen schönen Helena.

Europa und die Welt befanden sich zum Zeitpunkt der Thronbesteigung Carols des Zweiten im Zustand gefährlicher Krisen und Erregungen. In Südosteuropa waren sie nicht zuletzt die Folge der nach dem Weltkrieg 1914–1918 durch die Siegermächte hier vorgenommenen Grenzveränderungen, der Länder- und Völkerzerstückelungen wie -zusammenkleisterungen zu einer Vielzahl von Explosionsherden geworden. Die außen- und innenpolitischen Probleme des auf diese Weise angewachsenen Rumänien hatten bedenkliche Ausmaße angenommen. Nur ein rücksichtslos durchgreifender Mann auf dem Thron schien Lösungen herbeiführen zu können. Carol brachte die Voraussetzungen mit. Er hob die alte Verfassung des Landes auf, verbot eines Tages die politischen Parteien und ließ bei keiner Gelegenheit einen Zweifel an seiner Autorität aufkommen.

So soll denn auch die 1933 von der »Eisernen Garde«, die einst »Legion des Erzengels Michael« geheißen hatte, vorgenommene Ermordung des Ministerpräsidenten Duca den König gemeint haben; Duca hatte ja die vom König angeordnete Auflösung der »Garde« lediglich mit seiner Unterschrift dekretiert. Der Mord steigerte Carols Abneigung gegen die »Garde«, die, wie manche behaupteten, die charaktervollsten Rumänen aus Arbeiter-, Studenten- und Intellektuellenkreisen vereinigte. Vor allem aber hatte des Königs Abneigung mit seiner Eifersucht auf deren Führer zu tun, den »căpitan« Corneliu Codreanu, der seinen Gefolgsleuten als Lichtgestalt galt – ein blendend aussehender Mann, eine charismatische Erscheinung, erfüllt von fanatischem Judenhaß. Daß er Carols Angebot hochmütig ablehnte, einen Ministerposten zu übernehmen und dafür ihm, dem König, die Führung der »Garde« abzutreten, gewann verhängnisvolle Bedeutung, als dem König zu Ohren kam, Madame Lupescu habe sich gelegentlich von Codreanu beeindruckt gezeigt. Ohne die Gefahr zu beachten, die von der zum Mord bereiten »Garde« für ihn ausging, verbrachte der alles andere als furchtsame König seine Zeit mit dem Jagen von Hirschen in den Hargita- und Kelemenbergen, von Bären und Gemsen in den Südkarpaten – oder abwechselnd im pompösen Bukarester Königspalast und auf Schloß Peleş im Bett mit Madame, sofern ihn nicht gerade deren einflußreiche, finanzstarke Verwandtschaft und Bekanntschaft mit Petitionen behelligte.

Als wir uns an jenem Oktobernachmittag dem Schloß näherten, war das erste, was mich beschäftigte, der Sicherheitsgürtel rings um die königliche Niederlassung. Das Balkentor vor der von Büschen bedeckten ansteigenden Schloßwiese schon vor Augen, waren wir plötzlich von drei mit Pistolen bewaffneten Offizieren der Gebirgsjägertruppe umstanden. Nachdem er leise und höflich gegrüßt hatte, fragte einer von ihnen nach unserem Begehr. Die drei mußten aus dem Tannendikkicht rechts oder links der Auffahrt getreten sein. Vater gab dem Offizier Bescheid und zeigte ihm das königliche Schreiben. Über unser Kommen informiert, wie ihm leicht anzusehen war, las der Offizier es dennoch aufmerksam, blickte mich kurz an und sagte in reinem Deutsch: »Na dann, viel Vergnügen beim König, junger Mann.« Unterwegs zum nahen Tor unterhielt sich Vater mit ihm, als wär's ein Bekannter. Ich hörte, wie der Offizier sagte: »...einen schlechten Tag... Streit mit der Verwandtschaft von Madame...« Aus einem durch drei Tannen getarnten Wachhaus von dunkelgrünen Bohlen telefonierte einer der Offiziere mit halblauter Stimme. Dann öffnete er uns wortlos das Tor.

Mich fesselte danach der Anblick des Schlosses. Denn unter

Peleş hatte ich mir bis dahin eine den klobigen grauen Burgen ähnliche Anlage vorgestellt, deren schmuckloser Ernst nördlich der Karpaten das Bild der Tal- und Paßausgänge bestimmte. Ehe ich Vater die Feststellung mitteilen konnte, hörte ich seine leise Stimme neben mir:»Nicht einmal eine Maus kommt ungesehen in die Nähe des Schlosses. Sieh dich unauffällig um, am Waldrand sind überall Gebirgsjägertrupps postiert ...«

Über einen schmalen Alleenweg betraten wir die mit einem Steingeländer eingefaßte Terrasse, die den Blick auf die von Arkaden, Blendsäulen und Fenstern durchbrochene Schloßfront freigab. Über den Uhrtürmen und verschachtelten Dächern ragten hinter dem Schloß die Felswände in den wolkenfreien Himmel. In der Mitte der Terrasse ein Wasserbekken mit Steinfiguren. Es war still hier oben. Doch ebenso lautlos-unerwartet wie am Tor unten stand auch diesmal ein Offizier vor uns; die Kordel von der Schulterklappe zur Brusttasche der Uniformjacke wies ihn als königlichen Flügeladjutanten aus. Er zeigte mit einer kurzen Geste auf Tisch und Stühle, die unter einem geöffneten gelben Sonnenschirm standen, und sagte nach einem Blick auf die Armbanduhr mit unbewegtem Gesicht:»Seine Majestät der König wird in drei Minuten erscheinen. Bitte nur nach Aufforderung und nicht zu lange zu sprechen. Dehnen Sie den Besuch nicht über die vorgesehenen dreißig Minuten aus.«

Vater sagte:»Hast du das gehört, mein Sohn?«

»Ja«, sagte ich.

»Gut«, sagte Vater und ging quer über die Terrasse zu dem Tisch und den Stühlen unter dem Sonnenschirm; ich folgte ihm. Als wir uns umwendeten, war der Offizier nicht mehr zu sehen. Das Licht der frühen Nachmittagssonne floß über die Westgrate des Butschetsch auf Schloß, Büsche und Wiese herab und verwandelte unentwegt die Herbstfarben der Wälder über und unter uns.

Während des folgenden Gesprächs betrachtete ich die Schloßfront, sofern mich nicht die Vorgänge in meiner Umgebung beschäftigten und fesselten. Da war zuerst die schnelle, kraftvolle Art gewesen, in der sich uns der dunkelhaarige und schlanke Mann in brauner Cordsamthose und mattgelbem weitärmligen Flanellhemd genähert hatte. Ich hatte ihm die verhaltene Erregung ebenso angesehen wie die Entschlossenheit, mit ihr fertig zu werden. Er hatte Vater die Hand gereicht und rasch gesagt: »Ich bin Carol. Willkommen, Herr Hennerth! Ah, ganz wie der Oberst von Schuß Sie mir beschrieben hat!... Und – wer ist das?« Er hatte mich angeblickt.

Da hatte sich Vater schon leicht verneigt und gesagt: »Guten Tag, Majestät. Das ist mein Sohn Peter. Er hatte ebenfalls die Ehre Ihrer Einladung.«

Es war mir sofort klar gewesen, daß sich der König der in einer Laune hingeworfenen Zeile auf der Einladungskarte nicht mehr entsann, und ich war heilfroh darüber, daß sich meine Schwester Maria in diesem Augenblick weit entfernt aufhielt.

»Ja, ach so«, hatte der König gesagt, in Gedanken offensichtlich bei anderen Dingen. »Sie sind also Deutscher«, hatte er sich dann wieder Vater zugewendet, »ich meine, einer der Deutschen aus Siebenbürgen?... Bitte, nehmen Sie doch Platz!« Ohne zu warten, hatte er sich gesetzt.

Er sprach mit vollklingender Stimme abwechselnd rumänisch und deutsch. Ich wunderte mich über die Unverfänglichkeit, mit der Vater es ihm gleichtat. Das also ist der Mann, dachte ich, der den Marius Micla und die anderen verhaften ließ und deren Leben jetzt allein in seiner Hand liegt? Einen kurzen Augenblick meinte ich, in dem vollen Gesicht einen Zug von Eiskälte erkennen zu können.

»Ist das nicht ein wunderbares Fleckchen Erde hier?« sagte er und zeigte mit weitausholender Armbewegung von den Felswänden ins Tal. Sein dichtes, schweres Haar leuchtete in dem Licht auf, das durch den Sonnenschirm fiel.

Und dann geschah, was ich von der ersten Sekunde an gespürt hatte – der König war so aufgebracht, daß er kurz vor einem Ausbruch stand. »Wenn ich nur nicht soviel Ärger hätte mit allen möglichen Leuten!« rief er zornig. Er sprang auf und begann, vor uns auf und ab zu gehen. »Bleiben Sie sitzen!« sagte er schroff und winkte Vater auf den Gartenstuhl zurück. »Ich muß das jetzt loswerden, ehe wir über den Bären sprechen ... Es ist zum Kotzen! Meine Generalsmafia und die Herren des Erdöls, der Kohle und der Rüstungsindustrie wollen mir einreden, mich an Hitler zu halten. Der schickt sowieso eines Tages seine Truppen hierher, sagen sie. Nein! Ohne mich! Und wenn es sein muß, dann nur über meine Leiche! Sie haben es doch in den Zeitungen gelesen, daß er mich auf seinen Obersalzberg bestellt hat. Wie begegnet man einem solchen Menschen, Herr Hennerth?« Doch ohne auch diesmal eine Antwort abzuwarten, um die es ihm ja gar nicht ging, fuhr er fort: »Nicht genug damit, jetzt macht mir der ›Universul‹ in der letzten Ausgabe sogar den Vorwurf, ich übe eine Diktatur aus, die sich vom Hitler-Regime kaum unterscheide. Und zusätzlich höre ich, daß neuerdings auch die deutsche Minderheit meines Landes diesem austroteutonischen Hasardeur in der Berliner Reichskanzlei nachzurennen beginnt und sich dabei als Staat im Staat gebärdet. Heute morgen wurde ich informiert, daß die deutsche Stadt- und Dorfjugend Siebenbürgens, angeführt von Lehrern und Pfarrern, Aufmärsche veranstaltet und sich an den Reden ihrer nazistischen ›Führer‹ begeistert. Sind denn auch bei Ihnen die Schrauben locker geworden, Herr Hennerth? Sie zählen doch zu den Ruhigen und Besonnenen im Land! Wer sind denn diese jungen Leute?«

Vater zögerte einen Augenblick, ehe er sagte: »Es sind – es sind unsere Besten, Majestät.«

»Ach nein«, rief der König höhnisch, »dann sind das eben nicht Ihre Besten! Hört denn bei Ihnen keiner mehr auf den deutschen Landesbischof, in dem Sie ja, wie ich weiß, nicht nur das Oberhaupt Ihrer Kirche und Schule sehen, sondern auch Ihr politisches Gewissen, Ihren politischen Verstand? Ich hatte ihn zu Gast, Ihren Bischof Glondys. Ein nüchterner Mann. Wissen Sie, was er mir sagte? Ihn bedrücke ›die durch den Hitlerismus herbeigeführte Selbstentfremdung der siebenbürgischen Deutschen vom Geist ihrer Geschichte‹. Wie gescheit! Doch Ihre Jugend verhöhnt diesen Mann auf Anweisung ihrer rotznasigen selbsternannten ›Führer‹! Ihre Besten, nennen Sie die? ... Geht es Ihnen nicht gut in meinem Land, Herr Hennerth? Fehlt es Ihren deutschen Landsleuten an etwas, das der Rumäne hat?«
Der König war brüsk vor Vater stehengeblieben. Aus seiner Stimme hatte befehlsgewohnte Ungeduld gesprochen. Doch als Vater jetzt eine Bewegung machte, um sich zu erheben, fuhr Carol ihn an: »Ich habe Ihnen gesagt, daß Sie Platz behalten sollen! Damit es Ihnen leichter fällt, setze auch ich mich.« Er setzte sich, schlug ein Bein über das andere und blickte ins Tal hinunter, ehe er Vater wieder ansah. Dessen Gesicht zeigte nicht, was in ihm vorging. »Nun?« drängte der König, »ich habe Sie etwas gefragt! Sie sind unter meiner Herrschaft nicht besser dran als ehemals unter den Ungarn? Aber«, unterbrach er sich wieder, »was seid Ihr Hochlandklötze für ein uneinsichtiges Volk! Sehen Sie sich doch nur diesen General Phleps an — ja, ja, Ihren siebenbürgischen Landsmann Artur Phleps. Formt eine so vorzügliche Truppe wie die Gebirgsjäger und ist nebenher von einer bäurischen Rauhbeinigkeit, die ich in meiner Umgebung nicht dulde. Das Privatleben seines Königs hat ihn nichts anzugehen! Bleibt mir denn in diesem aus allen Fugen brechenden Europa etwas anderes übrig, als mein Land autoritär zu regieren? Man wirft mir vor, die Parteien aufgelöst zu haben?

Können Sie mir bitte sagen, was diese Winkeladvokaten und Großgrundbesitzer, die jede Wahl zur Massenbetrugsorgie machen, an der Regierung sollen? Würde man mich loben, wenn ich dies Land ebenso widerstandslos den rechten oder linken Radikalisten überließe, wie es in Rußland, Italien, Deutschland, Spanien und Österreich geschah? Alle fielen sie wegen schwacher Regierungen in die Hände von Diktatoren! Und soll es hier so weit kommen wie bei den wahnsinnigen Serben, die ihre Könige ausrotten?«

Wieder war der König aufgesprungen. Mit kraftvollem Schritt ging er auf und ab. »Oder soll ich gar«, rief er, »vor diesen mordwütigen ›Eisernen Gardisten‹, vor dem dreisten Judenhasser Codreanu zu Kreuze kriechen? Ich höre, die deutsche Minderheit im Lande sympathisiert mit den Codreanu-Leuten, weil die zu den Bewunderern Hitler-Deutschlands zählen. Nein!« rief er zornrot und blieb stehen, »Berlin kann denen noch soviel Schützenhilfe geben! Ehe sie mir das Land verrückt machen, werde ich sie vernichten, Codreanu ließ ich schon festsetzen, die anderen werden folgen!... Doch Sie haben mir immer noch nicht geantwortet, Herr Hennerth! Was mache ich falsch im Umgang mit den nationalen Minderheiten? Was? Geben wenigstens Sie mir offen Antwort. Die nach oltenischem Rettich und billigem Pariser Parfüm stinkenden Claqueure in meiner Umgebung lügen, wenn sie den Mund öffnen.« Er blickte Vater gerade in die Augen.

»Majestät«, sagte Vater nach einer Pause, »bevor ich hierherkam, machte ich mich über Bärenjagd kundig, nicht über Fragen der Politik.«

»Soso!« lachte der König freundschaftlich auf, er hatte sich jetzt im Griff. »Man hat Sie mir als einen geistvollen Mann geschildert. Sie haben in Berlin Staatswissenschaften studiert. Außerdem wurde mir gesagt«, fügte er mit doppeldeutigem Ton hinzu, »daß Sie Mut besitzen. Nun, ich schätze Männer mit Verstand und Mut. Also?«

»Gestatten Sie mir, der Reihe nach zu antworten«, sagte Vater plötzlich.

Der König hatte sich gesetzt, er sah Vater erwartungsvoll an. Jedes Wort abwägend, sagte Vater: »Die Bukarester Regierung, Majestät, sieht in den durch die Pariser Vorortverträge 1920 gewonnenen Landzuwächsen nichts weiter als Territorien.« Er schwieg. Der König legte die Stirn in Falten. »Damit meine ich«, sagte Vater, »daß die Regierung nicht bereit ist, in den neuen Provinzen die Menschen in ihrer Eigenart zu akzeptieren und zu respektieren. Das provoziert Spannungen. Es führt früher oder später zum Hilferuf über die Landesgrenzen hinaus.« Carol hatte in der Bewegung eingehalten, mit der er sich den obersten Hemdenknopf hatte öffnen wollen. Er blickte Vater aufmerksam an. »Der Zerfall des Habsburgerreichs«, sagte Vater, »bescherte Rumänien zugleich mit den neuen Territorien auch die Bürde der Verantwortung für eine Reihe kleinerer Völkerschaften, die bis dahin im Schutz des Kaiserhauses gelebt hatten. Majestät, Bukarest hat diese Verantwortung bisher leider nicht wahrhaben wollen.«

»Ach!« rief der König, »ich sehe, Sie trauern dem Hause Habsburg nach! Doch fahren Sie fort!«

»Nein, Majestät«, sagte Vater, »ich trauere den Habsburgern nicht nach. Als dem Kaiser Karl im November 1918 die Waffenstillstandsbedingungen der Westmächte bekannt gemacht worden waren, wälzte er die Last der Verantwortung auf meinen Landsmann Generaloberst Arz von Straussenburg ab, dessen nicht allzu entfernter Verwandter ich bin. Er überließ ihm also die Entscheidung, die allein er, der Kaiser des Reichs, zu treffen befugt war – die Entscheidung über die Fortführung oder die Beendigung des Kriegs, was den Generalstabschef von Straussenburg und auch uns, die abgekämpfte Truppe an der italienischen Front, in die peinlichste Lage brachte. Derlei vergißt einer nicht, denn hier stellt sich die Frage des historischen Abgangs in Würde. Versagern nachtrauern? Nein, Majestät.«

»Aber«, warf der König ein, »Ihnen muß ich doch nicht erzählen, daß es nicht nur Karl auf dem Thron gab – davor achtete die ganze Monarchie Kaiser Franz Joseph.«

»Sehen Sie mir die Freiheit der Äußerung nach«, sagte Vater, »Kaiser Franz Joseph bewies wohl in allem, was er tat, Haltung. Aber in allen entscheidenden Fragen tat er mit Sicherheit das Falsche.«

Ich sah deutlich, daß Vater die Aufmerksamkeit des Königs gefesselt hatte. Gleichzeitig spürte ich seine Entschlossenheit, es zu nützen. Er sagte: »Anstatt die durch den Kriegsausgang gewonnenen Provinzen auch als geistige Bereicherung zu begrüßen, die von den Völkern dieser Provinzen in den neuen rumänischen Staat mitgebracht wurde, regiert Bukarest an der Chance vorbei und fällt so weit hinter den politischen Begriff der Donaumonarchie zurück.«

Vater wurde unterbrochen. Der Flügeladjutant mit dem verschlossenen Gesicht, der uns empfangen hatte, brachte auf einem Tablett zwei Silberkannen voll Kaffee nebst Gebäck, dazu ein Glas Milch. Der König schien ihn nicht zu bemerken, er betrachtete Vater von der Seite. Als der Adjutant gegangen war, lud er uns mit einer zerstreuten Handbewegung ein, zu trinken und zu essen. Er füllte seine Porzellantasse zur Hälfte mit Zucker, Vater trank den Kaffee ungezukkert. Da die Milch heiß war, begann ich zu blasen. Der König lächelte mich flüchtig an. Mit einer seiner schnellen Kopfbewegungen wendete er sich wieder Vater zu und sagte laut: »Ich höre!«

»Majestät?« sagte Vater.

»Nun«, fuhr der König auf, »werden Sie endlich deutlich! Keine Allgemeinplätze!«

»Sie haben sicherlich Kenntnis davon, Majestät«, sagte Vater, »daß vor kurzem mit dem Gesetzesentwurf ›Numerus Valahicus‹ die Jugend der Minderheiten im Lande zugunsten der des Staatsvolkes von den Universitäten ferngehalten werden sollte, allein der Druck des Auslands verhinderte dies Gesetz der ›Rumänenzahl‹. Unsere deutschen Schulen, in denen wir loyale Staatsbürger erziehen, werden von Ihrem Bukarester Unterrichtsminister nach Gesichtspunkten in die Zucht genommen und schikaniert, die uns nach Geschichte, Herkommen und Kultur fremd sind. Ebenso ergeht es den anderen Minderheiten, der ungarischen, der jüdischen. Die Abiturienten der Minderheitengymnasien haben nicht Prüfungen zu bestehen – sie werden von den Bukarester Examinatoren in Prüfungsmetzeleien abgeschlachtet, weil Bukarest darauf aus ist, den Minderheiten die akademische Elite abzuwürgen. 1934 forderte Ihr Minister Angelescu unter dem Beifall des Kabinetts, der ungarischen, jüdischen und deutschen Minderheit Handel und Gewerbe zu entreißen. Der Abgeordnete Prie hatte neulich das Parlament auf seiner Seite, als er den Antrag stellte, die Deutschen im Land – Ihre besten Steuerzahler, Majestät – aus den Städten hinauszudrängen, deren Erbauer sie sind. Wo immer ein ungarischer, ein jüdischer, ein deutscher Bürger dieses Landes bei einer Behörde vorstellig wird, kann er davon ausgehen, daß die ihm in der Verfassung garantierte Behandlung vom Beamten mit Füßen getreten wird und es für ihn keine Beschwerdemöglichkeit gibt. Und das, obwohl sich Rumänien 1921 im Minderheitenschutzvertrag zwischen Paris und London einerseits und Bukarest andererseits in Artikel achtzehn verpflichtete: ›Alle rumänischen Staatsbürger ohne Unterschied der Rasse, Sprache und Religion sind vor dem Gesetz gleich und genießen dieselben bürgerlichen und politischen Rechte.‹ Doch schon 1921 wurde uns gleichsam zur Begrüßung im neuen Staat Rumänien, für den wir soeben gestimmt hatten, das Rückgrat gebrochen. Im Handstreich, erlauben Sie das Wort, Majestät, wurde uns fast der gesamte Gemeinschaftsbesitz enteignet, mit dem wir einst unsere Schulen und Kultureinrichtungen finanzierten. Wir wurden bestohlen. In fast allen der zweihundertfünfzig deutschen Ortschaften wurden uns die Gemeindehäuser, die wir unter der Ungarnherrschaft vor dem Weltkrieg in Siebenbürgen gebaut hatten, nach dem Weltkrieg unter rumänischer Herrschaft einfach weggenommen und der rumänischen Bevölkerung geschenkt. Unter Opfern bauten wir neue. Und nun beschäftigt uns seither die Frage, ob uns eines Tages nicht auch diese weggenommen werden... So wird nicht nur die eine verzweifelnde Minderheit in die Arme Horthy-Ungarns, die andere in die Hitler-Deutschlands getrieben, Majestät, so wird ein Staat ruiniert, so wird wider alle Vernuft politisch Unheil gesät. Im Land, dessen Regent Sie sind.«

Der König war so heftig aufgesprungen, daß der Stuhl nach hinten kippte und mit der Lehne aufschlug. Ich stellte ihn wieder auf die Beine. Meine Kehle war trocken vor Angst.

Es schien eine Ewigkeit zu dauern, ehe der König seinen erregten Spaziergang über die Terrasse unterbrach und sich wieder setzte. Er blickte Vater lange an und sagte:»Sie haben nicht nur Mut, Sie sind tollkühn.«

»Majestät forderten Offenheit.«

Der König lachte bissig auf:»Mir wurde berichtet, daß Sie einer jener aufmüpfigen Lehrer sind, die der Bischof amtsentheben ließ. Was haben Sie mir darüber zu sagen?«

Vater erwiderte den Blick des Königs.»Ich darf Ihren Informanten korrigieren. Als ich Bischof Glondys die vorgedruckte Antwort auf sein Rundschreiben, mit dem er von uns Lehrern den Verzicht auf jede politische Tätigkeit gefordert hatte, ohne meine Unterschrift zurückschickte, tat ich es weder, weil ich die Absicht hatte, als Politiker tätig zu werden, noch weil ich zur Aufsässigkeit neige. Ich tat es, weil ich mir von niemandem den Mund verbieten lasse. Majestät wissen, daß der Bischof seine Interdiktion wieder aufheben mußte.«

Auf einmal verlor Carols Gesicht die Starre. Ich war sicher, daß Vater ihn jetzt für sich gewonnen hatte. Ich atmete erleichtert auf.

»Herr Hennerth«, sagte er und trank die Tasse leer, »ich kann in diesem Land nicht alles so bewegen, wie ich möchte. Aber ich greife ein, wo es mir geboten erscheint. Habe ich nicht Ihren Oberth, den Raketenerbauer, der auf den Mond fliegen will, gefördert? Wer in Europa tat es außer mir? Und nun bin ich informiert, daß ihn die Deutschen holen wollen. Ich kann's nicht verhindern. Berlin ist in meinem Land mächtiger als ich. Es sollte mich nicht wundern, wenn ihn eines Tages auch Moskau haben will.« Der König schlug mit der Faust auf den Tisch: »Aber dem schöbe ich einen Riegel vor!«

Ich blickte Vater erschrocken an. Dessen Mund war schmal geworden. Der König weiß alles, dachte ich, der weiß auch ...

Doch Carol ließ sich nicht weiter über Hermann Oberth aus. Er forderte Vater auf, wieder über die Bukarester Innenpolitik zu sprechen.

»Die Bauern, Handwerker und Arbeiter«, sagte Vater, »die Kaufleute und Unternehmer, die Lehrer, Pfarrer und Angestellten der nationalen Minderheiten schielen unter dem Druck der chauvinistischen Administration nach dem Ausland. Die Ungarn und Szekler Siebenbürgens nach Budapest, die Bulgaren der Dobrudscha nach Sofia, die Deutschen Siebenbürgens und des Banats nach Berlin, die Serben des Banats nach Belgrad, die Juden nach London und New York. Wen darf es wundern? Daß Deutschland heute von Hitler geführt wird, kümmert meine Landsleute in Siebenbürgen kaum. Ihre Begeisterung gilt weniger dem Mann, sie gilt dem starken Staat der Deutschen, der bereit ist, sie zu schützen, da der eigene sie grundlos in Not bringt.«

»Nein, Herr Hennerth«, rief der König und hob abwehrend

die Hand, »nein, durchaus nicht alle Ihre Landsleute sehen das so! Kronstadts einflußreicher Stadtpfarrer, Ihr Freund Doktor Konrad Möckel, nahm 1937 an der Weltkirchenkonferenz in London teil, Hitlers Regierung hatte das den Geistlichen Deutschlands verboten. Wollte Möckel seinen Landsleuten in Siebenbürgen damit nicht ein Zeichen geben? Doch weder auf ihn noch auf den Bischof hören sie! Sie sind blind und taub geworden!... Nein, es stimmt nicht, Herr Hennerth, daß alle Ihre Landsleute Hitler nachlaufen! Es gibt die Warner unter Ihnen. Und einen ließ Hitler sogar umbringen. Den in Berlin zu Ansehen gekommenen Zeitungsmann Fritz Klein. Sie kannten ihn... Nun?«

In diesem Augenblick trat am anderen Ende der Schloßfront eine Frau in Begleitung zweier Männer aus einer der Türen. Der König saß so, daß er sie nicht sah. Die drei blickten herüber. Sie sprachen leise miteinander. Der hinzugetretene Adjutant bedeutete ihnen respektvoll, aber entschieden, daß eine Störung des Königs nicht in Frage komme, auch wenn es nur darum ginge, sich zu verabschieden. Die Frau, die den Adjutanten darin unterstützte, war nicht nur wegen ihrer Kleidung eine auffallende Erscheinung; sie trug zu einer pinkfarbenen weiten Seidenhose einen bequemen, dunkelblauen Wollpulover. Ihr kastanienrotes schulterlanges Haar glänzte in der Sonne. Jetzt küßte sie der größere der beiden Männer, ein breitgebauter Mensch mit Glatze, auf beide Wangen. Er wies noch einmal zum König herüber, verneigte sich vor der Frau und entfernte sich, gefolgt von dem zweiten. Ich hörte hinter dem Schloß einen Motor anspringen. Indem sie ihr Haar mit einer Kopfbewegung in den Nacken warf, betrat die Frau vor dem Adjutanten wieder das Schloß. Jetzt erst blickte ich verstohlen Vater an. O ja, er hatte Madame Hélène Lupescu und die beiden Männer über die Schulter des Königs hinweg ebenso gesehen wie ich. Auch diesmal sah ich die Veränderung in seinem Gesicht. Er hatte auch den breitschultrigen Mann erkannt. Es war der glatzige Smoking-Bulle mit dem Fischblick, dem er beim Brand unter dem Königstein mit diesem Besuch auf Schloß Peleş gedroht hatte. Mit einem Ruck erhob sich Vater, verneigte sich vor dem König und sagte:»Im Hinblick auf Ihre kostbare Zeit, Majestät, bitte ich, Sie darauf aufmerksam machen zu dürfen, daß die dreißig Minuten abgelaufen sind.« Der König sprang auf.»Kommt nicht in Frage!« rief er.»Sie bleiben noch! Wir sind nicht fertig. Ich sehe, daß Sie Zeit haben. Ach was!« unterbrach er sich.»Der Giorgios Malaxa findet auch ohne mich den Weg aus dem Schloß – dieser größte griechische Halsabschneider seit Alkibiades hat sich mit seinen Munitionsfabriken im Land breitgemacht. Setzen Sie sich! Wir haben noch über den Bären zu sprechen.« Er sah mich an:»Und du kannst dich unterdessen im Schloßpark umsehen. Willst du?«

»Ja«, sagte ich. Er machte eine Handbewegung, als stellte er mir das ganze Schloßgelände zur Verfügung.»Danke«, rief ich und wünschte mir meine Schwester Maria hierher, damit sie sähe, wie mich der König behandelte.

Als ich über die Terrasse auf die Schloßecke zulief, hörte ich den König zu Vater sagen:»Der Malaxa hat Ihnen doch seinerzeit die Feuerwehrausrüstungen bestellen lassen? Respekt, wie Sie mit dem umgesprungen sind! Der kahlköpfige Löwe hat zwar die hinterhältige Kraft einer Sturmbö, doch müssen Sie ihn nicht fürchten, er hat Feinde in der Justiz.« Er lachte.

Je höher ich die Hänge hinaufstieg, um so deutlicher veränderte sich das Bild der Landschaft. Erst dicht unter dem Waldrand oben blieb ich stehen. Keine zehn Schritte schräg über mir, hinter den ersten Fichten und Tannen, war der Lauf einer Maschinenpistole aufgeblitzt. Verunsichert wandte ich mich um. Was sollte ich tun?

In diesem Augenblick sah ich den Stock und hatte Vaters

Worte im Ohr: Nicht einmal eine Waldmaus kommt da unbeobachtet herein. Er stand, ein bißchen schief, mitten im steilen Wiesenhang unter mir. Ich überlegte nicht lange und ging hinab. Er war eine Spanne tief in die Grasnarbe gerammt. Ich hatte einige Mühe, ihn herauszuziehen. Erst als ich ihn ins Licht hielt, erkannte ich die Einzelheiten der Schnitzerei am Griffende. Es war ein Bärenkopf, den Gordan aus dem Eschenholz geschnitten hatte.

Aber nicht das Tiergesicht mit dem maskenhaften Ausdruck, dessen Blick mich prüfend maß, gleichviel wie ich den Stock wendete, beschäftigte mich. Mein Herz hatte heftig zu schlagen begonnen, als ich mir blitzschnell ausmalte, wie Gordan bei einer seiner nächtlichen Streunereien auf dem Herbstweg der Herden nach Süden lautlos an den bewaffneten Soldaten vorbei in die Nähe des Schlosses geschlichen war, den Stock in die Erde gedrückt und danach mit seiner schattenhaften Geschmeidigkeit das Schloßgebäude wieder verlassen hatte. War er durch die Rinnen der Felswände herabgestiegen? Oder hatte er sich aus dem Paßtal dem Schloß genähert? Warum hatte er es getan? Wollte er dem König, von dessen Jagdleidenschaft er wußte, die Schönheit des Wildes vor Augen führen, mit dem er, Gordan, in geschwisterlichem Einvernehmen lebte? Ich beruhigte mich erst nach einer Zeit wieder, indem ich mir sagte: Es ist ihm nichts geschehen; die Licu-Männer haben Großvater die Nachricht geschickt, daß sie wohlbehalten mit der Herde in der Ebene angekommen seien. Die Schüsse, die ohne Zweifel auf ihn abgefeuert worden wären, hätten ihn die Wachposten in der Nacht entdeckt, waren nicht gefallen. Die Gewißheit erlöste mich von einem Druck. Den Stock in der Hand, lief ich hinunter. Die beiden Männer spazierten, als ich um die Schloßecke bog, nebeneinander über die Terrasse.

»Majestät! Majestät!« rief ich außer Atem, sprang die Treppe hinauf und hielt dem König den Stock hin. »Majestät, der

Gordan war hier! Er hat Ihnen diesen Stock als Geschenk dagelassen!« Der König begriff nicht gleich.

Vater mischte sich ein. »Gordan ist der Name eines der Hirten«, sagte er, »die mein Schwiegervater beschäftigt. Ein junger Mensch, ein Knabe noch. Die beiden sind befreundet.« Jetzt begann der König zu verstehen. Er wurde kreidebleich. Vater sagte ruhig: »Ein Sechzehnjähriger, Majestät, das Kind rechtschaffener Leute aus der Gegend des Törzburger Passes, aus Fundata.«

Aber Carols Aufmerksamkeit war wie weggewischt. Er hatte begriffen, daß der Eschenstock zwischen den Wachposten hindurch und unbemerkt von diesen in die Nähe des Schlosses gebracht worden war.

Ohne herbeigerufen worden zu sein, stand der Flügeladjutant vor uns. »Majestät?« sagte er.

Der König besann sich keine Sekunde lang. »Begleiten Sie die beiden Herren zum Tor hinauf«, befahl er in verändertem Ton, »und schicken Sie mir den Hauptmann Calac.«

Wieder zeigte des Königs Gesicht einen Augenblick lang den Zug von Eiskälte, den ich schon einmal gesehen hatte, und dabei fiel mir Marius Micla ein, den ich in des Königs Gewalt wußte.

Die Sonne hatte die Grate über uns erreicht. Mit einemmal war die bunte Heiterkeit des Spätherbsttags ausgelöscht. Innerhalb von Minuten hatten sich schwarze Schatten über die Büsche und die Wiese geschoben.

»Ihre Gesellschaft war mir ein Vergnügen«, sagte der König und nickte Vater zu, »ein Hirtenjunge, sagen Sie?« Er hielt den Stock in der Hand vor sich. Er hob ihn und betrachtete den geschnitzten Bärenkopf. Täuschte ich mich? Entspannte sich des Königs Gesicht nicht, je länger er den Tierkopf betrachtete?

»Ja«, sagte Vater, »ein Hirtenjunge von der Art, die man diesem Land nur wünschen kann.«

Carol blickte Vater an. Wieder war sein Gesicht starr, ja abweisend geworden. Er reichte Vater die Hand und wendete sich ab.

Als wir über die Allee schritten, hörten wir den König dem Adjutanten zurufen:»Ach, lassen Sie – Calac soll bleiben, wo er ist!« Er stand jetzt vor dem Schloßeingang, den Eschenstock in beiden Händen. Die Schatten hatten das Schloß und den König davor erreicht.

Auf dem Bahnsteig in Sinaia standen wir eine Zeitlang schweigend nebeneinander. Dann sagte ich zu Vater:»Der König hatte uns für dreißig Minuten eingeladen. Aber wir waren zwei Stunden bei ihm.«

»Ja«, sagte Vater nur.

»Du, Vater«, sagte ich,»der Malaxa – das ist doch ein Freund des Königs.«

»Ja«, murmelte Vater,»das ist er wohl. Und das hätte ich mir denken können.«

»Wenn du gewußt hättest, daß der Mann mit der Glatze der Malaxa ist und daß der Malaxa den König und die Madame Lupescu zu Freunden hat, hättest du ihm auch dann damit gedroht, daß dich der König zum Kaffee eingeladen hat?«

»Nein«, Vater lachte lautlos auf,»nein, das hätte ich nicht getan, mein Sohn.«

»Warum, glaubst du, hat der Gordan den Stock in die Schloßwiese gesteckt?«

»Ich weiß nicht«, erwiderte Vater nachdenklich,»mir wird kalt bei dem Gedanken, daß ihn die Wachposten...« Er unterbrach sich und blickte das Gleis entlang talwärts, woher der Bukarester Zug kommen mußte.

»Hätten die Posten auf ihn geschossen?« fragte ich. Doch darauf antwortete Vater nicht. Und so fuhr ich fort:»Der König weiß nicht alles, Vater.«

»Soso«, sagte Vater und blickte immer noch das Gleis entlang,»was weiß er denn nicht?«

»Er weiß nicht«, sagte ich, »daß der Rudolf Ferdinand Jung bei uns ist und mit Hermann Oberth sprechen will.«

»Der Zug kommt«, sagte Vater. Erst als der Personenzug Bukarest–Kronstadt abgefahren war und wir uns in einem Abteil der zweiten Klasse gegenübersaßen, ging er auf meine Bemerkung ein. »Davon darf außer uns kein Mensch etwas erfahren«, sagte er kaum hörbar.

Ich nickte. »Ich weiß.«

»Er wird morgen, übermorgen wieder abreisen«, sagte Vater leise.

»Wird Tante Elisabeth mitfahren?«

»Ich hoffe, daß die beiden Vernunft bewahren«, flüsterte Vater, »doch wie immer es kommen wird, ich kann's nicht aufhalten.«

In dieser Sekunde wurde mir bewußt, wie es um Tante Elisabeth und Rudolf Ferdinand Jung stand, und ich spürte, daß auch Vater es wußte.

Während in Predeal die zweite Lok zum Bremsen hinten angekoppelt wurde, stand Midi Bubu auf einmal wieder im Abteil, ohne daß wir ihn eintreten gesehen hatten. »Domnu Rick«, fragte er mit schmalen Glitzeraugen, als der Zug abfuhr, »du hast mich beim König doch nicht verpetzt?«

»Nein«, erwiderte Vater, »habe ich nicht.« Und nach einer Weile fügte er hinzu: »Mich hat ja auch keiner bei ihm verpetzt.«

Wie stellte es Midi Bubu, der Henkersnachfahre, nur an, dem Schaffner bis Kronstadt auszuweichen? Dort verschwand er dann, nachdem er Vater, ehe der sich's versah, die Hand geküßt hatte, unter den vielen Menschen auf dem Bahnsteig.

Wir trafen bei Dunkelheit in Rosenau ein.

XIV. Kapitel

Jagt ihn, er denkt! Schlagt ihn tot, er denkt! Kreuzigt ihn, er denkt! Wehe dem, der denkt! .

Es hatte leicht und lautlos vom Nachmittag in den Abend hinein geregnet. Von den nahen Eibesdorfer Bergen im Süden war der Geruch nässegetränkten Akazien- und Weinlaubs und aufgeweichter Lößerde bis in die schmalen, verwinkelten Straßen der alten Stadt gedrungen. Deren Name war auf einer Steintafel im einzigen noch erhaltenen mittelalterlichen Torturm zu lesen: Civitas Mediensis. Der in seinen Ausweispapieren als »Michael Schuster, Kaufmann« vermerkte, in geheimer Mission von Moskau ausgesandte Rudolf Ferdinand Jung hatte die Stadt Mediasch mit dem Abendschnellzug der Strecke Bukarest–Kronstadt–Klausenburg um 21.33 Uhr erreicht. Ohne sich umzublicken, war er dem nördlichen Stadtteil zugestrebt und hatte sich nach der Vergewisserung, unbeobachtet zu sein, auf Umwegen dem an einem Hang jenseits der Bahnstrecke gelegenen Ortsteil genähert. In der Hermannstädter Straße war er an dem Haus mit der bei der dürftigen Straßenbeleuchtung unlesbaren Inschrift »Hermann Oberth« auf dem kleinen Messingschild vorbeigegangen. Er hatte sich nach einem Blick straßauf und straßab dem Anwesen von der Rückseite genähert, ehe er mit aufgestützter Hand den niedrigen Gartenzaun übersprang, quer über die Rasenfläche von hinten auf das Haus zuging und wenige Augenblicke später an das von einem hellbraunen Vorhang verhängte Fenster klopfte, hinter dem eine Lampe brannte. Eine halbe Minute danach war die in den Garten gehende Doppeltür geöffnet und im Türrahmen der Schatten einer Gestalt sichtbar geworden; eine Männerstimme hatte gesagt: »Treten Sie ein!«

Keine Minute später hatte Jung zum zweitenmal in dem kleinen Zimmer mit dem warmen Lichtschein der Stehlampe gestanden, auch diesmal irritiert. Und auch diesmal erinnerte ihn der schwarze Kraushaarkopf des aufgeschossenen und schlanken Mannes an Männerporträts aus der Antike. Das Auffälligste an ihm war der Blick der großen braunen Augen – er ruhte mit einer Schwere auf Jung, die diesem bisher bei keinem Menschen begegnet war. »Guten Abend, Herr Professor Oberth«, hatte Jung gesagt und auf einem der beiden Polsterstühle vor dem Rundtischchen Platz genommen, auf dem neben einem Teller mit Gebäck und dem erdfarbenen Tongeschirr eine große Thermosflasche stand. Die Zimmerwände waren bis zur Decke hinauf mit Büchern auf durchgebogenen Regalbrettern geradezu verrammelt. Papiere, Bleistifte, aufgeschlagene Bücher und Schriften, Zeichen- und physikalische Meßgeräte bedeckten die Platte des Arbeitstisches vor dem Gartenfenster, von denen Jung ein Tastschwingungsschreiber auffiel, dessen Knöpfe und Skalen im Lampenlicht funkelten.

»Tee?« fragte Oberth und sah Jung an. Der nickte und beobachtete, wie Oberth langsam die Flasche öffnete und die beiden Tassen bis zum Rand füllte. Wieder dachte Jung: Dies also ist der Mann, der als Vierjähriger erklärt hat, daß er eines Tages auf den Mond fliegen werde. Dem als Vierzehnjährigem das Prinzip des Raketenrückstoßes klar geworden war, als ihm beim Steinewerfen aus einem Holzkahn auf dem lehmigen Flüßchen unweit des Elternhauses der von den Wurfbewegungen zurückgedrückte Kahn aufgefallen war. Und der in den Tagen danach die Berechnungen durchgeführt und die Formeln aufgestellt hatte, die den Raumflug als Wissenschaft begründeten... Das Genie dieses Mannes heute nacht für den Dienst an der Idee der Weltrevolution zu gewinnen, daran würde sich, das wußte Jung, auch sein Schicksal entscheiden.

»Die hat meine Frau gebacken«, sagte Oberth in diesem Augenblick und schob, ein bißchen verlegen lächelnd, den Teller mit den Plätzchen und Hörnchen dem Gast zu. War es möglich, daß er dabei leicht errötete? Für den Bruchteil einer Sekunde fing Jung den schweren Blick des Mannes im Sessel vor ihm auf. Er bemühte sich, kühl zu bleiben. Er trank einen Schluck des heißen Tees, goß sich ein halbes Löffelchen Rum nach und sah Oberth an. Es war zweiundzwanzig Uhr und sechs Minuten und in dem kleinen, dem Garten zuliegenden Zimmer so still, daß Jung den eigenen Atem hörte.

»Ich habe über unser Gespräch nachgedacht«, sagte Oberth unvermittelt in dem breiten Deutsch, das sie hier sprachen, »ja«, wiederholte er »ich habe lange darüber nachgedacht.«

»Ich bat Sie darum«, sagte Jung nach einer Weile.

»Wir sind«, sagte Oberth, »wir sind hier ein wenig anders als andere. Wir brauchen für alles mehr Zeit.«

Jung schwieg. Er nickte und sagte nur: »Ja.«

»Ist man in Moskau der Ansicht«, fragte Oberth, »daß es – daß es einen Krieg geben wird?«

Überrascht stellte Jung die Tasse ab. Davon ist bisher mit keinem Wort zwischen uns die Rede gewesen, dachte er. Gleichzeitig wurde ihm endgültig klar, daß der Mann, dem er gegenübersaß, mit den Gedanken immer woanders war als sein Gesprächspartner und daß er diesem mit seinen Gedanken immer voraus war. »Wir laden Sie nicht in die Sowjetunion ein«, sagte er rasch, »damit Sie Kriegsgerät bauen. Wir meinen die Wissenschaft, die Forschung im Dienst des Friedens. Wir meinen ausschließlich die Fortsetzung der Arbeit Ihres verstorbenen Freundes Konstantin Ziolkowski.« Hatte Oberth ihm zugehört?

Oberth griff soeben bedächtig nach einem der Nußhörnchen, die im Schimmern der Zuckerglasur unter dem Lampenschirm lagen, und betrachtete es aufmerksam. Er sagte: »Meine Frau backt die besten davon.« Er biß ins Gebäck und nahm sich lange Zeit zum Kauen. »Nichts steht für sich allein da«, sagte er, »zu meiner Mondrakete muß einer nur die Kernkettenreaktion hinzubasteln, dann bringen wir eines Tages unser Sonnensystem in Gefahr.« Er nickte und sagte: »Und wissen Sie, was das Beängstigende daran ist?« Er sah Jung an und sagte: »Das Beängstigende ist, daß es sich nur um eine Frage der Quantitäten handelt. Bei meinen Berechnungen hatte ich im Grunde immer nur Quantitäten zu bedenken. Und das war eigentlich schon alles. Der Isaac Newton hat das auch schon so gemacht. Es muß jedesmal nur alles bedacht und dann in der Formel ausgedrückt werden.« Erneut schwieg er.

Jung hatte ihm gespannt zugehört, er fragte nach einer Zeit: »Mit anderen Worten heißt das doch, daß es gar nicht um das Vorausdenken geht, ich meine um das Überlegen in die Zukunft hinein? Oder ist das nur ein Spiel mit Worten?« »Nein«, sagte Oberth, »es ist ein Beobachtungsfehler. Wenn einer mehr bedenkt als die anderen, sagen die Leute: Er hat in die Zukunft gedacht. Ist das aber wirklich so? Gibt es ein Vorausdenken? Gibt es die Zukunft? Wir sind mit allem, was wir tun, immer in unserer Zukunft präsent. Und immer schon gab es nur die Möglichkeit, alles zu bedenken, was uns erreichbar ist. Alles andere ist Anmaßung.« »Läßt sich das«, fragte Jung, »zur Kontrolle auf die Wirtschaft, auf die Politik, die Erziehung übertragen?« Er überlegte und nickte, indessen Oberths schwerer Blick auf ihm ruhte. Jung bot alle Kraft auf, ihm nicht auszuweichen. Bis ihm bewußt wurde, daß Oberth ihn gar nicht ansah, daß er durch ihn hindurch und nur zufällig in die Richtung blickte, in der er, Jung, saß. Da hatte er wieder das Gefühl der starken Irritation, die sich jetzt zur Gewißheit verdichtete: Dieser Mann ist immer allein, er ist immer so ausschließlich er selber und sonst nichts, daß er allein ist, auch wenn Tausende um ihn herum sind. Und gleichviel, wer sich in seiner Nähe aufhält und was ringsum geschieht, die anderen haben sich nach ihm zu richten. Ihm ist das nicht bewußt.

»Ein gefährliches Leben«, sagte Jung laut, nachdem sie einige Minuten lang geschwiegen hatten. Er wunderte sich über den Satz, da er nicht wußte, warum er ihn gesagt und worauf er ihn bezogen hatte.

»Ja«, sagte Oberth in dem nüchternen Ton, in dem Jung die Geradlinigkeit seiner Äußerungen wiedererkannte, »ja, das ist es wohl. Die Masse will nicht zum Denken und nicht zum Bedenken aufgefordert werden. Eben das will sie nicht. Wehe dem, der sie dazu drängt! Der ihr Fragen stellt. Der sie wissen läßt, daß er mehr bedenkt als sie. Sie schreit: Jagt ihn, er denkt! Schlagt ihn tot, er denkt! Kreuzigt ihn, er denkt! Wehe dem, der denkt! Sie tut das, seit es sie gibt.« Oberth schwieg, griff nach der Thermosflasche und sagte: »Und sie wird es tun, solange es sie gibt.«

Ohne zu fragen, schenkte Oberth von dem Tee in die beiden Tontassen ein. Er sagte mit unvermittelter Heiterkeit: »Die Söhne und Enkel derer, die mich heute verspotten, mit dem Finger auf mich zeigen und rufen: ›Seht ihr den Narren?‹, werden sich morgen in die Brust werfen und schreien: ›He! Dies ist einer von uns! Was sind wir doch für fabelhafte Leute!‹ Lustig, wie?« Er lachte leise. Um seinen Kopf bewegten sich Lichter und Schatten der kleinen Lampe neben ihm. Angsteckt von der klugen Ungezwungenheit, lachte Jung mit. Dabei war die Narbe auf seinem Kinn mit einemmal deutlich zu erkennen.

Abermals unvermittelt sagte Oberth: »Ja, die Deutschen ... Sie haben recht, mein Herr, wenn Sie sagen, die haben mich gejagt und fast gesteinigt. Die Deutschen sind das Volk der großen Macher und der kleinen Seelen.«

Es war lange Zeit still im Zimmer, ehe Jung aufatmend sagte: »Jede Stunde, jede Minute, die Sie hier in dieser vergessenen Stadt und in diesem Land hinter Gottes Angesicht zubringen,

Herr Oberth, ist eine verlorene Stunde, eine verlorene Minute. Ein Mann wie Sie hat keine Sekunde zu verschenken. Kommen Sie nach Moskau!«

Oberth saß unbeweglich auf dem niedrigen Stuhl. In die Stirnmitte, über der Adlernase, waren ihm zwei senkrechte Falten eingegraben. Wie er so mit leicht erhobenem Kopf und auf die Knie gelegten Händen dasaß, wirkte er auf Jung wie ein Denkmal. Nein, dachte Jung, nie und nimmer ist es eine Frage der Quantitäten! Zwar redet er von Mengen, vom Zusammenzählen, vom Wurzelziehen, von der Integralrechnung und der Differenzialgleichung. In Wahrheit aber ist sein schöpferischer Geist am Werk. Aus der verwirrenden Menge der Chiffren, die uns allenthalben in der Schöpfung umgeben, diejenigen herauslesen, die uns zur Erkenntnis führen, und sie in begreifbare Zusammenhänge ordnen, damit auch wir sie verstehen – das ist sein Genie, dachte Jung. Seine Selbstbescheidung ist ein Teil davon, als wollte er uns nicht erschrecken mit der Kühnheit seiner Gedanken.

Der Regen hatte sich verdichtet. Mit einer Welle frischer Gras- und Waldluft drang feines Rauschen und Summen ins Zimmer. In der Ferne waren die Stundenschläge einer Kirchturmglocke zu hören. Aha, das ist der hohe, leicht zur Seite geneigte gotische Turm im Zentrum der alten Stadt, an dem ich auf meinem langen Umweg vorbeigegangen bin, dachte Jung. Er zählte die Schläge. Ist es schon Mitternacht? Jung wollte etwas sagen. Da wurde ihm bewußt, daß die Tür zum Garten geöffnet war, und erst jetzt sah er, daß er allein im Zimmer saß. Er trat in die Tür. Als sich die Augen ans Dunkel gewöhnt hatten, erkannte er Oberth. Er stand mitten im Garten. Die Hände auf dem Rücken verschränkt, blickte er zum Himmel hinauf. In den niedrigen Wolken über der Talsenke schwebte ein schwacher Widerschein von den Nachtlichtern der Stadt. Jung trat durch das von der Nässe schwere Gras über den aufgeweichten Gartenboden. Sie blickten minutenlang in die nahe Grauschwärze über sich, aus der es regnete. Das Wasser begann Jung übers Gesicht zu rinnen. Da wies Oberth in die Höhe und sagte: »Wie klar die Schatten des Mare Smythii und des Mare Marginis auf dem Mond! Sehen Sie nur, wie nahe er heute ist! ... Nun fragen Sie mich aber um alles in der Welt nicht, warum ich zu ihm hinfliegen will. Solange ich mich zurückerinnere, will ich das. Wenn einer einmal auf ihm gestanden und von ihm aus die Erde gesehen haben wird, bringt uns das denn einen Schritt weiter? fragen mich die Leute spöttisch. Ich sage dann: Wenn uns davon auch nur soviel ins Bewußtsein dringt, daß der Wunsch des Menschen, die Welt und die Schöpfung kennenzulernen, als der Wunsch erkannt wird, sich selber kennenzulernen, dann ist das sehr viel. Denn betrachten wir uns nicht selber, wenn wir die Welt betrachten? ... Eigenartig«, sagte er und blickte immer noch hinauf, das Gesicht dem Regen preisgegeben, »diese Unruhe heute im Schatten des Langrenus-Kraters! Aber«, rief er plötzlich, »es regnet ja! Kommen Sie, gehen wir ins Haus! Sie werden hier naß!« Jung blieb wie angewurzelt stehen. Dieser Mann sieht den Mond, dachte er, auch wenn die Wolken ihn verdecken. Er sieht nur ihn.

Halb durchnäßt betraten sie das Haus. Oberth, erregt von der Beobachtung, daß Jacke und Hose seines Gastes durchweicht waren, zündete das Feuer im kleinen Gasofen an. Er drängte Jung, eine seiner Haushosen anzuziehen, die er vom Haken an der Seitenwand eines Bücherregals holte, und half ihm in eine dicke Wolljacke, ehe er das nasse Zeug über eine Stuhllehne vor das Öfchen hängte. Nein, nein, wehrte er ab, er selber sei nicht so naß geworden, es sei halb so schlimm, er müsse sich nicht umkleiden! Verlegen wischte er sich mit beiden Händen über die triefenden Rockärmel und Hosenbeine. Und als er nun an sich hinunterblickte und danach Jung betrachtete, begann er laut zu lachen. »Ob wir wollen oder nicht«, rief er, »so wie wir zwei jetzt aussehen, müssen wir noch eine Weile beisammen bleiben und darüber reden, welcher Einladung ich nun folgen soll – der Stalins oder der Hitlers.«

Jung stand in der durchgebeulten Hose und der schweren Wolljacke mit dem Zopfmuster auf Brust und Ärmeln sprachlos vor dem hochgewachsenen Mann, dem die vom Regen zerwühlten Haare an der Stirn klebten. Es durchfuhr ihn. Sollte Hitler schon...? Aber Oberth kam ihm zuvor. »Nehmen Sie Platz«, sagte er, »ja«, fuhr er fort, nachdem sie sich gesetzt hatten, »was kann ich in einer solchen Lage noch tun? Ich muß wohl zusehen, wie ich ein anständiger Mensch bleibe. Meinen Sie das nicht auch?« Er schüttelte den Kopf und sagte nach einer Pause: »Sehen Sie, mein Herr, auch wenn mich die Deutschen wie einen Kuli behandelten, ich bin und bleibe ein Deutscher. Wir blieben das hier in diesem Winkel Europas über viele Jahrhunderte hinweg. Dabei sind uns die Habsburger, noch bis gestern unsere Herren, mit ihrem Katholizismus immer ein wenig fremd gewesen.« Er hob die Schultern. »Nur unsere Küche wurde durch und durch österreichisch. Vom Kaiserschmarren bis zu den Grammelpogatschen. Mit der Roten Grütze der lutherischen Norddeutschen haben wir Siebenbürger trotz unseres Protestantismus nichts am Hut. So verquer liegen die Dinge bei uns... Der Tee ist noch heiß«, unterbrach er sich, goß die Tassen voll und sagte: »Und dies ist das erste, was Ihre Auftraggeber übersahen, als sie an mich dachten und Sie zu mir schickten.« Er schwieg. Dann sagte er: »Das zweite ist dies: Wer von mir die Entscheidung zwischen Hitler und Stalin verlangt, der verlangt von mir die Entscheidung zwischen Berlin und Moskau. Er stellt mich damit vor die Entscheidung zwischen Westen und Osten. Gleichviel, wie sich die beiden gerade präsentieren, es bleibt die Grundsatzfrage. Und das wieder heißt, daß ich aufgefordert bin, mich zwischen zwei Kulturen zu entscheiden, deren einer ich

angehöre wie das Kind der Mutter. Wir alle sehen das so in dieser östlichen Ecke. Denn hier weht uns Asien schon voll ins Gesicht... Ich bin kein Morgenländer, mein Herr.«
Danach schwieg er in einer eindringlichen Art, die es Jung verbot, ihn durch ein Wort zu stören. Erst nach minutenlangem Schweigen fuhr er fort:»Soviel hat es mit mir, mit meinen Wurzeln zu tun. Aber mindestens ebensoviel hat es mit den Umständen zu tun, in denen ich mich als Kind meiner Zeit befinde. Sie kennen Napoleons Wort: ›Die Politik ist das Schicksal.‹ Das ist sie mit Sicherheit. Die Frage lautet, ob sie es zu unserem Glück oder Unglück ist. Bleibt es da nicht einerlei, auf wessen Seite wir stehen? Stehen wir nicht immer auf der falschen Seite? Auch Sie mit Ihren Weltverbesserungsplänen? Das macht uns zu Brüdern. Ich werde also hingehen, wo ich mich wenigstens in der Muttersprache verständigen kann. Was bleibt mir denn sonst übrig in der Lage der todsicheren Ungewißheiten, in die wir uns von denjenigen bringen lassen, denen wir es einräumen, die Verhältnisse unter uns zu bestimmen? Geben die Politiker nicht alle vor, für die Zivilisation zu kämpfen? Und seit eh und je verletzen alle in der einen oder anderen Form die Gebote der Zivilisation! Nicht wenige von ihnen waren und sind Mörder. Die einen gestern, die anderen heute. Die dritten werden es morgen sein. Was bedeutet es schon, daß sie es zu verschiedenen Zeiten sind? Und die Träumer wie Sie und ich sind dabei immer ihre Diener und machen sich immer schuldig.«
Mit der gleichen Ruhe, mit der er gesprochen hatte, trank Oberth die Tasse bis zur Neige aus. Danach blickte er Jung lange in die Augen. »Gestern«, sagte er und stellte die Tasse vorsichtig auf den Tisch, »gestern waren zwei Mittelsmänner aus Berlin hier. Ihr Besuch überraschte mich nicht. Sie luden mich ein, schon morgen, wenn ich wollte, in der deutschen Raketenforschung zu arbeiten... Ich habe, wie Sie wissen, in

Berlin die Anwendung der Selbstzerreißung entdeckt. Das wartet dort auf mich. Mein Schüler aus der Berliner Zeit, Wernher von Braun, schrieb mir einen Brief, in dem er mich um die Zusage bittet. Es machte mir den Entschluß leichter. Ich werde in wenigen Tagen reisen ... Sagen Sie also Ihren Auftraggebern, daß ich nicht nach Moskau gekommen wäre, auch wenn mich die Deutschen vergessen hätten.«

In das Schweigen hinein sagte Jung: »Berlin wird es Ihnen nicht danken.«

»Ich weiß«, sagte Oberth unbewegt, »ich kenne das Pack.«

Gegen fünf Uhr morgens verließ Rudolf Ferdinand Jung den Mathematik- und Physiklehrer Hermann Oberth. Es war noch dunkel. Der Regen hatte aufgehört. Es war schneidend kalt geworden. Bis zum Keßlerberg reichte das Glitzern der Novembersterne. In den schlecht beleuchteten Straßen glückte es Jung nicht immer, die Pfützen zu umgehen, auf denen sich dünne Eisdecken gebildet hatten. Er wunderte sich, daß er heiter gestimmt war. Wie hatte der unergründliche Mann in der Gartenzimmerhöhle zwischen Büchern, Sternkarten, Globen, Meßinstrumenten, Rechenschiebern und tausend losen Papieren an einem Punkt des Gesprächs gesagt? »Es heißt, Gott erdachte die Schöpfung, um nicht mehr allein zu sein. Die Feststellung taugt nichts, wenn ihr nicht die Einsicht folgt, daß wir dadurch zu seinen Partnern werden und unser Zorn auf ihn immer auch unser Zorn auf uns ist, daß wir uns verleugnen, wenn wir ihn verleugnen.«

Die Sätze beschäftigten Jung so sehr, daß er stehenblieb und eine Zeitlang zu den Sternen hinaufstarrte, ehe er weiterging und daran dachte, daß ihn Oberth Einblick in seine letzten Arbeitsergebnisse hatte nehmen lassen und nicht gezögert hatte, seinem Gast Erkenntnisse mitzugeben, von denen er wußte, daß sie bis zu dieser Stunde außer ihm niemand besaß. Wenn auch nicht in Begleitung des Raketengenies, so würde Jung mit einem Gepäck an neuen astronautisch-mathematischen Kenntnissen zurückkehren. Längst hatte er zu erwägen begonnen, ob es ihn vor dem Zugriff des NKWD bewahren würde. Doch beschäftigten Jung, während er zum Bahnhof ging, diese Fragen nur wie aus einer großen Distanz, obwohl sie ihn und seine Zukunft unmittelbar betrafen. So sehr hatte ihn der Mathematik- und Physiklehrer in seinen Bann gezogen und von sich selber abgelenkt.

Er bestieg den Morgenzug, der Mediasch um 5.29 Uhr in Richtung Kronstadt verließ. Drei Stunden später traf er in der Stadt am Fuß der Südkarpaten ein. Doch erst siebzehn Stunden später betrat er, nach Mitternacht, das Hennerth-Haus in Rosenau. Tante Elisabeth, die auf ihn gewartet hatte, sprach aus, was er in den siebzehn Stunden nicht hatte verdrängen können. »Was kann denn geschehen«, hatte sie gesagt, »wenn du nicht zurückfährst? Wenn du hier bleibst?«

Jung hatte Tante Elisabeth auf die Antwort warten lassen. »Sie finden jeden, den sie finden wollen«, hatte er dann gesagt, »sie töten jeden, den sie töten wollen. Außerdem gehöre ich dorthin. Es gibt keinen Einwand gegen die Notwendigkeit der Revolution.«

Irgendwann während dieser letzten sieben oder acht Wochen vor dem Weihnachtsfest verließ Rudolf Ferdinand Jung unser Haus. Daß er fort war, merkte ich daran, daß Tante Elisabeth, wenn sie nachmittags aus dem Kronstädter Chemielabor nach Hause kam, wieder mehr Zeit für uns hatte, daß sie die länger werdenden Abende nach den Mahlzeiten mit der Hennerth-Großmutter im Gespräch verbrachte. Und daß sie häufig Briefe schrieb, die ich zum Postamt brachte, wo ich sie Frau Butnaru durch den Schalter reichte. Die Briefe waren an eine fremd klingende Anschrift in einer Stadt namens Lappeenranta in Finnland gerichtet. Als ich die Stadt im Atlas gefunden hatte, rechnete ich mir aus, daß es nur zwanzig Kilometer von ihr bis an die finnisch-sowjetische Grenze waren.

Von Rudolf Ferdinand Jungs Aufenthalt im Hennerth-Haus unter den Südkarpaten hat niemals jemand von uns ein Wort hinausgetragen. Den Schatten, den seine Gestalt für die Dauer einiger Tage auf die bunte Welt meiner Kindheit warf, trage ich noch heute in mir.

XV. Kapitel

*Das Bettgespräch der Großeltern, die törichte Erwartung
der Völker und die rote Töterfaust*

D och es war nicht Jungs geheimnisvolles Verschwinden,
was mich nach der Rückkehr vom Besuch beim König
beschäftigte. Auch nicht Tante Elisabeths abermalige Veränderung – ihr Wesen war von einer Ausgewogenheit wie seit
langem nicht mehr, sie vergaß ihre mitunter scharfzüngigen
Sentenzen zu Fragen der Erziehung, die sie mit Vorliebe in
Gegenwart meiner Mutter von sich gab. Ja, manchmal meinte
ich sogar, daß etwas vom Geist ihrer jüngeren Schwester
Leonore in sie gefahren sein müßte, seit diese das Haus
verlassen hatte, so freundlich ging sie nun bisweilen mit mir
um. Freilich, sooft ich in dieser Zeit in den Garten und dabei
am Gästezimmer hinten im Hof vorbeilief, rief mir der Mes-
singlöwe des Türgriffs nicht nur die Mondnacht in Erinnerung, in der Tante Elisabeth und der fremde Mann Hand in
Hand vor mir gestanden hatten, sondern Rudolf Ferdinand
Jungs Erscheinung insgesamt, deren Ausstrahlung mir unvergessen war. Holgers Klavierspiel – die Stücke aus Anna
Magdalenas »Notenbüchlein«, die »Sonatinen« von Mozart
und die Fingerübungen – füllten die Nachmittage, Marias
endlose Reden über all die Bücher, die sie trotz der Schulauf-
gaben zu lesen Zeit und über deren Inhalt mir zu berichten sie
den Drang hatte, Mutters und Großmutters Arbeit in Haus,
Hof und Garten, Katalins trällernde Allgegenwart und Vaters
kurze Präsenzen bei den Mahlzeiten, die Mutter einmal zu
dem Satz veranlaßten: »Du richtest dich mit der vielen Arbeit
noch zugrunde!« – dies alles war so wie immer, trotz der
bangen Ahnungen, die mich manchmal heimsuchten, und
trotz der Träume, die mir immer häufiger zu denken gaben,

weil ich Dinge in ihnen sah, die den anderen verborgen blieben.

Bis mir Katalin eines Abends bei Tisch in Großmutters Pendülezimmer zuflüsterte:»Der Hardt-Großvater ist aus Deutschland zurückgekommen.« Sie war kurz vor dem Essen mit einem Körbchen voller bunter Wollknäuel, die Tante Elisabeth aus Kronstadt mitgebracht hatte, bei der Hardt-Großmutter gewesen. Von Katalins Mitteilung elektrisiert, fragte ich über den Tisch hinweg:»Darf ich heute nacht bei Großvater schlafen?« Vater und Mutter blickten sich an. Ich sah, daß sich Vaters in der letzten Zeit häufig nachdenkliches Gesicht flüchtig aufhellte, und war dankbar, als mir Mutter zunickte.

Daß ich ab und zu bei den Großeltern in der Langgasse übernachtete, war nichts Besonderes. Es gab dafür manchen Anlaß, sei es, daß Großmutter darum bat, wenn sich ihr Mann auf Reisen befand und sie sich in dem Haus einsam fühlte, sei es, daß Großvater zu früher Morgenstunde mit mir in den Wald aufbrechen wollte. Jedesmal schlief ich im Wohnzimmer, zu dem aus dem Schlafzimmer der Großeltern eine Glasfügeltür führte. In dem niemals geheizten Raum, an dessen Wänden vier Spiegel mit breitem Antwerpener Silberrahmen hingen, deren Kühle den Raum beherrschte, stand in der Ecke neben dem Fayenceofen ein Klappbett mit Stahlfedermatratze, das, sofern es nicht benutzt wurde, zu einer Art Anrichtetisch zusammengeklappt wurde, auf dem eine mit Hirschen, Rittern, Pfauen, Lebensbäumen und Blumenrosetten im Kreuzstich bestickte weiße Leinendecke hing. Die »Decke mit den Sigerusmustern« nannte Großmutter sie, pries immer wieder den Einklang der etwas steifen Schönheit der Muster mit der Ziselierarbeit der flämischen Meister und lobte den Mann mit Namen Sigerus, der die alten Motive gesammelt und aufgezeichnet hatte. Niemand wäre auf den Gedanken gekommen, daß sich unter der Decke ein prosaisches Metallgestell verbarg, erst recht nicht, weil die »Spanierin« zu jeder Jahreszeit in einem kobaltblauen Tonkrug einen Blumenstrauß auf der kostbaren Stickerei stehen hatte. Wenn ich in dem Bett lag, das mir Großmutter auf dem auseinandergeklappten Gestell hergerichtet hatte, sah ich im Licht, das aus dem Schlafraum der Großeltern durch die Glastür mit den Tüllvorhängen fiel, den für die Dauer der Nacht auf den Ausziehtisch in der Zimmermitte gestellten Tonkrug mit dem Blumenstrauß darin. Im Frühling waren es die strahlend gelben Blüten des Scharbockskrautes oder die blauen Blüten des Wiesenstorchschnabels, die mir beim Einschlafen stumm zuschauten, im Sommer das Blau der Akelei oder das Weiß der Paradieslilie und der Margarite, das Rosarot der Esperette, das Gelb des Frauenflachses, manchmal die Lachs- und Altrosafarben der Kaktusdahlien aus dem Hennerth-Garten und im Herbst die bunten Astern, im Winter die noch bunteren Strohblumen.

Das Besondere jedoch an den Nächten im Haus der Hardt-Großeltern waren die Gerüche des Kissenüberzugs, des Bettlakens und des Oberleintuchs. Großmutter spülte nämlich die Bettwäsche in Wassern, die sie mit den feinsten Duftkräutern aus Großvaters unerschöpflicher Sammlung angereichert hatte. Damit bereitete sie Großvater ein allabendliches Vergnügen, das er, wie sie seit vielen Jahren wußte, besonders schätzte – sie unterließ es niemals, ihm das Zubettgehen zum Fest des Eintauchens in eine Welle von Wohlgerüchen zu gestalten. All die Flieder-, die blauvioletten Lavendelblüten und Rosenblätter, in kleine Leinensäckchen eingenäht und ins warme Spülwasser gelegt, gaben ihre ätherischen Öle an das weiche Gewebe ab und entstiegen dann als Duftschwall dem schneeweißen Bettzeug. »Erbteil kastilischer Lebensraffinesse?« hatte Vater diese Gepflogenheit seiner Schwiegermutter einmal lachend hinterfragt – eine Äußerung, die ich erst viele Jahre später verstand.

Als ich an jenem Abend in das Hardt-Haus stürmte, dachte ich nicht an den Leinenduft im Klappbett. Ich war von der Vorfreude auf das Wiedersehen mit Großvater beherrscht, dessen Gegenwart jedesmal das Gefühl eines belebenden Prickelns in mir auslöste. Ich fand die beiden in der Wohnküche beim Nachtisch. Wie immer, wenn Großvater von einer Reise heimkehrte, war Großmutter in unaufdringlicher Weise festlich gekleidet. In ihrer leisen Art war sie so sehr auf den Ehegatten eingestellt, daß sie dessen nur in Ausnahmefällen festgelegte Ankünfte jedesmal vorausfühlte. Da sie nahe an dem aufgekippten kleinen Oberfenster saß, hatte sie mich durch den Hof laufen hören. Dennoch entging es mir nicht, als ich atemlos in der Tür stand, daß die beiden ein ernstes, vielleicht ein sorgenvolles Gespräch geführt haben mußten. Großvater stellte das Glastellerchen mit dem Birnenkompott auf den Tisch, neigte sich im Sessel vor und streckte mir beide Arme entgegen – und wie so oft kratzten mich die Schnurrbartspitzen, als er mein Gesicht an seine Wange preßte.

Ich hatte Großvater seit Wochen nicht gesehen, und mir wurde jetzt bewußt, wie sehr ich ihn vermißt hatte. Von meinen Fragen angetrieben, erzählte er. Bis Hamburg und Berlin, Breslau und Köln war er gekommen, er hatte sich vier Tage in München und auf der Rückreise drei Tage in Wien aufgehalten. »Überall bei guten Freunden«, sagte er, »sie hatten mir viel zu berichten.«

»Hast du Tante Leonore in Wien besucht?« wollte ich wissen und fühlte, wie mein Herz auf einmal schneller klopfte.

»Ja, ich habe mit ihr in den ›Drei Husaren‹ bei der Franziskanerkirche in der Weihburgstraße zu Abend gegessen«, erwiderte Großvater, »sie läßt dich grüßen.«

»Hat sie dir etwas über Professor Innauer gesagt?« fragte ich.

Großvater ließ die Hand mit dem Lederfutteral sinken, in das er gerade die Lesebrille hatte hineinschieben wollen, und sah mich erstaunt an. »Nanu«, sagte er, »was weißt du denn vom Professor Innauer?«

»Ich habe seinen Namen auf dem Brief gesehen, den er Tante Leonore geschrieben hat. Tante Leonore wirkte nachher sehr bedrückt.«

Großvater ließ mich nicht aus den Augen. »Der Innauer ist nicht mehr ihr Professor, hat sie mir erzählt.«

»Warum nicht?«

Großvater schob das Futteral in die Westentasche und sagte zu Großmutter: »Stephanie, mach die Betten, es ist Zeit zum Schlafengehen.«

»Ist das eine gefährliche Sache mit Professor Innauer?« fragte ich.

»Das kann man sagen«, erwiderte Großvater und erhob sich, »es ist gefährlich.«

»Willst du nicht darüber sprechen?«

»Sie — sie haben ihn aus der Musikakademie hinausgeworfen.«

»Warum?«

»Wegen — seiner Frau.«

Ich sah Großvater fragend an. »Hat sie was angestellt?«

»Man kann es auch so sehen«, sagte Großvater, »er wollte sich nicht trennen von ihr, und sie ist nicht weggegangen von ihm.«

Ich hatte mich Großvater in den Weg gestellt, als er jetzt das Zimmer verlassen wollte.

»Sie ist keine Deutsche«, sagte er.

»Auch Gordan ist kein Deutscher«, sagte ich.

»Ja«, sagte Großvater und schob mich mit einer ruhigen Bewegung beiseite, »ja, aber Frau Innauer ist Jüdin.« Er sagte: »Gute Nacht.«

Ich ging ins Wohnzimmer und legte mich ins Klappbett unter die Antwerpener Spiegel.

Großmutter kam noch einmal zu mir ans Bett. »Morgen ist

Sonntag«, sagte sie, »da können wir länger schlafen.« Sie
küßte mich auf die Wange und ging hinaus.
Zum erstenmal, seit ich mich entsann, stand der blaubemalte
Tonkrug leer auf dem Tisch. Aber unter ihm sah ich die
wunderbar weiche kurze Lederhose auf dem Stuhl liegen, die
mir Großvater aus München mitgebracht hatte; wie sie fast in
Griffnähe vor mir halb über den Stuhlrand hing, beschäftigte
mich ihr Anblick, während ich an Großvaters Erzählungen
von der Fahrt durch die Landschaften und Städte zwischen
den Alpen und der Nord- und Ostsee dachte. Was für ein
herrliches Land mußte das sein. »Das ist es«, hatte Großvater
gesagt, »sogar jetzt, wenn die Wälder kahl und die Felder leer
sind.«
Wie lange ich schlief, ehe mich Großvaters Stimme weckte,
weiß ich nicht. Aus irgendeinem Grund war der eine Flügel
der Glastür nur angelehnt worden, durch den handbreiten
Spalt verstand ich jedes Wort. Ich richtete mich im Bett auf.
Ich sah die Lampe auf Großvaters Nachtkästchen brennen.
Die Hände unter dem Kopf verschränkt, starrte Großvater zur
Decke hinauf. Großmutter im Bett daneben, lag ihm zuge-
kehrt auf der Seite und blickte ihn an. Ihre dunklen, vollen
Haare hatten sich weit ausgebreitet – es sah aus, als ruhe ihr
Kopf auf einem schwarzen Kissen.
»Sie sind wahnsinnig geworden«, sagte Großvater mit frem-
der Stimme, »sie sind ein Volk von Irren geworden. Gottlos,
gewalttätig. Sie haben jedes Maß verloren. Sie pfeifen auf
alles, was ihre Klügsten sie lehrten. Sie spucken dem Philosophen Kant, den Dichtern Lessing und Goethe ins Gesicht.
Allen voran ihre Professoren, Dichter, Lehrer, Richter. Von
Wien bis Hamburg. Was sie je an Gutem hervorbrachten,
mißbrauchen sie heute. Sie sind wahnsinnig geworden«,
wiederholte er.
Es war minutenlang still, ehe Großmutter sagte: »Aber du
erzähltest mir doch von . . .«

Großvater unterbrach sie: »Ihr Nationalsozialismus kroch aus den hintersten Provinzwinkeln hervor. Er ist die Religion der Spießer. Seine Raserei entspringt der Borniertheit der Niemande, denen man einredete, daß sie eine Herrenrasse sind und über allen anderen Völkern stehen, wenn sie sich nur mit der nötigen Brutalität produzieren. Niemals ist der wirkliche Herr gefährlich. Der Spießer ist es, weil er glaubt, jemand zu sein, wenn er Masse ist. Die wenigen, die sich das Schamgefühl wahrten, und die paar, die die Welt kennen, zählen in Deutschland nichts. Und die Intellektuellen, diese geborenen Mitläufer, spreizen sich im Geglitzer der Macht. Sie laufen den Mächtigen nicht nur nach, sie laufen ihnen voran.« Großvater schwieg. Dann sagte er: »Das Schlimmste am Nationalsozialismus ist, daß er von den Deutschen gemacht wird.«

»Wie meinst du das?« fragte Großmutter nach einiger Zeit ratlos.

Großvater sagte langsam: »Weil sie während ihrer Geschichte niemals die politische Intelligenz und die moralische Disziplin aufbrachten, ohne Wenn und Aber eine Nation zu sein, konnten die Deutschen als Nation nicht reifen. So kennen sie als Nation kein Maß, keine Mitte. Sie leben aus der Vergötzung der Kraft. Die ungehobelte Protzerei, nicht die Bändigung zu Form und Anstand zählt bei ihnen. Wie kein anderes Volk pochen sie auf ihre Tüchtigkeit, die sie für eine Legitimation halten. Sie begreifen nicht, daß Tüchtigkeit ohne Menschlichkeit dem Machertrieb der Ameisen entspricht. Weil die Termitenemsigkeit ihre Natur ist, verwechseln sie eine gebohnerte Diele mit Kultur und die Erfindung des Benzinmotors mit Menschlichkeit, die Übertreibung halten sie für Geist. Weil sie ohne inneres Gleichgewicht sind, erhoben sie die Ordnung des Kasernenhofs zur Weltanschauung. Ist das nicht der Beweis ihrer Untauglichkeit zur Größe? Ihre Begeisterungssucht läßt mich frieren, denn sie ist der

Ausdruck ihrer Verführbarkeit und ihres kindischen Illusionshungers. Weil die Aggressivität ihr Verständnis vom Umgang miteinander ist, wurden sie mitten durch die Familien hindurch ein Volk von Denunzianten. Daß sie Perfektionisten sind, besagt noch nichts über ihre Rechtschaffenheit! So spülten sie im Zeichen des Hakenkreuzes ihren Bodensatz in alle öffentlichen Positionen hinauf. Da sie so zahlreich sind, wurden sie unter Europas Völkern zum gefährlichsten Volk. Dabei hätten sie, wie viele es von ihnen erwarteten, die Hoffnung der Völker sein können.«

Wieder schwieg Großvater, ehe er sagte:»Seit meiner Reise weiß ich, daß diese Erwartung töricht ist. Ich sah in Berlin, wie sie Geschäfte erstürmten und die Besitzer erschlugen, weil diese Juden waren. Ich sah in Hamburg und in München ausgebrannte Gotteshäuser und davor das Blut zu Tod getrampelter Menschen. In Wien verwüsteten sie sogar die Synagoge im Irrenhaus. Und ich hörte sie zynisch diese Mordbrennereien als ihre ›Reichskristallnacht‹ feiern. Das ist nicht nur die Reaktion auf die Ermordung ihres Botschaftsrates in Paris. Das ist der vom Staat den niedrigsten Instinkten erteilte Freibrief. Und genau dies ist der Nationalsozialismus! Sie sind im Begriff, endgültig zu verrohen, und sie bilden sich darauf auch noch etwas ein. ›Edel sei der Mensch, hilfreich und gut.‹ Was braucht ein Volk mehr zur Orientierung? Es könnte die Grundlage seiner Staatsverfassung sein. Nein, sie haben den Anspruch verwirkt, Goethe den ihren zu nennen. Denn sie lachen über die Einsicht, daß Zivilisation nur dort gedeiht, wo das Recht des Stärkeren der Stärke des Rechts weicht... Was hilft es, daß bisher an die zwanzig Attentate auf Hitler verübt wurden? Es entlastet sie nicht. Der Fluch wird ihnen erhalten bleiben, solange es sie gibt.«

Es war eine schier endlose Zeit still. Nicht nur das, was Großvater gesagt, sondern mehr noch die Art, wie er es gesagt hatte, der fremde Ton seiner Stimme lähmte mich fast.

Endlich fragte Großmutter:»Und wir? Ich meine, wir hier in Siebenbürgen?«

Großvater lachte höhnisch auf:»Wir? Das siehst du doch! Den meisten hat die nationale Brunst das bißchen Verstand genommen, das ihnen nach achthundert Jahren Verschleiß noch blieb. Sie himmeln Deutschland hurenhaft an, statt zu bedenken, was es in unserer Lage als erstes zu bedenken gilt: Wir mögen hundertmal Deutsche sein, aber wir leben hier nicht in Deutschland. Unsere Kirche, unsere Vereine, Schulen und Jugendverbände haben aufgehört, selbständig zu denken.«

Da fragte Großmutter übergangslos:»Wirst du mit Rick darüber sprechen?

»Ja«, gab Großvater sofort zurück,»aber...«, er stockte, »aber es sind die Männer seiner Generation, die heute in Deutschland das Sagen haben.« Und plötzlich stieß er aus: »Der verfluchte Versailler Friedensschluß hat ihnen die Ehre geraubt! Das läßt sie nicht schlafen...«

Wieder war es eine Zeitlang still, ehe Großvater ruhiger sagte: »Die Leonore in Wien – die weiß, was vorgeht. Die Österreicher sind noch verrückter als die Deutschen, das Scheusal kommt ja aus Österreich. Ich bin in Sorge um Leonore.«

Großmutter, die Tante Leonore ebenso mochte wie ihren Schwiegersohn Rick, wollte den Grund wissen.»Sie hängt an ihrem Lehrer, an Professor Innauer«, sagte Großvater,»zur Vorbereitung ihrer Konzerte fährt sie fast täglich zu ihm nach Perchtoldsdorf hinaus. Das ist brandgefährlich, weil der Innauer auf der schwarzen Liste steht. Ich konnte sie nicht abbringen davon. Sie sagte mir, daß ihr der Anstand das vorschreibe. Sie weiß selber noch nicht, wo es hinauswill mit ihr. Aber es arbeitet in ihr. Das kann sie teuer zu stehen kommen. Noch lebt sie in Österreich hinter einer dünnen Schutzwand – in der ›deutschen Ostmark‹ ist sie Ausländerin. Aber was, wenn der Hitler, weil er ohne die rumänischen

Erdölquellen nicht kann, eines Tages auch hier erscheint? Mit seiner Gestapo, mit der SS, mit dem ganzen geschleckten Mordgesindel?«

Auf einmal wurde es dunkel. Großvater hatte die Lampe gelöscht – und im selben Augenblick wußte ich, daß er nicht alles gesagt hatte.

»Stephanie«, hörte ich seine Stimme, »du mußt jetzt nicht antworten, aber bitte denk darüber nach. Die Deutschen bereiten den Krieg vor. Ich traf Nikos Tersakis in Hamburg. Ich gab ihm Geld mit. Ohne in Not zu geraten, könnten wir drüben leben. Ich meine in Nordamerika, in Kanada.« Großvater schwieg. Ich hatte aufgehört zu atmen. Dann sagte er: »Wenn sogar mein Schwiegersohn und Freund...« Jetzt meinte ich, die schmerzhafte Stille mit Händen greifen zu können. Tausend Gedanken stürzten mir durch den Kopf. Ich begann am ganzen Körper zu frieren. Nein, dachte ich, das lasse ich niemals zu. Ich sprang aus dem Bett. Doch als ich die Tür erreicht hatte, hörte ich Großmutter sagen: »Was immer du entscheidest, ich werde es mittragen. Aber unsere Kinder? Unsere Enkelkinder? . . . Und – was machst du ohne Peter?«

»Ja«, hörte ich Großvater stöhnen.

»Laß deine Gedanken gehen, wohin es sie drängt«, sagte Großmutter, »es hilft dir, wenn du sie loswirst. Du hattest niemals Ursache, dir einen besseren Schwiegersohn zu wünschen. Wir werden über alles sprechen. Ich sehe ja, wie es dich umtreibt. Jetzt hast du es gesagt. Jetzt bist du freier.«

Ich kroch ins Bett zurück. Nach und nach beruhigte ich mich. Als ich am nächsten Morgen erwachte, war es schon hell – eine jener ungewiß grauen Helligkeiten, wie sie nur der Spätnovember hervorbringt und über alles breitet. Die Tür zum Schlafzimmer der Großeltern war geschlossen. Das wunderte mich. Ich hätte es hören müssen, dachte ich, als sie zugemacht wurde. Das Schlafzimmer war leer. Ich wusch mich, kleidete mich an und lief in die Wohnküche hinüber.

Die beiden saßen gutgelaunt beim Frühstück. Es war angenehm warm. Es roch nach Milchkaffee, geröstetem Brot, Äpfeln und Nüssen. Ich ging zu Großmutter und umarmte sie so heftig, daß sie mich verwundert anblickte. Als ich vor Großvater stand, zögerte ich.

»Na?« sagte er. »Guten Morgen! Noch nicht ganz aufgewacht?«

Ich war verwirrt. Hatte ich geträumt? Hatte Großvater in der Nacht nicht mit Großmutter gesprochen? War ich nicht vom unheimlichen Ton in seiner Stimme erwacht? Wann hatte es das schon gegeben, daß ich es nicht wagte, Großvater eine Frage zu stellen, die mich beschäftigte? Da hob Großvater den Kopf zur aufgekippten Fensterklappe, atmete tief ein, und indem er eine Brotschnitte mit der weißen Büffelbutter aus der Steingutschale und danach mit cremefarbenem Kleehonig aus dem Glas bestrich, sagte er: »Der Winter kommt. Riechst du's?«

An diesem Tag fiel der erste Schnee auf die steinhart gefrorene Erde. Es begann am Frühnachmittag mit einzelnen großen Flocken. Fünf Minuten später schneite es so dicht, daß das Tageslicht von den Schwebeschleiern der Flocken aufgesaugt war.

Ich hatte mich nach dem Nachmittagskaffee verabschiedet und war im Schneetreiben nach Hause gelaufen. Beim Abendessen im Pendülezimmer berichtete ich von Großvaters Reiseerzählungen. Vom nächtlichen Gespräch der Großeltern sagte ich nichts. Ich war mittlerweile vollends unsicher geworden, ob es stattgefunden oder ob ich's nur geträumt hatte.

Aber vor allem lenkte mich die Lautlosigkeit des Wintereinbruchs ab. Und am nächsten Tag verwendete ich erst recht keinen Gedanken mehr darauf, denn es hatte die ganze Nacht hindurch geschneit. Von Grund auf erschien die Welt verwandelt. Beim ersten Blick durchs Fenster auf die Straße sah ich nichts als die weißen Wände, die die Männer seit dem frühen Morgen aus den Schneemassen herausgeschaufelt hatten, um die Gehsteige freizubekommen. Der Schnee lag so hoch, daß die gegenüberliegende Häuserreihe unsichtbar geworden war. Und es schneite immer noch mit der Unerschöpflichkeit, die in den Südkarpaten einst zu den Wintern gehörte wie Tag und Nacht. Ich lief vor dem Frühstück hinaus, um Vater beim Schaufeln zu helfen. Als wir die Wohnung wieder betraten, waren wir klitschenaß. Wir hatten Schneewege durch den Hof und vor dem Haus gegraben. Ich fuhr mit der Eisenbahn nach Kronstadt. Unterwegs zum Honterus-Gymnasium lief ich auch dort zwischen ein Meter hohen Schneewänden über Gehwege und Plätze. Im Zwielicht der Schneedünenwildnis erschien mir die Stadt völlig verändert. In den Unterrichtsstunden gingen die Gedanken mit uns durch wie junge Pferde, die der Koppel entsprangen. Wir fieberten, in die vom Geschmack der Eiskristalle geschwängerte Kälte entlassen zu werden. Wir brannten darauf, uns Schneeballschlachten zu liefern, die wir als Feste ausfochten, als hätte uns der liebe Gott mit dem Reichtum des Schneefalls zur Rückkehr ins Paradies eingeladen. Die nahen Berge rings um die Stadt bauten sich als weiße Herrlichkeiten empor, und das Leben erschien uns als ein unerhörtes Abenteuer.

Drei Tage und drei Nächte lang schneite es ununterbrochen. Am dritten Tag um die Mittagsstunde riß die Wolkendecke auf. Im Dunkelblau des Himmels zitterten winzige Kristallfeuer. Wunder strahlend weißer Verwandlung, türmten sich die Berge und Wälder über den Dächern Rosenaus. Als ich daheim durchs Musikzimmerfenster in den Garten blickte, sah ich zuerst den Gravensteinerbaum. Zum schlohweißen Greis geworden, beugte sich der »Philosoph«, der Riese unter den Gartenbäumen, tief auf die unberührten Schneeverwehungen hinab, die sich um seinen Stamm bis zu den Ästen hinauf gebildet hatten. Im kalten Licht, das aus dem Garten ins Zimmer sprang, leuchtete der schwarze Bösendorfer Flügel neben mir.

Am nächsten Tag holte ich nach der Rückkehr aus der Schule die Skier vom Dachboden und pfiff Pauli unter den Fenstern des Eisendenk-Hauses. Ja, hörte ich ihn aus dem Hof rufen, ja, er komme – bis zum Füttern der Kühe, Pferde und Schweine habe er Zeit. Wir stapften durch die Schneehohlwege quer über den Marktplatz bis zu Willi Kurzell. Nein, sagte Willi Kurzell und blickte uns ein wenig abwesend an, nein, zum Skilaufen habe er jetzt keine Zeit, er müsse die »Jahreszeiten« von Vivaldi üben, die er, vom Schülerorchester begleitet, kommende Woche beim Vorweihnachtskonzert in Kronstadt in der Aula des Honterus-Gymnasiums spielen werde – ich wüßte das doch, ich säße ja am zweiten Pult der ersten Geige. An den Tagen danach, sagte Willi, wenn er das Konzert hinter sich habe, da käme er mit uns, der Weg zu den Hängen des »Neustädter Grabens« führe uns ohnehin bei ihm vorbei. Noch ehe wir uns verabschiedeten, hatte er die Tür geschlossen. Das feierliche Largo des f-Moll-Konzertes im Ohr, schnallten wir die Skier an und tauchten in den nahen Wald. Einige waren schon vor uns unterwegs gewesen und hatten Spuren gelegt. Wir fuhren, bis uns die Puste wegblieb und die Knie weich wurden. Erst bei Dunkelwerden waren wir wieder zu Hause.

Das Eis klebte mir in Zotteln an Hosen und Handschuhen. Katalin befreite mich davon. Ich stellte die Skier unter und lief ins Pendülezimmer hinüber, wo Großmutter und Maria wieder einmal dabei waren, sich gegenseitig Märchen zu erzählen; Holger saß auf dem Teppich und hörte zu. Gerade hatte Großmutter das Märchen vom flötenspielenden Hirten zu erzählen begonnen: »Ein reicher Rosenauer Bauer«, sagte sie, »so einer wie der stattliche Michael Bosch von der anderen Straßenseite, hatte einst einen Hirten aus Fundata in seinen Dienst genommen, einen Burschen mit fröhlichen Augen. Doch nach einiger Zeit stellte der Bauer fest, daß seine Schafe trotz der guten Weideplätze unter dem Königstein schwächer und schwächer wurden und sich kaum noch auf den Beinen hielten. Er fragte den Hirten nach dem Grund. Der sagte: ›Ich weiß es nicht, Herr, den ganzen Tag über sind sie vergnügt...‹ Da legte sich der Bauer hinter den Haselbusch und beobachtete Hirt und Herde. Er traute seinen Augen nicht, als er sah, daß der Hirte auf der Flöte spielte und die Schafe dazu tanzten. ›Der ist verrückt, der hat einen Pakt mit dem Teufel‹, dachte der Bauer, nahm den Hirten fest und übergab ihn dem Henker. Als der Hirte mit seinen fröhlichen Augen unter dem Galgen stand, gewährte ihm der Richter die letzte Bitte. Der Hirte hob die Flöte an den Mund und begann zu spielen. Im Nu faßte da der Henker den Richter an der Hand, der Pfarrer den Gefängniswärter, die herbeigeeilten Männer ergriffen ihre Frauen — und alle umtanzten den Galgen. Flötend machte sich der Hirte aus dem Staub und verschwand geduckt im Wald hinter dem Törzburger Schloß, wo einst Fürst Dracula hauste. Keiner sah ihn je wieder. Viele Jahre später aber erblickten die Leute eines Tages einen Felsen auf der Höhe über dem Törzburger Schloß, den sie noch nie gesehen hatten. Auf seinem Kopf lag Moos wie eine Mütze, und er schaute auf sie herab. Und wie er so in die Sonne blinzelte, erkannten die Alten in ihm den steingewordenen Hirten, der sich immer noch mit fröhlichen Augen in der Welt umblickte, belustigt auf die Menschen hinabschaute und für alle unerreichbar war...«

Wir lachten, als Großmutter geendet hatte. Nur Holger schwieg. Dann sagte er: »Aber warum dachte der Bauer, daß der Hirte einen Pakt mit dem Teufel hatte? Er hat doch die Schafe und die Menschen mit der Musik froh gemacht.«

»Es ist ja nur ein Märchen!« rief Maria ungeduldig. Großmutter sagte:»Wer weiß, wer weiß«, und strich Holger über die Haare.

»Jetzt erzähle ich die Geschichte von Abner, dem Juden, der nichts gesehen hat«, unterbrach Maria sie. Ohne zu stocken, sagte sie aus dem Hauffschen Märchen so ausschweifende Redewendungen auf wie:»Großmächtiger Kaiser, König der Könige, Herr des Westens, Stern der Gerechtigkeit, Spiegel der Wahrheit, Abgrund der Weisheit, der du so glänzend bist wie Gold, so strahlend wie der Diamant, so hart wie das Eisen.« All diese schönen Reden aber, erklärte uns Maria, hätten Abner, dem Juden, nichts genützt, gar nichts. Der mächtige Kaiser von Marokko habe nur ›Papperlapapp!‹ gesagt und den armen Abner schauerlich zurichten lassen, »ganz unvorstellbar schauerlich«, sagte sie.

Als Holger, nachdem sie geendet hatte, wissen wollte, ob die Juden immer so schön redeten, sagte sie:»Nein, nur wenn sie Orientalen sind. Ansonsten reden sie so wie wir.« Da ging Holger, der das Wort »Orientalen« noch nie gehört hatte, beleidigt aus dem Zimmer. Er hatte an diesem Abend auf zwei Fragen unbefriedigende Antworten erhalten. Meine Füße waren warm geworden, während ich über die Weisheit des Hirten und über die Abners nachgedacht hatte.

Und auch dieser Wandel im Jahresablauf, der mich nicht zuletzt deswegen so erregte, weil er früher als gewohnt eingetreten war, hatte seine Besonderheiten und Höhepunkte. Die letzten Hochzeiten des Herbstes wurden gefeiert. Vom Schnee überrascht, fuhren nicht mehr die breiten, gefederten Streifenwagen mit den aufgeputzten Pferden durch die Gemeinde, um die Berge an Kuchen und sonstigem Festgebäck von den spendefreudigen Bauern abzuholen und zu den Frauen in die große Küche des Gemeindesaals zu bringen, wo die Hochzeiten mit ihren vier-, fünf- oder gar achthundert Gästen stattfanden. Nein, die Pferde waren jetzt vor die Schlitten gespannt und hatten Schellengeläut umgeschnallt, dessen Geklingel die Gemeinde füllte, als flössen Wildbäche mit klirrendem Rauschen durch die Straßen. Unter dem Peitschengeknalle, dem Gejuchze der Burschen und den Schreien der Mädchen gebärdeten sich die Pferde manchmal so ausgelassen, daß die Schlittenfahrten zu wilden Jagden wurden.

Trotz der Kälte waren die Menschen zu dieser Jahreszeit aufgeräumt und gutgelaunt. Nur die Männer der Bläserkapelle machten verkniffene Gesichter, weil ihnen beim Blasen des »Oberst-Hettinger«-Marsches, wenn sie die Braut abholten, der Frost den Ansatz verdarb und die Klappen der Instrumente einfroren. »Die Lippen kleben mir am kalten Mundstück fest«, schimpfte der dünne Fritz, der Enkel des einäugigen Nachbarn Kraft und erste Flügelhornist, der mit einem Hüpfen des Adamsapfels das dreigestrichene C trotz der Kälte aus dem Schalltrichter schleuderte, daß alle staunten. Doch mochte seine schlechte Laune auch daher rühren, daß er sogar auf der Hochzeit seiner Schwester Sophia Katharina, anstatt zu tanzen, blasen mußte. Die ganze Familie Hennerth war auf dieser letzten und größten Hochzeit des Jahres zu Gast. Vater, vom alten Kraft, dem Besitzer des Nonius-Hengstes, darum gebeten, hielt als Brautvater eine Rede auf die junge Frau, die ein ums andere Mal errötete, weil Vater sie als »Perle der Brückengässer Nachbarschaft« pries und ihrem Mann, dem stiernackigen Lang Pitter aus der Neugasse, unter dem Klatschen und Lachen des Saales nahelegte, ja nur achtsam mit ihr umzugehen. Der Pitter hatte nämlich vier Tage vorher einem wildgewordenen schwarzen Büffelbullen den Kopf an den Hörnern mit einem so kraftvollen Ruck herumgerissen, daß der zitternd in die Knie gesunken war – der Bulle war aus Stall und Hof gestürmt und hatte plötzlich auf dem Marktplatz mitten unter den erschrocken davonrennenden Menschen gestanden.

Gleich nach der drei Tage langen Hochzeit begann dann auf

den Bauernhöfen das Schweineschlachten. Bald in der Nähe, dann wieder entfernt waren die Aufschreie der Tiere zu hören, sobald diese aus dem Stall geholt und zum Schlachtplatz auf den Hof gezerrt wurden. Nicht erst der Anblick der Holzmulde und des Strohhaufens, der bereitgelegten Scheunentür oder des Stechmessers und des breitschneidigen Spalters ließ sie ahnen, was sie erwartete; die Bauern behaupteten, die schon am Abend vorher ausgesonderte Mastsau wüßte, daß ihr das gewaltsame Ende bevorstünde. Das anfängliche Quieken schwoll zu Lauten entsetzter Todesangst an, die in der eisigen Luft zu erstarren schienen. Die Männer knieten sich auf das seitlings in den Schnee geworfene Tier, und der Schlächter setzte die Stahlklinge suchend zwischen Ohr und Schulterblatt an, um den Stoß durch die Schlagader hindurch bis ins Herz vorzubereiten. Das war jedesmal Martin Strehlings erster Auftritt im blutigen Unternehmen. Denn Strehling, »Rosinchens« Ehemann, der in der Gemeinde besser unter dem Namen Panduren-Marz bekannt war, ging an diesen Wintertagen von Hof zu Hof. Ausgerüstet mit den Stech-, den Schlacht- und Spaltmessern zog er eine Schnapsfahne in der Novemberluft hinter sich her. Er hatte die fast knöchellange, von Blut über und über bedeckte Lederschürze um. Er ging dieser Arbeit nach, um sich neben den schmalen Einkünften aus der Landwirtschaft ein Zubrot zu verdienen. Er war ebenso wegen seiner handwerklichen Fertigkeit wie seiner Fröhlichkeit bei den Bauern gern gesehen. Wo er auftauchte, peitschte nach kurzer Zeit das gellende Gequieke über die Dächer und danach der gurgelnde Todesschrei, den das Schwein in die niederfahrende Stahlklinge hinein ausstieß, die er noch dreimal blitzschnell drehte und so das Herz zerfetzte, während mit dem herausschießenden dunkelroten Blut in einem letzten Aufbäumen das Leben verröchelte.

Die Männer, die hinter Strehling auf dem niedergeworfenen

Schwein knieten, der massige Gorre-Misch, der Barabutzi-Getz und der Geschochtert-Oinz – der liebe Gott allein weiß, wie der Michael Bosch, der hagere Georg Atsch und der einäugige alte Andreas Kraft zu diesen Spitznamen gekommen waren –, hielten das um sich schlagende und sich windende Tier an Beinen, Ohren und Schwanz fest. Strehling stemmte sich nach dem Todesstoß mit dem Knie so fest gegen den Kopf des Schweins, daß die Bäuerin, die Blechschüssel unter die Einstichstelle gepreßt, den dickschäumenden Strahl bis zum letzten Tropfen auffangen konnte. Nur wenige Spritzer verbreiteten sich im Schnee. Sie hinterließen Tupfen, die rasch größer wurden und wie wahllos im Schnee verstreute, rasch verblassende rote Rosenblätter aussahen. In der Küche, wo seit dem Vortag die Töpfe, Messer, Fleischwölfe und Ersatzdärme bereitlagen, machten sich die Frauen ans Kochen und Herstellen der Blutwurst. Indessen hatten die Männer im Hof begonnen, das Zerlegen in die Schlachtteile vorzubereiten.

Und dies wurde Martin Strehlings zweiter Auftritt. Hatte er schon mit dem genauen Todesstoß die Hand des Meisters bewiesen, so tat er es nun erst recht, als er zusammen mit dem Gorre-Misch und meinem Vater die gut zweihundert Kilo schwere Fleischmasse mit einem einzigen Ruck über den Rand der Holzmulde ins heiße Bad beförderte und sie mit den untergelegten Ketten im dampfenden Wasser so hin und her zu rollen begann, daß Haut und Borsten vom Rüssel bis zur Schwanzspitze durchbrüht wurden. Ich sah ihm dabei staunend zu. Und wenn danach das bäuchlings hingelegte abgebrühte Schwein mit den seitwärts gespreizten kurzen Beinen vom Strohhaufen zugedeckt und bald in die züngelnden Flammen gehüllt war, wurden mir die Ausmaße der Endgültigkeit seiner Ohnmacht unter den rücksichtslosen Männerfäusten bewußt. Hingestreckt lag es in den Flammen, die ihm gierig über Rücken, Nacken, Ohren und Wampen leckten.

Die noch übriggebliebenen Borsten versengten bis in die Wurzeln hinab, die gekringelte Schwanzspitze war verschmort, und die Haut verfärbte sich bräunlich. Erst wenn Martin Strehling mit raschem Griff die Hufkapseln von den Beinstummeln abgestreift hatte, der Strohhaufen verschwunden war und nur noch kümmerliche, schwarze Strohhalmreste auf dem malträtierten Körper herumlagen, hatte es auch das Feuerbad hinter sich und fühlte nichts mehr von den Qualen, die es hatte durchleben müssen, ehe ihm der Tod die Erlösung brachte.

Daß Martin dann abwechselnd mit einer harten Reisigbürste und einem Holzschaber über den angebrannten Fleischklotz herfiel und ihn unter Wassergüssen aus einer Kanne, mit denen ihm der Atsch half, so lange kräftig schrubbte, bis sich der bräunlich getönte Leib sauber herausschälte, versöhnte mich. Bestand doch jetzt keine Gefahr mehr, daß sich in dem Tier, wie es noch beim Abbrühen hätte geschehen können, Lebensreste mit solcher Verzweiflung regten, daß es aufsprang und durch den Hof jagte, ehe es mit dem Kopf gegen eine Mauer prallte und liegenblieb.

Schließlich folgte Martin Strehlings dritter und letzter Auftritt. Er stellte sich mit breitbeiniger Grätsche über das bäuchlings auf die ausgehobene Scheunentür gelegte Schwein und blickte sich erwartungsvoll um – im linken Stiefelschacht das Schlacht-, im rechten das Spaltmesser, die Fäuste in die Seiten gestemmt. Doch der pockennarbige Bauer Eisendenk stand schon mit der Schnapsflasche bereit. Er teilte die dickwandigen Gläser aus. Zuerst schenkte er Strehling von dem Pflaumenschnaps ein, den er vorher in der Flasche geschüttelt und hochgehalten hatte, damit jeder an der Bläschenbildung die Stärke des Getränks erkenne. »Es sind die ersten Tropfen vom zweiten Brennen«, sagte er. Auch die übrigen Männer erhielten ihren Branntwein, die Nachbarn, die Eisendenk eingeladen hatte: sein Schwager, der dürre Atsch, der reiche Michael Bosch von der anderen Straßenseite, bei dem in den Sommermonaten immer ein alter Kavalleriegeneral aus Bukarest wohnte, der einäugige Andreas Kraft, den man den »Gestiefelten Andreas« nannte, Paulis holzbeiniger Großvater mit dem Spitznamen »Danner-Sepp« und mein Vater.

Der Atem der schwatzenden und lachenden Männer dampfte in der eisigen Kälte, es schien, als seien die Wölkchen, die sie durch Nase und Mund ausstießen, nach dem Umtrunk noch dichter geworden.

»Der bläst dir wie der Januarwind durchs Gehirn!« rief der Bosch und leckte sich die dicken Lippen.

Strehling hatte schon nach dem Schlachtmesser gegriffen, als Eisendenk ihm das Glas zum zweitenmal füllte. »Auf einen guten Speck!« rief er und kippte sich den Doppeltgebrannten in den Rachen. Dann bückte er sich, setzte das Messer zwischen den Ohren des Schweins an, blickte abwägend den Rücken entlang, und während die anderen den Atem anhielten, zog er die Stahlklinge mit einem geschmeidigen Schnitt bis auf die Wirbelsäule hinab in schnurgeradem Zug durch die ganze Rückenlänge. Eine halbe Spanne tief klaffte der Speckrücken auseinander. Gespannt blickten die Männer hin. Der Bosch spuckte in den Schnee. Der Eisendenk hatte den Mund geöffnet. Paulis Großvater rieb sich aufgeregt die Nase. Doch dann nickten sie der Reihe nach anerkennend, und der Eisendenk atmete tief durch. Da gab's nichts zu deuteln. Der Baassener Eber, den der Bauer Martin Eisendenk in diesem Jahr hatte schlachten lassen, war fachkundig gefüttert worden. Nicht nur, daß der Rückenspeck gut eine Handbreit dick war, wie jeder sah, er leuchtete dazu auch noch in einem ebenmäßig milchigen Weiß von perlmutterner Reinheit. Jetzt stand der guten Laune beim Schlachtumtrunk, zu dem die Nachbarn und deren Ehefrauen eingeladen waren, nichts mehr im Weg.

Alles andere, was Martin Strehling, der vierundzwanzigjährige einzige Sohn des armen, vor zwei Jahren von einem stürzenden Baum vor der Idweg-Klamm erschlagenen Waldhegers, noch zu erledigen hatte, war Routinearbeit – das Spalten der Wirbelsäule, das Ausweiden der Därme und das Zerlegen in Wannen, Schinken, Eis- und Spitzbein, in Flomen, Kamm und Bug, in die Nuß, die Oberschale und das Filet. Es lief wie am Schnürchen. Pauli und ich mußten die stinkenden Därme waschen und den Frauen in die Küche bringen, die sie ein dutzendmal ausspülten, ehe wir hineinblasen durften. »Klar wie Kristall müssen sie sein«, ermahnte uns Paulis Mutter.

Das alles wurde von Martin Strehling mit flinken Griffen so lange und mit einer solchen Sicherheit aus dem Tierleib herausgeschnitten und -gelöst, daß ich schließlich Mühe hatte, mir vorzustellen, dieser habe noch vor einer Stunde als ein in Kraft und Saft strotzendes Wesen vor uns gestanden. Als dann der Strehling des Baassener Ebers ansehnlichen Hodensack von der Bauchdecke trennte, zwinkerte der dicke Bosch Paulis Onkel, dem etwas klapperigen Georg Atsch, zu und rief in die Runde: »Du, Atsch, in dem haben zwanzig von dir Platz.« Pauli stieß mich kichernd an. Doch sein Vater kam dem Schwager zu Hilfe, er goß sich den dritten Schnaps hinter die Binde und sagte: »Der Atsch hat es ja im Unterschied zu dir auch nicht in den Hoden, sondern im Kopf!« Die Männer lachten Bosch aus, der Martin anknurrte: »Nachher kommst du zu mir. Meine Berkshiresau wiegt dreihundert!« Bosch war ein zur Gewalttätigkeit neigender Mann; er hielt sich auf dem Hof neben der eigenen, gramgezeichneten Gattin eine Kebse, von der sich die Leute, freilich nur hinter vorgehaltener Hand, mancherlei erzählten.

In der Küche verloren dann die meisten Schlachtteile unter den Händen der Frauen auch noch ihre letzte Form. In dem warmen Raum schwebten die Geruchschwaden der heißen

Fettdämpfe und der aus zwei Fleischwölfen quellenden Hackmasse. Pauli und ich kriegten nach dem Säubern des Hofs von Martha, Paulis älterer, kraushaariger Schwester mit den Kringellöckchen in der Stirn, heiße Grieben auf Weißbrotschnitten und nachher je eine daumendicke Brotschnitte mit warmem Blutwurstaufstrich vorgesetzt. Beides war stark gepfeffert, und wir verzehrten dazu eine Menge Sauerkraut. »Damit ihr nicht schemmert«, sagte Martha, womit sie meinte: »Damit ihr keinen Herpes kriegt.« Während wir uns in einer Küchenecke vollstopften, sahen wir Martha zu, die das saftige, durch die Hackmaschine gedrehte Schulterfleisch im kleinen Holztrog häufte, es salzte, pfefferte und mit viel Knoblauchsud durchtränkte, ehe sie es zu einer gleichmäßig breiigen Masse zu kneten begann; die Eisendenk-Großmutter mit dem zitternden Kopf goß von Zeit zu Zeit einen Schuß Warmwasser nach. Paulis Mutter, deren Züge sich im Gesicht meines Freundes wiederfanden, stopfte die Knetmasse mit Hilfe eines Füllers in die kurzabgebundenen Därme. Meine Mutter und die rotnasige Frau Atsch halfen ihr. »Meinem Vater schmeckt die Bratwurst nur mit viel Knoblauch«, sagte Pauli kauend.

Im Nebenzimmer waren die Stimmen der Männer zu hören. Die Fistelstimme des einäugigen Kraft übertönte die anderen. »Gehen wir zu den Pferden!« sagte Pauli. Wir traten aus den schweren Dünsten der Koch- und Blutwurst, der Preß- und Bratwurst in den Hof hinaus. Über uns am Dachgesims des Wirtschaftsgebäudes klebten die sechs leeren Schwalbennester. Vor dem Stall hinten angekommen, hörten wir vom Bosch-Hof herüber den schrillen Todesschrei der Berkshiremastsau – auch ihr hatte Martin Strehling das lange Stahlmesser ins Herz gejagt, auch neben ihr liegen jetzt die von Männerstiefeln zertrampelten roten Rosenblätter im Schnee, dachte ich. Michael Bosch war einer jener wohlhabenden Bauern, aus deren Zucht die Mastschweine kamen, die zweimal wöchentlich auf dem Bahnhof in einen Waggon verladen, zur Sammelstelle nach Kronstadt und von dort nach Wien und nach Prag gebracht wurden. Damit verdienten die deutschen Landwirte und Viehzüchter dieser Gegend ehemals ein gutes Geld.

Wir fütterten die Pferde. Dann holten wir die Schlittschuhe und gingen durch den kälteklirrenden Spätnachmittag zum Weidenbach am Ortsrand. Schon nach wenigen Schritten versanken die letzten Häuser hinter uns im Grau des Tages. Wir liefen auf dem bald grobkörnigen, bald spiegelblanken Eis zwischen den Reihen der kahlen Pappeln, Weiden und Haselsträucher den Bachwindungen nach ins abendliche Hochland hinaus. An den schmalen Stellen des wasserreichen Weidenbachs polterte und rumpelte es unter den knirschenden Kufen. Pauli schrie einmal:»Komm dort weg! Das Eis ist dünn!«Er riß mich am Arm fort und hielt sich an einem Weidenast fest, der über die Eisdecke ragte. Minutenlang standen wir erhitzt und hörten den dumpfen Lauten zu, die unter uns rumorten. Als wir weiterliefen, umgab uns das nebelverhangene Licht noch dichter. Die Uferbäume schwebten lautlos auf uns zu und verloren im dunkelnden Himmel immer mehr die Konturen.»Es wird finster«, rief Pauli, der vor mir lief,»wir müssen zurück.« Den Laut der durchs Eis schneidenden Kufen und der unter uns grollenden Tiefe noch im Ohr, trafen wir daheim erst ein, als es stockfinster war.

An jenem Abend sah ich vor dem Einschlafen Martin Strehlings um den Messergriff gespannte Hand aus dem Nebel und den Baumschatten rechts und links vor mir auftauchen. Überlebensgroß stach sie in einem fort mit blitzschneller Bewegung zu. Der Blutschaum stürzte über sie und hüllte sie ein. Die männliche Töterfaust war ein spukhaft selbständiges Wesen, das blindlings handelte und mit dem Menschen Strehling nichts mehr zu tun hatte. Denn wie ist es anders möglich, dachte ich im Einschlafen, daß ich über der Faust das verschmitzte Gesicht Martins sehe?

Und ich glaube, daß ich im Augenblick des Einschlafens neben der Blutfaust Tante Leonore vor mir gesehen habe – wie sie sich im langen Abendkleid vor dem Salzburger und danach vor dem Wiener Publikum verbeugte. Die Menschen hatten sich von den Plätzen erhoben und applaudierten hingerissen. Dabei hatte sie aber nicht, wie vorgesehen, die Soler- und Beethovenmusik, sondern die Cantos de España des Geronesen Isaac Albéniz gespielt, Klavierstücke, die bald wie die Hufschläge eines über die steinigen Bergwege Kataloniens galoppierenden Pferdes, bald wie der von den Ostpyrenäen herabfallende Abendwind klingen. Doch mußte bei einem der beiden Konzerte Ungewohntes geschehen sein – es gab im Publikum Aufregung, wütende Gesichter, drohende Gesten. Als ginge sie all das nichts an, zeigte Tante Leonore jenes gewisse Lächeln, das in mir immer schon das Gefühl erregte, sie spreche jetzt eine Kampfansage aus. Da erkannte ich halb neben, halb über ihr den Römerkopf des Titus Micla, der laut und schneidend in den Saal rief:»Und der Tod, wenn es sein muß, ist unser Kampfgefährte...« Im Arm einen großen und dichten Strauß roter Rosen, verneigte sich Tante Leonore immer noch, im Tosen des Beifalls das Lächeln auf den Lippen und in den dunkelgrauen Augen, um die sich von der Anstrengung Schatten gebildet hatten. War das dort, mitten im Saal, nicht Gerhard Göller? Hatte sie sein wutverzerrtes Gesicht gesehen? Aus dem Strauß hinabgefallen, lagen einige Blütenblätter der roten Gloria-Dei-Rosen vor ihr, die rasch verblaßten, wie das Blut im Schnee. Und jetzt sah ich, daß sie barfuß auf dem Eis stand, unter dem es in dumpfen Stößen pochte.

Am Tag darauf gegen Mittag traf, von niemandem erwartet, weil das Wintersemester doch eben erst begonnen hatte, Leonore Magdalene Hennerth aus Wien kommend im Haus

in der Brückengasse unter den Südkarpaten ein. Ihr Anblick
wühlte mich bis ins Innerste auf. Als sie mich an sich zog und
auf den Mund küßte, wußte ich, daß ich meinen Gefühlen für
sie wie eh und je hoffnungslos ausgeliefert war.

XVI. Kapitel

Über die schlichte Arglosigkeit der Heilhitlergrüßer,
Bericht über eine Massenerdrosselung und über die
Barbarei der Gedankenlosigkeit

Sie hatte sich vergebens in Erinnerung zu rufen versucht, an welchem Tag und unter welchen Umständen ihr zum erstenmal seine Gegenwart bewußt geworden war. Habe ich ihn nicht schon in Wien gesehen? grübelte sie, so flüchtig allerdings, daß ich mir darüber keine Rechenschaft ablegte? Der Gedanke, seit längerer Zeit beobachtet worden zu sein, als ihr aufgefallen war, hatte ihr keine Ruhe gegeben. Sollte er sie tatsächlich schon Tage, gar Wochen vor der Abreise aus Wien verfolgt haben? Warum und in wessen Auftrag tat er es? Ausgerechnet er? War seine unaufdringlich vornehme Art nichts weiter als Schauspielerei gewesen? Was will er von mir? fragte sie sich ratlos.

O ja, seit ihrer Rückkehr ins veränderte Wien hatte sie Erfahrungen machen müssen, die sie von Tag zu Tag mißtrauischer und einsilbiger gemacht und gleichzeitig ihre Neigung zu Widersetzlichkeit und Auflehnung geweckt hatten. Dennoch hatte sie sich immer wieder dabei ertappt, wie sie sich einzureden versuchte, daß dieser und jener ihrer Bekannten einfach nicht dazugehören konnte. Die können doch nicht alle miteinander verrückt geworden sein! zermarterte sie sich an den Abenden vor dem Einschlafen in ihrem Zimmer im alten Mietshaus an der Wiedner Hauptstraße den Kopf und stellte sich aufgeschreckt die Frage: Ist er mir nicht auch nach Perchtoldsdorf hinaus gefolgt? Und hat es damit zu tun, daß Professor Innauer jedesmal zusammenfährt, wenn ich vor der Tür seines Hauses an der Burgmauer hinter der alten Pfarrkirche stehe und er mir, sobald er mich hastig in die Wohnung gezogen hat, noch gebrechlicher, noch verängstigter erscheint als beim letztenmal? Die Enttäuschung, die sie bei solchen Überlegungen beherrschte, war grenzenlos. Hatte wirklich sogar ihn die überall wuchernde Fahnentheatralik um Vernunft und Anstand gebracht? Aber jedesmal, wenn sie sich sicher war, ihn kurz gesehen und erkannt zu haben, stellte sich sofort das erleichternde Gefühl der Unsinnigkeit ihrer Verdächtigung ein, daß auch er eines der Doppelgesichter sein könnte, von denen die Welt ringsum über Nacht voll geworden war. Ihre Versuche der Selbstberuhigung glückten freilich jedesmal nur für kurze Dauer. Dann bemächtigte sich ihrer von neuem der Argwohn, der sie seit der Rückkehr aus den Sommerferien so weit gebracht hatte, kaum noch jemandem im Bekanntenkreis zu trauen. Hatte sie doch sehr schnell lernen müssen, hinter dem biederen Gesicht und dem treuherzigen Augenpaar, hinter ehrlichem Lächeln und gewinnendem Auftreten einen dieser bis ins Mark fanatisierten Tröpfe zu entdecken, die wie im Taumel umherliefen und das Gegenteil dessen waren, was ihr schmuckes und harmloses Äußeres über sie aussagte. Denn die wenigen, denen die Raserei ins Gesicht geschrieben stand, waren leicht zu erkennen. Nein, ihr schauderte vor den vielen mit der schlichten, ja gläubigen Arglosigkeit in den Augen, wenn sie »Heil Hitler!« riefen. Sie hatte Zeit gebraucht, es zur Kenntnis zu nehmen. Nun brauchte sie Zeit, damit fertig zu werden.

Nicht zuletzt dies waren die Gründe dafür gewesen, daß sie das Angebot ihrer Freundin Charlotte, sie nach Salzburg zu begleiten, ausgeschlagen und sich allein aufgemacht hatte. Unter Kollegen, Lehrern und Freunden als selbständig und einzelgängerisch bekannt, war das nicht weiter aufgefallen. Auf Charlottes Vorschlag aber, in Salzburg bei ihrer Tante Lola von Herbertstein zu wohnen, war sie eingegangen. Salzburg hatte bei ihrer Ankunft wie ein durchsichtiges Aquarell unter dem bitterkalten und wolkenlosen Novemberhimmel gelegen. Von Osten strömte seit Tagen entlang den nördlichen Ausläufern des Höllengebirges und des Schafbergs in kaum spürbarem Streichen eisige Luft ins Flußbekken mit den eng beieinander stehenden Häusern auf beiden Uferseiten. Das durch den Rauhreif hindurch auf Dächer und Türme herabschimmernde Grün der Kapuzinerberg-Wiesen vor dem Blaßbau des Himmels und das an leuchtenden Samt erinnernde Grau der Hohensalzburg auf dem Nonnenberg gaben der alten Stadt das Aussehen einer Erscheinung von großer Heiterkeit. Nur die aus den Kalkalpen herausschäumende Salzach belebte ihre zu gläserner Regungslosigkeit erstarrte Schönheit. Eine offengelegte Ader der Erde, durch die sich in Stößen unruhiges Leben drängt, toste der Fluß im steinernen Bett zwischen Häusern und unter Brücken nordwärts, von Lichtern überhellt, die für Sekundenbruchteile aus Wellen und Schaumkronen aufschossen. Die Novemberluft glitt unhörbar über den Residenzplatz vor der Domfassade, füllte den Mozartplatz nebenan, die Juden- und Getreidegasse, den Rudolfs- und Franz-Josef-Kai des Südufers, die Imberg- und Schwarzgasse am Nordufer.

Leonore Magdalene Hennerth entsann sich später mit Vergnügen des ausgedehnten Spaziergangs am Nachmittag vor dem Konzert. Aus ihrem Quartier im komfortablen Haus der einundsiebzigjährigen Gräfin Lola Beatrix Camilla von Herbertstein an einem Gartenhang hinter dem Kapuzinerkloster war sie bis zum Mozartsteg hinabgeschlendert und danach gemächlich durch den Mirabellgarten auf das Mozarteum zu gewandert. Die in gläsernen Gold- und Grünfarben des Abends aufleuchtende Stadt vor Augen, hatte sie fast zwei Stunden vor Konzertbeginn im Licht der hinter dem Mönchsberg untergehenden Sonne das Konservatorium erreicht, ohne mehr als zehn oder zwölf Menschen begegnet zu sein. Die Freundlichkeit des nach Pfeifentabak und türkischem

Kaffee riechenden schnauzbärtigen Pedells, den sie tags zuvor beim Vorstellungsbesuch kennengelernt hatte, erschien ihr als Bestätigung ihrer Gefühlslage, die sie nach den Wochen in Wien als entspannendes Atemholen empfand. In einem der kleineren Künstlerzimmer legte sie Handschuhe, Schal und Mantel ab und ging ohne Verzug daran, sich auf dem braunen Bösendorfer Konzertflügel vor dem leeren Saal einzuspielen. Nach einigen Tonleitern und Fingerübungen wechselte sie zum Konzertprogramm über.

Während ihres Spiels hatte der Pedell unbemerkt hinten im dunklen Saal gestanden, genickt und sich am Schnauzbart gezupft. Noch während der Schlußakkorde des Allegro risoluto war er in sein Dienstzimmer geeilt und hatte die Partituren der Beethoven- und Soler-Kompositionen aus der Tischlade hervorgeholt, mit denen er am Abend hinter den Kulissen Ton für Ton des Konzerts verfolgen würde. Das gibt's nur in der Mozartstadt Salzburg, sagten die Studenten und Lehrer über den Mann, der die schwierigsten Partituren las, wie andere Bücher lesen. So war denn auch der Pedell der erste, der das Besondere des bevorstehenden Abends vorausahnte. Er wurde nicht müde, es den eintreffenden Konzertbesuchern mitzuteilen.

Empfang und Aufenthalt im Haus der Gräfin hatten Leonore Hennerth ausnehmend gutgetan und ihr die Konzentration auf das Konzert leichter gemacht, als sie zu befürchten Ursache gehabt hatte. Charlotte hatte ihre Tante so frühzeitig von der Ankunft ihrer »tollen karpatischen Freundin« unterrichtet, daß diese nicht nur ein sorgfältig vorbereitetes Zimmer, sondern auch eine auf sie eingestellte Gastgeberin antraf. Die Liebenswürdigkeit der immer von einem Hauch Lavendelduft umgebenen Gräfin hatte sie gefangengenommen, und schon beim ersten gemeinsamen Abendessen knüpfte sich zwischen den beiden eine herzliche Beziehung an. Als sich gar herausstellte, daß die Gräfin in der Klavierliteratur bewandert war und über Kenntnisse der wichtigen Pianisten-schulen verfügte, hatte sich Leonore Hennerth erst recht zu ihr hingezogen gefühlt. Zwar hatte die Gräfin wegen eines Hüftleidens aufgehört, die Konzerte zu besuchen, doch sie war über das Musikleben der Stadt im Bild. Aufmerksam verfolgte sie den Bericht ihres Gastes über den ersten Besuch im Konservatorium, wollte Näheres über die Beschaffenheit des neuen Flügels, über die Akustik des Konzertsaals nach den Veränderungen im Bühnenraum wissen und zeigte sich erleichtert, als sie von der Zuvorkommenheit des Direktors hörte. Und als sich Leonore Hennerth dann am dritten Tag verabschiedet hatte, um sich zum Konzert aufzumachen, war die Gräfin vor sie getreten, hatte sie auf die Stirn geküßt und gesagt: »Lassen Sie sich durch nichts beirren, mein Kind. Alles, was Sie sind und haben, gehört Ihrer Musik.« Im Glanz des vorwinterlichen Tages war Leonore Hennerth in die Stadt hinabgegangen.

Eine halbe Stunde später hatte sie sich in dem nach alter Schminke und Seife riechenden Zimmer des ersten Stock-werks umgekleidet, wo ein schadhafter Wandspiegel mit dunklen und geisterhaften Verzerrungsreflexen hing. Vom Konservatoriumsdirektor begleitet, hatte sie sich dann noch einmal den Bühnenraum des Konzertsaals angesehen, sehr bewußt darauf bedacht, sich die Stimmung zu bewahren, die von der Stadtlandschaft auf sie übergegangen war. Dem Direktor, einem Mann mit unentzifferbaren Gesichtszügen, war bald klar geworden, daß sie allein zu sein wünschte. »Sie kennen sich mittlerweile, wie ich sehe, hier schon gut aus«, sagte er und verabschiedete sich nach einem ermunternden Wort mit »Heil Hitler!« von ihr. Sekunden danach hatten sie die Geräusche der Menschen in den Gängen und im Saal erreicht, und der kurze Blick am Bühnenrahmen vorbei ins volle Parkett hatte weder Lampenfieber noch Nervosität in ihr ausgelöst. Mit dem Konzentrationswillen, der ihr zur zweiten

Natur geworden war, wies sie von sich, was sie hätte irritieren können. Jetzt nur nicht bei dem Gedanken stehenbleiben, überlegte sie, daß mich sein Gesicht seit Tagen verfolgt, nein, nur das jetzt nicht! Tatsächlich hatte sie das rhythmische und leichtfüßige Klirren der Kieselsteine am Grund der Salzach, dem sie, ans Geländer des Mozartstegs gelehnt, eine Zeitlang gelauscht hatte, und die Schönheit des erglühten Himmels zwischen dem Kapuziner- und dem Mönchsberg mit so aufgeschlossenen Sinnen in sich hineinfließen lassen, daß es sie nun ganz erfüllte, als sie pünktlich um neunzehn Uhr unter dem Begrüßungsbeifall des Publikums die Bühne betrat. Der Saal war bis auf den letzten Platz gefüllt. Sie sah es nicht, sie fühlte es. Der Konzertflügel schien sie zu erwarten. Sie ging zum Stuhl vor dem funkelnden Instrument, wendete sich zum Publikum und dankte mit knapper Verbeugung für den Beifall. Und sogar noch, als sie sich danach mit einer kaum sichtbaren Handbewegung den Stuhl zurechtrückte, hörte sie das hämmernde Geklirr am Flußgrund und sah mit einer Deutlichkeit, über die sie sich fast ungläubig Rechenschaft gab, die in durchsichtige Lasurfarben aufgelöste Stadt vor sich. Mit Verwunderung, so als erführe sie es in dieser Sekunde, dachte sie daran, daß Mozart hier, in der Getreidegasse, zur Welt gekommen war. Wie, wenn ich jetzt vor ihm spielen müßte? überlegte sie und lächelte gleichzeitig in sich hinein über den törichten Einfall. Doch da hatte sie sich schon gesetzt und beide Hände gehoben. Noch ehe das Publikum darauf gefaßt war, warf sie mit ihrem federnd genauen Anschlag den ersten Akkord in den dunklen Saal hinein. Er klang wie eine Herausforderung.

Es war die Summe dieser Gestimmtheiten, die Leonore Hennerth an jenem Abend die Bravour der Soler-Sonaten und danach den kosmischen Atem der Beethoven-Komposition auf eine so ungewohnte Weise begreifen ließ, daß sie, ohne zu wollen, den Eindruck davon in die Musik aufnahm, die sie spielte. Sie spürte das Geschenk der Stunde, und sie vertraute sich bedenkenlos dem Gefühl an – indessen das Feuerwerk der ersten Soler-Sonate aus ihren Händen zu sprühen begann. Dem Publikum, das sich von der Energie des Einsatzes überrumpelt gefühlt hatte, begann nach erster Zurückhaltung von Sekunde zu Sekunde klarer zu werden, daß die von der Wiener Akademie als »ungewöhnlich« angekündigte Pianistin seines Wohlwollens nicht bedurfte. Denn die Aufhellung der formstrengen Klanggebilde, die das Spiel der jungen und unbekannten Frau ausstrahlte, war hier noch nicht gehört worden – diese Umkehrung alles Trotzigen und Tragischen in der Musik des Spaniers und des Deutschen ins Unverbrauchte einer Beseeltheit, deren Zauber des Natürlichen sich mit der Virtuosität des Spiels zwanglos die Hand reichte. Was sich bei Solers Kurzsonaten erst angedeutet hatte, brach sich bei Beethovens Hammerklaviermusik endgültig Bahn. Als stünde Leonore Magdalene Hennerth zum erstenmal in ihrem Leben vor dieser aberhundertfach bis zur Erschöpfung geübten Musik, steigerte sie sich von Satz zu Satz im Entdeckerrausch. Sie brachte nach dem Allegro das Scherzo und danach das Adagio sostenuto in einer gleichermaßen vorwärtsdrängenden wie in sich selber ruhenden Sprache zum Klingen, der sich schließlich keiner im Saal mehr widersetzte. Überwältigt von der Höhe des Ausblicks, die sie sich erspielt hatte, überwältigte sie das Publikum, das sich von dem schlanken Wesen mit dem brünetten Lockenkopf und der leicht nach oben gebogenen Nase in Bann schlagen ließ.

An welcher Stelle ihres Spiels sie aufschreckte, wußte sie nachher nicht mehr. Schräg über den Flügel hinweg, am äußersten Rand einer der mittleren Sitzreihen, hatte sie ihn im Halbdunkel des Saales erkannt. Und es war weniger das

Unerwartete der Gewißheit, daß nun kein Zweifel mehr darüber bestehen konnte, wer ihr seit Wochen auf Schritt und Tritt folgte, es war das Fremde in dem rasch wieder hinter dem Kopf des Vordermannes verschwindenden Gesicht, was sie durchfuhr. So, wie es sich ihr im Bruchteil der Erkennungssekunde gezeigt hatte, war ihr dies Gesicht bisher nicht bewußt gewesen – maskenhaft, entleert. Nur für den Hauch eines Augenblicks vergaß sie sich. Dann spielte sie die letzten Takte des Allegro risoluto mit einer Gehetztheit herunter, die sie mit Mühe im Griff behielt. Aber da hatte sie das Publikum längst für sich gewonnen. Der Saal faßte das Aufspringen und Klatschen, das Schreien und Stampfen kaum, das sich einem Gewitter gleich in die zwei Schlußakkorde hinein über sie ergoß. Sie wirkte beherrscht, als sie, Flecken von Röte im Gesicht, Anzeichen von Feuchtigkeit auf der Stirn, vor dem dunklen Flügel stand, die Hand darauf gelegt, als suche sie einen Halt, ehe sie sich lange verneigte.

Leonore Hennerth hat niemals erfahren, was die Prüfungskommission, die ihr im Salzburger Konservatoriumssaal zuhörte, über ihren Vortrag befand. Bei üblichem Verlauf der Dinge wäre ihr ohnehin erst nach dem zweiten Teil der Abschlußexamina als Konzertpianistin, nach dem Vortrag in Wien also, das Ergebnis mitgeteilt worden. Daß es dazu nicht kommen würde, »weil das Übliche nicht stattfand«, wie Charlotte von Herbertstein später in einem Brief an ihre Tante schrieb, ahnte sie zu diesem Zeitpunkt nicht. Nach den Zugaben, für die sie drei kleine Mozart-Menuette gewählt hatte, an deren einfacher Liedhaftigkeit sich Meisterschaft ebenso bewähren muß wie am akrobatischen Paradestück, nach all dem Gedränge um sie und dem ermüdenden Händeschütteln hatte sie im Umkleideraum fünf Minuten lang mit dem dicken Dresdener Impresario gesprochen; sie stand seit Monaten mit dem Mann, zu dem Marius Micla die Verbindung hergestellt hatte, im Briefwechsel, und er stellte ihr nun für die Tage nach dem Wiener Konzert in Aussicht, ausführlich über »eine große Tournee durch das Reich« mit ihr zu sprechen. »Bitte, keine anderen Verpflichtungen eingehen!«hatte er sie beschworen, während ihr die Schwammigkeit seines Pickelgesichts in den wechselnden und schwarzen Verzerrungen des schadhaften Wandspiegels noch deutlicher aufgefallen war als bisher. Endlich wieder allein, hatte sie sich mit dem Umkleiden Zeit gelassen, dazu aufgefordert vom Pedell, der sie beim Verlassen der Bühne mit einer tiefen Verbeugung gegrüßt hatte. Und sie war auch nachher viel zu sehr mit ihren aufgebrachten Gefühlen beschäftigt, als daß sie einzig an das Gesicht hätte denken können, das sie im Saaldunkel an jener Stelle des Allegro erkannt hatte, wo das Fugenthema zum letztenmal erklingt.

Den »deutschen Gruß« des Konservatoriumsdirektors noch im Ohr, hatte sie die Schwarzgasse überquert und war am Elisabeth-Kai flußaufwärts durch die menschenleere Stadt geschlendert, bei jedem Atemzug bemüht, der Erregtheit nach der Anspannung des Abends Herr zu werden. »Lassen Sie sich nach dem Konzert Zeit«, hatte die Gräfin gesagt, »ich werde auf Sie warten.«

Wo ist er? dachte sie, unsere Blicke trafen sich doch im Konzertsaal? Über ihr breitete sich jetzt der Sternenhimmel. Außer der Salzach und ihren Schritten war nichts zu hören, weit und breit kein Mensch zu sehen. Und plötzlich sah sie in großer Deutlichkeit das Bild des Vaters vor sich.

Sie war von ihm nicht verwöhnt worden. Immer vom Hauch einer Unnahbarkeit umgeben, deren Grund sie niemals begriffen hatte, starb er, als sie fünfzehn Jahre alt war. Sie, das jüngste seiner Kinder, war die erste gewesen, die nach mir von seinem Tod erfahren hatte. Zu ihr war ich nämlich gelaufen, als der Hennerth-Großvater mit einem Aufzucken der Hand, in der er meine hielt, aus dem Leben schied. Mit weitgeöffneten Augen, kleine Speichelbläschen in den Mundwinkeln, hatte er nach dem Sturz hintenüber im Gras vor mir gelegen. Zuerst hatte ich gedacht, er habe sich hinter dem Gravensteiner verstecken wollen. Ich hatte ihm in die Augen geblickt, die auf mich gerichtet waren, und im Wispern der Büsche und Bäume eine Weile darauf gewartet, daß er mir mit seinem abgehackten Lachen etwas zurufen würde; jedesmal, wenn er mit mir gesprochen hatte, waren seine Augen so auf mich gerichtet gewesen wie jetzt. Und als ich ihn nun erwartungsvoll ansah, fielen mir zum erstenmal die tiefschwarz schimmernden Pupillen in der dunkelgrauen Iris auf. Erst als ihm ein Marienkäfer über Wange, Ohr und Schläfe bis in die Stirnmitte gekrochen war, wo er nach einer Drehung um sich selber einhielt, begriff ich, daß der stille Mann mit dem erstarrten Blick nicht mehr lebte. Ich erschrak nicht. Ich hörte das Summen in der Buchsbaumhecke, als ich sagte: »Ich komme wieder, Großvater.« Ich lief zwischen den Blumen- und Gemüsebeeten nach vorne in den Hof. Dort stieß ich auf Tante Leonore. Sie kam sofort mit. Sie begann nach wenigen Schritten zu laufen. Wir standen stumm vor dem Toten, von dessen zerfurchter Stirn sich der Marienkäfer entfernt hatte. Ich versuchte herauszufinden, wohin. Da sagte Tante Leonore leise: »Er ist tot.«

»Ja«, sagte ich.

Sie kniete nieder, drückte ihm vorsichtig die Lider über die Augen und sagte: »Geh, Peter, ruf Großmutter, Vater, ruf sie alle.«

Als ich mit den anderen wiederkam, hatte Tante Leonore immer noch vor dem Toten gekniet, ihre Hände auf seinen, die sie ihm über den Leib gekreuzt hatte. Und das war so, als wollte sie ihm versichern: Ich bin bei dir, Vater. Über ihre Wangen rannen dicke Tränen. Der Käfer saß jetzt in Großvaters grauem Spitzbart und rührte sich nicht mehr von der Stelle. Mutter bückte sich, löste ihn vorsichtig aus den struppigen Haaren und schüttelte ihn sich von der Hand. Großmutter war neben Tante Leonore niedergekniet und hatte den Arm um sie gelegt. Vater stand mit blutleerem Gesicht hinter den beiden. Im Gravensteinerwipfel über uns hörten wir alle das Raunen, es war, als teilte uns der »Philosoph« etwas mit. Der Arzt und Nachbar Dr. Aristide Neguş stellte den Tod durch Herzstillstand fest. Er, der für Großvater Bewunderung empfunden hatte, war so aufgeregt, daß ihm das deutsche Wort nicht einfiel und er auf rumänisch einige Male wiederholte: »A murit subit.«

Großvater war keine sechzig Jahre alt geworden. Tante Leonore aber, die der Schmerz um den Verlust erst nach der Beerdigung ganz ergriff, saß wochenlang von früh bis spät im Musikzimmer und spielte Klavier. Es war, als würfe sie sich in der Fassungslosigkeit über den Tod des strengen Vaters dem Instrument an die Brust. In der Krone des Gravensteiners sitzend, erfuhr ich zum erstenmal, wieviel Klage die Musik auch dort enthält, wo sie nach Tanz und Ausgelassenheit klingt, wie sehr sie zuallererst und vor allem Klage ist über einen Zustand der Schöpfung, den sich der Mensch nicht selber auswählt – über das Leben.

Das Vermögen, das Michael Peter Hennerth hinterlassen hatte, belief sich über die Liegenschaften Haus, Hof und Garten in der Brückengasse hinaus unter anderem auf eine in Wertpapieren bei der Österreichischen Länderbank in Wien angelegte Geldsumme, die testamentarisch für die Bestreitung des Musikstudiums seiner jüngsten Tochter bestimmt war. Die Höhe der Summe machte bis auf einen geringfügigen Rest soviel aus, wie Tante Leonore, sollten nicht unvorhergesehene Ereignisse die Verhältnisse in Europa erschüttern, bei sparsamer wirtschaftlicher Einteilung über die Dauer von vier Jahren benötigte. Nach Ablauf dieser Zeit war sie auf sich allein gestellt. Ihre beiden älteren, im Berufsleben stehenden Geschwister hatten keinen Anspruch auf ein Bargelderbe. Allen dreien jedoch hatte Michael Peter Hennerth

Haus, Hof und Garten im Sinne der Verfügung seiner Frau vermacht. »Bei jeder Entscheidung«, hatte der letzte Satz des Testaments gelautet, »setze ich eure Gemeinsamkeit voraus.« Mit der Verlesung des Testaments vor der versammelten Familie durch den damals fünfunddreißigjährigen Dr. Marius Micla hatte für Leonore Hennerth ein neues Leben begonnen. Ihre Schulleistungen und die Vorbereitung auf das Musikstudium in Wien waren seit jenem Tag von einem niemals nachlassenden Ernst geprägt. Der Wille, das Vertrauen des Vaters zu rechtfertigen, schien alles zu bestimmen, was sie tat. Hatte die Fünfzehnjährige nach dem Besuch der Familiengruft mit der Inschrift »Quod mortale fuit Michaeli Petri Hennerth hic situs est« immer deutlicher zu fühlen begonnen, daß sie ihren Vater leidenschaftlich geliebt hatte, so legte sie, dank ihrer Intelligenz zweimal je ein Schuljahr überspringend, zwei Jahre später am Kronstädter Mädchenlyzeum »Prinzessin Ileana« das Abitur ab. Sie fuhr eine Woche darauf allein nach Wien. Nach bestandener Aufnahmeprüfung an der Musikakademie, an der sie im Herbst das Studium begann, kehrte sie für den Rest des Sommers nach Rosenau zurück.

Die Verfügung des Rektors Michael Peter Hennerth, den Rechtsanwalt Dr. Marius Micla mit der Betreuung der Geldanlage für Leonore Hennerth zu beauftragen, erwies sich sehr bald in zweifacher Hinsicht als glücklich. Der zuverlässige Anwalt, den der Hardt-Großvater einst dem Rektor Hennerth empfohlen hatte, war ein Mann mit Gespür und Verstand in Geldfragen – vielleicht ein Erbteil der griechischen Mutter, einer Frau von der Ägäisinsel Mykonos mit dem Namen Theodora Aphrodita Tersakis. Er ging mit Michael Peter Hennerths Hinterlassenschaft geschickt um und stellte sich darüber hinaus im Laufe der Zeit auch als ein vertrauenswürdiger Berater der jungen Leonore Hennerth heraus. Seine zweimal im Jahr nach Wien unternommenen Reisen waren für diese mit Freuden erwartete Ereignisse. Der höfliche Mann machte kein Geheimnis daraus, daß er sich zur Ehre anrechnete, das Vertrauen der Familie Hennerth zu besitzen. Als er seinen jüngeren Bruder Titus ins Haus in der Brückengasse einführte, gehörte ihm längst die Zuneigung aller Hennerths. Daß er den von diesen vielerörterten Weg zu politischer Betätigung in der deutschlandfreundlichen »Eisernen Garde« fand, galt allen als Ausdruck seiner idealistischen Gesinnung. Daher hatte seine Verhaftung im Herbst des Jahres 1938, nur wenige Wochen vor der Abreise der Tante Leonore nach Wien, bei den Hennerths Bestürzung, bei Tante Leonore sogar Erschrecken ausgelöst. Es wurde allein von der Überzeugung gemildert, daß ihm nichts zur Last gelegt werden konnte und er bald wieder auf freiem Fuß sein würde...

Bemüht, ihre Gedanken zu ordnen, hatte Leonore Hennerth die Salzach auf dem Makartsteg überschritten und den Weg zum Hauptpostamt eingeschlagen. In dem warmen Raum gab sie am Nachtschalter zwei Telegramme auf. Das Auslandstelegramm war an »Frau Wilhelmine Hennerth« in Rosenau in Siebenbürgen gerichtet. Sein Inhalt lautete: »Konzert in Salzburg gut. Leonore.« Das zweite Telegramm ging nach Perchtoldsdorf an »Herrn Professor Franz Josef Innauer«; es enthielt den Satz: »Was ich bei Ihnen lernte, wurde mir heute bewußt. In Dankbarkeit, Ihre Leonore Hennerth.« Das Telegramm sollte Folgen haben, die sie nicht ahnte.

Als sie gegen zehn Uhr aus der Steingasse zwischen niedrigen Gartenzäunen und Hecken in einen dunklen Anstieg einbog, der zu den Häusern an der Südseite des Kapuzinerbergs hinaufführte, wußte sie schlagartig, daß sie wieder verfolgt wurde. Im Licht der ersten Bogenlampe, das durch die schuppenförmigen Blätter eines Thujabaumes fiel und gleich einem Netz über ihr lag, blieb sie stehen. Es war so still, daß vom Fluß herauf Laute wie verwirrtes Murmeln zu hören waren. Sie stand eine Minute lang und blickte ins Dunkel hinab. Wieso habe ich ihn nicht schon viel früher erkannt? überlegte sie. Sie betrat den Garten, zog die leichte Zauntür hinter sich zu und ging über die aus Steinquadern gefügte Treppe zur Kiesterrasse hinauf. Von dort blickte sie noch einmal auf die Stadt zu ihren Füßen. Vor den Straßenlichtern unten, die sie an gereihte glimmernde Perlen erinnerten, sah sie in der Kälte den Hauch ihres Atems schweben. Sie erkannte das bleifarbene Glitzern des ruhelosen Wassers. Sie fühlte, daß er jetzt in der Nähe war. Als sie sich dem Haus zuwendete, war die Eingangstür schon von innen geöffnet worden.

Vor ihr stand die zierliche, grauhaarige Gräfin. Sie ließ das Lorgnon fallen, als sie die Arme hob und Leonore Hennerth an sich zog.»Kommen Sie, kommen Sie«, sagte sie,»Freunde erzählten mir bereits alles! ›Sie hat nicht nur begnadete Hände‹, sagte mir ein Bekannter soeben telefonisch, ›sie hört die Musik so wie keiner von uns!‹ Ich habe auch schon Wien angerufen und Charlotte berichtet. Nein, nein! Keine falsche Bescheidenheit! Nicht jetzt! Jetzt wollen wir uns freuen.« Und während nun die Gräfin von Herbertstein Leonore umarmt hielt, sah diese das Gesicht sehr klar vor sich. Das Gesicht des Titus Micla, der aus seinem Vaterland geflohen war, um bei den mächtigen Freunden in Berlin Hilfe zu erbitten für den verhafteten, vom Zorn des Königs bedrohten Bruder, den Rechtsanwalt Dr. Marius Micla.

Aber erst Tage später wurde ihr die Frage nach seinem unerklärlichen Verhalten beantwortet — als sie nach dem langen Abend in Gesellschaft der Gräfin und einem zehn Stunden währenden tiefen Schlaf wieder in Wien eingetroffen war. Die Gräfin freilich hatte in der Nacht nach dem Konzert kein Auge geschlossen. Nachdem ihr Gast zu Bett gegangen war, hatte sie bis gegen Morgen im Schein der kleinen Stehlampe am Marmortischchen in dem über den Gartenhang hinausgehenden Alkoven gesessen und einen langen Brief an »Frau Wilhelmine Hennerth« geschrieben. Sie war immer wieder zur Kommode im dunklen Hintergrund des Zimmers gegangen, zurückgekehrt und an den Fenstern entlanggewandert, ab und zu einen Blick hinauswerfend oder die Stehhlampe mit dem Porzellanfuß anstarrend. Vom Glück der Mutter eines Kindes hatte sie geschrieben, an dem nun auch sie, die Gräfin, teilgehabt und Trost empfunden habe über den »Verlust durch einen grausigen, sinnlosen Jagdunfall« zweier Töchter im Alter von fünfzehn und siebzehn Jahren, »deren Schwester Ihre Leonore hätte sein können«. Immer schwerer waren die Schritte der Gräfin geworden. Gegen Morgen hatte sie kaum noch zu gehen vermocht. Ehe sie halbangekleidet ins Bett gesunken war, hatte sie die leere Whisky-Flasche in der Kommode verschlossen.

Als sich Leonore Hennerth drei Tage später anschickte, in Wien den Schwarzenberg-Platz zu überqueren, um zum Konzerthaus hinüberzugehen, wo in zwei Stunden ihr Auftritt beginnen sollte, fiel ihr die Gestalt vor dem Sockel der Reiterstatue Schwarzenbergs auf. Sie hatte den im Dämmerlicht des Spätnachmittags auf der Kettenbalustrade Sitzenden, den emporgereckten dunklen Kopf des Rosses über sich, sofort erkannt, als sie an der Prunkfassade des alten Hotels Imperial vorbei auf den Platz eingebogen war. Ihr energisch ausgestoßener Ruf: »Titus!« ließ ihm keine Wahl. Er erhob sich langsam und kam ihr, sich einige Male umblickend, unsicher entgegen.

Es war ein grauer, ein nebliger Tag von trockener Kälte, die sich schon auf der Fahrt von Salzburg ostwärts angekündigt hatte und auf der Höhe des Wienerwalds zur Gewißheit geworden war. Die Fronten der hohen Gründerzeitbauten im Zentrum Wiens sahen verschlossenen Gesichtern ähnlich.

Der überlebensgroße, im ungewissen Licht schwarz wirkende Reiter, der einst das Kommando über die Truppen gegen den Franzosenkaiser Napoleon geführt hatte, schien seinen Hengst anzutreiben, um dem Frostgrau des anbrechenden Abends zu entkommen. Doch zugleich hatte Leonore Hennerth einen Augenblick lang den Eindruck, Roß und Reiter trieben ihr gemeinsam den Mann mit dem hochgeschlagenen Mantelkragen über den Platz durch den Verkehr entgegen. Zorn hatte sie erfaßt. Sie war entschlossen, ihn ohne Wenn und Aber zur Rede zu stellen. Dann stand er vor ihr. Eine Sekunde nur zögerte sie, als sie das eingefallene Gesicht sah. »Kommen Sie!« sagte sie kurz angebunden.

Keine fünf Minuten später saßen sie sich, ohne ein weiteres Wort gewechselt zu haben, in der dunkelsten, hinter einem Paravent versteckten Nische eines kleinen Cafés am Kärtner Ring gegenüber. »Ich habe nicht länger als eine halbe Stunde Zeit«, sagte sie, indem sie die Rolle abgegriffener Notenhefte auf den Tisch legte, die sie unter dem Arm getragen hatte. »Ich erwarte von Ihnen, daß Sie mir ohne Umschweife eine Erklärung geben. Vor allem will ich wissen, was Sie in Berlin für Marius erreichten... Wenn ich Sie so ansehe«, konnte sie sich nicht enthalten hinzuzufügen, »scheint es nicht allzuviel zu sein.« Sie bestellte zwei Kännchen Tee bei dem alten Ober, der schlurfend an den Tisch getreten war. »Für den Herrn mit einem ordentlichen Schuß Strohrum«, sagte sie, »für mich mit Zitrone.« Sie blickte Titus in die Augen und fragte: »Nun?« Gleichzeitig tat ihr der harte Ton leid, in dem sie sprach. Aber sie fuhr fort: »Sie wissen, daß ich von diesen Hitlerleuten nichts halte. Daß ausgerechnet Sie sich aber von denen als Beobachter auf mich ansetzen lassen...« Sie schüttelte den Kopf.

»Leonore«, sagte Titus nach einer Pause leise, hob kurz die Hand und fügte mit einem Würgen hinzu: »Sie – sie haben ihn umgebracht... Ich habe in Berlin nichts, gar nichts für ihn tun können.« Er schwieg. Der Schlurfschritt des Kellners war beim Nebentisch zu hören.

»Wen haben Sie umgebracht?« fragte Leonore Hennerth.

»Sie haben ihn erdrosselt«, sagte Titus, »der König persönlich gab den Befehl. Auf der Fahrt von Ploieşti nach Bukarest. Unter dem Vorwand der Verlegung in ein anderes Gefängnis. Nachts. In einem geschlossenen Kastenwagen.« Der Ober erschien mit zwei Tabletts. Er sah Leonore Hennerth fragend an, ehe die ihn mit einer ungeduldigen Bewegung aufforderte, den Rumtee vor Titus auf den Tisch zu stellen. Als er gegangen war, sagte Titus: »Hinter jedem stand ein Gendarm mit der vorbereiteten glatten Seidenschnur in der Hosentasche. Der Wagen soll auf einen Feldweg eingebogen sein. Hinter jedem – hinter jedem der dreizehn Gefangenen. In Uniform. Dreizehn gefesselte ›Legionäre‹, dreizehn Gorillas mit Seidenschnüren. Căpitan Codreanu hat sich am längsten gewehrt. Bis ihm zwei Gendarmen den Nackenwirbel brachen... Sie haben ihnen von hinten die Schnüre um den Hals gelegt und den Kopf so lange gegen die Sitzlehne gepreßt, bis sie sich nicht mehr bewegten. Gestern, gegen Morgen. In der Nacht vom achtundzwanzigsten auf den neunundzwanzigsten. Marius ist neben dem Căpitan gestorben. Ich erfuhr es vor wenigen Stunden telefonisch... Der König persönlich...«

Leonore Hennerth saß mit fahlem Gesicht vor Titus Micla. Im Café brannten die niedrigen Wandlichter hinter pergamentbraunen Lampenschirmen. Aus der benachbarten Nische war leises Lachen und das Klirren eines Löffelchens zu hören, das auf den Boden gefallen war. Es roch angenehm nach Melange, und als Titus seinen Tee umzurühren begann, mischte sich das starke Aroma des Strohrums dazu.

»Ich wollte es Ihnen erst nach den Konzerten sagen, weil Sie doch Ihrer ganzen Konzentration bedürfen«, sagte er noch leiser als bisher, »aber da hatten Sie mich entdeckt. Ich bin

Ihnen in den letzten zwei Wochen gefolgt, weil ich in diesem
Land außer Ihnen keinem Menschen mehr vertraue.«
Erst jetzt war Leonore Hennerth imstande zu sprechen. »Aber
– Ihre Freunde in Berlin?« fragte sie. »Was sagen die dazu?«
Der Mann vor ihr lächelte auf eine Art, die ihr durch Mark
und Bein ging. Er blickte sie nicht an, als er sagte: »Ach ja, die
Freunde in Berlin! Solange wir ›Legionäre‹ Carols Regime
verunsicherten, paßten wir ihnen ins Kalkül. Aber seit sich
Hitler am Obersalzberg mit Carol unterhielt und zudem in
Marschall Antonescu einen Mann entdeckte, der sein Spiel
mitmacht, ist das hinfällig. Unsere Freunde in Berlin? Sie
ließen uns von einer Stunde auf die andere fallen... Nach
Rumänien zurück kann ich nicht, weil ich dort gesucht werde.
Hier bin ich in Gefahr, von der Gestapo verhaftet zu werden.
So ist das mit unseren mächtigen Freunden in Berlin.«
Leonore Hennerth flüsterte kaum hörbar: »Ich bitte Sie um
Verzeihung, Titus.«
Er nickte zerstreut und sagte: »Ich werde jetzt gehen. Es ist
nicht gut für Sie, wenn Sie mit mir gesehen werden. Ich suche
Sie später wieder.« Er legte Geld auf den Tisch und erhob
sich. »Ich wollte von Ihnen nur...«
Aber da hatte Leonore Hennerth ihn über den Tisch hinweg
am Arm gepackt und auf den Stuhl zurückgerissen. Ihre
dunkelgrauen Augen brannten. »Habe ich Sie richtig verstanden?« fragte sie. »Sagten Sie, es ist nicht gut für mich? ... Dies
Geschmeiß! Ich hab's von Anfang an gewußt! Und mein
Bruder hält sie für Ehrenmänner... Ich will jetzt wissen,
wohin Sie gehen werden, Titus!« Aber Titus schwieg. Er sah
uralt aus. Sie zog die Hand zurück. Als er immer noch
schwieg, sagte sie: »Ich hab's mir gedacht – Sie schlafen unter
einer Donaubrücke, auf einem Friedhof oder auf einem
Bahnhof.« Sie holte ein Schlüsselbund und eine kleine Visi-
tenkarte aus der Tasche. »Sie fahren von hier zu dieser
Anschrift in der Wiedner Hauptstraße. Sie schließen sich ein.

Sie finden zu essen. Sie warten auf mich. Seien Sie vorsichtig.« Sie blickte auf die Uhr.

Als sie das Café zwei Minuten nach Titus Micla verließ, war es dunkel. Sie wunderte sich über ihre Ruhe. Sie zog den Mantel fester um sich. Hinter einer haltenden Straßenbahn ging sie quer über den Schwarzenberg-Platz in die Lothringerstraße hinüber und nach links am Akademietheater vorbei zum Konzerthaus. Von zwei Scheinwerfern angestrahlt, leuchteten über dessen Eingang die Goldlettern des »Meistersinger«-Verses: »Ehrt eure deutschen Meister, dann bannt ihr gute Geister!« Die beiden Pförtner begrüßten sie mit: »Heil Hitler!« Fünf Minuten später begann sie sich mit Fingerübungen einzuspielen, denen sie fast übergangslos die schwierigsten Passagen der Hammerklaviersonate folgen ließ. Dem Beginn der Doppelfuge im Schlußsatz schenkte sie auch diesmal besondere Beachtung. »Der Kontrast zu dem, was davor war, kann nicht groß genug sein«, hatte ihr Professor Innauer eingeschärft, »es sind zwei Welten, das müssen Sie jedem, der Ihnen zuhört, bewußt machen.« Ihr Entschluß reifte, während sie spielte. »Was ist diese Musik wert«, sagte sie laut in ihr Spiel hinein, »wenn sie nur Ton ist? Wozu ist die Kunst nütze, wenn sie sich in der Artistik erschöpft? Was bin ich wert, wenn ich mir darin gefalle?«

So kam es dann, daß die nach dem Salzburger Erfolg in der Wiener Presse als »fulminant« angekündigte Akademieabsolventin Leonore Magdalene Hennerth an diesem Novemberabend vor dem vollen Mozartsaal des Konzerthauses die bedrohlichste Chance erhielt, die Menschen seit jeher erhalten können: sich selber treu zu bleiben – eine Chance, der immer nur die Stärksten gewachsen sind. Daß dieselben Wiener Zeitungen am Tag danach von der »Provokation des nationalsozialistischen Kunstbegriffs«, von der »Beleidigung aller in ihrer Haltung so beispielgebend zu Führer und Reich stehenden Siebenbürger« schrieben und ein Kritiker formulierte:»Es hätte niemand Verständnis dafür, wenn einer Künstlerin, die fehlte, eher verziehen würde als dem letzten gestrauchelten Volksgenossen« – dies alles gehörte aus Leonore Hennerths Sicht nur noch »als Appendix«, wie sie zu Charlotte sagte, zu den Vorgängen, an die sich auch die Begegnung nach dem tumultuösen Ende des Konzerts reihte.

Wenige Schritte schon nach dem Verlassen des Gebäudes hatte sie nämlich in der eiskalten Nachtluft im diffusen Licht eines Kandelabers unversehens vor Gerhard Göller gestanden. Der »fesche Gerhard« hatte diesmal seine Kampfhunde nicht dabei, und sie hatte seinem Gesicht sofort angesehen, daß er einer jener Konzertbesucher war, die sie in helle Wut versetzt hatte. Weil sie, wie in allen anderen, auch in ihm die Ahnung von der Kläglichkeit seiner Mitläuferei und der Barbarei seiner Gedankenlosigkeit geweckt hatte? Er packte sie am Arm, noch ehe sich ihre Augen ans Halbdunkel der Straße gewöhnt hatten.»Bist du wahnsinnig geworden?« stieß er hervor.»Ist dir noch zu helfen? Was, verdammt noch mal, hast du dir bei dem Irrsinn gedacht? Ich habe soeben mit dem Gruppenführer des NSDSTB gesprochen – der Mann ist entschlossen, dich hochgehen zu lassen.«

»Nimm bitte deine Hand von meinem Arm«, sagte Leonore, »drück dich bitte gepflegter aus und sag mir, was dein NSDSTB ist . . .«

»Treib's nicht auf die Spitze, Leonore«, schrie er,»der Nationalsozialistische Deutsche Studentenbund wird sich deinen verfluchten Hennerthhochmut nie und nimmer gefallen lassen!« Von Göller gefolgt, war sie quer über die Straße zum Beethovenplatz hinüber gegangen.»Nicht genug damit«, fauchte er, hinter ihr herlaufend,»daß du seit Wochen zum Innauer nach Perchtoldsdorf rennst, obwohl du genau weißt, daß sich der Mann von seinem Judenweib nicht trennen will! Jetzt auch dies noch! Ich habe bisher versucht, dich zu decken, wann und wo es nur ging. Aber jetzt . . .« Er kam nicht weiter.

Sie war mit einem Ruck stehengeblieben. Unter der Statue des sitzend auf sie herabblickenden Beethoven schlug sie ihn ins Gesicht, daß er zwei Schritte zurücktaumelte. Ehe er zu sich kam, war sie im Schatten des hohen Sockels unter den Bäumen verschwunden. Gott sei Dank, dachte sie, durchquerte den Park und ging hinter dem Kursalon auf den Parkring zu, Gott sei Dank, er weiß nichts von Titus, in seiner Wut hätte er's ausgespuckt.

Vier Tage später ließ das Reichshauptpolizeiamt Wien, Abteilung Ausländer, Leonore Magdalene Hennerth schriftlich mitteilen, daß sie das Hoheitsgebiet des Deutschen Reichs, Ostmark, binnen einer Woche zu verlassen habe. Begründung:»Reichsunwürdiges Verhalten in der Öffentlichkeit; Beleidigung des arischen Kunstprogramms der Nationalsozialistischen Deutschen Arbeiterpartei; Herabsetzung des Ansehens einer der bewährtesten deutschen Volksgruppen im Osten.« Tags danach erreichte sie auch der Brief der Akademieleitung. Diese sähe sich, hieß es in dem kurzen Schreiben, in Übereinstimmung mit der Hochschulgruppe des NSDSTB gezwungen, ihr mitzuteilen, daß die Fachkommission ihre praktischen Abschlußprüfungen mit ungenügend bewertet habe und eine Wiederholung der Prüfungen aus Motiven, die ihr von anderer Stelle bekannt gemacht würden, nicht in Frage komme.

Angesichts der aufgeblasenen Schriftsätze nahmen sich die Tatsachen geradezu erfrischend aus: Leonore Magdalene Hennerth hatte nach einem das Wiener Publikum zu Jubel veranlassenden Vortrag die Forderung nach einer Zugabe mit dem virtuosen Presto agitato in g-Moll, opus 53, Nummer drei, aus den»Liedern ohne Worte« des Hamburgers Felix Mendelssohn-Bartholdy beantwortet. Dabei war mehr noch als die im Dritten Reich mit Verbot belegte Musik die Handschrift ihres Spiels als Verhöhnung empfunden worden: ihr hinreißender Elan, frech und mit provozierendem Biß in

jeder Note, der allein schon angetan war, den Skandal auszu-
lösen. Es war ein Vorgang von solcher Tollkühnheit, daß er
den NS-Größen im Parterre des schönen Mozartsaals zunächst die Sprache verschlug, ehe einer von ihnen, von seinen
musikkundigen Nachbarn über den Affront unterrichtet, aufsprang und den Satz ausstieß:»Schluß mit dem semitischen
Gejaule!« Daß die Pianistin ihr Spiel für Sekunden unterbrochen und in den atemlosen Saal gesagt hatte:»Warten Sie mit
Ihrem Lärm bis nach der letzten Note!«, hatte zu einem
Tumult geführt, wie er hier noch nicht erlebt worden war.
Am Tag der Abreise aus Wien hatte die Gestapo – was
Leonore Hennerth erst später erfuhr – auf einen Hinweis des
SD den Professor Franz Josef Innauer im Städtchen Percht-
oldsdorf mit der Begründung verhaftet, die Studenten der
Wiener Musikakademie mit»undeutschen Kunstauffassun-
gen« indoktriniert zu haben. Unter den Männern, die den
alten Herrn mit den immer wie staunend weitgeöffneten
Augen aus seiner Wohnung abzuholen gekommen waren,
hatte sich ein breitschultriger, sportlicher junger Mann befunden. Er hieß Gerhard Göller.
Aber noch am Tag vor der Abreise mit dem Orientexpress in
Richtung Bukarest hatte die zweiundzwanzigjährige Leonore
Hennerth den Rest des vom Vater geerbten Geldes abgeho-
ben und in ihrem Mietzimmer vor Titus Micla auf den Tisch
gelegt.»Für mich ist das jetzt sowieso zu wenig«, hatte sie
gesagt,»dir hilft es eine Zeitlang. Und ehe sie dich einfangen
und in ihren Folterkammern in den Wahnsinn treiben, überleg's dir noch einmal – das Hennerth-Haus hat viele unbe-
wohnte Räume, du würdest nicht als erster in einem davon
unterschlüpfen... Hier kannst du noch bis zum Monatsende
bleiben, solange ist die Miete bezahlt.« Sie hatten sich leidenschaftlich umarmt und geküßt, ehe Leonore Magdalene
Hennerth zum Ostbahnhof gefahren war.
In der zweiten Dezemberwoche traf Tante Leonore in Rose-

nau ein. Unsicherheit und Beunruhigung, Zorn und Erschrecken waren bei allen groß. Als ich sie erblickte, wie sie etwas bleich, aber mit dem neuen, unerklärlichen Ausdruck in den Augen, der sie ihrem Vater auffallend ähnlich machte, in der Reife ihrer Schönheit vor mir stand, verfiel ich heftiger denn je meiner unglücklichen Liebe zu ihr.

XVII. Kapitel

Vater Evghenies unheimliche Reiseerinnerungen,
die Ernte des Todes und das Ende des Sommers

Wäre einer von uns begabt gewesen, Kausalitäten zu
durchschauen, spätestens zu diesem Zeitpunkt hätte
ihn die Ahnung der bevorstehenden Auflösung der Familie
Hennerth befallen. Ich muß sie aus der Erschütterung meines
Wiedersehens mit Tante Leonore heraus gespürt haben. Mir
war – so würde ich es heute sagen –, als erwartete ich etwas,
das mich bedrohte. Meine seltsamen Träume, die sich seit
jenem Herbst immer häufiger einstellten, waren mir längst
als Äußerungen einer Fähigkeit zur Vorausschau bewußt
geworden, die ich in mir trug und die mich um einiges anders
machte, als meine Freunde es waren. Außer dem Geiger Willi
Kurzell und dem Bauernsohn Paul Eisendenk, den grundver-
schiedenen, in der Festigkeit des Charakters aber so ähnli-
chen Freunden, mied ich sie denn auch und ging öfter als
vorher eigene Wege. Doch ich will die Ereignisse des folgenden Dreivierteljahres der Reihe nach berichten.

Die Weihnachtstage waren gekommen. Wie in jedem Jahr,
soweit ich mich zurückerinnerte, waren auch diesmal die
Hardt-Großeltern zum Heiligabend ins Hennerth-Haus eingeladen. Und auch diesmal war ich rechtzeitig als Bote in die
nahe Langgasse geschickt worden, um die Einladung der
Hennerth-Großmutter und der Eltern zu überbringen. Der
Heiligabend vereinigte dann im Hennerth-Haus wie immer
nicht allein die Familie. Zu den Hausbewohnern und den
Hardt-Großeltern kamen Onkel Oskar, Vaters älterer Halb-
bruder, und dessen Sohn Horst hinzu, der U-Boot-Kapitän
werden wollte, Rosinchen und Martin Strehling, sie mit dem
strahlenden Lächeln, er mit den an rissige Steinbrocken

erinnernden Fäusten – und Tante Elisabeths Berufskollegin Henriette Glubau, eine Physikochemikerin aus Breslau, die, von der deutschen Firmenzentrale für ein Jahr nach Kronstadt geschickt, als Abteilungsleiterin mit Tante Elisabeth im selben deutsch-rumänischen Unternehmen arbeitete. Sie war eine schweigsame Frau, sagte an dem Abend kaum ein Wort, betrachtete aber aufmerksam und verwundert alles, was um sie vorging. Es war ein Kreis von sechzehn Menschen, zu dessen Mittelpunkt die weißhaarige Hennerth-Großmutter wurde. Alles verlief wie sonst zu Weihnachten. Es gab das Abendessen in unserem langgestreckten Wohn- und Speiseraum mit dem offenen Eckkamin, vor dem das Fell des blonden Bären lag. Die »Spanierin« saß am Kopfende des Tisches der Großmutter gegenüber. Großvater, mit Schlips auf schneeweißem Hemd, unterhielt sich mit Tante Leonore. Frau Glubau bewunderte die aus schwarzer Bombyx-Seide gehäkelte Stola der Hardt-Großmutter. Katalin hatte ihr wehendes Faltenröckchen und die roten Schaftstiefel an. Sie half Mutter und Rosinchen beim Auf- und Abtragen. Ich saß neben Horst, dem es nicht gelang, die Serviette so zwischen Hals und Hemdkragen zu stecken, daß sie für längere Zeit festsaß.

Und auch diesmal hüllten wir uns nach Tisch, als die Glocken zu läuten begannen, in Pelze und Mäntel, setzten die Wollmützen auf und zogen die Handschuhe an, um zum Gottesdienst in der Kirche am Rand des großen Marktplatzes zu gehen. Wir verließen gemeinsam das Haus. Überallher kamen die Menschen aus den Häusern. Der Schnee sang und ächzte unter unseren Tritten. Es wurde nicht gesprochen. Keiner beeilte sich. Niemand störte den nächtlichen Gang. Als wir über den Marktplatz schritten, in den sechs Straßen einmündeten, ragte der Burgberg dicht neben uns in den Sternenhimmel. Außer dem Glockengeläute waren nur die hellen, schrillen Aufschreie unter den Tritten auf dem glashart gefrorenen Schnee zu hören. Aus allen Straßen trafen immer noch mehr Menschen ein.

Nicht der Gottesdienst vor der im Altarraum aufgestellten mächtigen Tanne mit der Predigt des Pfarrers Albert Mager, nicht die »Quem-pastores-laudavere«-Wechselgesänge, nicht einmal die aus Vaters und Willi Kurzells Geigentönen wie unsichtbare Leuchtzeichen ins Dunkel geschriebenen »Es ist ein Ros' entsprungen« und »Maria durch ein' Dornwald ging« blieben mir von den Heiligabenden jener Jahre als Ereignis in Erinnerung. Was sich mir stärker als der Gottesdienst einprägte, war etwas anderes: Es war die Viertelstunde, die dem Gottesdienst folgte.

Nach dem Verklingen des letzten Orgeltons hatte sich der Kirchenraum geleert. Doch die Menschen gingen nicht nach Hause – sie versammelten sich auf dem Marktplatz. Stumm stand einer neben dem anderen in der Kälte unter dem Himmel. Die Lieder der vier Chöre, das Geigenspiel und die Weihnachtsbotschaft noch im Ohr, standen die gut tausend Kirchenbesucher wortlos beieinander. Keiner rührte sich. Keiner gab ein Zeichen der Ungeduld. Keiner drängte zum Aufbruch. Einige blickten vor sich nieder, andere schauten zu den Sternen hinauf. Es schien endlos lange zu dauern. Und wie auf einen geheimen Befehl löste sich dann die Versammlung auf, setzten sich alle in Bewegung. In schwarzen Kolonnen strebten die Menschen auf die Straßen zu, aus denen sie gekommen waren. Keiner wendete sich um. Keiner sagte ein Wort. Keiner blickte zurück oder blieb stehen. Eingehüllt in die Schreie unserer Schritte tauchten wir wieder ins Dunkel ein. Als hätte es uns niemals gegeben. Auf dem Heimweg hatte sich Paul Eisendenk zu mir gesellt. Wir sprachen nicht. Vor unserem Haus verabschiedete er sich mit einem Kopfnikken. Noch lange hörte ich an diesem Abend die Aufschreie unter den Tritten. Eingehüllt in sie, hatten sich die Menschen nach dem stillen Beisammensein auf dem Marktplatz wie Schatten in der Nacht verloren.

Wir waren alle sechzehn noch etwas befangen, als wir uns wieder im warmen Wohnzimmer einfanden. Sekunden danach standen wir vor der von Dutzenden brennender Kerzen beleuchteten Tanne. Maria flüsterte mir zu:»Im Himmel hat sich eine Tür geöffnet. Durch die kommt das viele Licht.« Ich nickte. Der Duft der Tannennadeln, der Nüsse, Äpfel und Kuchen, die zwischen den Zweigen schwebenden Strohengel, die sich im Wärmesog der Kerzen bewegten, der Anblick der Geschenkpäckchen unter dem Baum erregten Holger so sehr, daß er nicht zu bewegen war, sein Gedicht aufzusagen. Ich bemerkte erstaunt, daß im Widerschein der Kerzenflämmchen alle Gesichter einander ähnlich geworden waren.

Alles, was nun geschah, ist mir so unvergeßlich geblieben, als habe es sich erst vor wenigen Tagen ereignet.

Als wir uns nach den Weihnachtsversen, die Maria und ich vorgetragen, und den Liedern, die wir gemeinsam gesungen und mit den Geigen und Flöten musiziert hatten, rings um die Tanne niedergelassen hatten und Vater nach der Bibel griff, um die Weihnachtsgeschichte vorzulesen, hob Tante Elisabeth plötzlich die Hand und sagte laut:»Da geht jemand durch den Hof!« In der eingetretenen Stille hörten wir schwere Schritte unter dem Fenster, der Schnee lärmte so laut, daß sie trotz der Doppelfenster deutlich zu vernehmen waren. Es war gespenstisch, wie sie durch die Nacht gingen. Nur das Prasseln der frisch aufgelegten Scheite im Kamin war außer ihnen zu hören. Vater ließ das Buch wieder sinken, das er soeben geöffnet hatte. Er hob langsam den Kopf. Da verstummten die Schritte. Das Geräusch des brennenden Holzes füllte den Raum. Ich erinnere mich, daß ich in diesem Augenblick wußte, wer durch den Hof ging. Ich blickte zu Großvater hinüber, der mir in die Augen sah und nickte. Jetzt war vor der hinteren Eingangstür ein Stampfen zu hören – der

Unbekannte schlug sich den Schnee von den Schuhen, ehe er dreimal in Abständen an die Außentür klopfte. Tante Elisabeth fuhr mit einer Bewegung auf. Vater schlug die Bibel zu und sagte:»Geh, Peter, öffne unserem Gast.« Die Schritte waren im Treppenhaus zu hören. Sie kamen durch die Eingangsdiele und durch die Küche auf unsere Zimmertür zu. Während ich wartete, beherrschte mich der Gedanke, daß nur einer, der sehr weit gegangen war, so schreitet. Ich öffnete die Tür und sah den Gast vor mir stehen. Ich zog den Türflügel auf. Groß und dunkel, die Hand auf der Klinke, füllte Vater Evghenie, der Mönch von den Skitu-Klöstern, den Türrahmen aus. Das mattgelbe Licht der Kerzen ließ Gesicht, Bart, Hände und Leib des regungslosen Mannes vor mir aussehen, als sei ein Stück Nacht zu uns ins Zimmer getreten.

Ich stand immer noch bei der Tür, als Großvater auf ihn zutrat, ihn am Arm nahm, zu einem Sessel führte und etwas sagte. Der Mönch blieb vor dem Baum stehen, zog die schwarze Lammfellmütze vom Kopf, so daß ihm die braunen Haare über Stirn und Wangen fielen, und schlug sich mit weitausholenden Bewegungen der Rechten von der Stirn zur Brust und von Schulter zu Schulter das Kreuz. Großvater half ihm aus dem schweren Mantel, ich trug Mütze und Mantel ins Vorzimmer. Der Mönch nickte Großvater abwesend zu, verneigte sich zuerst vor dem Baum, dann vor allen Anwesenden und sagte:»Laudate domine!« Dann setzte er sich.

Es war eine Zeitlang so still in dem großen Zimmer, daß ich meinte, die Flammen der Kerzen zu hören, die bei Vater Evghenies Eintreten geflackert hatten, jetzt aber wieder unbewegt brannten. Auch Vater hatte sich erhoben und dem unerwarteten Gast die Hand gereicht. Und ehe sich nun die anderen faßten, tat er etwas, womit niemand gerechnet hatte. Er legte Vater Evghenie die geöffnete Lutherbibel in die Kutte auf den Schoß, zeigte mit dem Finger auf das zweite

Kapitel, Vers eins, des Lukas-Evangeliums und bat ihn, die Weihnachtsgeschichte vorzulesen. Der Mönch zögerte keine Sekunde lang. Er blickte die Heilige Schrift aber nicht an – er klappte sie zu, nickte in die Runde und legte die Hände darauf. Er schaute zur Tanne hin und begann mit seinem dunklen Baß in jenem koineischen Griechisch, in dem der Evangelist und Freund des Apostels Paulus geschrieben hatte: »Ἐγένετο δὲ ἐν ταις ἡμέραις ἐκείναις ἐξῆλθεν δόγμα παρὰ Καίσαρος Αὐγούστου ἀπογράφεσθαι πᾶσαν τὴν οἰκουμένην«, »Es begab sich aber zu der Zeit…« Alle kannten wir die Stelle des Evangeliums. Doch in der unseren Ohren nicht vertrauten Sprache hörte nun jeder den Bericht über die vom Kaiser Augustus befohlene Volkszählung, über den Zimmermann Josef und die schwangere Maria, die ihren Sohn in einem Stall zur Welt brachte und ihn in eine Futterkrippe zwischen Ochs und Esel legte. Ich verstand kein einziges Wort. Und dennoch hatte ich das Empfinden, als hörte ich einen Text, der mir vertraut war. Erreichen uns die Schwingungen von Ergriffenheit und Hochgefühl nicht aus jeder Sprache, auch wenn wir ihrer Wörter nicht mächtig sind? Ich sah die Hirten und die Herden auf dem Feld. Ich sah Gordan, seine Brüder und Bade Licu im Malaeschter Gletschertal. Ich hörte die Schafe und Lämmer nachts blöken und die Hunde anschlagen, die das Unerhörte witterten. Ich erkannte den Engel am Himmel über ihnen, der so groß war, daß er vom Bukschoi- bis zum Ziganescht-Grat das Tal überflammte. Ich sah sie geblendet sich mit dem Gesicht zur Erde niederwerfen, und ich verstand das Griechische: »Fürchtet euch nicht!« Ich hielt, während Vater Evghenie sprach, beim Anblick der himmlischen Heerscharen den Atem an, denn im Rollen der Konsonanten und in den Farben der Vokale, im Atem und Klang der ungewohnten Laute meinte ich sie mir näher als je zuvor. Bis ins Mark hinein spürte ich ihre Kraft, als Vater Evghenie mit dem Gewitterbaß in der Stimme sagte: »δόξα ἐν

ὑψίστοις θεῷ καὶ ἐπὶ γῆς εἰρήνη ἐν ἀνθρώποις εὐδοκίας.«
»Ehre sei Gott in der Höhe und Friede auf Erden und den
Menschen ein Wohlgefallen.« Danach schwieg er. Lange
Zeit sagte keiner von uns ein Wort. Wir warteten stumm, bis
die Kerzen so weit heruntergebrannt waren, daß wir die
Deckenlampe anzünden mußten.
Viele Jahre später erst habe ich das Ausmaß des Erschreckens
begriffen, das Vater Evghenie in jener froststarrenden Karpatennacht auf der Suche nach seinem Freund Thomas Hardt
ins Hennerth-Haus getrieben hatte, obwohl ich es schon an
jenem Heiligabend zu ahnen begann. Denn ungefähr eine
Stunde, nachdem wir den Bericht des Lukas gehört hatten
und mit den Weihnachtspäckchen beschäftigt waren, wurde
mir bewußt, daß sich Großvater und der Mönch schon seit
einiger Zeit nicht mehr unter uns befanden. Ich lief durch alle
Zimmer und blickte sogar kurz ins Musikzimmer, fand die
beiden aber nicht. Als ich nach ihnen fragen wollte, hörte ich
die Hardt-Großmutter sagen: »Thomas ist mit Evghenie vorausgegangen. Es ist spät geworden.« Vater half ihr in den
Mantel und erklärte sich bereit, sie zu begleiten. Doch ich bot
mich an, es zu tun. »Ich bringe dich nach Hause«, sagte ich.
Worauf Großmutter mir vorschlug, doch gleich bei ihnen zu
übernachten. Mutter hatte nichts dagegen.
Und so wurde ich Zeuge jenes Gesprächs zwischen Großvater
und dem Mönch Evghenie, das sich mir als die deutlichste
Erinnerung an den letzten Heiligabend im Hennerth-Haus
ins Gedächtnis brannte.
Die beiden hatten sich in Großvaters Arbeitszimmer in den
breiten Kalbsledersesseln niedergelassen, die neben dem
Schreibtisch rechts und links des sonnenblumengelben Ka-
chelofens standen. Großvater zeigte kurz auf den Schreib-
tischstuhl, als ich das Zimmer betrat. Ich setzte mich. Er war
gerade damit beschäftigt, eine seiner selbstgedrehten Zigaretten ins Holzmundstück zu stecken, das er danach zwischen

Zeige- und Mittelfinger hielt. Er fragte Vater Evghenie:»Wo, sagtest du, bist du über die Grenze?«

»Bei Floreşti«, erwiderte der Mönch,»zwischen Floreşti in Bessarabien und Bolotino in der Ukraine. Der Djnestr ist um diese Zeit zugefroren.«

»Und bis wohin bist du drüben gekommen?«

»In der Ukraine bis Rowno, das ist im Norden, nahe der Grenze«, antwortete der Mönch,»in Polen bis Lemberg.« Er stützte den schweren Oberkörper mit den Ellenbogen auf die Lehnen und schob sich im Sessel nach hinten.»Ich war immer nahe an der Grenze«, wiederholte er und nickte.

Der Mönch saß mir gegenüber. Wie er im Sessel kauerte, glich er jetzt einem unförmigen Haufen schwarzer Erde, der jeden Augenblick zum Leben erwachen kann. Sooft er den Kopf hob, funkelten seine Augen wie alte Silbermünzen, auf die ein ungewisses Licht fällt, ohne daß zu erkennen war, wohin sie blickten. Im Zimmer brannte nur das Licht der kleinen Leselampe auf dem Schreibtisch hinter mir.»O ja, ich habe einiges davon gesehen«, murmelte er,»und noch mehr gehört. Sie bewegen sich nur bei Nacht. Vor Tagesanbruch verschwindet alles wieder in den Wäldern. Es ist der Anfang, sagte Grigori . . .«

Großmutter stand auf einmal in der Tür und fragte, ob sie uns etwas auftischen solle? Ob ich nicht zu Bett gehen müßte? Der Mönch dankte, Großvater fragte mich:»Bist du müde?«

Ich sagte:»Nein.«

Alle drei wünschten wir Großmutter eine gute Nacht, als sie uns zunickte und die Tür schloß.

Jetzt erst zündete Großvater die Zigarette mit einem glimmenden Span an, den er aus dem Feuerloch des Ofens hervorgeholt hatte.»Du hast niemals erwähnt«, sagte er zu Vater Evghenie,»daß du einen Neffen hast.«

»Warum sollte ich auch?« erwiderte der Mönch.

»Daß der dir diese Dinge erzählt!« wunderte sich Großvater.

»Bei uns«, sagte der Mönch, »zählt die Familie mehr als die Politik.«

»Ich weiß«, Großvater nickte und steckte das flache Etui mit der Gravur auf dem Deckel wieder in die Westentasche, nachdem er den Span in die Glut zurückgeschoben hatte, »ich weiß. Aber bist du dir auch sicher, daß er dir kein Märchen aufgebunden hat?«

»Was soll das«, gab der Mönch unwillig zurück, »ich sage dir doch, daß ich die Transporte im Grenzbereich westwärts mit eigenen Augen sah.«

»Das werden Manöver gewesen sein«, sagte Großvater, »jede Armee muß Manöver abhalten.«

Der Mönch lachte kurz in sich hinein, es klang, als rumpelten Steine in seinem Innern. Er fuhr sich mit der Hand durch den Bart und brummte: »Das sind keine Manöver, Thomas. Das ist der Beginn eines Aufmarschs zum Angriff.«

Die beiden schwiegen eine Weile. Großvater zog zweimal an dem Mundstück, ich sah das kurze Aufglimmen der Zigarette.

»Allein in den letzten vier Jahren, sagte mir mein Neffe Grigori«, fuhr der Mönch mit der Baßstimme fort, die sich jetzt wie ein fernes Gewitter anhörte, von dem niemand wußte, ob es näher kommen oder weiterziehen würde, »allein in den letzten vier Jahren haben sie fünfmal mehr Kampfwagen gebaut als in den Jahren vorher. Die Zahl der Geschütze haben sie verzehnfacht. Die der Kriegsflugzeuge von achthundertsechzig auf fast viertausend im Jahr erhöht. Das gleiche gilt für die Kriegsflotte. In vier Jahren, sagte er mir, wuchsen die Militärausgaben von zwölf auf nahezu vierzig Prozent... Wofür? frage ich dich.« Er schwieg wieder, dann sagte er: »Sie haben die Produktion in den Ural verlegt. Dort sieht niemand, was sie treiben. Grigori weiß, wovon er redet. Er ist Generalleutnant...«

Im Kachelofen knallte es dreimal nacheinander. Großvater

blickte zum Feuerloch hin. Er hatte zu Ende geraucht. Mit dem Dorn des Fürst-Bismarck-Messers stocherte er den eingebrannten Zigarettenrest aus der Mundstücköffnung. »Ich kann's nicht glauben«, sagte er.

»Ja«, erwiderte der Mönch, »ihr wollt es niemals glauben, daß es Dinge gibt, die anders sind, als ihr's gewohnt seid.... Ist es eure Dummheit oder eure Arroganz, daß ihr immer nur euch selber seht? Heute seht ihr nur den Hitler. Auch die Briten, Franzosen, Amerikaner sehen nur ihn. Aber der ist ein Hasardeur, kein Politiker. Das ist der Stalin. Ist dir nie der Gedanke gekommen, daß der Stalin den Hitler nur als Rammbock gegen die eigentlichen Kapitalisten benutzt, die nicht in Berlin, sondern in London und Amsterdam, in New York und Paris sitzen? Er will sie aufeinander losgehen lassen. Das hat er vom Lenin. Der fing ja sofort nach dem Weltkrieg an, den nächsten Krieg vorzubereiten, der begann lange vor eurem Hitler damit. Doch das sieht im Westen weder die Intelligenz noch die Politik. Hitler ist ein keifender Wahnsinniger. Stalin sieht in ihm sein Werkzeug. Und Hitler wird ihm den Gefallen tun, loszuschlagen... Immer schon hat sich in der Geschichte der eine Teufel des anderen Teufels bedient.«

Großvater schob Messer und Mundstück in die Westentasche. Von Gedanken und Gefühlen hin und her gerissen, wirkte er, als sei er überrumpelt worden. Er schüttelte den Kopf und wiederholte: »Ich kann's nicht glauben. Das wäre – das wäre ja... Das ist ungeheuerlich.«

Der Mönch war fast ganz in dem Sessel versunken. Er sagte: »Nicht nur das. Er wird sich durch Hitler auch das Problem der größenwahnsinnigen Polen vom Hals schaffen. Wann lernen die Deutschen es, die Welt in politischen Zusammenhängen und nicht im Dunst der Gefühle zu sehen?«

Beide schwiegen. Nach einer Weile zeigte Großvater auf den Schreibtisch, wo neben mir die letzten Ausgaben der »Saturday Review« lagen. »Auch die«, sagte er, »schreiben nicht mehr nur zwischen den Zeilen von Aufrüstung.« Er schüttelte den Kopf. »So wie sie seinerzeit, am ersten Februar 1896, geschrieben hatten: ›Germania est delenda‹, ›Deutschland ist zu zerstören.‹ Ich stand damals mit der Zeitung in der Hand am Trafalgar Square in London und las es. Ich dachte: Sind denn alle verrückt geworden?...«

»Sie sind alle von Gott abgefallen«, sagte Vater Evghenie, »und sie sind alle aus dem gleichen Stoff gemacht. Doch der gerissenste unter ihnen ist der Stalin.«

Großvater griff nach dem Schürhaken und schob die verbliebene Glut im Ofen zu einem Häufchen zusammen. »Das letzte Wort hat die Geschichte«, sagte er.

»Das letzte Wort hat Gott«, sagte der Mönch.

»Und was«, fragte Großvater, »was hast du in der nächsten Zeit vor?« Er legte den Schürhaken mit dem gewundenen Stiel wieder auf die schwarze Blechplatte vor die Ofentür.

»Ich werde zu den Brüdern nach Athos reisen«, antwortete der Mönch, »Gott schickt mich, ihnen zu sagen, daß sie sich auf eine lange Nacht der Wölfe einrichten müssen.«

»Wann wirst du wiederkommen?«

»Ich rechne damit, so Gott will, im Frühjahr bei den Klöstern vor der Skitu-Höhle zu sein.«

Als ich am ersten Weihnachtstag erwachte und in die Wohnküche zu den Großeltern ging, die für den Frühgottesdienst schon festlich gekleidet waren, hielt sich der Mönch nicht mehr im Haus auf. Aber als mich Großvater nach dem Frühstück in sein Arbeitszimmer schickte, ihm das Zigarettenetui zu holen, und ich an dem Ledersessel vorbeiging, in dem er gesessen hatte, war mir, als seien im Halbdämmer des Raumes die funkelnden Silbermünzen seiner Augen immer noch auf mich gerichtet.

Es war ein langer und harter Winter, in dem für mich die täglichen Eisenbahnfahrten ins Gymnasium nach Kronstadt und zurück anstrengend wurden. Seit Tante Leonores Rückkehr aus Wien waren den Erwachsenen die Sorgen ins Gesicht gezeichnet. »Tante Leonore hat was Entsetzliches angestellt«, flüsterte mir Maria zu, »aber was immer es ist, ich bin auf ihrer Seite.« Tante Leonores vielfache Reisen nach Bukarest und Klausenburg schienen ergebnislos zu bleiben. Was geschieht nun mit ihr? war die Frage, die alle beschäftigte. Welchen Weg kann sie jetzt einschlagen, nachdem ihr die Laufbahn in Deutschland für immer verbaut ist?

Versuchten Mutter und Vater auch, von uns fernzuhalten, was alle im Haus bedrückte, so gelang es ihnen nicht in solchem Maße, daß sich uns nicht zumindest ihre Stimmung mitteilte. Auch ihre Gespräche entgingen uns nicht. Und nichts kennzeichnete die Lage deutlicher als die Verlegung der Erörterungen auf die Stunden nach dem Abendessen, wenn die Erwachsenen unter sich waren. Einmal nur hatte Maria in ihrer kecken Art einen Vorstoß gewagt und Tante Leonore bei Tisch gefragt: »Was war denn eigentlich los in Wien, Tante Leonore?«

Die Angesprochene hatte Messer und Gabel sinken lassen und in die eingetretene Stille hinein gesagt: »Ich habe mich bei der Abschlußprüfung anders verhalten, als man es von mir erwartete.«

Daraufhin hatte Maria gelacht: »Du wirst mir doch nicht erzählen, daß du durchgefallen bist.«

Tante Leonore hatte kurz erwidert: »Bin ich nicht. Aber so wird es dargestellt.«

»Lügen die denn?« war Maria empört aufgefahren.

Tante Leonore hatte geantwortet: »Die haben immer schon gelogen, bloß wissen es zu wenige.« Vater hatte mit einem Ruck den Kopf gehoben.

Ich hatte über den Mut Marias gestaunt, die wohl Vaters Bewegung gesehen, dennoch aber gefragt hatte: »Ist − ist es etwas Politisches?«

»Ja«, hatte Tante Leonore gesagt, »so nennt man das wohl.«

»Aber mußt du denn«, war Maria fortgefahren, »bei den Deutschen Musik machen? Fahr doch nach Frankreich, nach England oder nach Amerika.«

Doch da hatte Vater das Gespräch beendet: »Maria, genug mit der Fragerei!«

An jenem Abend gab es dann, wie wir durch unser Fenster über den Hof hinweg sahen, im Pendülezimmer eine sehr lange Auseinandersetzung. Großmutter, Vater, die beiden Schwestern und Mutter nahmen daran teil. Wir sahen Vater auf und ab gehen. Da klopfte es an unsere Tür. Katalin steckte den Kopf herein und fragte: »Ist es sehr schlimm?«

»Ja«, sagte Maria, »es ist sehr, sehr schlimm.«

Seit dem Tag wurde bei den Mahlzeiten Wien nicht mehr erwähnt.

Tante Leonore verwendete damals jede freie Minute auf Holgers Musikausbildung. Sooft es Holgers Zeit nach dem Schulunterricht erlaubte, saß sie mit ihm im Musikzimmer. Mein zehnjähriger Bruder ließ sich durch keine Versuchung von den täglichen Unterrichtsstunden ablenken. Er machte damals solche Fortschritte in Theorie und Praxis, daß er, der Schweigsame, Weiche, in einem Gespräch den Musikliebhaber Aristide Neguş beeindruckte, als er diesem auseinandersetzte, daß sich eine Fuge gleichsam fortlaufend aus ihrem Thema heraus entwickle. Zur Veranschaulichung spielte er ihm die C-Dur-Fuge aus Bachs »Wohltemperiertem Clavier« vor.

Tante Leonores Beschäftigung mit Holger bewirkte einen Aufruhr meiner Gefühle, und ich begann die Aussichtslosigkeit zu begreifen, in der ich mich verzehrte. Ich fand einen Weg, mein Leiden erträglich zu machen – ich begann damals, für mein Alter ungewöhnliche sportliche Abenteuer zu suchen. Immer häufiger war ich mit meinem Halbvetter Horst zusammen, dessen Sportlichkeit mich beeindruckte. In ihm hatte ich einen Gefährten und Lehrer, der meine Bereitschaft

zu gewagten Unternehmen nutzte. Die gemeinsamen Hoch-
gebirgstouren und Skifahrten forderten mich und lenkten
mich ab. Daß ich Horst in jenem Winter zum erstenmal in die
Schnee- und Eiswildnis des Malaescht führte, wo ich jeden
Winkel kannte, veranlaßte ihn zur Anmerkung:»Du bist ein
verrückter Hund.«

Mit dem Frühjahrsbeginn nahte das nächste Ereignis, das die
bevorstehende Veränderung der Familienverhältnisse an-
zeigte. Vater erhielt in diesen Tagen vom Bukarester Unter-
richtsministerium ein Schreiben mit der Aufforderung, sich
im Hinblick auf seine mögliche Ernennung zum Kreisschulrat zu äußern. Bedingung sei bei Annahme der Ernennung
»prezența Dumneavoastră permanentă«,»Ihre ständige An-
wesenheit«, in Kronstadt, dem Amtssitz; die Antwort habe
innerhalb eines Monats zu erfolgen. Für die Tage, die dieser
Mitteilung folgten, war die zermürbende Belastung, der uns
Tante Leonores Lage aussetzte, vergessen. Die Nachtmahle
im Pendülezimmer gewannen ihre alte Bedeutung, und wir
konnten wieder ungehemmt miteinander sprechen.

Die Annahme der Ernennung würde, das war allen klar,
einen grundlegenden Wechsel der Lebensumstände nach
sich ziehen, der nicht allein die engere Familie betraf. Zum
erstenmal hörte ich die Eltern von der Übersiedlung nach
Kronstadt sprechen, um die weitere Schulausbildung der
Kinder zu sichern. Was aber würde dann mit dem Hennerth-
Haus geschehen? Sollten Großmutter und ihre beiden Töchter allein darin wohnen? Es schien uns undenkbar, daß ein
Teil des Hauses etwa verkauft werden könnte. Zu sehr waren
Haus, Hof und Garten an die Lebensarbeit des Hennerth-
Großvaters gebunden, als daß einer von uns fähig gewesen
wäre, sich lediglich aus Nützlichkeitserwägungen davon zu
trennen. Aber wer sollte sich um den Garten mit den Obstbäumen kümmern, wenn wir wegzogen? Und der Gravensteinerbaum, fragte ich mich, der»Philosoph« mit seiner Krone,

diesem Kopf stummer Weisheit und beruhigender Beständigkeit, deren Nutznießer ich zu jeder Zeit hatte sein dürfen? Die Hardt-Großeltern? Gordan mit den Schafen, den Hunden und der Bärin Cora? Und Willi Kurzell? Und Pauli?

Als erste sagte dann Tante Elisabeth eines Abends, was zu sagen war. »Selbstverständlich nimmst du die Ernennung an, Rick. Die Kinder müssen in die Stadtschule und schon in ein paar Jahren auf die Hochschule. Ich weiß, ich weiß! Du bist mit Leib und Seele praktischer Schulmann. Aber du bist ebenso ein Schulorganisator und -theoretiker. Und was uns drei angeht«, sie zeigte auf Großmutter, Tante Leonore und sich, »wir werden in den nächsten Wochen vieles besprechen und zu einem guten Ergebnis kommen.«

»Wenn wir von hier wegziehen«, sagte Maria, »kommt Katalin mit!«

»Und das Klavier?« fragte Holger.

Und ich, was sollte ich sagen? Etwa: »Tante Leonore?« oder: »Der Gravensteinerbaum?« oder: »Gordan?« Der Gedanke, von Tante Leonore getrennt zu werden, drohte mich wieder krank zu machen.

Doch dann sagte Tante Elisabeth noch einen Satz, der uns alle aufhorchen ließ. Sie sagte: »Auch ich stehe seit einiger Zeit vor der Frage, mein Leben zu verändern. Darüber wollte ich ohnehin mit euch sprechen. Aber nicht heute.«

Ich lief an einem der vom Geruch ersten Grüns geschwängerten Tage, an denen der Wind das Rauschen und die Gerüche der Wälder durch die Straßen wehte, in die Langgasse zu den Hardt-Großeltern. Auch diesmal traf ich Großmutter im Biedermeiersessel in der Nische an, in der das Foto des Johannes Schmidt hing, ihres zweiundzwanzigjährig im Krieg 1914–1918 gefallenen Lieblingsbruders. Sie zog mich an sich und sagte: »Wie du in diesem Winter gewachsen bist!« Großvater trat herein, und ich sprudelte meine Neuigkeiten heraus. Großvater war schon im Bild. Er hatte, wie ich jetzt erfuhr, seit der Rückker Tante Leonores nicht nur mit dieser lange Gespräche geführt, sondern sich auch mit Vater getroffen. »Die Entscheidung liegt allein bei deinen Eltern«, sagte er,»und natürlich wirst du uns besuchen, wenn ihr übersiedelt seid. Jetzt gilt es nach vorne zu blicken, dann wird das Weitere so kommen, wie es für alle am besten ist.« Ich hörte ihm zu – und dann sagte ich etwas, was zu sagen ich mir keine Sekunde lang vorgenommen hatte, was ich mir niemals zugetraut, ja was mich bei dem Gedanken, es zu sagen, eher veranlaßt hätte, mir die Zunge abzubeißen. Ich sagte plötzlich:»Ist es immer so, daß man erst beim Abschied merkt, wie lieb man die Menschen hat, von denen man sich trennt?« Die beiden schwiegen und sahen mich an. Ich umarmte sie, ehe ich hinaus und nach Hause lief.

Doch Großvater behielt nicht recht. Das Weitere kam anders, als wir alle es uns gedacht hatten – auf eine furchtbare Weise anders.

Vor Ablauf der Monatsfrist hatte uns Vater eines Abends mitgeteilt, daß die Frage seiner Ernennung zum Kreisschulrat entschieden sei. Er habe dem Minister in Bukarest in einem Brief geschrieben, daß er das Amt übernehmen werde. Da sich das Schuljahr dem Ende näherte und ich viel zu lernen hatte, nahm ich die ersten Vorbereitungen für die Übersiedlung kaum wahr. Und mit einem Mal war es Mai. In dem Südkarpatenort, wo Berge und Wälder jeden Augenblick die Dächer und Häuser zu überschwemmen schienen, hatte sich der Frühling mit Macht ins Leben der Menschen gedrängt. Ich spürte ihn in allen Fasern. Als ich eines Morgens in den Garten lief, steckte im Rasen unter dem Gravensteiner ein Eschenholzstab. In seinen Griff war ein Wolfskopf geschnitzt. Gordan rief mich.

Ich fuhr am Wochenende mit dem Fahrrad auf der Schwedenstraße durch das im Duft der feuchten Wiesen liegende Weidenbachtal zum E-Werk hinauf. Ich stellte das Rad im

Werkzeugraum des spindeldürren Turbinenmechanikers Erwin unter, der sich ohne Aufforderung sofort daran machte, es auseinanderzunehmen, zu waschen und zu ölen. Die zu dieser Jahreszeit schwarzrote Krone der mitten im Wiesenkessel stehenden Blutbuche noch vor Augen, tauchte ich unter die Tannen und lief auf den modrigen Pfaden durchs Waldinnere die Nordhänge des Butschetsch bergan.

Ich traf Bade Licu und die sieben Riesen beim Abendessen am Lagerfeuer vor der Sennhütte an. Um die Kassiopeia und den Großen Bären versammelt, funkelten die Sterne über dem Tal. Ich reichte den Männern die Hand, zuletzt Gordan. Er erhob sich als einziger. Er war noch wuchtiger und breiter geworden. Er drückte mich an sich und sagte: »Wir haben einen Pelz für dich mitgebracht. Du bist groß geworden.« Als ich neben ihm saß und von der mămăligă und dem Lammfleisch aß, erzählte er: »Mit den Wölfen war es schlimm in diesem Winter.« Er blickte zu seinem Vater hinüber. Bade Licu nickte. Gordan schob sich den linken Hemdärmel hoch. Eine spannenlange, noch nicht ganz verheilte rotwülstige Narbe züngelte über seinen Unterarm. »Der Kampf dauerte länger als mit dem Bären. Aber sie haben kein Schaf gerissen. Nicht eins! . . . Morgen früh treiben wir beide Herden auf den Ziganescht hinauf. Kommst du mit?« Ich nickte. Nach dem Essen schrubbte ich den Kessel im Wildwasser. Filip klemmte sich ein Stück Birkenrinde zwischen die Daumen und zwinkerte uns zu. Im Schein des Feuers tanzten wir, bis Bade Licu uns zum Schlafengehen mahnte.

In der Nacht schlief ich in dem neuen Pelz, der jetzt mein Pelz war. Er war das Zeichen meiner endgültigen Aufnahme in die Gemeinschaft der Licu-Männer, die mich auch in den Tanz des Wiedersehens eingereiht hatten. Es war die letzte Nacht meines Lebens, die ich gemeinsam mit den Licu-Männern verbrachte. Diese Mainacht von Samstag auf Sonntag vor dem Unheil.

Denn als ich am Montag abend noch kurz bei den Großeltern vorbeischauen wollte, um Großvater von Bade Licu und den Herden zu erzählen, hatte dieser die Nachricht soeben erhalten — einem in die Irre gelaufenen Widder folgend, waren die Herden über die Ostwände des Ziganescht-Höhenzugs ins Gletschertal abgestürzt, und die Licu-Männer, die sich dem Strom der Tiere entgegengeworfen hatten, waren bis auf Gordan in den Tod mitgerissen worden. Schrittweit vor der Kante der Felswände rücklings gegen einen hüfthohen Steinblock gepreßt, hatte Gordan neun Tiere gepackt, über sich hinausgestemmt, sie sich zwischen die Beine geklemmt, mit den Zähnen festgehalten und so vor dem Absturz bewahrt. Außer den neun Schafen und drei der Hunde war von den Herden nichts übriggeblieben.

Noch am selben Abend brach ich zusammen mit Großvater in der Zweiradkutsche nach Malaescht auf. Ich ergriff die Zügel. Betyár flog über die Steinstraße. Großvater sagte kein Wort. Wir stiegen durch die finsteren Wälder bergan. Um Mitternacht trafen wir im Hochtal ein. Das krächzende Schreien der Stein- und Kaiseradler in den Felswänden und der Widerhall davon füllte das Tal während der ganzen Nacht. Ich schloß kein Auge. »Wenn die Adler kommen«, hatte mir Gordan einst gesagt, »gefriert dir das Blut im Herzen.«

Drei Tage lang arbeiteten wir zusammen mit den aus dem ganzen Gebirge von Fundata bis Törzburg, vom Scropoasa-See bis zur Jepi-Schlucht herbeigeeilten Hirten in den heiseren Schreien der niederstürzenden Adler an der Bergung der Männer und Tiere. Wir holten sie mit zerschmetterten Gliedmaßen und zertrümmerten Schädeln aus den zerklüfteten Wänden. Gordans Gesicht schien aus dem grauen Stein gehauen zu sein, der uns umgab. Ich hatte nicht den Mut, ihn anzusprechen. Ungeachtet der Gefahr, in die er sich begab, durchkletterte er im Geschrei der pausenlos niederstoßenden

Adler einige Male die mehrere hundert Meter hohen Wände, an deren Rand wir einst das Gemsenrudel durch die Rinnen himmelwärts stürmen gesehen hatten. Er holte seine Brüder einen nach dem anderen aus den Felsen, indem er sie sich auf den Rücken band. Wo ich konnte, kletterte ich hinter ihm her und half ihm, die auf Steinvorsprüngen und Gesimsen Aufgeprallten, an Felszacken Aufgeschlitzten und in Spalten Eingeklemmten zu bergen. Den blonden Filip fand ich am Fuß der Wand mit mehrfach gebrochenem Rückgrat. Er lag in seltsamer Verkrümmung inmitten toter Schafe. Eins seiner hellblauen Augen war weit geöffnet. Das andere hatte ihm ein Adler herausgehackt. Sein Gesicht lächelte dennoch. Es sah aus, als wollte er sich gerade ein Stück Birken- oder Tannenborke greifen, um seinen Brüdern mit einer Tanzweise Feuer in die Beine zu jagen.

Nachdem er als letzten seinen ältesten Bruder, Aron, auf den Tennenboden der Sennhüte neben die anderen gelegt hatte, sah Gordan aus, als sei er in ein Blutbad getaucht worden. Er zitterte vor Erschöpfung. Allein seinen Vater fand Gordan nicht. Er fand ihn nie, obgleich er noch Jahre hindurch nach den Überresten suchte.

Die Mutter der sieben Söhne, die Witwe Miranda, war aus Fundata eingetroffen. Sie sprach kein Wort, sie vergoß keine Träne. Sie streichelte Kopf und Wangen Gordans, der vor ihr auf die Knie gestürzt war, sein Gesicht in ihren Schoß gewühlt hatte und hemmungslos schrie. Zusammen mit Mioara, die mit ihrem versoffenen Mann, dem Wildheger Ilarie, vom nahe gelegenen Hohen Rong herübergeeilt war, kochten und wuschen die beiden Frauen Tag und Nacht für die Männer, die einen Teil der anderthalbtausend Tiere ausweideten und zu Pökel- oder Salzfleisch verarbeiteten.

Als wir nach drei Tagen vom Gebirge stiegen, erkannte ich Großvater kaum wieder. Hohläugig, mit eingefallenen Wangen stand er vor mir wie ein von innen geborstener Baumstamm, der im nächsten Augenblick in sich zusammenzufallen droht. Als er vor Großmutter trat, die ihn umarmte, sah ich, wie ihn ein lautloses Schluchzen schüttelte und er sich an Großmutter festklammerte. Ich wußte besser als jeder andere, daß er für seinen Obersenn eine starke Freundschaft empfunden hatte. Und war er seit jenem vor vielen Jahren auf Ioan Garugan abgefeuerten Todesschuß den Ruf des zur Selbstjustiz greifenden Rächers niemals losgeworden, so kam nun das Gerücht hinzu, dies sei die Rache für den Schuß in den Scropoasa-Wäldern, denn der Widder, der die Katastrophe ausgelöst hatte, sei in den Absturzbereich gelockt worden. Es sollten Jahre vergehen, ehe Licht in die Angelegenheit kam.

Zur selben Stunde, als die sechs Licu-Brüder auf der Paßhöhe von Fundata in der schönsten Landschaft der Südkarpaten beerdigt wurden, läuteten auch unten im Hochland, in Rosenau, die Glocken der beiden griechisch-orthodoxen Kirchen der Rumänen, und wenig später setzten die Glockenschläge der evangelischen Kirche der Deutschen in der Ortsmitte ein; Großvater hatte mich zu Pfarrer Mager geschickt und darum bitten lassen. Dann waren wir zum Begräbnis gefahren, das Tausende der Bergbewohner vereinte. Bis zur Beisetzung hatten die Klageweiber drei Tage und drei Nächte lang die Toten mit weit über die Almen hallenden Schreigesängen und Grabeshymnen verabschiedet und den Lebenden bewußt gemacht, daß sich keiner in besonderer Weise betroffen meinen muß, wenn es ihn erreicht. Der Klosterabt Atanasiu, der die Licu-Söhne einst »die Prätorianer« getauft hatte, und der Mönch Evghenie waren bei der Beerdigung rechts und links von Großvater und mir hinter den Särgen gegangen.

Noch hatte sich vier Wochen später, als der Sommer ins Burzenland eingebrochen war, in den Familien Hennerth und Hardt niemand von dem Ereignis erholt, als mir eines Tages Frau Butnaru auf dem Postamt zusätzlich zu Vaters

Korrespondenz und einem umfangreichen Schreiben an Tante Elisabeth aus der finnischen Stadt Lappeenranta einen Brief an Tante Leonore mitgab. Es war, wie uns Tante Leonore beim Abendessen mitteilte, ein Brief aus Paris – von Titus Micla. Titus teile ihr mit, sagte sie einsilbig, daß es ihm mit Hilfe seines Onkels Nikos Tersakis gelungen sei, Deutschland –»das Land meiner frühen schönen Träume«, wie er bitter schreibe – zu verlassen, und daß er beabsichtige, in Frankreich zu bleiben.

Die Nachricht löste ein lebhaftes Gespräch aus. Doch mir war schon bei Tante Leonores Erscheinen im Pendülezimmer eine unklare Veränderung an ihr aufgefallen. Allein Großmutter schaute einmal prüfend zu ihrer jüngsten Tochter hin, ohne sich darüber schlüssig zu werden, was in dieser vorging. Und so hatte ich denn auch als einziger bemerkt, daß Tante Leonore gerade nur ein paar Zeilen aus Titus' Brief vorgelesen und diesen dann mit einer schnellen Bewegung in die Rocktasche geschoben hatte. Der Abend danach verlief, ohne daß etwas vorfiel.

Die Unruhe freilich, die mich in den Tagen darauf erfüllte, erreichte fast das Ausmaß eines Fieberzustands, als mir klar zu werden begann, daß sich Tante Leonores Trachten immer mehr auf einen Punkt richtete, der völlig Besitz von ihr ergriff und sie ihrer Umgebung auf eine seltsame Weise nach und nach unerreichbarer machte. Es fiel sonst niemandem auf, weil alle mit den vielfachen Vorbereitungen für die Übersiedlung nach Kronstadt beschäftigt waren. Daß Vater Gespräche mit Großvater über die Zukunft des Hennerth-Hauses führte, wie ich von Mutter hörte, bewegte mich vorübergehend freudig, erfuhr ich doch auf diese Weise, daß die beiden wieder miteinander redeten, wenn ich mich auch an Vaters Vorschlag erst gewöhnen mußte, die Großeltern sollten das Haus in der Langgasse vorübergehend vermieten und bis zum Zeitpunkt ihrer wirtschaftlichen Erholung ins Hennerth-

Haus ziehen. Großvater hatte sich eine Bedenkzeit ausgebeten.

Es war ein Tag wie jeder andere, und mir wurde am späten Nachmittag bewußt, daß ich Tante Leonore seit Stunden nicht gesehen noch ihr Klavierspiel gehört hatte, ja ich bemerkte es erst, als Holger durch Haus und Hof lief und sie suchte. Sie habe ihm doch versprochen, erklärte er mir, ihm heute ausführlich über den Ursprung des Themas im »Musikalischen Opfer« von Johann Sebastian Bach zu erzählen. Da kam Midi Bubu von hinten durch den Hof auf mich zu geschlendert. Ich erkannte die leicht verwachsene Gestalt mit dem schokoladedunklen Faunsgesicht sofort, auch als sie im Schatten der Clematismauer noch kaum zu sehen war. Midi blickte sich nicht wie sonst verstohlen um, wenn er eine der stinkenden Geigen bei sich hatte, die er Vater zeigen wollte und die meine Tanten und meine Mutter nicht sehen durften. Er kam mit suchendem Blick eilig durch den Hof. Daß er aus dem Garten kam, war nichts Besonderes. Da er die heimlichen Wege liebte, stieg er manchmal über die Gartenmauer und trieb sich in den Obstgärten herum. Diesmal kam er geradewegs zu mir. Wo Vater sei? wollte er wissen. In seinem Arbeitszimmer, sagte ich und zeigte auf das Fenster. Schon im Augenblick darauf stand Midi unter dem Fenster, klopfte und winkte Vater aufgeregt heraus. Zusammen gingen sie eilig in den Garten. Ich blieb wie angewurzelt stehen. Das Herz schlug mir plötzlich in rasenden und heftig schmerzenden Schlägen gegen die Rippen. Ich konnte mich nicht von der Stelle bewegen.

Tante Leonore lag tot unter dem Gravensteiner. Wie sich später herausstellte, hatte sie eine Schachtel Veronal-Tabletten geschluckt. In Titus Miclas Brief, den Vater bei ihr fand, als alle herbeigelaufen gekommen waren, stand die Nachricht, daß der Professor Franz Josef Innauer schon im Januar bei einem Gestapo-Verhör an Herzversagen ums Leben gekommen und Frau Innauer wenig später erhängt in der Wohnung an der schwarzen Burgmauer in Perchtoldsdorf gefunden worden sei. »Nahe der Pestsäule, wo die Jungfrau auf dem Steingeländer liegt«, war in Titus' Brief zu lesen, »sie hält den Knochenschädel unter ihrer linken Brust, so nahe ist der Tod unserem Herzen.« Großmutter stand aufrecht neben der Toten, beide Hände vor das Gesicht gepreßt. Vaters Gesicht war vom Ausdruck herzzerreißender Verzweiflung entstellt. Auf dem Notenpult des Flügels im Musikzimmer fand Tante Elisabeth einen Brief, der an »meine teuerste Mutter« und »meine über alles geliebten Geschwister« gerichtet war und davon sprach, daß seine Schreiberin es ablehne, ein Leben »als graue, kleine Klavierlehrerin« zu fristen, täte sie es, würde sie das Vermächtnis des Vaters verhöhnen, und daß ihr das Bewußtsein des von ihr verschuldeten Todes ihres »großartigen Lehrmeisters und seiner gütigen Frau« eine Belastung aufbürde, die ein Leben lang zu tragen ihr unmöglich erscheine.

Wir begruben sie neben ihrem Vater. Bei dem Begräbnis sah ich den blassen, elegant gekleideten Hermann Rein neben Willi Kurzell hinten in der Menschenmenge stehen.

Als ich im Abenddunkel dieses Tages in den Hof ging, saß Katalin mit verweintem Gesicht in der Laube unter dem Spanischen Flieder. Ich setzte mich neben sie. Mit erstickter Stimme, kaum hörbar, sang sie das Lied, das sie aus den Hargitabergen ins Hennerth-Haus mitgebracht hatte:

»Nachtigall, wie schlägst du schön,
Nachtigall, wie schlägst du laut.
Ach, in deinem süß' Getön
lockt des Todes dunkle Braut.

Überm Berg und überm Wald
steigt und fällt dein Sehnsuchtston.

Ach, wir haben allzubald
nur das Herzeleid davon.

Weht bei Tag und klagt bei Nacht
dunkler Wind um Hof und Haus.
Ach, wie schmerzt die späte Wacht,
gehn die Seelen ein und aus.

Weißt du, junge Nachtigall,
wo die hellen Gipfel stehn?
Ach, sie wachsen überall,
doch es wird sie keiner sehn.«

Gegen Ende dieses Sommers, der uns alle verändert hatte,
erklärte Hitler Polen den Krieg und ließ seine Truppen auf
Warschau vorrücken. Der deutsche Heeresbericht, der das
zweite Völkermorden eröffnete, hatte folgenden Wortlaut:
»Das Oberkommando der Wehrmacht gibt bekannt: Freitag,
den ersten September 1939, 11.25 Uhr. Auf Befehl des Führers und Obersten Befehlhabers hat die Wehrmacht den
aktiven Schutz des Reichs übernommen. In Erfüllung ihres
Auftrages, der polnischen Gewalt Einhalt zu gebieten, sind
Truppen des deutschen Heeres heute früh über alle deutsch-
polnischen Grenzen zum Gegenangriff angetreten. Gleichzeitig sind Geschwader der Luftwaffe zum Niederkämpfen
militärischer Ziele in Polen gestartet. Die Kriegsmarine hat
den Schutz der Ostsee übernommen.«
Am dritten September erklärten England und Frankreich
Deutschland den Krieg. Ich saß neben Vater vor dem Radio
und hörte vom Reichssender Berlin die Nachricht. Vaters
Gesicht, als ich ihn anblickte, war starr und undurchdring-
lich.
Ich fragte ihn: »Tragen die deutschen Soldaten auf ihrer
Uniform den Adler?«

Er sagte: »Ja.«

Ich sah Vater an, der mir plötzlich fremd erschien. Ich erhob mich und ging hinaus. Ich ging in den Garten und kletterte in die Krone des Gravensteiners. Ich wußte, daß es das letzte Mal sein würde. Ich hatte aufgehört, ein Kind zu sein.